U0909319

长篇小说

青谷子

（下）

焦彦章 著

台海出版社

图书在版编目（CIP）数据

青谷子：全2册／焦彦章著.—北京：台海出版社，2016.8

ISBN 978－7－5168－1026－2

Ⅰ.①青… Ⅱ.①焦… Ⅲ.①长篇小说－中国－当代 Ⅳ.①I247.5

中国版本图书馆CIP数据核字（2016）第175300号

青谷子：全2册

著　　者：焦彦章

责任编辑：刘　峰　　装帧设计：天下书装
版式设计：天下书装　　责任印制：蔡　旭

出版发行：台海出版社
地　　址：北京市朝阳区劲松南路1号　邮政编码：100021
电　　话：010－64041652（发行，邮购）
传　　真：010－84045799（总编室）
网　　址：www.taimeng.org.cn/thcbs/default.htm
E－mail：thcbs@126.com

经　　销：全国各地新华书店
印　　刷：北京建泰印刷有限公司
本书如有破损、缺页、装订错误，请与本社联系调换

开　　本：710×1000　　1/16
字　　数：464千字　　印　　张：32
版　　次：2016年9月第1版　　印　　次：2016年9月第1次印刷
书　　号：ISBN 978－7－5168－1026－2

定　　价：58.00元（全2册）

目录
CONTENTS

{第一章}

有了钱的三胖子欢实起来了。上午，他竟然没有来上课。方老师很着急，让我去他家问问他为什么缺课。

当我走到他家门口的时候，隋大虎从院子走了出来。

我问他："隋大叔，三胖子呢？"

隋大虎："上学去了，一大早就走了。"

隋大虎的脾气我是知道的，接下来我要是和他说实话，那三胖子准挨揍，要是偷瓜前，也许我能直接问三胖子为什么不去上学。

我"嗯"了声，转身就走。

隋大虎："这都上几堂课了，你不好好上学走啥啊？你看看我家胖子，不管学得咋样，上课的时候保证不去哪儿溜达。"

我回答他："对对对，我得向他学习。"

在我正想走开的时候，三胖子吹着口哨回来了。

我一愣，倒不是怕隋大虎知道他逃课，而是发现这小子穿着一条新军裤！

隋大虎愣愣地看着三胖子："在哪整的裤子？谁的？"

三胖子："谁的？你儿子的。"

这小子和他爹说话的时候，一只脚还在地上不停地点着，身子那个晃。

三胖子随手在书包里拿出了一本崭新的《汉语成语小词典》，他闭上眼睛，用鼻子在词典的塑料皮上深深吸了一口气：“新买的，看你以后还能不能比我词多了。”他把词典“啪”地一下向手上一拍。我看得直发愣，那个时候，谁要是能有这样一本词典那还了得。事实证明，这本词典的确使三胖子会了很多词，尽管有时候用的词让人啼笑皆非。

大吵吵走了过来，看着穿着新裤子的三胖子，她只是瞪着眼睛好像都不会说话了，过了一会她亮起了大嗓门：“妈呀，好看！精神……”

隋大虎：“再精神还能赶上我当年啊，我穿的那是全套的，绿军鞋、绿裤子、绿上衣、绿帽子。”

大吵吵：“对，还拎着一个猪食桶。”她白了隋大虎一眼。

三胖子又从书包里拿出了三个香瓜，向院子里的桌子上一放：“妈，我买的，你就肆无忌惮地吃吧。”他拿起瓜，看了一眼他爸，然后把瓜递给了他妈。

“你也吃，大楼，赶上了，没办法，不给你一个吧，你再说我不讲究。”他把瓜递给我：“吃吧，大楼，没人敢阻拦你吃瓜的步伐。”三胖子看着他爸。

看着眼前的一切，隋大虎有点蒙了。他问三胖子：“哪来的瓜？”

三胖子没搭理他，隋大虎拿起剩下的那个瓜：“我问你呢，哪来的？”

三胖子：“哪来的还用你管啊，你看好了，不是白糖罐。我买的。”

隋大虎：“买的？多少钱一斤？”

三胖子：“四分钱。”

隋大虎：“四分钱？就这瓜？”说着他将手中拿着的瓜猛地吃了一口。他一面嚼着一面说：“就这瓜，还能值那么多钱？”他上去又咬了第二口。

看着隋大虎吃瓜，三胖子眼睛都直了。

隋大虎一面吃着：“这瓜要是值四分，咱们那瓜得值五分带拐弯。”他又咬了一口，这一口下去，只剩下了一个瓜尾巴。隋大虎：“你等我看瓜回来，我好好给你过过堂！你们都给我麻溜地上课去。”说着，他快步向院外走去。

看着离开的隋大虎，三胖子：“这什么人呢？守着满地公家的瓜不吃，非吃我个人的，公开代表公家占我个人便宜，妈，咱们家把他开除得了。”

听着三胖子说话，我笑了起来："你这学没白上，开除这词都用到家里了。"

三胖子："不用白不用，哎，你吃啊。"

我把瓜递给了三胖子："我吃了，你还吃啥？就这一个了。"

大吵吵把她手中的瓜递了过来："胖子，你吃妈这个。"

三胖子他顺手接过了我手上的瓜，用拳头将这个瓜一打两半，上去就是一口，然后把另一半递给了我。

我被迫吃了三胖子给的瓜。这瓜很甜……

我看着三胖子的新裤子，在我记忆里，他好像第一次没穿带补丁的裤子，并且是新的。

三胖子用手指着自己的新裤子："好不好看？嘎嘎绿，就穿这裤子，走道都比平时快。"他扬着个脸和我白话着。

我有点看不惯他这一出："快上学校吧，到班级显摆去，那儿人多。"

三胖子："你先去，我回头就到，你和方老师说，就说我去县里给我妈买东西去了。"说着，他从裤子兜里拿出了一个圆圆的小盒子。

三胖子："胭红，就这么一个小盒，七毛五，我给我妈买的。"

三胖子把胭红递给了她妈："妈，给你的，胭红，你看看，飞鸽牌的。"

这三胖子真能蒙人，他知道他妈不识字，就信口说出个飞鸽牌。不过这小子还算是谦虚，没说是大金鹿牌的，也许是胭红的"个头"不够大。

她妈接过胭红的时候，是那样兴奋："我这大儿子，没白养。"她盯着手上的胭红盒："真好，你们快去上学吧。"她话都没说完，几乎跑着回了屋子。

在回学校的路上，三胖子走得很快，一直走在我的前面，以往他总是在我的身后。

刚到班级，正赶上上课，小辣椒在起着歌头："东方红……"

三胖子看了看讲台，没老师在，他就站在了前面，把我挡在了他的后面，我推了他一下，他动都不动。

正巧这段时间我很反感小辣椒家来提亲，早就想和她发火，我看着小辣椒："我说，能不能换换啊，天天就唱这一个歌，像天天就吃大饼子似的，不能换换窝头啊？"

我这么一说，大家就没跟着唱歌。要是平常我这样说的时候，大家一定得看着我，而这次大家都在看着三胖子的下半身，并且很吃惊。

门开了，方老师走了进来，我推了下三胖子，他这才离开了教室的前面。

方老师站在讲台上，还没等她说话，小辣椒就举起了手，站了起来："方老师，文艺委员我不当了。"

方老师："为什么？"

小辣椒："有人说，我天天就领着大家唱《东方红》了。"

方老师："谁说的？"

"我！"我站了起来。

三胖子也跟着站了起来："方老师，我说句公道话，焦大楼不对，人家小……肖妮天天带着大家唱歌，有的人还说风凉话，很不对。"他看着我。

这小子，穿上了新裤子都敢在众人面前说起我来了。他说话的时候，小辣椒看了看他，可算有人帮她说话了。

方老师看着三胖子，又看着小辣椒："好，你们都坐下……大家都要支持文艺委员的工作，她是在给班级做事情，在为同学们服务，现在我们开个班会，大家都说说，你们唱《东方红》的时候都在想什么？……谁先说？"

教室里一片寂静。

我捅下三胖子："你说。"

三胖子："我说啥？"

方老师："隋满堂，你先说。"

点到了三胖子的名字，他不得不站起。

这次他没有仰着脸看屋顶："我……唱《东方红》的时候，就觉得天要亮了，说不定我爸要让我下地干活呢。"

大家哄笑。

轮到小辣椒说的时候，她的脸红红的："我……唱《东方红》的时候，就害怕起跑调了……"

教室里又响起了笑声。其实小辣椒说的还真是心里话，别看她是个文艺委员，唱歌的水平实在是一般，除了唱《东方红》之外，我还真没听见她唱过别的。

等到小蒙古说的时候，她一点都没犹豫，说得很有条理，大致是她唱《东方红》的时候想起了毛主席，想起了他领导中国人民打敌人求解放走上社会主义康庄大道什么的。

大家都很认真地听她的回答，不亚于听方老师讲课。

大家都说得差不多的时候，方老师做了总结："今天的班会很有意义……大家结合刚才说的写篇作文，作文的题目是……"她在黑板上写下了：当我唱起《东方红》的时候，字很醒目。我们开始写起了作文。

后来在高考的时候，出的作文题目就是《每当我唱起〈东方红〉》!

这篇作文，我得了满分，并作为高考的范文登在了报纸上。

多少年来，我一直都没能忘记这节课和这篇作文。我时常想着，就是这堂课，把我推进了大学的校门，所以我一直都感谢肖妮和方老师。

下课的时候，大家都围了过来，在看三胖子的新裤子，大家都夸他穿着好看。三胖子很是得意说："就这样的新裤子，焦大楼都没有。"他特意看了看我："人是裤子马是鞍啊，谁穿谁精神。"他说话的嗓门很大，在班级里的同学差不多都能听见。

"还是你穿着好看。"我说。

三胖子："你穿着也不次于我。"

我："那怎么可能，还是你穿着好看。"我重复着刚才说的话。

三胖子："咋地？我说话你还不信啊，我脱了，你试试，我说的还能有错?"

"你脱什么脱，屋里还有女生呢。"我说。

三胖子："这好办。同学们，女的，你们听着，都出去，焦大楼要穿我的新裤子试试。”

他的话音刚落，女同学都走了出去。

我被迫脱下自己的裤子，穿上了三胖子那条新军裤，一边看着的同学都说我穿着也好看。

三胖子：“是不是我说的对，焦大楼穿着也精神吧？”

大家迎合着。

我：“都说我穿着好看，那就给我吧。”

三胖子晃着头：“那不行，我这么多年好不容易就整这么一个像样的玩意，不能给你。”

“反正在我身上穿着呢。”在我逗他的同时，准备脱下裤子，可是，就在我要脱的时候，小辣椒走了过来，我只好住手。

她看都没看我一眼，直接看着三胖子，几乎不带任何表情：“隋满堂，我爸说了，让你给你爸捎个话，你家欠的电费钱不用着急交，啥时候有啥时候算。”

三胖子：“那谢谢啊。”

“我还要谢你呢。”说着她转身离开。

尽管他俩就说了那么几句话，但我心里不是滋味，感觉这小辣椒是对着我来的。

就是这时，上课的铃声响了，我想和三胖子换裤子已经来不及了。

三胖子没让我听好这堂课，总是盯着我穿着的裤子，还不时地说：“下课得给我啊。”他说了好几遍。

下课的时候，正在我要脱下裤子的时候，三胖子提着嗓门说话了：“刚才就是看你站着穿这裤子了，你现在在班级走一圈再换，你多穿一会裤子也旧不了。”

“不用了，赶快给你得了，也不是我的。”我说。

“你走走，让大家看，就当是要猴了。”三胖子笑着说。

我真是不想在众目睽睽之下穿着别人的裤子走来走去，我坚持要脱下裤子，三胖子和大家跟着起哄，非要我穿着走一圈，三胖子：“走走看看，全屯子谁都没有这新裤子，就这么好的裤子，也就是解放军才有吧。”

看我没有走的意思，他用力推着我："走吧。"还没等我迈开步，就听着"呲"的一声，裤子被凳子上伸出的钉子刮开了一个口子，口子很大!

大家都傻眼了，三胖子也傻眼了。

我看着他："推吧，还推不推了？还要不要猴了?"

三胖子闭着眼睛，用力把手拍向了桌子："哎呀我……"

放学的时候，小辣椒又过来了，她依旧板着脸："隋满堂，我家有缝纫机，你那裤子拿我家缝去吧。"

可能是平时小辣椒不怎么和三胖子说话的缘故，所以当小辣椒说这番话的时候，三胖子有点木了，以至于平时很敢说话的他此时一句话都没说出来，只是看着小辣椒，随即将眼神离开……

{第二章}

晚上，民兵连长来到方老师的住处，当时方老师正在看书。看见他来了，方老师站了起来。

方老师："你来了，坐。"

民兵连长好像没听见方老师说话，而是四处看着，包括看着窗子和门。他在地中间晃了晃，感觉是有点喝多了。

方老师看着他，他还是在地上动着、看着。

方老师从暖瓶里倒了一杯水，递给他。他看眼前的瓷杯子，又看着方老师，眼睛直直的，把方老师看得直发慌。

他顺手一推递过来的杯子："哼哼，你这是啥意思？拉拢我？"说着，他的另一只手却摸着方老师端着杯子的手。方老师一躲，热水晃出杯子，民兵连长一甩手："哎呀！你！"他被烫得龇牙咧嘴。

方老师退了两步，尽管是热水烫着了民兵连长，但方老师一句道歉的话都没说。

民兵连长看着方老师："你……你知道吗？你的错误不小啊，这要是让公社知道了，你最起码是撤职，外加批斗。证据就在这。"说着，他从兜里拿出了方老师签字的那张纸。

民兵连长拿着字条晃着："你说怎么办吧？"

方老师没说话。

民兵连长："你要是不说，那我说。要不你以后别管村子里的闲事。"

方老师："学生的前途问题，怎么能是闲事？"

民兵连长："看来你是要管定了，那我可是救不了你了。"他依然盯着方老师："你管吧，以后让你去别的地方管！反正话我是和你说到家了，看过《红灯记》了吧？鸠山有句话，敬酒不吃吃罚酒，你能知道是什么意思吧？"

方老师："你怎么说话不算话？你不是说只要我承认偷瓜的事，就算处理完了吗？"

民兵连长："你是太年轻了。"

方老师："那你说，这事你想怎么办？"

民兵连长看了看四周："也不是不能办。"他看着方老师："你过来。"

方老师一点都没动，他却凑上前去。

方老师有些恐慌。

民兵连长："好办。"说着，他突然用一只手揽住了方老师！

方老师用尽了全身的力气，一把将他推开，民兵连长又想上前，方老师将杯子向他砸来："滚！你给我滚！"

民兵连长一躲，屋内传来了杯子的破碎声。

"你等着！"民兵连长踉踉跄跄地跑出门外。

方老师插上门，急忙跑回屋内……

村子里好久没演电影了，早就听说今天晚上公社放映队要来我们村放映露天电影。

在农村，看个电影可不是一件小事。这两天在学校不少同学就议论看电影的事了，有的还在课堂上议论，都盼着这一天早点到来。还是在要放学的时候，方老师告诉我们，她早晨听天气预报了，晚上有雨，让大家回去和家人说一声，看电影的时候最好是带着雨衣和伞。其实，方老师是担心我们被雨淋了而影响学习。她根本就不知道，那时在瓦房村，没几家有雨衣的，在我的印象中，我只见过两个人有过雨伞，一个是小辣椒，一个是方老师，而小辣椒的雨伞还是这次她在县里带回来的。也就是说，在方老师到我们村子以前，我没看见过雨伞是什么样子。

刚走出学校门，就看见三驴子走了过来，他直接拦住了三胖子：“哥们，听说牛了？过来，找你有点事。”

三胖子白了他一眼：“啥事？”

三驴子：“听说你发大财了，借给哥们几个钱花花。”

三胖子看着他：“谁说的？”

三驴子：“不管是谁说的，你有没有钱吧？”

三胖子：“我没有。”

三驴子：“你妈亲口说的，那还能有错吗？你没少整啊？”

三胖子：“早晨那时候有，现在没有了。”

三驴子：“那钱哪去了，我就借几天，保证还你。”

三胖子指着自己的裤子：“我买裤子了，都花了。”

三驴子盯着三胖子裤子上刮开的口子：“买个坏裤子能花几个钱啊？”

三胖子看着我：“都赖他，买的时候嘎嘎新的。”说着他走了。

三驴子追了上来：“你借不借啊？给个痛快话。”

三胖子：“我倒是想借。”

三驴子：“够意思。”

三胖子：“可我也得有啊。”

三驴子：“你玩我呢？你想不想混了？你等着。”说着他走开。

我们都看着走开的三驴子。

三胖子向地上吐了口：“人，不能有钱！”

放学后，小蒙古就抓紧喂猪，她经常是在猪吃得饱了的时候，自己却饿着。

二牤子从屋子走了出来：“妹，来，我看着猪，你快吃饭，晚上演电影。”

小蒙古用围裙擦擦手就走进了屋子。

二牤子看着猪，又看看走进屋子的小蒙古……

三驴子走进了院子：“你还干这活啊？别说，你家这猪可是真见长啊。”

二牤子没说什么，看了一眼三驴子之后，就看着正在吃食的猪。

三驴子："快点啊，看电影去啊?"他站在二牤子的面前。

二牤子："你看去吧，我不去了。"

三驴子："八百辈子不演一回电影，你咋还不去看呢?"

二牤子没说话。三驴子突然一拍手："想起来了，是不是在七家子看电影你摸人家小媳妇伤着了？这是在咱瓦房。"

二牤子："你别胡咧咧，我没心思看电影。"

三驴子："不就是钱的事吗，一个大老爷们，还能总为这事犯愁？刚才我想和三胖子整点了，给你应应急，可是，那小子……哥，你别想多了，我有办法，走，看电影去吧。"

三驴子拉着二牤子，可是二牤子一动不动。

三驴子："这是咋地了?"

二牤子看了看四周："不说了。"

三驴子："你看看你，还端上了，什么事?"

二牤子依旧不说话。

三驴子："这些天你咋地了，以前你不这样啊？不就是欠隋大虎家和焦书记家几个鸡蛋吗?"

二牤子："一分钱能难倒英雄汉，我答应还人家，我从来都是说话算话。"

三驴子："这我知道，等我帮你想招，放心。"

二牤子几乎是被三驴子拖着去看电影的。

其实，二牤子不去看电影不完全是因为自己钱紧的事，而是最近他家来了个远房亲戚，动员他爹换亲，就是用小蒙古给二牤子换回个媳妇。二牤子极力反对，只是小蒙古他爹有点犹豫。这事小蒙古一点都不知道。

村上每次放映电影都在大队的院子里，这次也不例外。只是上演的电影是个新片——《创业》，一部反映大庆石油工人为我国摆脱贫油帽子而不懈奋斗的故事。故事的发生地就是我们家附近的大庆市，片中的场景环境和人们的穿着，我们非常熟悉。

院子里坐满了人，因为人多的缘故，不少人不得不在银幕的背面看。

和以往看电影不一样，这次三胖子来得很晚，正面好像是没位置了，他只好四处看。我看见他在场外转了好几圈，也没找到什么位置，于是他喊了起来："焦大楼!"我不情愿地站了起来，和他招招手。好家伙，就是我这么一个动作，使三胖子飞一样地奔向了我，几乎是在人的头上爬过来一样。

我挨着方老师，我来得还不算晚，就占了两个座，一个想给方老师，一个想给小蒙古，只是小蒙古还没到。我和方老师之间有个小缝隙，三胖子的到来使我和方老师挨得很近，我很不自然。

三胖子喘着："谢谢啊，还是你好，知道给我占座。"

我看了看他："你轻点挤。"我看看旁边的方老师。

三胖子还特意撞了我一下，我明显地感觉方老师的身子一动。

三胖子："每回演电影都是我先来给你占地方，这次你给我占座了，够意思。"

"是给你占的座吗，人家那是给小蒙古。"后面的人说话了，我和三胖子转过头，说话的人是小辣椒，她的手上拿着一把伞。

"我这有地方，我舅刚走。"小辣椒说。

我："等乌日娜来，就坐你那儿。"

小辣椒："我可不敢挨着她坐，别把人家的学习成绩拐带下来。"

三胖子："我学习不咋着，我不怕。"

平时很厉害的小辣椒还让三胖子的一句话给说没声了。

三胖子："那我过去了，这儿挤。"

小辣椒没说什么，只是把头转在了一边。

方老师："我过去。"说着，她坐在了小辣椒的旁边，小辣椒特意给方老师多让了点地方。她们两个都拿着伞。

电影伴着隐约的雷声开演了。大家全神贯注地看着……

这真是一部很好的片子……看的时候没谁说话，只是三胖子不停地夸还是大庆工人好。这小子!

电影里下起了雨，我们的头顶也飘起了雨……

两把雨伞挡着我和三胖子的头顶。

看着看着，三胖子有点不耐烦了：“这电影苦，我喜欢看有坏蛋的电影，那些坏蛋有吃有喝的，还是当坏蛋好。”

“一会就有了。”我说着。

伴着毛毛雨，电影在继续放映着，当大家看见主人公周挺杉在寒冷的冬天跳进泥浆搅拌池的时候，都深深地被这一幕所吸引，我目不转睛，屏住呼吸……

也就是这时候，电影喇叭里传来广播声：“大家注意了，请学校的方老师、焦大楼、隋满堂、马青林、李志刚马上来大队部一下，有事找你们。”

坏了，一听这几个人的名字，我就知道是为什么叫我们了！

三胖子很兴奋地站了起来：“找咱们干啥啊？还在喇叭里广播，咱们也不是头头脑脑的，走！”

方老师小声地：“你告诉他们几个别去，直接回家，我去看看是什么事，记住了，别去！”说着她在坐着的人群中走了出去。

我在大队门口附近等着，被点名的几个同学可真听话，不一会都来到了门口。我让他们不要进屋，他们还不理解，尤其是三胖子。

三胖子：“大队找咱们还能有坏事啊？是不是有什么大事需要咱们帮忙啊？”

“你快点回去得了！”我低声说。

三胖子：“我进去看看，好不容易有这样一个机会，我不能不去。”我拦都没拦住他。

我几乎是百米跑的速度向家跑去，我必须马上找到我爸。正在睡觉的我爸把被我拽醒，我们匆匆赶到了大队部。我爸走进屋内，我隔着门缝看着里面。大队部里，三胖子在墙角低个头，民兵连长和两个我不认识的人坐在一边，方老师坐在另一边。

那两个人看我爸进来了，还礼貌性站了起来，只是民兵连长动都没动。

其中一个人给我爸做了个手势，示意我爸坐下：“焦书记，我们调查个事。”

我心里“咯噔”一下，因为一般用“调查”这个词的时候，那就意味着事情是相当严重了。

那人：“方老师，你继续说。”

方老师：“还是那句话，这事和我的学生没关系，是我叫他们去的。”

另一个人在认真地做着记录。

问话的人：“身为人民教师，教唆学生偷窃集体财产，问题的严重性你不能不知道。”室内一片寂静，停了会，那人继续说：“一会公社接我们的车就到，你应该到公社继续交代你的问题。”

方老师：“行！我和你们走。”

我爸在一边实在是坐不住了，他站起来，递给两个人一人一支烟：“迎春烟，抽。”我爸给他们点着烟，又和民兵连长：“公社领导是不是还没吃饭呢?”

两人回答都吃过了。

我爸：“天不早了，外面还下着雨，今天就别回去了，走，到我家，咱们喝点。”

来人很客气：“焦书记，今天是临时接到的任务，必须回去，以后再喝。”

我爸对着来人：“按理说，我不该过问上级的事，尤其是我现在这样的状况，这样吧，让他们几个都出去，我和你俩单独谈谈。”

来人有点犹豫。

方老师没有动的意思。三胖子第一个走出了门。

我爸转向民兵连长：“你和方老师出去下，我和公社领导单独说说话。”

民兵连长：“我可以出去。”

我爸：“你说这话是什么意思?!”

民兵连长：“我说老焦，你这是袒护犯罪啊!”他看看我爸又看看两位公社的领导。

我爸一拍桌子：“放屁！你给我滚出这屋去!”

我一哆嗦，心都快提到了嗓子眼。

民兵连长："啊?！两位领导都在场，你们也看见了，这事要是处理不公，我连你们一起告！"

我爸："告你奶奶个孙子，你他妈个里外拐不分的杂种！"我爸向他冲去，两位领导拦着我爸。

来人："焦书记，这事公社领导都过问了，你别参与了，我们处理，你先出去吧。"

我爸惊呆在那里。门外的我们更是着急。

三胖子："肖妮，都赖你舅！"

小辣椒从围着的人群中挤了出去。外面传来了马达声……

司机进了屋："周主任，车到了。"

来人："走！"他看了下方老师，方老师迈动了脚步。

我头发都要竖起来了。记不得当时想什么了，我推门而入，几个同学也跟了进来。

"不能带走我们方老师！"我激动地看着来人。

来人先是一惊："你们要干什么！"

我："不能带走我们老师，偷瓜的事是我们干的。"

方老师很吃惊很激动："没你们的事，你们都给我回去好好看书去。"

看我们谁都没动，方老师："你们听见了吗！"方老师的这句话几乎是在喊，我很少看见她这样过。

我向着来人："偷瓜的几个人都在这，不信你问问他们。"

民兵连长："问什么问，我有证据，方老师自己承认是她指使你们干的。"他从衣兜里掏出了一个纸条："白纸黑字。"

半天没说话的我爸说话了："孩子偷瓜不是常事吗？怎么能是老师指使的?！"

民兵连长："这是要和她没关系，那她就是作伪证！作伪证，罪加一等。"

我爸一把抓过民兵连长手中的条子："伪证？伪证还留它干什么？"他几下就把条子撕碎。

大家惊愕地看着他。

来人一时为难了，停了会："好，这几个学生也一起去公社接受调查，你们大队预备个车，现在就送走。"

"走什么走！"说话从外面挤进来了二犴子，他的身后还有几个女家长，包括我妈。

二犴子："哪个当妈的能舍得孩子跟你们去，我妈要是活着，都能出来挡着，不就是摘几个瓜吗？"

家长们七嘴八舌，有的求情，有的骂着自己的孩子。

大吵吵还喊了起来："谁乐意去就去，反正我家胖子是不能去，他一把屎一把尿把我伺候这么大的。"着急的大吵吵被吓得语无伦次了，她向三胖子就是一巴掌："馋，我让你馋，死脑瓜，偷瓜你都不挑地方，就咱家，吃瓜还用偷吗？"

"你看看你们整的，电影都停了，也没看个尾，还在这站着干啥啊？"说着，二犴子推着方老师就走，家长们也拉着我们走。

一片混乱！一片混乱中，我们走得干干净净！

跟在方老师后面，我听二犴子说："刚才碰你了，不是故意的，方老师。"

这是我印象中的唯一一次没有看完的电影，那是1977年夏天的一个雨夜。

方老师来到了我家，和她一起来的还有我的几个同学。

方老师什么都没说，只是呆呆地坐在那里，她毕竟和我们的年纪差不多，并且远离家人，无依无靠。

"是不是吓着了？来，喝口水。"我妈说。方老师从我妈手中接过水的时候，落下了眼泪，并且是当着她的学生的面流泪。

这一夜，我一点都没睡好……

"男人要敢于担当。"方老师的这句话始终在我的脑海里浮现，连同她说这话时的表情……

方老师来了以后很多事情，像"过电影"一样在我的脑海里来来回回……

第三章

学校的钟声依旧响起，只是我们班级没有了歌声，因为在小辣椒起歌头之后，没有人再去响应。

大家都对她有看法，因为我们都知道民兵连长是她的亲舅舅。可想而知，很孤傲、很有自尊心的她在受着怎样的煎熬。

上第二节课的时候，民兵连长来到了学校，我们被叫到了老师办公室。

民兵连长宣布着公社的决定：参与偷瓜的学生每人罚款两元，限三天交齐；同时，对方老师提出警告处分；隋大虎也因为失职而“调离”看瓜“岗位”，去村铁匠炉打铁。

走出教室，三胖子吵吵嚷嚷：“罚晚了，钱都买裤子了，没钱，赖不着我。”

我无心听课，一直在想着偷瓜的这件事，我很懊悔，毕竟现在自己不是小孩子了。

我家拿出两元钱是没什么问题的，关键是我不想拿，我在想，其他同学怎么交这个钱。

今天是半天课，上午最后一节课刚结束，三胖子就和我说：“和我去县里一趟啊，我要去商店换裤子。”

我看了看他：“换？是我刮坏的，你找人家商店干什么？”

“和我去一趟，给我壮壮胆，八百辈子不买一回裤子，咋地也得穿个没口子的啊。”三胖子说。

我：“就这事，我不去，我还得背题呢。”

三胖子：“你以为我愿意你带去啊？”

我：“就是因为我给你裤子刮坏了，你才让我和你一起去吗？”

三胖子：“那不是，这也不赖你，赖我能瞎显摆。”

我：“那你就自己去。”

三胖子：“我咋去？一分钱都没有了，还不是想坐你的自行车去吗？”

原来是这样，仔细一想，三胖子的裤子坏了，我也有责任，于是我说：“好吧，去就快点去，也别吃饭了，早点回来。”

公路上，我驮着三胖子，他坐在后面也不老实，晃着腿，唱着歌。

“你别晃了。”我有点不耐烦了。

三胖子：“咋地？等我会骑自行车的时候，驮着你，你随便晃。”

我：“今天风大，我这肚子还叽里咕噜的，快没劲了。”

三胖子：“哦，那我老实点。哎，你说说，这几天小辣椒怎么总和我那个呢？”

我：“哪个啊？”

三胖子：“那个呗，也不知道她来的是哪一出？”

比平时多费了二十分钟，我们来到了县里，我累得全身直“突突”。

县里有两个大点的商店，一个是一百，再就是二百。

三胖子的裤子是在一百买的，进商店前，三胖子还特别嘱咐我，给他掩护好，就是在他看裤子的时候，如果营业员要是看着他，就咳嗽一声，其他就不用我管了。

柜台里面站着的是一个漂亮的女营业员，要说营业员这差事一般人干不上，主要是因为这样的岗位在县里不多，所以商店也就挑，不说百里挑一，也得是百里挑二，所以有很多乡下的小男青年即使兜里没钱，也愿意到大商店的柜台前逛一逛。

三胖子看了看四周：“同志，我买条裤子。”

我就纳闷，他怎么还买裤子呢？还有钱吗？不是来换裤子吗？

营业员看了看三胖子："要什么颜色的？"

三胖子指了指："就那个，军裤。"

营业员："要多大腰围的？"

三胖子："腰围？什么腰围？"

营业员看了眼三胖子："是你穿吗？"

三胖子："是，是。"

"那你看看这个。"服务员说着就递过来一条颜色和三胖子买的一样的裤子。

只见他打开裤子，在柜台的外面翻过来看，又掉过去看，就是不敢抬头。

柜台里的营业员正在和一个熟人说话，并没有注意我们。

三胖子依旧是看着那条裤子，他咳嗽了一声，好像是在提示我。

我突然想起了他和我说的话，小声说："现在我咳嗽不了。"

听了我说的这句话，三胖子迅速把裤子折了起来，把一只手伸向自己的书包，拽出了里面的裤子，几乎在同时，把手上的裤子塞进了书包，那动作毫不拖泥带水。

这时我才完全明白，原来他要这样。我心好像提到了嗓子眼，我都不敢正眼看营业员了。

三胖子把叠得整整齐齐的一点都看不见口子的裤子递给了营业员："服务员，给你，我再到别的地方看看去。"

营业员接过裤子，看着三胖子："买不起就说买不起！"她要打开裤子！

三胖子当时腿就哆嗦了。我的全身也"唰"的一下，我灵机一动："谁买不起啊？"

营业员："我说你了咋地？"她就要打开裤子。

我："你说我还行？"

营业员："你是干什么的？也不是你要买货。"

我："我是顾客，你什么态度？"

营业员："我这态度咋地了？"她又要打开裤子。

我："你看看你们墙上写的，为人们服务，就这样服务啊？你们领导呢？"

营业员："还找我们领导？"

听见我们的吵闹，过来一个年纪较大的女人："怎么了？"

营业员："你看看他们，挑个够也不买，我就是问一声，还和我急眼了。"

年纪较大的女人："少说几句。"

营业员："买不起就说买不起的，别穷装！"她生气地把裤子往柜台里面一摔。

我松了口气，心还是跳个不停。

年纪较大的女人看着我："算了算了，都少说几句，不买就不买吧。"她把那个营销员推到了一边。

我看着她："你服务态度真好，你指定是领导。"

我转身左右看看，三胖子早都没影了。我长出了一口气，走出了商店。

三胖子在商店的斜对面站着，我走上前去。

三胖子："我一直在这等你了，够意思吧。"

我照他就是一拳；"你怎么跑了？吓死我了！"

三胖子理直气壮："我不是出来帮你看自行车吗，要是丢了咋整，钱是大风刮来的啊？"他把我说得哑口无言。

我故意吓唬他："别胡嘞嘞了，营业员来了。"三胖子撒腿就跑……

我骑着自行车，三胖子坐在后面，我骑着骑着，哼着小曲的三胖子突然说话了："停。"他跳下了车。

他展开了那条军裤："你看看，裤脚子飞边了，这是啥裤子啊？"

"回去到成衣铺收拾收拾就得了呗。"我说。

"那不行，谁买新衣服还要回炉的，我得找他们去。"三胖子执意要返回。

我生气了："这裤子是怎么换回来的你不知道啊？你还去得瑟啊？"

三胖子想了想："那咱去二百换去，我求求你，杀人杀个死，再帮一回，就一回。"

真是拗不过他，我只好驮着他返回。

那年月，在我们农村，要是能买上一件新衣服实在是不容易，更何况三胖子家的经济状况又不好。后来我知道，那件军裤，是他长到十七岁这么大第一次买的衣服。

到了第二百货商店，三胖子找了一会，才找到卖裤子的柜台。

营业员也是个女的。

三胖子："同志，我要换条裤子。"这次他没说买裤子。

营业员接过裤子，打量着这三胖子："是我卖的吗？"

三胖子："啊……不是，卖我裤子的没你好看。"这小子真会说话，把营业员说得一脸笑意。

营业员："啥时候买的？"

三胖子："前些天。"

营业员："我说的吗，裤子颜色和现在卖的不一样嘛。这裤子有什么毛病？"

三胖子："裤脚……你看。"

营业员拿过来一条裤子，三胖子看了看，这裤子绿中偏黄："这也不是葱心绿的啊？你把那面的给我拿一条。"他指了指旁边的那摞裤子。

营业员顺手就拿了一条。

三胖子都没打开看："行，就这个。"说完转身就走。

走出商店，我已经很饿了。

我："咱们找个地方吃饭吧。"

三胖子："你吃吧，我没钱。"

我掏了所有的衣兜，找出了一毛六分钱："够了，吃大馒头去。"

三胖子："带我啊？"

我："走吧，快饿死了。"

三胖子："那你别回到家再和我要钱啊，偷瓜的罚款还不知道到哪借去呢。”

我：“别啰唆了，走吧。”

在饭店，我们买了两个大馒头，还剩了两分钱。馒头很大，微微泛黄，还没吃，就飘来了诱人的麦香。

三胖子一手抓起了一个大馒头：“真烫手。”没等说完，他就咬了一大口。

他的嘴被馒头填得满满的，一个女服务员端着一盘菜走过：“借光，油着……”

三胖子脖子一伸，深深地吸了一口气：“这要是……有点菜就好了。”没几口，一个馒头就让他彻底消灭掉。

三胖子一抹嘴：“你咋不多带点钱呢？这吃得甜嘴巴舌的。”

我吃得也很快，但赶不上三胖子吃馒头的速度。他吃完的时候，我手上还有一小块馒头。我看着馒头，顺手拿起了一支筷子，把筷子伸向了酱油瓶，然后在馒头上一点，一个酱黑色的圆点就印在了剩下的馒头上。

“服务员。”我喊着。

服务员走了过来：“啥事？”

我把馒头递向她：“你看看你们这是什么馒头，怎么里面是黑的呢？”

服务员看着：“啊……可能是碱没和开，你别吱声，我给你换一个。”她拿走了剩下的一小块馒头。

服务员送来的是一个大大的白白的馒头。我拿起就要吃，三胖子挡住了我的手：“给我一半，要不我揭发你。”

我掰开一半馒头，直接堵住了他的嘴。

三胖子快速地嚼着馒头：“我咋就没想到这个招呢，一会我也在剩下的馒头上点个点，咱多换几回。”

“你眯着得了。”我说。

正在这时候，传来一个熟悉的声音：“你们这两个玩意，怎么还下起馆子了？”说话的人是隋大虎。

隋大虎：“你们这是干吃啊？咋没要菜呢？服务员。来，点两个菜，外加四两散白酒，真是的，不要菜，那叫什么下馆子？”

“再要几个大馒头，真好吃。”三胖子说。

三个菜摆在了我们的面前，溜肉段、炒豆芽还有一个韭菜炒鸡蛋。这是一顿吃得好香好香的饭。我不住地说隋大虎的好，三胖子得意得不得了。

吃完了，隋大虎喊着：“服务员，算账。”

服务员走了过来：“一共是一块零两分。”

我们看着隋大虎，隋大虎看着三胖子：“你看啥啊，掏钱啊。”

三胖子一愣：“我哪有钱啊？”

“你卖王八那钱呢？”隋大虎说。

“花了啊。”三胖子说。

“干什么花的？！谁批准的？”隋大虎的声音变得很大。

三胖子：“这也不是公家，啥谁批准不批准的，我妈知道这事。”

“你等回家再说。”隋大虎说着。

他俩你一言，我一语，把服务员看得直发毛，我感觉浑身发热，心里担心怎么才能交上这饭钱。

隋大虎：“你再翻翻兜找找，这顿饭也没多少钱。”

三胖子：“我就是把兜翻漏了，该没有也没有啊。”

几个服务员围了上来，我们尴尬地坐在那里。

过了会，我终于挺不住了：“大叔，你是不是骑马来的？”

隋大虎：“啊，咋的？要卖马啊？”

我：“那我敢吗，借我骑下，我去我老姑家借钱去。”我老姑家在县里，隋大虎知道。

隋大虎：“好，你告诉你老姑，钱，我还，到秋就给她。”

我满头汗走出了饭店，感觉背后有很多眼睛在盯着，好在外面清新的空气使我很轻松。我没去姑姑家，因为我去了不知道怎么张口说这件事。

我牵着马，直接来到了大车店。

大车店就是来往的马车老板子休息的地方，那时候叫“打间”，很多车老板经常是没了酒钱，就割点马尾卖钱换酒，我们那当年流行着这样的话：“一等人，是支书，穿的住的都特殊……六等人，车老板，割点马尾下小馆儿”，说的就是这些人做的这个事。

我是没想占国家的便宜，只是想应急过了这一关，我直接和买马尾的人说了，你就照一块零两分剪吧。买马尾的人上去就是几剪子，马尾巴的毛少了好多好多。

回到饭店，我把钱交给了服务员，才算把他俩“赎”了出来……

隋大虎出门看着马尾巴：“啊？这是咋整的？大楼！”

我装着很惊讶：“不知道啊，我到老姑家，把马拴到外面了。”

隋大虎：“哎呀，我怎么和生产队交代啊，丢这么多，最少得三块钱啊。”我当时也蒙了，让人家给算计过去那么多钱。

我：“这可怎么办？”

隋大虎：“回家以后，你给我做个证，就说被别人偷着剪的。”

“那行，我不能说是你剪的。”我说。

隋大虎：“你这小子。”

回到家后，我还真把丢马尾巴毛的事和我爸“如实”地说了，我爸也相信了。

徐大爷在大队部的大喇叭里广播了一天：“社员同志们注意了，下面播送一个重要通知，以后牵马上县里办事的注意了，现在，县里发现有人偷马尾巴的了，小心点啊，谁再丢了马尾巴，谁就自己包啊……”

{第四章}

三胖子回来后，在试裤子的时候，他发现出大事了！

原来他换回的是个旁开口的裤子，也就是说是女人穿的裤子！他直拍大腿："光看颜色了。"

三胖子的第一反应是不能再去换了，想给他妈穿，但又觉得村里还没一个像他妈这样的女人穿这么鲜艳的裤子。

怎么办呢？三胖子比做数学题还动脑地想着……

距离交偷瓜罚款的期限越来越近了，家长们怕事，就想办法把钱交给了大队，民兵连长给打了条子。唯有三胖子没交钱，尽管是两元钱，但他家也没有，民兵连长天天到班级来催，为此三胖子感觉在同学面前很抬不起头。

连续三天，三胖子都在放学后偷偷地去河边，他想捞个王八摆脱困境，可是连个王八的影子都没看见。

时间在三胖子的着急中一天一天地过去，要是交不上钱，他可能被赶出学校。这要是从前，三胖子巴不得不上学，可是自从方老师来以后，三胖子逐步改变了想法，他现在想学习。

"偷瓜事件"发生以后，尽管方老师和我们没怎么被处理，但能明显看出方老师的情绪有些低落。

我们早就和方老师成为一体了，她的一言一行尤其是她的喜怒哀乐都牵动着我们的心，看见她不怎么高兴，我们就都把气都出在小辣椒的身上。我们越是这样，方老师就越是批评我们，她越是批评我们，我们就越把气出在小辣椒那里。大家经常是不搭理她，即使是搭理，那都是说些带刺的话。

很有脾气的小辣椒怎么能受得了这些，但她寡不敌众，又不能和大家吵闹，所以她只好把火发在家里。

连续两个晚上，小辣椒都不吃晚饭。心疼女儿的肖电工很着急。

肖电工："老姑娘，怎么了？天天都没个笑模样？"

小辣椒："都赖你们，我还能剩到家啊，我在家碍事啊？人家方老师不帮忙就整人家啊？"

肖电工："不都是为你好吗？"

小辣椒："为我好？你们去学校看看，谁能看得起我！我天天做贼似的，头都抬不起来！都冲着我来。"

争吵的时候，小辣椒的舅舅民兵连长走进屋里来："这是咋地了？"

小辣椒白了他一眼："丢人现眼，全村子都知道这事了！我的事以后你少管，别以为是方老师在里面怎么怎么了，找人家的麻烦。"

民兵连长："这孩子！"

小辣椒："你不走，是吧？我走。"说着她摔门走了出去。

在河边，小辣椒碰到了三胖子，他们彼此都看见了对方，但谁也没说话。小辣椒找个地方坐了下来，看着流淌的小河……

三胖子知趣地快步离开了。

过了一会，三胖子又回来了，小辣椒仍然坐在那里。在他走进小辣椒的时候，用力咳嗽了一声，小辣椒一转头，看了一眼三胖子。

三胖子："还在这啊？"

小辣椒没说话。

三胖子站在距离小辣椒三四米的地方："肖……妮，我……"

小辣椒看了他一眼："啥事？"

三胖子摸着头，看了看四周："没……啥事。"

小辣椒站起身来："我回去了。"说完就走。

三胖子有点着急了："等等。"

小辣椒转过头，三胖子准备打开书包。

小辣椒："要和我一起复习啊？我可不是学习的料，我学习不行，你使把劲还大有希望。"

三胖子："我不行，比不了人家乌日娜和焦大楼。"

小辣椒："以后少在我面前提焦大楼，好像谁愿意巴结他似的。不过，他也是在方老师来了以后学习成绩才上来的，你也有进步，我感觉你能行。"

三胖子："我能行？"

小辣椒："能。"

三胖子左右晃着脑袋，好像在想什么："那以后我要是真行了，得谢谢你啊。"

小辣椒："不用谢，大家都那么对待我的时候，就你不那样。"

这一句话，把三胖子说得热血沸腾，他急忙把手伸在书包里，然后慢慢地从里面拿出了那条绿裤子。

小辣椒疑惑地看着三胖子："你要干啥？"

三胖子："肖妮，我想送给你。"说着就把裤子递了过来。

小辣椒看着裤子，又看着三胖子，也是满眼的疑惑："别人的东西，我不要。"

三胖子："这裤子是女式的，你穿着能好看。"

小辣椒："平白无故我要你东西干啥啊？"

三胖子不知道怎么回答了："你就要得了，新的，前几天在县里买的。"

小辣椒："你的心意我领了，东西我不要。"小辣椒看着三胖子手中捧着的新裤子。

三胖子："要不……就当卖给你了，两块钱就行。这几天，你舅不是总是到学校要罚款吗？"一听三胖子说自己的舅舅，小辣椒转身走了。

三胖子："不要你钱，你看看你。"小辣椒头也没回，走的速度更快了。三胖子拿着那条绿裤子，呆呆地看着走远的小辣椒……

已经过了交罚款的期限，三胖子还是没有弄到钱。

民兵连长又来了，在班级里，他一点也没客气，当着同学们的面把三胖子一顿数落。很要面子的三胖子在众目睽睽之下，红着脸快步走出教室。

三胖子这次没有直接回家，而是去了二牤子家，他记得二牤子还欠他家的钱，前两天，他也想过去二牤子家要钱，但他知道去了也是白去。

其实，这几天二牤子也很着急，三胖子偷瓜被罚交不上罚款的事，小蒙古和他说过。

二牤子正在那个小屋里，他手捧着一个出壳的小鸡，眼泪挂着眼圈："行了！我行了！"

三胖子的开门声中断了二牤子的惊喜，二牤子知道三胖子是来干什么的，这个曾经的"硬汉"顿时有些软了。

二牤子先说话了："胖子，是不是要钱来了？"

三胖子没正脸看他："……没。"

二牤子："交罚款的事我都知道了，我马上想招，你先回去吧，我这就张罗去。"

三胖子："也不用，死猪还怕开水烫啊，我就是不交，谁还能杀了我啊？"

三胖子越是这样说，二牤子反倒更着急了："你等着。"二牤子走出了家门，三胖子也跟了出来。

等三胖子回到家门口的时候，看见小辣椒走来了。

送裤子人家没收，使三胖子很没面子，所以看见小辣椒的时候，他想都没敢想这是来找他的，于是，他低着头向自己家的院里走。

小辣椒喊住了他："隋满堂……"

三胖子心"咯噔"一下，他回身，只见一个信封递了过来，三胖子接过看着手上的东西的时候，小辣椒已经走开了。

回到家里的三胖子急忙打开，里面放着两元钱和一个字条："用它交罚款吧，请你不要怨恨我舅舅，他也不容易。我不在村里上学了，去县里，你加把劲，你的学习成绩能提高。肖。”

三胖子呆呆地看着眼前的两元钱和那个字条，他猛地喊了一声，跑出了家门。

他没有看见小辣椒。

他理直气壮地去了大队部。

他理直气壮地回到了班级。

小辣椒的位子，已经空着……

他回到了自己的座位，第一次主动向我要刚才老师讲课我记的笔记……

二牤子到了三驴子家。

三驴子拿出来一个大玻璃瓶子。

“装三四斤的，我爸去县里串门带回来的，纯高粱的，六七十度。”三驴子双手捧着那个大瓶子。

二牤子：“你摊上个好爹，这些年，你爹你妈真能惯着你。”

三驴子把酒瓶子一放：“我那可是亲爹啊。”

二牤子：“我那不是啊？你看我和我爸简直是一个模子扒下来的，不像你，你一点都不像你爹你妈，你是不是要来的啊？”

三驴子：“得，什么要来的，别说没用的，想当年我们老家在哈尔滨一个叫王岗哈达的地方可有名了，日子过得好着呢，就是跑到这破地方才不行的，要不更好。不胡说了，喝酒。”

二牤子：“哪有喝酒的闲心。”

三驴子：“我看三胖子这小子就是找揍，他现在有钱，卖了一个王八挣了好几十呢，我看他就是借交罚款的由子整景。”

二牤子：“不管咋说，咱不是欠人家的吗？”

说着，三驴子已经把酒倒入了两个碗里，什么菜都没有。

刚开始喝的时候，二牤子还算清醒。

二牤子：“不管怎么说，偷偷摸摸的事，以后不能再干了。”

三驴子："啥叫偷？就是别人看不见拿的。来，喝。"

没几杯下肚，加上酒的度数高，本来就犯愁的二犴子就晕晕乎乎了……

借着酒劲加上三驴子的反复开导，他们决定再偷一次，以后就彻底洗手。

他俩还真没少喝，瓶子里面没剩多少。

三驴子帮助选定的目标是村铁匠炉，因为他前几天看见大庆物探队走的时候，把一些废旧物品送到了那里。

晚上，他们撬开了铁匠炉的门……

那时农村的铁匠炉很简陋，就是用把废铁回炉打制简单的农业生产用具，如铧犁、镰刀、马掌钉什么的。即使是这样简陋的铁匠炉，也不是村村都能有，离瓦房村就近的两个铁匠炉一个在头台公社，一个在肇源县里。

趁着夜色，二犴子和三驴子把偷来的废铁装入了一个小推车，连夜奔向公社。

第二天早晨，到铁匠炉干活没几天的隋大虎发现铁丢了！

隋大虎自语道："这是咋地了呢？咋又丢东西了呢？这不是给我上眼药吗？我算什么侦察兵啊?!"他打了自己一个嘴巴。

隋大虎急忙向民兵连长报告。

民兵连长板着个脸："丢多少?"。

"连窝端的，二百多斤啊。"隋大虎说。

"值不少钱啊？大案!"民兵连长很是兴奋："这事我做不了主，必须上报。怎么这么巧，你到哪哪丢东西呢?"

隋大虎不高兴了："啥？你的意思是我偷了?"

民兵连长："我没那样说，只是感觉蹊跷，要想证明这事和你无关，那只能有一个办法。"

隋大虎："啥办法?"

民兵连长："找到作案人。"

隋大虎："那马上去大队广播，发动社员提供线索。"

民兵连长白了隋大虎一眼："这不是给犯罪分子通风报信吗？"

隋大虎："我就不信找不到，那么多东西也不好藏。"他想了想："有了。"

民兵连长看着隋大虎。

隋大虎："他偷了得卖吧。"

民兵连长："那叫销赃，不过，你说的有道理。"

隋大虎："我，侦察兵。"

民兵连长："要卖也没别的地方，一个是公社，一个是县里，远近就这么两个铁匠炉，你去县里，我去公社，现在就动身。"

隋大虎："你去县里吧。"

民兵连长："为啥？"

隋大虎："县里的人邪乎，我怕马尾巴再给剪了，已经没多少了。"

民兵连长："好，现在就行动。"

隋大虎："是！"

夏天，说下雨就下雨，这场雨下得不小。

隋大虎冒雨来到公社的时候，街上已经没有什么行人了。

在铁匠炉，隋大虎看见那堆铁的时候，兴奋得直拍手："我能把机会给别人？县里和公社哪近哪远我还不知道啊，到哪都卖一样的钱，我……侦察兵。"

隋大虎说这话的时候，公社铁匠炉的人有点摸不着头脑："叨咕啥呢？"

隋大虎："我是瓦房大队的，我叫隋根。"他指了指地上的那堆铁："这是昨天晚上我们大队铁匠炉丢的，我们的铁有记号。"他瞪着眼睛盯着铁匠炉的人。

铁匠："这是我们收的，刚收的。"

隋大虎："收谁的？"

铁匠："两个年轻人。"

隋大虎："什么样的人？"

铁匠的描述，使隋大虎觉得这两个人很熟悉。

隋大虎："卖这么多东西，得带介绍信吧。"

铁匠："啥手续也没拿。"

隋大虎："没手续你就敢收，你胆子不小啊？你这是销赃，犯法，知道吗？"

铁匠被隋大虎这句话给说蒙了。

隋大虎乘胜追击："东西你必须原封不动地给我留好，我拿我们大队的介绍信来取，一共是二百四十二斤，我前几天称的，少一两我都把你销赃的事报到公社。"

铁匠的汗都下来了，一个是隋大虎说的数量一斤不差，再就是他没按手续收购，只要是买了被盗的东西就等于参与了盗窃，做他这行的人早就知道。

隋大虎："一共卖多少钱？"

铁匠："六块九毛八。"

隋大虎："便宜啊，两分来钱一斤啊，要是正道来的能卖这么几个子儿吗？"他把铁匠说得哑口无言。

过了会，铁匠说话了："那是，要按正常价得给人家九块多，我认倒霉了，货给你，那钱就算给那俩犊子买棺材板子了。"

隋大虎看着铁匠："那还用我来取吗？"

铁匠："等雨停了，我就给你送回去，不要运费。"

隋大虎理直气壮："记住了，瓦房大队，我叫隋根。"

铁匠点头哈腰："好、好，记住了，隋根、隋根。"

根据铁匠的描述，在走出铁匠炉的时候，隋大虎就怀疑这事和三驴子、二犴子有关。

雨很大，他觉得两个人也走不多远。

公社并不大，就一个商店、一个汽车站，再就是一个小饭店。

隋大虎冒着大雨挨家走着。

当到饭店的时候，他一愣，三驴子和二犴子坐在里面正喝着呢，只是二犴子的脸色很沉。

隋大虎披上雨衣，坐在他们的身边。

三驴子：“啥事没有，这点事还能翻船，别想别的了，来，喝。”

三驴子举着杯，二犴子好像想着事。

三驴子一口喝下，又给自己倒上了酒：“把欠隋大虎家的钱还了，把以前的老账都抹平了，以后我听你的，收手。”

三驴子又举起了杯，二犴子这次也举起了杯，在两只杯子碰到一起的时候，外面传来了炸雷声！隋大虎的一只手按住了他俩端起的酒杯。

隋大虎：“啥也别说了，跟我去公社。算账，服务员。”

三驴子和二犴子心里一哆嗦！隋大虎紧盯着他俩。

三驴子：“一起喝点，下雨天就是喝酒的天。”

隋大虎：“我可不敢下馆子，兜里没钱。”

三驴子：“好说，我有。”

隋大虎：“我知道你有，有六块九毛八呢，对吧？”

二犴子当时汗就下来了：“老隋大叔，我欠你家的钱，多给，中不？看着多年……”

隋大虎：“你不欠我家钱，啥也别说了，痛快走得了。”

三驴子：“我说爷们，邻里邻居的，低头不见抬头见，我们要是被收拾了，你也占不了什么便宜。”

隋大虎眼珠子瞪得更大了：“哈哈，吓唬我呢？我告诉你，不好使。”他用手指着三驴子。

二犴子：“兄弟，认命，我担着，你是为了我，你回去，我去！”他看着隋大虎：“走吧，大叔，那地方我熟悉，你们救方老师的时候我记得，就在那。”说着，他走出了饭店，隋大虎和三驴子跟在身后。

大雨浇着他们……

要走到公社门口的时候，三驴子拉住了二犴子：“不能进去！我找我家亲戚。”他上前拽着二犴子就往回走。

隋大虎挡住他们：“你俩谁都不能走，必须交代清楚，走！”

三驴子和隋大虎撕扯起来。正在这时，我爸冒雨从公社匆匆出来……

原来，张罗很久给学校盖房子的事终于有着落了，这也是我爸这半年最关心的事了，为这事不知道他来公社多少次了。早上，公社来电话通知他开会，顺便取表办手续。

“怎么回事?”我爸问。

隋大虎：“想麻痹我的火眼金睛，哼！我……”

我爸：“说有用的，大虎。”

大雨中，隋大虎讲着他的“侦破”过程……

我爸：“犴子，是这样吗?”

二犴子：“是，叔，我……”

我爸一脚踹到了二犴子的屁股上！连水带泥，二犴子走了好几步才停下。我爸：“给咱瓦房丢人现眼，走，回去处理。”

隋大虎：“都到这了?”

我爸：“丢人不能丢到外场，回去我收拾他们。”

几人离开了公社，隋大虎走在最后面……

雨越来越大，他们是坐汽车回来的。

下车的时候，我爸叫住了二犴子，递给他一个信封：“你现在就去学校，让王校长把表填好了，送大队盖章，我下午还去公社。”

二犴子接过信封，把手伸进怀里，他跑在雨中。

等二犴子跑到学校的时候，眼前的一幕把他惊呆了。

“快跑、快跑……”一片喊声中，学生们在向教室外面跑，房子在风雨中晃动……

今天是星期天，别的班级都放假，我们班在补课。

在教室里，我和方老师推着同学们向外面跑，人多门小，女生们发出哭声。

二犴子跑到我们门口的时候，方老师和我最后撤出。

方老师：“都找自己的同桌，看看还差谁没出来。”

我突然发现三胖子不在。我喊着："胖子在里面!"

方老师冲进了晃动的教室，二犭乞子跟着跑了进去……

二犭乞子在桌子底下拽出了吓得动弹不了的三胖子："快跑!"三胖子真的蒙了，好像迈不开步，方老师在后面推着三胖子，二犭乞子推着他们俩，快到门口的时候，房子倒下，二犭乞子用尽力气，将方老师推出门，自己被砸在倒下的房子里!

社员们来了很多，大家扒着房子，二犭乞子他爹一面拽着木头，一面喊着二犭乞子的名字。

小蒙古在哭，三胖子也在哭……

大雨中，男男女女、老老少少都是拼尽力气展开营救。等把土坯和檩子都搬完的时候，都没找到二犭乞子!

大家惊愕。

王校长、方老师含着泪，小蒙古依旧哭。

我爸直起腰喘着气："人呢?"

隋大虎："人再坏，那死也能有个尸首啊? 搜!"

刘全能老师摸着脑袋："我资、资道了，一定寨、寨、寨那!"他跑到教室里面的那防空洞的位置："我掉进过仄、仄里。"说着他弯下腰拽着堆在上面的杂物，大家立即跟着刘老师忙了起来。

不一会，洞口露出，里面传来了二犭乞子的声音："我……在这。"

这个地窖，使二犭乞子捡了一条命，却砸断了他的左腿!

二犭乞子被人抬到大队部，他的身边围满了人。他被砸得不轻，左腿血肉模糊，他紧咬着牙，一声不吭!

方老师站在他的对面，满脸惊恐，眼含泪水，她第一次认真地看着眼前这个她曾经很令她讨厌的人。

方老师："挺住，马上就来车了，送你去医院。"她说话的声音在颤抖。

最着急的当属我爸，他亲自打电话叫救护车，站在二犭乞子面前，他感到自责，为了翻建新校舍，他从春天就开始跑，好容易跑出了眉目，却出了这么大的事。

二牤子狠抓我爸的手，汗珠布满额头，我爸强忍着疼痛：“使劲、挺住，牤子。”

方老师拿出了手帕，这是二牤子不陌生的手帕，他第一次去方老师那找麻烦就看见了这个折得方方正正、干干净净的手帕。

方老师给二牤子擦着头上黑乎乎的汗水，她的手很轻，挪动得很慢，这时二牤子才开口说话：“都没事吧？”每个字几乎在牙缝中挤出。

方老师点头，二牤子也在点头。

刘大夫在给二牤子做简单的处理：“挺着点，一会儿‘小白车’就来了。”他说的小白车，就是县里才有的医疗急救车。

隋大虎看着我爸：“你看看，要是让公社抓起来多好，能出这事吗？”

我爸白了他一眼。

三胖子带着哭腔：“爹，要是没牤子哥，我就完了。”

外面传来了救护车的喇叭声，二牤子很快就被救护车拉走了，在雨中，在乡亲们的注视下……

第五章

这次事故以后，学校开始翻盖校舍，并且建设速度很快。我们没有停止学习，教室临时改在大队部。

二犴子入院后，小蒙古就没来上学，她在医院照顾着她哥。

班级一下走了两个平时很被大家关注的女生，加上最近发生的事情，使我们消停多了。

二犴子住院后，村里人反映不一，有的说这小子了不起，是彻底学好了；有的说这是前些年他横行乡里遭到的报应。

可方老师和我们说，他是英雄，我们身边的英雄！

在上课的时候，方老师和大家说："那天发生的事使我很感动，我们总想要做好事、做大事，成为英雄，原来，英雄就在我们的身边。"

大家认真地听着。

我习惯地看着小蒙古的座位，看着那空空的座位，我有些发呆。这么多年来，她总因为自己有个不争气的哥哥而抬不起头来，现在她应该抬起头来了，可惜她现在没在教室。

方老师："今天我们写篇作文，题目是《英雄就在我们身边》，专门写他……他叫什么？"

三胖子急忙站起："二犴子。"这小子凡是自己知道的，在老师面前总是第一个说出来。

方老师很严肃地看着三胖子："我是问他的名字。"

方老师的问话，还真把大家问住了。也是，这么多年，在我们村子没听谁说过二牤子的大名。

方老师问了王校长以后才知道，二牤子的名字叫乌日图。

教室里，大家在念着自己写的作文。

三胖子："……曾经是个无恶不作的无赖，曾经是个横行乡里的恶霸，在一次偶然的大雨天，在一个炸雷之后，他突然变好了……"

方老师沉下脸来，快步走了过去，拿过三胖子的本子一撕两半。

所有人看着这一幕，都好像钉在了凳子上。

明天是星期天，按往常是应该补课。但方老师决定，带着几个学生代表去县里看望二牤子。

在医院里，我看见了二牤子，他躺在病床上打着点滴，左脚缠着一圈一圈的白色绷带，显得特别疲惫。

没有看见小蒙古，只有他爹呆呆地站在二牤子的病床前。

方老师拿出乡亲们送来的东西，二牤子看着有些激动，他想坐起来，但他只能是动动身子。

方老师："别动……你怎么样？大家都很惦记你。"

二牤子："没事。"他咧着嘴，这使他的笑容颇不自然。

方老师："那天多亏你了。"

二牤子："也是赶上了，没事。"

牤子爹指了指二牤子的脚："脚保不住。"

方老师的肩猛地一动，她急忙回过头，走向门边。

三胖子哭了，他想说什么，但没说出来。他拿出了几张纸，放在二牤子的枕边，那是他重新写的作文。

我看着二牤子，眼前的他既熟悉又陌生：这是方老师来的第一天晚上那个无赖吗？这是方老师投河时被救起之后跪在河堤上的那个家伙吗？这是在大队部公社的人要带走方老师，在后面推着方老师出门的那个二哥吗……

大家和二牤子并没说什么，很多时候都是沉默，大家就是看着他，二牤子的脸上始终露着微笑……

在医院的走廊里，牤子爹在送方老师，方老师问：“怎么没看见乌日娜?”

牤子爹：“她昨天就回去，上课去了。”

方老师一愣：“嗯？哦。”

晚上，我去了小蒙古家，她家的门锁着。院子里的猪饿得嗷嗷叫，见我来了，在我身边叫来叫去。

连续几天，都没看见小蒙古的影子，方老师很着急，我早都坐不住了。这天，我爸要去县里看二牤子，顺便给他送治疗的钱，我让他给问问小蒙古到底是去哪了。

我爸得到的消息是，有人看见小蒙古去公社的砖厂干活去了。听到这一消息，我打了个冷战，一股凉气似乎从我的脊梁骨里向外冒……

我要去砖厂找回小蒙古!

骑自行车去砖厂需用半个小时，我好像只用了十几分钟的时间就赶到了那里。此时，已经是夕阳西下了，干活的人在吃着晚饭。

人很多，都是几个人围在一起，把饭菜放在堆放的砖垛上，大家狼吞虎咽。

我快步走着，从头到看尾，大家奇怪地看着我，可是我并没有看见我要找的人。莫非是她不在砖厂？她要是不在这多好！她能去哪呢?

正在我胡思乱想的时候，从砖窑的洞口里缓缓地推出来一台车，码起的砖块挡着推车的人，我僵直地站在那里，看着不远处推来的墙一样的装砖的手推车，我几乎能听到自己的心跳声!

我不敢走近，我甚至想快点走开!

车到了我的面前，推车的人露出了脸……

这是我熟悉的一张面孔！只是这张面孔不是小蒙古！啊！怎么会是她？我的心几乎跳了出来！方老师!

方老师也很惊讶地看着我。

我急忙跑过去，一把抓住了推车的车把，她松开手，用毛巾擦着脸上的汗水："你怎么来了？"喘息中，她露着笑，这样的笑以往我没有见过。

"她呢？"我问方老师。

方老师："你也知道了？你快去……"她指着身后的砖窑。

放下车，我跑向砖窑。砖窑里的空间很大，一股股热浪袭来，透不过气来。

我左右看着，一个熟悉的身影就是在不远处，她在向车上放砖，很吃力！

我跑向她，在她转向我的那一瞬间，我看见她就要倒下，我冲过去，一把扶住了她……

她好像是在梦里醒来，看了我一眼，"哇"地一声大哭了起来……

那声音，好像要劈开砖窑里的每块砖头！那声音，好像要撕开砖窑的棚顶！

我一面搀扶着她走出砖窑，一面为她抹去泪水。

方老师就站在砖窑门前的不远处，本来想走向我们的她，停在了那里！她看着我们，我们看着她……

小蒙古停在砖窑的门口用力地呼着外面的空气……

方老师走了过来，她扶着她的学生小蒙古。

我推着砖车，一趟又一趟，感觉有使不完的劲，恨不得把全砖窑里的破砖乱瓦推得干干净净。

"够了。"小蒙古说着，从我的手上接过推车："累够呛吧？"她看着我。

"不累。"说这话的时候，我并没有看着她。

方老师过来给我递过一条毛巾，她什么都没说，毛巾触及我脸的一瞬间，一股我说不出的气息袭来，说不出的香味浸透我的全身。

在我正愣神的时候，一人端着饭菜走来："受累了，小姑娘，快吃吧。"

这人看了看我和方老师："没你们的份儿。"说完，她快步离去。

这人送来的饭菜很简单，玉米碴子水饭，一个很大的窝头，还有婆婆丁、小葱和大酱。

我的口水都要流下来，这要是在家，不用一分钟，我就会把这些东西消灭干净。

小蒙古端着饭："一起吃，方老师。"

方老师："我吃过了，你快吃吧。"

我也在一边迎合着："你快吃吧。"

一碗饭在小蒙古和方老师之间推来推去。

方老师："你快点，你不吃我们就马上走。"

不知道是真饿了，还是这个学生听老师的话，只见小蒙古转过身吃了起来……不一会，那些饭菜就被她吃得精光。

一阵清风袭来，我的疲惫仿佛随风飘去。

月光下，方老师坐在砖垛上，我和小蒙古站在她的面前。

方老师："你必须马上回去，回学校上课去。"这好像是在课堂，我们正在接受她的批评。

方老师："我知道你为什么来这里，但靠你自己怎么行，你现在的主要任务就是学习。"

小蒙古还是不说话。

方老师："你再想想，好好想想。"

沉默了很久，小蒙古才开始说话："我要是走了，那这几天的工钱就没了。我要挣钱，给我哥治病，他好了，家才能好。"

我："大队能管你哥，大家能管你哥。"

小蒙古："那我更要管他，我多受点累，他就能早点好。"

我："我们放学以后，都来这干活，不用你天天在这里，我们都有力气。"

小蒙古摇着头。

"你怎么这么犟呢？老师说话都不行啊？"我有些沉不住气了。

小蒙古："我的事不要你管。"

我更气愤了："你家什么事都指着你啊？你是爹你是妈啊？在家最小

的，管那么大的事！”

小蒙古：“我们家还有谁？你有妈，我有吗?！我家可以没有我，但必须有……我哥！你走吧，我不回去。”可能是我说话不慎，提到妈了，小蒙古在说这句话的时候，带着哭腔。

方老师：“别吵了，你要是不想回去，就在这干吧。”

我有些着急了：“不行！你怎么这么说呢？方老师。”

方老师：“你也跟着在这干，全班的同学都来，我，不教你们了，我走！”说着，她离开，可是没走几步，她停了下来。

我向小蒙古指了指，她挪动着脚步，走到方老师的身边。

方老师用手轻轻地拍了下小蒙古的肩膀：“……回去吧，你现在学习，比你出来劳动更重要，你已经耽误好几天了。”

小蒙古把头侧向方老师的肩头，方老师抚摸着她的头发。

沉默了好久，我：“回去吧，你家的猪也等你呢。”

我说完这句话的时候，小蒙古突然离开了方老师的肩头。

方老师：“走，工钱咱不要了，现在就跟我走。”说着，方老师拉起了小蒙古的一只手。

小蒙古想要挣脱，我推了她一下，她迈开了脚步。

路上，方老师和我们讲了很多，怎么学习，未来怎么美好……我们听着、走着，走在月光下……

大队的大喇叭传来了一个熟悉的声音，是我爸的声音。大喇叭倒是经常响起，但我还是第一次在这里听见我爸的声音：“大家都注意了，我是焦文才，现在播送个通知，啊，一个通知，咱们屯屯东头的二犊子，三队的，啊，为了救学校的学生，砸坏了，很严重，啊，正在县大医院住院，希望社员们帮助一下，有钱的出钱、有物的出物……”

伴着大喇叭传出的声音，大队部门前排着队，大家有的手中拿着几角钱的，有拿衣物的，有拿鸡蛋的，有拿玉米碴子的……隋大虎和徐大爷在登记着大家送来的物品和现金。

大吵吵抱着一件军大衣快步走来，直接走在最前面。

大家议论着："啊！好东西啊""压箱底的货""最少也得值三十、二十的""大虎当兵时发的"……

隋大虎"噌"地一下站了起来，他瞪着眼睛，用手指着大吵吵："你，你给我回去，拿回去。"

大吵吵愣在那里。大家都惊奇地看着他们俩。

三驴子冲了过来："隋、隋大……二犮子是救你家孩子砸折腿的，你家捐献个军大衣你还这样！你是人吗？啊?!"

隋大虎："我家的事，轮不到你管。"

三驴子："就一件破大衣，是你爹啊?!"

隋大虎："你不是会歪门邪道吗？铁匠炉又收破铜烂铁了，那玩意值钱。"

一说到这事，三驴子灭火了。

大家也停止了议论，大吵吵夹着大衣悻悻而去。

隋大虎一家这几天着实不平静，原因是二犮子为救三胖子砸伤了腿，他们一家感到愧疚。大家在给二犮子筹钱的时候，三胖子跟着着急。他又去了几次河边，并且弄到了一只个头很大的王八，他高兴得不得了。可是，当他满怀欣喜地去找那个大庆人时，得到的答复是勘探队已经走了。为此，三胖子很沮丧。

这些天，尤其在晚上，三胖子经常被噩梦惊醒，这更使大吵吵深感不安。大吵吵总是眼睛直直地盯着三胖子。

三胖子将两个绿绿的大白菜叶铺在饭桌上，把大葱撕得一条一条，放在菜叶上，在上面放着香菜，用筷子把酱抹在葱和香菜上，然后将小米饭铺在上面，用手捧起了白菜，他狼吞虎咽地吃着"饭包"，吃着吃着他突然停下了看着他妈："妈，你这是干啥呢，这几天我看你不正常，怎么总看着我？不看我，我还能丢了啊。"

大吵吵并没说什么，只是发出了叹息声，随即向门外走去。

隋大虎叫住了大吵吵："你这一天天没消停时候，走来走去的。"

隋大虎的话，使大吵吵停住了脚步："谁有你心那么大，胖子差点被砸死。”

隋大虎：“这不是活蹦乱跳的吗?”

大吵吵：“不和你说了，我出去溜达溜达。”说着她向门外走去。

隋大虎：“又想出去喝啊?”

大吵吵：“我喝什么喝，哪有你那闲心!”

隋大虎：“你这是说谁呢?”

大吵吵：“说别人还能对得起你?”

“咣”地一声，三胖子把饭碗向桌子上一放：“没个好，我一吃饭你们就这样。吵吵、吵吵吧。”说着他走出了屋。

三胖子这一招还真灵，他走出门以后，隋大虎和大吵吵还真的停止了吵闹。

大吵吵收拾着饭桌，隋大虎坐在炕上靠着墙抽着烟。

大吵吵一面干着活，一面说着：“人得有良心。”说着，她端着盘子走出屋子。

大吵吵空手走进屋内：“没有人家，胖子现在还能在家吃饭吗?早上阎王爷那了。”她擦着桌子。

隋大虎：“你有完没完了?我也不是三岁小孩子，我啥不知道!那天我就在那儿。”

大吵吵：“那人家二犵子现在遇到大难了，也不想什么招?帮一件大衣，你还当那么多人面来那一出。”大吵吵将筷子向碗口上一摔。

隋大虎：“我想什么招，也不能把我的腿卸下来了，给他换上吧?”

大吵吵：“没钱就不能想想招，就这么挺着?”

隋大虎不停地抽着烟：“招倒是有。”他瞪着眼睛看了一眼大吵吵。

大吵吵：“啥招?”

隋大虎；“你娘家的人不都惦记你吗?咱写封信，向他们求求援。”

大吵吵：“求援?”

隋大虎：“你七大姑八大姨那么多，来信都说想你，问你有没有难处，现在有了，就告诉他们一声，不告诉好像瞧不起人家似的。”

大吵吵：“只是……只是我怎么张口呢?”

隋大虎："你就说胖子要说媳妇，需要钱。"

大吵吵："啥?"

隋大虎："现在也正是犴子家难的时候，人家也毕竟是为救胖子残废的，咱也应该帮一下，咱把钱给他，顺便提提亲，以后咱们成了亲家了，咱不但管着犴子，也照顾小蒙古，花一回钱，办两个事，多合适。"

大吵吵："别说，小蒙古是打着灯笼都难找的好姑娘，要是能做咱家的儿媳妇，以前我说你上辈子做多少损了那都是说错了。只是怕人家……"

隋大虎："怕什么怕，现在不正是说这事的好时候吗?"

大吵吵："那给老家写封信吧。"

隋大虎："写吧，二十多年咱们自力更生也没求过他们一回，给他们一个机会，现在就写信。胖子，胖子!"

方老师让我送小蒙古回家，她自己回到学校，她的样子告诉我，她很累。

由于学校房舍倒塌，方老师搬到了大队部的一个小屋里。她走到大队部的时候，三驴子正在大队部等着她。

看着方老师回来了，三驴子跟着方老师走到了她自己住的屋子门前。

方老师没有开门，她回头看着三驴子，那一瞬间她好像一惊："找我?"

三驴子："开门吧，不会有别的事，放心，咱别在走廊说话，别人听见不好。"

看方老师没有开门的意思，三驴子继续说："咱敞着门说，就说我犴子哥的事。"方老师打开了门。

小蒙古到家的时候，直接奔向猪圈，她叫着猪，可是一点回应都没有，这是很少见的。

小蒙古："我的猪?!"

我赶忙走向前："你别急，猪……在我家。"

小蒙古深深地出了一口气，我们走进了屋子。

屋子不怎么整洁，二犴子住院后，小蒙古没回过家，犴子爹也没回来过。

小蒙古："你先坐着歇会。"说着她拿起了笤帚，扫了起来。

我真想过去帮她干活，我知道这几天她一定很累。于是我站起身来，走向她。

大吵吵口述，三胖子写着信。

大吵吵："写到哪了？"

三胖子："写这些年跟隋大虎没过几天好日子。"

隋大虎："咋没过好日子了？家丑你四处扬吧，把这句话抹了，胖子。"

三胖子："就不能不写我爸的外号啊？他也不是没大名。"

隋大虎："对，你妈提到我的时候，都写隋根。"

三胖子："就不能说是胖子他爹啊，多少年都不写一回信，也不带着我。"

大吵吵："好，还是有文化的人会说个话，接着写。胖子要订婚……"

三胖子把笔向饭桌上一摔："啥?！不写这个。"说着站了起来。

隋大虎："你看看你这出儿，喝了几两墨水儿，就连你爹妈都不当玩意了。"

三胖子走了出去。

隋大虎："一会你去那院看看去，把咱的意思先说说，先探个口风也好。"

大吵吵："这黑灯瞎火的，你去说吧。"

隋大虎："我不看瓜了，在家的地位'唰'地一下子就下来了，我去。"说着他披上了外衣。

方老师的屋子敞着门，里面就三驴子和她。

"这几天我天天守着犴子。"三驴子说。

方老师："他怎么样?"

三驴子："不怎么样，我天天给他掂兑钱。"

方老师没说什么。

三驴子："犴子哥是为了救你才这样的，你得包赔。"

方老师抬头看着三驴子："他是个好人。"

三驴子："别说没用的，说说怎么包赔吧。"

方老师："是他让你来找我的吗?"

三驴子："不是，我感觉气不公。"

方老师："那你先回去，我想办法，我今天有点难受。"她下意识地用手指按着下腹部。

三驴子："你这是撵我啊？你难受，那折了腿的就好受吗？痛快地，快说怎么包赔。"

方老师一手按着自己的腹部，一手抹下额头。

三驴子："你自己说说吧，你来我们瓦房以后，这得好了吗？都快出人命了，你还在这赖着不走。"

方老师没有说话。

三驴子："要是我，早都走了。"他盯着方老师："现在走也不晚，你要是回哈尔滨了，或者是去别的地方了，我犴子哥就是伤得再重还能找你吗？要是你不走，他出院以后，能饶了你吗？你自己好好想想吧。"说完，他走了出去。

小蒙古坐在凳子上，手搭在桌子上。

"我回去了，这几天你很累的。"我站起身向门外走。

等我要走到门口的时候，她叫了声："焦大楼。"我停住了。

她并没有直接说什么，我背着她，在等着她说话。

过了一会，她开口了："我还想回砖厂，再干几天活，把工钱结了。"

我转过身看着她："方老师不是说了吗，工钱不要了，你回来上学。"

小蒙古："那我这几天不是白干了吗？我明天就去。"

我有些着急了："靠你挣的那几个钱，能解决什么问题？大家不都在帮助你哥吗？你就听方老师的吧，明天上学。”说着，我迈开了腿。

小蒙古：“焦大楼。”小蒙古站了起来，我看她身子一晃，急忙跑过去扶住了她，她顺势靠在我的肩上抽泣起来：“大家帮我家还少吗？”我僵直地站着，怕她倒下……

隋大虎在小蒙古家的窗前向屋内看着……他好像听见了什么声音，于是他迅速地离开了。

方老师来了，小蒙古猛地推开我，她擦着眼泪。

我转头，方老师愣愣地站在那里，站在我们的面前，双手抱着一个被子，她刚想转身离开，我走了过去。

“方老师，我回去了。”我的声音有些颤，从她身边经过的时候，我没敢看她。

三胖子又重新写了起来，她妈站在地上：“胖子他爹对我很好……”

隋大虎推门进来，他站在地中央：“别写了！”

大吵吵：“不是你让写的吗？”

三胖子：“刚写到你的好，等我写完了，正写得来劲呢。”

隋大虎：“写什么写，直接去，人比信走得快。”

大吵吵直愣愣地盯着隋大虎。

隋大虎：“你不是天天叫唤想回娘家吗？”

大吵吵：“站着说话不腰疼，路费呢？”

隋大虎：“我想招。”

大吵吵：“你？”

三胖子：“别指着我抓王八了，就是抓着了，也没人买了，死心吧。”

隋大虎看着三胖子：“这家没你还喘不了气了啊？把我的军大衣找出来。”

大吵吵：“咋地？”

隋大虎：“卖了！”

大吵吵：“这么多年，咱家就这一样像样的东西，你都舍不得穿，谁买你都不卖，现在咋了？”

隋大虎：“现在不是遇到难事了吗？”

大吵吵：“卖给谁？”

隋大虎：“刘老师。”

三胖子：“得了，我现在还上学呢，你收人家钱，我还咋在学校待？”

隋大虎：“你以为我想卖给他啊，是他说要买。对了，你回娘家别说是胖子订婚着急用钱，不订了。”

大吵吵：“那怎么说？”

隋大虎：“就说我腿砸折了，别说腿，说腰。”

大吵吵：“咋不说你腰折了呢？”

隋大虎：“行，说我腰折了，你快点准备吧。”说着他一瘸一拐走出了屋子，边走边自言自语：“我说话没准儿，说不定哪下子变卦呢，你回不了娘家别赖我。”

三胖子：“妈，你出门，我给你准备一件好东西。”

大吵吵：“啥好东西？”

三胖子：“到时候你就知道了，保证把全屯子人都震迷糊了。”

大吵吵惊奇地看着自己的儿子。

方老师抱着被子在地上站着，小蒙古侧着脸低着头，还是方老师先说话了：“我来陪你作伴，帮我把被子接过去。”

小蒙古马上走了过来，她没有看方老师，直接接过了被子，放在炕上。

小蒙古：“你饿了吧，方老师？”

方老师：“我不饿，收拾收拾睡觉吧，明天还要上课。”

小蒙古：“今天让你受累了，方老师……”

方老师：“没什么，你回来就好，睡吧。”说着她坐在炕上脱鞋。

小蒙古：“你先睡，我出去下，一会儿就回来。”

方老师：“这么晚了，你上哪去？我陪你去。”

小蒙古：“不用，我自己出去。你先挂上门，我知道怎么开我家的门。”说着，她走出了屋子。

方老师来到了门边，她有些不放心，看着小蒙古走出院子大门的时候，她悄悄地推开了门。

小蒙古向我的家的方向走来，方老师跟在她的后面，脚步很轻。

我回家后，到了我家的猪圈。可能是听见了我的脚步声，小蒙古家的那头猪叫着出来了。我向猪槽子里面侩了几瓢猪食，猪吃得正欢。

我看着吃食的猪。等我回过神来的时候，我发现身边多了个人，我吓了一跳，原来站着的人是小蒙古。

我下意识地摸了下胸口："吓死我了，你怎么来了?"

小蒙古："我惦记猪，我把它领回去。"

听见小蒙古说话，猪停止了吃食，直接向她走去。

我："谁家的牲畜认识谁家的人啊！那也等它吃饱了再走啊，要不好像在我家受了亏待似的。"

小蒙古："这几天给你家添麻烦了，要不它早饿死或者是丢了。"

我："没事，以后你不离开家了，猪就不会挨饿了。"

小蒙古："嗯。"

停了会，我问小蒙古："方老师怎么说你了？刚才……对不起啊，以后……"

小蒙古："别说了，不赖你，她没说我什么，我走了，今天也没少让你和方老师挨累。"

我："没事，我送你回去。"

"不用不用，有它和我作伴，我不害怕。"小蒙古说。

我听着很不是滋味。

"我走了。"小蒙古说着就转身离开了，她叫了声猪，猪就跟在她的后面，走出了我家的院子。

我跟在小蒙古的后面，一直看见她和猪进了她家的院子，我才回了家。

大吵吵明天就要出远门了，知道消息的乡亲来到了她家，来人中也包括我妈。

我妈拿着一碗煮熟的鸡蛋递给大吵吵："多少年你也不回去一趟娘家，回去了就多待些日子，这几个鸡蛋带着，路上吃。"

三胖子走了进来："大姨，这鸡蛋是生的还是熟的？"

我妈笑着："刚从鸡窝里拿出来的。"

三胖子摇着头："我不信。"

我妈："不信咱就试试？"说着她拿出一个鸡蛋，往桌角上一碰。

三胖子："唉呀，妈呀，这不得碎了呀！"说着，他麻利地从我妈手中拿过那个鸡蛋，剥起皮来，一口咬掉了一半，他一手竖着大拇指："我大姨，这个地。"

隋大虎："你轻点，鸡蛋皮不挡饿。"

三胖子嚼着鸡蛋："真香，妈，你咋不早出门呢？这回也带我去呗？"

隋大虎："得得得，一个人还不知道咋去的呢，谁不知道你想跟着去为了啥。"

大吵吵："胖子，你好好在家学习，这鸡蛋都归你，下回带你去。"

三胖子："哎呀，我光顾吃了，忘了个大事，妈，你回过头去。"

大吵吵看着三胖子："你这是整啥事呢？"说着，她转过身去。

三胖子："妈，我喊一、二、三，你就转过身来。一、二、三……"他变魔术一样，从自己穿着的衣服后面拿出了一件东西，他猛地将这东西展开，刷的一声，一条绿军裤展现在大家的面前。

大家都惊呆了。

三胖子："妈，这是我给你买的，你看看，旁开口的。"

大吵吵好像钉在地上，愣愣地看着眼前的裤子。

"真好看。""这小子真孝顺。""穿上看看。"大家议论着。

大吵吵拿着裤子，眼睛盯着裤子，什么话都说不出来。等了好久，她折起了手中的裤子："孩子，你有这份心思，妈就知足了，这么金贵的东西咱们留着，等以后给你说媳妇用。"她的声音有些颤抖，她叠着裤子的手有些抖……

二牤子治病越来越难，原因就是差钱。这段时间，我爸一直想着办法，想帮助他渡过这个难关，但收效不大。

尽管大家都做出了努力，但捐助的还是有限，也没能维持多久。医护人员除了给他处置之外，那便是催着交钱。牤子爹很尴尬，以至于二牤子喊疼的时候，他都不敢找大夫和护士，实在是二牤子挺不住了，他才硬着头皮去找医生。二牤子几次和他爹发火，他要回家，他觉得在医院被数落，比他的伤痛还难受。

我爸专门去公社向领导反映了二牤子的事，没想到他去的时候，有不少人也在找领导，有的拿着条子，有的直接说县领导是他家的实在亲戚，是领导让来的，可是那些条子是怎么拿来的，还得怎么拿回去。我爸得到的答复是：公社的钱和现在的庄稼一样，青黄不接。这样的事情在全公社还有一些，就是因为没钱，才一直在等着研究，就是前几年应该处理的，现在都还没有着落。公社领导告诉我爸先自己筹集，最后由公社帮助解决一部分。

方老师更是着急，毕竟二牤子是因为救自己和学生才住院的。她接连给哈尔滨发出了几封信。

后来，她想出了一个办法，那就是写报道，让更多的人知道二牤子见义勇为的事迹，也能得到领导的关注，这样，好心人就能伸出援助之手。

她的想法是好的，只是在写报道的时候犯了难，尤其是写英雄的过去。怎么办呢？她冥思苦想，终于想出了个好办法，那就是只写现场救人的纪实，对过去只字不提。

她把写好的文章寄给了《黑龙江日报》社，标题是《英雄救人一瞬间》，她详细写了二牤子在救人时候的英勇行为和现在的遭遇及处境。不久，县里来了两个人，要核实情况。

在大队，我爸、王校长、方老师、民兵连长等向来人详细反映着当时的情况。来人很激动，认为这是一个很好的典型，应该大书特书。

谈完后，来人要去二牤子家看一看，他们明确要求，不要大队和学校的领导陪同，由他们直接向社员再了解一些情况，以深挖英雄的成长经历。

在临走的时候，我爸和民兵连长说：“你陪着上级领导，中午在社员家吃派饭。”

我爸问徐大爷，该轮到谁家吃派饭的时候，还没等徐大爷看完小本，隋大虎就争着说：“轮到我家了。”

其实，隋大虎是好意，他想借来人在他家吃饭的时候，和人家套套近乎，多给二犴子说些好话，因为在刚才汇报的时候，没他说话的机会，他几次想插话都被别人给打断了。

我爸：“大虎，你家里的出门还没回来，你去我家，告诉你嫂子，到你家帮着做做饭。”

隋大虎晃着脑袋：“不用，我会，就这点小事。”

徐大爷在一边插话了：“以前往你家安排人吃饭，你可总是说，在部队，你只学会了给猪做饭，没学会给人做饭啊。”

隋大虎：“得得得，怎么能当着上级领导的面提那茬呢?”

我爸：“你们现在就陪领导去二犴子家，反映情况要实事求是。”我爸特意看了下民兵连长和隋大虎。

我妈知道上级来人是为帮助二犴子的，她特别高兴，特意把家里仅有的两只下蛋鸡杀了一只，她一点都没心疼。

吃饭的时候，来人和民兵连长、隋大虎闲聊着二犴子的事。

可算是轮到隋大虎有说话的机会了，他嗓音洪亮，说了很多二犴子的好话，说得实实在在、绘声绘色，并且还以自己祖宗八代都是朴实的农民和曾经是一个立过功军人来保证，他说的话都是真的。说到激动处，他直拍胸脯：“我要是说半句假话，十冬腊月遭雷劈、五方六月遇冰雹，来生都不得好死……”来人听得很入神，但还是要不时地躲着伴随他的话飞出的漂浮物，其中一个人一直不停地记着。

来人点着头：“这真是个好同志啊！很受教育和启发，没白来，好、好。”

隋大虎：“那是、那是，比好还好。”他竖起大拇指。

来人：“你说得很全面，这些都是我们所需要的，我们要如实向上级反映情况，今天就这样吧。”

隋大虎想了想：“我再稍微补充点，其实呢，二牤子……不是……那个乌日图出事呢，也赖我，那天，我要是坚决点，把他留在公社就没这事了。”

民兵连长：“都是自己作的，不偷东西能轮到他去学校送什么材料吗？”

隋大虎：“也怪三驴子。”

民兵连长：“这两人在一起，还能干出好事？团伙性质。”

两人你一言我一语，隋大虎把什么不好的事都往别人身上推，可是民兵连长总是能扯到二牤子身上。

他们说的话，让来人听得瞠目结舌。

来人放下筷子，叹息了一声：“啊？这……这应该是个很好的反面典型啊，应该由公安局的人来调查，不该由我们来核实啊。”说着，来人站起来要走。

隋大虎着急了：“这是咋地了，不给救济了？”

来人：“我们只管报道，救济的事得找民政。”

隋大虎：“要是找他们管用，还找你们干啥？”

来人发出叹息声离去，隋大虎觉得是自己的嘴帮了倒忙，于是他急忙拉住来人，用哀求的口吻说话：“同志……朋友……领导……兄弟，你们别这样啊……他救人是真人真事啊……杀人得杀个死啊……”

来人好像没听他说什么，还是一直向前走。

隋大虎松开了手，呆呆地站在门口，他看着离去的人，向自己的脸上狠狠地打了一巴掌！

就这样，方老师的努力彻底泡汤了。

这些天，去看二牤子的人很多，他总带着笑脸，但只有一次例外，那就是我妈去看他的时候，他不但没笑，还哭了起来。

为了去看二牤子，我妈把家里的家底钱全拿了出来，包括这几天她要回的欠账，一共是二十一元四角。

我妈站在二犊子的面前："孩子，你做的事，乡亲们都看在眼里，大家都佩服你。"

二犊子只是抽泣。

我妈："犊子，没有过不去的坎儿，只要人在，啥都好办，不就是腿坏了吗？咱还有手，还有心，以后我管着你，咱们好好捂小鸡也能活一辈子，哪朝哪代人不吃鸡蛋，不吃鸡肉？"

二犊子流着泪，点着头。

我妈："别着急上火了，你安心治病，别的事大家管。"

正说着，护士拿着个小本进来了。

护士看着本："医院说了，要是再不交钱，下午就得出院了。"

我妈拿出了兜里的钱："姑娘，先用这些。"

护士数着钱："你这个当妈的，咋才来？你们家也是，今天一块明天五毛的，行，再挺两天。"说着她转身离去。

本来方老师对通过报社宣传二犊子的事迹以引起社会的关注抱有很大希望，可是没想到，距离发表文章就差一点点的时候出了不可扭转的差错，这使方老师更加着急。为此，她还当着我爸、我妈的面哭过，我爸妈安慰着她说，一定能有办法。

这次打击并没有让方老师灰心。放学后，方老师拿着她事先写好的材料，挨家挨户走，她要大家在上面签字，她要拿着她写的材料直接找县委领导！

大家都很支持她，她所到的每家每户都按了手印，方老师很激动，逐个谢着乡亲们，大家都夸方老师是全村最好的人。

材料很快送到了县里，得到的答复是等信儿。

每当县里唯一的一班汽车要到达村子的时候，隋大虎总是去公路等着，他已经去了四五次了，但还是没接到大吵吵。

尽管我们临时上课的地点是在大队部，但大家并没有什么不习惯，所不同的就是大家的学习更积极了，可能是经历了教室倒塌的生死考验，尤其是方老师经常鼓励我们，大家的学习劲头更加高涨，有些化悲痛为力量的感觉。和大多数同学所不同的是，小蒙古在学习的时候总是走神，但走神的人不仅仅是她自己，还有一个，那就是三胖子，他俩为什么这样，我心里清楚。

今天，班级发生了一件很意外的事，那就是三胖子接到了一封信，这是他长这么大以来第一次接到的来信。

信封很白，有个浅浅的图案，给人的感觉是干净、漂亮。

三胖子接到信的时候，手在哆嗦："啊？这……这，我还能收到信？是不是谁邮错了？"

"错什么错，隋满堂，你的名字，快打开看看。"我说。

谁写给他的呢？信封的落款只有两个字："内详。"

三胖子不太敢撕开信封，他犹豫了一会儿，然后一点一点地撕开信封的一端，我全神贯注地看着。

三胖子把手慢慢地伸到了信封口，他的手很大，信封的口很小，他又把手拿了出来，慢慢地伸进两个手指……

随着他手指一起出来的，不是信纸，而是两张崭新的一元钱！

三胖子看着钱，惊呆了："信封里能出钱！"他喊了一声："这么多！"

"信呢？"我说。

我这么一说，他才醒过神来，他拿起了信封，向里面看："啥也没有啊？"他又将手指伸进去："怪了，你看看，啥也没有。"

我接过信封，看着里面，真是什么都没有。

我看着信封上面的字，然后把信封递给了他。

三胖子呆呆地看着信封……

"这是谁邮来的呢？这钱我花了犯法不？"三胖子问我。

"是邮给你的，你花了，犯什么法。"我说。

"真的？"三胖子继续问我。

我回答他："真的，就是我花了也没事，不信你试试？"

三胖子攥住了钱，盯着我："不地。"

我笑了。

三胖子："那我花了，邮电局不能找我后账吧？"

我："人家邮电局只管邮信，怎么能知道里面有没有钱呢？"

三胖子："也是啊，要是知道了，那邮递员不得揣自己兜里啊？"

他把信封翻过来掉过去的看，一边自言自语："这是谁整的事呢？做好事还不留名，不会是雷锋叔叔显灵了吧，你等着我知道这是谁干的？"

我："知道了，你还能怎么样啊？"

三胖子眼睛一瞪："怎么样？谢谢人家呗。不和你说了，你没收过钱，你不知道现在的心里是啥滋味。"他又看了看那两元钱，然后小心翼翼地将钱揣进了兜里。

放学后，小蒙古来到我家，平时她是很少来我家的，只是我去她的家的时候多。她来一定是有什么事，我想。

我妈比以往更加热心地和她打招呼。

我妈："孩子，自己在家累吧？"短短一句话，小蒙古的眼圈就有点湿润了。

小蒙古笑了笑："没事。"

平时我很喜欢和她说话，但有其他人在的时候，我倒不知道说什么了。

我妈："你哥怎么样了？"

小蒙古："……还行。"

我妈叹息了一下："孩子，你来，是不是有什么事？"

小蒙古："没……没事。"她低下了头。

我妈："有事你就吱声，别抹不开。"

小蒙古停了停："没事。"

我妈："那一会你回去的时候，带回去点米，自己在家别饿着。"

小蒙古："不用，前几天给我的米还没吃完呢。"说着话的时候，她看了我一眼。

我妈："是不是找大楼有事啊？"

小蒙古摇头："大姨，我回去了。"说着她转身走了。

我有点纳闷，什么事都没有，她怎么能来我家呢，以前她可不这样。

我妈看着走出门的小蒙古，追了出去。

在大门口，我妈和小蒙古说着话，我在屋内向外面看着她们。小蒙古低着头，说着说着，我妈用手搂着小蒙古的肩又走回了院子。

小蒙古站在我家院子里，我妈走进了仓房。

不一会，我妈拿着一碗面走了出来，来到了小蒙古面前，递给了小蒙古。

小蒙古："一点就够，用不了这些，大姨。"她用手推着碗。

我妈："都拿着，用不了自己做点疙瘩汤吃。"两人推来推去，最后小蒙古还是没争过我妈。

小蒙古走后，我妈告诉我，小蒙古要用点面做浆糊。

"做浆糊？她做浆糊干什么？"我想着。就这么点小事，她憋了半天都不说，这丫头。

就是在这天，我爸和方老师又一次来看二牤子，原因是二牤子的腿化脓了，还要继续治疗一段时间。可是，医院正式下了出院的通知，原因依旧是一个——欠钱。

护士："院领导说了，这是最后一次通知，今天就得出院。"

我爸："人的病还没好，怎么就能出院？再宽限几天，我们也在想办法。"

护士："这事你和我说不着，我不是领导。"

我爸："那我和你们领导说去。"

护士上下打量着我爸："就你？领导不在。"说着转身就走。

我爸："你给我站住！"他说话的语气很重。

护士转身，用很蔑视的眼神看了下我爸："你想干什么？"

我爸："你告诉你们领导，要是耽误给我们贫下中农治病，饶不了你们！"

护士："什么叫穷横穷横，我算知道了。"说着，她愤愤而去。

我爸："你给我站住，你这是说什么话？"

这时过来一个男医生："肃静、肃静。"

我爸："别以为挣点现钱就这样对待人，告诉你们，我们也不是打谷楂的，耽误了治病，我就告你们去。"

医生："你喊啥啊，她也不是领导，这不是也没咋耽误治病吗?"

医生转身走了，二犴子在一边哭了。

我爸走上前去："哭啥? 一个大老爷们!"

二犴子："我……我也是贫农了。"他用力攥紧了拳头。

我爸："我们先回去，我告诉你，医院就是抬你走，你也不能走！听见了吗?!"说着，我爸离开了病房。

晚上，我爸来到了王校长家。

我爸："王老师，盖房子的钱还有多少?"

王校长："还有二百三，明天要买木头，得用一百。"

我爸："那先给我拿一百，我急用。"

王校长有些为难："这……这钱可都是专款专用啊? 挪用公款……"

我爸："出了事我兜着。你需要多少木头?"

王校长："连檩子带柁，也得二十多根吧。"

我爸："好，木头明天送来，钱现在就给我。"

王校长："钱都在方老师那经管。"

我爸："哦，那我去找她。"

我爸转身就走，王校长叫住了我爸："你得给留个字据啊，这么大个事。"他拿来了纸和笔。

我爸在纸的下方写下了自己的名字："我签字了，别的你自己写。"说完就走，在走到门口的时候他回头："这事别和别人说，要是出什么事，和你、方老师都没关系，就说钱在我这经管了。"

王校长点头。

我爸直接去了肖电工家，因为他家有现成的木头，这个孝子几年前就给他妈准备好寿材了。

尽管前段时间因为提亲的事让肖电工很没面子，但我爸去了，他还是客客气气，毕竟这个电工是在大队的领导下，尽管我爸现在是代理，肖电工一点都没敢怠慢。

“老肖，借点你家的檩子和柁，学校着急用。”我爸说。

肖电工有点为难了：“这是给老太太预备的啊。”

我爸：“我给你新木头，反正你也不着急用。”

肖电工：“那是，越晚越好。”

我爸：“这几天就给你送来木头，只能多不能少。”

肖电工：“行。”

深夜，趁着月光，我爸带着十多个社员，这些人都是他很信任的，来到了村北面的树林里开始砍树。

隋大虎对我爸说：“大哥，这砍树可是犯法的事啊！要不我们犯？你走。”

我爸：“无论对谁，都不能说咱砍树了。听见了吗?!”

大家答应着，隋大虎的嗓门最大。

我爸：“大虎，你小点声。”

隋大虎：“在部队落下的病根，多少年没这样喊的机会了，劲儿使猛了。你问的声大，我回得就响亮，你没在部队待过，你不知道。”

我爸：“别嘞嘞了，快砍吧，选粗的，隔着点砍啊。”说着，我爸向一棵粗树砍下了第一斧！

月光下，大家砍起了多少年没伐过的大树。

半夜的时候，小蒙古就起来喂了猪。然后她离开了家。

她顺着公路，向县里走。

天还很暗。她走啊走，把天从黑走到暗、从暗走到亮……

她到县里的时候，尽管天很亮了，但也只是早上四点多，路上的行人很少。

她来到县电影院，这是平时人最多的地方。她看了看四周，确定没人之后，她从兜里拿出了一张纸，然后抹上浆糊，将那张纸贴到了入口的墙上，她的手哆哆嗦嗦……

她在市场的入口贴着……

她在百货商店的门口贴着……

她一共贴了五张，最后一站是县冰棍厂的大门口。

她正在把纸往墙上贴的时候，突然从厂区里面走出一群说说笑笑的下夜班工人，她急忙收起了手上的纸张，躲在树的后面。

她不敢看着走过来的人。随着说笑声的临近，她突然一惊，心几乎提到了嗓子眼！

这是一个熟悉的声音。

“累点怕啥啊，比在农村干活轻多了。”一个女生传来。

一女工：“肖妮，像你这样没命地干，这个月最少得比我们多挣一块钱。”

另一女工：“比不了肖妮，人嘴快，手也麻利，好好干，听说今年可能有临时工转正的。”

另一女工：“好好供你哥上学吧，学习好了免得像咱们这样挨累。”

小蒙古一愣：肖妮哪有哥？

声音渐渐消失了，小蒙古露出头来，看着远去的一群人，她呆呆地站在那里。

停了一会，小蒙古好像才缓过神来，于是，她要贴最后的一张纸。

正在她贴着的时候，一只手拍在了她的肩上，她下意识地喊了声，身体好像一跳。

等她转过头来的时候，发现是我。

“你！”她深深地松了一口气。看着她那被惊吓的眼神，我很后悔，后悔了好多年，每每想起那一幕的时候。

我看着她贴的那张纸的内容，又看看她：“好！你怎么来的？”

小蒙古停了会儿：“走着来的。”

我埋怨道：“你来怎么没告诉我！你得走多长时间啊！”

她没说话。

“还有多少了，我帮你贴。”我问她。

小蒙古：“没了。”

“那咱们走，我去县广播站，办完事我驮你回家。”我看着她。

她点着头，感觉她很疲惫。

在县广播站，一个领导模样的中年男人接待了我。小蒙古没有进来，可能是她怕别人想什么吧。她就站在窗外，窗子开着，能清清楚楚地看见她。

中年男人看完了我写的第一页，他抬起头：“你写的？”

我点下头，以为他要表扬我，我心跳加快。

中年男人：“你为什么要写他？”

我有点紧张，毕竟这是我第一次投稿：“他救了我们，没有他，就要有人被砸死。”

中年男人：“就是为这个？”

我补充道：“还有就是想让大家都像他那样。”

中年男人看着我，又看了看手上的稿件，他晃着头：“不行。不能播！”

我很意外地看着他：“为什么呢？”

中年男人：“这事我知道，也研究过，你写的这个人以前有严重的问题。”

我急忙说：“我没写他以前。”

中年男人：“你不懂，看一个人，不仅仅要看他的现实表现，还要看他的以前。你走吧，不能播。”他把稿件递给了我。

我麻木地站在那里，头上感觉针刺一样。

看我不动，他又说话了：“我要开会去了。”我知道，这是在撵我走。

我真的有些着急了：“平时做好事的人，关键的时候不做好事有什么用呢？”

中年男人惊愕地看着我：“你在说什么？”

“平时做过不好的事，关键的时候做了好事，那也是好人！”我一激动，说出了我自己都感觉平时说不出来的话。

中年男人："你在给我上课吗?!"他很严厉。

我真的很激动："他能用自己的命换别人的命，还有比这样的人还好的吗？这不是英雄吗？不就是广播里经常说的英雄吗？"

我感觉中年男人有点呆了……

"这是我们全大队、全学校人的心里话！"我把稿件向桌子上一摔，走出了他的办公室。

走出门的时候，小蒙古在看着我，她的眼里闪着泪花……

回来的路上，我骑着自行车，小蒙古坐在后座上。

可能是她太困太累了，好几次她都差点被晃掉。

公路上很少见到行走的人，只是偶尔有汽车、马车从我们的身边经过。

我："你把手放在我腰上吧，这样稳当。"

她没说什么，手也没伸过来。我快速一蹬车，自行车一晃，她的手放在了我的腰上。

整个路上，我们就说了这么一句话。

我有点不习惯放在我腰间的手，我很紧张，但也只好这样。

她的手搂得越来越紧，我感觉她的脸就贴在我的后背上……我的心狂跳。她一定是睡着了。但我又不能确定，因为每当要有车辆在我们身边路过的时候，我都能感觉她松开了手，过一会她的手又搂住了我的腰……

我爸本打算亲自到县里给二犴子送治病的钱，可是他没去，他要观察下砍树后村子里的动静，于是他让隋大虎去县医院。

隋大虎当然是愿意做这样露脸的事了，他和我爸说："你这不是雪中送炭，简直是雪中送火。"他看着钱，又看着我爸："哪来的钱？这么多。"

我爸："偷的，快去吧。"

隋大虎晃着脑袋："偷的？你？那不可能。你没二犴子、三驴子那两下子。"

我爸："别叭叭了，把记者说走了的事我还没找你算账呢，快去吧。"

隋大虎："把你家车子借给我用用，我是不敢骑马去县里了，县里人太恶到了。"

"你坐车去吧，自行车没在家，给你报销。"我爸说。

隋大虎笑着："这好事？那我可就不客气了。你们等着，我用这些钱和那些要账鬼儿们好好说道说道。"说着，他快步走了。

病房里，二犷子正在和他爸发着脾气。

二犷子："你快收拾东西，回家!"

犷子爹看着二犷子："你又怎么了，一会一出，你现在这样，回家怎么办?"

二犷子："大不了就是个死，死了也比在这受罪好，没看人家都什么脸子。"

犷子爹："你只管治你的病，别的不用你管。"

二犷子："啥都别说了，你要不收拾，我自己收拾。"说着他抬起身来，可是他立刻又躺下了，他咧着嘴、矜着鼻子。

犷子爹急忙上来扶他，二犷子用力一甩手，他爹一个趔趄，二犷子还要重新坐起。

犷子爹怒了："你个混账的东西，我的话你不听，你大姨夫的话你也不听啊?! 他不是说不让你走吗?!"

二犷子："不走、不走!"他随手拿起了床边的一个杯子，摔在了地上："我不走!"

大家惊愕地看着他，有人上前扶着他……

杯子摔在门口，正赶上隋大虎进来。他看着地上的杯子，又愣愣地看着病房里面的人，最后把目光聚在了二犷子身上："这是咋地了，知道我来啊还整出个响儿，欢迎我啊?"

大家都不说话了，犷子爹走了过来："你来了，大兄弟。"

隋大虎："嗯。"他突然抬高了嗓门："不就是差钱吗？钱到了。"他从兜里掏出了一沓钱。他看着同病房的人，声音更大了："就差医院几个子儿，这一天天地催命似的。走，都和我交钱去，阎王爷还能欠小鬼的钱，真是的。”

大家跟他来到了交款处，他把手上的一沓钱向人家一摔：“花着吧。”说完就走。

收款的人叫住了他：“给谁交钱啊？”

隋大虎：“还有谁欠钱啊？”

收款人：“欠钱的人多了，我知道你给谁交？”

隋大虎：“啥？那么多人欠钱，凭啥天天就撵我们走呢？啊？把刚才我拿的那些钱都给我……都给我交了，我们瓦房的贫下中农还能欠你们的钱，真是的。”

隋大虎在回来的汽车站里看见了他想看到的人，他的老婆大吵吵！

别看平时这俩人在家总吵架，可是分开了一段时间隋大虎心里还感觉有些空空的。所以，在家没事的时候，隋大虎就和三胖子说：“也不知道你妈啥时候能回来，以后说媳妇不能找远的。”三胖子：“你想她了啊？”隋大虎：“你这小子，我不是怕她在路上有什么闪失吗？身上还带着钱呢。”

车站的意外相逢使这两个平时嗓门都很大的人都没话了，他们就是那样相对站着，还有一段距离。

看着提着包裹的大吵吵，隋大虎先说话了：“你手上的东西沉吧？咋样？去了二十二天。”

大吵吵脸色很不好，在隋大虎要到她跟前的时候，她身子晃了一下。

大吵吵：“都挺好的，胖子咋样？”

隋大虎：“挺好，活蹦乱跳。”

大吵吵松了一口气。

隋大虎：“整回多少钱？”

大吵吵：“大家一起凑的，六十，钱都紧，要不我不能待这些天。”

隋大虎：“正是用钱的时候啊。”

大吵吵：“二犊子怎么样，还住院吗？”

隋大虎：“是，咱们先别回去了，送钱去。”

车站的人很多，隋大虎急匆匆地在密集的人群中穿行，当他回头的时候，发现大吵吵不见了。

隋大虎左看右看，他有些着急了："我那个老婆呢？我那个老婆呢？"

等了一会，大吵吵挤了过来，她气喘吁吁，脸色苍白："你……你急个啥劲儿，赶火车啊，把我丢了，你还想找一个咋地？"

隋大虎瞪着眼睛："找什么找，跟着点，别丢了，这地方大，不像咱们屯子。"

隋大虎把钱交给犴子爹的时候，一点都没声张，这么露脸的时候，他却一改了以前的张扬。

"大哥、犴子，多少是点意思，先花着。"隋大虎说。

犴子爹拿着钱的手在颤抖，眼睛都湿润了："这么多啊，用不了、用不了。"

隋大虎："没事，花吧，用不了咱们存在医院，下回再用。"

大吵吵："有你这么说话的吗？"大吵吵的声音也不像从前那么大了。

二犴子："大叔大婶，给你们添麻烦了。"

大吵吵："哪的话，我家胖子多亏你……"她的声音渐渐减弱，身体一晃，在要倒下的时候，隋大虎和犴子爹搀住了她。

"大夫！"隋大虎喊着。

匆忙过来的护士走上前："快，到办公室，人昏过去了。"

医生和护士在抢救着大吵吵，犴子爹流着泪，隋大虎在一边来回走……

大吵吵苏醒过来了，她看着隋大虎，眼角滴下了一滴泪。

隋大虎想说什么，可是他什么都说不出来，只是攥着他老婆的手："疼不疼？"

大吵吵点了点头，示意没什么大事。

隋大虎："活了、活了。"兴奋的他也是眼泪在眼圈。

一直在现场有个血站来办事的女医生，她反复看着大吵吵，突然说了一句话："这不是上午献血的那位大姐吗？说你不听，非得多献。好好休息一下。”

听着她说的话，大家都惊愕了。

大吵吵的确去了辽宁的娘家，可是亲戚们的手头也不宽裕，大家东凑西凑，也只是凑了四十多元。

回来的路上，她吃着干粮，没舍得花钱，在回到县里的时候，她总觉得走了几千里路，拿回这么点钱面子上过不去，于是她决定卖血！并且先多收了组织卖血人的钱，答应以后再献几次，凑够到十六元钱为止。

隋大虎和大吵吵回来的时候，正遇到小蒙古赶着猪。小蒙古和他们打着招呼。

隋大虎：“丫头，你这是干啥去?”

小蒙古：“收猪的来了，我想把猪卖了。”

隋大虎：“走、走、走，快回去，别卖了，猪还没长成呢，卖不了几个钱。”

小蒙古看着隋大虎：“能卖多少是多少。”

隋大虎：“不缺钱了，我才回来，真的。”说着，他赶着猪就走。

小蒙古接过大吵吵拎的提包，跟在后面……

晚上，大队大喇叭在转播着肇源新闻，广播里传来播音员铿锵有力的声音：“现在播送由焦大楼采写的通讯《英雄就在我们身边》。我们经常听到许多英雄人物的故事：董存瑞舍身炸碉堡，黄继光奋勇堵枪眼，邱少云烈火炼真金，欧阳海誓死拦惊马，蔡永祥无畏救火车，刘英俊舍己护儿童……而现在我要说的则是我身边的英雄——乌日图……

“1977 年 8 月 14 日，这一天是星期天。天空雷声滚滚，下着瓢泼大雨，在我县头台公社瓦房学校，年久失修的教室在风雨中晃动，教室里有三十多个正在补课的学生，一场灾难正向他们悄悄袭来……”

晚上听广播已经成了大家的习惯，很多人都在认真地听着。我听到这些的时候，热血沸腾，头发好像都竖了起来。没想到，我送到县广播站的稿子还真的播了，并且就在当天的晚上，这是我第一次投稿！

第二天一大早，就有人陆陆续续来到了医院，有的是来看望英雄的，有的是来看处境艰难的小蒙古的哥哥的，他们带来了赞扬和鼓励，还有衣物、食品和少量的现金。

医务人员惊呆了！同病房的患者和陪护惊呆了！当然，更吃惊的是二牤子父子俩！

先来的人走了，后面的人又来了。

好心人的热情和赞扬，使二牤子流下了眼泪……

到中午的时候，两个干部模样的人拎着水果，在院长的陪同下，进了二牤子的病房。

院长介绍着，这两个人和在病床上的二牤子握着手："乌日图同志，你们学校方老师反映的情况，领导很重视，你的事迹县领导都知道了，派我们来看望你。希望你好好养病，领导指示，你好好治病，不要为医药费的事犯愁。"他看着院长："以后的治疗费用记好账。"

院领导点头："好。"

来人从兜里拿出了一些钱："这是县委邹书记专门委托我带给你们的，是县里领导们凑的钱，一点心意，你们收下。"

二牤子只是流泪，他想说什么，但说不出来。而牤子爹在连声说谢谢的同时当场就要跪下，被人搀住了。

这消息很快就传回了大队，知道的人都非常高兴，也松了口气。最感到高兴的应该是方老师，但她什么都没说。倒是隋大虎直拍大腿："赖我、赖我，钱送早了，要是晚送一天……哪天我去问问，以前交给医院的给不给退，不要白不要。"

这一夜，我没怎么睡好，翻来覆去想着大喇叭里播送的我写的那篇稿子，想象着上学的时候大家是什么样的反应。我着急盼着天亮，越是着急，就越睡不着，越睡不着，就觉得时间过得越慢。

太阳还没有露出脸来，我便爬了起来。走到门外，扫起了院子。看着我在外面干活，早起的母亲都很吃惊，可能是我平时很少干活的缘故吧。

我是第一个到学校的。按照以往的“规律”，我到教室的时候，如果小蒙古不在，那她马上就会到。每每就我们俩在教室的时候，谁和谁都不说话，都是看书，不知道她看书的时候是不是专心，反正我是经常走神。和往常一样，我打开课本，不时地看着窗外，等了好久，但还是没什么动静。我有些纳闷，今天她怎么来得这么晚呢？原来由于我心急，竟然看错了墙上的时钟，早到学校一个小时。

不久，我听见了说话声。方老师和小蒙古推开了教室的门。

方老师：“你来得很早啊，是不是昨天听完广播没睡好？”

我直起身，摸着头：“没有、没有。”

方老师：“你写得真好。”她竖起了个大拇指，看我的眼神都和以前不一样了。

我有些不好意思，于是扫起了地来。

方老师提着水桶走了出去，教室里就剩下我和小蒙古。和往常差不多，我们都没说话，我也没看她。

她走了过来：“我扫。”

我直起身，看了她一眼。

小蒙古看了看教室的门，随即从兜里拿出了一个折好的纸条递给我，我接过那纸条的时候，她从我的手里拿走了笤帚。

我很想知道她写的是什么，但教室里就她自己，我反倒不好意思打开了。我回到了自己的座位上，低着头，把手放得很低，桌子挡住了我打开纸条的纸……

“谢谢你，谢谢你！”我从头到尾看了几遍，半张纸上，就这六个字加上两个标点。看着看着，我心一动，感觉纸上有泪痕！

我抬头望去，看见小蒙古正在擦着黑板，她的动作很快、很有劲……

同学们陆续来到了教室，大家都露着笑脸，所有同学都把目光投向我，我从来没有过这样的自豪。

三胖子来的时候，站在门口，四处看着：“昨天大喇叭说什么了，你们谁听见了？”

他看着大家，没人回答他。他唱一句：“东方红……”走向自己的座位。

方老师给我们上第一节课，她站在前面，尽管临时的教室没有讲台，但觉得她依然很高，她露着笑脸："同学们，昨天晚上大家是不是听到广播了？"

大家应和着。

"焦大楼同学写了一篇很好的稿件，县里采用了，我也听了，写得不错。大家就他写的内容发表一下感想。"

没人说话。

方老师看着我们："可以从写作文的角度谈谈。"

大家还是没说什么。

方老师："隋满堂，你说说。"

三胖子被突然叫起，有些不知所措，摸着脑袋："这……这焦大楼写得这么好，得感谢我。"

大家发出一阵嘘声。

三胖子："要是二……要是乌日娜她哥不救我，那他还写个啥？"

大家哄笑。

方老师："好好回答。"

三胖子："写得好，以后向他学习。"说完，他坐下了。

方老师："我们总是说学习要活学活用，其实发生在我们身边的事往往就是我们写作文的好素材。"她的话语越来越弱，跟平常不一样。我发现她的脸有些苍白，手习惯性地按了一下腹部……

好心人帮助二犊子的消息很快就传回了村子，乡亲们都松了口气，大家凑在一起的时候，这无疑就成为了首先议论的话题，大家为瓦房大队和二犊子都上了"公家"的"大喇叭"而感到兴奋。尤其是徐大爷，耳朵没离开过收音机，他想如果收音机也广播这个稿子的时候，他就把这"喜讯"通过大喇叭再播出去，可是一连几天，他都没有听到。正在听广播的时候，隋大虎走了进来。

隋大虎："你这是听啥呢？耳朵还贴在了收音机上？没电了啊？"

徐大爷直起来身子：“听听大楼写的那个，咋没信了呢？就播那一回。”

隋大虎：“你以为是天气预报呢，天天播。”

徐大爷：“没听够啊。”

隋大虎：“那你等着二犊子再挨砸的时候吧。”

徐大爷：“你说的这是啥话呢？人家不是救你的孩子才挨砸的吗？”

隋大虎：“不闹了，你不是还想听吗？”

徐大爷：“啊。”

隋大虎：“我有个办法。”

徐大爷看着隋大虎：“啥办法？”

隋大虎：“你让大楼把他写的再写一遍，你照着念不就行了吗？”

徐大爷：“是啊，何必我总这么等呢。”

我按照徐大爷的吩咐，又写了遍那篇稿件。接连几个晚上，徐大爷都在念我写的那篇稿子：“我们经常听到许多英雄人物的故事：董存瑞舍身炸碉堡，黄继光奋勇堵枪眼，邱少云烈火炼真金，欧阳海誓死拦惊马，蔡永祥无畏救火车，刘英俊舍己护儿童……而现在我要说的则是我身边的英雄——乌日图。啊，乌日图呢，就是村东头的二犊子，啊……”

徐大爷说得没有播音员那么振奋，但感觉也不错，并且还对我写的稿件给予了适当的展开……

这些天，在医院的二犊子心情好了许多，不仅仅是因为很多好心人来看望他，也不仅仅是因为治病的钱有了着落，而是突然慕名来了一位姑娘。

姑娘叫郑淑珍。看上去也就是十七八岁，长得不算漂亮，但感觉很朴实、很壮实。

她是被护士带进二犊子的病房的。进来的时候，她显得格外激动。在二犊子的病床前，她愣愣地看着二犊子，把二犊子看得直傻眼。她的激动和二犊子的惊愕形成了强烈的反差。

郑淑珍：“你就是救人英雄乌同志吗？”

二牤子看着他，想说什么却说不出来，这是他长这么大以来第二次听到别人叫他同志，而叫同志就意味着等于认可他是好人。

护士："是，他就是。"

郑淑珍："英雄，我叫郑淑珍，是大庆卧里屯的，来肇源串门，在广播里听见了你的事，很佩服你。"

二牤子："谢谢、谢谢，都是过去的事了。"

郑淑珍："你是好人，好人就应该有好报。我没什么钱，但我有心有力气，让我来照顾你吧。"

这简单的几句话，把二牤子的眼泪快催下来了，同时被感动的还有牤子他爹，病房里的其他人更是吃惊。

还没等大家转过神来，郑淑珍就收拾床头的桌子，归拢着桌上的杂物，用抹布擦着桌子，把上面的东西摆放得整整齐齐。看着干活麻利的郑淑珍，牤子爹都不知道是站着好还是坐着好了，他在病房里走来走去……

正在她忙着的时候，隋大虎来了，见识很多的隋大虎愣住了。

隋大虎拽着牤子爹到一边问着，在听牤子爹小声说话的时候，他的眼睛紧盯着郑淑珍。

郑淑珍刚刚收拾完桌子，就扫地，然后提起了一个暖瓶要去打水。

她问牤子爹："大叔，水房子在哪？"

牤子爹："你歇会，姑娘，我去打水。"说着他要接暖瓶。

郑淑珍："我去。"说完就离开了病房，大家望着她离去的背影都愣在那里。

隋大虎拽了下牤子爹："跟着。"

牤子爹有点发呆。

隋大虎："别把暖壶给拿走了，现在啥人都有。"他推了下牤子爹，牤子爹走了出去。

大家议论着："现在还是好人多""这姑娘心善""人还是做好事好啊"……平时喜欢说话的隋大虎什么也没说，只是在听大家说。

不一会，郑淑珍和牤子爹回来了。她提着暖瓶给二牤子倒水。她用两个杯子折着水，把水递给了二牤子。

平时很少得到别人关心，尤其是几乎没得到姑娘关心的二牤子现在彻底蒙了，他不知道是接这水杯还是不接，还是郑淑珍说话了："喝吧。"这两个字，就让二牤子乖乖地伸过手来。

他看了一眼水杯，又看一眼郑淑珍，他马上就低下了头，把杯子慢慢地端到嘴边，喝水的时候，他眼里含着泪花……

大家都不说话了，隋大虎走到二牤子身边，拍着他的肩膀："大侄子，老天有眼，送来个好心人，你，没白挨砸。"

大家听着直发愣。

隋大虎看着郑淑珍："姑娘，你有眼力，他是我们村子最好的人，以前就好，真的。"他特意强调了二牤子的以前，姑娘点着头。

隋大虎："小时候就好，他是看着我长大的。"郑淑珍一愣。

隋大虎："不信你打听打听，我要是说一句瞎话，我都不够人字儿这一横一竖。"他的话使郑淑珍更加发蒙："一撇一捺吧？"

病房里传来了久违的笑声……

之后的几天里，郑淑珍细心地照料着二牤子，二牤子脸上天天挂着笑容，慢慢地他能下床拄着拐走路了，郑淑珍搀扶着二牤子，大家看着都很高兴。

大吵吵去自己的自留地摘豆角，在回来的路上，在我爸带领大家砍树的地方歇脚，坐在树墩上的她发现了一个秘密，还没等屁股坐热，她就站了起来，直接去大队反映情况。

当时我爸正在学校的工地上，民兵连长接待了她。

大吵吵："你们还讲不讲道理，丢个瓜就把我家大虎给撤了，那丢那么多树，怎么就不管，这不是看人下菜碟吗？"

民兵连长："你说啥？哪丢树了？"

大吵吵："村北面的林带里。"

民兵连长听完拔腿就走，看着离开的民兵连长，大吵吵很是得意。

民兵连长到现场一看，顿时神经紧张了起来，紧张得近乎于兴奋，这可是个大案子！他数着被砍的树，二十棵，然后仔细"侦查"着每个树墩的周围："这树好像在哪见过呢？"村边的树不多，精心的人对每棵树什么样都能记个大概。他猛地一拍脑门："媳妇挺起了大肚子——有了。"

到了学校的建房现场，他直接走向摆放树木的地方，他查了两遍，不多不少，正好是二十六棵。

民兵连长喊着："王校长！"

王校长走了过来："什么事？"

民兵连长盯着他："这木头是哪来的？"

王校长想了想："买的。"

民兵连长："在哪买的？"

王校长："这事归你管吗？"

民兵连长："不归我管问问还不行吗？"

王校长："那我告诉你，在县里。"

民兵连长："你能叫得准吗？"

王校长："这有什么叫得准叫不准的？建学校是上面批的钱，买什么东西都有账目。"

民兵连长："我不相信在县里买的。"

王校长："你不相信那是你的事。"

民兵连长："王校长，你是村里的老人，大家都敬你三分四分甚至五分的，我也不愿意和你撕破脸皮，这事你还是好好想想再说。"

王校长："没什么好说的，买这些木头花一百元钱。"

民兵连长："账目和钱都由谁经管？"

王校长："我。"

民兵连长："那拿出来我看看？"

王校长："你既不是会计又不是领导，你看好像不好吧？"

民兵连长："我和你说吧，这事涉及树木盗窃案，真归我管。"

王校长："那你就管吧，我有事，得走了。"说完，王校长转身离开。

民兵连长："哎，王校长，钱不是归方老师管吗？"

王校长头都没回。

民兵连长："好！团伙，你们都脱离不了干系。"

正在方老师给我们上课的时候，民兵连长推门而入。

民兵连长："方老师，找你有点事。"

方老师看看他，又看看我们："现在上课呢。"

民兵连长："出这么大事，还上什么课?!"

方老师："你等我上完课再说好不好?"

民兵连长："不行。"

方老师："现在是上课时间，你不能影响大家的学习。"

民兵连长："我只找你核实点事，不耽误他们。"

我早就看不上民兵连长，尤其是偷瓜以后，我猛地站起："没人给我们上课怎么不影响我们学习?! 方老师，你上你的课。"我瞪着民兵连长。

我突然说的这句话还真把他给镇住了。民兵连长悻悻地离开了教室，但他就站在门口，一动不动。

方老师讲课的时候明显地受到了影响，我们听得也没平时那么认真了。

三胖子小声问我："是不是还是偷瓜的事啊，要抓人咋地?"

我："抓人也跑不了你家，你爸看瓜，你偷瓜，你妈吃瓜。"

三胖子："真的啊，要全家端咋地?"

课间的时候，我看见方老师和民兵连长在大队部门口说着话，等上课时，我发现方老师的表情明显不对。

三胖子又收到了一封信，信里依旧什么都没写，里面还是装着两元钱。他现在的学习劲头更高了。

这些天我们的学习越来越紧张了，晚上开始上起了自习。虽说是自习，但方老师始终和我们在一起，她看着书，做着题，不时走到我们的跟前，遇到不会的地方，她就给我们讲解。

上晚自习是自愿的。开始上的时候，三胖子并没来，而是在家看书。

隋大虎："人家都在大队学习，你咋不去?"

三胖子："有点跟不上，自己在家鼓捣。"

隋大虎：“以前呢，我不打算让你累脑筋，可是我听方老师说，你现在脑袋开窍了，那你就好好学吧。我比你妈强，还识几个字，你咋地也得比我强吧？要是有文化，在部队我还能回来吗？”

大吵吵：“可不是。”

隋大虎：“没你的事，我要是文化深，还能轮到你？”

大吵吵：“你还抱屈啊？你有文化？当年给我写信的时候都是别人帮助写的，你还糊弄我，说是自己写的，呸！”

隋大虎：“我不是工作忙吗？你没在部队喂过猪，你不知道？去去去。”

两人你一言、我一语，三胖子把书一合：“你们总吵吵，给你们学点习都这么难，我上大队去。”说着他走出了屋子。

大吵吵：“你看看你，孩子学习刚来劲，你就给破劲儿。”

隋大虎：“你知道啥，不这样，他能去大队学习吗？人家都在那学，咱差啥啊？不学白不学。再说了，去大队学习咱家也省电。”说着，他拉动了电灯的开关绳。

方老师依旧住在小蒙古家，回来以后，小蒙古点燃了油灯，她俩在灯下看书……

方老师：“你哥要出院了，我就不陪你了。”

小蒙古：“真舍不得你，方老师。”

方老师：“那以后你到我那住去，我们还一起学。”

小蒙古：“好啊。”

电灯突然亮了，她俩相互看了看，都露出了笑脸。突然，方老师收住了微笑，用手按着腹部。

小蒙古急忙递过一杯水。

方老师：“不喝了，有点难受。”她的声音有些弱。

小蒙古：“方老师，你怎么了？是不是累的，我找大夫去。”

方老师：“不用，最近总是这样，一会就好了。”

小蒙古：“你看看你，都出汗了，别看书了。”

方老师没说什么，趴在了炕上。

小蒙古站在地上看着方老师，转身离开要去找大夫。

方老师："你……你别走，我没事，你好好看书吧。"

小蒙古收拾着被褥，方老师躺下了，小蒙古边看书，边看着方老师，不一会，她打起了瞌睡……

小蒙古猛地抬头，吹着眼前的灯泡，吹了几下，她才意识到眼前发出光亮的不是油灯，就在她站起要拉开关的时候，方老师伸出了手。

小蒙古："方老师，方老师！"

小蒙古叫了很多次，方老师都没答应，她急忙推开了门。

天蒙蒙亮的时候，隋大虎赶着马车送方老师去医院，车上坐着我爸、刘大夫、王校长、张老师，还有小蒙古，我也上了马车。

车刚出村口，方老师就痛得忍不住了。

我爸："小方，你挺着点，到县里就好了。"

我爸的话，并没有使方老师的呻吟声减弱。

车停下了。

刘大夫："方老师这病经不起颠簸啊。"

我爸："刘大夫留下，你们几个快回村找壮劳力，抬担架走，越快越好。"

方老师是被抬着去县里的，抬着她的足足有二十多人，分两班倒，大家跑着。

方老师被诊断为肠梗阻，必须马上手术！

她被推进了抢救室里……

乡亲们在门口急切地等着，等着的人里，有拄着拐的二犴子……

护士走了出来，大家围了上去，护士打着手势不让大家说话："你们都准备准备，得输血，看看谁的血型适合。"

隋大虎挽起了袖子："大夫，抽我的，我的血好，随便抽，抽不死我就行，必须救活方老师，她一个人……"隋大虎说着说着哭了……

大家都撸起了袖子。

大夫："输血得对上血型，患者的血型特殊，必须多来些人对血型。"

我爸："你们都听大夫的，我打电话去！"

说着我爸快步离开。

在电话里，我爸声音很大，说话很快："全大队所有能来的男人都来，快点！"

满走廊的人，都是瓦房大队的男人！他们都挽着袖子，一个一个地等待验血。

在一百多人里，能对上血型的人，只有一个，他是三驴子。可是，他不同意献血。

三驴子："我还没成家呢，这抽血……"

大家眼睁睁地看着他。

隋大虎气愤地："你先抽，以后我和你换，把我的血都给你。"

医生叫着三驴子的名字："张天生，快点啊。"

我爸走到三驴子身边："这是救命的时候，还能看方老师死吗?!"

三驴子愣愣地站在那里，一声不吭，一步不动。

大家看着三驴子。

二犴子："你给哥点面子，就当救我命了，我祖宗三代都感谢你，快！快！"

三驴子好像什么都没听见，面目发呆。

三驴子要走，二犴子举起手中的一支拐杖，向三驴子砸去，三驴子并没有躲闪，可是二犴子并没有打到他，自己却倒下了，倒在了水泥地上！

"哇……"郑淑珍大哭起来，她猛地扑向二犴子，大家也急忙去扶二犴子。

三驴子依旧呆呆地站在那里，慢慢地，他脱下了上衣，走进化验室！

做手术，需要家属签字，可是怎么找到方老师的家人，这使我爸和王校长都很为难。医生不住地催着。

不签字就意味着不能立即做手术，那将直接影响到方老师的生命！

不能再等了，我爸和王校长说："我担这个责任，不能眼看着方老师……”

王校长：“咱哥俩一起签。”

我爸和王校长在医生拿过的单子上签了字，他们的手在颤抖……

第二天的下午，方老师苏醒过来，她的周围站满了乡亲，大家都松了口气，脸上露出了笑容。看着大家，方老师的眼角流出了泪水。

我们班很多同学，都站在她的面前，大家手捧着野花，只有三胖子拿着的花与众不同，是一捧个头不大的葵花。这小子就是不怎么勤快，我们去草甸子采花的时候，他不去，而是就近取材，向自己家园子里的向日葵下手了。

大家没和方老师说什么，只是看着她。房间里，人很多，但很肃静。

医生走了进来：“大家都出去吧，病人现在没什么危险了，现在她需要静养。”

王校长、张老师带着我们直接返校上学。

我爸等人离开了病房，来到了走廊。

方老师转危为安，大家都松了口气。

隋大虎：“可算缓过来了，昨天把我吓的，抬方老师的时候，我是跑着走的。”

我爸打趣地和隋大虎说：“那你到底是跑着还是走着？”

隋大虎：“哈哈，我是走着跑的，跑丢了一只鞋！”

这时大家才看着隋大虎的脚，果真，他就穿了一只鞋，脚上满是泥巴！

大家心疼地看着隋大虎。隋大虎：“没事，这点小事不算啥，我，侦察兵，当年当兵拉练的时候，经常光着脚。”

我爸：“大虎有功，我现在就给你买新鞋去。”

隋大虎：“谢谢大哥，不该省的可别省啊，最好给我买两只鞋，哈哈。”

正在我爸要走的时候，走廊里来了两个年轻的公安，他们是公社派出所的。

一公安："焦书记，找你有点事，跟我去公社一趟。"

看着公安的一脸严肃，大家都很震惊。

隋大虎上前一步："你们这是干啥?!"

一公安："没你的事，我们只找他。走。"

隋大虎伸手拦住了公安："怎么随便带人?"

公安一推隋大虎的手："别妨碍公务好不好?"

隋大虎："你这是和谁摔摔打打呢？啊?！也不打听打听我是谁？我当年当兵的时候你们还是小孩牙子呢。"

我爸："大虎，别这样，人家这是工作，别影响人家，我去，公社也没挂杀人刀，那地方我常去。你们好好照顾方老师，我走了。"

隋大虎追了上来，用手拉住了我爸的肩膀："你傻啊？这架势是什么意思你不知道啊？不能去！要去我去。"

我爸回头："你去干啥！啊?"我爸的话，把隋大虎问蒙了。隋大虎和乡亲们愣愣地站在那里。

看着我爸的背影，隋大虎自言自语："派出所那地方是随便去的吗?这人太犟，早点去给我买鞋多好。"

{第六章}

我爸被带到了公社，罪名是盗伐集体林木，王校长和方老师也受到了牵连。

事实证明，我爸被带走，在我们大队引起了不小的震动。绝大多数人为我爸抱不平，可是，也有极个别人表现得不一样，甚至是异常兴奋。

民兵连长几乎天天长在大队部，大事小事全部接管，很多人都不买他的账，有些脾气的人说他上蹿下跳，乘人之危。很老实的社员干脆就躲着他，但有一个人躲不开他，那就是徐大爷。这个民兵连长把徐大爷折腾的，一会让他去生产队了解情况，一会让他到哪家问东问西，闲下来的时候，就是念广播稿，主要内容都是和法制有关，尤其是乱砍滥伐的相关法律条文和报纸上对砍树人的处理案例。徐大爷没办法，就只好照办，但明显地带着情绪，这一点民兵连长都看在眼里。

民兵连长："怎么的，老徐，你对我有抵触啊?"

徐大爷不说话。

民兵连长："你得认清形势啊!"

徐大爷还是不说话，拿起了笤帚，用力地扫着地，灰尘泛起。

民兵连长："别扫了，我在和你说事呢。"

徐大爷站起身看着他。

民兵连长："盗伐树木的人怎么处理，报纸上都说了，白纸黑字，我看这次老焦是摊上大事了。"

徐大爷忍不住了："人家焦书记砍树也是不得已，为了救命，也没卖钱花，算什么盗？"

民兵连长："你也算见多识广的人了，啊，这你还看不清楚？你找找昨天念的报纸，再广播广播，让社员们再受受教育，你也好好寻思寻思。"

徐大爷把笤帚一摔："你愿意鸡巴念你自己念，看你这张狂的！"说完，他气呼呼地走出了屋。

民兵连长一惊："认几个破字，还他妈的拿上把了呢。"

肖电工走了进来："这是咋地了，老徐头气哄哄地走了。"

民兵连长："猪八戒摔耙子了。"

肖电工："我正想和你好好说说呢。"

民兵连长："说啥？"

肖电工："你去听听社员们对你的反应，我都抬不起头来，谁安排你管大队的事了？"

民兵连长："我是大队支委，我不管谁管？"

肖电工："我还是呢，别人也是呢，谁像你！你就消停点吧，平时焦书记对咱俩都不薄，人家现在遇到难处了，本应该帮人家，你可倒好。"

民兵连长："要是咱上面没门子，他能对我这样？"

肖电工："你自己好好拍拍良心再说话，噢?!"

民兵连长不说话了。

肖电工："本来你向公社反应砍树的事就欠考虑，这事你都没先通过他，越级上报的。"

民兵连长："当时他不是没在家吗，我怎么通过他？情况还那么紧急。我做梦都没想到是他砍的树。"

肖电工："你要是长点脑袋就应该好好想想，谁敢砍那么多？没十个八个人能干得了吗？"

民兵连长不说话了。

肖电工："这事是由你引起的，你得想法平了，要不你以后在瓦房还能待下去吗？"

民兵连长："我知道了，但解决这事也得带点条件。"

肖电工："什么条件?"

民兵连长："你就别问了。"

肖电工看了看他，走出了屋子。

以前我爸也经常出门，但不是出去开会就是给村里办事，我们都希望他能出门，尤其是我家小弟，因为每次我爸回来的时候都能给我们带回点好吃的。可是这次，我们都傻眼了，蔫了，小弟也老实多了。最着急的是我妈，因为村里的传言很多，来我家嘘寒问暖的人也有些，大家越是猜测，我妈心里就越没底，她很想知道我爸到底能怎么样。她想找民兵连长打听去，正在她要去的时候，民兵连长来了。

我妈热情地给他递烟倒水。

民兵连长："大嫂，摊上这样的事也别着急上火，没用，都是乡里乡亲的，说不定以后咱们有亲戚关系呢，我不能看着不管。"

我妈感觉民兵连长话里有话，有意想避开这个话头，但民兵连长好像就认准这一门了。

民兵连长："嫂子，当真人咱不说假话，我姐夫一家也很惦记这事，让我马上去公社，不行就找我家亲戚，必须马上放人。"他说话的时候看着我妈。

我妈："你姐夫一家人都是好人，多少年了，父一辈子一辈的。"

民兵连长："我就不明白，我那外甥姑娘有啥不好呢，要孝顺有孝顺，要模样有模样。多少人家提亲，她都不搭理，反过来主动找你家……"

我妈："那孩子是不错，只是现在孩子都学习呢，这事难定啊。"

民兵连长："你别听方格胡说八道，她一个城里人咋能知道咱农村的规矩。"

我妈："城里人见识多，人家说的也在理。"

民兵连长顿时就把脸拉了下来："那焦书记这事是用不着我们帮忙了?"

我妈："那倒不是，这是两码事。"

民兵连长："听你这意思，我们提亲和想帮忙都是多余了? 嫂子，你再好好想想，你发话，我就去公社。”

我妈：“好。”

正在这时，隋大虎和大吵吵一前一后走进屋来。

民兵连长：“大虎来了，你们坐，我走了，大队的事还不少，都得指着我。”

隋大虎：“到底是因为啥事带走焦书记的，啊？”

民兵连长停顿了一下：“听说是砍树的事。”

隋大虎：“在村子里砍树，公社咋能知道呢？这是谁缺了八辈子大德呢？还往上捅呢？”隋大虎盯着民兵连长。

民兵连长：“这……我就不知道了。”

隋大虎：“不就是砍几棵树吗？也不是拿自己家用了。”

民兵连长：“这事分怎么说，说小就小，说不小……”

我妈脸“唰”地一下就变白了。一边的大吵吵好像是有点傻眼了，砍树的事是她向民兵连长报告的。

大吵吵：“都赖我这破嘴！”她看了下民兵连长：“不和你说这事好了。”

隋大虎顿时就瞪起了眼睛：“你她妈的说的啊？！”说着脱下脚上的一只鞋：“你这败家的娘们！成事有余、败事不足，我让你嘴欠！”他要打大吵吵：“我……我给你打回辽宁大石桥去，你这败家的娘们……”

晚上，我妈来到我这屋，她好像要和我说什么，但没说，打个转就出去了。

在二牤子的病房里，郑淑珍正搀着拄着双拐的二牤子向门外走，二牤子想去看看方老师。

方老师靠在床头，她很虚弱，看着二牤子身边有个姑娘在搀着她，方老师脸上露出了一丝笑容。

在郑淑珍的搀扶下，二牤子坐在了方老师的床前。

二牤子：“咋样了？”

方老师点了下头。

二犴子：“你都是为了学生们累的。”他看了看郑淑珍：“淑珍，方老师教我妹妹。”

郑淑珍：“我听说了，方老师为了学生，吃了不少苦。”

方老师看着郑淑珍：“没什么。”她看了看二犴子：“犴子哥是个好人，救了我和学生们。”

这是方老师第一次称二犴子为犴子哥，二犴子先是一愣，“噌”地一下站了起来，他激动得身子有些抖，想说话却说不出来。

还是郑淑珍说了话：“我知道，他是好人，你更是好人。”

二犴子：“方老师，我也不会说啥，村里的人心里都有一杆秤，都会记着你。”

方老师：“都是该做的。”

这时犴子爹走了进来。

“我一猜你们就到这来了，快回去，大夫找你呢。”犴子爹说。

郑淑珍搀起了二犴子：“方老师，我们回去了，你好好养病。”

方老师微笑着目送他们离开病房。二犴子回了回头，和方老师对视那一瞬间，他急忙又转过了头。

犴子爹：“方老师，好点了吗？”

方老师轻轻地点了下头。

犴子爹：“好就好，好就好，大家都牵挂着你。你想吃啥？大叔这就给你买去。”

方老师：“大夫说了，现在还不能吃什么。”

犴子爹：“等你想吃啥的时候，就和大叔说。”

方老师的眼里闪着泪花：“谢谢大叔。那姑娘不错。”

犴子爹叹息着：“恐怕咱们家没那个福分啊。”

病房里，二犴子正在和他爹说话。

二犴子：“爹，大家给的钱还有多少？”

犴子爹小声说：“这些天花费省，还有二百零一块四。”

二犴子：“这钱一个也别动了，明天早上咱就出院，我回家养着。”

牤子爹：“大夫说你最少也得十天，八天才能出院，你这一摔……”

二牤子：“咋治腿也就这样了，这院我一天都不住了。”

牤子爹：“为啥？就因为大夫说了你几句啊？”

二牤子：“不为啥，出院就是了。”

牤子爹：“这么多好心人帮咱们，不就是希望你能治好病吗？”

二牤子：“我现在不是好多了吗？”

牤子爹：“大夫不发话，咱不能自作主张。以前咱没钱，人家天天催着出院，现在没人催了，你倒自己张罗要走，不行，治利索了再出院。”

二牤子：“你就听我的得了，腿是我自己的，我说了算。”

牤子爹：“你这是个啥玩意呢?！不治好以后咋办？还来啊？”

二牤子：“要住，你住，我回去。”

牤子爹气得站了起来：“有你这么说话的吗？让我住院，你咒我早点死，是不是?！”

二牤子不说话，把被子蒙在了头上。

郑淑珍：“大叔是为了你好，这些天他为你忙里忙外的，谁能比得了他！”

二牤子把被一掀：“没你说的，没人请你来，不愿意待，你走！”

郑淑珍惊愕，眼泪夺眶而出。

牤子爹挽着袖子冲了过来：“你这不知好赖的东西！”郑淑珍急忙从背后拽住了牤子爹：“大叔，他是病人，他是好人，他心情不好。”

二牤子慢慢地坐了起来，看着眼前的父亲和慕名而来的郑淑珍：“爹，现在方老师治病需要钱，把剩下的钱都给她吧。”

牤子爹一愣：“你咋不早说！”

牤子爹在给方老师钱的时候，方老师说什么都不收，这急坏了牤子爹。

牤子爹：“方老师，你就收下吧，你住院需要钱。”

方老师：“牤子哥是为了保护我和同学受伤的，他必须治好了才能出院。”

牤子爹：“大夫说他好得差不多了，回去养就行了。”

方老师：“那回家也得需要买药和营养品，得用钱呢。”

牤子爹：“家里啥都有，你放心吧。”

方老师：“你家的情况我都知道，这钱我不能收，大叔。”

牤子爹硬把钱塞给方老师，方老师就是不收，牤子爹有些着急了：“这些钱都是上级和好心人给的，就是用给好心人的，人家都说了。”

方老师还是不收，牤子爹叹了口气，拿着钱走了出去。

我是硬着头皮上学的。同学们看我的眼神和以往都不一样，他们私下不管说什么，我都觉得和我有关。

王校长被公社叫去核实情况，方老师又在医院住院，学校没有教我们的老师，只是刘老师经常来趴窗子看看，但不敢走进教室。

没有老师的班级显然是一片混乱。大家在上课的时候也没了看书的心思，说这说那，尤其是三胖子，嘴里不闲着，不放弃任何一次能接话茬的机会。正巧他又接到了一封信，信封里夹着的依然夹着两元钱。

三胖子站了起来，他手里拿着那个信封，看完正面看背面：“大家帮我分析分析，咋总有人给我邮钱呢？”

大家看着三胖子，七嘴八舌议论开了。小蒙古没有参与大家的议论，但她也没看书，总是趴在桌子上。

开始我也没制止大家，当大家吵得实在让我烦心的时候，我终于忍不住了。当然，第一个就拿三胖子开刀。

“你能不能老实地眯一会！”我板着脸说。

三胖子：“咋地？这刚摆脱了老师的……那个啥，又来管人的了？”

我气愤地：“我说话你没听见啊？！”

三胖子：“我耳朵又不聋。哎？我说你算干啥吃的啊？你管我。”他用信封拍打着自己的另一只手。

他的这句话惹恼了我，我一把拽住了他的衣领，举起了拳头。

三胖子：“打人犯法，你知道不？啊？！你家都进去一个了，你知道不？啊？！”

三胖子说一句，我拽着他的衣领推搡他一下。

小蒙古上来就拽住了我，我感觉她很吃力："隋满堂，你别说了好不好。"她拉开了我和三胖子的距离。

三胖子向教室外面走去，边走边说："还管我呢，还以为你爹是书记呢？抓走了！"

这话像把刀子刺到我的痛处，我一把甩开小蒙古："隋满堂，你妈的，你给我站住！"

这时候的三胖子根本就不听我的，撒腿就跑。他知道在跑的速度上，我根本就不是他的对手。

这件事发生以后，教室里混乱的秩序有所收敛，但依旧没有方老师在的时候那样好。我在琢磨，这样下去不行，不仅仅是耽误了大家的学习，更主要的是，对不起为我们累病正在住院的方老师。可是怎么办呢？我心里一直在想着这个问题。

下午发生的事让我更加意识到了班级必须紧张起来的重要性。在上自习的时候，李志刚和马青林的家长先后来到了班级。

李志刚的爸爸："走，回去铲地去，现在地里缺人。"

李志刚很为难地看了看大家："这不都是在学习吗？"

李志刚的爸爸："学什么学，老师都没了。"

李志刚："是自习。"

李志刚的爸爸："自习不就是自己学习吗，在家不能学啊？走，回去。"

李志刚就这样被他爸给叫走了。他走后，大家就议论开了。主要是想离开学校不来上课了。有几个学生还真的走了，我阻拦也没起任何作用。

放学前，我和小蒙古说，让她去两个没来上学的女生家，让她们明天都回来上学，小蒙古爽快地答应了。

放学后，我把自己关在屋子里，想着这些天尤其是今天发生的事。这个时候我，特别惦记我爸，很担心他出什么事。同时，也想着"放羊"一般的班级……越想心越烦，真想大声地吼一声。这时，我妈端着饭走了进来。

我妈："大楼，你爸这几天一点信都没有，你看看怎么办？给公家干了这么多年的活，一点便宜都不占，还落成这样。"

我妈说这话，更增加了我的焦虑。

我："我能怎么办?"

"你就不能去公社打听打听？你都这么大了。"我妈说。

我："我去了能有什么用？公社也不是咱们家开的。"

我妈把碗用力地向桌子上一放："这话是咋说的，你爸要是有个三长两短的，你还不管了吗?"

"我咋管？你说说?!"我顶撞了我妈。

"行，你别管了，这日子不过了!"说着，她顺手拿起了刚放在桌子上的碗，把它摔到了地上："白养你了!"

我说话的语气显然是刺痛了焦急中的妈妈，我只觉得自己心急，没考虑她的感受。

我大声地说："行，我现在就去公社，把公社给砸了!"说完，我就向门外走。

我妈一把拽住了我："谁让你去砸了？你还嫌事小吗？你要是整出点事来，我就不活了!"

我愣愣地站在地上，我很少看见我妈发火，发这么大火气我还是第一次看见。

小弟走了过来，看着我妈和我："你就不能像我这样老实地听话啊?"他过去拉住我妈的手，狠狠地看了我一眼。

我妈对小弟说："你出去玩去，我和你哥说点事。"

小弟走的时候用手指指着我："你可别惹妈生气啊？你要不听话，等爸回来着。"说完他出了屋。

屋子就剩下我和我妈了，气氛也平和下来了。

我妈："你爸的事也不小，你也没什么办法，咱求求别人。"

我："求谁?"

我妈："你就别管了。我是想和你说个别的事."

我看着我妈。

我妈："你同学，老肖家那丫头很不错的，人家……"

一听我妈提起小辣椒，我的火气就上来了："以后你别和我说找对象的事，我都和你说了！烦死了。"

我妈："你这个酸玩意，好，以后我不和你说了，你的事，我不管了！"我妈的情绪很不好，她转身要出去，在她推开门的时候一愣，原来，小蒙古就在门口，表情很不自然。

还没等我妈说话，小蒙古先说话了："我……我找大楼。"她说话时的表情很特别："你让我办的事，我办完了，她们明天都上学，我过来告诉你一声。大姨，我回去了。"说完她就走出了屋子。

不一会，小弟和隋大虎进来屋子。

我妈说："大兄弟，你坐。"

小弟说话了："他惹我妈了，为我爸的事。"

隋大虎看了看我："我本来是要来表扬你几句，今天我们胖子没好好上课你管了他。可是呢……不就是你爸的事吗？我们都定好了，明天去公社要人，要抓都抓，我们群众也不能搞特殊，那树也没打到你家来。要是不放人，我就给他……我就跟他没完！"

隋大虎很激动。

"隋大叔，大伙都去好吗？"我问他。

隋大虎："有啥不好？群众力量大，再说了，我有当兵的底子，我怕啥，你就别管了，我走了。"

这时，大吵吵来了："大虎，家来人了。"她看了看我妈："我们走了，大姐。"

我妈送着他们，临走到屋门的时候，隋大虎停住了："大楼，我们家胖子的事你接着管，狠实点儿，你爸的事我也接着管，不把他要回来，我都不在瓦房屯子待了。"

大吵吵："你不在这待，你还能上县里啊，看把你能耐的，快走得了。"

说着，他们离开了我家。

他们走后，我妈的气也消了：“都吃饭吧。”

小弟坐在了桌子旁，我向门外走。

我妈：“你干啥去?”

我：“我出去溜达溜达。”

我妈顺手给我拿过来一个玉米饼：“拿着。”从她手中接过玉米饼的一瞬间，我心一动，心里想着：就是妈对我再生气，她再受委屈，对我总是那么好，妈真好，还是妈好。

“一个不够吃，我再拿一个。”说着，我又拿着一个玉米饼离开了家。

我直接去了小蒙古家，她刚才从我家匆忙走了好像有话没说完。路上，我几口就吃掉了一个玉米饼。到了她的家门，那头猪正在门边哄着门，还不停地叫。我真想上去踹它一脚，只是我考虑到踹它等于踹人一样，索性就收回了脚，拽开了门。

这猪比我快，跑在我的前头，在进里屋的门边等着，它好像知道这时在这个位置，我就更不能怎么样它了。

开了这门还是猪先跑进去的，它直接跑到炕边，它的主人小蒙古就躺在炕上，头上敷着一条毛巾。

我一愣！原来白天她无精打采，一定是那时她就有病了。

我来到她的身边，坐在了炕上，看着她：“怎么了?”她睁开眼睛看了看我。

小蒙古的声音不大：“有点发烧。”她摸了下放在额头上的毛巾。

我揭开毛巾，用手摸了下她的头，很热。“我给你找大夫去。”我说着就要站起来，她一下拉住了我，她的手还很有力。

“不用，挺挺就过去了。”她依旧拽着我的手。

“打针吃药，也不用花现钱，记个账就行了，别耽误治病。”我想拽出手，但她依旧不松开。

就这样，我们拉着手，她慢慢地闭上了眼睛……

我僵直地站在那里，看着她，看着窗外……

“你还没吃什么吧？我给你带来吃的了。”我抽出手从兜里拿出了一个玉米饼。她没有想吃什么的意思，我就掰开一小块放在了她的嘴边，慢慢地，她张开了嘴，一点一点地吃着玉米饼……

也许是猪闻到了玉米的香味，它开始在一边大叫了……

“你能不能帮我喂喂它？”她看着我。

“行。”我站起身来。其实我喂猪的时候只有几次，都是伺候这一个主儿。

我向门边走去，可是这次猪没有跟着我。

小蒙古：“外屋锅台的墙上挂着玉米，你……”我明白她的意思。我拿下一穗玉米递到猪的眼前，猪依然不动，当我把玉米粒从玉米棒上搓下来扔到地上的时候，猪吃了起来，他乖乖地跟着洒落的玉米粒走出了屋子。

我向猪槽里放着猪食，猪快速地吃了起来。我喂着它，看着它，它的确又长大了一点。

就在我要喂完猪的时候，我抬头向屋里一看，玻璃窗的那面，小蒙古在看着我，我心一动，随即转过头，把一瓢猪食倒入了槽子里……

我不知道是抬头好，还是低头好。不一会，猪吃饱了，溜溜达达地走了。我又抬起来了头，小蒙古依旧在看着窗外……

我回到了屋子里，她也下了地，只是感觉她有些虚弱。

“怎么样了？”我问她。

“好多了。”她看着我。

“那是你吃的东西管用了吧，来，接着吃，都吃完它。”我说。

“等一会我再吃。”她看着我：“你来是不是有什么事？”

“哦……没什么，就是……”我说着。

“你说吧，是不是有什么题不会了？”她问我。

“不是，是想和你商量下班级的事，这样下去不行，人都走光了，方老师的心血就白费了。”我说。

小蒙古点着头：“那怎么办？”

我：“你看这样行吗？”

离开了小蒙古家，我就去了这几天没来上课的同学家，想把他们找回来上课。

第一家当然是三胖子家了。他自己在家，看我来了，他一点都没在乎，他知道，在他家我不能怎么样他。

三胖子："我明天不去上学了，我要去县里。"

我看着他："去县里？干什么？"

三胖子："我要追查一下，是谁给我邮的钱，还有没有完了。"

我："你怎么知道邮钱的人在县里？"

三胖子掂着一只脚，身子又开始晃了："你没收到过来信，你不知道，信上都有戳，你看看，上面写着啥？"他顺手从裤兜里掏出了那封信："写着肇源——城郊，你长见识了吧，是在城郊的邮电局邮出的。"他用手一比划，还来个飞的动作。

"啊，是这么回事啊，那你去了能问出来是谁邮的吗？"我问道。

三胖子："问不出来，我就天天在那等着，来个守株待人，在信封上不看到隋满堂三个大字我死不瞑目。我就不信，抓不着他。"

"你就别胡扯了，你也不知道人家在什么时候给你邮信，还是等着邮信的人自己出现吧。"我说。

三胖子有点不耐烦了："和你这样没收到信的人说话就是费劲，不和你说了，我明天就是不上学。"

我也没惯着他："你敢！你爸和我说了，你不好好学习就让我收拾你。"

三胖子有些不屑一顾："他说话还有准啊？你还信哪？"

我："反正我是和你说了，明天你要是不去上课，就是你钻进耗子洞里，我都把你挖出来，一顿胖揍！"说完我就要走。

三胖子还在大声磨叨着："我家，我爸厉害，我熊；你家，你爸熊，你厉害，这咋都是一辈儿不如一辈儿呢？"

"你别和我磨叨了，要是明天你不上学……"我攥着拳头向他头上比划了一下，他闭上眼睛向后一闪，还在磨叨："我这辈子碰上你了，就像三国里面的那谁了……那周瑜、周吓得碰上猪……猪八戒了……”

我去了没有上课的几个同学家，和他们的家长说这说那，好说歹说都答应回去上学。尽管我口干舌燥，但我还是感觉自己做了一件大事，方老师都能满意的大事，这也是方老师、王校长和我爸不在瓦房的时候我做的一件大事。

就是这个晚上，身在医院的二犴子和他爹又争执起来了。

犴子爹：“我和她说了那些话，她就是不收这钱。”他叹息了一声。

二犴子：“你看看你，和方老师说那些干什么，直接把钱一扔，你走了就得了呗！”

犴子爹：“反正这钱我是送不出了。”

二犴子：“给我，我送！”犴子爹把钱递给了二犴子。

早晨，二犴子起得很早，以往都是郑淑珍主动叫他到外面走走，有的时候二犴子还不愿意。这次二犴子却先提出要郑淑珍陪他出来走走，郑淑珍很高兴。

郑淑珍小心翼翼地扶着二犴子在医院院内树丛中的长椅上坐了下来，由于他们起得很早，所以院子里几乎看不见行人。

他们坐了很久，谁都没说话……

还是二犴子先说话了：“今儿个……我就要回家了。”

郑淑珍没直接回答他，二犴子看了她一眼。

郑淑珍：“我感觉到了。”

二犴子：“谢谢你照顾了我这么多天。”

郑淑珍想了想：“应该的，我也没做啥。”

二犴子拿出了十元钱：“你回家的车钱。”

郑淑珍：“回家?”她看着二犴子：“回啥家?”

二犴子：“你不是有家、有爹有妈吗?”

郑淑珍：“我有家不假，但我也不能在家待一辈子。”

二犴子：“那你?”

郑淑珍：“我要跟你走，伺候你。”她说得很干脆，只是说话的时候把脸转到了一边。

二牤子惊呆在那里！他只以为郑淑珍照顾他是出于同情，是一时的心血来潮，没想到郑淑珍能说出这样的话。

二牤子："这事不是什么小事，你家又有老人，这事不是你一个人能定的。"

郑淑珍："我都给家捎信去了。"

二牤子："那你家是啥意见？"

郑淑珍低下了头。

二牤子："你还是回家吧，你对我的好，我一辈子都忘不了。"二牤子又把十元钱递了过来。

郑淑珍："你非撵我走吗？！"她有些哽咽。

二牤子有点蒙了。

二牤子："我家穷，我腿又这样。"

郑淑珍："这我都知道，我眼睛又不瞎。"

二牤子："你知道也不行，你是好人，我不能让你往火坑里跳。"

郑淑珍："我是自己愿意的！"她哭了起来。

二牤子彻底蒙了……

当大夫都上班的时候，二牤子找到了给他做手术的外科主任罗大林："谢谢你，罗大夫，一会我就要出院了，有件事我麻烦你一下。"

罗大林："什么事？"

二牤子："你把这个交给方老师。"

罗大林接过了钱，看着二牤子："好，回去多加注意，一会我给你写个单子，你交给你们大队卫生所的刘大夫，我告诉他怎么做日常的处置。"

二牤子："谢谢罗主任。"

罗大林："要是有什么变化需要我，就让刘大夫给我来电话，我过去。"

二牤子不住地点头："谢谢，谢谢。"

我们的自救计划开始了。

课堂上，小蒙古在给大家上课，她在黑板上写着，在给我们大家说着……

除了三胖子以外，所有的同学又重新回到了课堂上！

下午，我告诉小蒙古，我要去县里找三胖子。

二犴子回来了，大家是通过大队的大喇叭知道的。

徐大爷："社员同志们注意了，注意了，我们大队的救人英雄……啊……二犴子回来了。"说到回来了的时候他声音特别洪亮，还拉起了长音。

徐大爷继续广播："一个人做点好事并不难，啊，并不难，可是，做大好事就很难了，很难了……"

尽管学生们平时对二犴子的印象与他妹妹小蒙古是天壤之别，可是在学校教室倒塌中他救了人，尤其是救了方老师，这使大家彻底改变了对他的印象。

站在讲台上的小蒙古听着广播惊呆了，同学们一窝蜂地拉着她，要去她家看这位英雄。

乡亲们也来到了二犴子家。

坐在炕上的二犴子被乡亲们围了个水泄不通，窗外还有趴着窗子向屋内看的，眼前的情景，使站在一边的郑淑珍有些激动，她想给大家找烟倒水，但她不知道烟在哪，水在哪，小蒙古拉着她的手笑着，还不时地让她歇会儿，郑淑珍那微笑的脸上闪着泪花，一边的犴子爹也是满脸笑容……

三驴子："我犴子哥就是个手儿，看我这嫂子，这个地。"他伸出了大拇指。

二犴子："三驴子，你别闹。"

三驴子："也是，现在应该叫姐。"

我妈带着一盆米走了进来，和她一起来的还有大吵吵。

二犴子能领回一个姑娘使很多人感到意外，前来他家的人更关注这个姑娘，把她看得直发愣。

我妈说："好人就是有好报，多好的姑娘。"

大吵吵："可不是，全屯子哪有这么俊的姑娘啊。"大家都知道大吵吵说这话是在奉承郑淑珍，郑淑珍更知道自己的模样，脸红红的……

二牤子和我妈说："我大姨夫很好的吧？这些天他也没上县里，很想他的呢。"

我妈不知道怎么回答他，大吵吵先说了："你大姨夫让公社给逮去了。"

二牤子："啊？"

大吵吵："砍木头的事，你住院那会儿不是没钱吗，他砍树换钱了。也怪我。呸！"她是不管身边是不是占满了人。

二牤子愣愣地看着大吵吵。大吵吵："也没什么事，今天我家大虎带着人找公社要人去了，他说了，要是公社不放人，他就进去，把你大姨夫替出来，我家那玩意也是没用的玩意，在那里待着更好，省吃省喝了。"

本来很热烈的气氛，因为说到了这事，使满屋的人都沉静了下来，二牤子心情更是沉重……

临走的时候，我妈嘱咐二牤子："你们刚回来，做什么吃的也不方便，晚上都到我家吃去。"她特意看了看郑淑珍："牤子是我外甥、我徒弟，我们两家像一家一样，你别见外。"

郑淑珍点着头，送我妈离开。

这时的三胖子正在邮电局门前的邮箱前盯着邮信的人。

陆陆续续来了几个人，三胖子看着人家的信封，人家都用异样的眼神看着他，很戒备他。

一寄信人："看什么看，精神病啊？你。"

来了一对老夫妻在寄信。三胖子问："大爷，是给隋满堂邮信吗？"

老大爷疑惑地看着他："隋满堂？隋满堂是谁？"

正在三胖子失望的时候，走过来一个人，她正要寄信，随即她突然停住了。

这人是小辣椒。两人眼神相遇的时候格外惊奇，小辣椒显得格外激动。

三胖子：“你……你这是干啥来了？”

小辣椒：“我……我出来买点东西，看见你在这，我就过来了。你来干啥？”

三胖子：“我要等个人。”

小辣椒：“谁啊？”

三胖子：“给我邮钱的人。”

小辣椒：“什么钱？”

三胖子：“不和你说了，说了你也不知道。”

小辣椒：“哦，我得回去上课了。”说着小辣椒转身就走。

三胖子喊着：“家里有没有什么事？”

小辣椒什么都没说，三胖子愣愣地看着离去的小辣椒：“还上县里上学？学的那个样。”

我骑着自行车赶往县里。经打听，我很快就来到了城郊邮电局，一眼就看见三胖子坐在邮箱下。

我气不打一处来，放下自行车，上去就拽住了他的衣领，随手就给了他一巴掌。

三胖子眼睛瞪得大大的：“打人犯法，你知不知道？”

我又是一拳过去，只是出手不重。

这小子嘴还不老实：“人不犯我，我不犯人，人若犯我，我……我……”还没等他说完，我又是一拳过去。三胖子：“我也没说我必犯人，你还打啊?!”

三胖子喘着。刚才他还在躲、还在说，现在不躲也不说了，直直地站着，闭上了眼睛，把对付他爸的那一套拿了出来。

这几拳，好像出了我这段时间憋在心里所有的气！

我问他：“我打人犯法不？”

三胖子摸着脸喘着，眼睛一瞪：“哪个儿子……承认你打我了？”

我接着问他：“你回不回去上课？”

三胖子：“你跟我磨叽啥啊？走啊，让人家看着咱们瓦房人的笑话好啊？”

三胖子的话差点给我逗乐了，但我依然板着脸：“你别和我说没用的，你现在就跟我回瓦房，明天起，上课学习。”我说。

“回去行，你得驮着我。”三胖子说。

我：“驮着你行，但你必须写个检讨，在全班同学面前念。”

三胖子不说话。

我：“你不写检讨，我就不驮你回去。”

三胖子：“那不能算我检讨，得算我发言。”

“行。”说完，我骑着车子，猛蹬了几下，等我回头看的时候，三胖子没影了。

我喊着三胖子，三胖子在一棵大树的后面走了出来，他捂着脸走到我身边：“打得火燎地，吃水不忘挑水人，我找找帮助我的好心人还不行啊？”他哽咽着，感觉很委屈，我的心也不好受。

我驮着三胖子，走在县里的街上，他在自行车上跳了下来：“驭、驭，你走错了，知道不？”

我快蹬了几下自行车：“你就跟我走得了。”这次，他追了上来。

我们直接去了县医院，下了车，三胖子问我：“看方老师啊？”

我：“还有救你命的人。”

三胖子：“你早说啊，也不带点啥东西，相媳妇还得带点东西呢？是不是？”

我：“早说你还有钱买啊？”

三胖子用手一指我：“你，小瞧我？”他从兜里掏出了两元钱：“给他俩一人一块，男女平等。”

我：“还是买点东西吧。”

三胖子：“你等着。”说着，他快步离开了。

我和三胖子提着水果走到方老师的病房。

见到我们，方老师很高兴。我把这几天班级的事和她做了汇报，她满脸笑容："你们做得好，你们长大了！"

听了方老师说的这句话，我心里有种说不清的激动和自豪！

方老师："乌日娜她家怎么样？"

还没等我说话，三胖子抢着说了句："她家的猪……不错。"

我："乌日娜也不错，现在当我们的老师呢。"

方老师露出了微笑。

三胖子："方老师，我们得走了，焦大楼现在可认真负责了，明天还交给我一个活，我得回去好好准备准备。"

我疑惑地看着三胖子："什么活？"

三胖子："你这记性，你忘了啊？不是让我在班级发言吗？"

方老师："发什么言？"

三胖子："检讨啊，那不也算发言露脸吗？"

大家都笑了。

方老师："大楼，回去给同学们带个好，我想念大家，等我出院以后，把落下的课程补回来。"

"嗯。"我点着头。

方老师："快走吧，路上注意点车。"

我们说："好。"

我边回头看方老师，边向外走去……

第七章

等我到家的时候，我家来了很多人，有王校长和隋大虎等。

我妈坐在炕边低着头。我急忙问："妈！怎么了？"

我妈不说话。

隋大虎："今儿个，我带人去公社换你爸去了，没换回来他，把王校长换回来了。"

大吵吵："你别叭叭了，王校长咋是你换回来的呢？"

隋大虎："那起码得算是我接回来的吧。"

我问王校长："王校长，我爸现在到底怎么样？"

王校长："去学习班了。"

隋大虎："我要是有文化，就能给你爸替回来，人家那学习班不是啥人都能随便去的，一得是干部，二得是有文化，你爸占得全啊，我呢，啥也不是。当个官、认识几个字也不全都是好事。"

听着隋大虎说的话，我妈有些抽泣了。

隋大虎："大姐，你哭啥啊，学习班和蹲风眼儿不是一回事，虽然都是被看着、被管着，多说就是干点活不给啥好吃好喝的。"

一听这些，我妈还真的哭出了声来。

一边的大吵吵生气了："有你这么劝人的吗？刚才进屋的时候人家还好好地呢，不会说人话，你就眯着得了。"

王校长："我和公社都说清楚了，焦书记完全是为了给二牤子治病筹集钱才砍树的，他自己没吃没占，过了风头马上就能回来。”

这时，民兵连长来了，隋大虎正在气头上：“你来这得瑟啥，想阴谋篡权你就直说，何必在背后捅刀子，我代表老焦家正式不欢迎你的到来。”说着，他把民兵连长推了出去。

民兵连长和他执拗着：“你这是说的啥话呢？还敢对我这样！”

隋大虎：“就你这破官，好大显摆，白给我当我都不当，我怕我丧良心。”

民兵连长：“你看看你，我来安慰安慰大嫂，想想招儿把人整出来都不行。”

隋大虎：“去去去，你要是有那善心，焦书记还能出事？！”

民兵连长被隋大虎赶走了，隋大虎回到屋里的时候挽着袖子：“小样，要是再敢跟我抵抗，我一脚就能给他踢到辽宁大石桥去。”他和我妈说：“大姐，我给你出气了。等明天我还去公社，带着全大队的男女老少去，看他放不放人，今天，就是人去少了。”

我看着眼前发生的一切，我心疼流着眼泪的妈，但我真的不知道怎么做才能安慰她，只是我知道隋大虎啥事都能做出来，他这样做不对。于是我和他说：“我知道你这是好心，只是这样做不行。是不是？王校长。”我真怕他把事弄大了，帮了倒忙。

王校长：“大楼说的有道理，去的人多，容易让人感觉咱这是聚众闹事，弄不好就是帮倒忙。”

隋大虎不高兴了：“你看看你们一个个的，胆那么小，我啥也不怕，出事都算我的，我就不信，谁敢动我这个复员军人！”

我妈站了起来：“不说这事了，大楼，你去牤子家，把他们家的人都请过来，到咱家吃饭。”

我答应着走出了家门。

我没有请到他们，郑淑珍在二牤子家做了她来以后的第一顿饭。

大队果园的沙果渐渐地变红了，让路过的人流着口水，尤其是那些小孩子。果园就在公路边，并且很大，是大队的一项主要收入来源。每年的这个时候丢果的事时有发生，为此，大队就加强了看护果园的人力。

看果园的人自然少不了隋大虎，主要是因为他认真，绝不吃一个公家的果实，哪怕是被风吹落的沙果。至于亲戚朋友想在他这要一个果吃，那一点门都没有，三胖子都不例外。要是抓住偷果的人，不管是谁，绝对毫不留情，直接送到大队处理。

放学后，我弟弟带着几个同学去了果园，每年我都想方设法去摘些沙果给他，但今年他好像等不及了，也可能知道我不会再干这样的事了，于是他亲自出马。

初出茅庐的他显然逃脱不了隋大虎的火眼金睛，他们被隋大虎堵在了树上。

等孩子们在树上下来的时候，地上落了很多果，他们的背心里面也装得鼓鼓的。

他们低着头，站在一排。隋大虎开始训话了："你们这帮小兔崽子，谁让你们来的?!"

孩子们吓得都不敢说话。

隋大虎："真是长江后浪推前浪啊，二犴子那帮学好了，焦大楼那帮也改邪归正了，现在轮到你们了。我把你们都抓起来，送公社去。"

一个孩子被吓哭了。

另一个小孩指着我弟弟，对隋大虎说："他是焦书记家的。"

隋大虎："你这个小王八羔子，知道拿官吓唬人了，谁都不好使，就是焦书记来偷果，我也不客气。"

听着隋大虎这么一说，他们都蔫了。我弟弟说了话："你白上我家喝酒了？用以前你在我家喝的酒顶我们摘的果行不行?"

隋大虎："一码是一码，我喝的是你个人家的，你偷的是公家的。看你们还小，这次就饶了你们，不送公社去了，不过，你们都得把自己摘的果吃了，全吃了，谁要是不吃完了，我就把谁送公社去。"

一听不送公社了，小弟他们松了一口气，马上按着隋大虎的指令吃了起来。这时候的果还很酸，他们吃得龇牙咧嘴。

他们吃着，隋大虎在一边说着："酸不酸?""吃没吃够?""以后还偷不偷公家东西了？”“谁脚底下的果归谁吃。”“还有十分钟，谁要是没吃完，我就把谁送到公社去。”

大家狼吞虎咽，挺着脖子，在最后的时限里，他们还是没吃完摘下的沙果。隋大虎：“不吃完你们不能走，我看以后你们还偷不偷了，回到学校你们宣传宣传，这就是偷果的下场！”

孩子们被撑得说不出话来了，只是不住地点头……

小弟含着泪，显然他是吃不动了。隋大虎看着他：“咋地了？吃啊。”

小弟感觉很委屈，他说了句话：“大叔，我爸不是书记了。”说完，眼泪掉了下来。

隋大虎傻了，这句可能也刺痛了他：“别吃了，别吃了。”他上前摸了摸我弟弟的肚子，又给我弟弟擦了下眼泪，在小弟耳边小声说着：“剩下的你拿回去，我这几天就去公社把你爸要回来，你别哭了。”

小弟停止了哭声，因为隋大虎给他的这句话在他看来比什么都重要。

隋大虎板起脸，和其他孩子说：“你们都快给我滚球子。”

孩子们都跑了，隋大虎把剩下的果装好，给了我弟弟。

小弟拿回的果，只是局部有点红模样，大部分是绿的，可能是他吃果伤着了，就再也没吃，而是偷偷地放在柜子里的一个角落里。几十年来，小弟一个沙果都没再吃，以至于别人提到沙果的时候他都难受。

等我到家的时候，家里正吃饭，我弟弟没上饭桌，在地上走来走去，不停地用手揉着肚子。

我妈数落着他：“你怎么还不吃饭，又上哪淘去了？”

隋大虎走了进来，我妈和隋大虎打着招呼：“大虎来了，吃点。”

隋大虎好像没听见我妈说的话，他第一眼就瞄上我弟弟：“咋样？没事吧？”

小弟白了他一眼。

隋大虎：“要是挺不住就早说话啊。”

我妈：“怎么回事啊？这孩子回来就满地走。”

隋大虎：“在外面吃了，吃撑着了。哈哈哈哈。”

我妈疑惑地看着他，隋大虎说着：“没啥事，没啥事，有啥事叫我，我研究研究救焦书记的事。”说完他就走了。

晚上，郑淑珍和小蒙古住在一起，她们关着灯小声地说着话。

小蒙古：“谢谢你了，姐，我哥哥多亏你了。”

郑淑珍：“没事，我体格好，照顾他没事。”

小蒙古：“大家都夸你人好。”

郑淑珍：“你更好，懂事、学习好。以后你安心学习，我在家里干活，你学好了，家里就能翻身。”

小蒙古：“咱家穷，我妈走得早。”

郑淑珍：“你家的情况我知道一些，我也是穷人家出身，吃点苦都不算啥。”

小蒙古：“那就让姐姐操心了。”

郑淑珍：“说这话就外道了，不早了，睡吧，你明天还得上学。”

小蒙古：“好，姐，家的活也不用你全干，还有我。”

郑淑珍：“好，咱们一起来。”

新的一天开始了，天刚蒙蒙亮，二犴子就起来了。和小蒙古住在一起的郑淑珍也马上起了床。她做的第一件事就是去喂猪，她已经对二犴子家的事了解了一些，尤其是了解家里家外都离不开小蒙古，并且现在她学习是那么紧张。

二犴子拄着拐，直接来到了隋大虎家，他敲着窗户，把隋大虎叫到了外面。

二犴子：“大叔，我求你一件事。”

隋大虎：“啥事？说。是不是你媳妇要跑？”

二犴子：“啥媳妇媳妇的，八字还没一撇呢。”

隋大虎：“那是啥事？”

二犴子：“你拉我去公社，我和公社说去，我大姨夫毕竟是因为我才出事的。”

隋大虎顿时恍然大悟：“对啊？我咋没想到呢？你现在是英雄了，你拿这腿一吓唬他们，谁敢不答应你，我现在就准备车去。”

最近发生的事总是萦绕在我的脑海，我真的很难集中注意力去安心学习。可是每当我想起方老师让我负起责任，把大家的学习、纪律抓起来的时候，我便忘掉了那些烦恼。

刚刚上课，王校长就来到了班级。

王校长："听说这几天你们搞了个学习自救活动，很好。乌日娜同学还当起了老师，给大家上课，这都很好。从现在起，我多给你们上课，等方老师回来以后，再补上语文和数学的课程。"

大家聚精会神地听着王校长讲话，只是三胖子看这看那。

三胖子小声对我："还让不让我发言了？我讲话稿都准备好了。"他的话提醒了我，昨天我坚持让三胖子在全班同学面前作检讨，不是为了我自己出风头，而是想给有些经常迟到、早退、旷课的同学看。

于是我举手站了起来："王校长，原定今天早上开个班会，说说纪律的事。"

王校长："好啊，你们开吧，我听会儿。"他走下讲台，坐在下面。

我走上讲台："同学们，最近班里有些同学不安心上课，有的还旷课，对班级纪律和大家的学习带来很不好的影响，方老师很关心我们，她让我们集中精力抓学习，大家的学习成绩提高了，就是对她的最大的安慰。下面，请隋满堂……"

还没等我说完，三胖子就站了起来。

他手中拿着一个稿子，显然他是为了这次检讨做了精心的准备，他先是咳嗽了一声，然后念起了他写好的检讨："同学们，现在我开始发言，我发言的题目是……"

二牤子是在郑淑珍的陪同下，坐着隋大虎赶的马车去的公社。在公社，一副书记热情接待了二牤子，因为领导们都知道二牤子救人受伤的事迹。

副书记："你反映的情况，我会如实记下，今天领导班子成员除了我以外，都去团结大队开防汛现场会了。我理解你的心情，也佩服你的英勇行为，你救人的事迹在全公社乃至全县都知道。”

领导的长篇大论显然使二犵子着急了：“我救了别人这不假，可是我又是谁救的呢？要是没有我大姨夫焦书记，我这腿能保住吗？他不送来钱，我那时就被医院赶出来了！”激动的二犵子一个趔趄，郑淑珍一把扶住了他。

二犵子的话把这位副书记说得目瞪口呆：“小伙子，你先别着急，这么大的事，我不能一个人做主，得研究。你回去听信好不好？对了，中午别走了，我代表公社领导请你到食堂吃饭。”

在班级里，三胖子也在长篇大论：“……有人管我，我不反对；有人打我，我也没还手。谁打了我，谁心里有数，我在这就不点名批评了。我想，我作为一个军人的后代，我不能和一个农民的后代一样的……”我在讲台上听着，恨不得再过去打他两下。

三胖子接着念道：“加强纪律性，革命无不胜。一个没有文化的班级，是愚蠢的班级，而愚蠢的班级，是不能取得好成绩的。让我们团结起来，争取更大的胜利。本书本次出版发行共计三万册……”他突然停下了：“我的发言完毕。”他带头鼓掌。

大家也跟着鼓起掌来。回到座位上，我用眼睛“横”了他一下：“你咋还整出出版发行来了呢？”

“怨它。”三胖子拿出了一本小册子，往课桌上一摔：“抄的出版说明，抄多了。”

在回来的一路上，隋大虎和二犵子都闷闷不乐。

隋大虎：“白拉你来了，要是我，就待着那不走，你腿这样，他能咋地你？保证把人给要回来。”

二犵子：“咱不能撒野，这不是胡来的事。”

隋大虎：“记住了，以后你这腿就是本钱，我要是有你这条件，我看谁敢动我！驾！”

走到村口，隋大虎看见几辆大庆的钻探车正向村南面的“鸭子圈”开去。他没有直接送二牤子回家，而是直接把车赶到了大队。

隋大虎找到了徐大爷：“老徐大哥，我用下喇叭。”

徐大爷看了看隋大虎：“干啥？”

隋大虎：“救人。”

徐大爷：“救谁？”

隋大虎：“焦书记。”

徐大爷：“怎么救？”

隋大虎：“你打开广播就知道了。”

徐大爷打开了广播，隋大虎开始在大喇叭里面喊话了：“社员们注意了，听到广播的人，都到鸭子圈，有急事。”他怕大家不听他的话，他特意强调：“想救焦书记的社员们，都到鸭子圈。”

全村老老少少的，还真的去了不少人。

大庆的钻探人员正从卡车上卸东西，有的人在支三脚架，有的人在打着钢钎……就在这时，隋大虎拦住了他们。

大庆带队的人经常来瓦房附近搞勘测，村里人都认识他，他也认识不少村里的人，就更认识我爸了。

隋大虎：“焦书记不在家，他没发话，你们不能随便挖这挖那。”

带队的人很吃惊：“老焦怎么了？”

隋大虎：“上公社的学习班了。”

带队的人：“为什么啊？”

隋大虎：“就是因为你们总来破坏我们生产，他不管你们，社员有意见，告他了。”

带队的人很疑惑：“啊？！这……这可能吗？”

隋大虎：“怎么不可能，今天，没他发话，你们就别想动一铲子。不信，你问大家让不让。”

大家都没迎合他，这使他很意外和尴尬。于是他紧闭眼睛，有力喊了声：“让不让？”

大家这才缓过神来：“不让、不让。”

隋大虎：“你们大庆人到我们这，我们都是好好招待，一个大饼子给你们掰一半吃，多少年了，我们瓦房人对你们都是这样，是不是?”

带队的人：“那是。”

隋大虎：“话又说回来，你们对乡亲们更是不薄，可是这次不行！你们非要干活，那就从我身上轧过去。”

带队的人有些着急了：“你们还是别影响我们探测，有事咱们说事，我们的工期很紧。”

隋大虎：“我不管什么公期、母期的，没焦书记发话，你们在这啥都不能动。”

带队的人真的被气急了：“你这是破坏社会主义建设，你知道不知道?”

隋大虎：“哈哈，你给我扣帽子啊？我一个人就能破坏了社会主义建设，那我可是母牛生了一堆牛犊子——牛逼大了！”

带队的人看着大家，大家都站在他们的车前。

带队的人：“你就提条件吧，怎么样才能让我们马上作业?”

隋大虎：“好，把所有的车都开到公社去，你代表大庆工人阶级和我们公社领导说话，把焦书记要出来。”

带队的人：“去一台车就行，我去。”

隋大虎：“得拉着我。”

带队的人：“行。”

隋大虎：“我得坐驾驶楼里。”

带队的人：“行，现在我们能作业了吧?”

隋大虎：“你早这样的态度，能耽误你们吗，都怪你们自己，走吧。”

隋大虎这一招还真灵，大庆人出面找了公社的领导，说在瓦房探测碾压了农田，社员们有意见，不让作业，影响了石油会战的整体部署，必须马上要我爸回去做大家的工作。我不知道大庆是什么时候开始在我们肇源县境内进行石油勘测的，但我知道各级领导和群众都全力以赴支持他们。几十年来，一直这样。

其实我爸带领大家砍树的事，公社领导也不是非要和他过不去，那时的领导是相当讲政治、讲原则的，但同样也讲人情世故，我爸的人缘和口碑绝对是没说的。只是当时各级党委和政府部门对乱砍滥伐树木管理得非常严格，处理得也偏重。公社也是想借助此事警告全公社的人，尤其是大队领导不能违反林业法规。大庆人的出面，使我爸从学习班里回家有了理由。

我爸回来并没有做社员的工作，因为大家再也没有阻止大庆的探测。他回来做的第一件事就是抓学校的新校舍建设，他几乎天天去学校的工地看，他还让人在校舍工地醒目的位置写上十个大字："苦干四十天，学生回校园。"

就这样，砍树的风波随着我爸的回来告一段落。隋大虎很是得意，认为这是他半辈子做得最好的一件大事。吃早饭的时候，他特意喝了白酒，还没少喝。他晃晃悠悠地走出了家门，嘴里捣鼓着："早上喝二两，给劲一头晌。"说着，他还哼起了小调。

隋大虎主动找大庆勘探的领导致谢，只是啥东西都没带，还在人家那吃得沟满壕平，喝得酩酊大醉。

隋大虎："我代表全屯子人感谢你们了，以后要是我们再惹出什么事被抓去了，就先主动给你们找麻烦，把你们大庆工人阶级往出一搬，好使！来，喝!"

大庆的工人们更是豪爽，往往喝酒像喝水一般。

郑淑珍来到二犴子家，天天忙这忙那，没闲着的时候，二犴子一家都感到过意不去，越是劝她别累着，她干活越是来劲。

郑淑珍好像不忌讳乡亲们说她什么，经常挽着二犴子出去走走，二犴子看着每个乡亲，都露着满意的笑脸。

乡亲们大都赞扬这个好心的姑娘，只有隋大虎不这样看。

大吵吵："你说，二犴子带回来的媳妇咋样?"

隋大虎："百分之百不错。"

大吵吵："二犴子可真有福，白捡个能干活的媳妇。"

隋大虎："你刚来的时候不也这么能干吗？铲地都铲到别人家的垄里

去了，现在不是啥活都得指着我吗?”

大吵吵：“呸！指着你得喝西北风。”

隋大虎：“那姑娘和你也不一样，有几个像你这么好糊弄的?”

大吵吵指着隋大虎：“我这辈子，就毁到你手里了。”

隋大虎：“没有我，指不定现在有没有人要你呢，你就偷着乐得了。再说了，二犴子和我当年能比吗？他穿过军装吗？啊？他那腿又那样，说不上哪天那姑娘就得偷着跑了。”

大吵吵：“得得得，你这破嘴。”

隋大虎：“不信你就走着瞧。”

大吵吵：“跟你讲不出理来。”

隋大虎：“那找别人讲去。”

大吵吵：“好，咱现在就过那院让犴子他爹给评评理。”

隋大虎：“走就走，我怕谁?”隋大虎抬腿就走，然后猛然站住：“不对啊，你傻啊，这事也不能让他给评理啊，要去你自己去。”

大吵吵：“哈哈哈哈，去就去。”说着她走出了屋。

二犴子出院和我爸从学习班回来，使我妈非常高兴。早晨吃完饭，她就急忙去了供销社，买了七尺蓝布料。那时候谁家买布料，往往都是买三尺左右，只能做件上衣或者是裤子，并且大都是在过年之前买，所以，在供销社柜台里面的布匹上，都落着灰尘，越是贵的布料越是这样。我妈一下买了七尺布并且又不是在年节的时候，使营业员都感到意外。

我妈直接拿着布料来到了二犴子家，这时郑淑珍正在院子里喂猪。

看见我妈进来了，郑淑珍急忙用围裙擦了下手：“大姨来了，快进屋。”

我妈笑着：“这姑娘，真勤快，这几天，猪没少长。”

我妈和郑淑珍走进了屋子，家里只有二犴子在，他正坐在炕上编着筐。

我妈打开了布料：“淑珍，这是大姨给你买的，你做身新衣裳。”

郑淑珍一愣，马上看着坐在炕上的二犴子，二犴子：“大姨，你这是干啥?”

我妈：“没你的事，我是给姑娘买的，来试试颜色。”

郑淑珍站着不动，我妈走上前去，打开布料的单面在郑淑珍的身上试着：“好看，抽空让犴子陪你去成衣铺。”

就在这时，大吵吵进来了：“大姐，这是要给姑娘做衣服啊?”

我妈笑了笑：“小姑娘，穿身新衣服更好看。”

大吵吵：“那是，就我穿着也不能孬啊。你看看我们那大虎，我嫁给他这么多年，都没给我买过全套的衣裳。”

我妈：“那时候不比现在，你们先说话，我得回去一趟，大庆测量那些人中午在我家吃饭。”

说着，我妈把布料放在了炕上，向门外走去。

郑淑珍拿起了布料跟在我妈的身后：“大姨，这布料我不能要。”

大吵吵从郑淑珍的手上抢过了布料：“姑娘，咱不要白不要，这时候不穿啥时候穿。”

郑淑珍送着我妈，还没到大门的时候，她们看见从大门进来一男一女两个人。

郑淑珍一惊，她喊了声：“妈！二舅。”急忙向大门口跑去。

郑淑珍和她妈抱在一起，她妈哭上了：“老姑娘。”

看到这一幕，我妈和大吵吵都很惊讶。

郑淑珍：“大姨，这是我妈。”

我妈：“快屋里请，屋里请。”

他们走进屋的时候，二犴子正吃力地挪动着身子，他已经看见了外面的来人，郑淑珍急忙上前帮他。

郑淑珍：“犴子，你别动了，这是我妈，这是我二舅。”

二犴子很有礼貌：“婶子好，二舅好，快坐。”

郑淑珍的母亲四处看着，她的表情很平淡。

郑淑珍：“是不是还没吃饭啊？我马上做。”

郑淑珍的妈妈一下站了起来：“咋地？这是在这过上了?”

妈妈的一句话，差点让郑淑珍的眼泪落下来。

郑淑珍的妈妈："我不饿，我们是来接你回家的。"

大吵吵感觉她们说话不对劲，赶紧说了一声："你们先唠嗑，我回去了，地里还有活，淑珍，等待会儿和你妈到我家串门去啊。"她特意看了下郑淑珍，郑淑珍跟她走出了屋。

到了外屋，大吵吵小声地和郑淑珍说："孩子，你想回去吗？"

郑淑珍没有说话。

大吵吵："你不想回去吧？"

郑淑珍站在外屋还是没说什么。

大吵吵："我知道了，你不想回去，我心里就有数了。"

大吵吵转身走了，郑淑珍站在那里。

大吵吵急忙回了家，刚进屋门，她就喊："大虎、大虎。"

小屋里，郑淑珍的妈妈正和她说话，郑淑珍低着头。

郑淑珍妈妈："你必须跟我回去，不能嫁到这样的人家，你看看这屋子什么样，这是过日子人家吗？人还残废。"

郑淑珍依然低着头。

郑淑珍妈妈："你倒是说个话啊？"

郑淑珍："他是好人，很不容易的，需要人照顾。"

郑淑珍妈妈："我不能眼看着你往火坑里跳，咱们这就走。"

郑淑珍的妈妈站了起来，郑淑珍坐在那里不动。

郑淑珍妈妈："你从小就犟，以前什么事都由着你，这回不行。你要是不走，我就不活了。"说着，她抽泣起来。

郑淑珍："妈，你这是干啥，是我自己愿意来的，也不是人家给绑来的。"

郑淑珍妈妈："不管怎么说，你得先回去，你奶奶病重了，天天叨咕你。"

郑淑珍："啊？"

郑淑珍妈妈："先跟我回去，这事回去再说。"

郑淑珍："那你别在人家哭了，人家也没让我受委屈，到那屋说去。"

郑淑珍娘俩走出了屋子。

屋外的我妈焦急地看着小屋，她小声地问着二犴子："这可咋办?"

二犴子想了想："好办，大姨，你别跟着着急。"

隋大虎听说，赶紧向小蒙古家赶来，一进门就亮起了大嗓门："听说亲家母来了？哪位是?"

隋大虎满屋看着，眼神落到了郑淑珍的妈妈身上："你，是亲家母，是吧？我代表瓦房大队全体……老隋家欢迎你。"说着要过去握手。

二犴子急忙说："大叔，别……别这么说，她是淑珍的妈。"

隋大虎："淑珍的娘家妈，我不正和她论亲家吗？我是你叔。你看看你，都这么大了，连辈都不会论。"他看了看我妈："大姐，你说是不是?"隋大虎是想方设法让郑淑珍的妈妈接受郑淑珍和二犴子成为一家的"事实"。

我妈给隋大虎使了个眼色，示意他别胡说。

说话的时候，犴子爹拿着镰刀走进了屋，他惊奇地看着大家。

隋大虎："大哥，这是亲家母，犴子的丈母娘啊。"他又看了看郑淑珍的妈妈："亲亲家回来了，我这个叔伯的亲家眯一会。"

犴子爹看着郑淑珍的妈："大姐，我是……他爹。"他指了下二犴子："你养了个好孩子，这些天多亏她了。"

郑淑珍的妈妈： "孩子不懂事，也给你们添麻烦了，我这就接她回去。"

犴子爹有点蒙了，木讷地站在那里。

不知道此时的二犴子是什么样的心情，他目不转睛地看着后墙上的窗子……

大吵吵和三驴子等人来了，人来得不少，不大的屋子里站得满满的，窗子外面也都是人……

由于众多乡亲的到来，使屋子里的气氛顿时紧张了起来，二犴子脸上直冒汗，他爹也说不出话了。

刚进屋的三驴子看着郑淑珍："嫂子，这大婶是你妈吧?"

二犴子："你给我闭嘴！别胡咧咧。"

三驴子："什么胡咧咧，都是生米煮成熟饭的事了。"

二犴子顺手将身边的一个笤帚撇向三驴子。三驴子没有躲闪，笤帚直接打在他的脸上。

三驴子："犴子哥，大家不都是为了你好吗?!"

大吵吵："可不是嘛。"

一边的我妈说话："都少说几句，别让来的客人看笑话。大家都回去吧。"我妈看了郑淑珍妈妈一眼："大姐，别往心里去，我这就准备饭。"

郑淑珍妈妈："我们都不饿，一会儿就走。走，淑珍。"

郑淑珍站着不动。她妈拉着她就要走。

隋大虎："亲家母，你这是干啥，人家姑娘都不愿意走。"

郑淑珍的妈妈火了："我干啥?！我姑娘，我说了算，你们还要把谁吃了啊?!"

我妈急忙说："大虎，你给我消停点行不行！出去!"

隋大虎："大姐！犴子娶个媳妇容易吗？你看看你们，胳膊肘怎么能往外拐呢?!"他的声音更大了，他看着二犴子："你今天怎么了？平时那么尿性，到当口的时候能耐哪去了?!"

我妈："隋大虎！这时候你怎么能这样!"

隋大虎："没你的事!"他第一次这样顶撞我妈。

大吵吵："你轻点和大姐说话中不中?"

隋大虎："老娘们家家的，哪有你的事!"他拦着郑淑珍的妈妈："你想带走人，能吗？你问问大家让不让。大家说，是不是?"

大家都没有迎合他。

隋大虎急了："让你们来都干啥！都哑巴了?！我隋大虎一个就顶千军万马！想带走人，没门!"他双手一叉腰，眼睛瞪得大大的。

二犴子喊了声："大叔!"说着他一只腿跪下，但失去了平衡，在倒下的一瞬间郑淑珍扑过去蹲下扶着他，他俩抱着头，哭了起来……

大家都震惊了!

郑淑珍抽泣着，扶着二犴子坐好："你别生气，你有病。"

二牤子抽出了放在郑淑珍身上的手，抹了下眼泪，他看着郑淑珍的妈："大婶……"二牤子哽咽着，他的眼神很像是求助，希望她在这个时候表个态。

可是，郑淑珍的妈妈并没有看他。

过了会，二牤子对郑淑珍说："淑珍，你想……怎么办？"

郑淑珍看着二牤子："我……听你的。"

二牤子想了想："那好，你跟着你妈回家。"

大家对二牤子说出这样的话都感到震惊！

郑淑珍想说什么，二牤子阻止了她："听我的话，回去吧，别惦记我，我……能好。"二牤子说这话的时候显得特别镇静。他又看着郑淑珍的妈妈："大婶，我谢谢……"还没等说完，二牤子就哭了起来……他把上衣的右侧袖口放在嘴边上，用牙咬开一个线头，然后用左手拽开线，从袖口抽出来一个纸卷，然后轻轻地展开……大家目不转睛地看着，他手上打开的是一张崭新的十元钱。看来他对这一刻早有心理准备。

二牤子把钱放在郑淑珍的手上，然后用手将郑淑珍的手指攥拢。这是二牤子认识郑淑珍以来，第一次碰她的手。

大家被刚刚的这一幕惊呆了。我妈含着眼泪看着牤子爹，又看着二牤子。

二牤子："大姨，你帮我送送客人。"

我妈看着郑淑珍的妈妈："大姐，咱俩能不能单独唠唠嗑？"

郑淑珍的妈妈："以后吧。"

停了一会儿，我妈对隋大虎说："大虎，你去套车，送客人去县里。"

隋大虎没动。我妈接着说："咱们瓦房人都是懂得感恩的人，大虎，去吧。"隋大虎转身走了。

我妈把那块布料重新递给郑淑珍："孩子，大姨的一点心意，也是我们大家的心意。"

郑淑珍流着眼泪，接过了那块布料……

隋大虎表情严肃地赶着马车，上百人跟在车的后面，大家送着郑淑珍……

马车走了，小蒙古跑着追了上来，车停了。

小蒙古上前抱着郑淑珍，她哭了……

郑淑珍："以后你多受累，好好照顾你哥，好好学。"

小蒙古："姐，你把你家的地址告诉我，等我有出头之日的时候，我去看你。"

郑淑珍把自己家的地址告诉了小蒙古：黑龙江省大庆市龙凤区卧里屯二队。

{第八章}

几场小雨过去，地里的谷子更壮实了……

前几天，王校长到班级布置了一个重要任务，就是县里组织一个“爱我家乡”的征文比赛，点名让我和小蒙古好好写一篇作文，代表学校参赛。为此，三胖子很不服气：“家乡也不是焦大楼他一个人的，是大家的，兴他写，就得兴我们写，不写白不写。”

放学了，三胖子没有直接回家，而是找徐大爷，他要听个唱片，好说歹说，徐大爷才答应播给他听。连续几天三胖子都是这样，只听这一首歌，并且听一句记一句，记得满头大汗，几天才把歌词记完整。他听的歌曲是刚刚放映不久的一个叫《南海风云》的电影主题歌。

今天，王校长来班级检查大家的征文写作情况。还没等他说完，三胖子就举起了手：“校长，那天你没点名写作文的，是不是也可以写？”

王校长：“当然可以。”

三胖子：“那我也写了一篇。”

王校长：“真的？”

三胖子：“是，是我一个字一个字亲手写的，保证没抄。”

王校长：“好，那你上台来读一读。”

三胖子快步登台，王校长坐在了他的位置。

三胖子咳嗽了一声，然后看了看大家，端着两张纸开始朗读：“哎啰，哎啰，哎哎啰。”

三胖子一连串的“哎啰”，使大家目瞪口呆，都盯着台上的他，教室有些嘈杂。三胖子扬起脖子扫了大家一眼，继续朗读着：“哎啰，哎啰，哎哎啰。在那云飞浪卷的南海上，有一串明珠闪耀着银光，绿树银滩，风光如画，辽阔的海域，无尽的宝藏，西沙啊西沙，西沙啊西沙，那是祖国的宝岛，不是我的家乡。”他朗读得声情并茂，大家直着眼睛看着讲台上的他。

三胖子看大家听得那么认真，读得更加起劲：“我的家在东北松花江上，家乡的名字叫瓦房，小村不大，风景如画；人口不多，贼拉能喝。听说啊，清朝年间，就有一个资产阶级的皇上来到了我们瓦房大队，对我们贫下中农生产的小米垂涎三尺，后来我们这生产的小米成了朝廷的贡米，这个叫康熙的皇上还相中了一个姑娘，可是他属于微服私访，不敢暴露他的庐山真面目，怎么办？怎么办?！说时迟，那时快……”

在大家听得入迷的时候，王校长站了起来，他板着脸：“你这是讲故事呢，还是写征文呢？回座位去。”

这突如其来的指令把三胖子弄得有些尴尬，他不解地看着王校长：“我还没讲完呢，你再让我说两句呗，马上就完。”

王校长向他投去了严厉的目光。

三胖子才悻悻地离开讲台，边走边说着：“做事也不能虎头龙尾啊。”

王校长可不管那些：“焦大楼，你上台念你写的征文。”

下来的三胖子和大家摆了下手：“想继续听的下课找我，我就不信我能白写。”

我站在讲台上朗读我写的作文，作文的题目叫《青谷子》：“我的家乡肇源是盛产谷子的地方，谷子磨成的米，就是我们经常吃的小米。听老人讲，小米是最养人的食物……”大家聚精会神地听着。

我继续着：“夏天的时候，绿绿的青谷子，自豪地扬着头，在风中摇曳，是那样的顽皮，像一个个成长中的孩子。等到了秋天，青谷子变成了金谷子，谷穗成熟稳重，低着头，向着大地诉说着依恋和恩情……年轻的我们，就是那充满活力的青谷子，而我们可敬的老师就是一路呵护我们成长的恩人。”

我念着念着，突然看见方老师就在窗前看着我们！

我一下甩开了作文本，喊了声：“方老师回来了！”好像一步就跑到了门口，大家都跟着跑到门外，把方老师围在了中央……她的笑容，她的眼神，她的泪花，她的激动，她一切的一切是那么的美！

方老师回来的这一天，是我们村最热闹的一天，乡亲们都去看她，有的带着东西，方老师很感动，看着这一切的我们也被感动所包围。

我妈是带着小米来看方老师的，一起来的还有大吵吵和隋大虎以及二犴子。

我妈和方老师说：“回来了，好好养养身子，这是我们大家带来的小米。”说着的时候，我妈还特意看了看和她一起来的人。

方老师接过小米：“谢谢大家，犴子哥，你咋样？”

二犴子：“我很好，很好。”

隋大虎：“方老师，这回你回来就别那么使劲了，犯不上，这帮孩子，咋都得种地，认字多了，也不能多打粮。”

方老师笑了：“还是有知识好。”

方老师看着众多的人，她好像在找谁。

隋大虎：“方老师，你是不是找三驴子？”

方老师点头。

隋大虎：“这小子现在有正事了，学好了，一定是忙地里的活去了，等我看见他的时候，我告诉他你回来了。”

方老师：“我得去当面表示感谢。”

晚上，方老师去了三驴子家。三驴子正和他爹妈说话。

方老师走了进来。三驴子一家人对方老师很热情。

方老师：“大叔大婶，你们养了个好儿子，我这次有病多亏三……”

三驴子笑了：“方老师，我叫张天生。”

三驴子爹：“应该做的，这事给我们长脸了。”

三驴子妈给方老师递过来一碗开水：“喝吧，姑娘。这丫头真俊，听说你是从哈尔滨来的?”

方老师点头。

三驴子妈:“其实啊,咱们还是老乡呢。我们老家啊就住在哈尔滨的王岗,一晃我们过来快二十年了。”

方老师:“大婶,我知道王岗,只是没去过。你们怎么搬到这么远的地方来了?”

三驴子妈:“一言难尽啊。以后别见外了,就把我们家当成自己的家吧。”

方老师点点头。

方老师回来后,我们的学习又恢复了正常,尽管她的身体很虚弱,但她依然站在讲台上,依然露着她那特有的微笑,我们心疼她,经常把凳子拿到讲台上,让她坐着给我们讲课。

方老师:“我住院期间,大家表现都很好,值得表扬。大家耽误了学习进度,一定要补回来,从今天起,咱们要成立几个课外学习小组,把放学以后的时间充分利用上。”

大家议论开了。

方老师:“建立学习小组的原则就是按各家的住址就近组合。焦大楼,你和乌日娜一组。”

三胖子举手:“方老师,我家离乌日娜家更近,东西院,焦大楼家在屯东头。”

方老师:“那你们三个在一组,焦大楼当组长。”

三胖子摸着头坐了下来:“我这是没好了,黑天白天都得受他管。”他看了我一眼。

郑淑珍走后,在村里很少见到二牤子的身影,方老师给我爸爸提了一个建议,让二牤子天天到学校的工地看看,我爸感觉方老师的主意好,就让二牤子去学校工地做“监工”,工分照记,牤子爹天天送他去学校,二牤子的脸上又露出了笑容。

三驴子也来到了工地，他不是来干活的，而是陪他犴子哥唠嗑解闷的，我爸觉得三驴子是救方老师的功臣，又时常照顾二犴子，于是也让他吃这大锅饭，也给工分。

三驴子经常逗着二犴子乐：“你就是管人的命，以前呢，啥人见你不是溜溜的，就是现在这样，你不也照样吆五喝六吗。”

二犴子：“去，过去，帮着抬檩子去。”

三驴子看着二犴子：“你真狠，你是不能让我消停地挣点工分啊。”说着，他走了过去。

正在他们逗趣的时候，刘全能老师走了过来。三驴子马上把他拽到一边：“大表哥，有钱没?”

刘全能看着三驴子：“干、干、干萨用?”

三驴子：“你就别问了，正事。”

刘全能：“要、要多少?”

三驴子：“怎么也得七八块吧。”

刘全能：“我这就五、五块。”

三驴子：“那再说吧。”

我们商定，晚自习的地点选在三胖子家和我家。第一个晚上，我们在三胖子家学习。

隋大虎：“你们都使劲学吧，我在家碍事，也教不了你们，我出去溜达溜达。”

隋大虎直接来到了二犴子家，他盘着腿和二犴子闲聊了起来。

二犴子：“大叔，你发现没有，三驴子现在也变了。”

隋大虎：“以前我看不上这小子，现在我佩服他了，方老师的命还多亏他了呢。”

二犴子：“方老师去他家当面感谢了。”

隋大虎：“他得感谢人家方老师，是方老师有病给了他重新做人的机会。”

二犴子笑了：“三驴子也有正事了，张罗给他妈过六十大寿呢。”

隋大虎："这小子，行。"

二犴子："好像是缺钱。"

隋大虎："要多少？"

二犴子："也得七八块吧。"

隋大虎："好说，这是正事，大家帮着凑凑。"

第二天，隋大虎直接到学校找刘全能老师。

隋大虎："刘老师，你还买不买我那军大衣了？"

刘全能很兴奋："你、你现寨想、想、想好了啊？"

隋大虎："急用钱。"

刘全能晃着脑袋："我买可、可以，紫是不、不能像以前说的说的那个素了，坠、坠、坠多八块。"

原来刘全能要买隋大虎军大衣的时候，曾经主动出价十五元，但隋大虎没同意。

隋大虎一咬牙："行，但得是现钱。"

刘全能："我、我紫有五、五元，剩下那些以后给、给你。"

隋大虎："行，交剩下的钱的时候，我再给你大衣。"

刘全能："那、那你得给、给我立个志据。"

隋大虎："行！"

隋大虎找到了三驴子。

隋大虎："三驴子，我越来越佩服你小子了。"

三驴子晃着脑袋看着隋大虎。

隋大虎："你看啥？说正事，听说你给你老妈张罗办生日大寿？"

三驴子："你咋知道的呢？"

隋大虎："别废话，我，侦察兵。"

三驴子："对对对，大石桥的，哈哈。"

隋大虎："缺钱吧？"说着，隋大虎拿出了五块钱。

三驴子在惊愕中感动。

隋大虎："拿着！"

三驴子："大叔，这……"

隋大虎把钱直接塞到了三驴子的手里："花着吧。"

三驴子："算借，大叔，等我有钱就还你。"

隋大虎："行。"说完，他转身走了。

三驴子远远看着隋大虎离开的身影……

课堂上，方老师在给我们上课，她说话的声音大了，脸上也有血色了："同学们，明天是星期六，是新校舍上房梁的时候，我们都去参加星期六义务劳动好不好？我们要用我们的双手建设我们自己的校园，让我们的弟弟妹妹们在安全和漂亮的环境里学习、成长。"

方老师的话，引起了大家一阵热烈的掌声。

三胖子举手站起："现在就去得了呗。"

方老师："把力气攒足，留在明天。到了工地，大家一定要听从指挥，注意安全。现在我公布这次测验的成绩，全班平均的学习成绩比上次考试提高 4.5 分。"大家喊了起来，掌声更加热烈了。

三胖子又站了起来："老师，我提高多少？"

方老师想了想："你降低了……降低了负十分。"

三胖子："没少降啊？啊？不对啊，哈哈哈哈。"大家也发出了笑声，三胖子带头鼓起掌来……

学校上房梁的这天，阳光明媚！

工地上插着彩旗，校舍的四周站满了老人和孩子。社员们抬着粗壮的梁柁，伴着整齐的号子声，他们迈着有力的步伐，看着走在最前面的我爸，我感到特别自豪。

我们只能抬着细点的檩子，用我爸的话来说，我们既要锻炼，又要不能受伤。女生们抬着盛着凉水的水桶。

在大家注视下，第一根房梁梁柁稳稳地放在了房顶上，在场的所有人都鼓起了掌声……

方老师露着笑容，二牤子站在她的身边，他们禀着呼吸，仰着头，全神贯注地看着上着梁柁的人们。三驴子拿过来一个长凳放在了方老师的身后：“方老师，你坐。”

方老师坐下：“三驴子，有人说咱俩长得像，你说呢?”

三驴子一愣：“可不是……咋地。”

隋大虎急急忙忙地跑了过来，他一手拿着一个红布条，一手拿着把斧头，跑到梁柁底下，站在凳子上，将红布条钉在了梁柁上。

我爸问他：“你这是干啥?”

隋大虎：“辟邪，不相信科学不行。”大家发出了笑声。他板着脸，我这个可爱的隋大叔经常说出这样话的时候，自己一点都不笑。

梁柁放置上去，一个个檩子搭在了梁柁和墙之间……

我爸眼睛有些湿润，我知道为了建这个校舍，他花费了很多心血，大家也付出了很多的艰辛……

我爸高声地喊着：“歇工，喝酒!”喊声、掌声在即将诞生的新校舍上空回荡，久久不息……

我爸把我叫到一边：“去大队，告诉你徐大爷，打开大喇叭放歌。”

等我回来的时候，看见乡亲们送来的一盘盘菜放在长长的临时做成的木桌上，大家举起了酒碗，包括方老师，可是大家看着我爸，我爸落下眼泪，我长这么大第一次看见他落泪。这个时候的他，一句话都说不出来了。

大队的大喇叭传来徐大爷那熟悉的声音，只是这声音格外激动和激昂：“社员同志们，今儿个，1977 年 8 月 20 号，是我们全村大喜的日子，学校的新房子正式上房梁了，啊上房梁了，为了庆祝一下子，现在播一个曲儿，啊一个曲儿，播啥呢？播啥呢？哪去了呢……找着了！哈哈哈哈。”

大喇叭里传来了京剧选段：“今日痛饮庆功酒，壮志未酬誓不休。来日方长显身手，甘洒热血写春秋……”

隋大虎喊了声：“大喇叭都发话了，让咱们干杯，我现在正式代表焦书记说一个字，都干了!”

大家一饮而尽……

大家喝着，广播的曲子放着……

不知在什么时候，伴着欢快的乐曲，方老师跳起舞来。大家惊呆了，这可能是全村的人第一次看见跳这样的舞蹈，她自己跳得是那样忘我、那样美……

跳着跳着，她拉起了我们，我们在后面跟着她笨手笨脚地“跳着”，有的小青年也加入了进来，有点喝多了的隋大虎也掺合进来了，他跳的是“大秧歌”，并且是醉秧歌，和方老师跳的一点都不一样。大家越是笑着哄着，隋大虎就越是来劲。

掌声、喝彩声久久回荡……

不久的一天，正在方老师给我们上课的时候，王校长手拿一张纸，兴冲冲地来到了班级。

王校长：“方老师，我先打断你一下，告诉大家一个好消息。在全县组织的《爱我家乡》征文比赛中，我们班级的两名同学获得了二等奖和三等奖。”我屏住了呼吸，心跳得都快提到了嗓子眼。

三胖子对我：“是不是就报咱俩了？”

我捅了一下他：“听着得了。”

王校长提高了嗓门：“乌日娜同学写的《八家河，我的母亲河》获得了全县比赛三等奖！”大家鼓起掌来，都把目光投向了她，她激动得脸色红红。

王校长：“焦大楼同学写的《青谷子》获得了二等奖，二等奖啊！”大家又把目光投向了我，掌声更加热烈。

王校长：“不久，将有一名同学去县里参加表彰大会。希望大家都向这两名同学学习，爱我们的家乡，写更好的文章。”

王校长刚说完，三胖子就站了起来：“王校长，我得什么奖了？”

王校长和大家对三胖子的突然发问感到意外。王校长：“你的作文没上报，在学校初选的时候就没过关。”

三胖子：“一个得了三等奖，一个得了二等奖，马上就是一等奖了，那不是等我吗？我写的有什么不好啊？哎啰，哎啰，哎哎啰，没个整。”

他说话时候带着激动，在大家的笑声中他坐了下来。

学校决定，由方老师带我去参加表彰会。

去领奖的前一天，方老师把衣服熨得整整齐齐的，还特意到我家来了一趟。感觉比她自己领奖都开心，我爸我妈更是高兴。

我妈："大楼有今天，都是方老师的功劳。"

方老师："还是他自己努力的结果。"

我妈："听说小蒙古也得奖了，咋没让她去呢？我感觉她比我家大楼强。"

方老师："名额有限，学校就是这样定的，大楼是二等奖。"

我妈："噢。"

我："她也不会骑车子，我驮方老师去，我们定好了，把补助的钱给乌日娜买书本。"

我妈："这不错。"

三胖子因为对自己的作文没能得奖而耿耿于怀，晚上就没有参加我们的自习，小蒙古独自来的我家。

也许是明天要去县里领奖有些激动的缘故，也许是单独和小蒙古在一起学习心里有说不出的滋味的缘故，我在复习的时候有点溜号。

小蒙古似乎看出了我经常在走神。

小蒙古："你要是学累了，就歇会吧。"

"怎么歇着？"我看着她。

她有些不好意思："我们小声说会儿话。"

"好啊。"我说。

小蒙古："你学习最近可是真有长进，你就是聪明。"

正在我们说话的时候，我妈端着两碗热乎的面片汤走了进来："先别学了，趁热吃点吧。"

小蒙古："不饿，大姨。"

"吃吧，学习也累，三胖子没来，以后给他补上，快吃吧。"我和小蒙古接过了饭碗，我妈走了出去。

“好香。”我闻着飘着香气的面汤，喝了一口。

小蒙古没吃，直接向我的碗里拨着面片。

“你吃。”我一躲，面片落在了地上。

我们都停住了，我看着她，她正在看着我。

“你快吃吧，我看着你吃，我妈的手艺，好。”我说着。

看着小蒙古吃着面汤，我心里甜滋滋的。

小蒙古放下饭碗：“你早点睡吧，明天还要去县里，我先回去了。”

“好，我送你。”我说。

小蒙古没说什么，拿着书包走了出去。

清爽的晚风轻轻地吹拂着我的脸，心里有种说不出的畅快。和她并肩走着，我们什么都没说。在我的手碰到她的手那一瞬间，我的心一阵狂跳……

到了她家的大门口，我松开了她的手。

月光下，她低着头：“出去注意安全。”说完，她猛地在我的脸上亲了一下，转身就走。

我好像被“钉”在了地上……

这一夜，我几乎没合眼，想了很多很多……

好像是一夜之间，漫山遍野变成了黄色的海洋，谷子就要成熟了……

征文比赛颁奖的会场设在县电影院，电影院是全县规模最大的室内公共活动场所，会场里坐满了人，激昂的乐曲在电影院里飘荡……

当念到我的名字，我上台领奖的时候，在鼓掌的人群里，我看见方老师站了起来，用力地鼓掌。

我领的奖品是一个粉红色的日记本，很漂亮。小蒙古的奖品是一个简装的《现代汉语小词典》。

手捧这两个奖品，走向方老师的时候，我是那么激动和高兴。

在回来的路上，我骑着自行车驮着方老师。乡间公路两边到处都是金黄的谷穗，阵阵微风吹来，是那么的清爽和惬意。

方老师："今天看你上台领奖的时候，我真高兴。"

我："我都有点蒙了，直冒汗。"

方老师："哈哈，我看见你很精神啊，一点也不像紧张啊！"

我："我都忘了。"

方老师："这样的场面多经历就好了，台上和台下就是不一样，别看就是几个台阶的差别，每一步都是一个新高度，每一步都是自己努力的证明，以后加油啊。"

我："我一定！只是怕做不好。"

方老师："你能行，就像你写的作文一样，你看，你作文写得多好啊。"

我："还是你教得好。"

方老师："你别这么说，作文我写不过你，不过你可不能骄傲啊。"

我："我和你可不能比，你永远是我的老师！"

方老师："你聪明，什么事一点就明白。"

我："那是。"我猛地一蹬车。

方老师："啊？"

我骑车有个毛病，蹬上车就飞一般，这一点方老师早就领教过。

开始的路是很平坦的，方老师坐得还是很稳的，只是刚出城的时候，人和车相对多点，看着飞驰的汽车，我刚慢下来，又犯了老毛病。方老师："你能不能慢点，我说话不管用啊。"

"管用，你是老师。"我好像没记性，说完，又"飞"了起来。方老师照我后腰就是一拳，她下了车。

这次是能感觉她是没在后座上了。我急忙停下车。回头一看，方老师正站在那里，背对着我。

我掉转车头，来到了她的面前，也不知道说什么，就是摸着自己的脑袋。

方老师有些生气："你那是'飞鸽'牌的啊？"

我："不是。"

方老师看了我一眼。

我："真不是。"我指了指车子上的商标。

方老师更生气了："你以为我不认识这自行车是什么牌子啊？"

正在我愣神的时候，她接过了自行车，还一耸。

她骑上了车，我站在那里，看着她的背影。

她一点都没惯着我，依旧骑着，我只好追了过去。

我上车的时候，她一晃，车子倒下了，我一下抱住了她的后腰。

下车的她吓得直喘气："上车你也不告诉一声啊，我都没有准备。"

别看我骑车有几年了，但很少坐别人的车，那时候有自行车的人家真不多。

她又骑上了自行车，速度不是很快。

方老师："上来吧。"

我坐上了自行车，车子左晃右晃，我不知道手把住哪好了。

她快蹬了一下车："你可别下来！"

我："我手没把的地方啊！"

方老师："笨！"

我："放腰上啊？"

方老师："哈哈哈哈。"

她骑得更快了。我又是一晃，把手放在了她的腰上，那一瞬间，她一惊，我急忙抽出了手……

这下，她骑得好像稳了，我也学会坐车了……

我才知道坐在自行车的后面是多悠闲，要不三胖子怎么总喜欢坐我的车呢？往往在这样的时候，我就有点忘乎所以，还唱了起来："满山的松树青又青啰，满山的翠竹根连根啰。新型的大学办得好来，它和工农心连心啰。"我突然停了下来："起高了，没小辣椒是不行。"

方老师："她怎么样？"

我："听说她在县里上学呢，但我觉得不是。"

方老师："为什么这么说？"

我："她好像在冰棍厂上班呢。"

方老师："啊？！"

方老师没骑多远，我就跳下车。

方老师也下了车，她看了下我："怎么下来了？"

"在后面坐着比骑车还累。"其实我担心她的身体，尽管她手术已经过去了很久。

方老师："那你慢点，尤其是在过车的时候。"

我："到了高粱沟子那地方想快都快不了了，那修路。"

就是在这地方，我们下了公路，走的土路。

在农村，土路就是公路的备用路，有的路段离公路近，有的地方远些。我们这条土路穿过谷子地中间，这段路尽管是土路，但还算平整。

这时候是谷子长得最高最黄的时候，密密实实，一眼望不到边。谷穗沉沉甸甸，每一根谷子好像都在向我们微笑，我们被淹没在这一片金黄里，仿佛看见方老师就置身在这无尽的黄海里，她微笑着仰望天空，举起双臂大声呼喊着，甜美的声音回荡着……

驮着方老师我又犯了老毛病，唱了起来："我爱这黄色的海洋……"

方老师："蓝色的海洋。"

"那是春天的时候，我在草甸子上唱我爱这绿色的海洋的时候你怎么没纠正呢？"

方老师："你是活学活用啊。对了，你再朗诵一下你写的《青谷子》啊，我只是看过你写的这篇作文，还没有听过你朗诵呢。"

"好。"我开始朗诵起来："我的家乡肇源是盛产谷子的地方，谷子磨成的米，就是我们经常吃的小米。听老人讲，小米是最养人的食物……"念着念着，我的声音有些颤抖……方老师用手揽着我的腰，脸贴在了我的后背上……她累得、困得睡着了……

我有点不会骑车了。正在我犹豫的时候，我发现前面走着一个人，并且步子很快。我按了下车铃，她看都没看，我顺着她身边过去的一瞬间，惊奇地发现她是小辣椒！

就在我要停下的时候，方老师醒了，她急忙放下手，这一切都被小辣椒看得清清楚楚。

下车的方老师抹了下眼睛，有些不好意思："肖妮，你……"

小辣椒："方老师，你好，我这是回家，没赶上汽车。"

我觉得小辣椒在说谎，下午有去我们那儿的汽车。

方老师："那我们一起走吧。"

小辣椒："你们先走，一会就到我家地了，我去看看，一夏天了，一点都没给家干活。"

方老师："你在县里学习怎么样？"

小辣椒："啊……还凑合，县里教的……课程深，我有点……跟不上，不想学了。"

谁都知道，香瓜上市以后，冰棍厂就到了淡季，可能那里是没什么活了，我觉得。

方老师："那还回来上课吧，能学什么样就什么样，学了就比不学强。"

小辣椒："看看吧。"

我："方老师说的对，你看看我同桌，现在学习就有明显的进步。"

小辣椒："你说他干啥？"

我："真的，他这次作文，在全县比赛差点得一等奖。"

小辣椒惊奇地："真的吗？谁说的？"

我："不信你问问他。"

小辣椒："我问他干什么，闲的。"她白了我一眼。

以前我就感觉三胖子的钱是小辣椒给寄来的，但现在我更加确定了，只是不知道为什么她会给他寄钱。

小辣椒："你们走吧。"

走出大片的谷子地，便是一片玉米地，一个熟悉的身影就在我们面前，我们都愣住了！他好像没看见我们，只是自己在不停地向一条旧麻袋里装着野菜，我示意方老师接着自行车，蹑手蹑脚地向他走去，走到他的背后，上前猛地拍了一下他的肩膀！这人"啊"的一声，直起腰，回过头来。

他是三胖子，满脸汗水。

三胖子惊奇地在我们眼前扫来扫去，还回望了一下玉米地。小辣椒的表情明显有变化，先是一惊，后来低着头。

“你偷谁家的庄稼呢?”我问三胖子。

三胖子从麻袋里抓出一把野菜：“你家种这庄稼啊？方老师，你看看你这个学生!”三胖子抹了下汗水，指了指我。

方老师笑了：“帮家干点活也好。”

三胖子：“你们几个怎么遇到一起了？肖妮，学好了?”

小辣椒白了三胖子一眼：“我原来是坏人啊?”

三胖子：“原来不是，以后是，以后是。”

小辣椒：“我看你是学好了，要是没学好，还能出来干活?”

方老师：“隋满堂最近学习有长进。”

三胖子：“那是啊，要是这次我也去领奖，那我的长进更能一泻千里。”

大家笑了，小辣椒递给三胖子一个手帕，淡蓝色的手帕：“擦擦汗吧。”说话的时候，小辣椒还看了我一眼。

三胖子看着小辣椒，那眼神显得比特别还特别。

“看啥？新的。”小辣椒举着手帕，三胖子没接。

小辣椒：“还要我给你擦啊?”

三胖子接过手帕，左看右看，然后用袖子擦了下脸上的汗水：“这么好的东西，擦汗白瞎了。”他又把手帕递到小辣椒面前。

我们都盯着手帕。

玉米地里传来了响声，小蒙古从里面走了出来，筐里是满满的野菜，我们都看着她，看着满脸汗水的她，我心里很酸。

小蒙古和方老师、小辣椒打着招呼，她把筐放在地上。

小辣椒一转身就走了，什么都没说，她走得很快，头都没回……

三胖子摸着脑袋：“这……这是咋地了呢？上县里学习咋还学成这样了呢?”

方老师看着远去的肖妮……

在我们同学中，小辣椒是去县里最多的人了，原因就是她家日子宽裕些，并且她喜欢在同学面前张扬她买的新东西，她喜欢同学们瞪着眼睛看她、听她讲城里新鲜事的感觉，每每在这个时候，她的脸上就会挂着说不出来的满足感。可是，这次与以往不一样，她回来后，就把自己关在了家里。

已经过了两天，小辣椒一点动静都没有。

放学的时候，方老师叫我："大楼，一会和我出去一下。"

"去哪？"我问方老师。

方老师："去肖妮家，我问问她上学的事。"

我看了看方老师："她舅舅对你那样，你还……"

没等我说完，方老师就打断了我："她舅舅不是她。"

"我不去。"

方老师看着我："那我自己去。"她转身就走。听她说话的语气，我感觉她生气了。

我本想追上去，但一想刚才我都说不去的话了，只好向家走。

在路上，我闷闷不乐。三胖子在后面追了上来："你咋地了？"

我没有搭理他。三胖子："你这奖得的，咋还得的默默无语了呢，要是我得了奖，我都得这样走路。"说着他扬起了脖子，迈着大步，还背着手。

我立刻叫住了他："你站住，和我出去办点事。"

三胖子："我还有事呢，帮助小蒙古家插墙头去。啥事？"

我板着脸："刚才方老师找你，让我们一起和她去小辣椒家。"

三胖子："去她家？干啥？"

"不知道。"

三胖子："那你去吧，我答应帮助小蒙古家干活了，我的命是人家牤子哥给的。"他看着我："对了，我去小蒙古家，你可别想多了啊？"

我照他肩膀打了一拳："你去不去她家和我有什么关系，反正方老师是说叫你去小辣椒家了，前天，她可是当着小辣椒的面表扬你了呢。"

三胖子有个优点，就是怕别人将他，越是这样，他越是能改变主意，对他的这一点，我清清楚楚。

三胖子："好，我去，我看方老师到底让我去她家干啥，走。"

说着，他走在了我的前面。

小辣椒家。小辣椒正躺在炕上，头上还敷着一条毛巾。

小辣椒妈妈："你这是咋地了，回来两天了，饭也不吃，话也不说。"

小辣椒依然不说话，把脸转了过去。

小辣椒妈妈向门外走："这学上的。"

方老师走了进来。

小辣椒妈妈一愣："你来了。"她的语气很平淡。

方老师："我来看看肖妮。"

小辣椒妈妈："这死丫头，有啥看的?"说着，她走了出去，把方老师"晒"在一边。

小辣椒："你来了，方老师。"她想坐起来。

方老师："不用起来。"她用手摸着小辣椒的头："怎么了？病了?"

小辣椒："感冒了。方老师，你吃饭了吗?"

方老师："还没，刚放学，惦记你上学的事，就直接过来了。"

小辣椒"在我家吃。"

方老师："不用，你先养病，等你好了的时候，再说上学的事。"

小辣椒"我不上学了。"

方老师很吃惊："怎么？都学这么多年了，都快要毕业了，怎么能轻易放弃?"

小辣椒："方老师，我真的学不了了，谢谢你。"

方老师："最近，班级不少同学学习成绩都提高得很快，隋满堂原来的成绩都不如你，但这几个月特别用功，考试成绩明显提高了。"

小辣椒有点兴奋："是吗?"

方老师："嗯，只要用心学习，那就能提高成绩，所以，你……"

她们说话的时候，我和三胖子走了进来。

三胖子向方老师点头哈腰："方老师，你找我?"

方老师愣了下："啊?"

三胖子看着小辣椒："这是咋地了，回来就病了？水土不服啊?"

小辣椒看都没看我们。

三胖子："县里咋说也是个大城市，那是咱农村人随便去的吗？县里的学生那是一个比一个牛，根本不把咱屯子人放在眼里，别说是电工家的孩子啊，就是书记家的去了都不行，复员军人家的备不住……也不行。"

我拽了下三胖子的衣袖，用眼睛示意他闭嘴。三胖子还不听劝："本来就是那样吗！"

正在我们说话的时候，民兵连长走了进来，他四下打量着，最后把眼光落在了方老师身上："我外甥姑娘已经不是学校的学生了，你还来看她干什么？"

方老师很惊讶。

民兵连长："打个巴掌还给送个甜枣来啊，我外甥姑娘要不是被你欺负，能离开瓦房吗？你不但和一个孩子过不去，还和我过不去！"

方老师惊愕地站了起来，愣愣地看着民兵连长。

我看着民兵连长："怎么能怨方老师？方老师咋地她了？"

民兵连长："没你的事，你知道啥，就是她的事！"

"我啥不知道，不就是……"我真想一下子揭开他张罗给小辣椒提亲的事，尽管我没往下说什么，但还是触到了民兵连长的伤处。

民兵连长提高了嗓门："你有什么了不起的？你家有什么牛的？方老师是你啥人?!"

一直没说话的小辣椒终于开口了，并且嗓门很大："你这是干啥呢？大舅！我家的事用不着你管，我都说多少回了。"她把头上的毛巾一撇。

我还想和民兵连长理论几句，方老师阻止了我："焦大楼，别说了，咱们走。"说着她转向小辣椒："好好养病，别上火。"说完，她走出了屋。

望着方老师的背影，小辣椒说了声："谢谢。"

走在最后面的三胖子边走边说："这是咋地了，都一个村子住着，干啥发这么大的火，真是的。"

民兵连长送给他一句话："轮不到你说话。"

三胖子白了一眼民兵连长："你这官，真大！"

走在外面，三胖子还喋喋不休："多余上她家来。"方老师没说什么。

我："别磨叽了，走，插墙头去。"

方老师："插墙头？你们要干活去吗？"

三胖子："是啊，插墙头，你还不知道是啥活吧？"

方老师笑了笑。

三胖子："就是给墙的上面盖个帽子，免得墙被雨水冲掉渣了。"

方老师点头："这是大人干的活吧，你们是不是多把时间用在学习上面？"

我："是帮乌日娜家干这活。"

"噢，那快去吧，我也跟你们去。"方老师说："去看看你们是怎么干这活的，我还没看见过呢。"

三胖子："方老师，你想学干这活啊？"

方老师笑了。

三胖子："只要你努力，就能学好，我教你。"

方老师："哈哈，好。"

在小蒙古家的院子里，我和三胖子在和泥，方老师、二犿子在看着我们干活，二犿子拄着拐。

三胖子："行了，开干。"

我："你家就这样插墙头啊？泥里也不掺羊草或者麦秆什么的？这不是糊弄人吗？"

三胖子小声地："我倒是想掺那些玩意，得有啊，她家我家都没有。"

我："我回我家取去。"

三胖子："好，快点啊。"

"可说好了，我拿来以后，往泥上一撒，你和泥啊。"我说。

三胖子指了指我："你啊你，真能讲条件，你要是代表国家去联合国开会，那解放台湾都用不着打一枪一炮。"

我："那你去找羊草，我和泥？"

三胖子："得得得，我要是出去找，也得找到你家去，你快去得了。"

我走了以后，三胖子自己干起活来，尽管很笨拙，还是很卖力气，他不停地擦汗。

小蒙古端着一瓢凉水递了过来。

三胖子抹了下额头上的汗水："不用，喝水耽误时间，我现在没那闲工夫，就这点活，三下五除二，一会就完事，有他没他都一样，你们看着。"

三胖子干得越来越起劲了，他动作很大，左右开弓，就想在我回来前把活干完，可是没想到，由于他用力过猛，加上院墙年久失修，他把一面墙弄倒了！

大家都愣在了那里。三胖子更是傻眼了。

我扛着一捆羊草过来了，看着眼前倒下的墙："三胖子，这是怎么搞的？"

三胖子一摸脑袋："用力过猛。"

我："本来人家的墙还能挡个猪、羊的，这下可好，就不能等我一会儿？"

三胖子："是疖子早晚得出头，该倒的墙早晚得倒，我还是物理没学好，只顾使劲了，忘记作用力和反作用力的关系了。"

我："怎么办吧？"

二犴子："没事，没事。旧的不去，新的不来，等我好点，我整，歇着吧，歇着吧。"

就在这时，民兵连长走了过来。他是冲着方老师来的："有你这么当老师的吗？把我外甥女从学校赶出去了，也就算了，你有后台。"说着他看了看我："可是，人家回来了，有病了，你还追到家门来气人家，这不是往刀口上撒盐吗？还想把人家整死咋地？"

方老师气得嘴角发抖："你……你什么意思，怎么这么说话？"

民兵连长："我说的不对吗？刚才当着病人的面，我没好意思说你什么，现在我可就不客气了。"

站在一边的我实在是看不下去了："刚才我们陪着方老师去的，方老师就想让她回学校上学，是好心，有你这么说话的吗？"

三胖子："就是，方老师一片赤心。"

小蒙古也走了过来："叔，方老师都是为了肖妮好。"

民兵连长："有你们啥事?"

我激动地："怎么没我们的事，方老师是我们的老师！方老师关心她的学生有什么不对!"

三胖子："就是。"

民兵连长冷笑着："哈哈，教了你们两天半，喝了点墨水，你们里外拐都不分了，别忘了，你们是哪的人?!"

二犴子拄着拐走了过来："大叔，方老师是好心，人家要是不教学生，也影响不了自己啥，别说了。"

民兵连长："我这是给你面子，犴子。"他看了看方老师："以后少上我姐姐家刮旋风!"

方老师委屈得要落泪，我实在看不下去了，上去就拽住了民兵连长的衣领："你少欺负我们的老师。"没等我说完，民兵连长就和我撕扯起来。

方老师喊着："住手!"

我这次没听方老师的话。"你这是欺人太甚!"我边打他边喊着，两拳就把他撂倒在地上！把我爸被带走以后我对他的怨恨和愤怒全部释放出来。

方老师跑过来把我拽到了一边，她显得非常紧张。

二犴子要去扶民兵连长，可是他真的不方便。不知道三胖子是胆小没敢扶他还是不愿意去扶他，站在那里一动不动。

方老师推开我，她上前去扶民兵连长，民兵连长向她一甩胳膊，用手指着她："你教出来的好学生，都会打人了。"他怒视着我："焦大楼，你等着，要不把你送进去，我都是你揍的。"他自己爬了起来。

我真想再上去踹他一脚，看着方老师怒视着我，我才没发作："以后你要是再得瑟，再找方老师的茬儿，就是我进去了，等放我出来，也饶不了你，你也等着!"说完，我愤愤而去。

民兵连长捂着自己的脸灰溜溜地走了。三胖子来劲了："真不是东西，要是焦大楼不收拾他，我也饶不了他，你们等着，我找他去，还没人了呢?!"走开的时候他还在磨叨着："连方老师都敢欺负，也没打听打听方老师的学生我是谁。"

｛第九章｝

三胖子直接去了小辣椒家。小辣椒依然躺在炕上，看见三胖子来了，她唯一的反应就是闭上了眼睛。

三胖子："你舅没来啊?"

小辣椒没回答他。

三胖子："那我走了。"

小辣椒："等等。"

三胖子又回到了她身边："啥事?"

小辣椒："你找他干啥?"

三胖子："和他说道说道，他总找方老师茬儿。"

小辣椒："不说他了，问你个事。"

三胖子："啥事?"

小辣椒："给你邮钱的人找到了吗?"

三胖子："找到了……"

小辣椒："啊?!"她一下坐了起来，三胖子一愣!

三胖子："你……咋地了?!"

小辣椒看着三胖子："没咋地，找到了就行了，你走吧。"

三胖子愣愣地看着小辣椒。

三胖子："找到了个六，可能是人家愿意学雷锋不留名吧。"

小辣椒："你走吧，我家就我自己，看着你在这也不好。"

三胖子："咱俩是同学关系，我还能咋地你啊？大白天的。"

小辣椒："那也不好，我现在不愿意别人看我这样。"

三胖子："我又不是来看你的，我是来找人的。"

小辣椒不高兴了："那你走吧。"

三胖子："真是的，去了几天县里，这毛病还见长了。"

小辣椒"你走不走?！不走我喊人了！"说着她倒在炕上，把被子蒙在了自己的头上。

三胖子慢慢地向门口走去，回头看着蒙着被子的小辣椒："抽的哪门子疯呢?"

隋大虎拎着一块猪肉来到我家。还没进门，他的声音就传进了屋子："大姐夫在家吗?"

我妈看着他拿着的肉："在，没过年没过节的，怎么拿这么金贵的东西。"

隋大虎："大庆物探队给的，他们那杀猪了，我帮着忙活的，人家奖励我点，哈哈。"

我妈："你拿回去吃吧。"

隋大虎："你这是啥话说的，在我家就白瞎这好东西了。"他把猪肉递给了我妈。

我爸出来了："正好还有点酒，喝点。"

说着话，我爸和隋大虎走进了屋子。不一会，我妈就端上了饭菜，好香的菜！肉炒土豆丝、豆角炖肉。

隋大虎："大楼，你也一起吃，那回下馆子……哈哈，到现在我还没沾油星呢。"

其实我也一样。

喝酒的人吃菜都慢，这可使我占了不少便宜，除了给他们倒酒外，我就是吃了，他们说什么，我根本就没听见。小弟就更不用说了，吃饭的时候一句话都没说。

本以为我打了民兵连长，方老师能觉得解恨，可是我一点都没看出来，但也没觉得她怎么生气。可能是发生事的时候人多，还没等她要批评我的时候，我就先撤了。

正在我们吃饭的时候，方老师来了。

隋大虎先放下了筷子："这事扯不扯，怎么把方老师给忘了呢？快坐，来，一起吃。"

正在方老师推辞的时候，民兵连长捂着脸走了进来。

我爸看着他俩："来，一起喝点。"

民兵连长："没心思喝。"他看着我。

我爸："怎么了？"

民兵连长："你看看你养的儿子，出息大了，还把我给打了。"说着，他放下了手，露出了鼓起的半面脸。

我急忙下地。

我爸把手中的筷子甩向了我："你没老没少的，怎么和谁都敢动手！"说着他下了地，向我冲了过来。方老师一把拦住了我爸，把我挡在她的后面："有话好好说，别动手啊。"

隋大虎："方老师说得对，当小的打人不对，你这个当老的也不能不对啊。"隋大虎的阻拦比方老师更有效。

隋大虎看着民兵连长："怎么回事？"

民兵连长盯着方老师："都是因为这个狐狸精！"

大家惊愕！

我实在忍不住了，当时也不管是不是被我爸打了，直接走到民兵连长的面前："你给你外甥女提亲，是我不同意，关方老师什么事，你总找人家茬。"

我爸上前要打我，方老师拉着我走出了屋子。

我边走边对民兵连长说："我现在告诉你，我的事就是我说了算，和别人没关系。你要是再和方老师过不去，打你是轻的！"

我爸："你等着没人的时候看我咋收拾你！"

隋大虎晃着头："一个民兵连长，还能让一个小毛孩子打了，谁信啊？"

民兵连长：“隋大虎!”

隋大虎：“你要是真让孩子给打了，那就说明你当民兵连长不够格，你还有脸吵吵啊?!”

隋大虎的一句话把民兵连长说得瞠目结舌，他喘着：“反正我不能白挨打，我惹不起你们，但我不能饶了教唆犯。”说着，他走了，我爸叫他都没管用。

隋大虎：“这是啥玩意呢，你去学习班的时候，他那个上蹿下跳，要是大楼真打他了，也就等于帮我出气了，我早就想倒出功夫扇他几个耳雷子呢。不扯他，接着喝。”

夕阳西下，我和方老师坐在河边的堤坝上。一眼望去是看不到尽头的谷子地，满眼金黄。阵阵微风袭来，惬意中带着一丝凉意。

我们坐在那里很久，彼此都不说话。

方老师站了起来：“走，我们回去，我饿了。”

我站了起来，向背离村庄的方向走去。

方老师：“你去哪?”

我回过头来：“跟我走吧，我给你找好吃的去。”

方老师跟了上来，我们并肩走在河堤上。过了一片玉米地，就是一望无际的草原，我停在了那里：“烧玉米。”

我在玉米地里掰了几穗玉米，又抱来了一些羊草。可是，我身上没带火，而烧玉米是需要火的。

“你等着，我去找火去。”我说。

方老师：“不用了。”方老师从衣兜里拿出了盒火柴。

我惊奇地看着她：“你怎么带着火柴?”

方老师：“别问了，给你。”她把火柴递给了我。这是一盒印有“呼兰火柴”字样的火柴。

我看着她：“你抽烟?!”

方老师：“别问了，我饿。”

我点燃了绿绿的羊草，蓝色的烟雾袅袅升起，我们的周围飘起了草香……

火越烧越旺，方老师看着我烧玉米的每个动作，很好奇、很认真，我转过头来看了下她，火光映在她的脸上，这是我不曾看到的她的另一种美。

我把一穗烤熟的玉米递给了她，她接过后猛地吃了两口："好香。"

"把玉米给我。"我说。我接过玉米："用羊草烧玉米的味道和用其他柴烧玉米的味道绝对不一样。"我边说边搓下了玉米粒，递到了她的手上，她看着我："这样的吃法很文明，哈哈。"她把玉米粒放在了嘴里："这么好吃的东西，我怎么才吃到？"

我笑了笑："是不是你饿的缘故啊？"

方老师晃着头："不是，绝对不是，就是好吃。"

"那我天天烧给你吃啊？"

方老师："好啊。"

"对了，方老师，今天你怎么没批评我？"我看着她。

"为什么批评你，你喜欢批评？"她问我。

我没回答她。其实小的时候，遇到漂亮的女老师，我总喜欢多看几眼，如果能得到她的表扬，我几天都忘不了，总是处在兴奋的状态中。当然，我更希望得到她的关注，甚至故意犯错，以引起她的注意，即使是批评，我也愿意，这是多少年来我心中的一个秘密，我就和三胖子说过一回，他还真学去了，但用的效果好像不怎么好，招致的批评多，表扬少。方老师这么问我，我真想把这个秘密告诉给她，但我还是没说。

看我没回答她，她停了停，又继续问我："今天你做的事，有对的地方，也有不对的地方。你仗义、直率，这不错，但你动手打人不对。你想想，什么事情，要是不用过激的方法就解决了是不是更好呢？凡事多动脑，再多些耐心是不是更好？"

我看着红红的草炭火，想着她说的话，把一穗烤熟了的包着玉米叶的玉米递给了她。

方老师接过了玉米："怎么吃？"

我又接了过来，扒开了玉米叶，把玉米再次递给了她。

她吃着，突然惊奇地对我：“这个更好吃，香。你也吃。”她给我掰下一半，玉米在她的手上，她那表情更特别。

她吃着玉米：“其实，你特聪明，什么话一点就透。不过，不批评你，不表明你什么都对。”

“我知道。以后看我不对的时候，你该说就说，我扛得住。”我说。

“你比我刚认识的时候强多了，无论是在学习还是在其他方面，尤其是在我住院的时候你的表现，我都听说了，很好。”她很认真地表扬着我。

“还是你教得好。”我说。

方老师笑了：“不早了，也吃饱了，走，我们回去。”

我站了起来，看着要站起来的她，我犹豫了一下，还是伸过手去，拉她站起的那一瞬间，我全身好像过电一样。

她好像知道了我异样的感觉：“想什么呢？我当过你姑。”

“嗯，我知道，亲姑。”我抬腿就走。

走在河堤上，田野的夜晚弥漫着沁人的气息，虫鸣像悦耳的音乐，在阵阵微风中飘散……

走着、走着，我发现前面有个人影，好像是扛着什么。

方老师也看到了，她有些害怕，向我靠得更近了，我们放慢了脚步。

前面的人好像是知道我们跟在后面，于是便加快了脚步。

“噗通。”那人扛着的东西掉了下来。

我和方老师停了下来。

“走。”方老师说，她的声音有些颤抖。

我和她一前一后，向前走着，就要接近黑影的时候，见黑影人正在很吃力地向身上放着麻袋。

“小蒙古。”我的声音不大，后面的方老师急忙走到了我的前面，向小蒙古走去。

“是不是刚才你从这路过的？”我问小蒙古。

她没有说话。

“怎么不喊我一声呢？”我问她。

小蒙古：“我不知道是你们俩。”

“胡说。”我扛起了麻袋。麻袋尽管不是很重，但感觉也是有些吃力，当时我想，小蒙古经常这样，一个姑娘干这么重的活，我的心很不是滋味。

没听见跟在我后面的方老师和小蒙古说什么，我自然什么也没说，只是走得很快。

我们先到的小蒙古家，然后我送方老师。当我们就要到大队部的时候，发现很多人围在方老师的窗前，其中，小辣椒的妈妈、民兵连长的老婆等三亲六姑围成一团，正吵吵闹闹。

看见我和方老师走了过来，这几个人更起劲了，小辣椒妈妈：“你这个狐狸精，明知道我家孩子病了，你还添油加醋，你把我家孩子给祸祸的，几天都不起炕，呸！就你这样的人，还配当老师！”

民兵连长的老婆：“你指使学生打我家当家的，你打听打听去，全村子人谁敢动我家人一手指头！学生为你那么卖力，你把身子给他了啊?!不怪别人说你是破鞋。”

小辣椒妈妈：“我家孩子要有个三长两短的，我拿你是问！”

民兵连长的老婆：“有你这个扫帚星，全屯子男人都得让你给祸祸了，你滚出瓦房得了！”

方老师气得浑身发抖：“你们这是血口喷人！”

我喊了起来：“不许污蔑方老师！”

还没等我说完，那几个人就冲向了方老师！

我挡着方老师，但也难招架这一群狼。

就在这个时候，三驴子冲了过来：“都给我住手！”他一下把小辣椒的妈妈推倒在地：“有你们这样熊人的吗？谁要是再动方老师，我立马就踹死她！”起哄的停住了，小辣椒的妈妈从地上爬了起来。她看着三驴子：“你！”说完她转身，举起手中的砖头，砸向了方老师窗子的玻璃：“我让你在这住！我让你在这住！”

就在这个时候，我爸和隋大虎闻讯赶来，彻底阻止了她们的胡搅蛮缠。

这一夜，我没睡着，今天发生的一幕幕，总是浮现在我的眼前，我为方老师担心，为她鸣不平……

我想，这一夜，方老师也一定无眠，后来听说，在深夜的时候，她去了即将使用的新校舍，并且吸着烟！

村子里发生的事，传播速度都非常快。在第二天上课前，就得到了认证。大家七嘴八舌，议论着昨天的事。

三胖子："听说昨天晚上方老师让小辣椒她妈欺负了？"

我没回答他。

三胖子："听说你也在场了？你咋那么熊呢？要是我在，我能把那娘们给撕巴了。以后要是再有这事，你找我。"

"那我现在就找你，方老师还没来上课，你过去看看怎么了。"我说。

三胖子支吾着："这……这也不是打仗，这点小事你找我干啥，我不去，你去吧。"

本来是想让小蒙古去了，可是到现在，她也没来，这使我很意外，因为她平时从不缺课。

已经过了半个多小时了，方老师还是没来。我站了起来，向门外走去。

方老师住屋的门虚掩着。里面传出了王校长的说话声："这事我有责任，但不管如何，你不能走，学生们不能没有你啊。"

我轻轻地敲了几下门，开门的是张老师。

王校长："谁呀？"

张老师把门打开，我一愣，一个方方正正的行李和一个箱子摆在桌子上！

王校长和我说："你先回去。"

我走回来的时候，心里很不是滋味。我见不得方老师受委屈，更别说是被欺负和被侮辱了。

我猛地踢开走廊的门，踢开门的一瞬间，刘全能老师正要推门："你这似……我说焦大楼，昨天发僧的似，和我没……没关系。"

我知道和他没关系，因为这段时间他没再惦记方老师的位置，听说他正办调转的事呢。我没和刘老师说什么，直接走进了教室。

我站在教室的前面："方老师可能要走了。"

大家很惊讶。

"我去找那几个老娘们说道说道去，你们自习吧。"说完我就要离开。

三胖子站了起来："慢！我和你去。你自己去不得让人家给吃了啊。走。"他一挥手。

"我也去。""我们也去。"……

这次我没有鼓动大家去，但做这样的事，我还真不希望人少。

我们浩浩荡荡，走进了小辣椒家的院子。一定是小辣椒的妈妈看见了我们，她来个主动出击，从屋子里走了出来，和她一起出来的，还有民兵连长的老婆。

小辣椒的妈妈紧靠着她家的门，和我们对峙着："你们这是干什么？要抄我家啊？还是要吃了谁?!"

三胖子来劲了："吃你，你是猪啊?"三胖子的话使我很意外、很震惊，我好像没有看见他这样硬气过。

民兵连长老婆："有你这么说话的吗，真随你那虎爹虎妈!"

这一句话激怒了三胖子："我操，仗着你家爷们当个破官你就肆无忌惮啊?!"可能是这小子不认识这个"惮"字，竟发出了"谈"的音来，还比划着做出了个弹手指的动作。

我阻止了三胖子："别说没用的。"我转向小辣椒的妈妈："方老师要走了，她是被你欺负走的，没有老师教我们，你们要负责!"

小辣椒妈妈："她要是死了，也赖我们呗。要是让哪个爷们给睡了，还得算我们强奸她呗!"

这女人真是茬子，我终于知道了肖妮为什么叫小辣椒了。

我："方老师要是不教我们了，你家也别想消停。"

"和你家没完!"三胖子转向大家，举起了拳头："大家说，是不是?"这本是我以前用过的招数，让这小子给学去了。

大家都举起了拳头，齐声喊着："是。"

大家的声音把这两个女人给镇住了。

就在我们对峙的时候，身后的门被推开了，小辣椒走了出来。

她，真不是以前的那个她了，脸上憔悴得不能再憔悴了。

小辣椒看着我们，她曾经的同学，她把自己的家门全部推开，向她妈说："你们进屋去!"

尽管小辣椒说话的声音很严厉，但这给本来就很尴尬的两个女人找了台阶，她们走回了屋子。

小辣椒看着我们："谁让你们来的?"

大家没回答她。

小辣椒："谁让你们来的? 隋满堂!"

"到!"小辣椒突然叫起了三胖子的名字，使三胖子很吃惊，他下意识地答了声"到"。随着三胖子的一声"到"，大家一阵哄笑。

我："没他的事，是我要来找你家算账的。"

小辣椒："那就找我算账好了，不就是方老师要走的事吗?"

我："对。"

小辣椒："那你们都回去吧，我处理!"说完她走回了屋子。

大家都很疑惑，她怎么能处理，她能怎么处理?

"交战"一方已经没影了，我们也只好收兵。

三胖子边走边和我说："就显着你了，我白摩拳擦脚了，以后你别来，我整她们。"他说话的声音很大。

等我们回到学校的时候，教室里只有方老师一个人，她穿得整整齐齐，站在教室的前面。

我们都回到了自己的座位上。

方老师："下这节课的时候，男同学都回去取干活的用具，我们帮乌日娜家把墙修好。"

一听干活，三胖子来劲了："不用大家，我自己去，用不了一天，保证整得利利索索。"

我："你还想把她家的那几面院墙也弄倒啊。"

三胖子摸着脑袋："用力过猛，用力过猛。"

方老师："大家抓紧时间，在乌日娜家集合。"

当我们来到小蒙古家的时候，看见小蒙古正在吃力地修着墙。所说的修墙，也就是把散落的土块堆在墙的位置上。

小蒙古并没和大家打招呼，包括方老师，只是继续干活。

方老师："乌日娜，大家来帮你，我们一起来。"小蒙古把铁锹往地上一扔，走进了屋子。

二犴子拄着拐走了出来。看着倒下的墙，他叹息了一声。

方老师："你怎么样了？"

二犴子："很好的，方老师。"

方老师："好好养病，以后多注意照顾自己。"

二犴子吃惊地看着方老师："怎么？"

方老师："我要走了。"

二犴子："什么？"

方老师："我要离开瓦房。"

二犴子："返城吗？"

方老师没说话。

二犴子愣在那里。

方老师看着大家："都别愣着了，干活吧。"

三胖子："这……这怎么干啊？刚才我爸说了，得重新打墙。"

方老师："打墙？墙都没有了，还怎么打？"

三胖子："不是，就是……就是重新垒起新墙。"

这时候，隋大虎、三驴子等人抬着檩子拿着绳子和铁锹等工具过来了。

大家开始打墙。

打墙是黑龙江省西部地区一种特有的建房和墙的方式，在要建的墙的边缘位置各放上两根木杆，在木杆两端用绳子绑住，把挖出的土放在杆子里面，用木制榔头有规则地在土上砸坑，然后在土上放羊草或麦秸，再向上面放些土，人在土上踩来踩去，就这样一层一层向上面挪着木杆，直到墙的最高度。绝大多数“干打垒”的墙就是用这种方式建造的，每到打墙的时候，许多人在新墙上走来走去，踩压黑土，很是壮观。

榔头声声，大家欢声笑语，我们在上面踩着土……

方老师很惊奇地看着。

隋大虎：“方老师，好玩吧？”

方老师竖起了大拇指。

隋大虎更加起劲了：“其实啊，打墙能打出花来，你看着啊。”他嘴里唱着二人转小调：“啦哒啦哒嘀嘀啦哒……”在墙上扭了起来……

扭着扭着，三驴子特意碰了他一下，隋大虎从墙上掉了下来……

大家鼓着掌、哄笑着，墙又起了一层……

在打墙的时候，小蒙古一直没出屋，方老师走进了屋里。小蒙古在自己的小屋里，方老师推开了门。

知道是方老师进来了，小蒙古从炕上爬了起来，她摸着眼角。

方老师：“怎么了？哪不舒服了吗？”

小蒙古摇着头。

方老师继续问着：“那是怎么了？”

小蒙古：“方老师，我……我不想念书了。”

方老师一惊：“什么?!”

小蒙古侧过脸去。

方老师：“你怎么能有这样的想法？”

小蒙古：“自从淑珍姐姐走以后，我就……”

方老师：“什么困难都是暂时的，只要有决心、有毅力，就没有克服不了的困难!”

小蒙古：“可是……”

方老师：“人，做什么事往往都不是一帆风顺的，学习也是一样，现在这个时候就等于百米跑，你都看见终点了，自己停止了脚步，那你就不能是胜利者。咬咬牙，乌日娜，你是瓦房大队有史以来的第一个中学毕业班学习最好的学生。我说的话，你好好想想，你绝不能有那样的想法!”

小蒙古："听说你要走，你要是走了，我就更不能上学了。"

正在她们说话的时候，三胖子走了进来："不好了，方老师。"

方老师一惊："怎么了？"

三胖子："小辣椒找你来了。"

方老师松了口气："都和你们说过了，不要叫同学的小名。"说着，方老师走了出去。

三胖子跟在后面："方老师，你得注意啊，肖妮可是小辣椒。"

小辣椒和方老师向河边走去。

秋天的河水显得格外清澈，河边的芦苇荡里，一群野鸭子飞起，方老师久久凝视着，目送它们飞向远方……

方老师："说吧，你找我什么事？"

小辣椒："我不想活了，方老师。"

方老师："什么？！"

小辣椒："活着，一点意思都没有。"她转过头："在我死之前，我向你道歉，我妈、我舅舅对不起你，给你添麻烦了。"

方老师："就因为这事，你不想活了？"

小辣椒不住地抽泣起来。

她们站在堤坝上，好久都没说话。

小辣椒："我伤心。"

方老师："有什么心里话能和老师说说吗？"

小辣椒没有马上回答。

方老师："如果你相信我，你就和我说吧，有话藏在心里不好受。"

小辣椒："那就和你一个人说。"

方老师："我知道你的意思，你放心。"

在农村，遇到谁家红白事、盖房子、打墙什么的，乡里乡亲都主动上门帮忙，不要任何报酬，只是在忙完的时候大家在一起吃喝一顿。可是小蒙古家没这条件，二犺子和他爹有些犯愁。

快到中午的时候，二犷子和隋大虎说：“大叔，大家都受累了，你看看，怎么招待大家呢？”

隋大虎：“用你招待啥，都上我家吃去，就当给我家干活了，你家的墙结实，我家的园子也安全。”

三胖子：“犷子哥，我爸说的对，应该我家招待，要不是我，这墙不会砰然放倒。”

隋大虎：“你还有脸叭叭啊，人家都是学雷锋做好事，你呢？”

三胖子：“我没把人家房子整倒，就够让你省心的了，你就偷着微笑得了。”

隋大虎：“那我还得谢谢你呗？啊？”

三胖子：“咱爷俩你还客气啥？”

隋大虎照着三胖子的屁股就是一脚：“你个兔崽子。”

三胖子摸着自己的屁股，看着他爹：“兔崽子？虎崽子吧。”

大家一片哄笑。

这时候，小蒙古端着一大盆煮熟的玉米走了过来。

隋大虎喊着大吵吵：“你快回去，把菜取来，就在这吃。”

大吵吵：“啥菜啊？也没预备啊。”

隋大虎：“咋没预备呢？不是早预备好了吗？”隋大虎把大吵吵说得直愣眼。

大吵吵：“啥预备好了？”

隋大虎：“咸菜啊，去年不是腌一缸吗？”

大家都笑了起来。

我一直想着方老师要走的事，干活的时候也总走神，尽管干活很累，也饿了，但没吃的心思。

三胖子拿来一穗玉米递给我：“真香，吃啊，不吃白不吃。”

我：“你还有心思吃啊？”

三胖子：“咋了？”

我：“方老师要走的事。”

三胖子：“小辣椒不是说她处理了吗？”

河堤上，方老师继续和小辣椒交谈着。

小辣椒："就是在我被孤立的时候，隋满堂向着我，我很感动。我要是在学校继续上学，大家也看不起我。在我们农村，哪有姑娘家主动提亲的，并且还被人家给卷了，我真没脸在村子待了。再说我也学不进去，什么都不会，我就和家人说又去县里上学了。其实，我一天都没去学校，在县里的冰棍厂干临时工，准备挣点钱，供他上学。在家我什么活都不干，可是在厂子，我没黑没白地干活，就是想多挣点钱。每次给他邮钱的时候，我心都怦怦跳，总是想有一天他学习好了，他知道是我给他邮的钱能……没想到，他还和别人好上了，还和我妈说一些不三不四的话。"说着，小辣椒轻声地哭了起来："县里的人还欺负我，厂子主任不安好心，和我动手动脚，我骂他，他就开除了我，我……"小辣椒大哭起来。

方老师恍然大悟，以前，她一直想知道是谁在给三胖子寄钱。

方老师抚摸着小辣椒的头："这些事，我以前不知道。你做了一件好事，别哭了，回到班级上学吧。"

小辣椒："我本来学习就不好，又耽误这么长时间了。"

方老师："要是实在不想回班级，那可以学点什么手艺，学习不一定就都得在课堂，有一技之长对自己的一生也有好处。"

小辣椒一愣，她在想方老师说的这句话。

小辣椒："我妈和我舅舅、舅母还那样对待你。"

方老师："这里面存在误解，她们也都是看你不高兴，心疼你，才对我那样。"

小辣椒："反正你要是走了，我们家的人得被全村子人的唾沫星子淹死，我活着都不如死了。"

方老师："你还小，别这样想，我走了，也会有新老师来，学校不会不管学生的。"

小辣椒看着方老师："你真要走？方老师。"

方老师点头。

小辣椒起身就走。

方老师："肖妮、肖妮！"

小辣椒站住了。

过了一会，方老师走了过去："你病好了，回班级吧。"

小辣椒："你不走了，是吗？"小辣椒看着方老师。

方老师："我在班级等你。"

小辣椒激动地抱住了方老师。

上午，我爸就把肖电工找到新校舍的工地，此时的校舍门窗已经安好，到了收尾阶段。

我爸："昨天晚上，你家里的也太不像话了，带着一大帮人到方老师那闹去了，要把方老师赶出瓦房村。"

肖电工："这事……我不知道，昨天晚上我去高粱沟子水点抽水去了，早晨回来才听说。"

我爸："为什么要和方老师过不去？现在方老师要走，你说怎么办吧。"

肖电工："我家那娘们的脾气，你也不是不知道。"

我爸不高兴了："你这意思是你管不了，是不是？"

肖电工不说话。

我爸："还有你那个小舅子媳妇，还敢砸大队的玻璃，真是不知道天高地厚了！"

肖电工："焦书记，这事我回去处理，我给方老师赔礼道歉。"

我爸："你？"

肖电工："我争取让他们也去，这样中不中？"

"要是方老师真走了，你这个电工和那个民兵连长就都别想干了！别看现在我是个代理书记。"说完我爸转身走开了。

肖电工愣在那里。

小辣椒家。肖电工两口子和民兵连长两口子正在喊叫。

小辣椒妈妈："让我给那个狐狸精赔不是，没门！"

肖电工："这事你们惹众怒了，你们知道不知道，我们这两家怎么能对付那么多家长？焦书记都急眼了，这事处理不好，我，还有他，全得撸了。"

小辣椒妈妈一愣。

民兵连长老婆："啥?！那咱们上告。"

肖电工："你上告？你占啥理？都是你们瞎炝汤，这些年谁砸过大队的玻璃？这事说大就大。"

民兵连长老婆："你怎么还和我来了，我们还不都是为你家啊，真是的。"

他们说话的时候，小辣椒走了进来，她看着大家："我再和你们说一遍，我的事，你们以后都少掺和，都别管！"

民兵连长盯着小辣椒。小辣椒："就说你呢！"说完，她走进了自己的屋子，门被摔得来回摇了几次。

肖电工："都别说了，下午都跟我赔不是去！"

下午，方老师回到了课堂。肖电工、民兵连长他们几人来到了教室窗前。小辣椒妈妈趴着窗子看了看，然后向他们一摆手，走开了。

小辣椒妈妈："还赔什么礼道什么歉啊，她不是没走吗？真能吓唬人。"

肖电工："没走就好，以后找个机会，我再和方老师道歉，都别在这嘞嘞了，你们回去，我去学校接电去。"

晚上，肖电工在他家请我爸喝酒，一起喝酒的还有民兵连长和隋大虎。

肖电工看着走出屋子的老婆："焦书记，这几天的事我们不对，一帮娘们家家的，她们都认错了，今天请你就是表个态，以后她们要是再敢那样……来，干一杯。"

民兵连长和隋大虎把酒盅举在我爸面前。

我爸没端杯，他说："咱们学校找个这样的老师容易吗？方老师容易吗？都是为了我们的孩子，我们应该感谢她，不能为难她。"

民兵连长："我也没说她有什么不好，就是她太不给面子，我在瓦房咋说也是个人物。"

隋大虎："面子值多少钱一斤？喝吧，喝酒就是面子，你们也给我点面子，我干了，谁不干杯谁是王八犊子。"说完他一饮而尽。

灯光下的方老师在看着信。这是小辣椒写的："方老师，对不起你，我们全家都对不起你……关于学习的事，我跟不上了。你说得对，学习不仅仅是在学校，我走了，去县里学一门裁剪的手艺，我要是学成了，你一定会高兴，放心，方老师，我一定能学成。求你一件事，关于我给隋满堂邮钱的事，你千万别和别人说……"

转眼就到了收割谷子的时候，这是一年里全村老少最高兴也是最忙碌的时候，漫山遍野一片金黄，喜悦的人们在开镰收割。方老师带着我们全班的同学和乡亲们一起割着谷子……

中午休息的时候，方老师和三胖子坐在地头。

方老师："你不是要找给你邮钱的人吗？"

三胖子："是啊？你知道？"

方老师："我知道。"

三胖子："方老师，你可真厉害，我找算卦的都没算出来，快告诉我，谁？"

方老师拿出了一个信封，三胖子急忙去接，方老师："现在别看，晚上回家看。"

三胖子："好，听你的了。"

方老师把信交给了三胖子。

在下午继续割谷子的时候，三胖子有些蔫了，手还割了个小口子……

三胖子在自己家的院子里走来走去，走去走来……

隋大虎拎着一把镰刀从院外走了进来，晃着脑袋看着三胖子："你这是练走步呢？"

三胖子这才发现他爹进了院子，于是他停了下来。

隋大虎：“知道怎么样走步吗？要抬头挺胸伸直腿。”说着他把镰刀向肩上一放，甩起了左臂，走起了正步：“当当当当当当……我们的队伍向太阳。”

三胖子哪有心思看他走步听他“当当”啊，等隋大虎转过身来的时候，发现三胖子没影了。

晚上，大吵吵叫了几次三胖子吃饭，三胖子就是躺在炕上一动不动。

大吵吵：“你要不吃饭，晚上饿了我可不管。”

三胖子忽地一下从炕上坐了起来：“妈！”

大吵吵停住了脚步：“你这是咋地了，一惊一乍的。”

三胖子：“妈，有件事……”

大吵吵：“啥事？”

三胖子：“我……”

大吵吵有点着急：“啥事，你快说，我还得喂鸡去呢。”

三胖子：“妈，你……你那条新裤子呢？”

大吵吵：“在柜里呢，干啥？”

三胖子：“我想用。”

大吵吵：“你穿？”

三胖子：“不是，给别人。”

大吵吵：“那可不行，等着给你媳妇呢。”

三胖子：“什么媳妇媳妇的，给我得了。”

大吵吵：“你这是咋地了？”

三胖子：“你别问了，给我行不行啊？”

大吵吵：“那你告诉我干什么用？”

三胖子停了停：“送人。”

大吵吵：“送给谁？”

三胖子：“给我邮钱的人。”

大吵吵：“谁？”

三胖子没回答，大吵吵更加着急了：“谁啊？”

三胖子："那我告诉你，你不能和别人说。"

晚上，三胖子来了我家。看见他走进屋来，我妈向他打着招呼："快进屋吧，他们学习呢。"

三胖子："大姨，我今天不学了，找大楼有点事，大楼！"

听见三胖子喊我，我跟着他走出了院外。

三胖子："你有钱吗？"

"要钱干啥？"我问他。

"有用呗，借我点。"三胖子说。

"我就一块钱啊。"我说。

"够了，我想去趟县里。"三胖子说。

"去那干啥？"我问他。

三胖子："实话和你说吧，有个事终于真相大白于天下了，纸就是包不住火。"

"什么事？"我问他。

当三胖子和我说完后，我有些蒙了。

我："你得带点什么去看她吧？"

三胖子："也没啥啊。"

我："我明天白天给你整东西。"

三胖子："啥东西？"

"你就别问了，进屋看书吧。"我说。

三胖子："你要遇到这么天大的事，你还能有闲心看书啊？"

我："那我不管你了，我可进屋了。"

三胖子："钱还没给我呢？"

我："明天上学给你。"

三胖子："你最讲究了，明天我就等着你实现你的诺言了。"

我："你可别拽了。"

三胖子："我和小辣椒的事你别和别人说啊。"

我："我懒得说她，我要是说，也说你和肖妮的事，哈哈。"

三胖子照我的肩膀就是一拳。

我立即停住："胖子，我这有个现成的礼物。"

"啥？"三胖子急切地问。

"笔记本，塑料皮的，上次征文比赛得的奖品。"

三胖子："真是像样的玩意啊。"

"你等着，我去取。"

我把那个粉红色的笔记本给了三胖子，他说："真新鲜啊，要是上次把我作文也送上去，我也能有。"他翻着笔记本，脸上露出了愁容："大楼，不对啊，这上面写着你的名字呢。"

"那怎么办？"

三胖子："撕掉呢，还白瞎了，不撕掉吧，以为我是在你这偷的。"

"没事，撕掉吧，里面一个字都没有。"

三胖子："不好吧，这撕了白瞎了啊，写的是对你的奖励啊，还有红戳呢。"

我没说什么，三胖子也不说话了。

过了会，我慢慢撕起了曾经让我高兴得几夜都睡不着的那张纸。

我小心翼翼，生怕留下撕痕。

随着那张纸一点一点地撕开，三胖子说着："其实啊，就这几个字值钱，它是你取得成绩的证明，里面没字的，都不值钱，你好好留这一张就行了。"

这小子还真会解释。

发生在三胖子身上的事使我很意外，我的心也很难平静。整个晚上我的大脑就像过电影一样搜索着以前关于他和小辣椒的一些事。其实很久以来，我被三胖子定期得到汇款而感动，也想知道汇款的人到底是谁，当今天我知道谜底的时候，我想了很多很多，我忽然觉得以前我对小辣椒有很多偏见，真的不对，很不对……

深夜，三胖子还没有睡着，他不是在看书，而是拿着那个笔记本和笔走来走去。

终于，他停住了脚步，在笔记本上写下几行字：

赠给肖妮

海阔任鸟飞
日久见人心
吃水不忘挖井人
……

隋满堂
1977 年 10 月 18 日

三胖子去了肇源，带着那个笔记本，带着小弟摘下的已经变得红红的沙果，还有他的心……

{第十章}

伴随着锣鼓声，一面五星红旗在新校舍前缓缓升起，擎起红旗的旗杆接了几节，这是瓦房学校有史以来最高的旗杆，升旗的人是王校长，学生们在行着举手礼和注目礼。

主席台上坐着一排领导，只有几位是我认识的，比如我爸，但他坐在最边上。

乡亲们来了几百人，这里有拄着拐的二犴子，还有隋大虎、大吵吵、我妈等等，个个都绽放着笑脸。

方老师的笑容更是灿烂。

锣鼓声渐渐停息，王校长讲话了："下面请公社张青书记讲话，大家鼓掌欢迎。"他的声音透过扩音器显得底气是那样的足。

张书记鼓着掌站了起来："尊敬的各位领导、老师们、乡亲们、同学们：在这金秋收获的季节，在举国上下一片大好形势下，在县里领导的亲切关怀下，在公社领导的不懈努力下，在瓦房学校教师和同学们的共同奋斗下，在乡亲们的大力支持下，今天，新的瓦房学校建成了！"他的话语铿锵有力。

掌声一片！

王老师、我爸显得格外兴奋，方老师、二犴子等人眼含泪花……

场院里，黄色的谷子堆成山，被脱粒的谷穗铺在场院里，马拉着滚子在谷穗上转着圈。隋大虎腰缠着绳子，绳子的一端系在慢跑的马龙头上，他摇着鞭子，向后挺着腰，指挥着拉着滚子的马：“驾，驾！”

我们用木耙搂着上面的浮草，有说有笑。

乡亲们在扬场，扬起的木锨把谷粒送上了天，一条长长的线划在空中，落下的是黄澄澄的谷粒，随风飘走的是混在谷物里的草秸和杂物……

好奇的方老师看这看那，是那么兴奋。隋大虎给方老师示范着扬场的动作，方老师也试着扬场，突然，她停下了，好像钉在了地上！

大喇叭传来了令人震惊的消息：“教育部最近在北京召开全国高等学校招生工作会议，提出了关于今年高等学校招生工作的意见。今年招生对象是：工人、农民、上山下乡和回乡知识青年、复员军人、干部和应届高中毕业生……”

愣了好久，方老师突然扔下了手中的木锨！

方老师：“这是真的吗？这是真的吗？！”

同学们围了上来，方老师含着泪花：“同学们、同学们、同学们……”她举着拳头！

这一天，是 1977 年的 10 月 21 日。

尽管在 1977 年的秋天到来之前我们不知道有考大学这一说，但县里对为数不多的几个村级学校办好八年级试点的要求，在客观上催促了我们，使我们一直没有放下学习，尽管一年来经历了曲曲折折。更主要的是，由于方老师的到来和她的不懈努力，增添了我们敢于迈向高考大门的底气。偏得的高考机会，正为我们改变命运铺就了一条光明大道。

方老师立即把我们叫回课堂，她很兴奋很激动：“……机会是给有准备的人的，同学们，你们就是有准备的人，你们能行！”

人家鼓掌。

方老师有些激动，她说出来一个令我们意外的决定：“我也和你们一起考大学！”

大家的掌声愈发强烈了。

可想而知，面对这样的机会，面对有限的时候，我们学习的劲头是什么样！

1977年的冬天，对于我们来说，注定是个悲喜交加的冬天。

从正式接到高考的通知到高考的初试，也就是一个多月的时间，那时已经进入了初冬。

后来知道，小平同志复出后，主抓科学和教育事业。在1977年8月，他主持召开的一个专家座谈会上，有专家很冒风险地提出了要恢复中断十一年的高考制度，推翻实行多年的推荐上大学的招生方针，在场的专家都很震惊和担心。当时小平同志就肯定了这一做法，并且要求快出人才，马上实行高考，不要等到明年夏季实施。就这样，新中国成立以来，破天荒地进行了唯一的一次冬季高考。

国家来不及准备，省里来不及准备，县里更是来不及准备……

就黑龙江省而言，听说当时连印制卷子的纸张都成了问题，别说几十万的考生怎么安排考试了。省里决定进行初试和复试两次考试，以减轻最终判卷时的压力。这就意味着有一半左右的考生在初试的时候就将被刷下。这样不得已分两次考试的方式为全国首创，后来很多省份予以借鉴，坚持了好几年。

初试在什么地方考呢？由于十一年没有进行高考，参加考试的考生从1966年开始的老三届高中毕业生到1978年的高中或者是八年制毕业生，都可以参加。初试在县里和公社中学进行。可是，我们头台中学当时的教室因为没有维修完毕，容纳不了的考生。县里经过考察，决定在瓦房学校设立一个初试考点，邻近的三个村子的考生都在这里考。我们真是高兴极了，不出村就能考大学，在这大冬天是多幸福的事。可是，有人不干了，那就是三胖子。他的理由是可能这一辈子就考这么一次，怎么也得去县里或公社见识见识，至少能借高考的缘由下顿馆子。在他家里，围绕考试的事，三胖子还和隋大虎闹了些不愉快。

隋大虎说："就你那样，还想去公社、去县里考？你就是去辽宁大石桥也他妈考不上。"

三胖子不乐意了："你就能说丧气话，还没考呢，你怎么就说我考不上，万一要是判卷的老师迷糊了，给我多打点分呢？"

隋大虎："那除非我判卷子。"

大吵吵："就你，字都不认几个，还能判卷？"

三胖子："可不是，真不知道天高云淡。"

隋大虎："就是因为我不能判卷，他就别想多得分。"

三胖子："这还有个好？还没等考呢，你就说我不行，我不是你亲爹啊？"

隋大虎："啊？还没考呢，就迷糊了，谁是谁的爹？你考去吧，别忘了，带个锅铲子，烤糊了时候用。"

三胖子："你给我整急了，我就不给你考！"说着三胖子摔门而去。

大吵吵："你看看你，明天就考大学了，你还这样说孩子。胖子，你别跟那不是人的一样的，等你考好了，妈给你煎两个荷包蛋。"

三胖子马上就回到屋里去了："真的假的？"

"妈说的还能有假。"大吵吵说。

隋大虎："你要是能考好，我再给你加俩蛋，就怕你打零蛋。"

三胖子指着隋大虎："好，那我给你考，你就准备鸡蛋吧，最好我先吃。"

隋大虎："就你，吃完了不考咋整？就你那点小心眼，别以为我不知道，我，侦察兵。"

大吵吵："明天就考大学了，多睡会，也说不定就能梦着个题啥的呢。"

一听说要睡觉，这正是三胖子求之不得的："你们就瞧好吧。"说着他去了自己的屋子。

这屋就剩下隋大虎和大吵吵了。

大吵吵："你说万一胖子要是考好了，这鸡蛋上哪整去呢？"

隋大虎："别指望鸭子能飞得多高，睡觉吧。"

夜里，我躺在炕上看着书，有些看不下去了，心里很乱，我有些害怕考试，所以思想总是不能集中，我不时地想起方老师和小蒙古，现在她们能在做什么呢？

门被轻轻地推开，我爸走了进来，我坐了起来，把被子披在身上。

我爸什么都没说，他蹲下，向灶坑里添着玉米秸……

这是我第一次看见我爸烧火，我的心里暖暖的……

一会儿，他站了起来。

“饿不?”我爸问我。

我摇着头。

“渴不?”我爸继续问我。

“不渴。”我看着站在地上的爸。

“早点睡吧，不差这么一会了。”说着，他离开了屋子。

看着他的背影，我心里有说不出的滋味……

听说这一夜小蒙古没怎么睡觉，她睡不着，她一定想得很多……

方老师想得应该更多，大半年的心血，大半年的艰辛……她更惦记着她教的每个学生的明天……

1977 年的大学初考，在我们新落成的学校里进行。

窗外三米左右，划着一条白白的石灰线，是那么的耀眼和威严。两名公安站在外面。

方老师一遍一遍地数着在考场外面等着考试的我们，生怕落下一个，她的脸透着严肃，脸蛋被冻得通红，每见到我们任何一个人，都叮嘱着：“别紧张”“我们复习的时间比很多人都长，能考好”“要相信自己”，“别漏掉考题”……她来回走在我们中间……

王校长、张老师、刘全能老师也来了……

我爸提着两个竹子套的暖瓶站在考场的三米线外……

我们拿着准考证走向考场，坐在座位上后，监考老师一一地核对，这些老师都是外校来的，我都不认识，王校长、方老师也不认识他们。

整个瓦房，今天是那样的庄严。

好奇的村民，想接近看看“热闹”，尽管他们装着经过的样子，但还是被公安严厉的、无声的眼神给赶走了……

在人群中，有一个人格外显眼，大红的衣服，崭新的黑裤子，这人是小辣椒。

在我和三胖子走进考场的时候，她目不转睛地看着三胖子，三胖子向她举了下手，但脸却没敢看着她。

方老师走进考场的时候，竟忘记了带笔！她考试前多次嘱咐我们的事她竟忘了……她想出去取笔，监考老师没有同意她的要求。

我和她在一个考场，我想送给她一支笔，但当时我紧张得一点都动弹不了……

监考老师拿出了自己的钢笔给了方老师，方老师连忙感谢。她坐在第一排，她回头看着我们，监考老师马上走了过来。

“这位同学，马上就要考试了，不要四处看。”监考老师说。

方老师站了起来：“老师，这个考场的大部分考生都是我的学生，我看看他们。”

监考老师很吃惊，他看了看手表：“那快点。”

方老师转身看着我们，她第一眼看的就是我，那眼神充满着鼓励和期待，我深深地松了一口气……

她看着大家，举起了拳头，那只白白的手，攥得是那么有力。她向我们点了下头，好像在给我们加油。那一刻，她是那么高大，那么美丽，那么可敬……

监考老师又看了看手表：“下面我宣布考场纪律……”

我紧张地看着老师，听着他讲每一项要求……

外面的哨声响起，卷子发到了我们每个人的手中，在我接卷子的那一瞬间，我几乎要窒息，心，狂跳不止……

第一科考的是语文，相对来说，是我最托底的一科，感觉会的还真不少，我既兴奋又紧张，不知道先答哪个题，生怕现在会的一会再忘了，我急得出了汗……

我记得我是从头答起的，有拼音标注，有成语填字，有成语解释，有修改病句，还有古文解释，我写字很快，答得也很顺，尽管还有些不会。也就是一个多小时，就答到了最后一题——作文。作文的题目是：《当我走进考场的时候》，这题对我来说并不是很难，我自然想起了方老师平时给我们讲的记叙文的写法，就连她给我们讲这些时候的样子都历历在目，我拿起了笔来……

初试只考三科：语文、数学和政治。数学我答得没什么把握，但语文我感觉很好，政治也不错，政治题几乎都是我平时听《新闻和报纸摘要》的内容，有粉碎“四人帮”的内容，有抓纲治国的内容……我真庆幸我爸给我买的那个收音机，现在可以说，就是方老师和这个收音机把我送进了大学，使我有了今天……

每科考完的时候，我的大脑几乎都是一片空白，方老师只是向我们微笑，不问我们考得怎么样，告诉我们考完的就过去了，不要再想了，多想下一科。

同学之间更是不敢问什么，都是用强挤出的笑容掩饰各自的紧张。

全考完了，我哼着小曲回到了家。家里人都问我考得怎么样？我说很好的，我能感觉我爸我妈包括弟弟比我还高兴。

小弟问我妈：“我哥考得好，是不是得给我们煮鸡蛋啊？”

我妈突然感觉到了什么：“好，现在我就去，家里还有三个鸡蛋，你们一人一个。”

小弟高兴地叫了起来：“真好，真好，咋不早考呢？”

我妈和我说：“也不知道小蒙古考得怎么样，你给她家送点咱家腌的咸菜和黄米。”

我很高兴地答应了，因为我很想知道她考得怎么样。

当我到小蒙古家的时候，我惊呆了。她正在哭……

二牤子拄着双拐站在她的对面……

她爸蹲在地上抽烟……

看我进来了，小蒙古把脸转了过去，用手抹了下眼泪又转过头来。他们三个都看着我。

二牤子：“大楼，考得怎么样？很好吧。”

“还行。”我说。

“我妹……没考好，有一道题落下了。这不……”二牤子指了指小蒙古。

“什么题?”我问。

小蒙古:“一道四分的数学题,开始我拿不准,就往下答,等我想回头答的时候,到时间了。”说着,她哭了起来……

我不知道怎么说,其实,我没答的数学题有不少,她仅仅是落下了一道四分的题。

“没事,就四分的题,我没答的很多呢。还有不少人都交了白卷呢,这次就是考过去就行了,也不影响下一次考试。”我安慰着小蒙古。

小蒙古她爹站了起来:“还是大楼说的对。”

小蒙古停止了哭声。

“你考得怎么样?”小蒙古问我。

“还行啊。”我说着。

小蒙古笑了,低下了头。

我把东西放在她家的炕上:“我去胖子家看看。”

小蒙古好像没加思索:“我也和你去。”

“去吧去吧。”他爹说着。

我和小蒙古离开了她家。

等我们到隋大虎家的时候,屋子里弥漫着葱花和鸡蛋味,真香!三胖子正狼吞虎咽地吃着荷包蛋。

“你们咋不早来一分钟呢?三个鸡蛋,我一口气全消灭了,妈,还有没有了?”三胖子说。

其实这三个鸡蛋是在我家借的,就是我妈要给我们煮的那三个鸡蛋。还没等我妈给我们做饭的时候,大吵吵就来借鸡蛋,我妈二话没说,就全给她了。当时我妈说,给三胖子吃不用还了,大吵吵说等开春小鸡下蛋的时候准还,我妈说就当给胖子考试的奖励了。

“胖子,你去仓房,给他俩拿点苞米花去。”大吵吵说。

三胖子白了他妈一眼:“以后别叫胖子瘦子的了,人家大学一律都叫大名。”

隋大虎白了三胖子一眼："你他妈准能考上咋地？"

"考得怎么样，胖子？"我问。

三胖子打着嗝："这么说吧，除了不会的，我全都给我爸划拉上了。"他看了看他爸。

隋大虎："你吹，中，可是你还敢当着他俩面这么吹？啊？我看你就是为了混几个鸡蛋吃。"

三胖子："我考上你能给我咋地？"

隋大虎："我，给你杀鸡。你要是能考上，我把全屯子的鸡窝都端了。"

三胖子："你现在就去端吧，端晚了，谁家的鸡要是先丢了，也得赖你，他俩就能作证。"

我们大家都笑了。

三胖子："大楼，你想考哪个大学啊？"

"想得可真远，我还没考虑好呢，文科的学校少，我想报沈阳的大学，我三大爷家在那住。"我说。

隋大虎："沈阳好，相当好，离辽宁大石桥还近。"

我笑了："胖子也报那啊？"

隋大虎晃着脑袋："他不行，非他妈的考理科，考外科不行啊，不听话的玩意。"

三胖子："哪有外科？"

隋大虎："怎么就没有，给方老师、二犴子做手术的罗大林大夫，那不是外科吗？"

三胖子："你不明白，那是医科。"

隋大虎："一科，还他妈二科呢，你真能犟！我一脚给你踹到……"

还没等隋大虎说完，三胖子："你别踹了，我自己到辽宁大石桥得了。"我们都笑了。

大吵吵："你别跟孩子乱炝汤了，有你啥事？"

当问到小蒙古想考什么学校的时候，她一脸认真："如果我能考上，就上肇东师范学校，毕业了也和方老师一样，当个好老师，就怕我考不上。”

三胖子：“你要是考不上，我爸都不姓隋，是不是，爸？”

隋大虎瞪起了大眼珠子。

最惦记我们考试结果的方老师，在等待初考成绩发布的时候，方老师一直没让我们在学习方面松懈，用她的话说，无论是考上还是没考上，只要是学习了，那都有好处。

那是一个晚上，我和小蒙古在方老师那复习，王校长走了进来，我们都站了起来。

王校长：“方老师，你不是惦记大家的初考成绩吗？”

方老师一惊：“怎么了？出来了吗？王校长。”

王校长：“刚才公社来电话了，让明天到公社抄初考成绩。”

方老师：“真的？考得怎么样？”

“听说咱学校还考得不错。”王校长的脸上露出了笑容。

方老师：“那可真好，明天什么时候去？”

王校长：“明天上午我去，别耽误你了，你也是考生啊。”

方老师：“没事，我去，我明天早晨就去，上午就回来。大楼，一会我去你家，用下你家的自行车。”

刚才他们说的话，我和小蒙古几乎没听见，就是心怦怦跳。

“我现在就去。”说着我离开了方老师的住处。

这一夜，我辗转反侧，我想知道这个消息的人都和我一样。

第二天天还没亮，方老师就骑车去了公社。

这一天，漫天飞雪。当围巾挂着白霜的方老师急匆匆地走进公社大门的时候，人家还没有上班。

公社的办公室门紧锁着，方老师在门口走来走去，不时地跺着脚，用呼出的热气暖着自己的手……

当方老师拿到初考成绩的时候，她愣愣地看着，眼睛瞪得大大的，她急忙抄写着，旁边的人不住地说：“真了不起，瓦房学校考上十二人？了不起，一个农村学校的通过比例都赶上县里的中学了，真了不起，张书记都知道这事了，表扬你们了。”

方老师冲着那人笑了笑，又开始抄了起来。

那人接着说：“听说你们学校多亏一个叫小方的女老师了，不会就是你吧？”

方老师一面抄着一面点头：“还有别的老师的功劳，也有学生们的努力。”

那人：“你是不是也参加考试了？”

方老师：“是啊，是啊。”

那人转身，急忙给方老师倒了一杯热水：“你考得怎么样？”

方老师：“上面也有的我名字，可是我没考过我的学生，哈哈。”

那人：“这就是个合格考试，过了就行了。”

抄着抄着，方老师突然停了下来，瞪起了眼睛：“这是怎么回事?!”她拿起统计表：“怎么会是0分？”

那人凑了过来，满脸疑惑：“是啊？就是蒙也能得上几分，也不至于得0分啊？”

方老师：“他答了啊，怎么搞的，会不会是弄错了？”

那人：“这我们就搞不清楚了，得问县里。”

方老师急忙把抄好的成绩单放在了书包里：“那我现在就去县里问去，谢谢你了。”

还没等那人回答，方老师就跑出了屋。

在县教育局，方老师得到的答复是：“隋满堂同学涉嫌考试作弊，取消初考成绩!”

方老师惊呆在那里！过了好久，方老师诚恳地对那人说：“领导，看看能不能想想办法，考大学多不容易啊。”

那人：“作为老师，你不能不知道，高考不是儿戏，分数怎么能随意更改？我还有个会，就这样吧。”

方老师拉住了要离开的这个领导：“求求你，为了对学生负责，你给问问是什么原因。”

那人看着含着眼泪的方老师：“好吧，你跟我来。”

在另一间办公室里，那位领导翻着记录：“自己都承认了，在他的作文里写得清清楚楚。”

方老师：“啊?!”

那人：“你回去吧，问问这个考生就知道了，作文怎么写的。好了，我开会去了。”说完，那人走了。

方老师愣在那里。

这一整天，我们在学校没有心思学习，都在等着方老师。

方老师原定上午回来，可是已经是下午放学的时间了，她还没回来，我们大家都很着急。

王校长、张老师、刘老师、我爸、隋大虎等都在我们的教室里。

三胖子：“是不是方老师没考好，不好意思回来啊?”

我白了三胖子一眼。

三胖子：“自古以来，青出于蓝胜于蓝，学生赶上老师的不在少数，要是都超不过老师，那社会怎么能进步，人类怎么能繁衍?”

闹心的我实在是听不下去了：“这哪和哪啊？你行，能超过老师啊?

三胖子：“反正我是全答了，没准就能赶上老师，考试那玩意讲理。”

小蒙古：“你的意思，你一定能通过了?”

三胖子：“谁敢不让我通过？我就找他家算账去，怎么答的我都记着呢。”

正在大家七嘴八舌的时候，方老师推门进来了，我们急忙围了过去。

她依然是满脸的白霜。方老师用手拽下了戴在自己头上的棉帽子，热气在她的头上升起，小蒙古帮助方老师摘着头巾。

方老师一脸严肃：“隋满堂，你怎么写的作文?”

三胖子被这突如其来的发问给搞蒙了，他摸着脑袋：“怎么写的作文?用笔写的啊?”

隋大虎上前：“好好回老师的话。”

方老师："你快说。"

三胖子："不就是《当我走进考场的时候》吗？我都写完了啊，现在我都能倒背如流。你等等。"

三胖子想了想："我是这么写的。"大家都看着他。

三胖子："当我走进考场的时候，当我坐在考试座位的时候，我突然发现，我考试的座位就是我平时上课的座位，课桌上面，留下了我平时复习的心血，有我记下的数学公式，不会的拼音，挠头的政治题，很多很多，密密麻麻都在上面，老天爷真是饿不死瞎家雀啊，等我考数学、考政治的时候，不会的我就看，我就不信功夫能负有心人？让那些命不好、没坐在自己桌上考试的年轻朋友后悔去吧，哭去吧……"

念着念着，三胖子似乎知道了什么，在念到后面的时候，他哽咽着，两行眼泪流了下来……

方老师也流下了眼泪……

大家惊愕！

方老师抽泣着："你这等于自己交代了考试作弊的过程……你……打0分！"

隋大虎上来就拽住了三胖子的衣领子："你！"正在他要动手打三胖子的时候，方老师拦住了他："大哥！"

一边的三胖子哭着："你们大人和老师，不都告诉我们要说真话吗？这次在写作文的时候我说的就是真话……平时，我买不起练习本，就把重要的东西写在了桌面上……可是，在考试的卷子里，根本就没有我写在桌子上的内容，一点都没有！我抄什么了抄，呜……"

三胖子失声痛哭！他狠狠地抽了自己一个嘴巴，转身跑出了教室……

初考通过的同学和家长高高兴兴，包括我、小蒙古、马青林、李志刚……没有通过的考生的情绪可想而知了。

知道消息的这个晚上，尽管三胖子的事让我心里不快，但我还是有说不出的高兴，一种用语言无法表达的兴奋！

大家陆陆续续地走出了教室，教室里只剩下了我自己。

其实我想在第一时间就跑回家，想把这个消息告诉我妈，甚至是告诉在路上遇到的每一个人，只是在这个时候我想起了小蒙古，想和她说说开心的话。可是，她是最先离开教室的人。

正在我锁教室的门的时候，我听见后面有人咳嗽了一声，那是小蒙古的声音。

小蒙古："先别锁门，我进教室一下。"

我和她走进了教室，教室的光线很暗。

她走到炉子旁边："我看下火是不是还着着。"我有些奇怪，其实平时她不负责这事，这事一般都由我来做。

炉子里的火炭红红的，映红了她的脸，她任何时候都好看。她蹲下身，向里面添了一些树枝。

坐在炉子旁边的她，什么也不说，她只是看着炉火，脸上露着笑容。我呆呆地站在她的身旁。

小蒙古转过脸来，一把拉住我的手，我的心猛地一跳，也坐了下来。

我看着对面的她，她看着炉火，就这样很久很久。

"大楼。"她叫着我："你考得不错啊，都快赶上方老师的分多了。"

我："不行，比你少四十一分呢，你真厉害，考第一。"

小蒙古："不对，是三十。"

我想了想："我高兴大劲了，算错了。"

小蒙古："你成绩长得快，还能提高。"

我："那也赶不上你，真想考你那么多分，和你考一样的大学。"

小蒙古一下子站了起来，用双手拉住我的双手："我们一起上大学，上一个大学！"

我想说和你在一起学一辈子，可是我没敢说出来。我紧攥着她的手，我们彼此看着对方……

炉火正红……

等第二天上学的时候，教室里冷冷清清的，只剩下十几个人了，我的身边没了三胖子。别看平时我俩打打闹闹，有的时候有点烦他，但他现在不在我身边，我心里空荡荡的。

王校长和方老师一起来到教室。王校长穿了一件新衣服，显得很精神，我们目不转睛地看着他。

王校长站在讲台上，他的声音很洪亮：“同学们！你们创造了一个奇迹，奇迹啊，带领大家创造奇迹的人，就是你们尊敬的方老师，大家给方老师敬礼！”

我们齐刷刷地站了起来，给方老师敬了个礼。

方老师在教室前有些不知所措了。

王校长：“下面请方老师讲话。”

我们看着走上讲台的方老师，用力给她鼓掌。

方老师：“同学们，你们都是好样的！距离第二轮高考的时间就一个月了，大家要再加一把劲。学校决定，这段时间就是复习，多做题，大家可以集中，也可以组成学习小组，也可以分散，不管怎么样，就是一个目标，争取取得更好的成绩。大家要只争朝夕，坚持到胜利为止。大家有没有信心？”

我们喊着：“有。”

方老师：“明天我就去哈尔滨，给大家了解下外面的情况，再收集一些资料，班级的事暂时由乌日娜管理。”

大家对方老师的提议感觉不理解，当然我也不理解。

方老师：“好了，让我们对为大家付出辛苦的王校长表示感谢。”

大家鼓掌。

大家都没有离开教室的意思。

方老师：“焦大楼。”

我：“到。”

方老师：“你出来一下，和我做做家访。”

我和方老师走了出去。

三胖子蒙着被子躺在炕上，大吵吵在他身边，脑门上拔着一个雪花膏瓶。小辣椒坐在他的身边。

隋大虎和大吵吵站着一动不动。

小辣椒："大叔大婶，你们坐吧。"小辣椒的话很管用。

小辣椒转向三胖子："有什么不好意思的，也不是就你自己没考上，考不上的毕竟是大多数。"

三胖子依旧蒙着被子。

小辣椒："你学了就有好处，现在在农村当个电工、兽医什么的，都得有文化，你没白学，能用上，我家县里有亲戚，以后你想要做什么他们可以和公社说说话。"

三胖子一点反应都没有。

大吵吵掀开了被子的一角，三胖子立即用手把被子拽了回去。

大吵吵看着小辣椒，摇了摇头："胖子也是觉得对不住你的一片好心啊，可咋整呢？"在小辣椒面前，大吵吵没有了往日说话的风格。

小辣椒："你们也别着急，我先回去了，家还有点事。"说着，小辣椒站起身来，隋大虎和大吵吵也跟着站了起来。

小辣椒向门外走，到门口的时候停了停，看了一眼蒙着被子的三胖子。

送完小辣椒走回外屋的大吵吵和隋大虎说："这丫头，还真不错。"

隋大虎："人家那是天鹅。"

大吵吵："咱家胖子是癞蛤蟆啊？我看他俩很般配的。"

隋大虎："要是治你，能整你十个来回。"

大吵吵看了隋大虎一眼："那我也乐意。"

在去三胖子家的路上，方老师和我说："高兴吧？"

我："嗯。"

方老师看下我："我也高兴，今天没让你管理班级，你有意见吧？"

我："没多少。"

方老师停了下来："那还是有。知道为什么不让你管理班级吗？"

我："不知道。"

方老师："我和王校长还有你爸定了，你和我一起去哈尔滨。"

我停住了脚步："啊?!"

方老师："咱们学校没有文科老师，也不知道你复习得怎么样，带你去哈尔滨找老师给看看，再指导指导你。"

我很激动："谢谢方老师。"

方老师看着我，笑了笑："走。"

大吵吵坐在三胖子的旁边。隋大虎手里夹着一支卷烟，在地上走来走去。

隋大虎抽了一口烟："哪有你这样不给女同学面子的玩意……""你这没出息的玩意……""哪有像你这样写作文瞎说实话的玩意……""哪管你给我得几分呢……""你这可倒好，给我打了一个大鸭蛋……""你白吃那些鸡蛋了……"隋大虎每说一句就抽一口烟，还来回走几步。

可能是三胖子实在听不下去了，他猛地掀开被子，坐了起来："你还有完没完了?!"

隋大虎把烟头向地上一扔："你个小兔崽子，你还有理了呢?!"说着就要上前打三胖子。

大吵吵从炕上穿蹿到地上，挡住了隋大虎："孩子心里好受啊?!"大吵吵眼泪在眼圈。

隋大虎停住了："天生就是种地的玩意，胎带来的。"他一跺脚，直接向屋外走去，在他用脚踢开门的时候，我和方老师走了进来。

我们一愣，方老师上下打量着隋大虎，隋大虎站在了那里。

方老师："不能不让我们进屋吧?"

隋大虎向一边挪了一步。

看见方老师，三胖子坐了起来，"哇"地一声，他哭了……

我急忙走到三胖子身边，用手拍着他的肩膀。

方老师："大哥大嫂，胖子这半年多进步很大。"我吃惊地看着方老师，在我的印象中她是第一次叫别人的小名。

方老师："这次考试实属意外，他小，还有机会，还有明年，还有别的出路，是不是?"方老师看着隋大虎："你不是总提你当兵的事吗？马上就要征兵了。”

三胖子一抹眼睛：“啊?！当兵是我多少年的梦想、理想加幻想，就我这体格子，妈，我去当兵！东方不亮北方亮。”

隋大虎眼睛一亮，愣了一下：“方老师，你真是……头子了。”他竖起了大拇指。

大吵吵端来了一个小筐：“来，方老师，嗑毛磕。”她抓起来一把瓜子递给了方老师，方老师接了过来：“胖子，你好好调整调整，要是真想去部队，就准备准备，也快了，需要我的时候找我。”

三胖子一家三口送我们走出了门。

我走到大门口的时候，隐约听着三胖子在说话：“他们要是考不上，还没当兵的机会了呢。不都是离开社会主义新农村吗?”

小蒙古的爸爸正坐在炕上靠着墙喘着，他是多年的“肺气肿”，每到冬天的时候就犯病，经常咳嗽，喘得厉害。

二犴子用双拐架着自己的身体，他一手端着一碗热水，一手拿着药片，他爹接了过去。

犴子爹吃下药，边喘着边说：“我这不中用的玩意。”

二犴子：“爹，你别着急，慢慢能好。”

犴子爹：“我这样，你那样，你妹又考个第一名，她现在……这日子。”

小蒙古养的那头猪在门口叫着，个头大了很多。我们推门进屋的时候，猪先跑了进去。

看见我们来了，二犴子赶紧放下手中的碗“方老师，快打扫打扫，外面雪大，冷，坐下暖和暖和。”

方老师摘下帽子，在手上拍打着：“不怎么冷，家冷吗?”正说着，方老师突然停止了，她注视着屋里北面的墙壁，上面是一层白霜。

二犴子：“你坐啊，方老师，我给你烧水去。”

方老师挡着他：“不用了，一会我就走，还要去其他同学家。”

犴子爹想爬起来，可他已力不从心，没有站起来。

小蒙古急忙扶起她爹。

犴子爹咳嗽着，把身子靠在墙上，急促地喘了几下：“你们快坐，我这身体，越是冬天越完蛋。”他晃着脑袋。

方老师：“这次乌日娜考得非常好，马上就要进行下一轮考试了，公社和咱们学校对她抱有很大的希望。”

犴子爹：“多亏方老师了。”

方老师：“是她自己努力，第二轮考试前啊，我多过来看看，能帮点什么就帮点什么，尽量给她腾出更多的学习时间。”

小蒙古：“没事，方老师，家也没什么活计，不会占用我太多时间。”

“大叔，你安心养病。”说着，方老师起身：“我还要去其他同学家，先走了。”

犴子爹想直起身子，但已经没了力气：“快送送方老师。”

在我们要出门的时候，方老师给我系上了上衣最上面的扣子：“外面风大。”

这个很平常的举动使我很意外，同时感到意外的人还不仅仅是我自己。

小蒙古低下了头。

我们走出了屋子。

刚关上门，小蒙古推门跑了出来：“焦大楼。”

我猛地回头。

她站在门口不动，我走了过去。

我：“什么事？”

小蒙古没有直接回答我。

我看了看站在大门口的方老师：“快点啊，方老师着急，明天要带我去哈尔滨。”

小蒙古猛地抬起头看着我：“你去吧！”说完她转身回了屋。

我呆呆地站在那里，我感觉她是生气了，在我的印象中，她很少这样，起码对我不会这样。

晚上，我家很热闹，屋子里坐满了人，还有些人站着。他们有来祝贺我考试通过的，有听说我去哈尔滨给我送行的。

三驴子：“大楼这小子从小就不一般，你这次去哈尔滨，我那有亲戚，这是信底，要是有什么难处直接找，我们实在亲戚。”我接过了他递过来的一个信封：“谢谢。”

刘全能老师：“哈尔……滨，可……可是不小啊，出去长长见识就……就得了，别……别丢了啊。”

我妈笑了：“有方老师带他，没事。”

正说着的时候，隋大虎推门进来了，他拿着那件舍不得穿的军大衣。

刘全能：“大哥，这四要给我……我送大衣啊？”

隋大虎看看刘老师：“以后吧，来大楼，带上这个大衣，到城市里别给咱农村人丢脸。”

眼前的这一幕着实让我感动，我有点不敢接。

隋大虎：“这衣服好看、暖和，拿着啊，也不是给你的，回来再还我就是了。”

在我接过大衣的时候，隋大虎转身就走了，临到门口的时候他又叮嘱了我一句：“使劲学。”

我知道他为什么走得这么急，要是平时他一定是最后一个离开我家的人。他也真希望三胖子能有今天，只是可惜。

在我送他出门的时候，没看见隋大叔，而是看见了小蒙古站在门外。

“进屋吧，外面冷。”我说。

小蒙古站在那一动不动。

我不知道怎么办了。阵阵寒风吹过，枯树枝发出的声音让人感觉有一丝凄凉。

小蒙古就在那站着，我站在她的对面，很近。

小蒙古终于开口了：“你能不能不去哈尔滨？”

“都定了。”我说。

小蒙古又停住了，借着屋子里射出的灯光我依稀看见她的表情，这是我从来没见过的表情。

小蒙古：“你去吧，我等你回来。”她的身子好像要倾向我，但她猛地停住，转身就快步走开了……

等人们都陆陆续续地离开了我家，我妈把我叫了过去。

我妈：“路上要好好听方老师的话，你第一次出远门，路上一定要小心。”她从兜里拿出来一些钱：“你爸给你带的钱，二十六元，别花方老师的钱，她也紧。”

我点头，等我从妈的手中接过这二十六元钱的时候，我心里有种说不出的滋味。

我没有直接走进我的屋子，而是出了门。

我在小蒙古家和三胖子家门前的路上走来走去……

我没有走进他们的家门，他们屋子里透出的微弱灯光让我充满惦记和牵挂，牵动着我的每个神经。

风吹着，雪飘着，我来回走着……

等我回来的时候，妈已经把给我带的衣服装入了一个帆布提包里，身边还有个纸箱。

我妈：“这是给方老师家带的，咱农村也没什么，就是一点心意。”

妈的细心让我感动。

{第十一章}

那时候，哈尔滨对我来说很遥远，只是听说过，不知道它在什么方向，有多远的路程。只知道它是一个大城市，是黑龙江省的省会，是方老师的家乡。

去哈尔滨需要两天的时间，不是路很远，只是路不好走，交通也不方便。第一天要在县里住下，第二天早上五点才有开往肇东的汽车，在肇东再换乘火车，等到达哈尔滨的时候也是晚上了。要是在夏天还好，可以多一项出行的选择，就是坐船。但早上四点钟在肇源码头上船，到达哈尔滨也是下午三点以后了。

这是我第一次出远门，谁知，在方老师带我去哈尔滨的求学路上，我俩距离死亡就差一点点……

在肇源上车的时候天还没亮，但候车室里就挤满了人，我和方老师匆忙检票上车。还好，我们俩有座位，但有个老大娘站着，方老师就让她也坐下，我们这座位上挤着三个人，即便是这样，过道上还挤满了人。

我穿着大衣靠着车窗旁，外面什么都看不见，等到太阳出来的时候，我依然看不到外面的景色，刮下车窗的霜花才能看见外面一点点，但都是一片白色……

方老师自然就靠我这面近些，我也尽量别让方老师挨挤，就侧着身子，她身体的侧面差不多要靠在我的左胸前，车不是很快，但时而颠簸，每到这样的时候，我就扶下方老师。

在车上的时候，方老师小声和我说："车上还好，下车的时候要注意身上的钱，当心遇到小偷。"

我点着头。

方老师："等到肇东的时候，我把我的钱也给你，你穿的多，把钱放在大衣里面的兜里。"

车到肇东的时候已近中午，随着下车的人流，我们急忙赶往火车站。火车票很好买，我们买到的是下午一点四十分的车票，是去哈尔滨最早的一班车。票是买到了，但没有座位。

还有三个小时上火车，方老师带我去站前的一个小饭店吃东西。走在路上，这时我才发现，很多人看着我们，有的用很惊异的眼光，可能是方老师长得漂亮、个高，也可能是我穿的那件军大衣显眼，因为我很少看见有和我穿一样大衣的男人。面对大家投来的目光，我都是躲着，但我没有感到方老师有什么不习惯。

吃完了饭，方老师看了下四周，她拿出了三元钱："你拿着，放在一起。"

接过她手中的钱，我看着四周，确定没人注意我的时候，我揣进了大衣里面的上衣兜里。

我们几乎是被挤上火车的。

火车刚开动的时候，喇叭里就传来了音乐声："朋友啊朋友，列车就要开动，我将和你一路同行……"这歌曲真好听。

第一次坐火车（确切地说是"站"火车）的我对什么都好奇，我四处张望，看着车上的人们，有背着大包小包的，一个男人用胳膊夹着一个小孩在我身边挤过，嘴里还振振有词："孩子小，请让道"，还有带着鸡和鸭的，车上一片嘈杂，还不时传来猪的叫声……这声音我感觉很特别，很熟悉，它使我想起了小蒙古……

车上的人挤来挤去，我有些热，也看不见外面的景物，因为车窗已经被人挡住了，我和方老师说："第一次坐火车，外面什么都没看见。"

方老师："和坐汽车看外面差不多，就是快点，坚持一下，两个多小时就到。"

我回答她："没事。"

方老师："到哈尔滨抽一点时间，我带你去商店看看，啥东西都有。"

我点着头。

方老师："你想买什么东西？"

她的提醒，使我的脑海里突然想起了小蒙古，感觉她带着一个鲜红鲜红的围巾能很好看。

我："有卖红头巾的吗？"

方老师："有啊，你想给谁买？"

我："我……给我妈买。"

方老师："我帮你挑，红头巾漂亮。"

我："也给你买一个。"

方老师："不用，我有。"

车上的人依旧挤来挤去，车一会停一下，有下去的，也有上来的，但人还是那么多。

我特别注意挤在我身边的人，并不时地摸着我装钱的兜，当然是偷偷的。

已近黄昏时分，车厢突然一阵躁动，不时有人挤过来，走向后面的车厢，远处传来了列车员的声音："验票，把车票都拿出来。"

我下意识地将手伸进大衣里面，票和钱是装在一个衣兜的，当我把手伸进里面的时候，我脑袋一片空白，衣兜里面空了！

任凭方老师怎么和列车员解释，都无济于事，和一些没有车票的旅客一样，我们在一个叫庙台子的车站被清下了火车。

我第一次遇到这样的情况，并且是在人生地不熟的地方，我满头是汗，阵阵寒风吹来，我一点都不知道冷。我着急，我恐惧。

方老师安慰我："别着急，别上火。"

要是在熟悉的地方，我想我能弄到钱，实在不行，我要是卖掉身上的大衣，隋大叔也不能说我什么。可是在这样的时候，我没了主意，只能是听方老师的了，因为她比我见识多。

站在空旷的站台上，她好像也没了主意。

我问方老师："离哈尔滨还有多远？"

方老师想了想："我也不知道，但根据车开出的时间判断，应该是不远了。"

我："怎么办呢？"

方老师："时间紧张，想办法今天赶到哈尔滨。"

这时，刚刚被赶下车的人们跨过火车横道，纷纷向一个货车跑去。

我们也只好跟了过去。

一人："这车是去哈尔滨的，我爬过，比客车快，还不要钱，哈哈，上！"

几个人沿着车厢上的梯子向上爬，我提着提包和纸箱也跟了上去。

火车很快就开动了。这是一个装着很多大木箱子的货车。没有遮挡的货车速度越来越快，风也越来越大。

方老师的脸被围巾裹得紧紧的，长长的睫毛上挂着霜。

方老师打开围巾："幸亏验票晚，要是早验票我们就更受苦了，坚持下，一会就能到哈尔滨。"

我心想，要是早验票也许我不会被偷，但现在什么都晚了。

她说话的时候，我发现她的嘴唇在打着哆嗦，我心里"咯噔"一下。

大家尽量靠在一起，但还是感觉寒风刺骨！我感觉方老师的身体在哆嗦！

我穿得厚些，还能忍受这样的温度，但看见方老师那样，我马上脱下我的大衣。

方老师按住我："不能脱！"

我没有听的她的话，坚持脱着大衣。

大衣脱了下来，我想给方老师披上，她坚持要我穿上，就在我们推来推去的时候，一阵大风刮来，大衣被强风卷在空中！

汽笛轰鸣，列车全速前进……

脱下大衣的我，才知道原来是如此的寒冷，从外冻到里面！

我被几个人挡在中间，但依旧冷得受不了，一种从未有过的不祥之兆瞬间闪现在我的脑海！

方老师紧紧地抱住我，用她的身体为我取暖，耳边不时传来她的声音："快到了，快……到了，挺住！"

方老师依旧紧紧地抱住我，隐约感觉我的脸上有些温度，有她的气息……

我麻木了，她的话我听不清楚，我的脑海中浮现着妈、爸、小蒙古，他们在焦急地看着我……

我感觉天旋地转！

等我醒来的时候，第一眼就看见方老师瞪着眼睛看着我："醒了，醒了。"她很激动，声音带着哭腔……

我在回想着我是怎么来到这陌生的地方，但我一点也想不起来，耳朵里还是响着有节奏的火车声。

方老师："你没事吧？"她的眼泪落到了盖在我身上的被子上。

我伸出手，为她擦着眼泪。

方老师的双手捧着我手，不停地搓着："谢天谢地。"她深深地吸了一口气，落下的泪水滴在我的手上，慢慢流到她的手上。

这时走进来一位老太太，她慈眉善目，一头白发，穿着很利落。手里端着一杯冒着热气的水。

老人家："快喝点水，孩子。"

方老师接过碗，我要起来，她用一只手按住了我："先别动。"她吹着碗里的水，把水递到我的嘴边。

这水有些甜，我心里暖洋洋。

方老师有些哽咽，显然是为车上发生的事后怕："这是我姥姥。"

我想向老人点下头，但我觉得我的脖子不听使唤。

老人向我笑了笑，还给我重新盖了被子。

这时候方老师已经站在窗台前，她哭出声来。

老人家："我端粥去。"说完，她转身走开了。

我试着爬了起来，方老师好像知道我要起床，急忙走了过来："你能行吗?”

我:“你别哭，我就能行。”

我的话很管用。

屋子不是很大，堆放着一些箱子，但很整齐。

老人家给我夹着菜，方老师看着我吃饭，我有些不好意思，但我真的顾不过来了，我很饿。

吃完饭，姥姥出去了，我和方老师在家。

我:“我怎么不记得怎么下车和到这里来的了呢?”

方老师:“都是好心人帮的忙，车站的公安开车给我们送回来的。”

我低下头:“我一点都不知道。”

方老师:“都怨我。”

我:“不怨你。”

方老师:“回去我好好和你爸妈赔不是，我的责任。”

我:“你千万别告诉他们。”

方老师没说话。

我接着说:“你不能告诉他们，我现在很好的，也没出什么事。”

方老师点头:“你很累，一会吃点药，下午你在家休息，我去找我的老师。你的身体能行吗?”

我:“没事，对了，我带的东西呢?”

方老师:“当时就顾你了，纸箱不知道丢哪里了，好在你没什么事，别的都不重要。”

下午，方老师又问我身体怎么样。我告诉她没什么大问题，她这才放心出去。

我一直迷迷糊糊，身体没劲，方老师的姥姥一会过来看我一次，看我没什么反应就轻轻地出去了。

渐渐地我睡着了，脑袋里闪现的全都是噩梦。

等我醒来的时候，我发现屋子里面很暗，只是隔壁屋里传来一丝灯光。隔壁是个小屋，不怎么隔音，我听见有人在说话。

姥姥："听说你爸你妈的事要有新说法，下放到柳河五七干校的人已经回来一些了，也有人来过咱家。"

方老师："他们怎么样？我哥怎么样？"

姥姥："他们没给你写信吗？"

方老师："写信了，就说好，让我好好照顾自己，好好锻炼。"

姥姥："你妈身体不怎么好。"

方老师："啊？！"

姥姥："其实，我最对不起你妈了，她落下的病和我有关。"

姥姥停止了说话。

姥姥："我都这把年纪了，有件事我必须在死前办完，要不我……"

方老师："什么事？"

姥姥停了停："这事就你爸你妈知道，以前我也没和你说，现在我跑得有点眉目了，今天才想和你说，你也是大人了。"

方老师看着姥姥，但姥姥却注视着别的地方。

姥姥："其实你还有个弟弟，你们是双胞胎。"

方老师："啊？！"

姥姥："当年，你爸你妈都在电机厂工作，他们都是那里的工程师，你爸是技术尖子。五十年代那会儿，苏联在电机厂援助建设的时候，你爸和苏联专家在一起，他经常去苏联学习，有的时候一去就是半年时间。57年春节刚过，你爸又去了苏联，那时你妈就怀着你和你弟弟。你爸走了之后，你妈一面上班，一面照顾你大哥，身体还经常不舒服。那时候的人都要强，经常是没白天黑天的在工厂上班，身体就是再不舒服，都不愿意和领导说。夏天的时候，单位搞大鸣大放，就是让大家说自己的心里话，结果，你妈就说了几句和苏联有关的话，就被定了'右派'。接下来就是检讨、批判，你妈的身体很不好，可怜她了，自己身子那样，你爸还不在身边，真是强挺着。过八月节那天，你和你弟弟出生了。你姥爷死得早，我这面要照顾你的那些舅舅和姨姨，住的地方离你家也远。"说着，老人已经热泪盈眶了。

方老师含着泪在听着。

姥姥："你们出生后，你弟弟的身体就不好，一直在抢救，你妈情绪也不好，我家里医院两头跑，医院下了三次你弟弟的病危通知，实在没有办法的时候，为了你们俩都活命，我就……"姥姥停了停："我就和你妈说那个孩子没挺过来。"

方老师："其实，他没死，是吗?"

姥姥："是。"

方老师："送人了？是吗!"

姥姥落下了眼泪："当时就顾你妈的身体了，在医院，你妈不单单是生孩子，主要是治病。我担心她要是没了，家和孩子也就都完了。我一狠心，就把你弟弟托付给了一个乡亲，想日后再感谢人家，再把你弟弟接回来。"

方老师："后来呢?"

姥姥："你妈在医院住了四十多天，清醒的时候就喊着要你弟弟，我就告诉他孩子由护士照顾。可是纸包不住火，实在没办法了，我和你妈说了实话。"

姥姥擦着眼泪："转过年的春天，你爸才回来，你妈原来的工作也没了，她总是想着那个孩子。我多次打听把你弟弟抱走的那个人，她实在没办法了，才告诉我把孩子送给了王岗一个姓张的人家。"

我一直把心提在嗓子眼在听她们的对话，当听到王岗的时候，我忽地一下坐了起来，这地名我怎么在哪听说过!

姥姥接着说："我就去那里找，每个村子都找，只要是姓张的家门，我都进去过，但还是没找到。后来，在哈达屯听说那里有一户姓张的人家收养了你弟弟，这两口子知道我要往回要孩子，他们就搬家了。上个月，我那个乡亲要去世以前，她打发人来找我，和我说了实话，其实这么多年，她也帮着打听孩子的下落，她告诉我，孩子就送到了你现在下乡的地方——肇源。"

方老师："啊?!"

听到这里，我的心跳个不停。

姥姥："这次，你要是不回来，我还想去呢，都和你舅舅、姨姨商量好了。”

方老师：“知道具体地址吗？”

姥姥：“不知道，只知道大人的名字。”

方老师：“叫什么？”

姥姥：“叫张生。”

我惊呆了，原来三驴子的父亲也叫张生！我彻底想起来了，三驴子给我的信封地址就是王岗哈达屯！我再也坐不住了，从床上跳到地上！

方老师：“张生？我认识个叫张天生的。”

可能是因为我激动，我在床上坐起的时候声音大了些，方老师急忙走进屋来，她随手打开了灯。

方老师：“你怎么样了？”

刚哭过的她，眼睛有点湿润。

我晃动着上肢，做了一下广播体操的动作：“没事了。”

方老师：“真好，马上吃饭，你一定是饿了，今天我很有收获，吃完饭我再和你说。”

方老师转身就走。

我急忙叫住了她：“方老师。”

方老师回过头来。

我：“我……没什么事。”

方老师用疑惑的眼神看着我。

我：“我……真饿了，有小米粥吗？”

方老师：“有，还有煮鸡蛋呢。”方老师向我一笑，就离开了屋子。

我本来想告诉她三驴子的爸爸叫张生，可是，在我要说出来的时候突然打住了，毕竟我是偷听她们说话的。

吃饭的时候，大家都没说话，姥姥和方老师好像在想什么，我也没有吃饭的心思。

晚上，方老师给我拿来了一些油印材料：“这是哈尔滨十二中复习班的重点资料，绝密。”她很得意地做出了一个怪脸：“我老师给的，亲老师。”

我："我马上看。"

方老师："好，明天上午我带你去见文科老师，都和人家说好了。"

我一惊："我紧张。"

方老师："紧张什么，紧张也得见，你看资料吧，我也看。"说完，她在资料中找了几张，就出了屋子。到门口的时候她停住了脚步，有些犹豫："晚上要有什么事，你敲一下窗子。"说完，她就走了。

晚上，我仔细地看着资料，不时地兴奋，这些资料，全部是题型，并且都有答案。

我看书的时候，隐约能听见隔壁的说话声。我有些好奇，当我轻轻推开门的时候，我发现方老师和她姥姥在窄小的厨房里。

过了很久，她们回到了隔壁。

方老师："姥，我看会资料，你先睡。"

姥姥："你大了，我也搂不了你了，小时候我总搂着你。"

方老师："一会我还要你搂着。"

方老师关上了那屋的门，推门进了我的屋，她看着我："对不起，我忘记敲门了。"

我笑了笑："哪有老师敲门的？"

方老师也笑了："看得怎么样？有收获吗？"

我："大开眼界！要是早有这些资料就好了。"

方老师："人家这是刚印出来的啊，要不是说我考大学，人家根本就不能给。"

我竖起了大拇指。

方老师："所有的学校都复习得晚，都很仓促，你要有信心，我也有信心。"

我："一定。"

方老师："有不会的吗？"

我："有一些。"

方老师："我老师说了，这些题能会一半就相当不错了，就大有希望。"

我："啊?!"

方老师："你不会的能有多少?"

我："差不多也就是一半。"

方老师兴奋地："真的吗?"

我点头。

"你真厉害，你的老师也厉害，哈哈。"我能感觉到她好兴奋，这也是看到的她很少开的一次玩笑。

又是新的一天，阳光明媚。

来哈尔滨尽管三天头了，但这是我第一次走出屋子。

一切对我来说都是全新的，我叫了十七年的大楼，但我真正见到大楼还是第一次，有五层的，六层的，我抬头张望，真的感觉很高。这里的楼很有意思，楼外都贴着牌子。方老师家楼角上的牌子写着"阿什河街 37 号"。在这里，我第一次看见无轨电车和有轨电车，当然这些车的名字都是方老师告诉我的。

熙熙攘攘的人们在来回穿梭着，我第一次看见过这么多人。

对我来说，什么都是陌生的、新奇的，我好奇地看这看那，就像是刘姥姥进了大观园。

方老师给我讲这讲那，最后她说："以后你要是考到哈尔滨来了，就可以天天看了，咱们先快去学校。"

在车上，方老师给我讲着："这是靖宇街，是纪念抗日英雄杨靖宇的。""这是桃花巷，老哈尔滨最繁华的地方……"

在学校的一个教室里，一个戴眼镜的老师在问着我，我的腿不住地哆嗦着。老师点着头："好，那我再问问你几个名词解释，贞观之治。"

我想了想："就是农民分得了一定土地，赋役负担减轻，有了安定的生产和生活环境，大量荒地被开垦出来，社会经济出现了繁荣景象。"

老师："基本内容对，但不全，要说清年代、人物，主要内容。"

我："我知道，是唐太宗时期。"

老师："好，听了你说的，你还是有一定的基础，但重点问题必须按着我刚才和你说的要素来解答，那些都是采分点，你回去要重点复习。历史课的重点要知道社会发展的脉络，要运用辩证唯物主义和历史唯物主义的基本观点，分析历史现象和历史事件的本质，进而得出正确选项，要通过仔细阅读去伪存真、去粗取精，采用肯定和排除法找到正确选项……”

我听着有点迷糊，但我还是不住地点头。

老师拿出了一个油印的册子递给我：“时间很紧张，给你些简单的复习资料，这些都是历史课的重点，要再下一些工夫啊。”老师站了起来：“这小伙子还不错，我就不占用你时间了，你们快去陈老师那问地理去吧。”

我给老师深深地鞠了一躬。

回来的路上，方老师很高兴：“没白来吧？”

我：“是、是，真长见识。”

方老师：“回去再加把劲，明天咱们就回去。”

说着，我们来到了秋林公司的门口，进出商店的人很多，方老师在门前停了停：“这是哈尔滨最大最好的商店，这次时间紧，以后我带你再来。”

我们从商店门前走过，尽管我没能进去，但我来过。

我离开家的这几天，小蒙古和几个同学依旧在我家复习，在我家复习不仅仅是因为我顺利通过了初考，更主要的是大家觉得我家的屋子大，再就是我妈能在晚上大家很饿的时候做些好吃的，当然小蒙古来我家不是为了这个。

大家在屋子里学习，我妈在外屋给大家煮面片，小蒙古走到她身边。

小蒙古：“大姨，我帮你。”

我妈：“不用，孩子，别耽误你学习时间，我自己能干过来。”

小蒙古并没有离开，而是蹲下向灶坑里添柴。

火映红了她的脸颊。

小蒙古：“大姨，方老师说他们哪天回来？”她仰着脸看着我妈。

我妈：“很快，出去四天了，也就是这两天吧。”

这时门突然打开，小蒙古猛地站了起来，看着门。

进屋的是我爸，他伴着寒风和刮进屋子里的雪：“这雪真大。”

小蒙古：“大姨夫回来了？”

我爸：“别让孩子干活啊。”说着他走进里屋。

我爸是从公社回来的，刚脱下棉衣，他就从兜子里拿出了一个电灯泡，随手他拿出了一个毛巾，在灯泡上擦来擦去。

这是一个200瓦的灯泡，以前我家用的是25瓦的灯泡，室内感觉有些发暗。

我爸把灯泡换上的那一瞬间，大家感觉像阴天中突然出了太阳一样，高兴地都叫了起来。

热腾腾的面片端进了屋子，大家吃了起来。

小蒙古也在吃着，但她好像在想着什么……

这是我要离开方老师家、离开哈尔滨的夜晚，方老师和我在一个屋里看书。

方老师：“你看得怎么样？”

“早来好了，觉得自己知道的很少，不知道从哪下手呢。”

方老师：“我也一样，不要着急，一点一点来，只要是努力了，就能有收获。”

我点着头，看着她。

方老师似乎看见我在看她，她起身走了出去，返回房间的时候，她给我拿来了一个鸭梨，她用刀削着皮。

我的口水差点流出来，记忆中，从小到大我吃过的鸭梨还是个位数。

我看着她，灯下的方老师是那么的美丽。

方老师把梨递给了我：“吃吧。”

我推辞着，但还是接了过来。

方老师：“要这样拿。”她用拇指和食指分别按着梨的“头”和“脚”。

我按照她的拿法重新接过了鸭梨："把刀给我。"

方老师："你自己吃吧，不能割开，分梨等于分离。"她笑了笑。

我僵在那里。

方老师："还有呢，你先吃。"

我真舍不得吃，尽管我很想吃："你不吃，我就不吃。"

方老师："你啊你，实话和你说吧，还有一个，我准备带回去给乌日娜。"

我一惊："那咱俩一人一半，好不好？"

我拿过刀，把梨割成两半。

方老师接过了梨："你啊你，那吃吧。"

我两口就把半个梨消灭掉了，我吃完了，看着方老师还在拿着另一半，我问她："你怎么不吃？"

方老师："咱们再学会，十二点前休息，明天早班车是五点半，我们争取明天晚上到家。"

十二点了，方老师给我铺着床，突然，她好像想起了什么："你等着，我给你取点东西去。"

方老师拿来了两件东西："明天你穿这个棉猴回去，你先试试。"她把衣服递给了我，那是一件蓝色的棉衣。

我有些犹豫。

方老师："穿吧，不穿会冻坏的。"

我穿上了棉猴，方老师前后左右地看着："好看，精神。"

我："这是谁的衣服？"

方老师："我爸的，没事，你穿吧。"

说话的同时，她又变戏法一样拿出了另一件东西，那是一个红红的头巾！

我惊呆了。

方老师："你不是要给你妈妈买件礼物吗？是不是这样的？"

我真的不知道说什么好了："这……"

方老师："就说用带来的钱买的，要不你家人问起来，我还得说火车上的事。”

我点头，接过了这条红围巾。

方老师“不早了，好好休息，睡之前，把那一半梨吃了。”说完，她就走出了房间。

我的心……

我是躺下了，但我一直没睡好，很多事情总是浮现的眼前……

第二天到家的时候，天已经黑了。

隋大虎一家人在我家。

我爸：“我看胖子这孩子参军行，壮实，还有文化，能有出息，我帮忙。”

隋大虎：“他有好底子，随我，咱不是当过兵嘛？”

大吵吵：“要随你就别当兵去了，还得回来，人家胖子说了，在部队好好学习，考那什么了？”

三胖子挺着腰板很严肃地说：“军校。”

正在他们说话的时候，我和方老师走进了屋。尽管才出去五天，但妈看见我进屋的那一瞬间，手中拿着的脸盆掉到了地上。

也就在此时，我想哭！在火车上被冻得不行的时候，我第一个想起的人就是妈！

我妈：“可回来了，快脱鞋上炕，方老师，冷了吧？”

我弟弟跑了过来：“翻兜，买啥好吃的了？”

我小声和他说：“现在人多，拿出来就没你吃的了。”

我们脱掉鞋，上了炕。

我们回来，使大家都非常高兴，我妈说：“你们走的第二天，我做了个梦，说你丢了。”她松了一口气：“这做梦真是没准。”她笑着看着我。

我心“咯噔”一下，那天正是我在火车上。

方老师：“一切都好，非常顺利。”

隋大虎：“哈尔滨那地方好吧？”

我：“好。”

隋大虎："是不是人多？"

我："是。"

隋大虎："是不是楼高？"

我："是、是。"

他问我什么我就答他什么，我生怕他想起他的那件宝贝军大衣。

隋大虎："那哈尔滨真大，有道里、道外、道东、道西，还有松花江，那大桥，那高楼大厦。"

大吵吵："你别瞎说了，你去过咋地？"

隋大虎瞪起了眼睛："咋没去过，你忘了，带你回来结婚的时候不是路过哈尔滨了吗？"

大吵吵："得了，那不是黑天吗？"

隋大虎用手指指着大吵吵："黑天我也能看见。"

大吵吵："你这眼睛可真好使。"

隋大虎："对，我属猫的。"

屋内一片笑声。

三胖子和弟弟都坐在我身边。

三胖子："马上就验兵了，我要笨鸟先蹽了。"

我："你蹽了，我怎么办啊？"

三胖子指着我："你早晚能出去，别着急，实在考不上，明年我接你去部队。"

隋大虎指着三胖子："这你就不懂了，明年你还得是战士，接兵的人都是干部，干部，你明白吗？你要想把大楼接到部队去，那你得好好干，得干几年。"

三胖子笑了："大楼，你可别着急啊，我尽量快点当官。"

大家笑了。

我妈把饭菜端了上来："方老师，快趁热吃。"

方老师搓着手："大家一起吃吧。"

我妈："都吃完了，你们快吃。"

我看着冒着热气的菜："真香，小麻籽炖豆腐，快吃，方老师。"

方老师坐到了桌前，她看着三胖子："隋满堂，你去通知一下参加高考的同学，告诉他们马上过来，我带回资料了。"

三胖子："这……我也不好意思啊。"

隋大虎："老师说话不好使咋地？不管是不是再教你了，老师永远都是老师，就像你爹永远是你爹一样，快去。"

三胖子："我去、我去。"

我爸："他一个人也告诉不过来，都有谁家的孩子，大虎，咱俩也分头去找。"

三胖子："走吧，我告诉你们。"

说完，他们离开了屋。

我吃饭的时候，小弟还坐在我身边，他提醒着我："人都走了，哥。"他把手伸到了我的面前。

说实话，那一瞬间我很惭愧，如果我能拿出一块糖，他都能很高兴，可是我没有。我摸下脑袋："没时间去买啊，不信你问方老师，下回。"

小弟："你就不如咱爸。"说完，他气哄哄地离开了。

方老师："都怪我。"

晚上，参加第二轮考试的同学都来到了我家，唯独小蒙古没来。

方老师："乌日娜怎么没来？"

三胖子："她爸病没好，她家还来客人了，她忙前忙后的，我就没敢告诉她。"

方老师："哦，那一会我去她家。"

方老师在书包里拿出了一摞纸："同学们，这次我带回的资料相当珍贵，对你们下一轮考试很有参考价值，大家先大致看一下，先抄回去一些。"说着，方老师把一部分资料给了我们，她自己留下了一半。

方老师："你们先看，我去乌日娜家。"

三胖子："方老师，我和你一起去，反正这也没我的事了。"他向我们说："你们都好好学啊，这机会要是给我，我都能学飞了。"

大家笑着。

三胖子一家人和方老师走出了我们家。

我实在是太累了，在他们兴奋地抄写和讨论的时候，我已进入了梦乡，家就是让人踏实。

小蒙古的二爷又来了，他坐在炕的里面，抽着烟袋，犴子爹躺在炕上咳嗽着。

二爷："我说的事，你应该好好考虑考虑。"

犴子爹不说话。

二爷："家没个女人行吗?"

犴子爹："那这样也不好啊。"

二爷："有什么不好?换亲的多了，也不是就咱一家这样。我是个绝户，咱们家能不能续香火就在你这支了。犴子老大不小了，原来就不好找媳妇，又加上身体残了，怎么找媳妇啊?人家那头说了，不嫌弃咱们犴子，人家姑娘过来，咱们姑娘再过去，人家男方身体没说的，你说说，咱上哪找这便宜事去?"

犴子爹："二叔，这事你别和他俩说，容我再想想。"

二爷："有什么好想的，你快点拿主意，人家要是变卦了，过了这个村就没那个店了。"

小蒙古拎着一筐玉米瓤子走了进来，倒在灶坑旁，她向里面添着："二爷，我多烧点火，别冻着你。"

二爷："我这孙女，打小就懂事。"

火在燃烧，屋里的人都没说话。

就在这时，方老师推门进了屋。

犴子爹试着起来，但他没有起来的力气。

小蒙古马上站起来："方老师，你回来了，快坐，这是我家亲戚，我二爷。"

"你好。"方老师向来人点了点头。

犴子爹又咳嗽起来，小蒙古给他捶着背。犴子爹："我这不中用的玩意，也不知道还能挺几个冬天了。"

方老师："大叔，别着急，这病过了冬天就好了。"说着，她从兜里拿出了两个药瓶，递给犴子爹："大叔，这是我在哈尔滨给你捎回来的药，专门治疗哮喘的，很管用。"

犴子爹喘着："总给你添麻烦，多少钱，方老师？"

方老师："没多少钱，你别见外。"

犴子爹："那怎么行？"

方老师："你们聊，我和乌日娜说点事。"说完，方老师和乌日娜走进了小蒙古住的小屋。

方老师："这次我回哈尔滨，很有收获，带回了很多题。"

小蒙古很兴奋："是吗？"

方老师："我给你留几张，你先看着，明天到学校的时候，我再发给你们。"

正在他们说话的时候，二犴子被三驴子搀着走回了家门。

二犴子喝多了，他一进屋就嚷着："二爷，我家的事，你别管，我的事，你少掺和，要待你就好好待，不愿意待，也不留你。"

三驴子： "犴子哥，你别说了，你喝多了，快躺下，我给你整点水去。"

方老师和小蒙古走了出来。

二犴子："方老师，你来了，坐坐坐，三驴子这小子，实在，我们没少喝。"

方老师："以后少喝酒，喝多了伤身体。张天生，以后你关照点他。"

三驴子："行行，就是多少天没喝着酒了，也赖我。方老师，你啥时候回来的？"

方老师："今天晚上。"

三驴子："大楼去我亲戚家了吗？"

方老师："没有啊，根本就没时间。"

三驴子："其实也不怎么远，就在王岗。"

方老师一愣："啊？王岗？是不远。"

二犴子："兄弟，别说没用的了，人家方老师才回来，够累的了，快坐下、坐下。"

方老师：“不早了，我回去了。大叔，你好好养病。”

小蒙古和三驴子送着方老师，传来了二牤子的说话声：“这方老师可好了，对我小妹、对我家……”

夜晚，方老师在蜡纸上刻着字……

深夜，她在油印机上印着资料……

凌晨，她印完了资料，伸了个懒腰，直接头朝里倒在炕上，随手抓起了被子，棉鞋都没脱就睡着了。

头遍鸡叫的时候，我就睡醒了，在被窝里，我看起了复习资料……

小蒙古一夜没睡，她在做着题……

第十二章

早饭前，我把我爸请到了我这屋。

我："爸，我和你说个事，你千万别和别人说……"

我妈进屋了："饭好了，快点吃吧。"她转身走出了屋。

我爸："真能这么巧吗？我今天就核实去，要真是这样，还真是好事。"

教室里，方老师给大家发着油印资料，她面带微笑……

方老师："同学们，离高考的时间很短很短了，大家要根据自己的实际情况抓重点，要好好看这次我带回来资料的题型，举一反三，再加把劲，今天开始，大家白天都到学校，我和王校长给大家讲资料里面的题，我们一起来研究，一个目标，就是在有限的时间里收到事半功倍的效果……"

大家认真地听着。

大队的大喇叭里传出了徐大爷的声音："三队的张生听到广播后请到大队来一下子，三队的张生听到广播后请到大队来一下子，有听见广播的告诉他一下子，有点事、有点事……"

广播刚播完，三驴子急急忙忙走进了大队部。

我爸正在屋子里来回走着，三驴子进屋便说："焦书记，你找我爸？"

我爸好像没听见他说什么，只是看着三驴子，把三驴子看得愣模愣眼。

三驴子："焦书记、四叔，你咋地了？"

这时我爸才醒过神来："没事，你爹呢？"

三驴子："脚崴了。"

我爸："严重吗？"

三驴子："没大事。"

我爸："那你回去告诉他，我一会过去，告诉你妈炒俩菜，我带酒。"

三驴子点头哈腰："好、好，我现在就回去。"说着，转身就走。

我爸急忙叫住了他："三驴子！"

三驴子站在门口："啥事？四叔。"

我爸："没啥事。"

三驴子摸着脑袋："吓我一跳，那我回去了。"

我爸："你属啥？"

三驴子有点愣了："属鸡啊，咋地了？"

我爸："噢，不小了。"

三驴子松了口气，看着我爸，晃着脑袋："那我先回去了，告诉我妈预备预备。"

我爸下意识地迎合他："预备预备。"

我爸看着他的背影，脑海里不停地闪现着方老师和三驴子的模样，闪现着三驴子拒绝给方老师献血的那一刻，想着躺在病床上的方老师的模样，滴管里的鲜血滴答滴答……

"还真有点像。"我爸自语着。

上课的时候，我有些注意力不集中。

中午放学的时候，我叫住了小蒙古。我从书包里拿出了一个用报纸包着的东西："给你的。"

说完我就快步走出了教室。

小蒙古看着我离去的背影，又看下教室，她轻轻地打开报纸，一个红头巾展现在她的面前，她一愣！她站在空荡荡的教室里，手里拿着鲜红的头巾……

三驴子爹听完三驴子说完话的时候感到很意外："找我？不是你又惹啥事了吧？"

三驴子："爹，这回没事。"

三驴子妈看着三驴子。

三驴子："真没事，他还说了让我妈炒两个菜一会来喝酒。"

三驴子妈："我赶紧做去，马上就到晌午了。"

三驴子爹："你去供销社打点酒去。"

三驴子："焦书记说了，自己带酒。"

三驴子爹："噢，有啥事呢？"

外面传来了狗的叫声。

三驴子："来了。"他急忙出了屋。

我爸拎着一瓶酒进了屋，三驴子妈热情地打着招呼："来了，焦书记。"

我爸："听说大哥腿有毛病了，咋样了？"

三驴子爹："上井沿挑水没注意，摔了一下，也快好了，你坐。"

三驴子："啥活也不让我干，以后我挑水。"

我爸脱了棉鞋，坐在炕上盘起了腿。

三驴子妈端着茶壶走了过来："快喝点热乎水，外面冷。"她把水放到炕桌上："你们俩唠吧，我做饭去。"

我爸："大哥，搬来多少年了？"

三驴子爹想了想"十九年了。"

我爸："这一晃可真快。"

三驴子爹："可不是，真不扛混啊，来的时候我四十出头，现在都成老头子了。"

我爸："大哥，你家直接从哈尔滨搬来的吗？"

三驴子爹有点不解："是。"

我爸："在哈尔滨什么地方住了？"

三驴子爹："我家可没什么历史问题啊，焦书记，虽然说是哈尔滨，那离市里也很远，在王岗哈达屯，你可以调查。"

我爸："我问的不是这个意思。"

三驴子爹："什么事吧，你说。"

我爸："大哥，那我就直说了。"

我爸并没有马上说，三驴子爹看着我爸，他有点着急。

我爸："三驴子这孩子，是你亲生的吗？"

三驴子爹一愣："咋不是呢。"他把脸看向了一边："你怎么这么问呢？"

我爸："这是咱哥俩说，有人找三驴子这孩子。"

三驴子爹："啊？！怎么回事？！"

我爸："人家就是要认这个孩子，也不是往回要。"

三驴子爹："经官找来的？"

我爸："不是，是在你老家那面找到这的。"

三驴子爹一下把背靠在了炕柜上，停了半天："这孩子是要来的不假，但一直都当亲生的养了，一点亏都没给他吃，一点苦也没让他受啊。"

我爸："这是，你家对孩子啥样大家都知道。"

三驴子爹："能不能帮着挡一挡？"

我爸："我再想想，你熟悉孩子的亲爹亲妈吗？"

三驴子爹晃着脑袋："不熟悉，是别人给办的，只知道孩子的爹姓方，是电机厂的干部。"

我爸："他是属鸡的吧？"

三驴子爹点头。

我爸更加断定了，三驴子就是方老师的同胞弟弟！

喝酒的时候三驴子爹和我爸都很少说话，这顿酒喝得不多，但喝得很快。

临走的时候，三驴子爹小声和我爸说："这孩子都不知道这事……"

我爸："你放心。"

我爸离开后，三驴子爹愣愣地看着三驴子，三驴子急忙问他爹："焦书记干啥来了?”

三驴子爹:“没啥事,我喝多了,给我拿个枕头,我睡一会。”

我爸直接去了学校,他想找方老师侧面打听一下。可是到学校的时候,方老师不在。

我爸直接回到了家,方老师正在我家,她在和我妈说话。

正在她们说话的时候,我爸走了进来。

我妈:“小方等你半天了,找你有事,我烧点水去。”说完,我妈转身出了屋子。

我爸问方老师:“你找我?”

方老师:“我想和你问个事。”

我爸:“你说吧。”

方老师:“三驴子他爸叫什么?”

我爸一愣:“啊,叫张生,怎么问起他来了?”

方老师一惊,眼泪流了出来。

我爸:“怎么了,小方?”

方老师低下了头,她擦了下眼睛:“三驴子?是我亲弟弟!”

我爸显得很平静:“你能定死吗?”

方老师:“他是我的孪生弟弟,当年我们出生的时候,由于我家的缘故,我姥姥把他送人了,找他很多年,最近,我姥姥才打听到他的下落,送的人家就是张生家,哈尔滨王岗哈达屯。”

我爸:“哪年送人的?”

方老师:“我出生的那年,57 年。”

我爸:“你爸当时在哪工作了?”

“哈尔滨电机厂,我妈也是。”方老师显得格外激动。

我爸停止了说话。

过了一会,我爸说话了:“小方,大楼和我说了这事,我刚从三驴子家回来,也问了。”

方老师显得很急切:“和我说的吻合吗?”

我爸没有直接回答她："如果真是你弟弟的话，你打算怎么办?"

方老师迟疑了下："我还没想好。"

我爸："人家养了二十年，也不容易，家里就这一个孩子，现在三驴子还不知道这事，当年就为了这孩子才躲到这里安家的。"

方老师："我妈惦记了这么多年，我姥姥愧疚了这么多年，也找了这么多年。"

我爸："找到就好。"

方老师抽泣着："真没想到。"

我爸："认亲可以，但得考虑周全了，这事不小。"

方老师点头。

我爸："那你现在就想挑开这事吗?"

方老师想了想："哥，我听你的，再想想。"

我爸："好。"

离开我家，方老师向学校走去，可是到学校门口的时候，但又转了回来，直奔了三驴子家。

在三驴子家大门口，方老师来回走了几圈，她看着院里的房子，几次想推门，但还是没迈进大门。

这时三驴子从院里走来，方老师刚要走开，三驴子叫住了她："方老师。"

方老师转过头，上下打量着三驴子，打量着这个曾经对她谩骂、推搡的三驴子，打量着这个曾经在生命的紧要关头为她献血救命的三驴子，打量着姥姥含泪说着的那个被迫送人的亲弟弟……

三驴子摸着自己的后脑勺，心想：今天这都是咋地了呢？都是这样的眼神。

这时的方老师才转过神来："我没事，出去办事路过你家门口，你家人都挺好的吧?"

三驴子："外面冷，进屋待会儿吧。"

说着，他们一前一后走进了三驴子的家门。

三驴子的爹依旧在炕上躺着，蒙着个被子，三驴子妈见方老师来了主动打招呼："快坐、快坐，外面冷吧？"

方老师搓着手："还行，大叔怎么了？"

三驴子妈："最近腿脚有点不好，你快坐。"

方老师坐下。

三驴子妈把一碗水端了过来："快喝水，姑娘。"

方老师接过水："谢谢大婶。"

三驴子妈："教学生忙吧？"

方老师："嗯，现在是关键时期了。"

三驴子妈："你身体咋样？"

方老师："很好的，多亏你家天生了，真得谢谢他。"

三驴子妈："谢个啥，也没伤着他。"

三驴子："是，我这体格子，啥事没有。"

在和三驴子妈说话的时候，方老师差不多一直看着三驴子。三驴子好像也注意到了方老师在看他，他倒是躲着方老师的眼神。

方老师站起身："大叔有病，我就不多打扰了，改天我过来看他。"

三驴子妈："再待会呗？"

三驴子："妈，人家忙。"

三驴子和他妈送走了方老师。

三驴子妈："方老师来咱家干什么来了？"

三驴子："我哪知道啊，刚才我看她路过咱家门口，我就请她进屋了。"

三驴子爸坐了起来："方老师家也是哈尔滨的吧？"

三驴子："是啊，以前还和我说过是哈尔滨老乡呢，是什么厂的？"

三驴子爸把脸转向窗外："也不知道她家是哈尔滨啥地方的，是电机厂吗？"

三驴子："以后我问问她。"

三驴子爸："行了，你别问了，人家一定在哈尔滨市里，咱老家离市里远着呢，人家那才是哈尔滨人，咱们不是，再说咱们都搬出来多少年了。"

三驴子："那也算老乡啊，亲不亲家乡人嘛。"

三驴子爹："咱现在就是屯子人。"他说话的语气有些重。

三驴子："不问了，不问了，我出去一趟。"说完，他就走出了屋子。

中午放学回到家的小蒙古，在自己的屋子里照着镜子左看右看，这是一个很小很旧的小镜子，镜子里有那个红艳艳的头巾和她的微笑，还有她的想象……

她照着、看着，突然门被推开了，她吓了一跳，进屋的是二犴子。

二犴子打量着小蒙古："哪来的头巾？"

小蒙古不好意思地低下了头："别人的，我试试。"

二犴子："很漂亮，别人的东西咱不能要，等以后哥给你买，你快吃饭吧，一会都凉了。"说完二犴子离开了屋子。

下午上学的时候，小蒙古来得稍晚一点，当她走进教室的时候，大家的目光都汇集在她身上了，所有的人都很吃惊，因为她戴着那个新头巾！

"真漂亮。""好看。"大家说着。

小蒙古好像什么都没听见，直接走向自己的座位。

看着她，我心一阵狂跳，我从来没有看见她这么漂亮和自信。

方老师拿着一沓纸走了进来，她第一眼就看见了小蒙古戴着的那个红头巾，她一愣，又看了我一眼，我有些不好意思，但我感觉方老师很平静。

方老师："乌日娜。"

小蒙古站了起来，她的脸显得格外红。

方老师："把资料给大家发下去。"

小蒙古走到教室前，接过了资料。

方老师说："所有的资料都发完了，今天发的是测试的两套卷子，其中第一套大家现在就答，时间是两个小时，另一份卷子大家晚上回去答，明天交给我，答题的时候一定要自觉，不能翻书。"

大家有的看着方老师，有的接着小蒙古发的卷子，在接卷子的时候，都在看着小蒙古戴着的那条红围巾。

我们大家在答题，方老师也在一边答同样的试卷。就在这时，有人敲门，进屋的是三驴子，方老师一愣，她站了起来，走到了门口。

方老师依旧是很专注地看着三驴子："有事?"

在门口，三驴子问方老师："我就问你一个事。"

方老师："你说。"

三驴子："我想打听一下，你家是不是在电机厂?"

方老师一愣："怎么问这些?"

三驴子："没事，随便问问。"

方老师："电机厂，我知道那……但我家不在电机厂。"

三驴子："啊、啊，那在哪个厂子呢?"

方老师："在……在哈一机。"

三驴子："养鸡场啊，我走了，没事了，你快进屋吧，外面冷。"说完，他就快步离开了。

方老师看着远去的三驴子，眼睛有些湿润。

小蒙古的那条红头巾吸引了所有人的目光，因为在人们的印象中，小蒙古从来没戴着这么好的头巾。

女同学都夸小蒙古戴着这个头巾漂亮，只是方老师没做任何评论。

在办公室里，刘全能老师在和王校长说话："有钱买……买红头巾，没钱交……交学费。"

方老师站了起来："你说乌日娜吧?"

刘全能："四。"

"我给买的。"说完，方老师走出了办公室。

刘全能很吃惊："不……不对劲啊，方老思今天仄是咋地了呢?"

王校长："现在毕业班学习任务重，方老师也很累，以后说话注意点。"

刘全能："我也没嗦什么啊。"

隋大虎家，大吵吵在火盆里烧着土豆，屋里飘来一阵香气。

三胖子在火盆旁，用鼻子闻着："真香啊，不是假香。"

大吵吵："快熟了。"

三胖子："烧几个啊？"

大吵吵看着三胖子："还几个，一个就不错了。"

三胖子："我这个妈啊，真是亲妈，要是换别人当我妈，谁都不行啊。"

隋大虎："换什么换，谁愿意和她换？净说没影的话。"

大吵吵看着隋大虎："是没人愿意换，也就是我吧，能将就你。"

三胖子："妈，你别说了，你要是再说，侦察兵就该出来了。"

隋大虎瞪起了眼睛："干点啥活去，就当锻炼了，到部队没有个好体格子不行。"

三胖子："就我这么胖，体格还不好啊？"

隋大虎："猪八戒胖不胖，他天天好吃懒做，不像孙悟空那么勤快，你看人家孙悟空，说飞就飞，一个跟头都能翻到肇源西大海去。"

三胖子："人家那是十万八千里，西大海才离咱这多远？"

隋大虎："别嘞嘞了，都烧糊了，你还吃不吃了？"隋大虎把土豆从火盆里拿了出来。

三胖子吃着烧土豆："我妈给我烧土豆，体现军民鱼水情。"说着，他竖起了大拇指。

这时，方老师走了进来。

三胖子："哎呀，方老师来了，你咋不早点来呢？"三胖子拿着吃了一半的土豆。

方老师笑了笑："参军的事怎么样了？"

三胖子："万事俱备了，明天报名，你快坐，方老师。"

方老师："我一会就走，找你爸说个事。"

大吵吵："坐着说，走，胖子，咱们到西屋。"

放学的路上，小蒙古和我一起走着。我没敢正眼看着她的红头巾，感觉她也没看我。

小蒙古："谢谢你啊。"

我："谢我什么？"

小蒙古："要是方老师戴这个红头巾更能好看，她那么漂亮。"说这话的时候，我觉得她在看我。

我不知道怎么回答她："你先走吧，别人看见不好，我去大队。"

小蒙古什么也没说，她快步走开了。

当我转身往回走的时候，发现刘全能老师就在后面。我有点心跳，倒不是我怕见他。

刘全能："大……大楼，那军大……大衣，你还给那、那、那个谁了吧？"

我心"咯噔"一下，这几天我几乎天天做噩梦，眼前总是那件随风飘起的军大衣，我很担心隋大虎来要军大衣，不是还不起他钱，而是怕我妈知道这事心里难受。

我还不能不回答刘老师的问话："大衣，我丢了。"

刘全能："啊?！余寨森丧的衣、衣服还能丢？"

我："真的。"

刘全能："你不嗦实话，那你和我去隋……隋大虎家一趟。"

我："刘老师，我有别的事。"

刘全能："你、你、你不去，嗦不……不清醋，那大衣我都交、交一半钱了。"

我很不解，怎么隋大虎的军大衣还有刘老师什么事呢？但人家毕竟是老师，老师说话我真不敢不听，我只好硬着头皮跟他走了。

等我们来到隋大虎家的时候，方老师正从他家院子里走了出来，隋大虎一家在送她。

方老师问我们："你们去哪？"

刘全能："就仄。"

隋大虎："快进屋。"

刘全能和隋大虎走在前面。

三胖子和我跟在后面，三胖子："大楼，我没考上也没丢面子吧，你看看，老师接二连三来登门来看我。"

我白了他一眼。我不知道方老师为什么来三胖子家的，但我知道刘老师绝对不是为了三胖子来的。

三胖子：“刘老思，你、你早我啊？哈哈。”

刘全能指了指隋大虎：“早他。”

隋大虎：“你这个没老没少的玩意，不能和老思、老师闹，你都快成为中国人民解放军了。来，刘老师，你快坐。”我有点疑惑，印象中隋大虎从来没和刘老师这么客气过。

刘全能：“大哥，这冬天也……也到了，那大衣……”

隋大虎：“我不卖了，我给你退那五块钱。”

他们说的话，我们听得直发愣。

刘全能：“嗦话得……得涮素啊，剩下的钱……钱我都带来了。”

隋大虎：“真不能卖了，我现在也卖不了。”说这话的时候，隋大虎看了下我，我一愣，突然想起了刚刚离开的方老师。

隋大虎：“你们都去那屋，我和刘老师说话呢。”

三驴子家，三驴子爹妈在说着话。

三驴子妈红着眼：“这孩子我一把屎一把尿地伺候这么大，要是要回去，没门。”

三驴子爹：“人家也没说往回要，就是要看看孩子。”

“找不就是为了要吗？不行。”三驴子妈紧晃着脑袋。

三驴子爹：“行了，还不知道怎么样呢，你别把老病给勾出来，当我没说。”

三驴子妈：“反正这孩子我不能让人家认，谁来也不行。”

三驴子爹：“不行你能怎么样？”

三驴子妈：“大不了再搬家。”

三驴子爹：“搬家？往哪搬？”

三驴子妈：“回双城娘家。”

这几天发生的事让三驴子很纳闷，他爹让他出去的时候，他并没有出去，而是悄悄地在门边听着，他把心提到了嗓子眼。

三驴子爹："你也别上火，再考虑考虑，把鞋给我拿来。"

三驴子妈："你要干什么去?"

三驴子爹："你别管了。"

听说自己的爹要出来，三驴子马上往外走。关上自己的家门，他疯了一般，向大门外跑去，向野外跑去。

白雪皑皑，白色连接到天边……

三驴子跑着喊着："我是要来的? 我是要来的?!"他感到天旋地转。

隋大虎家，刘全能和隋大虎吵了起来。

隋大虎："你知道吗，你买的那是军品，投机倒把，触犯军法。我们都得挨收拾，我倒没啥，你还要不要公职了?"

刘全能："你别那仄、仄个吓唬我。"

隋大虎："好，我惹不起你，我自己投案行吧? 要是问谁要买我大衣，我就一五一十全说了。"

刘全能不说话了，隋大虎来劲了："我现在就去。"说着他往门外走。

刘全能："等等，等等。"

我们三个在门外听着，听到这我推开了门，挡住了隋大虎，我看着他，眼前又飘起了那件军大衣。

隋大虎："刘老师，你记着，咱人穷志不穷，钱我一定还给你，少你一分你就掰下我手指盖。"

出了隋大虎家的门，我想马上去见方老师，走着走着，我走回了家，我想给方老师带点新磨出的小米。

三驴子爹直接来了我家，我爸知道他是为什么事来的。

三驴子爹坐下以后就呆呆地看着我爸。

三驴子爹："四兄弟，我也不叫你书记了，你说说这事该咋办?"

我爸抽着烟："大哥，你是怎么想的?"

三驴子爹："这实在是太突然了，我老婆也知道了，又哭又嚎的，愁人。"

我爸："谁的亲骨肉谁都得惦记，人家说当时的情况也特殊，三驴子是由他姥姥背着父母把他送人的，何况又找了这么多年。"

"真愁人，我想……"三驴子爹说话停顿了下来。

我爸："你想怎么样？"

三驴子爹："搬家。"

我爸："啊？搬家有那么容易吗，能说搬就搬吗？"

三驴子爹："养这么多年了，再让人家给认回去，这家不要散摊子吗？"

我爸："人心都是肉长的，你们辛辛苦苦养了孩子这么多年，孩子的亲爹亲妈能不为你们考虑吗？"

三驴子爹："人家来看孩子，那三驴子不就知道自己的身世了吗？那以后的日子还怎么过？"

我爸："你也别着急，我去大队有点急事，要研究征兵的事，回头咱们再商量。"

三驴子爹："好，给你添麻烦了。"

我到家的时候，我妈从仓房出来，手里端着一个簸箕，簸箕里面装着红小豆，她簸几下说："我一会去方老师那，给她送点红小豆去，补血。"

我妈也想去方老师那，这和我想到一起了。我说："我去吧，再给她带点新小米。"

我妈："好，我去，你学习紧，赶紧学吧。"

我："我顺便找方老师问点题。"

我妈："那你去拿小米去吧，我把小豆装上。"

我走进了仓房，装了些小米，临出来的时候，我还拿起了几个大土豆。

方老师正在看信，眼睛湿润。我来的时候，她马上抹了下眼睛。

我："我妈让我给你送点小米和小豆。"

方老师："我这还有，总给你们添麻烦。"

我："小米是新磨的，你先尝尝。"

方老师："咱瓦房的小米就是好，这半年，我的胃病都好了，小米真养人。"

我："是啊，听老辈讲，当年有个皇上来的时候就相中了咱这地方的小米，封为贡米呢，年年给朝廷送，都是站上的清兵直接送呢。"

方老师："哦？还有这历史呢？"

我："三胖子在作文里不是写过吗？"

说到这里，方老师笑了，我也笑了。

我："怎么没烧炉子？方老师。"

方老师："忘了，我马上烧。"

"我来。"我说。我蹲下烧起了炉子。

玉米瓤子燃烧起来，火很旺，我突然想起了在三胖子家闻到的烧土豆的香味，于是，我拿起了一个土豆，放进了炉膛。

三驴子回到了家，进屋的时候，他爸他妈看他的眼神都不一样。

三驴子妈："你怎么了，是不是冻着了？"

三驴子爹："大冬天的，出去多穿点。"

三驴子站在地上身体有点颤抖，他不说话。

三驴子妈："快脱鞋上炕，暖和暖和，我这就烧炉子。"

三驴子还是一动不动。

三驴子妈："儿子，你咋地了？啊？"

三驴子终于开口了："我都知道了。"三驴子表现得很冷静。

三驴子妈一愣。

三驴子："爹、妈，我不是别人家的。"说完，三驴子流出了泪。

三驴子妈抱住了三驴子。

三驴子抽泣着："你们放心，不管以后怎么样，咱们三个永远是一家，不会分开，我伺候你们，给你们俩养老。"

三驴子妈哭了起来。

三驴子："妈，你别哭了，咱不用搬家，谁来找都没用，除非你们不要我，那我也不去别人家，我自己过。"

三驴子妈："你说什么呢？你是妈的命。"

炉灶里飘出了烧土豆的香味。

方老师："真香。这几天复习得怎么样了？"

我："很好的，这题真不错。"

方老师："感觉好就好，再加把劲，还有什么不会的吗？"

我："还有很多，就是着急，感觉时间不够用。"

方老师："考前就是这样的状态，什么时候都有不会的，还是要讲方法，抓重点，遇到不会的我们一起研究，也要和同学多交流，对了……"

方老师欲言又止。

方老师："乌日娜那个头巾真的很好看。"说话的时候，方老师看着我，好像等着我说什么。

我真的不知道怎么回答她，这时窗外传来响声。我和方老师来到窗前，发现小蒙古背着一个书包向院外走去。

我们看着小蒙古的背影，什么话都没说。

过了一会，还是方老师打破了沉默："乌日娜真是好学生。"她看着我。

我点着头："我得好好向她学。"

门外传来了脚步声，我们循声望着门，原来进来的是三驴子。

三驴子看了看我："大楼在这啊？"

我："嗯。"

三驴子："大楼，你出去下，我找方老师有点事。"

我现在对三驴子是托底的，于是我说："好。不好，怎么出糊味了？"

我急忙蹲下，去取炉膛里的那个土豆。土豆冒着烟，黑黢黢地萎缩成了一团……

我看着土豆，又看着方老师，我们都笑了……

屋内只有方老师和三驴子的时候，方老师显得有些失常，而三驴子倒是很平静。

方老师："你吃饭了吗……快坐下……冷吗？"她给三驴子摘下了帽子，三驴子有些惊奇，愣愣地看着方老师。

方老师好像没有注意到三驴子的表情，直接把三驴子推得坐到了炕边。

三驴子更是发愣，他看着方老师，方老师也看着她。

三驴子："是不是炉子熏的，方老师，你眼睛……"

方老师："我给你做饭去，你在我这吃，你想吃啥？"

三驴子被方老师的话语和举动彻底惊呆了。

三驴子："不用不用，我想和你说个事。"

方老师看着三驴子。

三驴子："方老师，我要出趟远门。"

方老师："啊？"

三驴子："走前我来看看你。"

方老师："你要去哪？"

三驴子："很远的地方。最近家里出现点变故，我出去躲躲。"

方老师："什么变故？你惹祸了吗？"

三驴子摇头："是家里的事，不好和你说。"

方老师："你爸妈知道吗？"

三驴子又是摇头。

方老师："你到底是为了什么事出去躲？能和我说说吗？"

三驴子："不能，方老师，今天晚上我就走，你不能和任何人说。"

看见眼前的同胞弟弟，方老师真想一下抱住他，不让他走，可是就在她想伸手的那一瞬间突然停住了。

方老师："你不能走！"

三驴子愣愣地看着方老师。

方老师："有什么事值得躲的?！是不是有什么人要找你？"方老师突然停住了说话，她好像意识到了这句话她不该说。

三驴子："你怎么知道的？"

方老师："你不用走了，我也不让你走！"

三驴子震惊得不能再震惊了！

方老师："你在我这吃饭，一会我和你去你家。"

方老师这突如其来的一番话，使三驴子越发迷糊了。

方老师："你还愣着干什么？帮我做饭。"

三驴子继续愣在那。

方老师："你出去给我抱点柴禾。"方老师的这句话很管用，把三驴子从迷糊堆里拉了出来。

三驴子："好、好。"他拿起帽子向外走，我爸走了进来。

三驴子："四叔来了？"

我爸看着三驴子，又看着方老师，三驴子走了出去。

我爸："他怎么来了？"

方老师："他好像知道什么了？要出门躲躲，情绪很激动。"

我爸："啊？这事得好好处理，现在他家老人急着搬家呢。"

方老师："那怎么办？"

我爸："我正想和你商量这事呢。"

方老师："你说吧，我听你的。"

我爸："先平静平静，这事谁一下子都很难接受，慢慢来，我有一个好办法。"

方老师："什么办法？你说。"

三驴子抱回柴禾以后，又看了看水缸，他挑起扁担出了门。

今天可能是三胖子家最高兴的一天了，三胖子拿回了一个应征入伍志愿表。

三胖子坐在炕桌上认真地填写着，隋大虎和大吵吵在旁边聚精会神地看着。

大吵吵笑着对隋大虎说："你看什么看，你识字咋地，眼珠子瞪得都要掉出来了。"

隋大虎："你小点动静。"他指了指三胖子："人家干正事呢。"

三胖子抬起了头："这社会关系都写谁啊？"

大吵吵："按辈排，先写你姥爷。"

隋大虎："胡扯，他都死了还写啥？"

大吵吵："那咋地啊，我爸是老兵了，当年参军在四野一直打到海南岛呢，把他写上不是让人家部队感觉咱们孩子根红苗正、随根吗？"

隋大虎："隋根可以写，你爹不能写，人家得外调，把你爸写上了，人家到阴曹地府外调去啊，净整那不贴铺衬的事。"

三胖子："那我到底写不写啊？"

隋大虎："不用，第一个就写我，写我大名，你别虎吵吵地写上隋大虎。"

大吵吵："别听你爸的，先写你姥爷，咱们老辈子有功劳。"

隋大虎："别听你妈的，她不懂。"

大吵吵："就你懂？"

隋大虎："你当过兵吗？"

三胖子："当过，民兵。"

隋大虎："你参过军吗？你参加过中国人民解放军吗？我参加过，我，侦察兵。"隋大虎拍着自己的胸脯。

大吵吵："要是把孩子耽误了，我可和你没完。"

隋大虎："不能写。"

大吵吵："写，排上。"

三胖子着急了："妈，你咋这么不听话呢？我爸管咋地也当过兵，听他的。"

三胖子说这话，才把大吵吵的劲给压下来。三胖子写了起来，还叨咕着："隋根……爸，是写你退伍军人还是转业军人啊？"

隋大虎："在部队，人家干部那叫转业，别的都叫复员，你明白了吧？"

三胖子："明白了。"

隋大虎："你以后要想转业，必须好好干，得当上干部。"

大吵吵："对，要不就得像你爹一样。"

隋大虎："他能和我一样吗？能和我比吗？胖子念了这么多年的书，

在部队，那也算高水平了，当年我要有文化，我还能娶个农村媳妇？”

大吵吵指着隋大虎：“也就是我好糊弄吧，当年要不是我爸相中了你，你就打光棍吧。”

隋大虎：“我得感谢你爹，我们都是当兵的人，三胖子，把你姥爷写上。”

三胖子：“好。”

隋大虎：“好什么好，还真写啊?！接着写，把我写成复员军人，把你妈写成社员，填这玩意必须真实，咱不能欺骗上级。”

方老师送我爸出屋：“四哥，就按你说的办，你费心了。”

我爸：“我这就过去，要不就来不及了。”

我爸直奔三驴子家。

已经是晚饭时分了，但三驴子家一点热乎气都没有。老两口都坐在炕上，炕头、炕梢一面一个。三驴子爹靠着墙抽烟，三驴子妈靠着柜子发呆，脑门上拔着火罐。

见我爸进了屋，他们都挪动下身子。

我爸：“都不用动。”说着，我爸坐在了炕边。

我爸看着三驴子爹。

三驴子爹：“四兄弟，你大嫂也知道这事了，三驴子也知道了，有啥话你直接说吧。”

我爸：“他怎么知道的?”

三驴子妈：“我们说话也没理会，让他听见了。”

我爸：“那我就和你们直说吧，我想让三驴子今年去参军。”

我爸的这句话说出后，他们俩都愣住了。

我爸：“按理说你们家就这一个独苗，应该留在你们身边。去了部队，能得到锻炼，也能有出息，要是不回来了，还能在城市里给你们养老，要是回来了自然还是你的儿子。这样不管怎么认亲，孩子还是你们的孩子。你们好好想想。”

老两口都沉默了。

三驴子爹：“要是能参军还真是个好事，只是这孩子文化浅，还有个事背在身呢。”

我爸：“你们要是同意，我就给张罗张罗，好好和公社说说。”

三驴子爸：“我倒是觉得这是个好事，只是……”他用下颚指了指三驴子妈。

我爸：“大嫂，你觉得怎么样？你说说。”

三驴子妈“哇”地一声哭了起来。

三驴子的爸妈把我爸送到门口。

三驴子爹：“四兄弟，让你费心了。”

我爸：“没事，你们快回去，我这就去公社。”

我爸想连夜赶到公社，和公社请示一下，倒不是因为三驴子参与偷铁的事没做处理，而是事前没考虑三驴子参军的事，表格是按事前报名的实际人数发的，现在大队一张都没有了，而不填写表格就意味着没有资格报名参军。公社还要求，明天下班前必须送交公社。

我爸直接去了隋大虎家。他进门就问：“大虎，把你那军大衣给我用用，我有急事去公社。”

隋大虎一愣：“这么晚你去公社干啥，出啥大事了？我和你一起去。”

我爸：“不用，就是用下你的大衣，我这衣服漏风。”

隋大虎：“那个、那个大衣吧……借出去了。”

我爸：“大楼没给你送回来吗？”

隋大虎：“送是送回来了，可是，又让别人借去了。”

我爸：“那算了，我就穿这身去。”

隋大虎：“到底是什么大事啊？这么着急。”

我爸：“给三驴子要个表去，他也准备参军。”

隋大虎：“啥?！他参军?！部队不是咱们大队，啥人都要。”

我爸：“三驴子现在表现也不错，给方老师……”说完，我爸转身就走。

隋大虎：“你等等我，这黑灯瞎火的，自己去不安全。”隋大虎拿起了衣服快步出了门。

晚上，三驴子还没有回家，这急坏了他爸他妈。这要是在平常，也许他们不会牵挂。三驴子妈扶着三驴子爸四处寻找。

他们先到隋大虎家，因为他们知道三胖子想参军，是不是三驴子到那打听什么去了。其实他们想错了，这时的三驴子还不知道让他参军的事。他们俩又来到了我家。

三驴子妈：“也不知道这孩子去哪了，真急人。”

我：“我帮你们找，我能找到，你们先回去。”

我知道三驴子在方老师那，但当我来到方老师的住处的时候，看见屋子里只有方老师一个人，她慢慢地走来走去，好像在想什么。

我没有打扰她，直接去二犊子家。

当我走进二犊子家门的时候，小蒙古推门走了出来，还背着书包。

我们彼此都很吃惊。

我：“都这么晚了，你要去哪？”

小蒙古：“我家有人，不肃静，我想去方老师那学习去。”

我：“是不是三驴子在你们家？”

小蒙古：“你咋知道的？”

我：“我会算，他爸他妈找他呢。”

小蒙古：“找他？平时也不找啊？”

我：“你等我，一会我送你去方老师那，我先进屋告诉一声。”

我刚进到外屋，就听见三驴子的哭声。

三驴子：“我命苦啊！我痛苦啊！我也不想离开瓦房啊……”

我轻轻地推开屋门，屋子里乌烟瘴气、酒气熏天。

也许是我进屋的声音很小的缘故，他们并没发现我。

二犊子：“你看看你，一个男人怎么能说哭就哭呢？我妹出去了，你也该和我说实话了，你放心，别看二哥现在沦到这样了，但还当你是亲弟弟。”

三驴子：“亲哥啊，我命苦，我的苦处谁也不知道啊。”三驴子突然看见了我，一把就把我拽到炕边：“大楼，喝。”

我挣脱着他的手。三驴子：“你们都瞧不起我，不给面子，我苦啊。”他又哭了起来。

我和二犵子说：“犵子哥，他爸他妈到处找他呢，刚才到我家去找了，我答应帮他们找，让他快回去吧。”

二犵子：“好，一会就让他回去。今天我们没少喝，不留你了，你们现在时间紧张，快走吧。”

我走出了屋子。

外面一片漆黑。

我陪着小蒙古向学校走去，我们走得很慢，感觉她有些害怕，偶尔靠我一下。

小蒙古：“最近我家总不肃静，我亲戚刚走，我爸病没好，总是咳嗽。”

我：“我家肃静。”

小蒙古用手打了我一下。

我：“今天方老师说你戴着头巾漂亮。”

小蒙古：“是吗？她说的对吗？”

我：“人家是老师，老师说话哪有不对的。”

小蒙古：“你去哈尔滨的时候，她……”显然小蒙古想问我点什么，但她突然停住了说话。

突然传来几声狗叫声，小蒙古吓了一跳，她下意识地靠近我。我也趁势揽了一下她的腰，我的手感觉麻酥酥的，心一阵狂跳：“这时候，你不能吓着。”我说话的声音不大，有些抖。

这是我第一次碰到女生的那个地方，那种感觉我说不出来，但忘不了。

到了方老师住处的门口，我停住了脚步，我和小蒙古说：“你自己进去吧，我没带书。”

小蒙古迟疑了一下：“你快点回去吧，外面冷。”

我转头就走。

小蒙古走进方老师屋子的时候，方老师还在低着头在地上走着。

看见小蒙古来了，方老师一惊："这么晚了，你怎么来了？自己来的吗？"

小蒙古搓着手："大楼送我来的。"

方老师："他呢？"

小蒙古："刚走。"

方老师急忙跑出屋，她喊了声："焦大楼！"

我听见了方老师的喊声，就向她的屋子走去。

我们三个站在屋子里，谁都没说话。

方老师看了看我们："有不会的题吧？"

我暗示方老师是小蒙古找她。

小蒙古点头。

方老师："今天我累了。"

方老师的话，让我们感觉意外，平时她对我们不这样说话。

我感觉到了小蒙古很尴尬。于是我接上了话茬："方老师，她家今天不肃静，她想到你这复习。"

方老师："那你自己复习吧，大楼，和我出去下，有事。"说完，方老师就向门口走。

小蒙古喊了声："方老师，外面冷，你戴上头巾。"说着，小蒙古急忙摘下了围在自己脖子上的红头巾。

方老师好像没听见小蒙古的话，头也没回就走出了门。我跟在方老师的后面，当我回头看小蒙古的时候，她双手托着那个红头巾，呆呆地站在门口。

我跟在方老师的身后，她没和我说什么，她走得很快。

尽管我知道方老师这两天心情不好，但刚才她对小蒙古的态度我很不理解，正在我想着的时候，她停住了。

这是三驴子家的门口。

方老师："你进屋看看，看张天生在不在家。"

我："你找他？"

方老师："你快去吧。"

我："他可能不在家，刚才我在乌日娜家看见他了。"

方老师："你咋不早说？"

我心里想：你也没问我啊，我怎么说呢？

方老师："没走就好，咱们回去吧。"

我没听明白方老师说话的意思，但这时我真的不好问她什么。

等我送方老师回到她屋子的时候，发现小蒙古不在了。

方老师一愣："她呢？！"方老师看着我。

我哪知道小蒙古去哪了，我四处看着。

方老师："是不是她想多了，我这些天……都怪我，刚才不怎么热情，咱们去找找她。"

我："我自己去找。"

方老师："你找到她后，一起过来。"

"好。"我转身走出了门。

等我到小蒙古家的门口的时候，二犺子拄着拐，在门口送着三驴子。望着三驴子的背影，我也感觉辛酸。

我问二犺子："犺子哥，乌日娜在家吗？"

二犺子："她去方老师那了，你们脚前脚后，刚才你来的时候，她出的门。"

"我知道了。"说完我转身就走。

二犺子自言自语："这么晚了，怎么找她呢？"

我去了大队、三胖子家，甚至是碾坊，都没有找到小蒙古。我真有点着急了，这么晚了，她去哪了呢？我心想，这要是白天多好，能用大队的大喇叭喊一喊，可这深更半夜的。

我硬着头皮去了方老师那。方老师很急切地问我："找到了吗？她怎么没来？"

我："你别惦记了，她在家睡了。"

方老师："哦。"

我不得不和方老师说谎，我怕她担心和着急。其实，我更着急，我想马上离开这，继续寻找小蒙古。

我对方老师说："我回去了，还能看会书。"

方老师没说什么，等我到门口的时候，方老师叫住了我："大楼。"

我回过头，方老师看着我。

方老师："我想……吃烧土豆。"

我突然想起了那个烧糊了的土豆。

炉子里的火在燃烧，土豆在火边烤着。我看见的好像不是红彤彤的炭火，而是漆黑的夜，听见的是呼啸的寒风……

小蒙古去哪了呢？

烧土豆需要慢工夫，着急不得，而此时的我心里急得不行。

方老师依旧在地上走着，不时向我这看看，但她一直没说话。

走着走着，她突然停住了："你看见张天生的时候，他有没有什么异常反应？"

我看着方老师："有。"

方老师："什么反应？"

我："喝多了，哭着、喊着。"

方老师："你怎么没制止？"

我："我制止不了。"

方老师："为什么？"

我："我去晚了，见到他的时候他都把酒喝进去了。"

方老师："哦。"

我："没事了，刚才我去乌日娜家的时候，看见他回家了。"

方老师松了口气。可是一提到乌日娜，我就更加着急了。

我用木棒动着炉膛里的土豆，恨不得现在就把土豆烧好。

屋里飘着烧土豆的香味，方老师："好香。"

我："就这样烧，勤翻翻个，你试试？"

方老师："好啊。"

我离开了炉膛旁边，方老师蹲下看着炉火。我看了看她那被火映红的脸，看着她那认真的表情……

正在她专注的时候，我悄悄地走开了。

总算是离开了方老师的住处，外面的风更大了，也许是我在炉子旁边久了很暖的缘故，一出门我就打了一个寒战。

到哪去找小蒙古呢？我想她可能是在同学家，并且是通过初考的女同学家。

就是平时在白天，我要是去谁家找小蒙古，那别人都会想别的，况且这么晚了。但我现在已顾不了那么多了。

初考通过的一共有四个女同学的家我都去了，可是谁家都没有小蒙古。

寒风吹着，不知是走得热的缘故还是心里焦急的缘故，我满头是汗……

我只好回家了。

我住的屋子的灯亮着，当我推门进去的时候，发现小蒙古就坐在我平时学习的地方。

我松了口气。

小蒙古注视着我："你怎么才回来？"

我也看着她："你学吧，我头疼，去那屋睡觉。"说完我就离开了。

小蒙古："你干什么去了？"

我回头看了看她："什么也没干。"我推开了门。

小蒙古："站住！"

我有些吃惊，印象中她没有这样和我说过话。

小蒙古收拾着书包："你送我回家，我也头疼。"

送小蒙古回家的夜晚，我不想说什么，我不知道我该说什么，但我还是说了："最近方老师心情不好，你别想太多。"

小蒙古："她怎么了？"

我："她家的事，走吧。"

到小蒙古家大门口的时候，我推开了大门："我回去了。"

小蒙古："你等等。"说完，她从兜里拿出了一个纸条给我，转身快步走进了院子。

我几乎是跑着回家的，不管是不是有狗叫。等到了我的屋子的时候，我急忙打开那张纸条，上面什么字都没有，我翻看背面，也没有任何字迹，我又翻了过来，还是一个字都没有……

第二天上午九点多钟，我爸和隋大虎就回来了，他们直接奔向三驴子家。三驴子爸妈很惊喜。

我爸把表递给了三驴子："快点填，填完了送大队去，盖完章要送到公社，今天是最后的期限。"

三驴子呆呆地看着手中的表，一点高兴的样子都没有。

我爸和隋大虎从他家走出来，他的父母一直送到大门外。

回到屋子里，三驴子对他爸他妈说："什么意思，这是?"

三驴子妈："让你去当兵，就不用出去躲了。"

三驴子爹："部队比咱农村好，你能有出息，我俩老了，也不能陪你一辈子。"

"我不去!"三驴子有些怒了，说完，他就把这张表格撕成两半。

表格从三驴子的手中飘下，三驴子的父母呆呆地站在地上。

"我哪也不去，我要养你们老!"说完，三驴子跑出了家门。

今天飘着清雪，小弟正在我家院子里扣家雀。

一个筛子被一个小木棍支起，木棍上拴着一根绳子，筛子下面的雪被扫清了，裸露的地上放着谷瘪子。每年下雪的时候，我们都这样扣家雀，就是当麻雀来吃筛子下面的食物的时候，就马上拉动绳子，木棍倒下后，筛子直接扣在地上，贪食的家雀就被扣在了里面。

小弟正聚精会神地趴在墙边，用墙体掩护着自己的身体，等待猎物的到来。

在去我家的路上，隋大虎和我爸说："这三驴子要是能当兵，他们老张家都得感谢你八辈祖宗。"

我爸："都是村里的孩子，能出息一个是一个。"

隋大虎："其实城市也不怎么好，就是大点的屯子，住在一个楼的都不认识，别看咱村子小，乡里乡亲的，平时就是有些摩擦，可是到肯劲的时候，都能冲上去。"

我爸："你说这话是啥意思？"

隋大虎："要是平时，我绝对反对三驴子参加我中国人民解放军。"

我爸："三驴子在关键的时候不是也给方老师输过血吗？"

隋大虎："那还不是我说的对吗？肯劲儿的时候，三驴子才那样吗？"

我爸："你说的是对。"

隋大虎："我是谁啊？侦察……"没等说完，他停止了脚步，指了指前面。

小弟趴在墙边，我爸蹑手蹑脚地走到他的身后，隋大虎在后面偷笑，我爸抬起脚的一瞬间，他又放下了。

"怎么不上学！"他说话的声音很大。

小弟猛地一回头，扔下绳子撒腿就跑，他还喊着："刘老师没来，他要调走了。"

我爸看着他："今天便宜他了，我心情好。大虎，在我家吃完饭后，你和我去大队，帮张罗张罗交公粮的事。"

隋大虎："这你放心，咱瓦房大队，有我在，年年交公狼都是第一个完成。"

我爸和隋大虎刚坐在饭桌旁，我家屋子里的小喇叭就响了起来。那是徐大爷的声音："焦书记，请你马上来大队一下子，有急事，焦书记，请你马上来大队一下子……"

我爸放下筷子，穿鞋就走。

隋大虎也跟着走了，临走的时候他拿起了一个冒着热气的大饼子，掰开一半给了我爸。

在大队，三驴子爸拿着那张粘好了的表："这个不听话的玩意，不填表，跑了。"

隋大虎："这是逃兵啊？我军怎么能要这样的兵呢？"

我爸："什么逃兵，现在还没当兵呢。"他看着三驴子爸："那你什么意见?"

三驴子爸："我当然是愿意他有出息了。"

我爸："好，你就不用管了，我找人填去，明天你让他跟着大家去县里体检就行了。"我爸接过了三驴子他爹手中的表。

三驴子的应征入伍登记表是方老师给填写的，填写的时候她的手在颤抖，眼睛也有些湿润。

晚上，我爸去找方老师："刚才三驴子他爸找我了，这小子就是不想离开他爹他妈，很有孝心的。"

方老师："明天不是要体检了吗?"

我爸："嗯。今天半夜十二点前，咱大队要完成最后一车的公粮任务，我得跟着车押送。"

方老师："那明天体检我跟着去，顺便做做他的思想工作。"

我爸点头："他还真能听你的，别出什么闪失，别错过这个好机会。"

方老师："你放心。"

在县医院进行的新兵体检，体检的人很多。

检查室内，一个年轻的女医生在给三胖子检查听力，三胖子站在医生的对面，他的腿有些哆嗦。

女医生："注意了，现在开始检查听力。"女医生压低了声音："世上无难事。"

三胖子马上回答："只要肯登攀。"他的语速特别快。

女医生看着了他一眼："穿林……"还没等她说完，三胖子马上回答："跨雪原，气冲霄汉。"

女医生板起脸来："我说什么，你跟着我说什么。"

三胖子："我说什么，你跟着我说什么。"三胖子说着的时候擦着自己脸上的汗水。

女医生在表上写了一下："你出去吧。"

三胖子走出了屋。

方老师就在门口等着。

三胖子："我全答上了，方老师，考到我枪口上了。"

方老师："怎么还答题?"

这时护士喊了一声："头台公社的张天生。"

三驴子在门口一动不动。

方老师："快进去。"她把三驴子推进了屋。

女医生："我说什么你就重复一遍什么，现在开始。"女医生压低了声音："今天外面下雪了。"

三驴子没什么反应，感觉是没听见。

女医生加大了说话的声音："今天是星期三。"

三驴子还是没有反应。

女医生又加大了说话的声音："我爸我妈是一家。"

三驴子一愣，但他还是什么都没说。

女医生看着他发愣，于是小声说："咱俩处对象啊?"

三驴子猛地："啊?!"

女医生向护士说："把他们带队的领导叫来!"

公社的一位领导和方老师走进了检查室。

女医生很严厉地说："你们是怎么把关的，这人有严重的思想问题!"

方老师打了一个寒战。

女医生："本来能听见，可是故意装聋。"

公社领导看着方老师："这是怎么回事?"

方老师："张天生，你!"

女医生："回去要好好调查调查。"

方老师："请您再给他一次机会。"

女医生："不行。"

这时一前一后走进来两名军人，前面的显然是一个领导的模样。

跟随的军人说："这是这次来肇源接兵的宋营长。"

女医生和他握手："您好，宋营长。"

宋营长却看着女医生旁边的方老师："小方！你怎么在这?"

方老师惊呆在那里，她很激动："宋大哥。"

方老师的父亲当年是省委副书记，宋营长曾经是负责她家警卫的排长。

宋营长："这是我老首长的女儿。"

所有的人都流露出了惊奇的表情，包括三驴子。

宋营长："首长和你妈妈怎么样？我听说……"

方老师："很好的，现在在柳河五七干校呢。"

宋营长："这次我调回哈尔滨就在找他，等我回去的时候，就去拜访老领导。你这是来……"

方老师："这是我插队的瓦房大队应征的青年，他叫张天生，天生，你和领导说清楚，你刚才怎么了？"

三驴子："我不是不想参军，而是舍不得我爸我妈，他们养了我这么多年，他们不是我的亲爹亲妈，你知道吗?!"三驴子哽咽了。

大家惊愕了，只有方老师很平静。

宋营长看了下三驴子："啊？他好像是……"

在三胖子和三驴子等四名瓦房青年参军走的前一天，我爸在我家给他们送行。

屋子里热热闹闹，我妈像过年一样开心，不停地忙活着……

三胖子和三驴子坐在一起，他们穿着绿军装，都像换了一个人似的，板板正正、规规矩矩。

三驴子："我文化浅，到部队也比不上胖子他们。"

三胖子："部队那个大炉子，啥铁都能炼好。"

隋大虎瞪着三胖子，他在三胖子耳边说着："当三驴子的面以后别说铁的事，到部队也不能说，听没听见？"

三胖子笑着点头。

方老师端了一盆菜走了过来："酸菜炖土豆。"

隋大虎："别着急吃，我给你们烧点红辣椒去。"

三驴子跟着隋大虎走到外屋，隋大虎在灶坑烧着红辣椒。

三驴子蹲在一边。

隋大虎："这不用你，想干活，以后到部队干去，在部队勤快点，像我当年那样，啊。"

三驴子："不是，叔，我……"

隋大虎看着三驴子。

三驴子："叔，我还欠你五块钱呢。"

隋大虎一瞪眼睛："你不欠我钱，就是到死那天，你也不欠我钱，知道吗？还是那句话，你孝敬老人我佩服！"

我妈端着两碗黄米饭走进屋来，三胖子急忙接过一碗："大姨，这是不是特意给中国人民解放军做的，哈哈。"

我妈笑着："是，你俩一人一碗。"

三胖子："啊？有大芸豆，啊！还有荤油呀，我大姨最心疼我了，当兵真好，早当好了。"他看着大家，用鼻子闻着那香喷喷的黄米饭。

大家吃着饭，大家举着杯，祝福声弥漫在屋子里……

晚上，我去了三胖子家，有很多同学都来了，有通过初考的，有没通过的，方老师也在，只是没看见三胖子。

方老师问大吵吵："隋满堂呢？"

大吵吵："出去了，问他去哪了，他和我说这是军事秘密，也不知道死哪去了，这么多人等着他。"

方老师："可能是去谁家了吧，一会就能回来，大家先坐，我也出去下。"

小蒙古问方老师："你去哪啊？"

方老师笑了笑："我这也是军事秘密，哈哈，一会我再过来。"说完她就走了。

大家笑了起来，送她出门。

三驴子家。

刘老师、方老师、二犴子等人在这，三驴子爸不说话，三驴子妈抽泣着，三驴子坐在他妈的身边。

方老师：“大婶，部队是个好地方，天生参军是光荣的事，也能得到锻炼，以后能有出息。”

三驴子爹：“方老师说的对。”

三驴子妈：“只是这孩子没出过门，我不放心。”

三驴子爹：“不管咋地，哈尔滨也是咱老家，孩子去那了，能有人照应，部队也有探亲假。”

方老师：“大叔说的对，我对哈尔滨熟悉，大叔、大婶，以后我带你们去看他。”

三驴子妈停止了哭泣，她给方老师倒水。

二牤子：“部队可不像咱们屯子，到那得听领导的，多干活，别惹事，好好出息，你要是有出息了，哥都跟你沾光。”

三驴子不住地点头：“你放心，我一定好好干。”

方老师：“你安心在部队工作，我和大家照顾大叔大婶。”

三驴子：“谢谢你了，方老师。”

方老师：“还有什么要收拾的吗？我帮你。”

三驴子：“都收拾完了，你们坐，我挑水去。”三驴子起身走出了屋。

三驴子妈：“水缸都满了，孩子。”三驴子妈追了出去。

三驴子爹：“这要走了，他心也难受，坐不住，今天不是挑水就是收拾柴垛，累坏了。”

“我出去看看他们。”方老师也走了出去。

刘老师站了起来：“你等等，方老师，我和你、你去。另外，我告诉你一个好、好消息。”

方老师：“什么好消息？”

刘老师：“我、我工、工作调到县、县里了。”

方老师：“好地方，什么单位啊？”

二牤子：“聋哑学校。”

方老师一愣。

刘老师：“那四个好、好地方，四合我。”

方老师和二犴子笑了起来……

三胖子家。

三胖子急急忙忙走进屋来，大家鼓着掌。

三胖子和大家挥手致意，只是表情不怎么自然。大吵吵给三胖子摘下帽子。

小蒙古："你去哪了？等你这么半天。"

三胖子："去你家了。"

小蒙古看着他。

三胖子："可不是去看你啊，我去看犴子哥。"

小蒙古："他没在家。"

三胖子："是，去我战友家了，一会等他回来，我再过去，当面告别。"

大家七嘴八舌："穿这身真精神。""胖子就是当兵的材料。"……

三胖子："要知道有今天，我就不买军裤去了。"

大吵吵："你那不是给我买的吗？"

三胖子一愣："那是、那是。"

大家欢声笑语，只是隋大虎和大吵吵在一个角落里坐着，他们不说话，看着三胖子。

大吵吵抽泣着。

隋大虎："这么多人呢，你哭啥，要不你也跟着去参军吧。"说完，他走出了屋子。

我们拍着手，唱起了歌来："世界是你们的，也是我们的……"我们很激动，三胖子已经是热泪盈眶了……

夜里，我住在了三胖子家，我要陪着我这个从小的玩伴、我的同桌、我的好兄弟。

隋大虎闷头向灶坑里添柴。

三胖子："爸，都烙屁股了，你去睡觉吧。"

隋大虎什么都没说，走出了屋子。

屋内就剩下我们俩了，我问三胖子："你是不是去小辣椒家了？"

三胖子没说话。

我问他："怎么样？"

三胖子："我警告她妈了，告诉她最好别干涉军婚。"

我："她家到底啥态度？"

三胖子："没态度，她妈一句话都没和我说，就是他爸巴结我，告诉我好好在部队干。"

我："那肖妮呢？"

三胖子："总低着头，都不敢和我说话，不过，那裤子她收下了，你说说，送个礼物咋还这么难呢？"

我松了口气："收下就好，咱们关灯吧，我也困了，躺着唠。"

三胖子："不行，我得帮你复习。"说着他翻开了书："赤壁之战是怎么回事？"

"我困了。"说完，我就闭上了眼睛。

三胖子看着我："你看看你，让你学点习咋这么费劲呢？"他关上了灯……

其实，这一夜，我没怎么睡好，隐约听见隔壁屋子里三胖子妈妈的抽泣声……

锣鼓喧天、唢呐声声……

佩戴着大红花的四名即将参军的青年站在大队部门前，众多的乡亲们在给他们送行。

三驴子身旁站着他的父母，他们热泪盈眶，站在他身边的还有二犊子和小蒙古。方老师握着三驴子的手："以后我回哈尔滨的时候去看你，在部队好好干。"

三驴子："你放心，方老师。"

小辣椒来到三胖子面前："你送给我的裤子真好看。"

三胖子："我妈说了，那是给我要找的媳妇准备的。"他看着小辣椒。

小辣椒有些不好意思："也没什么送你的。"她从兜里拿出了一个信封："给你写的信，在部队好好干，多给我来信。"

三胖子点头，他接过了小辣椒给他的那封信。

隋大虎和大吵吵在一边看着，他们什么都没说。

我爸拿着马鞭子："乡亲们，送我们的孩子上车！把鼓敲起来！"

鼓声响起，鼓声震天，同时传来了哭声……

我爸赶着的马车，渐渐地消失在人们的视线里，人们久久不愿散去……

大吵吵哭着，一边的隋大虎："哭什么哭？"他却哽咽了……

晚上，方老师在灯下写信："想念的姥姥，我找到了弟弟，他一切都好，今天他去哈尔滨参军了，等我春节回去的时候，我带您去看他……"

{第十三章}

公元 1977 年 12 月 24 日，星期六，万里晴空。

这是很多有和我一样经历的人终生难忘的一天。

带着无比的激动，我们走进了设在肇源一中的高考考场。

每科考试，题目有会的，有不会的，总是觉得不会的和模糊的多。但不管是会的还是不会的，我们都按照事前方老师、王校长的教导，能答则答，不能答也答。所以在考试之后，我们都心里没数。

考语文的时候，让我终生难忘。作文题竟然是《当我唱起东方红》！当看见这个题目的时候，我的激动难以按捺，好像血从脚下涌到头顶，这是我们曾经写过的作文，我想起来了小辣椒，我要感谢她，尽管以前我对她和她家有成见，我飞快地写了起来……

白雪覆盖着大地，视线被染白。

雪地上，隋大虎穿着一件翻着羊毛的大衣，手拿着一个冰穿子，在冰上攒着冰窟窿，冰块飞溅，他呼出的热气像一个白柱……

一条大鱼和几条小鱼放在一个很大的筐里，大鱼早已冻僵了，小鱼在翻动着……

隋大虎一面忙活着，一面叨咕着：“这鱼都跑哪儿去了呢?”他喘着粗气。

隋大虎扛起了冰穿子，拎着筐走了。

大吵吵从家里出来，她看见了隋大虎："回来了？整多少?"

隋大虎没吭声。

大吵吵："一看你这架势就没整几个，早晨出去，你还说要拿家里那个最大的筐呢。"

隋大虎看着大吵吵："还是筐小了，要不能整这么点吗?"他把筐递给了大吵吵。隋大虎边进屋边说："就请方老师吧，那些考试的孩子没口福。"

晚上，方老师在隋大虎家吃的饭，这是她到瓦房以来第一次端隋大虎家的饭碗。

隋大虎举着杯："方老师，我喝酒和我干活一样，急，你就别和我比了，你慢慢喝。"

大吵吵看着方老师："他就是为自己多喝点找由子，你别笑话啊，哈哈。"

方老师："哈哈，都慢慢喝，多说说话，现在都考完了，我也轻松了。"

隋大虎："都考得怎么样?"

方老师："不好说啊，乌日娜和焦大楼考得算不错的了，但也叫不准分数。"

大吵吵："你呢?"

方老师摇摇头："其实，我也没考好，考大学，一是想圆自己的一个梦，再就是和学生们一起复习，给他们鼓劲。"

隋大虎："方老师，你真是一片好心，瓦房的孩子们，多亏了你了，包括我们家胖子。"

一提起三胖子，大吵吵有点蔫了。

隋大虎看着大吵吵："你就这点出息，当年我当兵一走就是五年，才回家看我妈。"

大吵吵："我可等不了那么多年，我想胖子。"一滴眼泪落了下来。

方老师："大嫂，孩子去了部队，是为了锻炼和进步，在那里，有领导和战友们关心和照顾，别惦记他。"

隋大虎："可不是，部队天天吃大馒头，比在家强多了。再说了，惦记也没用啊，要是有用，那你天天惦记，我也跟着你一起惦记。"说着隋大虎又干了一杯。

大吵吵："赶上孩子不是你生的了。"

隋大虎："想出息，就得出去，当年我要是不出去，能有出息吗？"

大吵吵："得得得，你这也算出息？"

隋大虎："实话和你说吧，我要是不出去，我得和二犴子现在这样，媳妇都找不着。"说完他又干了一杯。

隋大虎显然是喝多了："方老师，其实吧，我们农村人是最好交的人，别看刚接触的时候凶，那是怕被别人看不起，我刚认识你的时候，不是拿个杈子进的屋要收拾大楼吗？"

方老师："是啊。"

隋大虎："其实要是没看见你这个生人，那杈子我就早放下了，也就是说大楼几句。"

方老师："啊？大楼是跟我吃的锅烙啊，那天可真把我吓坏了。"

隋大虎："我手上有数，在部队练过刺杀，还得过第一名，就是你当时不挡着我，我也扎不到他。"

大吵吵："回来我就把他说了，他就能整这一出，在新人面前晒脸，上面来个干部啥的，他都这样。"

隋大虎："对领导，我是绝对的不惯着，方老师，对不起啊，大哥自己罚一杯，以后保证……"隋大虎还没说完话，一杯酒又喝了进去……

我家今天格外热闹。

炕上是两个桌子并在一起的，地下还有一桌。

大家一面吃着饭，一面说着考试的事。

大家让我爸我妈一起吃。我爸笑着告诉大家，今天他就是服务员，大家都笑了。

不一会，方老师走进了屋子，大家很意外，在地上吃饭的同学都站了起来，大家把目光投向了她，还没等我们说什么，她先开了口：“你们吃，乌日娜，你出来一下。”

小蒙古和她走到了外屋，我爸我妈也没再进屋，他们一起走的，去了小蒙古家，她爹病得严重了！

刘大夫在小蒙古家，给小蒙古她爹打着针：“先观察观察，不行明天白天去县医院。”

大家都焦急地看着喘气很费劲的牤子爹……

牤子爹挺了过来，小蒙古和二牤子都松了口气，按照大夫开的药方，小蒙古准备去县里抓药，可是他们家一分钱都没有。

小蒙古拿着药方直发呆……

牤子爹咳嗽着：“不用抓药了，其实方老师拿来的药很管用，就是昨天我忘吃了。”知道家里没钱的牤子爹这样说着，可是二牤子和小蒙古心里知道他爹为什么要这样说。

等待高考结果的日子是最难熬的，这无疑是人生的一次“判决”。

一晃一个月过去了，还是没有关于高考录取结果的消息，不管是考大学的还是考中专的，大家都很着急，方老师只是安慰我们，快出结果了。

我们只好等着，只是牤子爹的病等不得。他的病很怪，就是随着天气的变化而变化，他平时喘的时候多，严重的时候脸憋得通红，经常是上不来气，说不出话，大家看着都非常着急。

小蒙古一直在自责，以为没钱抓药才使自己爹的病情加重，于是她和她哥商量要把猪卖掉。

收猪的人来了。

收猪人：“这猪给不上价啊，没膘，又没隔年，还没长成呢。”

二牤子：“缺钱！”

收猪人：“那就算我帮你家应急了，不过一斤得少给一毛。”

二牤子一咬牙：“行，抓猪吧。”

大家把猪绑了起来，猪在嚎叫，小蒙古走出了家门。

收猪的人在给猪称重，只是比划了一下，就把猪放下：“一百四十三斤。”

隋大虎一直在一边看着，在抓猪的时候他没帮忙，称重的时候他也站在一边，这时他憋不住了。

隋大虎：“你们县里人也不能这样熊人吧，看人家急着用钱就压价，还在秤上做手脚，怎么能这样呢?”

“咋样了？这我们还不想收呢，要卖就按刚才称的斤数点币子。”收猪的人在手上拍打着一沓钱。

二犴子咬着牙：“行!”

隋大虎：“行啥啊，啊！谁的钱你们都搜刮！不卖了，明天我找大庆钻探的去，价格比这高，大庆人不丧良心，把猪松开。”

二犴子：“大叔，咱认了吧，我爹……”

隋大虎：“咱人穷也要穷出志气来，不能让昧良心的人骑在脖颈子上!”

大家都不动手，隋大虎自己给猪解开了绳子。松绑的猪撒欢地跑出了院子……

大家看着隋大虎：“你们要是再这样欺负人，以后少到瓦房得瑟了，这里我说了算！都给我滚!”

收猪的几个人悻悻而去。

院子里就剩下了隋大虎和二犴子。隋大虎：“犴子，缺多少钱，我去肖电工家给你借去，现在就去。”

二犴子没说话，隋大虎走出了院子……

隋大虎很快就拿来了五元钱，我骑车去肇源给犴子爹抓的药。

等我回来的时候，发现小蒙古家聚集了很多人，不是因为二犴子爹的病加重了，而是小蒙古辛苦养了一年的猪丢了!

大吵吵在埋怨着隋大虎：“要是今天把猪卖了，能丢吗?”

隋大虎不说话。

大吵吵：“你就能管闲事。”

二犴子：“不怨我叔。”

隋大虎："明天我出去找，这猪准是惊着了，说不定在谁家歇着呢。"

大吵吵："找不着咋整?"

隋大虎白了大吵吵一眼："我，侦察兵。要是找不到，我赔。"

大吵吵："你用啥赔?"

这话把隋大虎问住了。

大吵吵："我告诉你，隋大虎，这猪是人家的命！你看着办吧。"说完，她走出了小蒙古家。

大家惊愕地看着离开的大吵吵。

我看得清清楚楚，隋大虎现在的底气是真的不足了，要是我不把他那件军大衣丢了，他不能如此沉默。

二牤子："大叔，别想多了，说不定猪还能溜达回来。"

大吵吵走了，隋大虎来劲了："这娘们，不讲理，孩子当兵去了，她惦记，心情不好，当着这么多人的面我不和她一般见识，等我回去再说。"

二牤子："大叔，一会我跟你去你家找个宿儿，我二爷来了，坐了两天的车，也累了，该睡觉了。"

隋大虎看着二牤子的二爷："那你先歇着吧，牤子咱俩走，大家也都回去吧，明天找猪!"

大家都离开了。

隋大虎边走边说："牤子，我看你的面子回去，我就不和她一般见识了。"

我是最后离开小蒙古家的，从进屋到要离开，我就没看见小蒙古。

正在我的要离开她家的时候，方老师从小蒙古的屋子里走了出来。她示意我不要说什么，我们走了出来。

在送方老师的路上，方老师和我说："乌日娜一直在和我哭，丢的不仅仅是个猪，而是她的希望!"

我："我明天就出去找，我再找几个人分头去几个村子。"

方老师："好，一定要帮助她把猪找回来!"

从方老师那回来的路上，我看见一个人在路上走着，走得很慢，当我走近这人的时候，我看见是小蒙古，我很惊讶。

我没问她什么，我知道她在做什么。

寒风瑟瑟，我陪着她，她怎么走我都是跟在后面，我们什么都没说……

走了很久，我问她："冷了吧？"

她没回答我。

我："别找了，这么晚了，谁家要是留下这猪，也不能饿着，我们明天再找，好吗？"

小蒙古没说话，而是跟着我向她家的方向走去……

夜里，二爷和犴子爹唠了一晚上，小蒙古隐约能听见什么……

天还没亮，犴子爹就硬挺着爬了起来，他轻轻地来到了小蒙古的屋子里，他给小蒙古的炕烧火，他是那样吃力，他流着泪……

犴子爹在和小蒙古说话，小蒙古在哭泣……

早上，我和隋大虎等人分工，我去了七家子大队，隋大虎在瓦房，其他几人分别去了邻村……

白天，小蒙古家来了三个人，其中有一个是蒙古族姑娘，另外两个人一个是姑娘的亲属，一个是小蒙古二爷家的亲属。

姑娘来到了小蒙古家就四处打量，只是什么话都不说。

犴子爹自然知道姑娘是谁，来干什么。

二犴子自然也知道是怎么回事，估计小蒙古也能知道是怎么回事。

二犴子都哭了："二爷，就是我家绝户了，我也不能把我妹往火坑里推。"

二爷："怎么是火坑呢，人家比你家强多了，那小伙子体格也比你强！"

二犴子："那也不行。"

二爷："不行也得行，人都来了。"

二犴子："要是这样，我就不活了，不如死了好。"

二爷："你消消气，人家几千里地来的，我们不能当着人家的面吵吵闹闹，让人觉得咱们家是什么样的家啊？"

二犴子不说话了，他拄着拐向门外走，那个姑娘跟上来要扶他，二犴子一甩手，姑娘收回了手，低下了头。

二牤子走出了屋。

小蒙古给客人倒水："你喝。"她把水递给了那姑娘，那姑娘接过水，但没说话。

二爷："她听不懂汉话。"

牤子爹依旧靠在墙上，脸望着窗子。

二爷："大孙女，这姑娘是嫁给你哥的，年前就办喜事。"

小蒙古一愣。

二爷："别愣着了，你和我走，去我家那给你爹取药，不能看着你爹死。"

小蒙古跟着她二爷去了县里，在临走的时候，她看着她爹，她爹哭了："孩子，爹对不住你。"

小蒙古擦下眼泪，提着包裹就离开了家……

等到下午的时候，一个大汽车开到了大队，车上的人敲锣打鼓，拿着一个大红纸，"喜报"两个大字格外醒目，纸上写着：祝贺乌日娜同学取得全县高考第一名，祝贺乌日娜同学考取中央民族学院。

找猪的隋大虎跑了过来："给我念念上面的字。"

别人念着，隋大虎瞪着大眼睛听着，他很激动："走，我带路，还找啥猪啊。"他直接站在驾驶室旁边的车踏板上……

汽车向小蒙古家徐徐开去，车后面跟了很多的大人和小孩……

汽车在小蒙古家的门前还没停稳，隋大虎就跳了下来，他三步并作两步，跑进了屋子喊着："大哥，中状元了，小蒙古考第一，第一啊！"

牤子爹一下倒在了小屋的炕上……

小蒙古家的门前围满了人……

大队的大喇叭传来了徐大爷那兴奋的声音："社员同志们注意一下子，报告大家一个好消息，一个大好消息，我们大队的乌日娜同学考上大学了，全县第一名！考上中央了，报告大家一个好消息，一个大好消息……”

方老师和王校长等学校的老师从人群里挤进了屋子，他们都为这个大好消息而激动！

看着红红的喜报，方老师激动得流下了眼泪！

方老师：“了不起，了不起，乌日娜呢？”

二犴子哭了。

方老师：“犴子哥，这是好事，你别哭啊。”

二犴子狠狠地扇了自己一个嘴巴：“她走了，我妹走了！换亲走了！”二犴子喊了起来！

所有的人都震惊了！

方老师身子一晃：“什么?！和谁换亲了?！”

二犴子指了指那个姑娘。

方老师：“她给你做媳妇？……把乌日娜换给人家了?！”

二犴子不说话。

方老师：“是吗？你回答我！”

二犴子哭了起来：“我根本就不同意！”

方老师：“必须把乌日娜找回来，我嫁给你！我嫁给你！”方老师喊了起来！

大家惊愕！

隋大虎：“怎么、怎么能整出这样的事，啊！老乌大哥！”

小屋里传来了犴子爹的哭声……

二犴子：“我就离开家那么一工夫，他们就走了，去县里了。”

方老师：“二犴子，你听着，不许你换亲，我去找乌日娜！”

隋大虎：“这时候了，都没车了，我去找。”说着，他跑出了门外。

公社的人感到很意外，也很尴尬，本来是送喜报的，没想到能出这样的结果。

公社来人：“这事得妥善处理，得处理好，我和学生的家长说说。”公社的人推小蒙古的门，没有推动。

二犴子敲门：“爹，领导要和你说话，你开门。”里面没有动静。

二犴子喊了好多遍，里面还是没有声音，拄着拐的二犴子一脚把门踢开，等他进屋的时候，他爹已经口吐白沫……

二犴子："啊！我爹喝药了！"人们冲进屋里，将犴子爹抬到了汽车上……

方老师等人愣在那里……

隋大虎不停地打着马，当他到县里的时候，所有的班车都出站了。

"一定是去肇东了。驾！"他骑着马，跑了起来，他要去肇东追小蒙古，可是马已经跑不动了。

隋大虎只好骑马回到瓦房。

我在七家子大队挨家挨户打听着，但没有找到猪的下落，已经是下午三点多钟了，我才回到了村子。

正在我走进村口的时候，大队的大喇叭喊了起来："社员们请注意，下面播送一个十万火急的通知，大庆井队发生了事故，请听到广播的男社员们迅速赶到南荒地鸭子圈救援，社员们请注意……"我停下车，摘下棉帽子听着，这是我爸的声音，他说话的语气是那样的急！

等我赶到南荒地的时候，很多人扛着袋子跑来跑去，井架子下面喷出十几米高的水柱，扛着袋子的人向一个深坑里倒着水泥和沙子，大坑里热气弥漫，有几个穿着大庆工作服的人在坑里用身体搅拌着。

我扔下自行车，加入了扛水泥袋人的行列……

人们跑动着，有的干脆甩掉了帽子……

西侧的坑边是一堵墙，墙面距离坑边的距离只有一米多，来来回回的人必须经过这个地方，大家奔跑着，不扛袋子的人在跑动中给扛着袋子的人让路……

隋大虎骑马赶来了，他脱下大衣，正在他也想加入这个行列的时候，他突然发现，三四个扛着袋子的人脚下的土在松动！其中我就在中间。他喊着："不好！退回去，要塌了。"他喊的同时扑了过来，我好像遇到一股强烈的冲击波，被推出了几米远，我倒在了安全的地方，他却掉进了大坑里，和他一起掉进泥浆池里的还有一整块塌下来的土堆，他被塌方的重重的土堆砸到了底下！

等里面的人把隋大虎救出的时候，他已经奄奄一息了，我爸喊着他的名字："大虎！大虎！"大家都呼喊着他的名字，我呆在那里，我想喊什么，但张不开嘴。

隋大虎只是说了半句话："欠刘老师五元……"还没等他说完，他就停止了呼吸！

井喷被降服了，可是，隋大虎为救我们而离开了人世！

犿子爹在县里被抢救过来，但他拒绝吃饭。

隋大虎的突然去世，大吵吵哭得死去活来，我妈一直在她的身边……

大庆钻探队的领导和县里、公社的领导都来到了瓦房，来到了隋大虎家，他们来慰问大吵吵和处理隋大虎的后事。

大吵吵时而清醒，时而昏迷，她坚决不同意把这个消息告诉三胖子。

按照政策，给隋大虎的抚恤金一千元，大吵吵不接，也不签字。

大庆的领导："隋根同志是为了石油事业而牺牲的，他是我们学习的榜样，上级领导决定，根据有关政策，除了给抚恤金外，还安排一个家属转为大庆户口。"

大吵吵："钱，我们不要，大庆我也不去，请领导考虑，给我儿媳妇安排了吧。"

吃供应粮是小辣椒的梦想，当大吵吵这样说的时候，小辣椒抱住大吵吵就哭了起来："婶，我也不去！以后我养活你。"

我一直处在噩梦里，小蒙古的突然离去和隋大叔的永远离去占据了我的整个大脑，他们的音容笑貌、一言一行，交织出现在的脑海里，从白天到夜晚……

隋大虎出殡的那一天，我替三胖子为隋大虎戴孝，摔的丧盆。当我爸带着哭音喊"起灵"那一刻，全场哭声一片……

上级领导、全村的男女老少都来给隋大虎送葬，队伍排出了几里远……

方老师走在为隋大虎送葬的行列里，她哭着；二牤子拄着拐，也走在送葬的人群里……

所有的人们，都被这个身边的真正的英雄所感动……

看着眼前的这座新坟，我恨不得自己钻进去，把隋大叔从里面拽出来……

在我家，方老师在和我爸商量寻找小蒙古的事。

我妈躺在炕上，她病了，她一直在自责。

方老师和我爸说："一定要找回小蒙古。"

我爸："我找人问那姑娘了，她根本就不知道自己家在什么地方，前些年，我买马去过海拉尔，草原那地方多远都见不到一户人家，就是知道是什么公社，也找不到人家，那里的人没有固定的家，怎么找呢?"

方老师："那我也要去，小蒙古的求学之路是多么不容易。"

我爸："二牤子也说了，让姑娘带人回去，可姑娘说她是跟人来的，找不到自己回家路，只知道住在一个叫西旗的地方，但她都没有去过。"

方老师："那就找西旗。"

我爸："找到西旗怎么办?"

方老师："知道那姑娘哥哥的名字吧?"

我问了："叫巴特尔，在大草原，叫这样的名字的人很多。"

方老师带着无奈和伤感离开了我家。

很快，我们都知道了考试结果。我考上了黑龙江省财政干部学校，另外两个同学分别考上了双城畜牧兽医学校和宝泉岭农机校。接到通知书的那一瞬间，我大脑一片空白，方老师和所有知道我录取结果的人都激动得热泪盈眶。

只是方老师还没有接到录取通知书。

晚上，我去找方老师，我和她说，我要去找小蒙古，让她走进大学校园，哪怕有一点希望，我都要去。没想到，方老师很支持我的想法，是那么坚决！

我："是不是要等到你有录取结果我们再去?"

方老师摇着头："不要等了，没有比乌日娜的事再重要的了，如果我这次考不上，那还有下次，要是找不到乌日娜，她就永远也不能再有下次……"方老师的眼中闪着泪花。

在我们去寻找小蒙古的前一天晚上，我爸为我准备好出门的东西，他告诉我，要保护好方老师，路上要听方老师的话。

1978 年 1 月 30 日，我和方老师走向了寻找小蒙古的路程。

这一天，距离过年不到十天。

这一天，漫天飞雪……

长篇小说

青谷子

（上）

焦彦章 著

台海出版社

图书在版编目（CIP）数据

青谷子：全2册 / 焦彦章著. —北京：台海出版社，2016. 8

ISBN 978 -7 -5168 -1026 -2

Ⅰ. ①青… Ⅱ. ①焦… Ⅲ. ①长篇小说 - 中国 - 当代 Ⅳ. ①I247. 5

中国版本图书馆 CIP 数据核字（2016）第 175300 号

青谷子：全2册

著　　者：焦彦章

责任编辑：刘　峰　　　　装帧设计：天下书装

版式设计：天下书装　　　责任印制：蔡　旭

出版发行：台海出版社

地　　址：北京市朝阳区劲松南路1号　邮政编码：100021

电　　话：010 -64041652（发行，邮购）

传　　真：010 -84045799（总编室）

网　　址：www. taimeng. org. cn/thcbs/default. htm

E - mail：thcbs@ 126. com

经　　销：全国各地新华书店

印　　刷：北京建泰印刷有限公司

本书如有破损、缺页、装订错误，请与本社联系调换

开　　本：710 ×1000　　1/16

字　　数：464 千字　　　印　　张：32

版　　次：2016 年 9 月第 1 版　　印　　次：2016 年 9 月第 1 次印刷

书　　号：ISBN 978 -7 -5168 -1026 -2

定　　价：58. 00 元（全2册）

目录
CONTENTS

目录
CONTENTS

第一章

认识方老师是在 1977 年的春天，正是播种谷子的时候。

那年我十七岁，在黑龙江省肇源县农村瓦房学校上八年级。方老师大我三岁。

一个雨天。

本来是上课的时间，教室里的同学们大喊大叫，正在胡闹。讲台上已经几日没有正儿八经的老师了，按照王校长的话说，那就是我们的“水平”已经超过所有的老师了，没有老师再能教我们。几天前，王校长到班级来给我们讲话，让我们回去给家长捎个信儿：想有出息的，就去村外面继续上学。

听说再也没老师教我们了，大家高兴得直蹦，可算是没人再管我们了，不学习也不是我们的错了。

回到家里，我把校长的话向当大队书记的父亲转述了一遍，爸问妈咋办？妈说我学习也不怎么样，加上外地也没什么亲戚，就这样对付对付吧，过两年娶个媳妇得了。爸只说了两个字：扯淡。

小雨一直下着，王校长推门而入，后面跟着个看上去比我们大不了多少的一个女生，她手上拿着一把伞，一把白底儿蓝点的伞。

教室顿时鸦雀无声。站在桌子上的我下意识地把头转到门口。我

“啊”的一声，从桌子上跳了下来。

王校长怒视着我：“焦大楼，又是你，带头闹，你给我回到座位上去。”

我走向自己的座位，伸了下舌头，大家发出一阵怪笑。

所有同学都把眼睛盯着教室前面，看着这陌生、漂亮的女生。

王校长：“大家都给我坐好了，这是新来的方老师，教你们语文和数学。方老师是上级专给我们瓦房学校调来的哈尔滨知青，很有水平，你们要好好听老师的话，谁要是不老实，我就使劲收拾谁!”说到这里的时候，王校长特意看了看我。

我躲过王校长那犀利的目光，看着方老师。她，个儿很高，看上去和我差不多，就是很瘦弱，白白净净，尽管眼睛不是太大，但透着神韵，有一种无法用语言形容的美。梳着两个羊角辫的她，更显得有一种说不出的气质。当方老师的目光转向我这面的时候，我下意识地低下了头，心里扑通扑通地跳。

王校长：“方老师，你就大胆地修理他们，出事我顶着。”说着他转身而去。

在王校长走到教室门口的时候，我站了起来，王校长似乎看见了我，一下停在了门口，瞪着眼睛看着我：“你要干什么?”

这时候的我反倒变得冷静了：“那前几天你让我们告诉家长转学的事怎么办?”

王校长：“我那些话还算数。”他转身走了，与以往相比，他走得没了底气。

王校长走后，方老师走上了讲台，看上去——她有点紧张。她翻开了一个半新半旧的本子，看着里面的东西……

她抬起头：“同学们，从今天开始，我教你们语文和数学，我没有什么特殊的要求，就是你们好好学，我好好教。”大家认真听着方老师的训话，我也和大家一样，认真地看着她，只是我好像没有听到她到底说了些什么。

方老师：“我的名字好记，我姓方，我叫方格。”

“咋不叫算草呢?”我的声音很大。大家一阵哄笑，我暗暗地发笑，只见方老师白白的脸变得红了。

方老师半天没有说话，这时大家也静了下来。

方老师继续看着本子:“现在开始点名，肖妮。”

“到!”肖妮一愣神，站了起来。

“她外号叫小辣椒。”我说。

大家哄笑。

小辣椒向我狠狠地瞪了一眼。

方老师的目光转向我，我晃了下脑袋:“她是文艺委员，就是唱歌爱跑调。”

教室里又传来一阵哄笑。

“笑什么笑，不信让她亮一嗓子，现在就唱。”我说。

教室内有些嘈杂，迎合着“是啊”“唱一个啊”。

方老师用本夹子敲了几下桌子，教室静了下来。她继续看着本子:“乌……乌日娜。”

无人应答。

“她叫小蒙古，学习第一，今天没来，她家除了饥荒多，再就是活多。”我说。

大家哄笑。

我的同桌隋满堂小声和我说:“当心二犊子收拾你。”他说的二犊子，是小蒙古的哥哥。

方老师再次把目光转向我，和刚才不同的就是目光更加犀利了。我看着方老师，低下了头。

方老师板着脸:“我点谁的名谁说话!……隋满堂。”

“到!”我的同桌隋满堂站了起来，但在他站起的时候，我拉了下他的衣角，使他站起的时候明显地吃力，他猛地挣脱，并用手打着我拽着他衣服的手臂，大家笑着。

隋满堂看了看我，抬着头看了看屋顶:“我叫三胖子。”

大家哄笑。

三胖子："还是我自己说吧，我要不说出我的外号，也得有人得瑟说出来。"他看着我，说完他便坐下。

大家哄笑。

"他爸叫隋大虎。"我说。

大家笑。

"你爸叫胶皮鞋。"三胖子站了起来。

我也跟着站了起来："你妈叫大吵吵。"

三胖子："你妈叫……"

方老师大声地喊："都给我坐下!"她把本夹子合上，向讲台上一摔，脸上充满了怒气。

教室里静了下来。

一会儿，方老师又打开了那个本夹子："郭琴。"

无人应答。

"张玉梅。"方老师继续点着名。

还是无人应答。

方老师："冯平。"

依然是无人应答。

方老师看着台下："全班三十二名同学，差不多有一半没来，放学以后，大家就近找下同学，让大家回来上课。"她看着我们，我们谁都没说话。

三胖子举起了手："老师，我都找了吧，我闲着也是闲着，要不现在我就去?"这小子对学习以外的任何事情都非常积极。

方老师："等放学，别耽误你上课。"说着，她从本夹子拿出一张纸，撕开了一半，在上面写着字。

三胖子悻悻地坐下。

我看着三胖子："我给你擦擦鼻子。"

三胖子摸了下自己的鼻子："咋地了?"

我："碰了一鼻子灰。"

三胖子不是好眼地看着我。

方老师拿着写好的半张纸，看着第一排同学："这位同学，你去大队，求他们给广播一下。"还没等这位同学站起来，小辣椒走到了方老师的面前，接过了那半张纸，走出了教室。

小辣椒推开门的时候，小蒙古走进了教室。

小蒙古披着一个麻袋片，手上提着半袋子东西，头上湿漉漉。当她看见方老师的时候，她放下了袋子，拿下了披着的麻袋片，和方老师点头。

"学习最好的同学来了，大家给乌日娜呱唧呱唧。"我说着，大家鼓起掌来。

小蒙古很不好意思地走到了自己的座位坐下。

方老师看着我们："谁是班长？"

教室里无人做声……

我看了看四周，站了起来："老师，我……不是。"大家又是一阵哄笑。我坐了下来。

方老师很生气地："你不是，你站起来干什么？你给我站起来！"

我惊愕地看着她，摸着自己的脑袋，站了起来。

三胖子得意地："方老师，他爱显摆，他爸是书记。他爸和他不一样，他爸不得瑟。"

我气哄哄地看了看他："你说谁呢？"

三胖子："说你咋地？"

我："不行！"

三胖子："不行能咋地？"

我："你妈的……你等下课再说。"

三胖子："下课能咋地？有能耐你现在就咋地！"

我举起了拳头。

方老师："住手！你们这是干什么？！"

方老师看着我，我也看着方老师，我放下了举起的拳头。

方老师气得直喘："坐下！现在开始上课。"

在我坐下的一瞬间，只听得"咣当"一声，我坐空了，原来三胖子在我坐下前，把凳子给挪走了。

我的额头被碰破了（至今还有个疤痕），方老师跑了过来，等她扶起我的时候，三胖子早就跑出了教室。

放学了，我没回家，而是去了三胖子家。

“哗啦”一声响，我把三胖子家窗户上唯一的一块小玻璃砸碎了。

就是这“哗啦”一声，把三胖子的妈大吵吵从屋子里砸了出来：“这是谁啊，缺八辈子大德带拐弯的。”

这次我有点没干利落，跑的时候被绊倒了，要不大吵吵想看见我，一点门儿都没有。

以前调皮捣蛋的事尽管我做了不少，但从来没干过砸人家玻璃的事，尽管是一块很小的玻璃，也是人家的一个“大件”，一个挡风避雨、望眼外面的窗口。我意识到了可能会被找家长，我最怕的就是我爸，他收拾我从来都是劈哩咔嚓，毫不手软。

家是不能回了，我想找个地方避一避，等确定没什么事的时候再回去。

我漫无目的地走在村边的田野，无暇看刚刚拱出地面的青草。这时后面传来了一个听起来很柔弱的女声：“焦大楼。”

我下意识地回头，原来是小蒙古。

我们老家肇源县以前叫前郭尔罗斯后旗，五十年代初才改名为肇源。我们那的蒙古族人和满族人多，蒙古族有个习惯，就是习惯叫小名，很多人一生都被叫着小名，以至于别人不知道他们的大名。我们瓦房从前蒙古语叫呼和格日，意为“青色的房子”，因康熙皇帝的公主陵庙建在此地而得名。这个庙在经历几百年的风雨之后，在土改的时候被村民扒掉。肇源在历史上也出过一些名人，像萧太后、康熙皇帝的干女儿那日汗（即安葬在瓦房村的公主）、“十三省”、巴彦胡、刘达等等；同时，这里还有三千多年前的白金古文化遗址，康熙年间建造的衍福寺双塔以及众多距今几千年的古战场遗址；传说康熙爷当年微服私访到过瓦房一带，对这里用谷子碾成的小米大加赞赏，并钦定为“贡米”，向朝廷专供几百年。我小时候就总听老人们讲这些故事，并说瓦房的小米最养胃、最养人，民间流传着“常年吃小米，病都躲着你”的顺口溜。

我站在那里，小蒙古慢慢走了过来。

我问她：“啥事？你叫我？”

她不说话，低下了头。

“没事我走了。”说着我转过身来。

小蒙古：“你等等。”

我看着她的时候，她又低下了头。

“你真费劲。”我说。

“我……”她吞吞吐吐。

“我啥啊？我我地，赶车呢？有事快说。”我有些着急了。

看我又要转身，她看了看四周：“你的头还疼吗？”

我：“没咋地，刚才我把三胖子家的玻璃砸了。”

“啊？我说的吗，他爸拿着洋杈气哄哄地往你家那面走呢。”她告诉我。

我一激灵：“是吗？”

小孩一般我不怕，一般的大人我也不怕，但三胖子他爸是我们大队有名的“手儿”，外号叫“隋大虎”。凭着当过几年侦察兵（其实一直在部队设在大山里的猪场喂猪）的资历，在村子里横晃，一般人都惧怕他三分。

我有点蒙了！

小蒙古似乎看出了我的恐惧，正在她想说什么的时候，她望着远处喊了一声：“你爸来了。”

本来我就想着躲着老爸，没想到在这里遭遇了，并且我还和一个姑娘在一起。

我急忙转身往村里走，小蒙古跟在我的后面。我头都没回：“别跟着我。”

小蒙古：“那你去哪？”

“别管我！”我说。

小蒙古：“要不去我家躲躲吧。”

我没做声。

我跟着小蒙古到了她家，她家一个人都没有。

屋子里很整洁，尽管没有什么像样的摆设，但看起来很舒服，干干净净。

和一个女生单独在一个空间里，我好像是没有过。

这个小蒙古是学校有名的美人，用现在人的话说就是个小可爱，她不但漂亮，还有个金嗓子，唱蒙古歌不次于收音机里的歌唱家。那时候如果有校花这个词的话，那一定是非她莫属了。平时在班级我不怎么和她说话，因为同学总拿我们俩开玩笑，说是“两口子”，大家越是这样说，我就越不搭理她，除非是作业完不成的时候，只是她对我的态度和我对她的态度截然相反。

在我不知道说什么的时候，她先开口了：“今天来的那个方老师好像能教好我们。”

“那有什么用，我学习啥都不是，你行，总第一。”我说。

小蒙古：“只要你肯使劲学，你能行，你那么聪明，方老师能帮你，我也帮你。”

我满不在乎地：“对付一年半年就得了，我也就是修理地球的命了，你好好学习吧。”

看我说话口干舌燥，她转身走出了屋。

“你渴了吧？”在我面前，她端着一个用葫芦做成的水瓢，里面装着半瓢水。接过以后，我叽哩咕嘟一口气全喝了下去，当水瓢移开我的视线以后，我惊奇地发现，小蒙古看我的眼睛有点直。我倒是低下了头。这时一个毛巾擦在我的嘴上，我不好意思地接过毛巾，在那一瞬间，我好像碰到了她的手，心扑通扑通地狂跳。

“你们这是干啥呢！啊？”身后传来了一个男人的喊声。

说话的人是小蒙古的二哥“二犴子”。

小蒙古后退了两步，显得特别尴尬。

二犴子瞪着眼睛：“你这个小犊子，和我妹妹干啥呢？”

这个“二犴子”在我们瓦房大队的名声不次于隋大虎，南北二屯无人不晓，用臭名昭著来形容他都觉得这词过于文雅，所以都快三十了，还是个跑腿子（光棍）。前几天晚上，去西村七家子大队看电影，摸了一个女人一把，听说这女人都四十开外了，还让人告了，被“请”到公社派出所，这么尿性个人，还吓得尿了裤子。用他爹的话来说，咋就贪上这么个玩意，是他妈谁揍出来的呢？

我第一次遇到这样的事情，吓得要命，想说话，什么都说不出来，僵直地站在那儿。

“哥，你干啥呢？他就是到咱家来躲一躲。”小蒙古有些挂不住脸了。

二犴子：“怎么躲的？躲到一块堆儿了。”

小蒙古急了：“你扯什么犊子！”她的这句话，把二犴子给镇住了。我很吃惊地看着她，因为她平时从来没这样过。

“你走吧。”小蒙古和我说。

我不知道怎么走出的屋子。

“以后别上我家扯犊子来，别看你爸是书记，再来我打折你的腿。”二犴子扯着脖子喊。

我头都没回，急忙走出了院子，耳边回响着二犴子的辱骂声，我心生怨恨，都怨今天来的那个姓方的老师。

走出小蒙古家的大门回我家应该往东走，但得经过隋大虎家，我犹豫了下，于是直接向西走去，这向西一走可走坏了，刚拐进一个胡同，就撞见了我爸。

胡同很窄，想躲是来不及了，只能是硬着头皮面对了。

本想从他的身边溜过去，没想到，我爸先说话了：“你那脑袋咋地了？”

我下意识地摸了摸头：“没咋地……学校演出，我演伤员了。”

“那咋还不摘下去，像戴孝似的。”说着，他一下子把我头上的纱布拽了下去。

白纱布上很大一片血迹。

我爸顿时变得严厉起来："咋回事?"

我只好老实交代了："在……在学校，新来的方老师……"

我爸："跟我走!"

我跟在他的后面，心想，要是不和方老师算账，以后我在班级就没法待了，我爸就是我爸。

没多远就走到了学校。

方老师正在劈着柈子，看见我们走了进来，她不好意思地把斧子放在地上："你好，焦书记。"

我爸没说什么，四周看了看，然后把目光转到我的脸上。

"就是她，要不是她，我脑袋不能坏。"我捂着脑袋。

方老师："焦书记……"

没等方老师说完，我爸开口了："管得好!"我惊愕地看他。

我爸："这小子就是欠收拾，以后你尽管收拾他，不把脑袋打掉了就行。"

我能感觉到方老师好像什么都不会说了。

我爸："给老师认个错，一日为师，终身为父。"

我："她是女的。"

我爸："耍什么贫嘴，给老师赔礼道歉，敬个礼，快点!"

我看着方老师，发现她的眼睛有点湿润了。

我很不情愿地给方老师鞠了一躬。

方老师："焦书记，我听说大楼这学生头脑很聪明的，就是基础差点，我会尽全力的。"

我爸："你就费心了。多少年了，咱们学校的学生都没念到毕业，现在好不容易看到点亮儿。方老师，全指着你了，你初来乍到，以后在这有什么困难就吱声。"

我很不耐烦地看着窗外，突然屁股上挨了一脚："走，和我回家，等到家我再收拾你。"

我爸走在前面，走路像一阵风。看着他的背影，我想起了小时候经常跟在他后面走的情景，那时候就是天天愿意跟在他的屁股后面，他也非常愿意带着我。可是，现在却不比从前了，也不知道是他当“官”了，还是我长大了。我在想，今天要不是担心隋大虎来找我麻烦，我才不跟着他呢。

快到家的时候，我爸回了头：“你去学校一趟，我刚才忘了，你把方老师叫咱家来，晚上在咱家吃，你妈都做好饭了。”

我很不情愿地转身，向学校走去。

方老师正在往灶里填柴，也不知道是她不会，还是灶有问题，灶坑里面出来的烟把她呛出了眼泪。

方老师站了起来，用手揉着眼睛，一副很狼狈的样子。看见她的样子，我心里有说不出的痛快。

方老师：“你来了，刚才忘问你了，你头还疼不疼了?”

我好像没听见她说的话：“我爸说了，让你去我家吃饭。”

方老师：“谢谢，我不去了，告诉你爸爸，谢谢他。”这城里人真能装文明，不说谢谢不开口，一谢还往往来个“连发”。

我：“这可是你自己说不愿意去的，那你自己和我爸去说吧。”

就在方老师犹豫的时候，隋大虎拎着杈子冲了进来。

隋大虎瞪着眼睛，直奔我来：“他妈个小兔崽子，敢砸我家的玻璃!你也不打听打听我隋大虎姓啥?!”说着他举起杈子直逼过来。我的腿在颤抖，想跑，却迈不动步。

愣在一边的方老师突然回过神来，她迎面奔向隋大虎，一把抓住了杈子把，杈子尖距我不到一尺远。我吓得头发好像竖了起来。心想，这下我可算是完了。

方老师死死地攥住杈子把，瘦弱的她瞪眼看着眼前这个壮实的汉子：“你是谁，为什么要这样，捅死人不偿命吗?”

隋大虎：“你给我躲一边拉儿去好不好，没你的事。”说着他拽着杈子，我眼看着杈子把在方老师紧攥的手上拉来拉去。

我很心疼!

方老师喊着："不许动我的学生！你快跑。"

我的腿早都动不了了。

隋大虎想摆脱方老师，方老师还是把我挡在身后："你捅我行，捅我学生不行!"

隋大虎："没你的事，你给我滚开!"

方老师："你要是敢动他一下，我就和你拼了!"方老师再次抓起伸向我的杈子，眼睛瞪得大大的，狠狠地盯着隋大虎。

隋大虎停了下来。

方老师一下坐在凳子上，放声大哭。

我和隋大虎都直直地站在那里，看着方老师……

隋大虎拎着杈子走了，临走时狠狠地说："你要是再砸我家玻璃，我绝不饶你。"

我心想：你家哪还有玻璃了，真能吹。

方老师继续抽泣着，我不知道说什么好。方老师现说话了："吓着没?"

我晃下头："没，方老师，都怨我……"

我真想好好安慰安慰这个勇敢的小老师，但我好像是麻木了。

方老师想站起来，可是刚刚站起来，又坐下了："吓死我了。"

我走向前，拽了下方老师的胳膊，想扶她起来，方老师抬头看了看我，吃力地站了起来。她轻轻地把手抽出，走到一个军用的洗脸盆前，她洗手的时候，我发现她感觉很痛的样子。我看着她用毛巾擦脸，感觉她像是一尊神。

"走，我送你回家。"方老师说。

我："你要是不去我家吃饭，那我自己走了。"

方老师："好，我去。"

我和方老师并行走着，以为她会批评我，但她没有。我们谁也没说什么，我不停地回想刚才那惊心动魄的情景。

"方老师，这是我家。"我说。

方老师停住了："房子不错，你进院吧，我回去了。"

我问她："你不说到我家吃饭吗？都等着你呢。"

方老师："我不饿，你快回去吧，注意点，头别感染。"说着，她头都没回就走了。

我傻傻地看着她的背影，那是我从来没看见过的背影……

"你跑哪去了，怎么才回来，老师呢?"我妈问我。

我心想，我跑哪去了，你差点都见不到我了："老师有事，不来了。"

"是不是你小子没诚心诚意请人家?"我爸说。

我："人家方老师还说谢谢你了呢。"

"快吃饭了，别叭叭了。"我爸说。

"真香，这么多菜呀!"我手也没洗，上去就抓起了一个开花的大馒头。

炕桌上有四个菜：炒土豆丝、炒鸡蛋、炖鱼、小鸡炖蘑菇，过年都没做过这么好吃的菜，我的口水直往外流。

我爸喝着酒，我弟弟狼吞虎咽。

我几口吃下了一个大馒头，嘴里塞得满满的。我丝毫没有感觉伤口疼，好像也没有感觉吃出什么香味来，眼前又浮现出方老师救我的那一幕，还有方老师渐渐远去的背影……

"你们今天是借老师的光了。"我爸说着。

"老师没来，要不一会我给她送点去。"我说。

"好，你麻溜吃，要不送去回来再吃?"妈说。

听着这些话，小弟加快了夹菜的速度。

"我吃饱了，我现在就去。"我说。

"好，正好炖的小鸡还没怎么吃，你们都别动筷了。"我妈麻利地将菜碗拿了下去。

小弟说："妈，我吃得慢，还没吃着呢。"

"以后妈再给你炖，先给老师送去。"

我三步并作两步，一溜小跑。等我到了学校的时候，发现方老师的门锁着。

我来回看着，见窗上没了一扇玻璃。

我顺着没有玻璃的窗子看去，屋内空荡荡……

过了半小时，方老师走了回来，感觉她特疲惫。

方老师执意让我把菜端回去，我不说话，也不动弹。

天已经黑了，方老师看撵不走我，就把门打开，我随她进了昏暗的屋子。

这个季节经常停电，今天也是这样。

烛光下，方老师吃着饭："我没吃过这么好吃的馒头，来，你也吃。"

我："我吃过了，老师。"

方老师："那你再吃点，你现在是长身体的时候。"

"我不吃，你快吃吧，吃完了，我拿着碗回去。"

看着方老师吃得那样香，我心里有一种说不出的滋味。

她边吃饭，边问我："你多大？"

我："十七。"

方老师："你学习到底怎么样？"

我："不好。"

方老师："不好到什么程度？"

面对老师审问一样的问话，尤其是说我短处学习的时候，我头直冒汗。

我："以前也考过第一、第二的。"

方老师："什么时候？"

我："小学二年级下半年的时候。"

方老师："啊？现在怎么样？上次期末考试的时候你考多少名？"

我："三十一。"

方老师："还行，后面还有一个没赶上你的呢。"

我顿时头脑一热，要是有个地缝我都能钻进去。

“老师，这学期从五百垄大队转来一个，上学期就三十一个同学。”我说。

方老师半天没吃饭，也没说话，当时我低着头，估计她是在看我。

“你看看你，是一个大小伙子了，家里条件也不错，我还听说你聪明，怎么搞的?”

我不知道再说什么，沉默了。

过了半天，方老师说话了：“你去过哈尔滨吗?”

我摇着头。

她继续问我：“那你都去过哪?”

我想了半天：“我去过……去过三合、三元、敏子、羊营子、七家子……”

方老师觉得有些纳闷：“怎么你说的这些地方我都不知道，是外省的吗?”

我摇着头。

方老师：“最远你去过哪儿?”

我：“肇源北门外的大车店。”

方老师：“你去刚才说的那些地方干什么了?”

我想了想，还是老实交代吧：“去……打仗。”

“啊?我说的吗，你学习不好，是因为你只顾打架了，是吧?”她看着我。

我扭过头：“有的时候也去看电影。”

方老师：“看来你架是没少打，你就不怕打伤别人或者被打伤了?为什么总要打架?”

我真的不知道怎么回答，只是随便说了句：“毛主席说了，要时刻准备打仗。”

方老师笑了：“胡扯，毛主席说的打仗和你说的打架是一回事吗?”

“那可能是他没说清楚。”我眼睛转向别的地方。

“哈哈，你呀你，干什么都有理由，不怨自己，都怨别人。好了，你不是没去过哈尔滨吗?那我和你说说哈尔滨。”方老师说。

讲起她家乡哈尔滨的时候，方老师津津乐道，但其中不免有点忧伤。

从她说的话语里，我知道了房子原来可以摞起来，叫楼，汽车还能挂“辫子”，知道了太阳岛、老站（现在的哈尔滨火车站）、图书馆、中央大街、防洪纪念塔……

当方老师讲到哈尔滨红肠、面包等好吃的时候，我……

我像听天书一样听着方老师讲的一切。

她问我：“愿意听吗？”

我：“愿意。”

她：“想去那吗？”

我：“想。”

她：“去那干什么？”

老师盯着我，估计是看我是不是说去那打仗。

我：“长见识。”

她有些兴奋：“好，你有志气，知道怎么才能去哈尔滨吗？”

我：“坐车。”

她：“谁不知道坐车，走着去不累死你啊。得好好学习，学习好了，以后就可能去哈尔滨，甚至去上海、北京，你知道吗？”

我：“知道。”

她：“知道什么？”

我：“好好学习。”

方老师高兴地站了起来：“其实，我说这些，就是要你刚才说的那四个字，好好学习、好好学习……”她在地上走来走去。

“老师，你说的是八个字了。”我说。

方老师停住了脚步，她板起脸：“你贫什么贫，显你数学好呢？就是要你用心学习，要用功，有方法，知道吗？”

我：“嗯。”

她：“不早了，你快回去吧，从明天开始……”

我正要起身的时候，“咣当”一声，门被踢开了。二牤子带着一个年纪比我大两三岁、外号叫三驴子的小混混走了进来。

第二章

二犴子没好眼地看着我："你咋得瑟到这来了呢?"

我从心里讨厌他，所以一个字都没回他。见我对他不屑一顾，三驴子不高兴了："你哑巴呀，没看谁和你说话啊?"

这三驴子经常跟着二犴子在瓦房和附近的村屯耍威风。一次，三驴子招惹了邻村的一伙人，人家带着大队人马来到了他家，发誓要打残他，三驴子和他年迈的爹妈都被吓个半死。关键的时候，是二犴子带着更多的人摆平了这事，使三驴子毫发无损。为此，三驴子很感激二犴子，并和他成了"拜把子"兄弟。平时，三驴子对二犴子是既感激又佩服，用他自己的话说，可以为他犴子哥两肋插刀，并且可以随便选哪个"肋巴扇子"。

方老师愣愣地看着他们："这么晚了，你们来这干什么?"

三驴子："我是陪我犴子哥来看你的。"

方老师："看我?"

二犴子："啊，听说学校来个漂亮的老师，来参观参观，就是你吧?"说着他晃了晃手中的"家用电器"——手电筒。

二犴子又看了看我："大楼，你先回家吧，我和方老师研究研究教育问题。"这个混蛋，斗大的字不识一筐，还大言不惭，谈什么教育问题。

看他们没安什么好心，我越发没有走的意思。

"你不走也可以，那我们走。"二犴子说："但是，这老师得和我们走，咱们一起出去玩玩。"

方老师：“我又不认识你们，再说这么晚了，我跟你们玩什么？”

三驴子上前一步：“你是不是活腻歪了，也不知道我大哥是谁？废话少说，和我们走一趟。”

二牤子挡了下三驴子：“别这么粗鲁，虽然咱们和城里来的老师比不了，但不是也有点文化吗？”他转向方老师：“人家城里来的知青都溜溜地回城了，你怎么还来我们这穷地方插队？”

方老师一愣，我看着她眼中噙着泪水。

二牤子的话好像是点到了方老师的软肋。二牤子：“我看你这是寡妇睡觉——上面没人啊，还是痛快和我们出去唠唠吧。”

“没什么可唠的。”方老师紧张地看着他们。

也许是一天太疲惫了，也许是对这突如其来的不速之客太没准备了，方老师下午对付隋大虎的劲头一点都没有了，只是木讷地站着，脸上透着紧张。

看着方老师，我想起了下午她对隋大虎的那一幕，于是我走上前去：“老师不愿意和你们出去，你们没听见啊？”

“没你的事，你痛快地给我走开。”二牤子说。

“我要是不走呢？”我看着二牤子。

“你是不是不要脑袋了？当心我给你脑袋开瓢。”三驴子说。

“是我爸让我来保护方老师的，要不你们去问问他。”我说。

二牤子：“别拿你爸吓唬人，还让你来保护，我看你是怎么保护的。”二牤子向三驴子使了个眼色，三驴子拽着方老师就走。

二牤子拿出一个小刀逼着我，把我控制得死死的，我真的有点恐惧了……

方老师：“你们别动我的学生，把刀收起来，我和你们走。”她的声音有些颤抖。

二牤子收起了刀，狠狠地白了我一眼。

“你不能和他们走！”我上前就把方老师和他们分开了。

“你个小犊子，还反了天了呢？”二牤子喊着，他们把我推出来，再次拽起了方老师的手臂。

方老师挣脱着、喊着，我一把拽住了方老师。二牤子照我就是一脚，并且踢得很是地方，我倒在地上。

方老师继续挣脱着他们，回头看着我。

倒在地上的我看见了方老师劈柈子的斧头，抄起斧头冲了过去：“你妈的，你放开方老师!”我照着二牤子就砍了下去。

只听得二牤子“啊”的一声，放开了方老师，我还想砍他们，方老师拉住了我。

这一斧子砍偏了，砍在了二牤子的右臂上。他用左手捂着右臂喊着，对我就是一脚，我躲闪不及，他的脚踢在了我的胸上，一个趔趄，我靠在了墙上，我举着斧头，“啊”的一声扑向了他们，他们跑了出去。

在我追到门口的时候，方老师拉住了我，她急忙把门插上，转身抱住了僵直的我。

在我懂事以后，第一次有女人这样抱过我。

在漆黑的屋子里，我整个身体软软的，好像是没了腿。可能是吓的或者是气的，她的手在颤抖。我整个身体好像在过电，当她紧紧地抱着我的时候，我们的身体才有了支撑。这时，我感觉到了她的脸好像贴在了我的脸上，我的心都快蹦到嗓子眼，那说不出的气息和味道使我感觉自己要晕过去……

在我天旋地转的时候，她轻轻地抽泣着，头贴在我胸口一动一动……我已经忘记了当时我手放在了什么地方，只记得我告诉方老师，只要有我在，我就不会让别人欺负你。我的声音发颤，说完我转身推开门快步走开。

那一夜，我就坐在了学校的大门口。我担心二牤子他们再回来骚扰方老师。

耳边偶尔传来狗叫声，略带寒意的小风从我耳边轻轻地吹过，驱走了我的睡意……望着她的窗口，脑海翻来覆去就是那一个画面，我的心跳一直都很急促……

这是我最难忘的一天，不仅经历了惊心动魄，还感觉到了从来没有过的那种说不出的很奇妙的萌动……

第二天上学我的精神头是可想而知的，但我还是硬着头皮装着没有困意。整个一节课，我发现方老师没看我一眼，我也是偶尔看下她，但看她的时候我好像是在做贼，至于她讲了什么，我一点都没记住，满脑袋都是昨天晚上她抱住我的画面。

我昏昏沉沉，脑袋清楚的时候就是胡思乱想。我想，我完了，本来想好好学习，可是方老师来的这个开头我就这样，以后我能行吗？

下课了，同学们跑出了教室，我却趴在桌上睡着了……

校园的钟声响起，我在梦中醒来。

方老师健步走上讲台，大家齐刷刷地把目光投向了美丽的小方老师。

这堂课是语文课，讲的是毛主席诗词。

方老师津津有味地讲着，坐在后面的我突然看见大家的视线转向了窗外，方老师也巡着大家的视线看了过去，原来是二犊子等人在趴着窗口向教室里面看。

方老师先是一愣，然后她将教鞭用力地敲在了讲桌上，示意我们要注意听讲。

大家的目光转了回来，我有点喘着粗气，死死盯着那扇窗子，顺手拿起了垫在桌子腿上的砖头。

方老师面向我们："我再念一遍，大家要注意我的语气和重音：

小小寰球

有几个苍蝇碰壁

嗡嗡叫……"

二犊子等人推门进来，他们来得可真是时候，方老师刚念完苍蝇嗡嗡叫。

他们气势汹汹。只见二犊子右臂带个红袖标，在胳膊上箍得紧紧的，那正是我昨天砍的地方。

方老师好像没有看见他们，她继续念着：

"几声凄厉

几声抽泣……"

"焦大楼，你出来！"二犊子手指着我，他的嗓门很大，上课自然

终止。

方老师："你们这是干什么，我现在是在上课，你们这是扰乱课堂秩序。"

二[illegible]子："你这个勾引学生的破鞋，你少管闲事，给我眯着。"

二牤子在我们大队的"知名度"是相当高的，可以说是无人不晓，所以大家看着他，尤其是那架势，都被吓蒙了。

看我没有动弹的意思，二牤子向我走来。

我心想，今天我是豁出去了，我用身体挡着拿在手中的砖头。同桌的三胖子哆嗦得像"筛糠"。

二牤子到我这必须经过我的前桌小蒙古。

小蒙古先站了起来，向前迎上去，一下就抱住了二牤子："哥，你这是干啥！你给我回去！"她带着哭腔。

小蒙古咋能是她哥的对手，二牤子一甩胳膊，把她甩到了一边。小蒙古不知道哪里来的虎劲，从后腰搂住二牤子，用力地拖着。

方老师急忙向我的方向跑，可那两个家伙把她控制得一动不动。

我拿着砖头的手在颤抖，我想我得先出击，等他接近我的时候就难发力了。

我举起的砖头显然没有起到震慑作用，我真想马上撇出去，那一瞬间，我突然想到万一打不上他，砸伤同学怎么办。

犹豫之中二牤子已到了我的面前，一拳向我打来（我真后悔昨天下手轻了，他的那只好手还能用来打我）。

眼看他的重拳接近我的时候，三胖子扑了上去，在他叫着"二哥"以后紧接着喊了声"啊"，声音撕心裂肺。二牤子下手真狠！

就在他俩撕扯在一起的时候，我高高地举起了砖头，这样的位置打二牤子只要是一下子，就能把他打倒。

"住手，大楼！"方老师的喊声使我如梦方醒！王校长和另外一个老师冲进教室。

二牤子他们没占什么便宜，悻悻地离开了教室。

小蒙古哭了，哭声在教室中回荡。

第三章

好不容易赶到了放学，一天没怎么看我的方老师来到我身边："一会到我办公室去一趟。"

教室距离她的办公室没有几步远，但我走得是那样沉重。既兴奋，又怯懦。我在想着，她能和我说什么呢？是批评我一天的魂不守舍，还是批评我今天举起了砖头呢？

忐忑中，我推开了她的门。方老师在屋子里面坐着，看我进来她没有任何反应。

方老师："你来了？"

我低着头："嗯。"

方老师："知道我找你干什么吗？"

我摇了摇头。

方老师："这两天你感觉我课讲得怎么样？"她好像忘记了今天发生的事。

我："很……很好啊。"

方老师："真的假的？"

我："真的。"

方老师："你听明白了吗？"

我真不知道怎么回答，一是她讲课的时候，我根本就没心思听，再就是即使是我认真听了，就我这基础，还能听出个什么子丑寅卯吗？于是我敷衍道：“明白了。”

方老师：“那怎么有同学反映听不明白，说我今天讲得比昨天慌。”听到这，我想我知道她为什么慌了。

“可能是你讲得深，而他们本来就学习差吧。”我说。其实我知道哪有比我还差的，我这样说都对不起同学们。

方老师兴奋地站了起来：“好，像你这样基础的同学都能听明白，那我就更有信心了。”她的声调明显地高了八度：“大楼，以后同学们有什么反映，你要及时告诉我，以便于我改进教学，更好地教你们。”

我：“嗯。”

方老师：“昨天晚上，我一夜没怎么睡着，就是想怎么教好你们，当然了，也想了你……”

我心里又开始扑通扑通了。

“想了你的学习问题，我针对你，制订个学习计划。”她给我拿过来了几张油印的黄纸：“你把这抄下去，回去好好看看，哪里不会，我一个一个地教你，要是按部就班地教你，等你毕业的时候，学习成绩一定能有很大的提高。”

我：“谢谢方老师。”

方老师：“大楼，以后我们单独在一起的时候，你别说谢谢方老师。”她的声音显然不大。

“那我说什么？”我问她。

她好像被我问住了，她愣了一下：“你抄吧，我做饭去，吃完饭我还要备课。”

我抄着资料，方老师在外屋做着饭。我想起了昨天她烧火的情景，正在想着，她被呛得回到了里屋。

我放下笔：“我来，方老师。”

方老师：“我和你说了，没人的时候别叫我方老师，你怎么不听老师的话呢？”

“知道了，方……”我马上停止了即将叫出的“老师”，走了出去。

我蹲在灶台边添柴，方老师站在一边看着。

方老师：“你烧火的时候怎么不冒烟？”

我没吱声。

方老师追问道：“我问你呢，你烧火怎么不冒烟呢？”

我：“可能是我们农村这玩意认生人吧。”

方老师笑出声来，尽管我没抬头，但我能感觉到她应该是笑得前仰后合。

“这样就好了。”我一缕一缕地添着柴。

方老师：“原来是这样啊。”

我：“水开了，老师。”

她用碗扤了两碗小米，直接就要往锅里倒。

我起身拦了她一下，这次她没抽出胳膊：“城市里做饭不淘米吗？我来。”我看了她一眼。

说着，我把米放在盆里，倒了两瓢水，用手搓着米，方老师一声不响，我感觉她是在看我怎么洗米，当我抬起头的时候，我发现，她在看着我。

我很不好意思地：“方老师，你学习不认真……”

她的脸唰一下红了。

饭做好了以后，方老师把中午别的老师帮助她做的菜热了热。我起身要走，她没留我，但还是把我送到门口。在我要推开门的时候，她突然叫住了我。

方老师：“晚上好好看你刚才抄的。”

“嗯，晚上你锁好门，谁叫门你也别开。”我说。

她点头。

我不想在这停留，因为这地方正是昨天晚上……

走出门外，我回头看了看。门关着，只是那扇没了玻璃的窗子是那么明显。

走到学校大门外，我惊奇地看见小蒙古在那站着。

我没有和她打招呼，想从她身边走过，她叫住了我："焦大楼，你咋这半天？"

我不解地问她："什么这半天？"

小蒙古"你不是去方老师那吗？我一直在这等着了。"

我："哦，方老师和我说学习的事了，我爸让她好好教我。"

小蒙古："不是吧，我听说昨天晚上黑灯瞎火的时候你就在方老师那了？"

我一听这些，就知道这一定是二犊子回去传话了。

我："是啊，那能怎么的？"我扬着脸看着她。

小蒙古："都干啥了？"

我："打狗了，昨天，方老师那屋进去了两条狗。"

"你净胡说。"她的声音有点高了。

我："昨天是我爸让我给方老师送菜去了。"

"哦，那今天她都和你说什么了？"她问我。

我脸有点红了，小蒙古感觉到了我的表情不自然。

我急忙说："她让我抄点资料。"

小蒙古："真的假的，给我看看。"

我："你学习那么好，看那没用。"

小蒙古："怎么没用？就她给你的资料，你能看明白咋地，快给我看看。"

我不情愿地拿出来了刚抄的资料，小蒙古认真地看着。

"真不错，你会吗？"她问我。

我："刚才我就是抄了，还没认真琢磨呢。"其实我知道我怎么琢磨都是白费。

小蒙古看着我："我想抄一下，做做习题。"

我："那给你吧，你先做。"我把那张纸递给她。

小蒙古："那怎么行，要是方老师明天问你学的怎么样咋办？"

我："好办，我就说你帮我学了。"

小蒙古："有这么帮学的吗？这样吧，我回去先抄，一会你来我家取。"

我："你家我敢去啊？对了，回去和你爹说说，别让二牤子找方老师的麻烦，他没安好心。"

一说到二牤子，小蒙古好像很无奈："他管我爹还差不多，这败家玩意，早晚得蹲大狱。"

"你快走吧，别人看着我们不好。"我说。

小蒙古："那一会你在大队东面等我，我抄完了给你。"

"好。"我们沿着不同的方向走了。

估计她抄完得半小时，我也没地方去，回家再返回来也很远。我突然想起了方老师那个没有玻璃的窗户。

在全村找现成的玻璃是够呛了，先找块塑料膜吧，我在想。白天听三胖子炫耀，昨天方老师给他家安上了一块大玻璃，锃亮锃亮地，给送去的玻璃比我砸他家原来的玻璃还大，他问我什么时候继续砸他家，我当时真想揍他，但想起方老师告诉我的话，我就没搭理他。

昨天方老师临危阻止隋大虎打我让我很感动，今天三胖子帮助我挡住了二牤子更让我感激。但我总把三胖子和他爹隋大虎联系不到一起。儿子是儿子，爹是爹。我想，他是好的，他爹不好，不能白让他家占什么便宜，要是他家有塑料膜，我就撕下来，给方老师的窗户糊上。

我在隋大虎家门前走了好几圈，看着他老婆大吵吵正在仔仔细细地擦着那块玻璃，她回头张望了一下，面带笑容。我气就更不打一处来了。可是我怎么看他家就是糊着窗户纸，根本就没有塑料膜，真是没招，就是他家让我"作案"，我都不知道在哪下手。

走到了大队，打更的徐大爷帮助我解决了问题。我想，还是大队好，有的东西多，至少比隋大虎他家多。

我把方老师那个没了玻璃的窗户封上了，当然是悄悄的，那时方老师正背对着我在洗衣服，她没看见我，我却又一次地看见了她的背影，看她用力搓着衣服，我心里不是滋味……

在大队东面，我刚到，小蒙古就来了。她手里拿着我抄的几张纸，不停地向四周看，好像电影里送秘密图纸的接头人。

她有点喘："这题真好，以前没见过几个，不过你可能不会。"

"你会啊?"我问她。

"嗯。"她点着头。

我看着她："写答案了吗?"

"题可以抄，答案怎么能抄，那不是糊弄自己吗?"她很认真地说。

我："不抄我怎么能会?"

小蒙古想了想："要不我给你先讲讲?"

我看了看天，离天黑还有一会："在哪儿讲?"

"我有地方。"她不假思索地说。

看来她早有"预谋"。

我跟在小蒙古的后面，来到不远处的一个碾坊。

碾坊是那时候农村碾米磨面的地方，比如把谷子碾成小米，把玉米轧成大渣子、苞米面等等，圆圆的磨盘上面是一个圆圆的滚子，都是石头做成的。碾坊一般在一个村只有一个，为大家免费使用。

碾坊里面很暗，只有一扇窗子，在墙的高处，穿过这扇窗，一抹较强的阳光射进屋内。

小蒙古熟练地在一个昏暗的墙角拿起了一个小木墩，把书包放在磨盘上。那正是阳光射进来的地方。

"坐吧，就在这里学习。"她说。

在我坐下的时候，不知她在哪儿搬来个木墩。

我看着她："这就是你经常学习的地方?"

小蒙古："啊，这肃静，磨米的人都是上午来，下午就不来人了。"

我打量着这个陌生的屋子："我说我学习咋不好呢?原来是我没来这啊?"

小蒙古："哈哈，那以后你就常来这学习吧。"

我："那不是占你的地方吗?"

小蒙古："只要你能学习好，怎么……都行。"她注视着我。

说实话，我不情愿来这地方，像做贼似的，万一谁来了，话传出去对人家一个姑娘不好。

她坐下了，身子很端正，把卷子放在阳光射进的地方："语文题就不用我说了，其实你语文很不错的。"

我："光语文好也没用啊，从一年级开始，老师就总讲要全面发展。"

小蒙古："是啊，那你更应该学好其他科了，不说这了，说数学题。"

当时抄题的时候，方老师就给我一张纸，题也不算少，所以抄的字就小了些。加上屋内昏暗，我有点看不清楚。

小蒙古似乎看出了我的难处，便将拿着题的手伸向我，可是由于她的眼睛距离那张纸远了，好像也看不清楚。她想了想，挪动了一下坐着的木墩。

我们很近了，说肩并肩一点都不为过。我能感觉到她很有一种说不出的心理，感觉有些不自在。我也很紧张，除了昨天遇到特殊情况和方老师那么近以外，我从来没有过和女生近乎于零的距离。我硬着头皮，心想反正是为了向人家学习，就忍着点吧。

可能是女生天生有香味，对于男生来说，尤其是小男生来说，都会紧张和忐忑，更何况能听见她的喘息声……

她说话声音好像低了点，仿佛怕别人听见似的，并且声音好像是没了电的收音机，断断续续外加颤颤巍巍："其实这些方程题，主要是个因式分解的问题，因式分解弄清楚了，后面就好做了。"她说这话的时候根本就没看着我，而是在看着题。尽管我紧张，但我也尽量使自己镇静，听她讲题。

小蒙古："知道 a 平方加 2ab 加 b 平方等于什么吧？"她问我。

我真的学过，但我想了想……

就在我要回答她的时候，门口传来了"吱嘎"声，小蒙古一惊，感觉她特害怕。我马上站了起来，发现碾坊的门开了。

"是风。"我松了口气。

小蒙古长出了一口气。

"要不咱们走吧，我有点……"我说。

小蒙古："也快了，等我把这题讲完。一会儿你先走，我等会走。"

我："嗯。"

我们又回到了刚才学习的状态。

小蒙古："怎么这你都不会？去年周老师不是教过了吗，当时我记得提问你的时候你回答得不错啊，好了，就当你不会，我再帮助你复习一遍……”

她很耐心地讲着，这两天打的几仗的紧张和劳累加上昨天晚上我一夜没睡，尤其是这昏暗的环境使我怎么挺都挺不住了，我忽悠一下，头倒在了她的肩上……

接下来，我什么都不知道了……

睡多久我是不记得了，反正我睡得很香。

我醒了的时候感觉她特难为情，她什么都没说。

我：“刚才对不起，我睡着了。”

小蒙古脸红了，表情也很不自然，只是说了声：“你也不是故意的。”

至今我都后悔怎么没问她当时是不是很害怕，是不是吓着了，或者是其他什么感觉，直到今天，我们都没再提过这件事。

后来，我一直想和她检讨，但没有那个勇气。

是我先走出碾坊的。看着外面没人，我深深地松了一口气。真是的，这做什么都不容易，学习也不例外，正在我这样想的时候，方老师从碾坊的一侧走了过来。

我的心当时就开始扑通了。

我下意识地低下了头，方老师已经来到了我的面前。

方老师：“大楼，这是不是碾坊？”

我硬着头皮抬起了头：“嗯。”

方老师：“你怎么来这里了？”

我胡乱说着：“我大爷家明天要磨点米，我看看有没有人先占上了碾子。”一般要是有人使用碾坊的时候，提前把木墩放在磨盘上。

方老师：“哦，我听说乌日娜总在这学习，我想找她。”

我心顿时“突突”，好在我反应还可以，说：“她没在这儿，里面没人。”我回答得一点都没犹豫，只是下意识地回头看了一下碾坊的门。

方老师：“那你回家吧，晚上好好看那些题。”

我：“好，再见，方……”

还没等我说完话，乌日娜从碾坊里面走了出来……

方老师一惊，我的头发当时就感觉像竖了起来。

方老师看看乌日娜，又看看我。

“啊？她怎么在那里，我刚才进去怎么没看见她。”我故意把声音放大了一些。

还是人家学习好的同学有礼貌，小蒙古马上对方老师说：“你好，方老师。”

方老师：“又在这儿学习啊？我听说你总在这学习。”

小蒙古：“是啊。”

方老师：“没事了。我在这路过。你们都快回家吧，该到吃饭的时候了。”

我和方老师走在一个方向，乌日娜是怎么走的，我没看见。

方老师：“大楼，你得多和乌日娜学学，她学习刻苦，听说她家很困难，但始终都在坚持学习。”

方老师：“老师，刚才我真的没看见碾坊里有人。”

方老师：“没事，就是有人也没什么，我们还是说学习的事情吧，我准备……”

按常理，我一般到家的时候都哼点小曲什么的，可是今天我回来，一个字都没唱，我妈纳闷：我这大儿子今天是咋地了？

这一夜，我本来应该睡得像猪一样，可是我总是睡一会、醒一阵，醒的时候又总是在胡思乱想……

我对小蒙古当时为什么出来以及出来后为什么不和方老师解释而感到生气，因为她能清清楚楚地看见我们俩。

我想着想着，又睡不着了，在被窝里打开了收音机。

午夜的收音机已经没有了节目，任凭我怎么拨弄。

我还是心不在焉地调着台，伴有杂音的“莫斯科广播电台”的声音传来，浑浊的洋音乐在我耳边回响，我又一次进入了梦乡……

我做了一个梦，从来没和任何人说起……

{第四章}

清晨，我早早地来到了学校，拽开教室的窗户，我跳入了教室。

我撕下一张纸，把这张纸又撕开一半，在上面写着字，大致是“你为什么昨天当着方老师的面从碾坊出来？为什么不和方老师说没看见我或者是听着有人进屋你出来看看?”前面的问号很大，后面的更大，还特意描得很粗。写条子的事对我来说，和我打架差不多一样容易，我唰唰唰地写完，就折了起来。

之后，我认真地看着那些复习题……

小蒙古给我讲的第一题我是会了，我心里有说不出来的喜悦，尽管我怨她，但这是两回事。同时，我还想着，如果方老师要是早来该多好。

在我认真看题的时候，方老师过来了，站在窗前。当我看见她的时候，不知道她已经来了多久。我一愣，心猛跳……

她用钥匙打开了门，我站了起来。她没批评我，也没说什么，她拿起了一把笤帚。

我要争着扫地，她阻止了我：“学生以学为主，毕业班的情况特殊，不是抢着干活的时候，时间就是分数。”

我在学习，方老师在为我们班级打扫卫生，扫完地她就悄悄地出去了，看着她走出的身影，我觉得不能辜负她。

外面下起了小雨，方老师走进教室，她站在讲台上，手中拿着语文书：“同学们，今天是清明节，谁知道关于清明节的诗句?”

大家不说话。

三胖子举起手来，大家感觉很意外。

三胖子：“我知道，清明节就是烧纸、上坟，上坟的时候有的人还哭。”

大家笑了。

方老师：“我说的是关于清明节的诗。”

三胖子：“给死人还整什么诗啊？再给念诈尸了。”

大家笑。

方老师：“你坐下吧，我给大家念一首唐代诗人杜牧的诗——《清明》：清明时节雨纷纷……”

刚念一句，三胖子又举起手来，站了起来。

方老师停下来。

三胖子：“老师，清明节是不是应该纪念革命烈士啊？”

方老师一愣：“对啊，我们应该缅怀我们的先烈，我们有今天，都是先烈们用鲜血换来的。”

三胖子：“那应该去给上上坟吧？”

方老师：“那叫扫墓，我们这附近有烈士墓吗？”

三胖子：“有，听说在县城东面有个四方山，那有烈士墓。”

方老师：“太远了，事前我们还没准备，这样吧，我们先铭记先烈们的丰功伟绩……”

三胖子又打住了方老师的说话：“要不我们去火葬场吧，那儿近，反正在哪不都是烧纸呢，都能收到。”

方老师有些不高兴了：“你先坐下，课后我单独找你。”

三胖子坐了下来，他和我说：“要想得到女老师的注意，那就必须主动犯错误。”

我白了他一眼：“我不闹了，你接班了。”

我一直想把纸条递给小蒙古，由于三胖子的胡乱打岔，方老师总是看着他，自然我就在她的视线下，所以，几次想把纸条给小蒙古都没成。

下课了，小蒙古回头向我借橡皮，我借机把纸条给了她。

上课的时候，我看见我的桌子上有本书，是小蒙古的，我刚打开，一个纸条就掉了出来，三胖子看得清清楚楚，一把抢了过去。

“给我。”我声音不是很大。

三胖子：“不给。”

我：“为什么不给？那是我的。”

三胖子：“我想学学怎么写小纸条，你爱到哪告就哪告去，就不给，有能耐你再去砸我家窗户去。”

“你是不是找死，啊?!”我的声音明显提高，举起了拳头。

看我要急眼了，他有点害怕了。这时，方老师来到了我的面前……

“你们在干什么？那是什么东西？给我!”她拿过纸条，转身走了。

我极度紧张，前桌的小蒙古在低头。

“你们都不小了，你们是瓦房学校开天辟地以来第一届毕业生，全大队的人都对你们寄予厚望，多学习知识就能多有机会，就是要想多打粮食，那也需要有知识做后盾。你们本来基础就差，只能努力努力再努力才能赶上。”方老师在讲台上激昂陈词。

她讲话的时候，声音很亮，表情严肃。教室里从来没有过如此肃静，除了放学以后。

方老师：“我再说一遍，以后不要为与学习无关的事而耽误时间了，听见了吗?”

“听见了!”“听见了。”大家好像没醒过神来，回答得一点都不整齐。

方老师：“隋满堂，你听见了吗?”三胖子当时就站了起来：“你那么大动静，谁听不见啊？刚才那事也不咋完全赖我，那纸条不是我写的。”

方老师拿着手中的纸条：“谁写的?”

三胖子看看我又看看小蒙古。

方老师：“今天必须解决纸条的问题，以后有话直接说，写纸条浪费纸。你说，到底是谁写的?”

三胖子：“那还能有谁？是谁我就不说了，反正不是我，我家买不起本。”三胖子扬着个脸。

方老师："是焦大楼吗？"

教室里死一般的寂静。

方老师的眼睛是那样的犀利，盯着我的方向一动不动。

小蒙古突然站了起来："老师……是我写的。"

大家的目光都集中在她的身上，我的脸火辣辣。

方老师慢慢地打开了纸条，但她却始终盯着我们三个。

方老师："为了严肃学习纪律，杜绝这样的事情发生，我现在就念给大家听听，希望大家引以为戒。"

我紧张得头都要冒汗了，心"咯噔咯噔"的，心里狠狠地骂着三胖子。

方老师咳嗽了一声，清了清嗓子。

我感觉小蒙古在发抖，她低着头……

我更是紧张得无法形容，把脸转向三胖子一边。

"你看我干啥？"三胖子有点很得意地说。

我咬着牙，狠狠地看着三胖子，紧攥的拳头被课桌挡着，上下动着……

方老师念着："请建议老师选个班长。"

我一惊！

我曾问过小蒙古，她告诉我她没那样写过。几年后，当我和方老师说起这事的时候，她明确地告诉我，当时她知道那个纸条是乌日娜写给我的，但她并没有看纸条的内容，而是看着纸条背面的白纸信口念出来的。至于是不是这样，永远都是一个谜，但不管怎样，我都由衷地庆幸遇到了这样一位好老师。

方老师："乌日娜同学写的这个建议很好，以后再有这样的好建议可以直接和我说，不用找别的同学传递。"

大家把目光盯在了三胖子的脸上，他好像很激动，嘴角在动，但说不出话来。哑巴吃黄连。该！我心想。

方老师："好了，乌日娜，你坐下吧。"她边说着边纸条给撕碎了。

小蒙古木木地坐在了凳子上。

方老师："好了，既然有同学建议选班长，班里也不能没有班长，那现在我们就选。"

同学们顿时活跃了起来。

只是小蒙古呆呆地坐在那里。

小辣椒站了起来："老师，原来的班长转学以后，我就建议过选班长，可是我的建议没被其他老师当回事，班级存在一天，那就不能没有班长。"

这个小辣椒特别喜欢出风头，人也厉害，借着她爸是村里的电工，就觉得自己很了不起，天天扬着脖子，她看上的人几乎没有，所以看上她的人也不多。同时，她还是个官迷，早就想当班长，可是，大家就是不选她，王校长为了保护她上进的积极性，给她个安慰奖，让她当了文艺委员，领导根本就没考虑她是不是唱歌跑调。为此，同学们还很有意见，三胖子就在班级说过：估计王校长家不用交电费。为此，小辣椒还把三胖子一顿骂，并扬言要给他家断电。当了文艺委员的她很尽职尽责，不管大家是不是笑话她跑调，她天天在开始上课的时候起歌头，不管大家是不是跟着她唱，她天天如此。

方老师看着小辣椒："好，现在就开始选，你坐下吧。"

小辣椒："我再说一句。"

方老师："你说。"

小辣椒："我觉得选班长，不能只看学习怎么样，要看表现，要看以前和现在是不是当过班干。"

我是听明白了，这分明是硬把自己往上推。

三胖子有些不耐烦了："你都说几句了，都三句半了。"

大家哄笑，开始交头接耳，议论着选谁。

选班长的过程很简单，就是每个同学想选谁，就写谁的名字。

方老师："乌日娜和隋满堂，你们两个把选票收上来，乌日娜在黑板上写票，隋满堂念票。"

小蒙古在黑板前走来走去，不大的黑板上已是密密麻麻。

方老师看着黑板，脸沉了下来。

这个班长选的，竟选出了在全世界都难遇到的结果！我们创造了一个在世界竞选史上都很难出现的奇迹！

三十二个同学，二十三个被提名，我的选票最高，也只是三票，小蒙古和一个叫马青林的同学各两票。最有意思的是，方老师还得到了一票。其他被提名的同学都是一票。

我想这样的结果古今中外很少有过，但在我们黑龙江省肇源县头台公社瓦房学校，在 1977 年的那个春天切切实实地发生了。

大家大眼瞪小眼，看着满黑板密密麻麻的名字，教室里由混乱变得肃静。

三胖子看着方老师："我还没写票呢?"

方老师："刚才你为什么没写?"

三胖子："我没纸，现在我直接说选谁行不行?"

方老师看了看大家："你说吧。"

三胖子："我选肖妮。"

小辣椒一愣。

方老师："那给肖妮加一票。"

小辣椒也进入了两票的行列，但还比我少一票。

我当时有点沾沾自喜，尽管只得了三票，但毕竟是最多的了，这班长一定是非我莫属了。

感觉方老师也没了主意，她看着我们，半天不说话。

"大家说怎么办?"方老师说。

大家你看我、我看你，教室顿时喧哗起来。

方老师："大家静一静，静一静。焦大楼。"

"到。"沉浸在得票第一的兴奋中的我站了起来。

方老师："你什么意见?"

被方老师叫起来我毫无准备，我摸了摸头。

大家都看着我。

我："我想，得尊重投票结果，要不投票有什么意义呢？大家说是不是?"

本以为大家都能回应我，可是稀稀拉拉就有一两个人说了"是"。

我很没面子，没等老师发话，我直接就坐下了。

方老师："好，就不要在这事上耽误时间了，不同意焦大楼当班长的同学请举手。"

好像还没有举手的。后来我估计大家可能是听错了，以为方老师说同意我当班长的举手。

看没有举手反对。方老师提高了声音："好，我宣布焦大楼同学为我们班的班长。"

这次大家是听清楚了，竟没鼓掌的，这很出乎我的意料。

"大家可以鼓掌了，闲着也是闲着，拍拍巴掌鼓鼓掌就当交人了。"我带头鼓起掌来。大家一顿哄笑，接着就是一阵掌声，也不知道是不是发自内心。

我不得不佩服我的煽动能力。

就在这时，掌声被踢门声遏制住了，教室的门被踢开了。

原来是二犊子冲了进来。这次是他一个人。他站在教室门口看着方老师。

这正是我在班级建立威信的时候，我直接就从后面走了过来。

迎着二犊子，我伸出一个手指指着他："你要干什么?"没等他回答，我拎着他的衣领子就像拎着小鸡一样，给他拽出了门外。

等我坐下的时候，方老师很严肃地叫我："焦大楼!"她的声音近乎于喊。

方老师："你的班长职务现在就撤销!"

我震惊了!

本来是维护课堂秩序并在保护她，她反倒撤了我，天下怎么还有如此不讲理的老师!

方老师："乌日娜，你当班长!"

这要是别的老师，我非得和她掰扯掰扯，毕竟方老师她……

就这样，还没有当热乎班长的我，被我的方老师拿下了!

小辣椒站了起来："方老师，我也是两票。"她扬着脖子看着方老师。

方老师也看着她："班长只能是一个，就这么定了，不要耽误时间了，现在继续上课。”

可是，下课的钟声却响了起来。

三胖子走到小辣椒的面前：“一票之遥，可惜了，那你也比焦大楼强，他高兴了半截。”他看了看小辣椒。

小辣椒收拾着书包：“谢谢你。”她拿起书包：“没地方说理去。”她走出了教室。

三胖子追了上来：“我不投你那一票好了，都赖我，你别这样啊。”

小辣椒：“不是这事，新来的老师也是那味儿，教得浅，我家给我在县里联系学校了，早晚我得去县里上学。”她快步走开了。

第四节课的时候，二犊子又来了，只是这次他敲了门。在方老师同意他进来的时候，他只站在了门口。

这次他很“文明”，是向方老师请假的，让小蒙古回家干活。方老师开始不愿意，后来是小蒙古自己主动离开的。二犊子在临走的时候给方老师留下了一句话：“对你很给面子了，我妹妹以前干活都是全天不来学校上学，今天还上了一上午课呢。”

顺便提一下，主动下地干活是小蒙古和她爸爸定的“协议”，只要她家在叫她去田里干活的时候她就必须听从，只有这样，才有她继续上学的机会。

好可怜的小蒙古，一个学习那么好的一个女孩子，一个刚当班长就离开班级的女孩子，那年，她十七岁……

第五章

小辣椒没来班级上学，她爸肖电工特意到学校找方老师，告诉她小辣椒转学去肇源二中了。他说话的时候，声音不小，言谈中，我感觉他对方老师“排挤”他女儿非常不满，说以前所有的老师对他的孩子都好。不管方老师怎么解释，他都晃着脑袋。

这几天，我好像改变了许多，晚上不怎么听收音机了，灯光下，经常学习到深夜。

我爸爸很高兴我的改变，至少我不琢磨什么打架的事了，妈妈却不这么看，说我学习是摆样子，是为了逃避在家干活。

晚上，方老师来我家做家访，她和我爸说了很长时间的话，后来我被叫了过去。

我爸：“方老师就是为你学习的事来的，你以后必须听话。”

方老师：“大楼表现不错，现在在学习上，你感觉最难的是什么?”

我：“感觉没什么头绪，不知道怎么学，一上物理课，我就头疼，一点也学不进去。”

方老师想了想：“要是对物理课学不进去，那就别学了。”

我一愣：“不是要全面发展吗?”

方老师：“没错，但也得看实际情况。你语文不错，你可以放弃物理，学学文科。”

我："文科？"

方老师："就是学历史地理。"

我："我可是一天都没学过。"

方老师："历史和地理的知识平时你能知道些，如果你感兴趣的话，也不难学。这样吧，我先让我的同学给邮来几本书，你先看看，如果行，你就学学文科。"

一听方老师说不学物理了，我好像如释重负。

按着方老师给我的历史地理资料，我看着背、背着看，学习起来没感觉有什么太大的难度，我庆幸有好几年听广播的习惯，通过听广播我还了解点历史知识，也知道点天文地理的常识，要是有体育科就好了，我天天都等着听体育新闻，无论寒暑，我都等到晚上 9 点 45 分，准时收听体育新闻，只是可惜体育的事我知道不少，就是学校开"运动会"我参加各种和跑沾边的项目总是倒数第一。

弥漫在春天的气息里，我像服了兴奋剂一样，学习起来很有劲头，尽管有囫囵吞枣的感觉，但我始终牢记方老师的话，除了背，还是背，死记硬背……

时间一天一天过去了，方老师对大家的好很快传到了家长的耳朵里，家长看方老师一个人也不容易，时常给她送点什么婆婆丁、苘麻菜、小根蒜什么的，尽管不是什么好吃的东西，但绝对都是绿色食品，是大家在田里挖出来的，再说交人还不用花钱，这样的好事谁不愿意做呢。

小蒙古还是经常缺课，脸上的笑容越来越少了……

一天，方老师让我去大队给她取一封信，我清楚地记得邮给方老师的信的落款是"黑龙江省革命委员会柳河五七干校六营"。我不知道柳河在哪，我自然不知道信是谁邮来的。接到信以后的几天，我明显地感觉方老师总是闷闷不乐。

不知不觉，五月节到了。在农村，五月节是很被重视的节日。孩提时代，经常在这天去踩艾蒿、打悠悠（我们那管打秋千叫打悠悠）、妈妈在手腕上给系个五彩线什么的，最让人兴奋的是能吃上一个鸡蛋。

这个五月节也不例外，我也分到了一个鸡蛋。这要是往年五月节，我几乎在接到鸡蛋的时候就三下五除二，早吃没了，可是这次我没那样。我攥着手中的鸡蛋，来回在地上走着。

我很想动员小弟把他的鸡蛋“借”给我，他也是始终攥着鸡蛋看着我，以前家里分点什么好吃，他总是留到最后吃，因为别人先吃的时候，谁都不能对他眼巴巴地看着无动于衷，他尝到了先吃别人的、后吃自己的甜头。

这次他没能如愿，等我半天，看我没有给鸡蛋扒皮。

他问我：“哥，咱俩撞鸡蛋啊，撞坏的给你，好的给我，行不行?”

我问他：“为什么要给我坏的?”

小弟：“我要看着你怎么吃鸡蛋。”

当时我真想打开鸡蛋，因为我最喜欢我的小弟了，可是这次我不想先吃这个鸡蛋。

兜里揣着鸡蛋，我走出家门，漫无目的地走着……走了好久……

我坐在了校门口。我拿出了那个鸡蛋，掏出了钢笔，在上面画了一个笑脸，我希望她能改变一下不快乐的样子。

在给方老师这个鸡蛋的时候，她看着微笑的脸谱，还真的笑了，看见她的笑，我有说不出的开心。

“我背题去了。”我转身就走。

方老师：“你等等，大楼。”

我站住了，她走了过来，把鸡蛋递给我：“你吃吧，我吃过了。我平时就不喜欢吃鸡蛋。”

攥着鸡蛋的手，是一只我从来没看过的、白白的、手指很长的手……

方老师：“你吃了，学习能更好。”

当时我想，这老师真会骗人，要是吃了鸡蛋就能学习好的话，那我干脆就不用上学多养几只母鸡就是了。

我没再说什么，转身就走，她没再叫我。

村子南面有条小河，叫八家河，离村子有三四里路，小的时候经常去这条河里打鱼摸虾、游泳嬉闹。

小河弯弯，镶嵌在绿油油的田地里，在河堤上，一眼望去，景色尽收眼底。

在这里学习很是惬意，这段时间放学后，我经常来这看书。

我学习的地方，好像只有小蒙古一个人知道，因为前不久，她扛着锄头经过的时候，正看我在这“用功”。

今天我专背地理，背着背着，我感觉背不下去了。地理并不是死记硬背的学科。记得前几天有个时差计算的题，我怎么都搞不明白，因为我数学的底子不怎么好。问方老师，方老师也不会。还是小蒙古行，她把我的书拿出来，琢磨了一晚上，第二天给我讲明白了。后来，也不知道她从哪借来一本和我一样的地理书，但我感觉她并没有考文科的意思。

河堤上，平时没有行人，偶尔听见几声牛叫声也是来自远处。

这真好，是我一个人的世界……

大约过了两个小时，我似乎听见了身后有轻微的动静。

我转身抬头，小蒙古站在那里，一只手揣在兜里……

我站了起来，看着她：“你怎么来这儿了，是要下地去干活吗?”

她摇着头，脸转向别处，她的一只手拽着衣襟。

她不说话，我好像也不知道怎么开口，我们就这样站在那里……

小蒙古：“你……学吧，不耽误你了，我走了。”

我：“有事你就说。”

小蒙古：“嗯……没事。”

我：“没事那你走吧，我再学会儿。”

她走了，没有平日走路那么快。

她转身回头，看我还在那傻呆呆地看着她，她又走了过来。

小蒙古：“是不是影响你学习了?”

我：“没有啊。”

“那就好。”她好像很犹豫的样子。

我：“你怎么了?”

小蒙古：“没怎么。我走了，你别看我。”

我好脸红。

小蒙古：“你把脸转过去，坐下，在我走的时候，不许回头。”

我下意识地“嗯”了声，心里想着，她这葫芦里卖的是什么药呢？我转过脸去，坐下了，端起了书……

脚步声渐渐远去。我确定她真的走了，回过头，突然我惊奇地发现我的身后放着一个鸡蛋！

那是一个带着笑脸的鸡蛋，就是我画着笑脸送给小方老师的鸡蛋！

鸡蛋下压着一个小纸条，我迫不及待地打开，纸条上面写着：“刚才方老师给我送来一个鸡蛋，上面还有她画的笑脸，她说我需要营养。方老师真好。现在正是你学习吃劲的时候，你吃吧，我不饿。加油啊，你能行。”

看着渐渐远去的她，我含着泪花，跑着追了过去……

{第六章}

偶尔听说二牤子在放学后去学校骚扰方老师，听到这个消息，我气就不打一处来。我也问过方老师，是不是他又来找麻烦了，方老师总是否定。

人要是迷上学习的道以后，往往就会改掉很多毛病甚至是恶习。以前不打架总是感觉手痒痒，可是现在感觉除了学习除了在特定环境下想起方老师、小蒙古之外，往往我没有别的心思了，感觉不学习倒有些心痒痒了。

妈觉得我越来越像好人了，在不时夸我的同时，也心疼我给加点"料"，比如十天八天给蒸回鸡蛋羹什么的，当然了，全家只有我能得到如此的待遇。每每单独吃的时候，我总是不忍心，不免和小弟一起吃，但我越发感觉小弟吃饭的速度明显加快，抓紧吃完后还没来得及擦擦嘴巴就和我妈说能不能多做点。当然了，每当吃好吃的时候，我便想起方老师，不知道她都吃什么、有没有吃的……

我们家住在瓦房一队，一队有个老队长，姓安，我习惯叫他老安大舅。他是我爸的多年好友，俩人经常在一起喝酒。一天放学后，我爸和他在我家喝酒，俩人喝到兴头上，二斤白酒喝没了，我爸让我去到供销社再买一斤。

在买酒回来的路上，我碰到了二牤子，他正和几个人闲扯，在他们的说笑声中，我隐约听见他们在说方老师什么。对这些无赖，我本不想搭理，尽管我也经常喜欢打架，但他们都比我年纪大，更主要的是我觉得他们和我相比，都是没文化的无赖，所以懒得理会他们。

看着我拎着酒过来了，二犴子拦住了我的去路。

“你手里拎的啥?”二犴子问。

我：“瓶子，玻璃瓶子。”

二犴子：“瓶子里面装的啥?”这无赖，本来就知道里面装的是什么，还故意这么问我。

我：“水!”说着我要走，他一下拽住了我的胳膊。

我回头冷眼看他。

在我不注意的时候，后面的三驴子把我手中的瓶子夺了过去。我本想当时就给他们一腿，但考虑他们人多，就忍下了。

“把瓶子给我，我验验到底是啥?”二犴子说。

他用牙咬开了瓶盖，用鼻子闻闻，又大口地喝了一下，只见他咽下的时候眼睛一闭喉结一动，然后用力地“吧嗒”一下嘴：“一股水味，真是水啊，哈哈。”这无赖，还能整出水味这个词来。

蒙古族人好像天生与酒有缘分，喝酒真如喝水一般。

二犴子还要喝，我把住了他的手。

看我要抢瓶子，他一躲：“这样吧，你匀给我点。”

我：“想喝你自己到供销社买去，我不是卖酒的。”

二犴子：“这不是最近钱紧吗?要不我喝你的酒?笑话。”好像他平时钱不紧似的，我没看他钱松快过，他想白要人家的酒还有理了。

二犴子：“你给我二两，我保证以后不再找你麻烦。”

我想了想：“好，我给你倒二两，但以后你不许再给方老师找麻烦。”

二犴子想了想：“那得给我四两，你说的是两个人，一人二两。”他说得很干脆。

我：“行，你找瓶子吧。”我回答得也非常果断。

二犴子晃了晃脑袋，感觉我如此痛快地答应他，他有点吃亏了：“给半斤。”

当时我想，就是一斤都给他，他不再找方老师的麻烦也行，但我没有马上答应他，和他这样的人必须讨价还价，于是我装出很为难的样子。

“要不四两半，怎么样？”二牤子先和我讨价还价了。

我故意想了想：“等我回家和我爸商量商量再说。”

一听说我要找我爸，他立刻说：“四两就四两，你一点都不爷们儿。”

我：“你拿瓶子倒酒吧。”

二牤子：“什么瓶子啊，还用什么瓶子啊？”说着，他一扬脖，“咕嘟咕嘟”喝水一样喝起了酒来。

他一口气喝了一半，用袖子擦了擦嘴：“痛快，好酒！”说着，他把瓶子给了我。

我看着他：“你说话得算数。”

“君子一言，快马一鞭。”他舌头有点硬了。

走的时候我隐约听见他说：“对不起，哥们，刚才喝急了，忘给你们留一口了。”

到家我亲自给老爸和老安大舅倒酒，他们也没注意酒瓶子，我也是背着他们把酒倒进了酒壶里。

哥俩推杯换盏，没一会酒就喝没了。我爸拿起了酒瓶子，看看大舅：“这酒咋这么不扛喝呢？”

大舅说：“刚才……咱俩……喝的口大。”

老爸：“又喝一斤，哈哈。”

大舅：“对，你半斤，我五两……”

酒喝多了的人往往嗓门都高，本来我想天黑前再学上两个钟头，看来我在家是学不成了，去哪呢？

我走出院子，想着去哪能静下来看书。

河边远，我不能去；方老师那我倒是想去，但也不能去；去小蒙古家倒是可以，毕竟二牤子刚喝了我给的四两酒，我去他也不能说什么，正好还有题想问小蒙古，但也不能去，万一他要是耍酒疯我也学不了；碾坊？我心一阵狂跳，不能去，那地方吓人……

那去哪呢？我突然想起了一个地方——大队部，这个时候大队应该是肃静的。

于是我快步走向大队，嘴里哼唱着“沿着社会主义大道奔前方……”

刚路过碾坊，我看见了小蒙古。

开始我一愣，后来我看她低下了头，就快步从她身边走了过去……

“焦大楼。”小蒙古叫我，声音不大不小。

我回过头，四下打量下，看没什么人，我就说了声：“你去碾坊学习呀？”

小蒙古：“嗯，你干什么去？”

我：“我去大队看看书。”

小蒙古：“别去了，我那虎二哥在那给老徐头白话呢，不知在谁家喝的酒，真缺德，又给灌醉了。”

我白搭了酒，还闹个缺德的名声。

“要不你也进去吧？”她看了看碾坊，看了看四周。

“不……不去了，那地方……黑。”我很不好意思地说。

“要不咱们去我家啊？”小蒙古看着我。

我：“那一会你哥回来咋办，他早就张罗打折我的腿呢！我可不去。”

小蒙古：“没事，我家有个地方，他看不见，那地方还亮堂，走吧。”

小蒙古在前面走，我跟在她后面，不远，但也不近。

她先走进了她家的院子，我在大门外站着。

她趴着窗子看了看，回过头来给我打个手势。我走进了她家院子，她却向房子侧面走去。

她家房后的园子里长着半人高的玉米，莫非是她想带我去玉米地学习？我在想。

以前听说过苞米地里面曾有过乱七八糟的故事，我的心又开始跳了，我望着玉米地，她藏在哪呢？

正在我专心看着的时候，传来了小蒙古那甜美的声音：“上来。”

我心想，在地下，还怎么上来。

小蒙古：“上来啊！”

我转身抬头，我看见小蒙古在房顶上。这丫头，怎么还在这地方学习，要不说人家的水平咋高呢？

蹬着梯子我也上了房顶。

坐在房顶上，房前面来人一定是看不见的，她家在村子的最北面，房后面没有路，全是庄稼地，一般情况下也是没有人走的。

小蒙古笑着："这亮堂了吧？"

我点点头。

小蒙古："那学习吧，你看你的，我看我的。对了，你数学和地理有没有什么不清楚的？"

我点头："不会的太多了，我真有点没信心了。"

小蒙古："方老师今天不是表扬你了吗？说你进步很快，别灰心啊，咬咬牙就过去了。"

我："越学越觉得不会的越多。"

看我有点犯愁，小蒙古也好像有点没什么办法了。我们没打开书，也没再说话，就是看着田野里满眼的绿色……

微风吹来，泥土和庄稼的气息扑面而来……

"还是一点一点来吧？你看看这题。"她向我挪动了一下："听说其他学校学生学习好的也不多，你也别着急，咱们一道题一道题的来。"

我看着题，感觉茫然，她一点一点地给我讲着……

她声音不大，很柔……

她离我很近，只是无意间有些碰触使她还有点紧张，她说话的声调中也十分特别。

不知不觉天要黑了，当我们要下去的时候，发现梯子没了！

"这可怎么办，没了梯子我们怎么下去？"小蒙古有些着急了。

其实，平时就我这身手，从房顶上下去是不成什么问题的，以前到房檐掏个麻雀什么的都是常事，上上下下的就是个玩，更何况小蒙古家的房子并不怎么高，可是我下去了，那她怎么办呢？男生毕竟得对女生负责吧。

她焦急地看着我，我第一次感觉女孩子在遇到危急的时候，首先的依托就是男生，如果有男生的话。

“我先下去。”我说。

小蒙古：“怎么下去?”

我：“跳下去。”

小蒙古：“那怎么行?”

我：“那怎么不行？我不下去，你怎么下去?”

小蒙古：“你要是脚受伤了不耽误学习吗?”

不管是什么时候，小蒙古首先想的是学习，你说说她学习不好才算怪了。真不像现在的有些孩子，先想的是怎么不学习。

“你别管了，我先下去。”说着，我蹲下，想扒着房檐顺下去。

小蒙古：“那你一定要小心啊，千万千万别摔着。”她说话时看我的眼神，焦急加担心，等于着急的平方（在房顶上她给我讲的题全是关于平方的数学题）。

当我身体下去手搭房檐的时候，她拽住了我的手……

这是第一次有女孩子主动拽我的手，我顿时感觉有股暖流顺着我的手、我的臂涌向全身……只是可惜我悬在半空中，无暇感觉和体味这说不出的滋味。要是自己会点什么飞檐走壁的武功多好，在那多停留一会儿。

凭借这些年我在打斗时练就的一点本事，我很快就落到了地上，还没等我缓过神来，她马上问我：“怎么样？摔着没有。”

“小事一桩，和你爸说说，你家房子有点矮了。”我答道。

本来我想接她下来，可是她毕竟是个小女生。

怎么办呢？我在想。

在我犹豫之时，她说话了：“要不……要不你接着我下去?”感觉她说话的时候特别害羞。

我总以为我很男生的，可是在这样的时候，我往往比女生还女生。

我：“你等等，我找梯子去。”

顺着她家的房边走着，一直到院子里，没有看见梯子的影子。

后来在若干年后同学聚会喝酒的时候，三胖子和我说了实话。原来当时他听见了我们俩在房顶上的说话声（三胖子家在小蒙古家的东院，两家紧挨着，共用一道墙，墙的事以后再说），就感觉非常好奇，不知道是出于嫉妒还是好奇的缘故，他偷偷地搞了一个恶作剧，把梯子给撤了，藏在了小蒙古家后园子里的玉米地，然后他隐藏起来看我们怎样下来。这小子，那时够坏。

正在我找梯子的时候，发现三胖子家的墙上立着个梯子。真是天无绝人之梯，先拿来用用，用完了还回去就是了。我毫不犹豫地从墙头跳了过去，把梯子搬了过来。

小蒙古小心翼翼地从梯子上往下挪步，可能是我将梯子支得太陡，或者是她不熟悉别人家的梯子，就在她的脚要下到梯子底部的时候，一下踩偏了，只听她“哎呀“一声，扑到了我的身上。

我下意识地用双手接住了他，她一下就抱住了我，这突如其来的吓与怕制造了我说不出来的紧张和兴奋……这是我第二次与女孩子拥抱，并且是在我一点准备都没有的时候……

可能是惯性的原因，她搂着了我的脖子，脸也贴在了我的脸上，我把她的腿放在地上。按正常讲，这事也就算完了，可是她依旧搂着我的脖子，并且还紧闭上了眼睛，我感觉她的脸好热好热……

她真是惊吓得不轻，大约半分钟，她突然松开了手，什么都没说，急忙走开了，她走得近乎于跑，连个谢字都没说，一个平时很有礼貌的人突然变得如此不讲究了。

我呆呆地站在那里……

刚才的一瞬间真是太意外、太刺激、太让我心跳了，我傻傻地想着……

过去的事都统称为回忆，哪怕是刚刚过去。可是再美好的回忆，不能因为你的沉浸就能重来，回忆这东西再美好，也只能是个记忆。

后来我问三胖子了，他当时怎么看我走的，他告诉我，他一点都不知道，在小蒙古摔下的时候，他知道自己惹祸了，趁我们没注意他的时候，他先溜了。

真好，幸亏他没看到后面的事。他没看见，这对他这个小少年来说是件好事。

正在我还没有缓过来神的时候，从西院传来了三胖子他爹隋大虎的喊叫声：“谁把梯子偷走了，你这个败家的娘们，还不如一个看家的狗。”

我想蹲下，想以此“增加”墙的高度来挡住隋大虎的视线，可是他从墙那面跳了过来……

看见我出现在小蒙古的后园子，他问我：“这不是你家的地方，你来这干啥?”俨然这里是他家的地盘一样。

其实我相当紧张。但也庆幸他现在才出现，要是他看见了刚才的那一幕……我是男生嘛，咱必须为女生的名声着想。

“我是在这路过，那你来他家干啥?”我反问道。

隋大虎打量着我：“路过？这哪来的路？我家梯子丢了。”隋大虎指着那个立在墙上的梯子。

要是平时我可能直接告诉他那梯子是我拿来的，但今天我不能告诉他，怕他问我为什么拿他家的梯子，那我就无法回答了。

“要是你家的，你拿回就是了，要不我帮你拿回去。”说着我走向梯子。

“慢动，这是他家偷我家财产的证据，不能破坏现场。我马上去大队，对了，你爸在家吗?”

我：“就是一个梯子，还什么财产不财产的?”

隋大虎：“没那么简单，我马上处理，我就不信我整不明白，我，侦察兵。”说着他跳回了自己的院子。

我想，他一定是怀疑二犲子偷的梯子，这俩家伙都不咋地，他们斗斗也没什么不好，起码能分散下二犲子总找方老师麻烦的注意力。

想起了方老师，刚才在房顶上有道题小蒙古也没怎么给我讲明白，她让我问方老师。

于是我向学校走去。

{第七章}

就在我要到学校门口的时候，我看见二牤子晃晃悠悠地走进了学校的大门。

这个可恶的家伙，说话不算话，喝酒前已经当众答应我不再找方老师的麻烦了，我必须让他兑现他所说的话。

在我要跟上去的一瞬间，我脑海里突然闪现了隋大虎刚才要找他算账的情景，于是我转回身来。

隋大虎家和二牤子家的恩怨已久，倒不是隋大虎和二牤子的家人有怨，就是和二牤子一个人，起因大致就是二牤子这个“新生派”地痞要撼动隋大虎这个老牌势力的位置，从此两人在各种场合总是摩擦不断。有一次因为两家中间的园子墙有半尺的争议还打到了我爸那里。我爸处理得很简单，告诉隋大虎，你不是说二牤子家打的院墙占了你家半尺吗，那你在二牤子家这面也打一堵半尺宽的墙，这样就谁也不占谁家的地盘了。隋大虎盘算了下，找人打墙还要请客，加上对我爸的话也不能不当回事，所以从此就没再提这茬，但在心里对二牤子总是耿耿于怀，总是想找各种由头要灭二牤子的威风。

我猜这时候隋大虎差不多应该在大队部，因为他刚才一定是去我家了，我爸一喝多就睡觉，不能亲自处理他的事。他一定着急处理，因为怕“证据”被“销毁”，只能是找大队管治安的人。

那时候在大队管治安的人叫民兵连长。我们大队的民兵连长很特别，三十多岁，很积极，官迷，总想向上爬，往往不惜踩着别人。大事小事只要是他知道了，就必须弄个水落石出，上级对他的积极和认真给予了充分的肯定，但村里很多人都认为他很坏。

我到了大队，果然见隋大虎和民兵连长在说这事。

民兵连长：“邻里邻居地住着，这点事就算了，安定团结为重。”

隋大虎很激动：“不行，今天偷我家一个梯子，明天就能偷我家别的，就是我家再有，我能架住他吗？”我心想，也不知道他家到底有啥。

看着民兵连长不怎么上心他的事，隋大虎更激动了：“这事不处理不行，你要是不处理，我就到公社告去！”

一听说要向上级反映，民兵连长有点坐不住了：“好，我和你找二犴子去，好好警告警告他，处理矛盾不过夜，走。”

我在一边插了话：“二犴子去学校了。”

民兵连长：“好，走，去学校。”

我也跟在他们的后面，我想看看他们是怎么“咬”的。

当我到达方老师的住处时，眼前的一幕让我目瞪口呆！

方老师正在喊叫着，她头发凌乱，衣服明显有撕扯的痕迹，上衣大约被撕开三个扣子的位置，前胸突出的部分露出了一块……

她的手里拿把菜刀，闪闪发光，她的眼神充满恐惧和憎恨……

我惊呆了！

民兵连长和隋大虎也看得清清楚楚。

没等他俩上前，我一下子就向着二犴子扑了过去，照他就是一拳，他一躲闪，仅仅是打在了他的肩上。这小子，平时横行乡里还算练就了点躲功，关键时候还用上了。

二犴子晃了一下，用手指指着我：“你……要对你的武功负责。”这时候这俗人为了给自己开脱，还整出来个“负责”这个带有恐吓意味的文词。

他不说武功这俩字还好，他说了倒是提醒了我，我飞起一脚，狠狠地踹在了他的肋骨上，他“啊”的一声，后退两米多，倒下了。

民兵连长一把抓起了二犴子的衣领，在他叫骂的同时，又把二犴子的手拧到了后面。二犴子用另一只手捂着左胸“哎哟”起来。

方老师转过身去，整理着自己的衣服，我明显地看见她的肩膀有节奏地起伏……

我恨我自己，刚才要是我不耍小聪明多好，直接跟着二牤子进来，能有这事吗?！我狠狠地打了自己一拳。

他们俩“押”着二牤子走了。二牤子在呻吟的同时还在辩解：“自由恋爱无罪，你们公家怎么还管个人的生活作风自由?”他有点语无伦次了……

“少废话，走，送你上公社。”民兵连长严厉地说。

隋大虎：“你这缺八辈子德的玩意，你罪有应得、罪该万死、最不是人！你不但偷我家的东西，还他妈的还祸害知识青年未遂。”这可到他出气的时候了。

二牤子在挣脱，感觉他特别不习惯被别人控制。

他们走后，屋子里面静得犹如死了一般，当方老师回过身看着我的时候，她把刀撇在了地上……我给她递着毛巾，还没等她接过毛巾便放声大哭，紧紧地抱住我……

她的哭声，撕心裂肺！她毕竟是一个比孩子年纪大不多少、无依无靠、身处异乡、受人欺负、教着我们文化的柔弱女老师……

她在我的肩上抽泣，我感觉对不起她：“都怨我！都怨我！我来晚了。”说完这话的时候，我感觉我好像也流了泪，我们搂得紧紧、紧紧……

大队部门口，汇集了很多人，对刚才的事件传着不同的版本，但说二牤子怎么怎么不是人的多。都说群众的眼光是亮的，一点都不错。只有隋大虎的版本最狠，他说，二牤子得判无期还另带拐弯。他说话的时候特别兴奋和激动。

赤脚医生刘大夫紧急向我爸汇报，说二牤子很严重，好像“肋巴扇子”折了，折了多少根就不好说了，折一排都可能。这个刘大夫和二牤子家有点远亲，所以他说话的时候特别强调了二牤子的伤情。

大队部以我爸为核心的领导层在紧急磋商，到底是往南送还是往北送。

瓦房大队在肇源北面，距离县里三十三华里，在头台公社南面，距离公社十八华里。往北送就意味着经官，往南送就意味着抢救。

因为这样的事情在瓦房大队已经多年没发生过了，十几年前曾发生过一起，当事人被判了三年。围绕怎么处理二牤子的事大家犯难了，有人说二牤子虽然不对，但不管咋地也是乡里乡亲，他爹又是个老实巴交的人，他娘死了十几年了，他命也很苦。

二牤子爹带着小蒙古来了，小蒙古哭哭啼啼，他爹倒是大义灭亲，坚决要求惩罚二牤子，他说这样欠揍的玩意关进去自己也省心，要是送县里治病自己家一分钱都没有。

最后我爸说话了，这事先别张扬，咱们自己先处理，首先得征求方老师的意见，然后再定怎么处理二牤子。大家表示同意。我当时没在场，要是我在，我坚决反对！不管他妹妹下午是怎样帮我学习了。

我爸、王校长、老安大舅还有民兵连长以及二牤子他爹和小蒙古来到了学校。

王校长先开的口："方老师，是我失职，没能保护好你。现在领导都来了，你有什么要求当着大家的面说，大家给你做主。"

方老师不说话，脸看着别的方向。

"你放心，你怎么定，我们就怎么办，领导说了，绝不姑息，这不是焦书记也在场吗?"王校长说。

大家的眼睛都盯着方老师，方老师依然不说话。

我爸开口了："方老师，你受委屈了，我这个当大哥的和你说几句。虽然你来这时间不长，但大家都把你当妹妹看，你也给孩子费了不少心思，全村的人都感激你。今天的事听说也是二牤子喝了点酒，他现在也伤得不轻。作为书记，虽说上级处理咱村的人我脸上无光，但我也决不能护短。"

在我爸说话的时候，方老师还是一言不发，小蒙古含泪的眼睛紧紧地注视着方老师，似乎她的决定就是最后判决。由于下午在房顶上和她学习出点意外的原因，我始终没敢正眼看她。

"你看着办吧，早给个话，等着处理呢。"我爸说："你不管怎么决定大家都不埋怨你，你要是高抬贵手给他个机会呢，他家更能感谢你。你自己定吧。"

方老师依然不说话……

二犵子爹说话了："方老师啊方老师，都怪我养出了这么一个孽种，我给你赔不是了。这缺德的玩意，今天也不知道在哪灌的酒。"

我一惊。

"真是啊！我上辈子做大损了，生个这么个王八犊子。"二犵子他爹使劲地打了自己一个耳光……

方老师略微动了下身子，但还是不说话，这时，小蒙古做出了一个惊人的举动。

当着大家的面她给方老师跪下了，她哭了，她爹也跟着跪下了，他爹还一个劲地给方老师磕头……

方老师急忙上前扶小蒙古，这是她最喜欢的学生。小蒙古没有起来，而是抱着方老师腿哭，方老师也跟着哭……

看着他俩，大家谁都没说话。最后，还是我爸说了："方老师，那我们先送二犵子去县里了。"

方老师没说反对，但也没说同意。

我爸说："那就这么定了，先不经官，咱们先走。"

在他们要走的时候，我大喊了一声："这么定不行！"

大家都感到意外，停住了脚步，把眼光投向我……

"怎么不行，你算干啥吃的？"我爸显然是生气了。

"方老师还没答应呢，你们就这样定了，这是找人家征求意见吗？"说话的时候，我很激动。

小蒙古惊愕地看着我。

我爸："没你的事，小孩伢子，你给我回家去！"

"这么处理不行！"我显得从未有过的激动和冲动！

我爸："不行？你还能咋地！"

"是我们老师受欺负了，你要是不公，我告你去！"我也没客气。

众人吃惊，我爸更是惊愕！

我爸气愤地："你个小兔崽子，你还反了天呢？你等我处理完这事的！"

"好，我等着！"我也丝毫没示弱："你快点处理我，要不天亮我就去公社告你！"

方老师上来向后拉我："别和大人顶嘴。"她的声音不大，但对我来说很管用。

我爸上来要打我，老安大舅等人拦住了他：“别和孩子一般见识，救人要紧。”

大家推着我爸向外走，这时隋大虎急忙走了进来。

隋大虎很焦急地对我爸说：“马车我套好了，在村北头等着呢，二犊子也在车上。”他转过了头对二犊子他爹说：“大哥，别难过了，晚去不如早去，局子那地方也讲理，早去一天就早回来一天。”

我爸说了一声：“去县里！”

隋大虎愣愣地看着我爸。

送二犊子去县里医院的有隋大虎、老安大舅、二犊子他爹，还有二犊子的两个狐朋狗友。隋大虎是本不愿意去的，他原以为是把二犊子送到公社法办所以才如此积极的。但我爸让车掉头送往县里，在这人命关天的时候，他又不好推辞，也只好赶着车往县里走了。

车上，二犊子嗷嗷叫个不停。

隋大虎慢慢悠悠地赶着车，二犊子他爹除了骂二犊子再也不说什么。

隋大虎和犊子爹说：“大哥，你看他哼哼唧唧多遭罪，要不咱掉头去公社吧，公社近，能少遭不少罪，经官了以后，二犊子就算是公家管的人了，在医院看病还省得你个人花钱了。”

二犊子爹听着不是滋味，俗话说，虎毒还不食子呢，就是再恨自己儿子那也是儿子啊！

犊子爹：“我说大虎兄弟，咱就快点赶路吧，回头咱们两家的事都好说。”

“吁、吁。”隋大虎一勒马缰绳把马车停住了：“这是哪的话呢，老乌大哥，咱俩家有啥过节啊？不就是园子墙那点事吗，其实二犊子我们爷俩平时就是闲嘎搭牙，也没啥仇没啥怨的，是不是，二犊子？”

二犊子直哼哼：“是……是是，快点吧……我求你了，我是……你亲爹，行不行？”

“啥?!”隋大虎喊着，把马鞭子向地上一扔。

犊子爹：“大兄弟，孩子疼懵圈了，连人话都不会说了，大兄弟，你是我亲爹，行不行？快点走吧，等回去，我把咱俩家中间的园子墙推了，我家园子都归你了好不好?”牤子爹有点激动了。

隋大虎更是激动，他捡起了马鞭子，冲着马大喊一声：“出发!”拉车的马听不懂他的话，就是不动，他一鞭子下去，马车猛地向前一动，“哎呀我的妈呀。”二牤子发出了叫喊声。

在我家，我爸、民兵连长还有王校长正在商量晚上发生的事。王校长一顿检讨，说没保护好方老师。

其实王校长也很有难处，学校八个班级，才七个老师。老师一专多能，有的老师刚给五年级上完算术课回头可能马上就得给二年级上音乐课。就数我们班级老师最整齐了，也只有两位，一位是方老师，一位就是王校长。王校长就教我们一个班，他教物理、化学和政治。不像现在的老师，只能教一科。

王校长和我爸说：“按着你的意见，我已经让我们家张老师去详细问方老师了，这事咱们男人问也不方便。”

张老师是王校长的爱人，是我们瓦房学校除了方老师以外的唯一女老师。1954 年他俩被上级派往我们学校任教，从此在这扎下了根。他们来的时候条件更艰苦，但学校的房舍是最好的，才使用了二十多年。到 1977 年，学校房舍房龄大约五十岁了，成了名副其实的危房，为此我爸和王校长多次向上级反映，要重建校舍，上级也明确答复最迟今年秋天动工。

我和张老师走进了我家。

大家很焦急地看着她。

张老师坐下，我妈妈给她端了一碗水。

张老师：“焦书记，我问清楚了，当晚呢，二牤子酒后找方老师要和她谈对象，以前就去过三次，都被方老师拒绝了。这次借酒劲说了些不三不四的话，方老师开始也没介意，就是劝他回去。二牤子不走，继续磨叽，语言越来越下道，甚至威胁，方老师也没客气，就骂了二牤子。二牤子感觉很没面子，就动手了。”

张老师像讲评书一样一股脑把话说完。

“后来呢?”我爸问。

“接下来就是撕扯起来了，二牤子把方老师的衣服给撕坏了，方老师感觉硬拼不是二犴子的对手，就抄起了菜刀。”说到这里，张老师喝了口水。

“再后来，就是你（她指了下民兵连长）和隋大虎还有大楼进屋了，最终呢，正义战胜了邪恶。”

“方老师现在怎么样？”我爸问。

张老师：“开始见我就哭，可能是吓着了，现在好多了。”

我爸：“那就好，她对这事是什么意见？”

张老师：“她说了，听大队的。”

“嗯。”我爸松了一口气。

不一会，大家都走了，从我爸的口气中，我感觉他不想处理这事了，我心里很是气愤，真想和他理论理论。

正在我想这事的时候，我爸送客人回屋了。他瞪着眼睛看着我：“你给我站起来！”

我看都没看他一眼，反正我不理亏，踢二犴子也是为了保护方老师。我把脸看着别的地方，继续坐着。

我爸走到我身边，还没等我反应过来劲，他上来就打了我一耳光，我眼睛直冒金星……

我妈上前拉着我爸，我弟弟也哆哆嗦嗦地喊：“快跑，哥。”

我一动没动。

我爸还想上前打我，我妈用力地拽着他：“公家的事，你和孩子撒什么气！”

我爸根本就没理我妈：“你小子这书越念越出息了？还要告我！”我妈听了一愣。

我爸指着我：“你现在就滚出去，告我去。”

我：“你办事不公，我就告你。”

我爸还要打我，我妈继续拉着他。

我妈看着我：“你不说话行不行，大楼！”

我爸：“你学那点东西越学越回陷，都不如没上学的人，还动手了！你知道吗，你差点把人家踢死。”

我：“该！没踢死他算便宜他了。”

听我说着话，我爸当时就挣脱了我妈的手，举手就打我：“踢死人不偿命咋地?!”

一拳打在了我的头上，我天旋地转。

小弟喊着“快跑啊!”我被我妈推出了门外。

隋大虎赶的马车到达县里的时候已经是半夜了。

县医院附近修路，得绕道，这个时候问路也找不到行人。

二犲子的叫声越来越大。

三驴子：“隋大……叔，快点，去最大的医院。”

隋大虎：“这黑灯瞎火的咋找啊，大医院有啥好？越是大医院，死的人就越多。”

隋大虎的这句话，引来了犲子爹的哭声。

二犲子在车上不停地喊叫着……

大家很着急，这时过来个骑自行车的人，后面驮着一大包东西。

大家叫这人停下，这人偏不停车。

三驴子三步两步就把那自行车给拽住了，骑车人吓了一跳。

三驴子：“大哥，医院怎么走？有病人。”

那人指了指路，骑车就跑。

三驴子的脾气和二犲子差不多，又拽住了那个自行车。

三驴子：“你要是不告诉路，我揍扁你!”

骑车人哆哆嗦嗦：“前面……前面就是医院。”

三驴子：“刚从那面走过来，也没医院啊，你小子是不是成心不帮忙?”

骑车人：“那跟我走吧，就在前面。”

走了一会，骑车人告诉三驴子，从这往里面走，到头就是医院。

按照骑车人指的路，隋大虎赶车走到了胡同的里面，再往前没路了，微弱的灯光下能清楚地看见“兽医院”三个大字。

三驴子一顿骂那个指路的人。

隋大虎也傻眼了：“不管咋地，那也叫医院，就在这治得了。”

二犲子喊得要命，他爹几乎都要哭了。

这时，后面开过来一辆吉普车，车上下来两个人。

下车的两个人穿着公安服装，隋大虎一愣神，二犲子他爹吓得够呛，以为是来抓二犊子。

隋大虎："我说同志，现在车上的人得了急病，要断气了，我们把他送到医院以后你们再抓行不行?"

二犊子他爹都要哭了。

"少啰唆，你们看没看见一个骑自行车驮着一个大包的人?"公安问道。

三驴子反应快："看见了，看见了，往那面跑了。"

公安马上上车。

隋大虎却拉住了车门："我说同志，去县医院怎么走，车上的犯人得急病要死了!"

公安："什么犯人？哪儿呢?"公安跳下车。

大家都蒙了。犊子爹浑身哆嗦起来。

老安大舅："同志，病人很重，车老板子吓糊涂了，车上没犯人。"

隋大虎："是病人、病人。"

公安向吉普车上的同事说："你们先去抓盗窃犯，我送他们去医院。"

对方小声地："好，刚才他们说车上有犯人，到医院后仔细问问。"

我从家跑出来不知道应该去哪里，本想在外面走一会就回家，估计那时候我爸也消气了。

该去哪呢?

我不想去学校，起码今天晚上方老师是不会害怕了，倒不是因为二犊子不来骚扰了，是因为我爸和王校长商量了，由张老师晚上陪着她。

那我还能去哪呢?

小蒙古家自然也不能去了，我刚踢完她二哥，并且坚决要求处理她哥，小蒙古得记我仇。

没有目标的腿往往都是深一脚、浅一脚，不知道往哪走。

突然我想起了我从隋大虎家拿的那个梯子，现在应该是还放在小蒙古家的后墙吧，要是早和隋大虎说明白，也不至于今天出这么大的事，想到此，我很懊悔……我想把那个梯子给还回去。

于是，我向小蒙古家走去……

这一去不要紧，差点改变了我的一生……

第八章

夜，一片漆黑，平时并没有多远的路，我感觉走得时间很长，脑海里总是浮现着一天发生的事，耳畔回荡着我爸的怒骂声："你这个不知道天高地厚的家伙，把人家踢坏了，你要蹲笆篱子；踢死了，你要偿命!"我倒吸了一口凉气。

想着想着，当我就要接近小蒙古家大门的时候，突然传来了狗叫声，一只狗从我后面追了上来，当时我吓得像丢了魂，撒腿就往小蒙古家跑。

别看我平时不怕天不怕地的，但从小到大就是怕狗。

狗停止在小蒙古家的大门口，看来这狗还真讲究，知道不是自己家的地方不随便去。这时，我已经跑到了小蒙古家的窗前。

我按着胸口，喘着粗气，感觉双腿发抖。

屋内灯光微弱，隐约看见小蒙古趴在屋中间的桌子上，头一动一动……

她自己在家，她在哭泣!

她站起身来，看着窗子。

我觉得她好像知道我来了，是不是刚才的狗叫声给她报了信?

我蹑手蹑脚地往房后走。

小风阵阵，玉米叶发出了沙沙的响声，在黑夜中这声音并不悦耳，有点怪怪的，好像在响声发出的地方随时都能钻出什么东西来。

太可怕了，刚才的狗叫声本来就让我害怕，现在又传来这如此奇怪的响声……我连玉米地的方向都不敢看，我喘着粗气。

我轻轻地移动着沉重的脚步，怕惊动小蒙古和隋大虎的家人，怕风声传来的地里出来什么。

“证据”还在那，我看了看，把双手放在梯子上，就在我抓起梯子的时候，一只手拍在了我的肩上，我吓得几乎要喊出声来！

我不敢转身，死死地挺在那。

“焦大楼。”一个我再熟悉不过的声音传到了我的耳边。

我好像一下子瘫了下来，拍我肩膀的原来是小蒙古。

我深深地松了一口气，但我不知道和她说什么。

“是要给三胖子家送梯子吗？”她声音很小。

我：“嗯。”

小蒙古：“先别送了，我想上房顶。”

我很惊奇：“啊？这么晚了，你上房顶，不怕吗？”

小蒙古：“我自己在屋里更……怕。”

我：“那我陪你一起上房顶吧？”

小蒙古：“不用，你回家吧。我想自己……”

说完，她爬上了梯子……

我觉得我是不能在这停留了，我也很怕这里。

见她上了房顶以后，我转身走了。

在我还没走几步的时候，她叫住了我。

“在这……我也怕。”小蒙古说着。

“没事，有我在，你别怕。”我是壮着胆和她说的这句话。

小蒙古抽泣起来，我有点不知所措。

我站在房底下，她在房上抽泣，就这样足足有十分钟。

她停止了抽泣：“你……上来吧。”

我心又开始“扑通”了。

我上了她家的房顶。我坐在她的对面，但看她不是很清楚，只能看见大致的轮廓。

很久，我们谁都没说话，还是她先开口了：“知道我为什么哭吗？”

我："害怕吓的?"

小蒙古："不是。"

我："是惦记你哥了?"

小蒙古："不是。"

我："是想你妈了?"

她迟疑了一下："不是。"

我："那你为什么哭?"

小蒙古："是因为你刚才说的话。"

我："什么话?"

小蒙古："你忘了吗，小时候在班级经常有同学欺负我，你护着我，你说过，有我在，你别怕。"

"我……我好像是好久没说这样的话了，有点忘了。"我说。

小蒙古："可是我……能记一辈子。"

听她说这话的时候，我不知道说什么好了……

我们又沉默了。隐约感到她抬起了头，她看着星星还是在数星星？她还是想着什么?

我问她："今天我踢你哥了，你恨我吗?"

她没有立即回答，我想她一定是记仇了。

小蒙古："我……我不恨你，是他欺负方老师了。"

我松了口气，心想，这小蒙古比我爸讲理。

我："我爸晚上骂我了（我可没说打我)，他说我打坏你哥得进笆篱子。"

她突然用双手搂住我的脖子："我不让你走，我不让你去。"说着她哭了起来。

我傻傻地挺在那里，感觉她的双手有千斤重。我不知道如何是好……

我轻轻地挪着她的手，她好像有意不让我动："要是我妈活着就好了，我不会有今天，我哥也不会……"她哽咽地说着。

我的手托着她的手，是那么机械，是那么情愿，是那么心跳，她还在我的胸前抽泣，我多么想帮助她分担本不属于她这个年纪应该有的痛苦!

但我不知道该怎么做。

她哭了很久很久……

感觉房顶上的风更大些，我觉得她好像发抖……

我：“我们下去吧，这冷。”

过了一会她才松开了双手。

我跟着她走到了她家的房前，到她家的门口的时候，她转过身。

“你进屋吧，我回家。”我说。

“我怕。”她打开门，在门口等着我……

我很犹豫……

我除了和她进屋，没有别的选择。

她拉下灯的开关，灯没亮。老天真能捉弄人，怎么在这个时候停电?

屋子里很黑，我们就站在屋子中央。

“刚才是不是冷了，今天我没烧水。”说着她要去外屋。

我拦住了她：“我不冷，也不渴。”

“是不是你一天都没吃饭?”我问她。因为我知道她经常吃不上饭，除了她家的粮食少以外，她家只有她自己会做饭。

她没有回答我的话，我顿时心里一酸，她一定是饿了一天了。她要是生在我家多好，起码有个妈，起码能吃上饭……可是现在……

我们就是这样站着，真的很近，仿佛能感觉到对方的心跳声……

过了会，小蒙古说话了：“也不知道我爸现在怎么样了?”她没提她哥哥二犺子。

我觉得黑灯瞎火的就我们这一男一女在这站着也很尴尬，但又不知道怎么离开，正在我犹豫的时候，院外传来了脚步声……

我们都听见了这声音！我的脑袋先是“嗡”的一声，然后一片空白……

可想而知，小蒙古当时得吓成什么样，我知道她比我更胆小。

脚步声停留在窗前，我也仅仅是看个黑影，好可怕！

“黑影”在敲着窗户，我紧张得腿直哆嗦……

小蒙古惊愕地：“鬼。”说话的同时她一下子就扑到了我的怀里……

我能听见她的喘息声……

“黑影”说话了，声音还很大……

“丫头，你哥开完刀了，阑尾炎，穿孔了，他的肋巴扇子没折，你爸让我告诉你一声，别惦心。”说话的人是隋大虎，说完他就走了。

我们俩半天没有醒过神来，依旧是那样地抱着……

“我哥没事了。”小蒙古的声音不大，说得很慢，随即，她好像醒过神来：“没事了!”她几乎是在喊。

我这时才反应过来，当时好像是我们俩一击掌，说了个什么字我现在忘记了，就是类似现在人说的“耶”!

之后我们紧紧地抱在一起，唇也紧紧地贴在一起……

这是我有生以来第一次这样亲吻一个女孩子，在我十七岁那年的6月26日凌晨时分……

我们相互搂着吻着，彼此体验从未有过的感觉与紧张。我们能听见彼此的心在狂跳，好像进行心跳比赛，这里没有黑暗、没有恐惧、没有忧伤，这里就是我们的世界……

经常听说胸膛在燃烧，我终于知道了这个燃烧是啥滋味，也就是在这个时候，小蒙古突然推开了我，趴在了地上的那个桌子上放声大哭起来……

我呆呆地站在地上，仿佛钉在那里……我走向她，腿软软的，就是两步三步的距离，我好像无法到达……

她为什么哭泣，我猜不到，但我觉得这一切都与我有关。

男人必须为女人负责，这是现在人常说的话，其实在那一刻我就知道了。

尽管是刚才也搂了、也亲了，但我把手放在她的头上的时候依然是那么犹犹豫豫、紧紧张张。在我的手触及她的头发的时候，我明显地感觉她猛的动了一下，那是拒绝的反应，当时我真不知道我的手应该放在哪儿。

天亮了，我必须趁着外面人少的时候离开她家。现在正是农忙的时候，下田干活的人起得格外早，我现在出去说不定都能碰上谁，要是让别人知道我晚上在一个姑娘家并且就她一个人，那还了得？别看当时农村的发展速度慢，但传话的速度飞一样，要是被人知道了，她将无法活、无法嫁。

“我走了。”我说着。她一动没动，什么话都没说，好像根本就没有听见我说的话。

在我即将走到房门的时候，她突然喊了声：“等等。”

我停住了脚步。

“从后面走，后面有道。”她说话的时候看都没看我一眼。

我不解地：“后面？”她家的后面没有门，这我知道，难道有什么暗道不成？

小蒙古：“来。”

我跟着她走了过去，她打开了窗子。

看来我是必须从窗户跳出去了。

我蹬上窗台，稍迟疑一下，回头看了看，这次我看清楚了，她在看着我。她眼睛肿了。好像这是昨晚到现在她唯一看我的一次，在她看我的那一瞬间，我全身好像通了电，心里的滋味真是无法说出……

她低下了头……

“噗通”一声，我跳了下去，这一跳却引来了一个女人的尖叫声……

{第九章}

发出叫声人是大吵吵。

我知道她人不是太勤快，这么早出来绝对不是忙活计，做什么我就不知道了，但我知道我那一跳的确是吓着了她。

我钻进了玉米地，那个心跳！不亚于方老师、小蒙古给我带来的心跳感觉，只是滋味不同。

我必须有个好心脏，这段时间里，使我心跳的意外接二连三……

后来听说二牤子在做手术前，大家把带去的钱都拿了出来，包括我爸给他爹临时带去的五元钱，还差两元五角，还是那个送他们去医院的公安给凑上的。

再后来听说，在二牤子住院期间，那个公安一直在"关照"着他。

事是惹了，事是出了，但我必须还得上学。

我们肇源这个地方往往是十年九旱，但偏偏是今年，雨水特别多，入夏以来好像没怎么停过，记得方老师来的那天就下着雨，今天又下起了雨。

闷闷的钟声依旧在校园响起……

按照课程表，前两节课由方老师给我们上，可是来上课的却是王校长。

王校长："我一会出去办事，前两节课我先给大家上，这节课我们上新课，‘万有引力定律’。”他在黑板上写了起来。

大家好像没听见他说什么，而是在议论着，在大家议论声中，我听见是说昨天晚上学校发生的事。

尽管王校长说出了方老师没来上课的理由，但我还是想了很多。

两节课总算完了，接下来该是方老师的课了，我们班除了王校长给上课以外，再就是方老师了。

在第三节课的时候，方老师还是没来，来的依旧是王校长。

王校长：“方老师今天身体不太好，平时她也很累，让她休息休息。你们呢，不能休息，自习吧。”

说完他走下讲台，边走边说着：“自习不是放羊，大家自己学自己的，要注意遵守纪律，最近有的同学表现不错。”王校长看了我一眼，关上了门。

王校长刚走出门，三胖子就站了起来，看着我：“这是说你呢，你遭到表扬了。”

这小子就是这毛病，老师要是表扬别的同学的时候，他总是嫉妒。要是表扬他的时候，他就舒舒服服。我和他可不一样，我希望老师在劳动的时候表扬他，越是表扬，他越是来劲。

看我不说话，他有些不习惯，于是，他又开始说话了：“老师也看人下菜碟，表扬还挑人，等我长大也当当书记，让我儿子也牛叉一下。”

我听出来了，他这分明是在骂我。要是在平常，要是没这段时间方老师的教导，要是这些天我心不乱，我绝对不能便宜他。

看我不说话，他更起劲了：“你说说，这校长咋不表扬表扬你昨天打人的事呢？”

我有些忍不住了：“你能不能不说了？”

三胖子：“你不是班长，你管得着吗？反正昨天你也打人了，今天再复习复习呗？”

他这一说，我的手还真有些痒痒了：“你要再这样我可不客气了。”我板着脸说。

三胖子：“那你打打我试试，我爹不是他爹，我爹没当过富农，当过兵。”他看着我。

他说得没错，小蒙古家的老辈子是瓦房的老户，当年自己开了点荒，有了点地，后来家庭成分被定为富农，为此，一家人都抬不起头来。

我有些生气了：“行了，我怕你，你坐下得了，你在我身边晃，我迷糊。”

三胖子：“我凭啥坐下？我难得站着，上课的时候，老师就提问你们了，我站起来的机会都没有。”

三胖子这小子就是这样的性格，他不高兴的时候，你越说什么他就越不什么。

我说：“行，那你就站着。”

三胖子：“你说站着我就站着啊？我那么听你的啊？”说着，他还真的坐下了。

大家哄笑。

三胖子觉得自己上当了，又站了起来，看着我：“听说你昨天差点把人家踢死，多亏我爹了，以后最好你别动手动脚的了，你爹官再大，踢死人估计也得偿命。”他好像是在警告我，更像是在教训我。

我又有些忍不住了：“我愿意动手！”

三胖子：“你是愿意动手，还愿意那样动手，动谁的手、咋动的手，我就不说了。”他晃着个身子，还特意看了看小蒙古。

他的这句话使我很意外，很震惊，也很尴尬，我感觉所有的人都在盯着我，我全身“呼”的一下，脑海里突然想起了那个丢了的梯子，莫非是他？

我一下站了起来，上去扯住了他的衣领：“你妈的！”我举起了拳头。

大家都站了起来，小蒙古上来拦着我。

显然三胖子对我这突然的举动一点准备都没有，他下意识地挣脱、躲闪，就在我拳头刚要落下的时候，教室的门开了。

进来的是方老师！

大家都坐了下来。

我只好松开了三胖子，小声说着：“你等着，便宜你了。”

方老师看着刚刚坐下的我："怎么回事?"

我没说话。

"啊?怎么回事?"方老师板起脸来。

我只好站了起来："没事，我们闹着玩呢。"

方老师看着我。

我问三胖子："是不是刚才咱俩闹着玩了?"

三胖子不说话，我借站着的劲，用力地踩着他的脚，不断加劲。三胖子龇牙咧嘴："是，很是。"

方老师："那你坐下吧，以后上课的时候，不许再闹了。"

我挪开了踩着三胖子脚上的脚，坐了下来。

三胖子："没把你脚硌坏吧?"他跺着脚："你真狠。"

和往常一样，方老师走上讲台，她依旧是那身衣着，那样的步伐，只是缺少了以往的风采。

方老师拿起粉笔，在黑板上写了四个字：我的同桌。

"今天上作文课，就是这个题目。"她指着黑板。

三胖子举起了手，站了起来："老师，不写我的同桌行不行?"

方老师看着三胖子，然后拿起了黑板擦，把同桌两个字擦掉，点上一个省略号。

方老师："大家可以随便想，可以写我的同桌，我的同学、我的老师、我的爸爸、我的妈妈……"

我发现前桌的小蒙古一动。我心想，没说写我的哥哥，老师就够给面子的了，但随后我又一想，是方老师说到了我的妈妈……她当时心一定是"咯噔"一下，我想着，今后她的一举一动只要是在我的视线下或者是我知道了，我都不能无动于衷。

大家按照方老师的讲解写了起来，但也有的同学根本就写不了，比如三胖子。

三胖子又举起了手，站了起来："老师，我也写不了啊，这作文没啥写头。"

方老师很耐心："就从你身边最熟悉的人写起，他们是什么样的人，什么事给你留下了深刻印象，对你有什么影响，这都可以写。”

三胖子摸了摸头：“有了，我写我的虎爹。”

大家笑了起来，但我感觉小蒙古没笑，我也没笑……

我该写谁呢？我心里翻来覆去，要是平常写这些，我根本就不费什么劲，写我的老师？写我的同学？写老师一定要写方老师，因为她与其他老师相比明显不同，人物越不同就越可能写出好作文，这是方老师刚刚说过的；写我的同学，要是以往，我一定是写小蒙古，因为她学习好，作文在写好人的时候，分数都跟着借光，这我都知道。我到底写谁？我试着写方老师，但想起一幕幕，我停笔了。我又写我的同学小蒙古，但刚提笔，我的大脑更是翻江倒海……

我明显地写不下去了，因为除了方老师和小蒙古以外，别人我谁都不想写。

我的犹豫没有逃出方老师的眼睛。她来到我桌前：“怎么还不写？写作文有时间的规定。”

这道理我懂，只是我无法下笔。

“隋满堂。”方老师叫起了三胖子：“你到前桌写去。”她指着小蒙古身边的那个空座。

方老师坐在了我身边，她什么都没说，腰板挺挺，她在注视着同学。我坐的是最后一桌，这无疑是监督全班同学最好的位置。

我真的是写不下去了，这几天的累和困，使我一点都打不起精神。

我的状态好像方老师知道，所以我没动笔她也没说我什么。

慢慢的，我好像睡着了，在方老师的身边……

可能是在梦中，我隐约感觉我的腿碰着方老师的腿，一会又轻轻地躲开，是那样的刺激那样的惬意和那样的美……

作文很快就交上去了，这时我也醒了。

站在前面的方老师拿着一份作文满脸严肃地喊着：“隋满堂！你是怎么写的，你出来，自己给大家读读。”

三胖子被叫到了前面，他拿起了他写的作文，就是站着，什么话都不说。

方老师："焦大楼，你过来，给大家念念他写的作文。"

我念起了三胖子写的作文："《我的虎爹》，我认识的爹很多，但我家里的这个爹给我的印象最深……"

大家哄堂大笑止住了我。

方老师："这是你自己写的吗？明显是抄乌日娜的。"

后来我知道，乌日娜写的题目是《我的同学》，写的就是我，她这篇作文的开头是这样写的：我认识的同学很多，但我们班的这个同学给我的印象最深，他叫焦大楼……"只是三胖子在抄的时候没抄明白……

大家的哄笑使三胖子很没面子，他冲着方老师："你偏心，有的同学还一个字都没写呢，你怎么不说他，这上哪说理去？"

感觉三胖子说的他明显就是我。

方老师脸红了。

三胖子毫不示弱："我真想写他了，把他半夜去一个小姑娘家的事都折腾出来！"说着他理直气壮地回到了自己的座位。

我惊呆了！但我感觉同时惊呆的还有两个人，一个是方老师，一个就是小蒙古。

我不知道自己是怎么走到座位上去的，要是平时遇到这种情况的时候，我对三胖子一定是不能客气，可是我现在底气明显不足，一定是三胖子她妈把我早晨跳窗户的事说出去了。

方老师半天都没说什么，只是说了声："隋满堂，以后你就和乌日娜坐一桌。下课。"

一天来，我看见小蒙古明显地坐也不是、不坐也不是，这样的情况好像从来没有过。她未和我说一句话，也没看我一眼，包括我在前面朗读三胖子"大作"的时候。

要放学的时候，邮递员来了，给方老师送来了一封信……

｛第十章｝

晚上，我妈让我给方老师送点小米，我正好有题不会，也打算问问她。只是想起三胖子今天揭了我的底，要是方老师问起我来我该怎么回答呢？我有些惴惴不安……

路过小蒙古家的时候，我看见她正在挑水，正想过去帮她的时候，看见隋大虎在小蒙古家的园子里，他用脚量来量去，我急忙走开。

到了方老师那，她半天没说话，也没看我，只是注视着一边，桌子上放着一封信。我把小米放在方老师的桌子上，她看了看我。

她的目光是那样犀利，我从未看过她有这样的眼神。我有点慌。

我想她一定要向我求证，三胖子说的从小姑娘家跳窗户的那个人是不是我，可是她没问。只是谢谢我妈给她的小米。

看她没有挽留我的意思，我也没好意思问她题，就说了声："我走了，再见。"

我话音还未落，她猛地站了起来："今天隋满堂说的人我怎么感觉是你？是吗？"

我不能欺骗她，我也知道她不想要我说出那个人就是我。

我没回答她。

她有些失望："都是有知识有文化的大人了，怎么能不走门跳窗户呢？学习的目的就是为了提高修养，你回去吧。"

这一天天的，我都好几次不知道怎么离开的了。

还没等我走到家，我妈妈就在我回来的路上等我，看见我走到她的眼前她好像才放心了。

我们一起走回家，路上她没和我说什么。

到家以后，她直接在外屋就叫我站住。我感觉她有事要问我，因为从前妈和我说话从来没这样正式过。

“昨天晚上……你在哪住的?”妈问我的时候好像声音有点颤。

我第一反应就是隋大虎的娘们来我家了，不怪隋大虎经常骂她是败家的娘们，这破嘴，真快。

“哪……哪也没住。”我没看她，但有点紧张。

我妈不高兴了：“你在露天地上待着了?”

我想了想：“也不是，在屋里。”

我妈：“谁家的屋里?”

我想我住在哪已经不是秘密了，就直接向她坦白了，反正妈也不是外人：“二犴子家。”我没说小蒙古家。

我妈很着急：“都谁?”

我：“我，小蒙古，还有……

我妈：“还有谁?”

我：“狗。”

我妈：“我问的是人?”

我：“那没谁了，就我们……俩。”

我妈好像很紧张：“都做什么了?”

我向我妈复述了昨天晚上的全过程，就是没说亲她的磕碜事。末了我说这都赖我爸，他要是不打我，我能出去吗?

正说着我爸，我爸进屋了，不是好眼地看着我：“你小子没去告我啊?”

看来他还想让我离开这个家。

“我学习忙，忘了。”我说。

“吃饭去吧，都凉了。”我妈说。

这一夜我翻来覆去，不知道我妈能不能睡好。我一直想着昨天发生的事，也想着晚上妈和我说的话以及她说话时的表情，我睡不着……

有的时候想控制自己的想象，但不知不觉有的事又溜达回我的脑海，其中有件事使我最担心，这种担心我又不能对任何人讲，越想到这个担心我就越担心，甚至是害怕……

后来这种担心小蒙古和我也提过，我们都很迷茫和恐惧。若干年后我才知道，这种担心根本就是多余的，但它的确压在我心里很久，像一块重重的石头，使我喘不过气来。

我曾经幻想天不要亮，只有那样我才能不面对我想逃避的事情。可是，太阳依旧升起，不管刮风下雨，黑夜孕育着她，到她升起的时候，谁想不要她灿烂都不行……

学校的钟声一遍遍响起……

小蒙古今天没来上课。

第三节课是数学课，方老师来到了教室。

这次我确认她第一眼应该看的是我。看着看着她说话了。

“乌日娜没来吗?”她好像在问我。

我站了起来：“没来。”

“怎么没和我请假，谁知道她怎么了?”方老师四周扫了下。

没有人回答她的话。

方老师：“焦大楼，中午放学的时候，你去她家看看，问问她为什么缺课。”我心想她要是不在家，我还能问谁？但我还是“嗯”了声。

三胖子插话了：“老师，要不我去问吧，我们两家紧挨着。”

方老师：“你们坐下，现在开始上课。今天我讲新课，内容是……

距离中午放学只有两节课，但我觉得很漫长……

中午放学的时候，我急切地向小蒙古家走去，一点都不像以前那样缩手缩脚，因为我在执行老师交给的任务，我可以理直气壮了。

三胖子从后面追来：“哎、哎，我和你一起去啊。”

我看了看他，心想：老师又没把这事交给你，你显摆啥?

我看着三胖子的眼睛紧盯着我的脸，尽管我步子很急。

“要不你自己去吧，你们不是邻居吗？你把问的情况告诉方老师就是了。”我说。

三胖子："那怎么行？老师又没派我去，她信着你了。"

我："就是问个话有什么信着信不着的，你去吧，我回家了。"说着我走得更快。

三胖子："别啊，我想和你去，还不是为了你好，省得你一个人去别人再想啥。"

我："我和她能咋地了？还能咋地啊?!"

三胖子听我的语气和看我说话的表情觉得有点不对头，就连声说："不能咋地，不能咋地，都是那些不是人的玩意瞎传闲话。"这小子，在关键的时候能把她妈当做玩意交出来。

和我的"神算"一样，小蒙古不在家，我当然也能算出她在哪。

老师交给我的任务我是必须彻底完成的，我就是这样的性格。尽管下午我到学校和方老师说一声她家没人也就行了。要是让我问别人，那我可能就到此为止了，但是让我问的偏偏是小蒙古。

我快步向我家走去……

家里很热闹，从窗前摆放的自行车我就能感觉到。

久违的菜香扑鼻而来，在我家喝酒的除了王校长还有三个客人……

一个我认识，是我们公社的秘书任乃平，有一个不认识的看上去派头不小，准是个官，另一个有些文质彬彬的。

按照我爸的介绍，我依次给客人敬礼、问好，这是从小我家传下来的规矩。我第一个给敬礼的叫周主任，后来我知道，这人是公社主管文教的副主任，那个文静点的叫刘老师。

顺便说一声，那时候什么公社领导、县里领导到村里来都是到各家各户吃派饭，还给老百姓家留下三毛饭钱，和现在的下基层领导怎么一样？稍微重要点的客人当然就都是在我家吃了，我家吃的相对好点，还不用交钱。

我给他们倒着酒。

周主任："你们不总反映缺教员吗？我马上就给你们落实了，前几天来的那个是临时代课的，这个刘老师呢，是公办的，你们要重用啊。"说到"重用"这两字的时候，他加重了语气。

刘老师："以、以后要四县、县里有四就吩、吩咐。"

这个刘老师说话很特别，听着发音很新鲜。

周主任："对啊，刘老师很有办事能力，并且……我就不说了，啊，有个大事难事的他出面管用。"

显然，这个刘老师很有来头。

我对客人们说的话没什么兴趣，倒完酒我急忙告辞到了外屋，锅盖上轻轻地泛着热气，我一把掀开了锅盖，伸手就拽出来一个玉米饼子，烫得我龇牙咧嘴，脚直蹦，玉米饼子在两只手上倒来倒去……

我妈过来了："着什么急啊，还没熟呢。"

管不上那么多了，我骑上了我家的"大金鹿"，一溜烟向南荒地奔去……

小蒙古真的在那里，在她家的田里铲地。我把自行车放在了地头，向地里走去……

绿油油的谷穗在我身上刮来刮去，炎炎烈日下小蒙古正在地中间锄草。我迎面向她走去，她竟没发现我。

小蒙古是有这个劲，就是干什么都专注，包括学习。

大大的草帽下那张原来是白白的现在有点晒黑的脸时隐时现，感觉她每滴掉在地上汗珠都砸在我的心上，我的腿震颤、心震颤……

本想快步过去抢过她手中的锄头，但是我没有，我在等，等她的到来，等她的发现，等她的惊喜，甚至等看她的吓一跳……

我与她的距离很近，但我感觉很远……

我真的等到了。在她猛地抬头的时候，我看见了她下意识地丢下锄头，一闭眼，左手紧摸着前胸……

她松了一口气："吓死我了。"她瘫坐在了地上。

我坐在了她的对面，谷穗把我们挡得严严实实，就是有人从附近经过，都很难看见我们。

越是没别人的时候，我们越是不知道怎么好了，口都不知道怎么张了。

可能是从那天晚上开始到现在，我们没正式看过对方，也没说过话，现在感觉既陌生，又心动……

我拿出来了那个玉米饼，递给了她："饿了吧？"

她看了看我，但没有伸手。

我：“吃吧，我给你干会活。”说着我要站起来，可是她一下把我按住了。

小蒙古：“这是在我家的地，你站起来别人看见怎么办，又该有人说闲话了。”

我这才感觉到她为我考虑得是那样周全，尽管也为了自己的名声。

她说的的确有道理，只是使我失去了一次不让她再辛苦的机会。

小蒙古：“是不是方老师要你来的?”

我点点头。

小蒙古：“早晨我出来得早，怕惊动她，就没请假。晚上回去我和她说。”

我不知道说什么，望着这一望无边需要一锄一锄铲的地……

她吃着我给她的玉米饼，感觉是那样香甜……

小蒙古：“你快回去吧，再有两天我就能干完活，出去的时候看看四周有没有人。”感觉是她也知道我在跳她家窗子的时候因为没有仔细“侦察”给别人留了口实。

“那我走了。”我无奈地站起身来。

小蒙古：“焦大楼。”

我吃惊地回过头来……

她坐在那里看着我，我的心在动……

“你再等会走，我……问你个事。”小蒙古和我说话的时候，没有看着我，这段时间我发现她多了这样的一个毛病。

等了她一会，她没开口。

这要是以往，我一定是着急问她是什么事，但现在我好像不能那样了。

“问吧。”（以前我习惯说“啥事?”）我说。

她还是很为难。

“没事，等哪天我写在纸上问。”小蒙古说。

“现在怎么不说?”我有点着急了：“说吧，我想知道。”

小蒙古有些犹豫：“那我……就说……”

但她还是没说。

到底是问什么事呢？尽管以前有的时候她和我说话也让我着急，但都不像现在这样。

我猫着腰走出了她家的谷子地，可是到地头，我发现我家那个绝对大件自行车不见了……

自行车没了，那还了得！在那年月，自行车是相当珍贵的东西了，不亚于现在的奔驰车，就是我丢了都比不上它丢了轰动。

我头发好像都竖起来了。

怎么找都没有，我想这下可坏了，我爸一定饶不了我。

我几乎是跑着回村的，直接奔家去了，在我就要到家门口的时候，发现隋大虎晃晃悠悠地从我家院子走了出来：“大……楼，也不知道是哪个败家的玩意，偷了你家的车，扔在南荒地了，我……给捡回来了……还敢偷这东西，没长眼睛，也不看那东西是谁家的。”

他歪歪斜斜地走了，我心里的一块石头落了地。心想，你做了好事可不要紧，害得我一溜小跑不算，我的心差点都要蹦出膛，好在车子没丢。

尽管是跑着回来的，但上学还是晚了，我必须马上回学校。

班级里乱哄哄的，方老师的课，她不在。

我还没走到自己的座位，方老师进来了。

“焦大楼！”方老师叫我。

她的语调显然比平时高。

我猛回头，看方老师严肃地站在那里。

“怎么迟到了？”她问我。

我真不知道怎么说。

我：“老师，乌日娜铲地去了，得三天才能干完，她说晚上回来的时候跟你说。”

“我没问她，问你为什么迟到?!”她的情绪和以往绝对不一样。

我本想和她讲刚才找小蒙古的过程，但我觉得一句话两句话也说不清楚，所以我就没说什么，继续看着方老师。

尽管她是那么严肃，但这是另一种美，这种美必须是在被她批评的时候才能体味到。

“没有纪律做保证，学习好就是空话。”她说这句话的时候，在环视着四周。

“坐下吧。”她走向了过道。

她边走边说着，边说边走着，什么纪律、态度、方法……说的都和学习有关，她这样走来走去差不多半个小时。

她从来没这样走过，也从来没和我们讲这么长，这使我感觉她很反常，大家更是你看看我，我看看你，我心里发毛……

“你们先自习一会，这堂课不上了。”说着她走出了教室。

同学们大眼瞪小眼，个个一头雾水……

不一会，方老师又回到了教室。她的情绪好像来了一个一百八十度的大转弯，表情不那么严肃了：“谁会铲地？”

二十多个男生全举起了手，和老师平时提问要大家回答问题的时候截然不同。

方老师：“好！下午是劳动课，男生都回家取锄头，女生就算了。焦大楼。”

我站了起来。

方老师：“你说说，去乌日娜家的地干活在哪集合好，我不熟悉路。”

“南小桥。”我惊讶地、高兴地回答。

“大家都知道那地方吗？”她问。

“知道。”“闭着眼睛都能找到。”大家回答着。

“好，都快回去吧。”方老师刚说完，大家就站了起来。

一个女生：“方老师，我们也去。”方老师看她的时候，其他女生也站了起来：“那活我们都会。”

大家疯着跑出了教室……

我除了带上锄头以外，还带了点别的东西，一个水壶和一个草帽。

水是给小蒙古带的，因为我中午去的时候看她很渴；草帽是我给方老师带的，就她那细皮嫩肉如果不遮挡遮挡，一下午就得“上色”。

小蒙古对大家的到来惊喜万分，尽管刚看见我们的时候她有些尴尬。

她给方老师敬了个礼，这丫头，当年《吃水不忘挖井人》那篇课文她学得最好。

大家在说笑中铲着地……

带着草帽的方老师也想试试铲地，尽管她干活不地道，但我感觉她有铲地的基础，我就纳闷了，一个哈尔滨来的姑娘怎么也会点这个？后来我想，哈尔滨的人也是人，也得吃饭，也得种粮，种粮就必须得会铲地。其实我想错了，后来我知道方老师是从黑河那边一个叫西岗子的兵团调到我们瓦房插队的。

小蒙古的脸上写满了笑意，尽管晒黑了些，看见我就感觉她的眼睛在和我说话，我心跳加速。

方老师虽然动作笨拙，但她劳动时的美更有一番韵味，不算太大的眼睛笑眯眯的，白白的脸蛋挂着汗珠，她的随便一笑似乎都是奖赏。看着她，我心里美滋滋。

我不忍心看着方老师拿着粉笔的手拿锄头，就接近她：“方老师，我来。”

她好像没听见我在说话，依旧铲着地，等我到她身边的时候，她还是重复着那个动作。

我不知道怎么做好了，说多了怕别人说我讨好老师，不说还舍不得她继续受累。也不想那么多了，我直接上去拿她手中的锄头，这一拿不要紧，碰到了她的手，我俩好像同时在过电，她下意识地甩开了锄头，直起腰四下看看，我也和她一样，但我清楚地看见了小蒙古在看着我们。

小蒙古走了过来：“方老师，我们干，别累着你。”她说话有点不自然。

我感觉方老师的表情和小蒙古差不多，但我碰她的手是有基础的，她也不能吓得怎么样。我拿起了锄头干起了活。

旁边的方老师对着小蒙古说：“我和焦老师学学。”

她俩都笑了，但我不知道她俩笑的时候是什么样的表情与心情。

于是我熟练地左一锄头右一铲着地，刚收的“学生”在我的左右跟着我，只是不知道小蒙古哪去了……

都说人多好干活，这话一点都不假，起码在那个年代。

也就是不到三个小时，活干完了。大家有说有笑，有打有闹，都没觉得怎么累，原来集体劳动真能给人带来快乐，并且我的快乐好像比别人还多一点或者是两点。现在回头看，这种快乐好像是不多见了，即便是也讲什么集体啊、团队啊，但真少了那时的纯真、快乐的感觉。

离天黑还有段时间，大家好像还没“玩”够，三胖子坚持要铲别人家的地，并且自己过去还干起活来。不一会，让人家给赶了出来。人家告诉他地都铲完了，都封垄了，强烈反对他糟蹋人家的地。

大家流了不少汗水，感觉方老师也有点“农民”了。

大家看着她，都问是回去还是……

方老师看上去很兴奋：“学习也要劳逸结合，做什么要像什么，学习的时候要学好，玩的时候要玩好，走，我带你们去河边，愿意游泳的游泳，愿意摸鱼的摸鱼，我们搞个野外大联欢，但有一条说好了，不能到深水的地方去。”

大家欢腾了，三胖子：“放心吧，老师，我们从小就是水鸭子，就是淹死了鱼，那也淹不着我们。”

大家开心地向不远处的河坝走去、跑去……河坝那面就是八家河。

方老师喊住了我们：“等等、等等，我们大家都一起走，唱着歌走。”

“好啊”“好呀”……

方老师起了歌头：“我们走在大路上，预备唱……”

第一次听方老师唱歌，她的嗓音还真的不错。

大家唱了起来，尽管调门有高有低，唱得也不怎么整齐，但能感觉到大家都抻着脖子唱的，起码是我们这些男生。

按我们村多年形成的惯例，游泳的时候男女必须分开，但距离都不是很远，以便应急时有个照应，往往都是由一片水里的柳条树丛隔开。河边，柳条林随处都是。

还是男生下水快，我发着喊声向河里冲去，踩起的浪花打在我们的脸上和身上，我们闭上眼睛，狂奔狂冲……

女生那面什么速度我不知道，一般的时候，我们都不敢看。

我们在水中嬉闹，是那样的开心、那么的快乐……

大家在比赛“扎猛子”，就是憋一口气，看谁在水中连刨水再蹬地走得远。

其实我的水性很一般，小的时候在水库玩水的时候差点淹死，从此家里就看得严，我也就是能游而已。

但是，大家叫上号了，我即使是输在终点，也不能输在起点。

我：“比赛就比赛，我喊开始啊，谁也别先往水里钻。预……备……”

我故意拖长“预备”喊声，没等我喊“开始”，他们几个一头就扎进了水里。这正合我意，你们在水里游，我在是水里走，这样还不憋气。看谁快？我暗自欣喜。

我在水里走着，根据水的波浪我能看见他们大致的位置，我加快了速度，等第一个冒出水面的时候我必须超过他们几米，然后用手抹下脸，装出刚出水的感觉。

第一个浮出水面是三胖子，我马上抹下脸，他一看我：“你属鱼的啊，比我远那么多。”

大家接二连三地从水里钻了出来，最近的也和我差两米多。

“你的水性有进步啊，啥时候练的？”一个同学问我。

“别说话！”我直挺挺地站在水里，惊喜地：“鱼，我脚下有鱼。”

三胖子直接钻进水里，奔我的脚底就来了，可是我走了。

可能是他没摸到我，出水的时候看我离他有两米多远。

他指着我：“你玩赖。”大家笑了起来。

正在这时，我的脚下真的踩到了一条鱼，一个我感觉很大的一条鱼，我僵僵地站在那里，一动不动，感觉一动，那鱼就能跑掉……

我自己是对付不了这条大鱼的，任凭我怎么喊，他们都不当回事，鱼来了的故事成了狼来了故事的翻版。

大家不动弹，我很着急，于是大声喊着：“三胖子，你快点啊。”

“你别逗我了，你以为我是小孩呢？”三胖子说。

我：“真的。”

三胖子：“你再糊弄我怎么办？”

“我再糊弄你，你爹都是我揍的。”我说。

“好。”三胖子向我走来。

大家大笑起来，三胖子才突然回过神来：“你咋说话呢，我爸是你揍的，你虎咋地？”

“我着急说走嘴了，你也不是我揍的，行吧，不骗你，再不来，大鱼跑了，快点啊。”我着急地说，踩鱼的脚心在水里直痒痒，我的腿马上就要坚持不住了。

我这话把三胖子给惹急了，他过来对我的右肩就是一拳，我一动不动。

他傻傻地看着我，一愣，他顺水就蹲了下去，按住了我的脚下……

其他两个同学也来了，我们四个人把鱼从水中托起，这鱼可真大，将近一米长。

大鱼在我们的胸前摆来摆去，用力挣脱着。

“大家一个劲，别让它跑了。”我说。

三胖子把牙咬得紧紧的，挤出了几个字：“它要是能跑了，我爸都不是我揍的。”

我们喊着，我们的喊声惊动了方老师……

同学们都跑了过来，欢呼雀跃……

这是一条长了多少年的大草鱼，用老人的话说就是要成精的鱼了，原来在它的身上有一个紧缠的网，网与草搅在了一起……

三胖子：“就这鱼，还想跑出我的手心，也没看看我是谁，借给它个胆，真是的。”他就势把鱼往草地上一撇，用食指指着在草中蹦跳的大鱼：“跑啊，你跑啊，我还治不了你了呢。”

他真能耐，还总说我爱显摆。

大家想着怎么处理这条鱼。

方老师说：“我还真没遇到这样的情况，怎么处理你们自己做主。”

小蒙古说把鱼卖了，用卖的钱做班费。但怎么卖很为难，得去县里卖，这么大个鱼相当一个人一个月的工资，很难出手，要是卖不出去还得白搭五毛钱的车费，再说现在都是啥时候了。她的想法被否了。

三胖子坚持拿他家炖了，说他妈做鱼的手艺如何如何好。当大家说都到他家的时候他却打了退堂鼓，这小子一点都不傻，大家吃他家一次，他家一个月的口粮就没了，所以他极力推荐去我家。

大家说话的时候，我去了附近的一个窝棚。这里是看地的黄大爷老两口夏天住的地方，说是窝棚其实是一个简易的土坯房。

我和他们商量，鱼在他这炖，然后大家一起吃，但前提是给我们做些大饼子，最少十斤玉米面的，明天我让人给他们送来十斤玉米面外加一大碗高粱米。借着我爸在村里的位置，我说话还是很可信的。

黄大爷同意了我的建议，但他说自己家的玉米面有是有，就是有点捂了，并且也就是五斤多点。

怎么都成，能炖鱼就好。

不知不觉，太阳即将退出白天。

看着大家余兴未尽，方老师站在河坝上大声说："同学们，既然我们出来玩了，那就玩得个尽兴，好，一会儿，我们就在这搞个篝火晚会，大家说怎么样?"

大家对方老师提出的篝火晚会有些不解。

我问方老师："什么是篝火晚会?"

方老师："就是点着一堆火，大家围着火堆，唱歌、跳舞、玩。"

话音未落，掌声哗哗地。

三胖子："早说拢火不就完了吗?"

"那大家准备好节目，好不好?"方老师声音异常洪亮……

大家鼓掌："好，好……"不管会不会演节目的统统都说好!

真是太让人振奋了，这可能是我们瓦房学校有史以来搞的第一次大型活动，并且在野外、在晚上。

大家用蒿子杆穿着小鱼在火上烤着，还有田鸡腿，清一色的都是纯绿色……

诱人的香味在空气中弥漫，萦绕着极度胃亏肉的我们……

烤好的最先给方老师和女生，看着她们连声说"真香""真好吃"的时候，我们好有成就感，感觉比我们自己吃了还香。

玉米饼子和鱼端来了，那独特的香味令我们陶醉……

大家掰开玉米饼，两人吃一个还有没分着的，我没吃，而是偷偷地走开了。

不远处是一片麦田，现在小麦已经灌浆……

我扛着一大捆小麦回来了，小麦加入了烧烤行列，它发出的味道更清香、更特别……

大家在篝火旁拍着手、唱着歌。

小蒙古的一首蒙古歌让我们听傻了，歌声高亢、忧伤，独特的蒙古长调和颤音在空中飘荡……

“南方飞来的大鸿雁啊
不落长江不呀不回头……”

她唱得是那样自然、大方。

掌声喝彩声一直没停。

掌声送走了小蒙古的那美丽独特的歌声，大家喊着：“方老师，来一个，方老师，来一个……”

那节奏，嘎嘎整齐。

方老师站在了我们的中央，她唱的歌我们感觉最好听，从来没听过，尽管很多人现在都不知道这首歌，但我依旧记着它的歌词和优美的旋律，三十多年来，我始终没能忘记：

“巍巍的兴安岭
满山飞彩云
滔滔的黑龙江　朵朵金光闪
毛主席光辉照边疆哎
边疆一片红……”

掌声随歌，载着我们的笑意飞向夜空……

唱着唱着，她自己跳起舞来，她的舞姿是那样的轻盈，那样的美，伴着她的歌声，起起伏伏……

那夜，篝火映衬下的她更是格外迷人，这是我第一次看见女人跳舞……她的舞姿，用世间所有的关于美的词来评价都不为过。

她的歌，弥漫着我的耳；她的舞，俘获着我的眼；她的美，拨动着我的心……伴着歌舞，方老师来后的一幕幕在我脑海里像电影一样闪回。

大家全傻眼了、惊呆了……

我想，那一幕幕，我的所有同学都会终生难忘。

唱着唱着，她突然停止了，她哭了，她哭了！在三十多个她的学生的注视之下……

顿时，场上的空气仿佛在凝固，大家的目光都注视在她的脸上。

她哽咽地说出了一个使我们震惊万分的消息：“同学们，明天起，我……不再是你们的老师了……我也不再是……老师了。”

大家都惊呆了！问她这是为什么？她告诉我们这是组织的决定，我们必须听从。

我亲眼看见，惊愕中的小蒙古等几个女同学都哭了，她们和方老师抱在了一起……

最后方老师说：“相信任何老师包括新来的老师，都希望你们学习更好！同学们，你们要振作起来，用你们的青春与活力，去迎接通往理想之路的每一个挑战……大家不要哭了，都不要哭了，我们唱着歌回家，我们永远用坚强面对属于我们的明天与未来！我们走在大路上，预备唱……”

我们走在大路上
意气风发斗志昂扬
我们献身这壮丽的事业
无限幸福无限荣光
向前进向前进
革命气势不可阻挡
向前进向前进
朝着胜利的方向
朝着胜利的方向
……

歌声划破夜空，响彻云霄……

纯情年代 1977，我们好年轻，我们好激情……

第十一章

回到家，墙上的新挂钟指向九点四十五分，已经是听收音机里播《体育新闻》的时间了，以往这个节目与早上的《新闻和报纸摘要》节目是我必听的，只要收音机在我身边。可是今天我没那兴致了。

我妈正为我爸收拾东西，褪色的绿挎包装得满满的，我爸在一边喝着茶水。

“怎么才回来？”我爸用随和的眼光看着我，这有点让我意外。

但一想，我爸就是我爸，怎么生气吧，过去了就解除了生气状态，不知怎么的，他和我就是不记仇，这点我不怎么随他，起码在我十七岁以前。

“出去办点事。”我说。

我爸：“办事？你还能办啥事？就说出去得瑟去得了，你还能有什么正事？”我爸喝了一口茶。

“焦书记，我现在就和你说个正事。”我很认真地说。

我妈在一边还笑出声来。

“听说我们方老师明天开始不当老师了？是真的吗？”我问他。

我爸：“怎么了？”

“没怎么，我就是要问问，看看是真是假。”我看着我爸。

我爸：“你听谁说的？”

我：“方老师。”

我爸没说什么。

“为什么不让她当老师啊，不是教得很好吗？”我问。

我爸还是没有回答我。

“焦书记，我和你说话呢！”我有点着急了。

“你不懂，学校的事，不归大队管，都是公社说了算。”我爸好像不想和我说什么了。他走到我妈身边：“装完了吗？”

我妈：“完了。”

“爸，全大队的事不都你说了算吗？”我问我爸。

我爸：“我说了算？我连你都说不了呢。”

我妈在一边插话：“快睡觉去吧，你爸明天还出门呢。谁当老师还不行，就教那几个字。快去吧。”

“爸，你和公社说说，别让方老师走了，我们大家都愿意和她学。”我诚心诚意地求着我爸。

“这我做不到，我只能做到给她找个好的生产队，干点轻活计。”我爸回答我。

“听你的意思，这个忙你就不帮了呗？”我问我爸。

“不是我不帮，是我帮不了。”我爸好像没耐心了。

听他的话，我犹如被浇了一盆凉水：“要是换老师，我们就都不上课，新来的老师愿意教谁教谁去。”

“你敢胡闹？！”我爸严厉地看着我。

“对！我带头领着他们不上课，你看着。”我有点激动。

我爸一下站了起来，水溅出了他端着的水杯：“你敢！我打折你的腿！”

我：“我这腿你都说打折多少回了，我还差这一回啊，你看着，我们就不上课！”

“你还不服天朝管了？！”说着他把手中的水杯撇向我：“你给我滚出去。”我爸气得直喘粗气。

我对我爸是太了解了，当我看着他拿水杯的时候，我就已经料到和他说翻了的时候他得把水杯撇向我。我一躲，水杯没有打着我，我依旧站在那。

我爸一看我还会了躲功，上来就是一脚：“你给我滚。”

我妈顺势拦了他一下，我爸没踢着我。多少次，老妈总是在关键的时候保护着我。直到现在，我还经常和妈说起往事，当我说到从我记事以后，妈从来没骂过我一次，没打过我一次的时候，现在已经是七十四岁老妈总笑着。

女人就是比男人好，这是我前半生最准确的总结。

当时妈推了我一下：“你快走。”她把我推出了门。

还没等我到外屋门，妈就快步过来了，拉住了我：“以后晚上不能去外面住。”

显然，我和小蒙古的那一晚上，她牢记在心……

每天我都起得很早，还不到四点，我就背出了两道大的历史题。我爸出门了，后来听说是到肇东涝洲和甘南的一个叫兴十四的地方参观学习，是县里组织的，一般人去不上。

他走的时候没和我打招呼，当然我也装着没看见他，谁离不开谁啊？外面正在下雨。

想到方老师今天就不教我们了，我很闹心，复习背书也不顺了，心很烦，站也不是坐也不是。还没到五点，我就离开了家。

临走的时候我妈特意嘱咐我：“你爸留话了，告诉你千万千万不能在学校胡闹。”我一听就不是我爸的原话，我爸说话不拖泥带水，一定是我妈担心我什么给加了一个千万。

“你得懂事啊，都是快娶媳妇的人了，别让你爸操心了，他那个官当得也不容易。”近一时期，在关于我的一些事上，我妈总是用要娶媳妇来比照，这使我很烦。

雨不大，雨点打在我的脸上，我加大了走路的步子，没一会儿，我就来到了学校。

方老师的门开着，这使我很意外。

屋子里，摆放着她整理好的行李，她正坐在行李上发呆。见我进来，她一愣神。

我看着她的行李，感觉她真是要搬出学校了，这也就意味着从此她不再是我的老师了，想到此，我心里咯噔一下。

她缓缓地站起来，看看我，去拿脸盆。

我很尴尬。

水盆放在凳子上，她在一个包里拿出了一个香皂盒，她看了看我，指了指脸盆。

我没洗脸，也没说话，转身就走了。

她没留我，没追我，我们一句话都没说。

我去了小蒙古家，她毕竟是班长，得和她商量商量这件事。

小蒙古在喂猪，她端着盆子在向猪槽子倒着猪食。

这姑娘可真不容易，要学习，还要干活，自己都是吃了上顿没下顿，还舍不得猪饿着。真是毫不利己专门利猪。

看我来了，她有点不好意思，马上把盆放在墙头上，用围裙擦了擦手："你……来了。"和我说话的时候，她看着猪，感觉她对正在吃早餐的那帮玩意说话。

我："找你商量商量，方老师的事，好像今天真的来别的老师教咱们。"

"我也不希望方老师走，可是……"她很无奈："没和你爸说说？"

我："说了，等于没说。"

"那怎么办？"这次小蒙古正眼看着我了，我明显地感觉到说"公事"的时候她就看着我，说私事的时候她就看着别的地方，她真是公私分明。

"我想组织大家都不上课。"我很坚决地说。

小蒙古："那行吗？这是犯错误啊。"

"什么错误不错误的？不给他学，还能怎么地。"我斩钉截铁地说。

看她犹豫，我又追了一句："你参与不参与吧？"

她看着我，那眼神很特别。

"就是如果不是方老师上课，是别人来上课，我们就都出去。"我强调着。

小蒙古："要不先看看新来的老师怎么样，再……"

我一听这话就觉得很不痛快。

这时猪叫了几声，好像没吃饱，她又端起了盆儿。

明显地感觉到她对猪比对我上心，但我没理解为这是她对我的蔑视，用现在的话来说，猪和人相比，那猪毕竟是弱势群体。

隋大虎的媳妇在墙头那面探头探脑……

走了几个同学家，但得到的回应都不干脆，都问小蒙古是什么态度。这帮没良心的玩意，昨天晚上知道方老师要走的时候当着人家的面还哭哭啼啼，转脸就变了！

我忿忿地走到学校，感觉实现我的想法很难。

同学们来得好像都比往常早点，大家有个毛病，来新老师的时候往往都很兴奋，都想看新老师是啥模样。今天也不例外。

不管是不是换了新老师，但校园的钟声还是那个动静。

照例还是王校长带着新来的老师，这新老师，我好像有点面熟，脑海中突然闪现昨天中午在我家喝酒的那三个人。对，他就是其中的一个。感觉这老师门子不浅，要不主任和公社秘书不能一起带着他来。

他，总体不难看，个头还不小，文质彬彬的，只是看他那神态，农村不农村、公社不公社，不知道什么地方看着就是不顺眼。穿个中山装，但底下的两个兜其中的一个还鼓鼓囊囊的，左上衣兜别了三只钢笔，感觉他相当有文化。

王校长告诉大家，新来的老师姓刘，叫刘全能。

和方老师来的时候程序差不多，只是王校长在走的时候还特别多说了几句"……这段时间大家的学习热情非常高涨，成绩有所提高，比如焦大楼同学，进步就非常明显……"我也不傻，我知道王校长表扬我的意思，显然是提醒我别再胡闹。

王校长走了以后，刘老师来了一个开场白，看似有所准备，说话很特别，听起来很别扭，原来他口吃，发音还有严重的问题。所以他说话的时候，大家都在偷偷地笑。

当然，我是没笑，我在寻找机会……

很快机会来了。

刘老师："听嗦，你、你、你们原来的方老思教得很、很好，这给我、我呢、带来了很大的压力。我应该向她学、学、学习。"

这位老师的话让我怎么听怎么别扭，我实在忍不住了，就站了起来："刘老师，你都说方老师好了，那你就别顶她了呗？"

显然我没有打招呼就站起和我说的话很出乎刘老师的意外。他略微有点慌。

"你仄四什、什么意尸啊？怎、怎么四、四、四顶呢？明明四、四主资丧的安排，就、就就我本森，还、还、还不愿意来呢。"他盯着我说。

差不多他说每句话大家都在笑。

"你不愿意来怎么还来？不愿意来怎么能教好我们？那我们要是不愿意听你讲课还得听呗？"我在这时候说话咄咄逼人，把他问得不知怎么回答。

我说的话，显然是打乱了他事先背好的词，再加上同学们的议论，他越发紧张，有点控制不了课堂的秩序了。

"大家树静，仄四课、课堂，课堂就应该有、有、有课堂的纪律，不能因为一个人而影响大家，四不四？"他说得真有道理，感觉他上学的时候一定不像我，准是个守纪律的主儿。

我也没示弱："这怎么是我一个人啊，你问问大家。"我看看我的同学。

教室里开始"嗡嗡"了，看来我平时对他们的影响在关键的时候还有作用。

刘老师还真不知道怎么说了。

他不说，那我接着说："都说少数服从多数，你看大家现在都干什么呢？"

小蒙古感觉有点害怕，转过身来和我挤着眼睛。

“你和我来什么挤眉弄眼的，一个女生，咋这样呢?”我板着脸和小蒙古说，我知道她很冤。

“我嗦焦大楼，你四不四焦书记家的?”刘老师说。

我学着他：“四。”

大家哄笑。

“那我见、见过你。”他显然在提醒我收敛，但我偏不。

“对，昨天你在我家喝酒的时候我见过你，也不知道你给没给我家交饭钱?”我这话的时候，他一愣。

我是东一耙子西一扫帚，想哪就说哪，就不说他讲课的话题。

他有点不知所措了……

我承认我有点胡搅蛮缠的“本领”，基本是在那年月练就的……

我这个人就是能穷对付，他要是不说了，我还倒没词了，我的经验是在课堂搞恶作剧必须有人配合，哪怕这个人是教你的先生。

课堂肃静了。

要不说老师就是老师，他就是比我厉害，知道自己给自己打圆场：“熟话嗦，不打不层交，以后的日子呢，还得我们共、共同度过。现寨，开、开死丧、丧以文课，我讲鲁迅的《纪念刘和珍君》。”

他翻开书，简单介绍了一下当时鲁迅写作这篇文章时候的背景，一字一句地照着他事先备好的课讲。

他的发音实在是有毛病，口吃也就是了，平仄音还分不清楚，听着真的别扭，真是白长那模样了。

几次都想站起来走出教室，就是感觉没把握把大家都带出去，我一直没敢蠢蠢欲动。可是我越听越心烦，根本听不出个数，他讲课和方老师根本就没法比。

越是这样，我就越想方老师……

数学课也是刘全能老师讲，讲的是三角函数，他基本就是抄书，加上舌头不直溜，真是越听越糊涂，更让人“佩服”的是，他能自己给自己讲蒙。

我感觉我们班的同学，应该是绝大多数同学都是鸭子听雷，只有小蒙古能听明白点，因为这丫头有一套自己独特的学习方法，就是走在时间的前面，先预习，把不会的先挑出来，上课的时候认真听讲，再弄不明白就直接问老师。今天也不例外，她直接问刘老师。

她的问题很简单，就是为什么叫“正弦函数”。

当年的小蒙古和现在的小沈阳差不多，就是喜欢问老师“为什么呢”，后来我总结，我之所以学习远不如人家小蒙古，就是因为我不会问“为什么呢”，我和她的差距就差这么一点点，也就是“为什么呢”这四个字的距离。

由于刘老师习惯于照书本念和照搬他的备课讲义，所以一下子被小蒙古提出的“为什么呢”给问住了，他在讲台上自己不停叨咕着“为什么呢、为什么呢”，还不停地摸自己的脑袋。尽管脑袋是思维的源头，但不能因为你使劲摸它了、拍它了，你的疑惑就解决了，这对老师也是如此。后来经常听说“我心一想、我一拍脑门子顿时就恍然大悟、豁然开朗”，这纯属扯淡。

小蒙古真有个劲儿，老师讲解她要是听不明白，她就在那站着，一直站着，大大的眼睛透着求知的渴望，看着老师，近乎于盯着，是那么的认真和真诚。

刘老师的手一直放在头上，摸啊摸，就是摸不出来个答案。

老师不能被问住，尤其是到一个新学校、一个新班级。如果第一堂课没打下好底，那以后这课就没法教了。我想，刘老师是非常明白这个道理的，因为他在头台公社的各学校之间调转多少次了。他开口了：“这憎弦嘛……就是我国古代有个叫憎弦的先人发、发明的，所以叫憎弦函、函素，如果当时要是有个叫、叫反弦的人先发明了，那一定得叫反弦函数了，古代的人讲、讲理。”

“那余弦函数是一个叫余弦的人发明的呗？”小蒙古问。

刘全能竖立了大拇指，当场表扬了小蒙古的理解力，说她会举一反三、触类旁通，让我们大家多向她学习。

后来小蒙古告诉我，当时她就觉得刘老师讲得不对，因为正弦、余弦、正切、余切不可能都这么巧，都是名字差不多的人发明的。较真的她特意跑了趟我们肇源县图书馆，一查资料才知道，原来这正弦函数是人家印度人发明的，根本就不是中国什么叫正弦、余弦的人创造的。你说说这刘老师为了给自己下台阶多能发明创造。

这节课上，我能明显地感觉小蒙古对刘全能老师的讲课不满意，她有点和平时上课不一样，也学会我们了，身子会晃了。

在她后座，已经习惯了她上课时候雕塑般的姿态，这突然一晃我还真有点迷糊。

小蒙古对刘老师在黑板上一个劲地抄东西有点无聊了，于是她自己写起来什么东西，她写的时候，还时常看看左右同学，生怕别人看见她写什么。

不一会，她给我递过来一张纸条。

我觉得应该是关于刘全能老师的，但不管怎么样，我平时对她递过来的所有纸条都感到莫名的兴奋。但同时又想，方老师那天婉转地批评她给我传纸条后，我们真是消停了好多天，怎么这方老师刚走，她就旧“病”复发了呢?

当我打开这纸条的时候，使我倒吸了一口气，感觉全身“唰”地一下，冷汗当时就下来了……

和以往一样，她给我写纸条依旧是用拼音，因为她知道我同桌三胖子不会拼音。你说说三胖子这家伙，上学七八年，还就是整不明白拼音，好像是别的科也整不太明白（我们班还有几个不会拼音的同学，现在看来真有些不可思议，但确实那样）。

纸条上的拼音是这样写的：na tian ni he wo na yang yi hou ，ni shuo shuo wo neng buneng sheng xiao hai ？？？！！！

字条上的字和一串拼音外加三个问号还有三个感叹号，把我彻底搞蒙！我的头发好像竖了起来！

因为在她提出这问题之前，我总是魂不守舍，随时都能想起那天晚上发生的事情，自然会想起小蒙古提出的这个问题，又不能问别人，总是提心吊胆。小蒙古的纸条，对我来说，不仅仅是雪上加霜，简直就是晴天霹雳！

三胖子似乎看出了我的反常，凑过来又要看纸条，趁我发呆的时候，他又一把夺了过去，这次我没和他抢，我想反正他也不会拼音。

他看着看着，把纸条送给了我："小蒙古说得对，这老师讲得就是不咋地，我听着都迷糊。"

我白了他一眼："你很有长进啊，拼音都会了？"

"那是，你以为我白吃饱呢？告诉你，哥们儿以后不会再为不会拼音而抬不起头了。"三胖子得意地回答我。

我："还是方老师好吧，没几天，你几年不会的拼音都会了。"

三胖子："那是，方老师就是比这个磕巴好。"他看了看还在黑板上抄题的刘老师。

"那让方老师回来继续给我们讲课，你愿意吗？"我问他。

三胖子："哪个儿子不愿意？"

我："这可是你说的。"

"啊，是我说的，咋地？"三胖子又开始和我"咋地"了。

"他不走，方老师回不来。"我说。

"我想办法，把他整走。"三胖子越说越来劲了。

可能是我们说话的时间太长了，尽管声音很低，也可能是刘老师在黑板上抄累了，他转过了身子。

"你们俩干什、什么呢？"刘老师很生气地看着我和三胖子。

刘老师没有直接对我来，显然是顾及在我家吃过饭并且认识我爸的缘故，他直接叫起了三胖子。

"焦大楼……"刘老师叫我的时候我心"咯噔"一下，站了起来。

刘老师："我没叫、叫、叫你，我叫你的同桌呢，你……坐下。"

我捅了下三胖子："叫你呢。"

三胖子慢慢悠悠地站了起来，同学们都注视着他。

"你叫撒名？"刘老师问。

三胖子就是不答。

"我问你呢，你叫、叫撒、撒、撒、撒名？!"他越是生气口吃就越严重。

三胖子还是不答。

“啪”的一声，刘老师把一根粉笔摔到了地上，两只眼睛紧紧地盯着三胖子。

三胖子这小子有的时候虎，但有的时候也执拗，他要上来那个劲，还真没辙。有一次他爹隋大虎打他，他就是不动弹。在我们农村，大人打自己的孩子是常事，一般大人打孩子的时候，孩子都跑，可三胖子往往不这样。他爹看着怎么打他都不动，也心疼，就住手了，可三胖子却和他爹叫上号了：“你揍啊，你揍啊，不揍，你都不是你爹揍的。”这把他爹气的：“我是不是我爹揍的，这么打你，你都不动弹，是吧？你不走，我他妈走。”你说说这小子是不是拗？这次刘老师叫他，他又犯那病了，就是不说话。

看三胖子不说话，我站了起来：“刘老师，你问他的大号还是小名？”

刘老师没搭理我。

我有个和三胖子不一样的劲，你不搭理我吧，那一点都不影响我搭理你。

于是我继续说：“他小名叫三胖子，大号叫隋满堂，他爹叫隋大虎，他爷叫……哎？你爷叫啥玩意了？”我问三胖子。

我这话使他开口了：“你爷才是啥玩意呢？我爷不是玩意，我爷叫隋大吵吵，也有人叫他隋大嘞嘞的。”

这傻玩意，把大家整得哄堂大笑。

刘老师显然是真生气了，直接奔我们走来。

“焦大楼，你什么意思，我问、问、问、问你了吗？”刘老师对我说。

我有点挂不住脸了，跟刘老师急了：“你问他，他不是不理你吗，我替他说的，我这不是千里扛着猪槽子，全都是喂了你吗?!”说完我就坐下了。

“哎，你说谁……谁呢？谁……谁四猪，谁四猪！”刘老师脸憋得很红。

我不说话了。

三胖子倒是开口了，他用手指指着刘老师：“你看看你，说话嘞嘞地，舌头都伸不直溜，还觍个脸当老师呢？”

本来是刘老师刚才要打我（那时候在农村小学，老师打学生也习以为常），正好三胖子说话了，他火正没处出呢，上来就给三胖子一撇子，把三胖子打得一个趔趄……

同学们都傻眼了。

三胖子狠狠地看着刘老师，那眼神好可怕，他起身就走，用手指着刘老师：“姓刘的，你打我，是不是？你等着！”

众目睽睽之下，三胖子走出了教室。

刘老师气得问小蒙古：“他……他是谁家的？”

小蒙古很有礼貌地站了起来：“刚才焦大楼告诉你了，老隋家的。”

这时有两个同学异口同声地说出了“隋大虎家的”。

“啊？”刘老师的“啊”字拖得很长……

看三胖子走了，我马上站起来，几乎在我站起来的同时，有七八个同学跟着站起，我似乎看见了能发动大家“弹劾”刘老师的希望，但我觉得这还远远不够，于是我看了看大家，示意他们坐下，因为现在还不是轻举妄动的时候。

我走到教室前面，刘老师问：“你……你干什么去？”

“我把他追回来，就他爸那么虎，要是知道了还能有你好？”我回答刘老师。

刘老师没阻止我，我跑出了教室。

追上了三胖子，看他正用手捂着被打的脸。

“这老师也太狠了。”我说。

三胖子：“我和他没完，我爸那么驴行八道，也就是光打我屁股都没打过我脸，就他那磕磕叭叭的样，还敢打我？”

我：“那你想怎么办？”

三胖子：“把他赶出瓦房村。”

我：“你能吗？”

三胖子：“你看着吧，我要是不赶走他，我焦字都倒着写。”三胖子越说越激动，把自己的姓都说错了。

我晃着头："我不信。"

"有什么不信的?"他看着我。

我感到现在是根据他的脾气火上浇油的时候了……

"你要是能那样，我给你一块钱。"我盯着三胖子。

三胖子马上站住了："啥？真的假的?"

我："真的啊。"

"好，谁要是说话不算话……"他指了指天。

我："人家打你也没打怎么样，你怎么能把人家赶走?"

三胖子："我找我爸啊。"

我："你也没伤，你爹还能怎么样刘老师?"

我这句话好像是提醒了他，

三胖子："你再加八分，先给我一毛八。"

我："干啥?"

三胖子："我买红钢笔水去，让我满脸出血，你看我爸跟不跟他拼。"

我："好，走，咱们去供销社。"

三胖子一看我答应得如此痛快，他又追加了一句："你给我两毛。"

我："多要那两分钱干啥?"

三胖子："买糖，你挨打，你不得补补啊?"

这小子，除了对学习以外的事情总是有他的"道理"。

其实我兜里没钱，那为什么敢答应呢？因为凭我爸的面子，我可以在供销社赊账，每次都是我爸给我结算，其实小时候我就经常"签单"，以至于养成了这个毛病，一直到现在。

给他买完东西以后，我和他说："那我回学校了。"

"行，我这就找我爸去，你预备好了啊，还欠我八毛呢?"三胖子很认真地和我说。

"你要是办不成，还欠我两毛呢？整走刘老师就行，打坏我可不管。"我说。

三胖子："别废话了，你就预备好钱得了，磨磨唧唧的。"说着，三胖子快步走开了。

在我回学校的路上，我碰见了隋大虎，他给我赶走刘老师的打算泼了一瓢凉水……

“隋大……叔”。我差点叫出个虎字。

隋大虎：“啥事？”

我：“也没啥事，就是新来的刘老师把你家的三胖子给打了。”

隋大虎：“为啥啊？”他眼睛瞪得像牛眼珠子一样。

我：“也不赖你家胖子，就是上课的时候我们俩说话，其实三胖子还没咋说，就我说了，但老师冲着他去了，扇他一撇子。”

“该，活该，打得好。”他狠狠地说。

他的话使我很意外，然而他接下来说的话更让我意外：“谁让他爹不是官呢？现在的人都他妈看人下菜碟，不赖他也该揍他，打死了才好呢。”说着他忿忿而去。

我很失望地向教室走去。

听见我敲门，刘老师走了出来，他看看四周，小声地：“我和你爸四好、好朋友，仄你不、不资道吧？”

我：“嗯。”

“刚才怎么样？”他急切地问。

我摇着头：“要不你先躲躲吧，我是不敢在这了，隋大虎来了别崩我一身血。”

我感觉刘老师倒吸一口凉气。

果然，今天我们提前几分钟放学了。

不一会，隋大虎拿着棒子领着嘴角带血的三胖子找到了学校，学校已经放学了，任凭王校长怎么劝阻，学校办公室的玻璃还是被砸了几扇。隋大虎还扬言，这事没完！

{第十二章}

方老师被安排到第八生产队劳动。八队在我们村是最好的生产队了，队长绰号叫“冯小手”，他能干、头脑活，他们队副业搞得好，有粉坊、打井队等。那年代，搞副业是很受限制的，我爸也是睁一眼闭一眼，因为冯队长和我爸也是好朋友，再说人家干的也是正事。结果呢，别的队每十个工分也就是勾三四毛钱，他们队十个工分就是一块二以上了。全村的八个队，就他们队没“跑腿子”，但同时他们队的活计也重，很少有吊儿郎当的社员。

一定是我爸在出去参观的时候和冯队长说了，要不方老师去不了八队。

这里我要多说几句……

1971 年至 1973 年那阵，哈尔滨市评剧院的艺术家们到我们那下放的时候，八队就没接收，主要是因为他们的活计累。比如我国著名评剧表演艺术家刘小楼先生当年就在二队，现在仍然健在的民乐演奏家郭艺老先生分在四队，其他很多的艺术家比如田秋影在三队，喜彩燕和李子巍夫妇、江峰和常宪之夫妇在二队，葛纯亮先生在六队，这些艺术家们当年风华正茂，现在大多都离开了人世，但是瓦房人至今没有忘记他们，非常留恋那段美好的时光。他们给我们闭塞的小村带去了先进的文化和知识，对我们后来的发展都起到了很大的影响。他们回到哈尔滨后还经常来瓦房慰问演出，其中刘小楼伯伯在回城的二十年间，差不多年年都携夫人回瓦房看看，小住几天，老百姓都很感动，后来瓦房人有困难去哈尔滨的时候，这些艺术家们都给了很多的关照，后来任哈尔滨市政协副主席的刘小楼老先生更是对大家关心有加，总是有求必应。我在哈尔滨上大学的时候，还时常去他家。他们回城后，刘小楼老先生的女儿、后成为哈尔滨市吕剧团团长的刘群，他的二儿子刘祖光也去过我们瓦房插队，乡亲们把他们当家人一样。1994 年，当时我所在的单位——黑龙江省审计厅的领导和同志们还有小楼老先生到我们瓦房村、七家子村和五百垅村捐资助学，这事还上了中央电视台的新闻联播和黑龙江省电视台的《今日话题》，主持这期节目的就是现在黑龙江电视台《帮忙》栏目的王成。好像是说远了，每当想起当年在瓦房下放和插队的哈尔滨人，以及肇源知青与我们瓦房人的情义的时候，我不禁眼睛湿润、浮想联翩。

当时我想，为什么要给方老师安排八队呢？八队是一个活最重但在我爸眼里最先进的生产队，这是不是有意对方老师落井下石呢？我有点对我爸的安排感到不解和愤愤不平。

早晨醒来，本想再睡个回笼觉，因为今天是星期天，可是我睡不着，不是因为想方老师的事，主要是我抱定要借有老师的难得机会，好好学习，就觉得怎么学时间都不够，越学不会的还越多。自己的基础本来就差，命还比天高，经常做梦我到公社考什么位置了，还总考不上，每当在噩梦中醒来的时候，我往往都是一身冷汗，现在我偶尔还梦见自己考试总是不通过……

于是我拿起了书本，走向村后的小树林……

空气清新得不能再清新了，林中的鸟儿叽叽喳喳，是那样的无忧无虑，真羡慕它们，不用起早贪黑看书本，不用想这又想那，不用学习也能飞翔，鸟儿的妈妈衔来食，它的爸爸对它不打也不骂……

什么时候时间过得最快，现在我觉得是上网，但那时我觉得就是学习，除了学习再就是和自己愿意待在一起的人，时间过得也是嗖嗖的。今天也是这样，不知不觉两个小时过去了。

方老师的离开让我感觉非常不习惯，尽管只有一天零一夜，每当我遇到难题的时候第一个想到的就是她，第二个是谁我想大家都知道。现在找方老师不行了，人家干活去了，我只好找小蒙古了。

吃完早饭，连六点半的《新闻和报纸摘要》都没听，就直奔小蒙古家，当然了，我还带上了两个玉米饼子。

虽说是为了学习我找女生理直气壮，但小蒙古这女生毕竟不是别人，我们不是有过她在纸条上说的那事吗？所以，越是接近她家的时候，我越是忐忑，越忐忑，就越是四周张望……

当我走到小蒙古家的时候，迎面走来一个男人，使我万分惊愕……

他是三驴子。他见我先是有点吃惊，后来和我嬉皮笑脸。这几个混混，经常在一起，我如果遇到他们在一起的时候，他们一个个地板着个小脸，那给我装的。要是拆帮了，遇到我就像现在这个样。其实我现在懒得搭理他们，要不是为了学习，就他们那几头烂蒜，我早让他们笑脸相迎、点头哈腰了。

我回头看了看三驴子，他也看了看我，好像我们都在问一个问题：你到这干什么来了？

我是来学习的，最起码是来学习的。

一进屋，我看着小蒙古系个小围裙，正在搬个箱子，箱子上面还放着一本打开的书，感觉她很吃力。我急忙放下手中的东西，帮助她把箱子摆在了她想放的地方。她笑了笑，就是一笑，脸就转过去了，可能是要轻轻地感谢我一下吧。

“搬东西箱子上面怎么还放着书啊？不嫌沉啊？”我问。

她看也不看我。

这小丫头，感觉是她干活的时候还想看书，看看人家，抓紧一切时间学习，要不人家学习怎么那么好呢？我听说过，她在打猪草的时候也拿着一本书，一面打着，一面看着，把刀都砍到了自己的腿上了；下地干活回来的路上，边走路边看书，走到了河里还不知道，裤子都湿了，她才醒过神来，但还坚持往前走，水面快到她手中的书了，她才上岸；还听说过，她晚上学习的时候，把灯泡当成了蜡烛，累了想睡了就吹灯，别人是吹灯，她是吹灯泡……这样的传说还有很多，人家学习不好，那才怪呢。

我递过了两个玉米饼子给她，她不好意思地接了，轻轻地说：“谢谢。”

我感觉在她哥哥住院的这几天，她明显地瘦了，看见她这样子，我心又是别样滋味。

“你先坐会儿，我喂完猪马上就回来。”她说。

喂猪在外面，毕竟在外面有被别人看见的可能，尤其是让她邻居隋大虎的老婆大吵吵看见就坏了。

趁她在外面忙活的时候，我走到了外屋。

和普通农家一样，外屋很简单，但与别人家不同的是她把简单的屋子收拾得干干净净，看着比我家还舒服。

灶台就在外屋，锅的上面依稀看见热气泛起，我下意识地打开了锅盖，想看看学习好的同学到底吃什么，当我掀开锅盖的时候，从外回来的她一把按住了我的手……

“你别看。”只见她脸红红的……

其实我是个很倔的人，那时也很逆反，别人越是不让我做什么，我偏要做什么，我本想打开看看，但看着她涨红的脸，我没看。后来，我问过她，锅里到底是什么，她一直不肯说，直到现在还是个谜。

她告诉我三驴子是来报信的，说她哥哥本来到出院的时候了，但由于刀口化脓，医生告诉还得几天回来。

“你没和他说什么别的吗?”我问。

“我就告诉她方老师不教学了，我还说起了那天的篝火晚会，还说了你的烤麦穗。”说到这，我感觉小蒙古很开心。

我：“他也不是学生，你告诉他这些干嘛?”

“那我也没什么话和他说呀，人家是特意给我捎信的，我爸我哥也惦记我。”

说到这里，她还告诉我，说三驴子还特意问，咱们在什么地方搞的篝火晚会。

我发现，小蒙古平时是真抓紧时间学习，但在和我说话的时候她好像就没了时间观念。我想马上切入正题，因为我性格比较急。

我看看窗子外面，她也跟着看，外面什么人都没有，我们好像轻松了很多。

当我要问她题的时候，她阻止了我，我一惊……

我感觉她很犹豫，并且很紧张，等了一会，她说：“纸条的事……还没告诉我呢？”

我也蒙了，我真不知道怎么回答，但我必须得和人家姑娘有个交代，怎么回答呢，我真犯难：“你说的是生小孩子的事吧？”

她脸唰地一下，一片红。

“这个……这个是女的事吧，和男的也没啥关系啊……”我吞吞吐吐地说：“好像得男的女的躺在炕上才能吧？那天我们都站着了，是不是？”

她低着头，像做错了事似的。

我安慰她：“你别担心，要是你有了小孩，我让我妈看着，没你事，我妈也不差多看一个了。”

她紧张得发抖……

我越是安慰，她越是那样，感觉她眼泪在眼圈……

看她这样，我真后悔，那个晚上我爸不应该打我，我不应该出来，出来不应该到她家，到她家不应该亲她。我发誓：再不能亲别的女孩了，要是亲一回生一个得累死我妈，我心疼妈、心疼她……

正在她帮助我做题的时候，大吵吵过来了，她直接推门而入，看见我们两个在一起，她反倒没什么反常：“丫头，你爸啥时候回来？”

“快了。”小蒙古回答她。

大吵吵：“要是回来马上告诉我，你大叔着急和他分计事。”

小蒙古：“什么事？”

大吵吵：“园子的事。”

说着，大吵吵转身要走。到门口的时候还回头看了看我们：“你们说说我家那败家的三胖子，就不知道学习，你看看你们，等会我让他也来。”

“大婶，我学完了，马上就走。”我说。

“那我就不让他来了，一个小子家家的和一个姑娘单独在一起，也不好。”她一溜风地走了……

真无奈，为了学习，我先忍着，别人愿意说啥说啥，这是方老师告诉我的，我得记住，就是说我和人家姑娘咋地了我也忍着，谁让我学习不好呢？要是学习好能找人家帮助学习吗？要是学习好了不得姑娘找我吗？

走出了小蒙古的家，我本打算在回家路过八队的时候，打听打听方老师干啥活呢？正好我遇到了邮递员，他认识我，离我还很远他就按着车铃。

邮递员："大楼……"

到我跟前他下了自行车："这有你们方老师的信，学校没人，你给她捎去，我这几天不过来了。"

"好。"我接过信。

邮递员："这段时间听说你很消停啊，公社那帮地赖子都知道了。"

"方老师和我说了，现在少玩是为了以后多玩。"我说。

邮递员："这就对了，听老师的话好，你能有出息，好好学吧。"

还没等我说谢谢，人家就上车走了。

现在我知道，人在成长的过程中，每个人的每一次鼓励都可能改变他人的成长轨迹。

拿着手中的信，我想起了收信人，她现在怎么样了呢？

我在八队得到的消息是她在看草甸子，这可不是一般人能干上的活，一天溜溜达达地看着风景，一点都不比别人少挣工分。从冯队长那我得知，是我爸这样安排的，当时我爸说是不是让她教学咱说了不算，但干什么活咱说了算，他还特别叮嘱一定要照顾好她。听到这，我感觉我爸还真好。

八队的草甸子在村子的东北方向，距离村子也就是三四里路。草甸子的面积大，一望无边，是距离村子较近的草场，每年打下的牧草主要是供自己生产队的牲畜冬天食用。由于草甸子距离村子近，所以它紧邻农田，八队的甸子还有一个特别的地方，那就是全村故去的人的坟地都在这里。

我骑上自行车并没有直接去甸子，而是去了供销社，买了一瓶桃罐头还有一袋蛋糕，当然是记在了我爸的账上。店员感到很纳闷，怎么昨天买东西，今天还来？以前我真没这么干过，店员只是简单地问了问我别的话，并没影响给我东西的速度。

当时我还看好了一样花布，底子是白色的，上面是蓝色的小花，和方老师打的那个伞差不多，就是现在我们看见青花瓷的颜色，淡雅、干净。本来我想买了，一是不知道买多少，再就是感觉这东西贵，怕我爸详细问了，我不好回答。还是悠着点吧，勤来点，少买点。

原想和小蒙古一起去看方老师，一起在草原搞次野餐，再看看这野餐和那天的篝火晚会有什么不一样。可是当我到小蒙古家的时候，发现她家的门锁着，可能她又为她家的猪找食去了。我只好自己骑着自行车向甸子出发。

车飞快，很快就到了那里。

草原绿油油，一望无边，特有的气息沁人肺腑，有说不出的感觉。多少年来，我一路过中山路的绿海宾馆，我就想起家乡的绿海，我感觉家的那绿海才名副其实，在城里，有什么绿海，那么高的楼上写着大大的绿海二字，周围乌烟瘴气、挤在灰森林中间，呸！

草原中央有个黑点，我想那就是方老师了。我骑车的速度就更快了。

草原的小路弯弯曲曲，有的地方坑坑洼洼，由于盐碱多的缘故，路多呈白色，像镶嵌在绿色中的一条小河……

到跟前的时候，我看见果然是她，她坐在那里。

一天多没看见她，感觉像好久，本来骑车很熟练的我，竟然不知道咋刹车了……

方老师坐在那里正望着远方，好像没有感觉我的到来。

看她的坐姿，不难让人想象人在忧伤的时候是怎么样的姿态……

和当老师最大的区别就是她头顶草帽，手拿镰刀，外加戴个红袖标。

草很密，走在上面的感觉多年以后我在人民大会堂的地毯上感受过。

真不忍心打扰她看着远方……

我就在她后面站着，看着她的背影，好熟悉的背影……

经常听说谁一见到谁就心跳，那是看人的脸，而看见她的背后我的心就开始扑通了……

当时我有个非常龌龊的想法，就是想从后面抱抱她，让她的忧伤和孤独传给我，同时也想给她一个异样的惊喜，但当时我没敢，一是我必须尊重老师和女生，二是我怕给我妈添麻烦……

就这样，我在那一动不动，就是看着……

她依旧是一动不动，这样的人，看甸子有点悬，就是后面有偷草的偷多少，她都不知道……

我想起了小蒙古给我送鸡蛋的情景，本想把东西往她身后一放，就悄悄地离去，可是我没小蒙古那样的境界，我想见她！

小风袭来，她的草帽刮落，她一回头，看见我她来了一个深呼吸，眼睛一闭，那小样，很美……

我把草帽戴在她的头上，她一动不动，是那么的听话那么的乖，她真美……

我先把信给了她，她看了看信封又看了看我，随即就把信慢慢地放在了兜里。我很奇怪，本想看看她看信时的表情，因为我除了接过纸条还没接过信呢。

“你怎么来了?”我们见了一会她才开口，以前老师可不这样。

“送信，还有这。”我递过罐头和那包蛋糕。她没接。

“本来想和乌日娜一起来看你，她没在家。”我继续举着手中拿的东西：“很好吃的，真的，你吃吧。”

她好像对我说的话不感兴趣，她注视着我的自行车。

“你骑车吗?”我问。

“我可不会，小时候家看得严，怕我学骑车出事。”这次她回答得很快。

我：“那我驮着你玩啊?”

方老师：“好呀。”

感觉她坐车的动作很笨拙，几乎是我用手驾着她上了后座，我的手麻酥酥的。

“你可坐好了，我要开车了。”我说。

“好，驾……驶……员同志，我知道了。”方老师一字一字地说着。

她的手把在我的车座上，我不能坐着骑车。凭我骑车的经验，我可以站着骑。开始晃了晃，车还没倒。我的车技真的很好，全村没几辆自行车，我经常显摆，驮这个驮那个的，有的时候人家害怕不坐，我还动员人家，坐吧，摔坏了我包你（也不知道包人家啥）。但驮方老师还是第一次，我还真有点紧张了。

“你坐下吧，站着骑车我怕。”她说。

车一晃，她快速把手放在了我的腰上，我像被蛇缠绕一样，痒痒地，紧张得不得了。她马上就把手抽了出去。

“你能骑多快?”她在后面问我。

我以为她觉得我速度快了，老师一般习惯用反问句，这是我多年对付老师获得的经验。于是我把速度降了下来。

“你累了吗?”她问我。

“没啊!”我一面骑车一面回答。

“那快点啊，我喜欢飞的感觉。”老师就是老师，还知道飞是什么样的感觉，我就没飞过。

于是我猛蹬车，尽管遇到了坑坑洼洼，但自行车轮不可阻挡……

半天没听见她说话了，我一回头，啊?!我发现她不见了，我把方老师给得瑟掉地上了……

我赶快调头，发现方老师离我快一里远了。等我到她身边的时候，她还在那坐着，手捂着脚……

我可吓坏了，好在这次不是我动员她上车的，不需要我包什么了，但也心疼。

我蹲下：“怎么样?”还没等我说我，她照着我肩上就是一拳：“我丢了，你都不知道。”她盯着我。

“我只想你飞了。”我回答。

方老师：“我是飞了，飞下面去了。”

“摔得怎么样？疼不疼?”我问她。

她没回答我。

“怎么没喊我啊？我咋没感觉车上掉东西呢?”我继续问。

她白了我一眼，即使是这眼神，都感觉很美。

“我想看看你知不知道我没了。”她还是那样看着我。

我无语，我们就这样看着。

我发现她和小蒙古不一样，她的眼神不躲着我。

倒是我转开了眼神。

“到底怎么样啊?”我问。

“你看着我。”她说。

她伸出了白白的纤细的手：“拉我起来，教我骑车!”

我松了口气，原来她没伤。

拉着她的手，我全身“唰”地一下……

“我教你可以，但你必须答应我个条件!”我看着方老师。

方老师扬起了脸：“教你的时候我怎么没讲条件呢？啥条件?”

“你教我大队给你工分，我教你你能给我工分吗?”我说。

我的话还使方老师没词了。她想了想，一仰脖，眨了我一眼：“快说吧，什么条件？”

“你得把我送的东西吃了。”我很认真地说。

“哈哈，这条件不错，不过，我自己怎么能吃得完，我们俩一起吃。”她说。

“我还是别参与了，我要是吃了，那就是三下五除二，几口就没了。”我说。

方老师：“你要是不吃，那我还不学了呢。”

我：“好，我们一起吃。”我好不容易找个徒弟，怎么能失去呢？

看着她吃着东西，我很开心，这使我想起小蒙古，本来应该是我们仨在这野餐。

吃完了，学生教老师正式开始。

可算是有我白话的时候了，我一顿给她讲骑自行车的要领，她很认真地听，还不住地点头。她真认真，她能有那么好的文化底子，一定和她的认真分不开。

操练正式开始，我把着后车架，她在场上晃晃悠悠，但不管怎么样，我就是没让车倒下。

过了大约半个小时，她问我：“你今天复习了吗？”

“早晨和上午复习了。”我说。

方老师：“那你接着复习吧，我自己学骑车。”

我：“我没带书啊！”

方老师：“我那书包里有，记得以后不管到哪，书必须带着。”

我：“嗯.”

“快去吧。对了，我学骑车的时候，你不能看我，我怕别人笑话我。”她很认真地说。我点头。

她用的书和我的书一样，她在书上写了很多字。我仔细看着她写的字，心想，我又学了一招。

我真的信守了我对她的承诺，尽管我非常想看骑车的时候她什么样。

她的书有种特殊的香味，我很喜欢这种的味道。

看着看着，我眼睛有点累了，于是我偷偷地回头，想看看她，这一看不要紧，让我大吃一惊！

只见方老师骑车飞快，我简直不敢相信我的眼睛，原来她会骑车！

我呆呆地站在那里……

她像一只自由的小鸟，无尽的草原是她心灵的天空，她飞啊飞……

那一刻，我感觉她是最快乐的人。

她快乐就好，她需要快乐。她一个人在这里，举目无亲，她也有爹有妈，她天天不能见到爹和妈。她刚刚被顶替，她喜欢她从事的教育事业，她喜欢她的学生……

她看见了我在注视着她，于是歪歪扭扭地骑着车奔我而来。

她还假装要撞我，要接近我的时候还故意躲着我，我毫不客气，不管她怎么躲我，我必须让她撞上。

我把住了车把，看着她："你学得很快啊！"

方老师："你这个老师教得好。"

"是吗？你……欺骗我。"我说。

她一愣："是你欺骗了我，你答应我不回头看的。"

我们就这样看着……

我接过自行车："我知道你会，刚才驮你的时候就知道。"

方老师："啊？"

"这个你会吗？"我掏裆骑了起来。

"不会。"可能是她会也不能说会。

"这个你会吗？"我坐在车后座上蹬着车。

她咯咯直笑。

"我还有三种更厉害的，你一个一个地看。"我又犯显摆的毛病。

我快速骑车走了很远，回来的时候，车速更快，我双手离开车把，举成了个v字形："这叫兔子蹬鹰……"还没等我显摆完，我一下扎进了草地……

方老师跑了过来，我倒在草丛中……

"怎么样，摔着了吗？"她着急地问我。

我急促地喘息着。我想，真丢人，给农村人、给瓦房人丢脸。

"就是这路不好，其实你能行。"她向我伸出了手……

我是真折腾累了，不想站起来，腿还摔得很疼，在她我拉着我的手的时候，我顺势拽了下她，在力气上，她根本就不是我的对手，她一下子倒下了……

她喘息着，看着我……

我也喘息着，看着她……

紧张的我有个新的发现，使我更加紧张，原来她的胸一动一动，以前我一直以为只有有了小孩的女人胸才突出，可是……于是，我呼吸急促起来。

她闭上眼睛，轻轻摇动的小草在我们两人中间晃来晃去，青草的气息、她的气息弥漫着我。

我的心跳更快，我想起了她来的第一天情急之下搂住我的情景，我想到了黑夜篝火边她舞蹈的情景，我想到了很多很多。

感觉她的脸就要贴近了我，我简直就要窒息，我紧张地伸出了手来……

我的手在我俩的脸中间，哆哆嗦嗦……

“我怕，要是亲了，你能不能生小孩?”我紧张地说。

她好像对我的问话很意外，她先是摇了下头，随即说：“要是……你先亲别人……就能。”她说话的时候也很紧张。

坏了，我在脑海里搜索着我和小蒙古那样的一刻，是我先亲人家的啊，我悔恨地侧过身，背后的那只手紧紧地抓住青草……

方老师：“以后我给你一本书看看，那里有答案。”

我说：“我现在就想知道答案，能还是不能?”

方老师不说话。

我说：“你不告诉我，那就是能，对吧?”

方老师说话了：“不对。”

她终于告诉了我答案。

我几乎想站起来狂喊，因为这事已经压抑我好久了，我现在有答案了，亲女孩子是不能生小孩啊。方老师真好!

当我侧过身要感谢她的时候，我发现她已经悄悄地走了，蓝天绿海之间，她的背影是那样的美!

我猛地站起，放声狂喊：“啊……”

我把双臂伸向蓝天，我想吸进天空所有的空气……

第十三章

星期天过后就是星期一。

我有点不想上学，因为实在不喜欢刘全能老师的讲课，更主要的是听不懂。

不去还是不行，我真想知道三胖子是怎么要把刘老师气出我们学校的。于是我早早地去了学校，想自己先在班级看看书。

一到学校，见老师办公室窗前有几辆自行车，办公室里传来了很大的说话声，是隋大虎的声音。于是我悄悄地走了过去。

窗子是打开的，隋大虎的大嗓门不管说什么都是嗷嗷地。

“我们的孩子是来学习的，不是送来给你们老师当练武玩的，你！打我孩子?”隋大虎的声音依然很大。

王校长：“不是就打两巴掌吗?”

“一、一巴脏、一巴脏。”一听就是刘全能老师的声音，因为他的发音实在是太有特点了。

“一巴掌？一巴掌也不行，都给擂出血了，一啦啦地，有这么狠心的老师吗?”隋大虎说着。

王校长：“哪个孩子没挨过打？是不是?”

隋大虎：“我就没挨打过。”

王校长：“那不是因为你没上过学吗？你没上学人家老师怎么能打着呢?”王校长把隋大虎揭了个底朝天。

隋大虎："我没时间和你说没用的，快说，我孩子的事咋处理吧？"

刘老师是由两个公社干部陪着回瓦房学校的。这时，公社的来人说话了："老隋，虽然是公社领导让我们送刘老师回来上课的，但我们也不能以领导压人，我军人出身，说话侃快，这样吧……"

还没等来人说完话，隋大虎就拦下了话，他很兴奋："啥？你军人出身？"

来人："是啊？"

隋大虎："你哪个部队的？"

来人："北海舰队的。"

隋大虎："那咱们是战友啊，我三十九军的。"

来人疑惑："我海军，你陆军，我们怎么能成战友呢？"

隋大虎："你啊，我们都是中国人民解放军，你说是不是战友？"

来人："哈哈，是。"来人伸出手来和隋大虎握手："战友。"他们的手握得很紧，来人："战友，你说这事咋办吧？"

隋大虎那表情，说不出是啥感觉……

屋子里的火药味渐渐地淡了。

王校长："好了，都是为了孩子好，嗅，大兄弟，就别计较了，看着公社领导的面子，就这样吧。"

原来今天有两个人特意从头台公社陪刘老师来的。

王校长："回头呢，你把你昨天砸碎的玻璃给安上。"

隋大虎："啥？我给安上！别说我家没有啊，就是有也不给安，就砸了，你愿意哪告哪告去。"

随从刘老师来的两个人有一个发话了："这是小问题，下午，我就派人把玻璃安好，王校长，还需要有安的一起都量好尺寸。"

这隋大虎在村子里一般人都惹不起他，别人总这样说他："大毛病不犯，小毛病不断，气死公安局，难死法院。"不过他这样做也算有点资本，据他自己说，他在当兵的时候，在 1969 年的 3 月份随部队到珍宝岛和苏联打过仗，还立过三等功，也不知道他说的是真是假，但谁也没看见过他的军功章和证书什么的。在村里我也听说过，他本来在部队也是个老兵，可是就因为在部队把别人给打了，才给“发落”回来，要不他这个参军十多年的人，复员后起码能在县城给安排个工作。每当大家为他惋惜的时候，他都说作为军人，就不能给国家增添负担。不少人纳闷，难道那些留在城里的复员、转业军人不是在给国家做贡献，而是增加负担吗？

听着办公室里面的劲越来越小了，我很失望地回到了教室。

刚开教室的门，传来了王校长送客人出来的声音。

王校长：“欢迎你们多来检查指导。”

来人：“回去吧，王校长，我们再到大队去一趟。”

隋大虎在一边说话了：“你们啥时候给送玻璃啊？”

“下午，我说老隋啊，以后你可要轻点撩地啊。”来人说。

大家在说笑中走向学校的大门。

小蒙古一个人在教室，她来得也很早。

看她单独在教室里我有点心跳，我恨不得马上把我昨天在方老师那得到的安全消息告诉她，但又不知道怎么开口。

她看了我一眼以后，又看了看四周，马上又看起了书来。

这丫头，心怎么突然还大了，像没事似的。

她不和我说话，那我也不和她说话，啥时候等她再问这事的时候我再说。

第三节下课的时候，三驴子带着一个人直接走进了教室，我和三胖子正要向外走，他拦住了我们：“哎……哎，我和你们说点事。”他说话的眼神明显地和昨天在小蒙古家遇到我的时候不一样。也对，他今天不是自己来的。

我瞟了他一眼，他歪个小脖，身子晃晃荡荡：“我说大楼，你们新来的刘老师是我表哥，你们得给我面子啊。”他还特意看了看三胖子。

三驴子继续说着：“啊，你们呢，都是学生，要听老师的话。”这个没上几天学的玩意，还给我们上课来了。

不少同学围了过来。三驴子更来劲了。

三驴子：“那个方格、算草的，是外地人，在这能长远吗？咱们不得自己家人向着自己人吗？别不识好歹，她是马粪蛋搬家——滚球子了，以后教你们的还得是我表哥，知道不？我表哥在公社和县里有人，方格要是在你们后面搞什么鬼，有人收拾她，还他妈看草甸子呢，看个六去吧。”

我心一愣，莫非他要对方老师怎么样?!

钟声响了，三驴子在离开的时候还和我们交代：“反正话我是说了，你们照量办!”说着还拿出个生锈的破水果刀在我们面前晃了晃。

三驴子走到门口的时候，正好遇到刘老师进来，三驴子声音很大：“完事了，你们这班的学生都是我屯子亲、好朋友，你就使劲地教吧，别扇他们的嘴巴子就行。你快上课去吧。”说这话的口气赶上王校长了。

班级里，大家在私下议论着。我站了起来：“中午下课的时候，有没有去看方老师的?”有七八个人响应，其中就有小蒙古和三胖子。

刘老师健步登台：“现寨，我们开死丧课……”

我小声说：“这动静……”

三胖子：“真闹胃。”

好不容易挨到了下课!

中午我和十一名同学去看方老师。

经过八队的时候，我们一打听才知道，按照“大队的指示”，方老师必须好好和农民结合到一起，看草原的活是单独的，上午十点准时到农田基本建设现场劳动。就这样，方老师在只干一天轻巧活之后被“大队的指示”拿下。

等我们到达劳动现场的时候，已经晌午了。插着红旗的工地已经没了人影，烈日炎炎下，只有方老师一人在那干活，她正在用锹挖土方，干活的姿势好笨拙，端着半锹土，她身子就摇摇晃晃，好不容易把土装在篮子里，再晃晃悠悠地挑走，送到坝上。坝的坡度也不算怎么陡，上坝的时候，看她的姿势，每走一步，都好像有倒下的可能。

我们实在不忍心看下去了，就大声地喊着：“方老师……”

大家向她跑去……

她在堤坝上转身，双手伸开成一字型，紧紧地抓在扁担两端的绳弦上，她那表情告诉我们，她简直不敢相信自己的眼睛和耳朵，雕塑般她的钉在那里，直到我们跑到她的身边，她才猛地丢下土筐。

不管是男生还是女生，都揽在了她的双臂之间，她像一只带着鸡宝宝的母鸡……

她的眼里含着泪花。汗水挂在她的脸上，挽起的裤腿上沾着泥巴，薄薄的衣服水洗一般……

这是我们的方老师吗？

是和我们姐姐年纪差不多的方老师吗？

是曾经在课堂教我们神采奕奕的方老师吗？

是在蓝天白云下骑车奔驰的方老师吗？

是那个在篝火晚会上载歌载舞的方老师吗？

我们的眼里也挂着泪花，但在她的怀里，我们感觉温馨和甜美……

这个八队就是与其他生产队不一样，人家不搞大帮哄，全都是卯子工，类似我们工厂里面所说的干计件，劳动强度也特别大。工作量都是以领工员为基准，多干的多折算工分，所以大家拼命地干，因为多干意味着多赚。现在一天每人定的完成标准是八方土，方老师是后来的，又是女的，领工员让她每天挖四方土。当然了，工分仅仅是正常的七成。

方老师问我们怎么样？让我们听新老师的话，抓紧人生最宝贵的时间。

我们大家都说想她，还希望她教我们，方老师脸上挂着无奈……

我让女生陪着方老师说话，我们七个男生拿起了休息的社员们的铁锹和土筐，干起活来……

方老师不让我们干活，要我们马上回学校学习，但这次我们没听她的。

对于农家的大小伙子来说，这活不算什么，我们比着挖土、比着挑担，像赛跑一样，尤其是在女生的视线和喝彩下，我们干得更加来劲，不到一小时就完成了方老师的工作量。

看着风风火火的我们，方老师既高兴又心疼……

正在树下午休睡觉的农民们都起来了，他们都投来了赞许的目光，说当老师就是好，孩子们都知道心疼老师，知道报恩，下辈子不托生农民了，托生老师……

大家说这话的时候，我感觉方老师是那样的开心。

回来的路上，大家都闷着头不说话。我知道大家的心思，于是我问：“方老师这么苦，大家忍心吗?”

大家还是不说话，低着头走着。

还是小蒙古先说的：“不忍心又能怎么样?”

“有办法。”我说。

大家异口同声地问我：“什么办法?”

“我说的你们听吗?”我站住了，看着他们。

大家：“听。”

“听完了你们照办吗?”我看着大家。

“不照办都不是人揍地，你快说吧。”三胖子有点着急了。

“让刘老师走，让方老师回来。”我说。

三胖子说：“他走？我爸都没整走他，你还能赶上我爸咋地?”

“钱的事，我一会再跟你算账。”我继续说：“我们大家都不上课，看他教谁?”

小蒙古：“就我们几个行吗?”

“一会回去，一个人再告诉一个同学，必须拉走，现在大家就想好了，谁找谁？剩下的都归我找。”我说。

三胖子问我：“我多完成行不行?”

“那怎么不行?”我说。

“那我找两个，我找的你们不能找啊。”他说出了他舅舅家和他姑姑家孩子的名字。

三胖子把我叫到了一边：“刘老师要是走了，那你得算我给赶走的，你欠我的钱得给我。”

我看了看他：“你要是能整走刘老师，还用现在我动员大家吗？你应该退给我两毛钱，知道吗?”

三胖子一听说我要让他退钱，就有点着急了：“我家穷得叮当响，眼珠子朝前，要钱没有，要命有四条。”真是啥爹啥儿子，他拿出了他爹隋大虎的那股劲儿。

“怎么四条呢？你家不是三口人吗？”我问他。

“我家还有一个喘气的狗。”他说。

当我们返回学校的时候，学校已经上课了，敲开教室的门，我发现教室里多了个老师，坏了，我们的计划可能要泡汤……

原来王校长和刘老师在我们教室，王校长的脸拉得很长。

我们都站在前面，教室里静得出奇。

等了一会，王校长说话了：“都回到座位上去。”

等我们回到座位再看讲台的时候，发现讲台前只剩下了刘老师。

王校长走了，他这样的态度令我意外。我清楚地记得他第一次送方老师来我们班级时那强硬的态度，和现在绝对不一样。

刘老师在教室前面瞪着个眼睛“你们干、干什么去了，怎么词到的仄、仄么多，谁嗦嗦，四眨回事？啊？”

没人回答他。

他自己又磨磨叨叨了一会，看大家都不说话他才气哄哄地转入了正题：“现寨、寨我们开死、死学新课，大家把语文苏，翻到山十、十是页，课文的名志四、四《荷塘月社》，我现寨开死朗读……”

我越听越别扭，但他却陶醉在美文里，只见他在前面走来走去，边走边朗读，别的老师也有这样朗读的时候，但都是走过来再转回去，可刘老师和他们不一样，他是走过来退回去。

他边念着课文，边向后退着：“……曲曲则则的荷塘丧、丧面，弥望的四田、田的叶纸。叶纸出水很高，像亭亭的……”

当他读到这里的时候，突然班级前面传来“扑通”一声，声音很大，我们惊奇地朝教室前方望去，发现前面的刘老师没影了……

原来我们教室前面有个地道口，是在“深挖洞”的年代挖的，一般也就是有两米多深，底部就是地道了，班级连着班级，类似电影《地道战》“村与村、户与户地道连成片”那样，目的是为了防空。刚才刘老师太专注了，退着朗读的时候掉了下去……

大家把他拉了上来，尽管我们很多学生都不喜欢刘老师。

“没四、没四。”被大家拽上来的刘老师拍了拍屁股后面的土：“轻桑不下火线，我们继续，刚柴我朗读到哪了……”

大家没人回答他。

他翻了翻书，看着我们：“就四刚柴你们听到的我念到坠后的四什么？”

我站了起来：“我听到最后的声音是‘扑通’，你掉下去了。”

大家哄堂大笑……

下课的钟声响起：“这节课就到仄，下节课四、四素学课，我继续给你们丧课，下课。”

他走出了教室。

在下节他要给我们上数学课的时候，我们班的同学都离开了班级，一共是三十二人。

瓦房学校学生罢课的事很快就被公社知道了，第二天，王校长正给我们上课的时候，学校的大喇叭响了起来：“学校的王校长，请你听到广播以后，马上去公社，公社的周主任找你……”

王校长把课本往桌子上一扔：“你们自习!”他看了看我们，走出了教室的门。

在公社周主任办公室，周主任在和王校长发着脾气。

王校长：“她那么小，也没来学校几天，怎么能鼓捣学生闹事?”

周主任：“我要是知道谁在后面捣鬼，就饶不了谁。”

王校长：“那天是刘老师先打的学生，和方老师一点关系都没有，我还给家长一顿赔不是。这次是学生听不懂刘老师讲的课，也不愿意听他讲课才这样。”

周主任：“听不懂人家不是也教好几年学了吗？还是正式的公办老师，你想办法做学生的工作，继续让刘老师教毕业班。”

王校长犯难了：“那好像是不行，学生本来就不好拢在一起，要是他硬给上课，估计回家不上学的就该多了。”

周主任：“你们瓦房学校怎么出了这么多能惹祸的玩意呢？听说老焦的儿子带头起哄？”

王校长：“那倒不是，这我调查了，就是刘老师先打学生引起其他学生的……”

周主任：“你别说了，等老焦回来，我和他说道说道。”

王校长：“要不先让刘老师教低年级的孩子？”

周主任：“那不还等于你们八年级缺老师吗？”

王校长：“我的意思让方老师再回来。”

周主任：“不行！能惯这样的毛病吗？”

王校长：“那你说怎么办，要是我自己教的话，这八年级也就算黄了。”

周主任：“黄了不行，大队办八年级，你们在全公社是第一个，也是上级树立的典型，必须坚持到毕业。”

王校长：“这样下去怎么毕业啊？愁人。”

室内沉默了一会，周主任说话了：“这刘老师也是，那就让方老师回来吧，还是暂时代课，但前提是不能带领学生闹事，不能欺负刘老师。”

王校长很高兴：“我加强对学生的教育工作，你放心。”

我们知道方老师重新教我们的时候，高兴得蹦了起来。谁知，接下来针对方老师的报复却接二连三……

{第十四章}

很快，方老师又重返校园，给我们当代课老师。作为她回来的一个条件，上级正式确定刘全能老师在瓦房学校教学。因为瓦房学校是真缺老师，这地方还没人愿意来，刘老师去别的学校，人家还都不愿意要。刘老师来是来了，但他想教我们班的同学是不可能了。

王校长安排他教一年级，在征求他的意见的时候，他反问王校长："你知道我的名字是什么意思吗?"

王校长开始还一愣。

刘全能："全能。"

他决定"服从"学校的安排，从最基础教起，他教一年级，一定要教出个名堂来。他教得很认真，学生们学得也很刻苦，以至于多少年后，我回到瓦房，当听到有些人说话的时候，我还能一下就辨出他们是当年刘全能老师教过的学生。

"你一定是刘老师的学生吧?"我问。

"你眨资道呢?"对方这样回答我。

我告诉他们："我也似他的学僧啊。"

大家哈哈大笑。

在方老师给我们上课的第二天，大队民兵连长来找王校长，说有充分的证据证明方老师带领学生破坏农业生产，割了大量尚未收割的麦田。

原来前不久我们搞篝火晚会的时候，我拽了些小麦"烧烤"，这事被人利用了，王校长觉得事情严重，亲自和民兵连长去的现场，发现在我用手拽的地方，一片麦田被割。

大队把这事报告给了公社，公社马上派专人进行调查，结论是方老师组织学生破坏庄稼的事情成立，方老师必须马上回生产队改造，等候处理。

短短的两天，方老师再次被拿下。

我找到了工作组，坚持说是我自己做的，方老师当时不知道，调查组一个组长坚持他的观点，他还吓唬我：“你眯着得了，等你爸回来。”

这人是我爸的朋友，我们俩很熟悉，知道他是队长我才直接找他的。

我和他辩论：“我是用手薅的麦子，并且只有一捆，当时任何同学都没带刀，你们发现的丢的麦子是用刀割的，你们这是冤枉好人。”

我说到这些的时候，他一愣。

接着调查组调查了一些同学，得到的结论和我说的一样。当问到小蒙古的时候，她还哭了，她说要是方老师不带大家帮助她干活就不能发生这样的事情，是自己害了方老师。小蒙古哭得很伤心。

但调查组的决定已经做了，不管我薅了多少，问题都严重，方老师自然有责任，对她的处分也是对的，以后抓到真凶才能重新考虑改正对方老师的处理决定。

我记住了工作组的话，只要是抓到了真凶，那么方老师就能回来。

我开始琢磨怎样找到真凶，结果，第二天“案件”成功“告破”，方老师再返课堂……

我突然想到星期天去小蒙古家的时候，小蒙古说她和三驴子说过我们烤麦子的事了，三驴子还问了在什么地方，并且刘老师又是他的表哥，他一直认为是方老师在背后指使我们排挤刘老师，这事除了三驴子没别人能干得出来。

于是，我把目标锁定在三驴子身上，只是我没有证据。但当想到方老师受苦受累的情景，我决定马上“挖出”证据。

三驴子知道方老师被拿下以后，很是得意，他当天就去了县里，准备接他的哥们也就是小蒙古的哥哥二牤子出院。

挖出证据的机会终于有了，我做出了一个非常重要的决定……

晚上我骑着自行车，找到了三胖子。

我和他妈说叫三胖子出来学习，他妈很高兴："去吧，去吧，有你在，我们家胖子和哪个丫头片子在一块儿学习我都放心。"这话明显是说给我听的，因为她看见过我从小蒙古家的后窗户跳出来过。同时我也感觉她那话还有层别的意思，就是好像是别的女生能怎么样她儿子似的。

三胖子跟我走到大门外："你和我学什么习啊，我也不是女生，再说了我一学习就头疼，我不去。"

"你以为我真找你学习啊？"我指了指车后面别的两把镰刀。

"这是啥意思？"他问我。

"我拿刀就是要找你算账。"我说。

"算什么账，不是算完了吗？就是算账你也不用拿刀来啊？"他看着我。

我吓唬他："你现在要是不给我钱……"我指了下刀。

我的厉害他最清楚，他还有点害怕了。

"不吓唬你了，那天不是说一元钱你赶走刘老师吗？刘老师走了，也不是你撵走的，我那两毛钱就不往回要了，你今天帮我干点活，干完了剩下的钱我还给你。"我说。

这三胖子当时就欢实起来了："真的？"

"真的。"我说。

"我干活比我看书本拿手，啥活，你说吧？"他问我。

我："走，你坐上车我再说。"

一会儿，我们就来到了麦田。

漆黑的夜晚，风声刮着麦田，发出的声音很令人害怕，再说我要偷麦子本来就提心吊胆，这风声更使我心惊胆战，我的腿在哆嗦……

就在我要下手割麦子的时候，听见了一个女人的哭泣声，我吓得一哆嗦……

原来是方老师在哭泣……

她为什么哭泣，是想家了吗？是想妈了吗？是为了这几天的遭遇吗？我在想。

我小声和三胖子说：“好像是方老师。”

三胖子：“都他妈的赖三驴子，咋办？”

我还真不知道咋办好了。我俩直挺挺地站在那里……送她回去吧，那我的计划就要落空，不送她回去吧，夜晚她自己在这怎么能行？

我想着：“三胖子，你自己先在这割麦子，我送她回去。”

“啊？我自己不害怕啊？”他怯懦地说。

“你看看你，一个小伙子，人家方老师都敢自己在这。你先割，我送她回去一会就回来。”我说。

他还有点犹豫：“就是一会的功夫，我再给你加两毛。”

“真的假的？”三胖子很兴奋。

“真的，儿子撒谎。”我说。

“那这两毛得是现钱。”三胖子说。

“行。走，咱们过去。”我说。

“我割麦子要是别人知道咋整？”他问我。

我：“我爸是书记！”这句话很管用。

我们走向了方老师。

当方老师注意到我们的时候，我先说话了：“方老师吧，我是大楼，我和三胖子来看看你。”

我的话音刚落，方老师“哇”地大哭了起来……

以前经常看过小孩儿哭，很少看过大人哭。

我俩不知所措。我们像犯了错的小学生呆呆地站在方老师身边，方老师哭声依旧……

我在想，如果要是我自己，我一定上前安慰她，不让她哭，可是……

哭声渐渐减小……

三胖子用手碰我，我知道他那是示意我去安慰方老师，我想这不是说话的时候，于是稍用力地碰了下三胖子，我的意思是先别说话，可是他理解错了，以为是让他去说话。

他上前两步，走到了方老师的跟前，这时方老师停止了哭泣。

三胖子开口了："哭吧，方老师，哭出来就好了。"

这一句话给方老师提了个醒，本来已经不哭了的她，又大声哭了起来……

我上前小声和三胖子说："你看看你，人家都不哭了，你还得瑟个啥?"

"不是你要我说的吗?"他问我。

我："谁叫你说了?"

三胖子："没叫我说那你使劲捅我干啥?"

我："我那是不让你说。"

三胖子："理解反了，也没事，哭累的时候就不哭了，我妈以前就这样说我。"

真是应了三胖子的话，一会儿，方老师还真不哭了。

三胖子和我小声说："要不你再让她哭一回，保证她还能哭没声了。"

我用拳捶了下三胖子。

我没和方老师说什么，只是说要送她回去，她说不用。

"要不我俩送你?"我和方老师说。

三胖子马上插话："我在这等我爸，你先送吧。"这小子，估计是为了多得那两毛钱。

漆黑的乡村小路，我和方老师走着……

走着走着，她被绊了下，差点摔倒，幸亏我拉了她一下。

在遇到不好路的地方，她就拽下我，我们的距离很近，她突然说了一句话，我心里一愣……

"我怕。"她拽着我的衣袖，我僵僵地走着。

我："有我在，你别怕。"我感觉她用力地拽了我一下。

"害怕我给你唱歌啊?"我说。

方老师："嗯。"

"那把狼吓出来，你可别赖我。"我逗她。

不说这话还好，说了她反倒紧张了。当年我们那儿还真有狼，但不像我小的时候那么多了，几乎是绝迹了。

当我说那话的时候，她倒吸一口凉气，我能感觉她身体一颤，多少年后我都后悔当年说的这句话。

我：“那我开始了？”

“好啊。”她依旧拉着我的衣袖。

“那你先给我起个头。”我说。

“你要唱什么？”她反倒问上我了。

“什么都行，你起完了头我就唱。”

她想了想，清了清嗓子，唱了起来：“我的家在东北松花江上……”她唱歌的声音不大，几乎是哼唱。

我没有接下来，因为我很少唱这歌，我觉得不可能有住在江上的人，江边还差不多。

她就唱了一句，在等我唱。

没等她问我的时候，我问她：“那第二句呢？”

她接着唱，我接着问，她一直唱完，没给我展示的机会。

我听着她唱歌，心在想着：唱这首歌，她是不是想家了？是不是想妈了？

唱完了，她突然问我：“其实，大楼你的语文比我好，你还能写快板什么的，以后给我写个歌啊？”她那率性的天真，感觉我以后什么都能行，因为她经常鼓励我：“你能行。”

很遗憾，当我能写歌的时候，我却不能写给她了，那是后话。直到1990年的10月，我第一次写歌，写了和她家乡有关的歌，我也就是写过那一次歌词，一不小心还获得了全国征歌比赛的第一名，那首歌是在哈尔滨召开的第三届全国冬季运动会的会歌歌词征集比赛时写的，当我看见我写的歌词“冲出亚洲今日冬运夺魁，走向世界明天奥运捧杯”高高地挂在哈尔滨火车站、国旅和冰上基地的时候，我想起了她，想起了她当年的愿望，这也算是一种安慰和告慰吧……

她轻轻地拽着我衣袖，我们走得不是很快……

我们路过黑暗、路过田野……

清新的气息弥漫着我们，我们看见了光亮……

我和三胖子驮着三大捆麦子向村内走去。

这小子还真能干，原来我和他说割两大捆就行，因为那毕竟是公家的财物，割下它也是不得已的事，可这小子偏偏搞“计件”，还想多要我一毛钱。

我问他：“怎么割这么多?”

他回答我：“谁让你回来晚了，你要是再晚回来，我又割一捆，还能多挣一毛。”

“我要是不回来，你还把整个地都割了呗?”我问他。

“你家有那些钱吗?”他说。

我们吃力地把车推到了村里，小心翼翼加慌慌张张，生怕被人看见。

我们很轻易地把这三大捆麦子送到了三驴子家后园子的玉米地里，我深深地吸了一口气。

当我俩翻墙而回的时候，发现了一个人正站在那里!

“唰”的一下，我的头发都要竖起来了……

这人原来是隋大虎，他正在找三胖子。

看见是他，我心稍稳当些了。

隋大虎：“你们这两个小犊子，黑灯瞎火的，死哪去了?”

“小点声，你家三胖子真厉害，破了个大案。”我神秘地说。

隋大虎：“什么?”

我和他说了三驴子为了帮助他表哥刘全能是怎么陷害方老师的。

这话果然奏效，因为隋大虎正为那天公社来人帮助刘老师收拾他而耿耿于怀呢。

“咱是得帮帮方老师，就看那天我要揍你，她那护犊子的样，也值得帮。你们做的对，但你们千万不要声张，一会我进去侦查一下。以后，你们不能说是你们发现的，知道了吗?!要说也得说是我看着的。”他很严厉地说。

我正愁不知道找谁到大队报信呢，没想到竟然有人送上门来。

大队高度重视这一“事件”，连夜去抓三驴子，他们怎么能抓得着，此时，三驴子正在县里接二犲子呢。

于是，民兵连长确定三驴子是“畏罪潜逃”，连夜向公社汇报。

第二天，没有新老师来，王校长很发愁，他一个人接连给我们上了四节课。

大队的大喇叭不停地传来民兵连长的广播声：“三驴子，有你家一封电报，快点来取。”民兵连长想守株待兔。

没到中午的时候，刘全能老师来了，他以为方老师被处理了，还得需要他上课，他进我们教室的时候，大家都收拾书包，他还很知趣地了退出去，走的时候还自言自语：“真四的……”

大队的大喇叭不停地传来民兵连长的广播声：“三驴子，你家又来一封加急电报，快来取吧……

也不知道播送多少遍了，都说他家亲戚快要死了，这三驴子还是没来取“电报”。

三驴子正在县医院的病房里，他在帮助二犲子收拾东西。

他让二犲子和他爹先走，因为他们走得慢，他一会拿着东西再追上。

在三驴子收拾东西时，两个人走进了病房，一个说：“就是他。”他们不由分说地把三驴子带走了……

审讯室里。两个着装的公安正式审讯三驴子。他们用眼睛盯着他，就是不说话。三驴子心没底了，自己还纳闷呢，我也没做什么犯法的事啊。

“啪”的一声，一个公安一拍桌子：“你老实点，你知道为什么抓你吗?”

别看三驴子平时在村里挺那个的，但这不是瓦房。三驴子也没经过这架势，吓得全身直突突：“我知道，我知道……”

公安：“知道什么？说!”

三驴子：“我割了点生产队的麦子。”

一个人在记着，三驴子交代了割麦子详细过程。当问到怎么销赃的时候，他说在公路边把麦子送给了一个开大汽车的人，用麦子换回来一顶绿军帽。

“你这是避重就轻，大事还没交代?！现在就把你送进看守所！”公安瞪着眼睛看着他。

一听看守所，三驴子身体一晃荡。

公安：“你要是能彻底交代自己的问题，或者是揭发检举别人的犯罪，可以从轻处理你。”

三驴子吓得半死：“我真没什么交代的了，就那点麦子的事。”

公安：“给他送到看守所去！”

两个公安上前架起三驴子，三驴子都迈不动步了：“好，我想起了一个事，现在我检举别人。”

三驴子把二牤子对方老师耍流氓的事情全部交代出来。

一公安听完之后惊愕：“原来想抓的不是他啊？马上去瓦房。”

另一公安兴奋地：“意外收获，搂草打着个兔子，走！”

此时的二牤子已经回到了瓦房村，他以为和三驴子走散了，县里距离村子又不算太远，就搭着方便的马车回去了。

戴着绿军帽的二牤子在村口下了的车，毕竟是出去一段时间了，他见谁都打着招呼，遇到女人的时候，还不时地拿下军帽晃晃……

吉普车来到了村上，二牤子被抓了进去。

事情水落石出，方老师又返回了校园，我们大家都非常高兴，我后来这个后悔，要是早知道三驴子自己交代出来，我何必还和三胖子去割麦子呢?

方老师重返班级的时候，我们全体起立，报以最热烈的掌声，方老师都感觉意外，就连陪她进屋的王校长和张老师都大吃一惊。

我们感觉方老师不知如何是好了，大家还是拍着巴掌，真是要多激烈有多激烈……

方老师给我们深深地鞠了一躬，我们的掌声才停止，这是迄今为止我上小学、上中学、上大学、上其他形式的培训班从来没有过的，她是唯一给学生鞠躬的老师，那年她刚二十岁。

一边站着的张老师好像还擦了下眼泪。

王校长、张老师走后，方老师并没给我们直接讲课本，而是讲起了我们为什么要学习和怎样来学习的事情，我们听得是那样的专注。现在回头想，实事求是地讲，有很多老师在业务上超过方老师许多，为什么没赢得学生，倒不是因为他们不爱学生、不想教好学生，主要就是因为他们和学生没有心的交融，方老师做到了。可以这样说如果我们早遇到了方老师这样的老师，那改变命运的学生绝对不仅仅是几个，可能会更多。

方老师怎么教我们，我们都喜欢听；怎么要求我们，我们都情愿做。就是在下课的时候，只要她不离开教室，同学们都不愿意出去，尤其是我们这些半大小子。方老师没办法，就带着我们到操场上去跑，为此教体育的崔老师还很嫉妒，他曾经找王校长，说要不让方老师教体育得了？王校长的一句话把他噎住了：那你和方老师换。

她没有严厉地批评过我们任何一个人，倒是经常把表扬和鼓励挂在嘴边，即使是批评了谁，她也会在适当的时候转回来，让你感到不尴尬，有面子，在批评中得到尊重。三胖子就经常是这样，甚至有的时候特意等着方老师的批评，我们说他是贱皮子，他却说我们，一般人还得不到他这样的待遇呢。三胖子甚至多次想把方老师的批评方式引入他家中，只是每次都遭到隋大虎的臭骂，为此他还气得曾经离家出走过。当时，我们总是感觉方老师看似平常的话对我们来说却是那么有力量，我总是想，这小丫头，大不了我们多少，怎么那么厉害呢？

而知道方老师重返学校消息的刘老师耿耿于怀。

三驴子被扣了一天就放出来了，二犊子的事有点周折。

二犊子承认了对方老师欲行不轨的事实，当公安说出骚扰知识青年罪加一等的时候，他吓傻了。

县里之所以盯住了二犊子就是为了完成公安内部确定的确保维护“安定团结”大好局面的指标，数字统计完了，就想教育教育放了他。

这小子点也真背，公社也需要这样的指标，重复统计在那个年代根本就不是问题。

就这样二牤子被接回了公社。

公社自然要重新审问，一个年轻的公安问他："你知道你犯罪问题的严重性吗?"

二牤子："知道，在县里和我说了，没死罪。"

公安："啊? 有你这么说话的吗?"公安"啪"地一关门，走了，把他锁在黑屋子里，整整一夜。

这二牤子，平时在村里耀武扬威的，没受过这罪啊，饥饿难挨，就是想方便都没地方了，他就在那憋着……

第二天换个老公安审讯二牤子，二牤子说想出去方便方便，公安就是没搭理他。

这公安明显有暗示，先是一顿吓唬，后来诱导二牤子想马上出去的招数，那就是一口咬定说方老师勾引他这个贫下中农的后代!

原来这个公安是刘全能的亲姐夫。

二牤子先是一愣，后来想到自己能出去主要是先解决憋的问题，就答应了。

结果呢，他可以马上出去方便，然后自己回家。当然了，该按的手印他都按了，至于上面写的什么，他根本就不知道，就是给他看那也白费，他不认识字。

这次在公安局里面的经历，的确使二牤子收敛了不少。

由于他的证词，使方老师遇到了来到瓦房村以后的真正灾难……

二牤子被抓起来的消息轰动了全村，不少人来到他家，这些人倒不是关心二牤子，而是来安慰小蒙古和她爹。

大吵吵最热情，门里门外，吵吵嚷嚷，还不停地劝着二牤子他爹。

大吵吵："大哥，信命吧，其实人在哪都是喘气，风眼里不也有空气吗? 是吧。去那里也没啥不好地，有吃有喝，比在家不是强吗?"

她本意也是真想开导开导牤子爹，但就是不知道怎么说才好了。

隋大虎说话了："你这败家娘们，你给我回去，有你这么说话的吗? 要是那地方好，不都得争着抢着去吗? 何必挖门子盗洞想出来。天天挨打挨骂的，就是公安不收拾你，那里的人都能踹死你。”

他们越说，犴子爹越闹心，不停地在屋里走：“这王八犊子咋就不嘎蹦一下死了呢？省得在那里遭罪。”

小蒙古还当众哭了，大家感觉她这个没妈的孩子可怜，就劝她，越劝她，她越哭……

隋大虎：“不管到啥时候，人得有深沉，不能啥事随便干，我在村里也干过坏事，我咋就没进去呢？因为我有资格，我是功臣，谁敢动我？等以后我去局子看二犴子，我好好地敲打敲打他，坏事不是一般人随便就能干的。”

大吵吵：“你就别在这叭叭了，等你进去的时候，咱家都来不了这些人，人家都得放鞭放炮。”

隋大虎：“那是你人缘不行，你以为大家过来是为了二犴子呢？是来看他爹。”

“我爹咋地了？”说话的是二犴子，他回来了。

大家瞪着眼睛看着他……

犴子爹开始一愣，随后还哭了，尽管声不大，其实他在很大程度上不是为了犴子，是为了犴子死去的娘，他娘在临死前就是放心不下这两个孩子，那年小蒙古才六岁。

二犴子走到他爹面前：“爹，没事了，都是误会，全是误会，没事了，没事了。”

看见小蒙古在哭，二犴子过去劝她：“哥这回去县里、去公社也没倒出空来给你买点东西，以后再进去……以后再去的时候给你买，没给你买东西你哭啥，都是这么大的姑娘了，别哭了，别哭了，老妹，你瘦了，猪胖了，哥的眼光还是雪亮地。”

小蒙古架不住“表扬”，又去喂猪了。

随后大家都说了些安慰的话，只是隋大虎反倒一声不吭了。

二犴子这次回来有点荣归故里的感觉。尽管几天来的折腾使他筋疲力尽，但他仍想做个姿态给大家看，让大家知道他二犴子就是二犴子，县里、公社都整不了他，他依旧能横晃于以瓦房为中心的南北二屯。

二犴子告诉邻居给三驴子传个话，说他回来了。

三驴子知道二牤子回来了，真是吓坏了，他怕二牤子收拾他，因为是他把二牤子供出来的。但躲是躲不了的，他还是硬着头皮去了。

刚到二牤子家，二牤子当时就把他抱住了，三驴子开始还以为这二牤子要近距离整他，没想到二牤子一门感谢他，说他够意思，在住院的时候怎么怎么照顾他。三驴子一惊：原来没事啊？

是没事，二牤子压根就不知道自己是被三驴子供出去的。

三驴子这下放心了：“牤子哥，你等着，我出去安排点东西，给你压惊！”

当我知道二牤子回来的时候我正在方老师那，我这个生气，这样的玩意怎么能放出来呢？

方老师告诉我去他家看看，毕竟是在一个村子住着，再说那天把二牤子踢得也不轻。

“你怎么那么好心呢？我为什么踢他你不知道啊？”我气呼呼地说。

方老师：“事情都过去了，也就算了。以后你也要注意了，如果什么事情靠拳打脚踢都能解决，那学习就没有用了。”

我本不想去看二牤子，但觉得方老师的话有一定的道理，再说二牤子毕竟是小蒙古的哥哥。

等到二牤子家的时候，小蒙古正在扫院子。

小蒙古放下扫帚，没说什么话，但我知道她的眼睛已经和我说话了。

我：“听说你哥回来了，方老师让我过来看看。”

“都在屋里呢。”小蒙古说。

我知道他们都在屋子里，因为他们的大吵大嚷在大门外都能听见。

三驴子：“喝了，都闷了。”

二牤子：“刚才我说那里好吃好喝都是反话，真不是人待的地方，都能憋死你，以后最好谁也别去。”

三驴子：“就你那么有钢，在里面谁都不能咋地你。”

二牤子：“别说了，那地方，谁去谁都得蒙，来，干了……

大家正在喝酒的时候，我和小蒙古进屋了。

二牤子一愣，把酒盅往桌子上一蹲，站了起来。

他瞪着眼睛看着我："这……焦书记的儿子来了。"

我："方老师让我看看你。"

一听说方老师这三个字，我明显地感觉二牤子的脸非常不自在。

三驴子站了起来："别提那娘们了，没她来，我能进去？以后还得整她。"

二牤子："三驴子，你先别说，让个地方，大楼坐下，整点。"

"我不会喝酒，你们喝。"我说。

三驴子说话了："要想像牤子哥这样在社会上混，不会喝酒那是白扯，知道不，来，喝一个。"他拽我坐下，这小子显然不知道我和三胖子给他家"送"麦子的事。

三驴子端起酒杯："大楼，以后你也能是个手儿，等我们岁数大的时候，多罩着点啊。"

二牤子端起了酒杯："大楼这兄弟真有能耐，一脚把我踹出了阑尾炎，哈哈……"

大家都站了起来端起杯，我还是不想喝。二牤子好像看出来了："我先喝了，哪个王八犊子不跟上。"

真是没辙，我也跟着干了一杯。

"吃口菜，不算赖，来了都别客气。我要是不住院，咱们还喝不上这顿酒呢，谢谢啊，大楼。"二牤子说。

还谢谢呢，当时我恨不得一脚把他踢消失了。

说是吃菜，好像也没啥玩意，大葱大酱是主菜，但大家喝得有滋有味。

就这样，我稀里糊涂地和他们连续喝了几杯。

小蒙古借端菜的时候，用身体碰了碰我，我心里一慌，但感觉很舒服……我知道她是什么意思。于是我就想下桌了，毕竟我和他们不一样，我还得看书。

看我要走，三驴子来劲了："咋地，你怕我们再进局子咋地?"

二牤子马上接话了："别提进去的事了，这次我觉得十有八九是隋大虎整的事。”

三驴子不干了：“啥？他能有那章程?！我借他一个胆，没有我你能进去咋地?”这玩意，喝点酒自己把自己抖搂出来了。

三驴子感觉是自己说走嘴了，急忙说出去方便一下。二犊子没注意他说的话。我心想，你们俩能进去，都得感谢我！感谢方老师给了你们一次难得的受教育的机会。

二犊子有了进去的经验，还教育上我了：“大楼，以后啊，别和我们学，你是识文断字的人，我知道你也牛，可那也不行，就你进去，你也迷糊。”这小子真是没白进去，明白事理了。

“我现在就迷糊了。”我说。

二犊子说：“大楼脸红了，喝酒脸红的人好交。好，你还有正事，你提一杯酒，你就撤。”

我还真没提过酒，也不会说什么酒磕，但我也得站起来：“好，你们干了，我随意。”

他们一愣，于是大笑，笑得我发蒙，我这才知道刚才我说出了这样的经典酒磕。

二犊子说：“还是人家有文化的，看人家这磕，整得多硬实。来，干了。”

这杯酒下去，我彻底晕了，直接就在酒桌上晃荡了……

正好三驴子晃晃荡荡地回来了。

二犊子：“你把大楼扶到那小屋去躺一会，他不行，咱们接着整，来个一醉方休。”

三驴子扶着我，小蒙古也跟着在后面，她没敢扶我：“你们也是，咋这样对待我同学呢?”

三驴子很神秘地和我说：“就你这点量，以后在社会上混……不行，你看你哥我……”

我：“我……是不赶你，我都没进去……过……”

小屋是小蒙古住的屋子，虽然我来过她家不少次，但还真没进去过。

我稀里糊涂地躺在炕上，小蒙古特意上炕给我找了个枕头，我睁眼一看，她看我的表情很难受，她的表情在我的眼里放大，感觉另有一番的滋味……

他们俩很快就出去了，我自己躺在平时小蒙古睡觉的地方……

房间很小，很闷，很热，我感觉有只手在抚摸着我的头……

这只手顺着我的头发下来，轻轻地摸着我的脸，在我脸上停留得很久……

我一动不敢动，心怦怦跳……

这只手顺着我的脸摸到了我的胸，我感觉我要窒息……

手还轻轻地解开了我的衣扣！

手抚摸着我的前胸，很柔很柔……

这只手还在继续往下摸着，我简直都紧张得不行了……

手还轻轻地往下移动！已经摸到了我的腰带，我一把抓住了我的裤袋，但那只温柔的手轻轻地把我的手移开，我的手不会动了……

这只手轻轻地解开我的裤子扣，我感觉手很抖……

我心狂跳……

我几乎没任何力量，我的裤子就这样一点一点地被脱了下来！

我彻底不行了！

那儿竖了起来，我很害怕、害羞，急忙用手按下，但好像按不住……

这是怎么了?!

怎么能这样?!

这是谁?!

不管我怎么“抵御”，我还是被这只手主宰，我毫无还手之力……

手慢慢地移开了，我好像是松了口气，可是一个人的身体压在了我的身上，光光的，滑滑的……

我在颤抖……

唇紧贴着我的唇，这唇、这气息，我熟悉，原来是她……

她紧紧地搂着我，亲着我，我……我要完了！

就在这时，“咣当”一声，门被推开了！

我猛地坐起，原来这是个梦！

……

我满头是汗，上衣拽开了两个扣，一看裤子，还安全，谢天谢地。

小蒙古推门进来了："你怎么了?"

当时我还没缓过神过来，想必那时的我很狼狈。

"没怎么。"我没看着她，这是很少有的。

"那你刚才喊得怎么那么大声?"她问我。

我怎么知道那么大声："啊，可能……八成是我做什么噩梦了吧。"我还喘着，用手擦着汗。

"什么梦啊?"她又问我。

我能告诉她吗?就是告诉她，她能相信吗?

看我没回答她，她问我："是不是梦见自己被狗追了?"

"对、对……"我慌张地说。她转身出去。

不一会她端来了一瓢凉水，这葫芦瓢我不陌生。

我几口喝下，真爽!

我马上推开门，见大屋里的炕上躺着好几个人，一片呼噜声……不过屋子里收拾得还很干净。

走路的时候，我感觉下面湿湿的，我很疑惑……

白天上第三节课的时候，班级出了件大事。

正是方老师讲语文课，我在看历史书，方老师给我定的，我语文就那样了，在上语文课的时候可以学其他的课程，必要的时候可以出去背题。只要是方老师的课，我才不出去呢。我喜欢看着她讲课，我学别的。学物理的时候，我出去王校长也没管过。

正上着课，小蒙古在回答完一个问题要坐下的时候，突然倒下……

班里一片混乱，因为这些年在我们学校从来没发生这样的事情。

我第一时间把她托起，根本就没考虑男女问题。方老师跑了过来："马上扶她去我办公室。"

我们驾着小蒙古走到了方老师的办公室，给她放在里屋方老师住处。

方老师把手放在了她的鼻孔处。我看见小蒙古的胸脯还在动，心里就有了点底。

“焦大楼，你马上把刘大夫请来，快!”还没等方老师说完，三胖子跑了出去：“我去。”

方老师看着我们：“谁去她家一趟报个信，留下两个同学在这，其他都回去自习。”

小蒙古的身边站着王校长，只有他没课。

王校长：“一定是学习累的。哎……”

我：“何止是累的啊，她天天都吃不上，在家啥活都得干。”

方老师用小勺把冲好的糖水轻轻地倒进小蒙古的嘴里，她有反应，嗓子在动，只是还闭着眼睛不能说话。

方老师就这样一勺一勺地喂着她，神情是那么专注……

我几次到门口张望，刘大夫还是没到……

方老师依旧是那样喂着她，像她的亲姐姐。

门被突然推开，二犴子进来了：“怎么了，我妹怎么了?”看着方老师给小蒙古喂水，二犴子的表情很是愧疚。

“这就是学习累的，早都和她说别那么用功了，一个丫头片子学习有啥用……”二犴子说。

他在地上走来走去，磨磨叨叨……

小蒙古苏醒了，看着眼前的方老师，她眼角留下一滴眼泪，方老师深深地松了口气……

正在这时，门开了，本以为是大夫来了，可是不是。

来的是两个公安。

公安：“你是方格吗?”

“我是啊，怎么了?”方老师回答。

公安：“跟我去公社一趟。”

王校长怎么问公安，公安都不正面回答他……

方老师在刚刚救完二犴子的妹妹小蒙古的时候，在二犴子的视线下，在我的视线下，在小蒙古的视线下，在王校长的视线下被公安带走了。

我看见二犴子呆呆地站在那里……

{第十五章}

上午的最后一堂课，王校长在给我们上课的时候明显地总在出错，我们也根本没有心思学习。

看着前桌，小蒙古不在，我心空空的；望着讲台，方老师不在，我心酸酸的。

上完课后，王校长就去了公社解情况，去要方老师。

整个一下午，都没有方老师的消息，我们大家都很着急，到我们放学的时候，王校长还没回来，我们更是着急。

我一直惦记着方老师和小蒙古，方老师在公社，距我们这十八里，现在去恐怕是不行了。我串联几个同学，去看小蒙古。

到了小蒙古家，屋里有几个人，我妈和大吵吵也在。

小蒙古盖个薄被躺在炕上，头上敷着一条很白的毛巾，尽管都“飞”了边。二犊子在地上来回走着，他的爸爸蹲在地上不停地抽烟。

大家看着熟睡的小蒙古，一言不发。

可能她真是累了，要休息？可能她真是饿了，要减少消耗？可能是因为她的哥哥回来，她松了一口气？可能是她想妈了……我不敢想了。

猪在窗外嗷嗷叫，在等着她的主人。

我妈从包里拿出了一瓶山楂罐头，又从兜里掏出两元钱，放在了她的枕边；大吵吵拿出了一碗黄米放在了炕沿上。她们刚要告辞的时候，三驴子走了进来。他看看大家，直奔二犊子。

他们俩的说话声音不大。

三驴子："让她瞎得瑟，我家亲戚收拾她了，她还想教学？没门，就蹲着吧。"

我大吃一惊！

二犴子面无表情。

三驴子说："等她回来的，啥也不是的时候，得上杆子巴结你。"

二犴子有点不耐烦了："算了算了，别说了，闹死心了。"

三驴子的话我记住了，我记在了心里，只是碍于小蒙古有病，我没搭理他。

离开小蒙古家的时候，我看着她，她还在睡着，她睡得很香……

这个夜晚，我翻过来倒过去没有睡好，眼前总是浮现着方老师和小蒙古，她们怎么样了呢？

第二天上学的时候，王校长很沮丧地来到了我们班级，我们问他，他什么都不说，只是满脸无奈。

上了两节课，我们大家实在是挺不住了，王校长连轴上课加上为了方老师的事也累得不行了，就告诉我们上午自习。

他走了，他离开了学校。

自习课，大家都没心思上，我们在想怎么去救方老师。小蒙古还是没有上学，商量的时候缺少了一个主力，最后商量来商量去，就是我和大家马上去公社要回方老师。

十八里路怎么走，成了难题。最后我们决定去偷马车！

大队平时有挂马车是应急的时候使用的，估计现在能在大队。我们到那以后，马车果然在。我们商定，我去对付看门的徐大爷，他们趁机在外面套车。农村的孩子差不多都会套车。

我在屋子里与徐大爷周旋，外面的马车也套好了。等我出门的时候，车已经走了。我跑到北岗，他们正在等着我。

平时在村里赶一挂马的车我们还凑合，但这是三挂马的车，谁都不敢照量，其实我也没赶过，但我必须赶。

车上坐得满满的，十二个男生，还有两个男生和四个女生没座。我劝女生回去，她们还哭了。剩下的两个男生一个坐在外面的车辕子上，一个坐在同学的大腿上……

马认生人，没走多远，对面来个汽车，使劲鸣笛，在错车的时候，马毛了，车直奔路边的坑下去，大家鬼哭狼嚎，大部分都跳下了车……

马车停在了坑里，我惊得一身冷汗，好在没伤着人。

怎么办？商量的结果还得去！必须去！必须坐着这马车去！

问大家还敢不敢坐了，谁都不吭声。

隋大虎骑着马从草甸子上路过，看见了我们。

要不说当过兵的人，就是侃快，看上去他知道这事后比我们还冲动，他当即表示作为一个老军人、一个学生家长，一定要支持学生们的营救老师的正义行动。

他坐在车老板的位置，那就意味着还得下去个学生，可是大家谁都不想回去。

别看隋大虎平时在村里那么横，这时的他却给了我们展示了大人的另一面。

他跑着赶车！

开始还没什么，我们还觉得有些好笑，我们越是背《谁是最可爱的人》，他跑得就越起劲！

十八里的路，是什么样的概念，部队急行军要走两个半小时多，马车不停地跑也要一个小时多点，在一个大夏天，这位瓦房村家长的代表，为了老师，他一直跑，没有停过脚步……

车上的我们都很感动，要他停下来慢点走，他说，救老师要紧……

我们想换着跑，他始终不同意，他告诉我们，当年他当侦察兵的时候，跑这么远的路是常事，只是很多年没这样了。那一刻起，我一点都不再怀疑他是立过功的英雄了，尽管他没有证书，他没有军功章，平时在村里还有些“劣迹”，关键的时候，农民的仗义不亚于任何群体的任何人！

一路上，他跑着喘、喘着跑……

等到公社的时候，他的背心拧出的水能见着溜儿……

来到公社的大院已经快一点钟了，赶上午休，问谁谁都不搭理。

我们没钱吃饭，就是隋大虎这个大人身上也没有钱。

在公社吃的闭门羹更激发了我们要见老师的斗志。

我们十四个男生把穿着的上衣都脱了下来，沿着衣服缝把衣服撕开……

到一家成衣铺用针线连上，制成了一个“横幅”，上面写着：“还我方老师!”

字是我写的，很大，很醒目，我们举着“横幅”在公社的街上走，不知不觉看热闹的几十人跟着我们浩浩荡荡走进了公社的大院……

我们的行动早就引起了公社的注意，大队民兵连长和王校长正走在前往公社“接”我们回去的路上。

我们举着横幅，整齐地喊着：“还我方老师！还我方老师……”

公社派出了代表和我们“谈判”，我坚持一条，必须放人，不行你们就抓我们，别的不谈。

我们不停地、整齐地喊着：“还我方老师！还我方老师……”

我们希望领导们能听见我们的呼声，我们更希望方老师能听到我们的喊声!

好像我们的喊声有些单调，于是我决定我们应该边喊边唱歌。但在唱什么歌的问题上，我们出现了严重的分歧。

隋大虎坚持要我们唱《大刀向鬼子们的头上砍去》，我们没同意，因为我们的对方不是敌人。隋大虎连声说：“那是，那是，这是人民内部矛盾，连人民的外部矛盾都算不上。要不你们唱向前向前向前，我们的队伍向太阳吧，这整齐，好听，我还能帮腔，在部队就唱这个了。”我感觉我们都是站着，不好向前，也没采用，这把他气的：“你们就是没当过兵，要是当过了，准唱这两个。”后来我们才知道，他在部队就会唱这两首歌，还唱得半拉咔叽的，因为他喂猪的时间约等于他的军龄，平时封闭在大山里，参加集体唱歌的时间和机会很少。

最后，我们选择了《团结就是力量》这首铿锵有力的歌，在歌的结尾继续喊着“还我方老师！还我方老师……”

我们喊的时候，围观的群众往往不喊，但唱歌的时候往往跟着小声唱，所以歌声格外响亮，以至于公社的办公一度停止，很多人都打开窗户看着我们……

再说家这边。

村里很多人都知道了原来方老师被带走是因为二犴子的“诬陷”，于是大家都很气愤，纷纷到他家闹去。

我爸学习回来了，直接就到了大队，他听到这情况后很吃惊，走了十几天怎么发生了这么大的事。于是他给公社打电话，才知道方老师“勾引”了贫下中农子弟二犴子。我爸的肺都要气炸了，他直接到二犴子家找二犴子和他一起去公社，把事情说清楚，把方老师要回来。

二犴子家窗前有十多个妇女，大都是学生家长。她们在窗前喊着，要二犴子出来。

她们手里紧握着柿子、茄子，个头大点的女人手里拿着西葫芦，数大吵吵最狠，她高举着一个大倭瓜。

二犴子没敢出来，门在里面锁着。

外面的人喊得嗷嗷的：

“就你这不要脸的东西，人家还勾引你?!”

“方老师没教你家的人啊?!”

“你给我滚出来!”

门还真开了……

门外的人都奔向门去。

小蒙古从屋子里面走了出来，她走得不稳，通过大家对她哥的痛骂，她知道了原来方老师被带走与她哥有关系，可想而知当时她是啥样的心情。

她的泪水告诉大家，她是替她爹和自己为乡亲们道歉的，可是她没那么说，只是说：“我代表我死去的妈……”说完她大哭起来……

大家都肃静了，我爸走进院内。

“二犴子呢?”我爸问。

大家看看屋子。

我爸进屋就把二犴子拽了出来，拎着他的衣领子边骂边走出了屋门：“人家勾引你这个贫下中农，你他妈的是什么贫下中农，我爹我爷原来都是你家的长工。你个没良心的玩意，那天，要不是你爹和你妹给人家方老师下跪，你早蹲笆篱子了，你这个白眼狼!”

大家看着爸像拎小鸡一样把二牤子拽出了院外。

二牤子还不停地解释：“大姨夫，我冤枉、我冤枉啊。”

后来我听别人说当时我爸是这样处置二牤子的，我都没敢相信，我一直认为我爸不是那样的性格。

公社这面，民兵连长和王校长的到来并没有压制住我们。我明显地感觉王校长是“假劝”，但给人的感觉他是真着急，民兵连长要强行拉我们走，只是他势单力孤。

我爸和二牤子还有王校长走进了公社的办公室。我们的喊声渐渐停了下来。

我们也该歇歇了……

从来没干过这活，真累。

我爸和公社的领导都熟悉，当时公社的一把手出去开会了，他还不知道这件事，等他刚回来，一看院里这架势，就马上听汇报，正好我爸到了。

二牤子也有头脑，他不敢直接说出当时那个公安是怎么诱供的，他觉得说了也没证据，都是一对一的事，他主动承认了不是方老师勾引他的，他自己家压根也不是贫下中农。

公安当着方老师的面就要收拾二牤子，以平息这一“事件”。

公安：“那就是你骚扰人家方老师了?”

二牤子这时反倒很沉着了：“是我主动上门的，她要是勾引我，她得主动出来，对不对?”二牤子还问上审问他的人了，这局子里是真没白去一回，分析得头头是道。

公安：“你承认了，现在就拘你！走!”

公安转向方老师：“真是对不起了，你冤枉了，我们要彻底调查此事。”

见二牤子要被带走，方老师说出了让大家都震惊的一句话……

方老师：“我是和他搞对象。”

大家惊愕，二牤子当时就傻在了那里。

这下最为难的应该是公安了。他没有马上定，而是和我爸直接去了书记的屋。

最后的结果是书记要求把刚才说的都做好笔录，两个人同时放，方老师是不是再继续代课以后再说。

就是这样，我爸带着方老师和二牤子走了出来。

方老师看见“还我方老师”那五个大字的时候，她惊呆了，哭了……

大家惊喜万分，奔向了她，紧紧地把她围在中间，我们都含着热泪问她怎么样，是不是受苦了……

围观的群众都很感动……

隋大虎没有跑过来，他独自一人蹲在墙根底下，看着我们。

当我们缓过神来的时候，冲向了二牤子，把他推倒在地，准备踢死他这个王八蛋。

方老师制止了我们：“他是乌日娜的哥，他家这时候要是出了什么大事，那乌日娜还怎么学习？怎么活？”方老师含着眼泪，她的声音不是很高，但字字千金。

她说得有道理。她说的话我们听。

这也是她为什么在关键的时候主动承认和二牤子“搞对象”的理由。她仅仅比我们大二三岁，她想得比我们远。

每每想起这段往事的时候，我更崇敬她，我们亲爱的小方老师……

走出公社大门的时候，我爸向我的屁股就是一脚：“你带头闹事，等你回去的！”在他还要踢我的时候，隋大虎拦住了我爸，瞪起了眼睛：“你瞎踢啥啊？你知道啥啊？没他，方老师能出来啊？”

我爸看着隋大虎：“你少嘞嘞。”

隋大虎：“行，你踢，使劲踢，别光踢后面。”

方老师回来，没有直接去学校，而是去八队她住的那个小屋。乡亲们都跟在她的后面，前呼后拥，当到她那小屋子前，方老师站住了。

墙上画着大方格，上面挂着一双破鞋！

{第十六章}

方老师惊呆了，她跑进了屋子插上了门。

大家在外面看着，我上前要拽那双鞋，隋大虎拦住了我，要保护现场。我根本就没管那些。白色的方格线被碱土和成的泥掩盖，我心里骂着是谁这样伤天害理。

王校长让我们回到学校继续复习。

方老师一个下午都没出屋。王校长和张老师来叫门，她都不给开；民兵连长来叫门，她也没给开；我妈来叫门，她还是不给开……

大吵吵觉得自己的嗓门大，能叫开门，但她不知道说什么。隋大虎小声教他媳妇怎么说……

隋大虎说一句，大吵吵跟着说一句。隋大虎对着大吵吵的耳朵："方老师，我代表全村的妇女老少来看你……

大吵吵："应该是男女老少？你这虎玩意。有你那么说的吗?"

隋大虎："你这娘们，我咋说，你就咋说得了，要不你自己编词儿。"

大吵吵为了马上叫开门，也是没办法，于是她大声喊着："我代表全村的妇女老少来看你。"

屋子没动静。

大吵吵提高了嗓门："我代表全公社的妇女老少来看你。"

方老师不说话。

大吵吵的嗓门更大了："我代表肇源县的妇女老少来看你。"

门依然没开……

隋大虎着急了，自己喊了起来："我代表辽宁省的妇女老少来看你。"

大吵吵急了："你个虎玩意，肇源县是辽宁的吗，是吉林的。"

大家笑了。

隋大虎："我不是着急吗，一时说走嘴了，我不是在辽宁省大石桥那参军了吗？侦察兵。"

他们俩怎么都没叫开方老师的门。

大吵吵埋怨隋大虎喊错了方老师才没开门，要不就是只代表了妇女而没代表男人，方老师才没开门；而隋大虎则认为大吵吵没喊到火候，应该接着代表全国妇女老少和全世界妇女老少才能把方老师叫起来。

大家都担心方老师想不开，但也没什么好办法，大家轮流在窗户纸上的一个洞看向屋内，方老师蒙个被子，躺在炕上。

最着急的当属小蒙古一家了。但没办法，小蒙古已经病倒了。二犾子他爹不停地骂着二犾子丧尽天良。以往犾子爹骂二犾子的时候，二犾子总是不服，有一次把二犾子骂急了，他指着他爹："谁是谁的爹啊，你就是比我早出来几天。"可是现在二犾子瘪茄子了。

犾子爹抽着烟在地下来回走，并不住地骂。他历数这些年来二犾子的斑斑劣迹，尤其是方老师来了以后他的所作所为，当说到方老师以德报怨，说到自己给方老师跪下的时候，二犾子的眼圈都红了……

犾子爹："你也老大不小了，你该好好想想了！"

说到这，二犾子突然用脚踹开了门。

犾子爹："你这个孽障，你干啥去？"

二犾子没说话，他做出了一个惊人的决定！

二犾子来到方老师住的地方，外面还有几个人，大家都不搭理他，他什么话都没说，他知道他说了还不如不说。

外面下起了小雨，二犾子从村子东头开始，要一家一家地走，他要给每家每户赔礼道歉，他要向大家证明方老师是清白的，他要向大家保证以后洗心革面重新做人！

全村三百零三户，除了三驴子家和几个老得听不明白话的几家外，他都想去。

这个平时在村子里横行霸道、大家都躲他远远的的家伙，这雨中开始了他新的“旅程”。

家与家之间很近，但他感觉很遥远，尤其迈进一家的大门的时候，他畏惧了，他在雨中足足站了十分钟。家家都认识他，这家人看他在那站着还纳闷，但都怕他进来，麻杆打狼，两头害怕。

他咬咬牙、狠狠心，抬起了脚，走向屋内。

他不知道怎么开口，有些语无伦次，但大家听明白了他说的话，人家告诉他，根本不知道方老师的事，其实这家的女主人中午还在方老师的窗前……

他知道乡亲们的大度，乡亲们的大度更使他无地自容……

他像刚学会走路的孩子，每迈开一步，他能感觉自己稳当了许多……

他在雨中走着……

二牤子到我家的时候，天刚黑。

我爸刚从方老师那回来，他也没叫开门，但隔着窗子方老师告诉我爸爸，让他放心，她就是累了，自己好好休息下，不要大家惦记她。这样，我爸、王校长和“看守”的乡亲们才离开。

我爸回来时，全家人都在，我们早就等着要看我爸到底给我们买回了什么东西。我本应该去看望方老师，但王校长有令，所有的学生都不能去方老师那，他不希望老师在学生面前丢面子。

二牤子来我家以后说话很诚恳，当我爸问他今天扇他一撇子他记不记仇的时候，他指着灯说：“大姨夫，你没打我，我要是说假话，我随灯灭。”

他的举动令我爸感到意外。

见他态度诚恳，我什么都没说。

就这样，他捂着开过刀的刀口部位，在瓦房村挨家走着，等他走到晚上无法敲人家门的时候，他走完了全村的一大半。

每到一家，他都感觉自己在经受一次心灵的洗礼！

他决定明天继续走。

他回家的最后一站是去邻居隋大虎家。

隋大虎的家人也都在。

二牤子："大叔!"

隋大虎很吃惊，用眼睛白了白他："不叫我老犊子了？今天的太阳是打下边出来的?"

二牤子低下了头。他硬着头皮把去每家背的词都说了一遍。

隋大虎来劲了，站了起来："我和你说，搞对象那玩意，不能强迫，强扭的瓜不甜，啊？是不是?"

大吵吵觉得不管怎么样，也是东西院的邻居，人家都说了那么些赔礼道歉的话了，就把话拦住了。

大吵吵："你看看你，还有脸说人家呢？当年你要不是那么死皮赖脸，我能嫁给你?"

隋大虎来劲了："我，咋地了，就是你大嗓门，哪个女的像你，谁能要你，也就是我吧。"

在送二牤子出屋的时候，隋大虎还磨叨呢："嫁给我你就烧高香吧，我，侦察兵，现在多少人挖门子盗洞踅摸绿军帽，我多少年前就有了。"

"行了行了，别白话了，我嫁给你我得感谢你们老隋家八辈祖宗，行了吧?"大吵吵的声音依然是那么"洪亮"。

我爸这次外出参观回来带回一包糖。这糖以前我没见过，当然也没吃过，软软的、黏黏的，甜里透着轻微的芳香，糖纸上写着三个字——"高粱饴"，后面那个字我还不认识，管它是什么字呢，感觉甜就行。这糖吃起来很有弹性，甜度就不用说了。催着你不停地咀嚼，吃得你下巴有点微酸，但还是不愿意停下来，真是有点在运动体验甜的感觉，也不知道是什么人发明的，这人一定喜欢运动。多少年以后，我还在想那种糖的滋味，尽管现在也有那种糖，但没有那个味了。

我爸还带回了一件叫"的确凉"的小开领女士衬衫，白白的，里面有暗红色的小方格，用手一摸，感觉有点"沙"的感觉。我妈妈连声说好，我爸告诉她，这衣服穿着自然带风，热天穿，也感觉凉快，"唰唰凉"，他绘声绘色，就好像他穿过一样。我妈当时还试了一下，她照着镜子，左看右看，感觉就是好。她说现在不穿，说等到上秋的时候去她在吉林省扶余县的亲娘舅家参加她表弟婚礼的时候再穿。看着这从来没有穿过的衣服，我妈还说了我爸真顾家，其实以前她倒是经常和我们说，家里没有一天能指上他的，除了吃饭喝酒睡觉的时候在家，平时抓不着他的影儿。

那块糖在我嘴里运动了差不多五六分钟，还没消灭掉。我一共分了七块，我只吃了一块。

晚上我继续看书，但感觉心里有什么事，看着看着就溜号。两个人的小模样总是浮现在我的眼前。我在考虑糖的分配问题，也在担心给了她们，她们要是拒绝怎么办？

晚上如果不遇到被我爸打骂，我好像是没有出去的理由，现在我真想和他吵一架。可是我爸回来后看着我们的眼神有点特别，好像是好久不见很想我们的感觉，这架还怎么吵？

妈来到我这屋："习不是一天学的，睡吧。"近一时期，她经常在深夜过来看看，差不多都和我说这样的话，我照例应付着她。

大约过了一会，当大家都睡了的时候，我爬了起来，抓起了三块糖。

当我来到方老师住的地方，我隐约看见有两个黑影在院墙边坐着，火光一闪一闪。那无疑是两个男人，其中一个人在小声抽泣……

这是二犴子和他爹！

我倚在墙角，听他们说话。

犴子爹："这……要是有个……三长两短，嗨……"他叹息着。

二犴子："爹……我都是快三十岁的人了，啥都懂，她人好，对咱家有恩德。她要是在农村一辈子，我只要能帮到的，我都帮。"

我这是第一次听见二犴子在说人话，尽管话不多。

犴子爹："也是你妈走得早，我没照顾好你们俩，我这不争气的身子，以后你好好做人，好好干，爹就是砸锅卖铁，也给你成个家，你好好做人。"

就在他们轻声说的时候，方老师的屋子灯亮了，我看见几乎在同时，他俩"噌"地一下站了起来。

一会，屋子里走出了一个人，是她，月光下，她走得很慢，走得不稳。

她住的下屋是个厢房，以前满族人家或者蒙古族人家都有这样的厢房，也叫仓房，和正房在一个院子里，在正房的前面左侧或者是右侧，一般不住人，就是放置些粮食、农具和杂物，个别情况下也住人。

方老师出门后直接向房子的北侧走去，不一会就回来了，在房屋门前站了站，来回走走停停，然后进屋，关了房灯。

二牤子爷俩好像是松了口气，等了一会，他们直接回去了。

他们走后，我也回了家。

早晨，我起得很早，我把那六块糖都放在兜里，拿着书包就走出了家门。我很惦记方老师怎么样，想马上到她那里，但觉得自己去看她不好，和谁去呢？我想起了小蒙古，于是向她家走去。

一进大门，看她爹正在扫院子。

她爹一直对我不错，见我来了，就停下了手中的活，他有点气喘吁吁："来了，大楼。"

"这么早就干活啊？"我问他。

"也不早了，现在觉也少了，躺着也累，就起来溜达溜达，干完活，再喂喂猪。"他说。

"你儿子不干活啊？"我问。

"早晨就出去了。"他回答。

"我来看看乌日娜，我想找她去方老师那。"我说。

一听我说这话，牤子爹马上把扫帚放在墙头上："那快进屋。"

我跟他向屋子走去，他边走边说："这丫头，这两天体格不咋好，还没起来，我叫她去。"

我们进了屋，屋子里很凌乱。

牤子爹走到小屋门口："老姑娘，起来了吗？大楼来了。"

小蒙古很快就回答了："我知道了。"她的声音很柔弱。

"你先在屋子里等会，我喂猪去。"说完，牤子爹就走了出去。

他刚出门小屋传来了小蒙古的声音："你进来吧。"

我有点迟疑，她又叫了我一声，我推开了她的房门，见到她的时候，我吓了一大跳。

我好像不认识她了，也就是两天没有见面。她脸肿得鼓鼓的，感觉眼皮很厚，本来还算很大的眼睛就是露出了一条小缝。看见我，她一下把脸侧了过去。

我不知道说什么好，呆呆地站在那儿。

“你坐吧。”她的声音很弱。

我还是站在那里。

她看了我一眼。我明白她是什么意思，她是催促我坐下。

我们坐得很近，只是我脸向外，她的脸看着对面的窗户。

我把手塞进了兜里，用手数着里面的东西。我伸出手来，给她递过三块糖。

她看了下我的手，但她没有什么动作。

“给。”我说。

我的一个字给了她勇气，她连我拿着糖的手一起抓在了手里。

我心很慌，看着门的方向。

这时，她把头靠在了我的肩膀上，“呜”的一声，但几乎在同时她又收住了哭声，哭声变成了哭泣。

她的头在我的肩上一动一动，伴着她的抽泣，感觉每动一次，我的心也在颤动，我肩头好像千斤重，想动都不能。

我用手擦着她的眼泪，我看着门。

她继续在我的肩上抽泣……

外面传来她爹进屋的开门声，我立即站起，紧张得都没管她是不是能倒下。

她坐住了。

“我们一起去看方老师吧。”我大声说。

我说什么话她都听，她把身体向外挪动。

在我们要出来的时候，她爹看着我们，那眼神好像很无助，好像在求助，我知道是什么含义。

“姨夫，我们走了。”我通常叫犴子爹姨夫，其实我们俩家没有什么亲戚。

他看着我点着头、叹着气：“去吧。”

我在前面走，小蒙古跟在后面，我们彼此有一段的距离。

来到方老师的窗前，屋里没有任何声音。我拽了下门，门插着。

我俩来到她的窗前，我轻轻地敲了下窗框：“方老师，我是焦大楼，来看看你。”

屋里依然没有声音。

小蒙古贴近窗子：“方老师，我是乌……”她“呜”地哭出声来。

我不知道怎么办好。

门开了！

在瓦房村多少乡亲，包括老师、我爸都来叫过门，方老师谁都没给开，在小蒙古来的时候，她把门打开了。我们俩跑到了门口，方老师抱着小蒙古痛哭起来。

看着抱在一起哭泣的她们，我在一边不知道怎么是好，我有些颤抖，我被感染着。

小蒙古双手搂着方老师，方老师则是一只手放在小蒙古的肩上，一只手好像轻轻地揽着她的后背，她们的哭声不大。

方老师先停止了哭泣，随后，小蒙古的哭声才渐渐小了。

“进屋吧，早晨外面凉。”我说。

她们走进了屋，我也跟了进去。

到了屋里，我们谁都没说话，我们三人的脸朝着三个方向。

我们是来看方老师的，所以我特别注意了她。

她和小蒙古有类似的地方，就是眼睛也明显地肿了，感觉她也很疲惫很虚弱，我心酸。

本来在来的路上，我想好了词，但现在我怎么都想不起来了。

还是方老师打破了沉默：“大楼，你帮我办一件事。”她的声音很弱，脸上好像没有任何表情，这是我第一次见她这样。

她递给我一封信：“你帮我把这封信发出去。”

“嗯。”我接过信，在我接信的时候，我突然感觉她的泪水要涌出。

“现在就去吧，然后你直接上学，我和乌日娜说会话。”

“好。”我转身走了。

没走两步，我又回身，看了下小蒙古，示意她多和方老师说会话。小蒙古明白了我的意思。

村里唯一的信箱在大队，现在距离上学的时间还早，于是我先回家，想把方老师的消息告诉我爸我妈。

我爸没在家，我妈知道方老师平安的消息非常高兴："你一会就去找她到咱家吃饭，我先炒个鸡蛋。"说着妈走出了屋子。

"多做点，小蒙古现在也在方老师那，叫她们一起来吃。"说完我就走出了门。

大队的信箱挂在刚进屋的过道墙上，我到那一看，信箱没了。

我正想问徐大爷的时候，里面传来我爸接电话的声音，他有些激动："……学校的事是不归我们管，但它毕竟是我们瓦房的学校，学生们都是我们瓦房的孩子，房子都那样了……"

我爸听着电话，对方在说着。

我爸更加激动："要不你们公社就把学校搬出瓦房去！要不就把我这个书记撤了！""啪"地一声，他把电话摔了："今天推明天、明天推后天的。"

我爸轻易不发脾气，但发起脾气也是相当爆。我可得走，他发脾气的时候谁撞在枪口上谁倒霉。

别说，倒霉的还真来了，不但是一个，还是一对。

大吵吵拽着隋大虎往屋里走，隋大虎拖着不想进屋，这时我爸出来了。

大吵吵松了手："我不和这犊子过了，给我开证明，到公社离婚去！"她说话明显带着哭腔。

隋大虎也不示弱："不过就不过，别拿离婚那玩意吓唬人！焦书记，你痛快地给我出手续。"

我爸看着他们："怎么回事？"

"他会动手打人了，这回我要是再和他过一天，我出门都让车轧死！"大吵吵用手指指着隋大虎，声音嗷嗷的，回声都震耳朵。

隋大虎径直奔我爸而来："你说说，这败家娘们……"还没等他说完，我爸上去就给他一个耳光，这声音在走廊里回荡，显得越发响亮："看你能耐的，好日子你不过！"

这一耳光打得不轻，他俩全"钉"在那了，都傻眼了。隋大虎摸着被打的那半脸，瞪着眼睛看着我爸。这时我爸又举起了手，大吵吵当时用力拽着隋大虎就走："不他妈离了，走，回家。"

我爸这一巴掌，好像打在了大吵吵的心上。女人，总是心疼自己的男人，尤其在他受委屈的时候。

隋大虎和大吵吵吵架是经常的，但以前我爸从来没听他俩谁说过离婚这俩字，我爸感到了事情的严重性，不能打下这个底，也知道要是他们真离了，那隋大虎这家也就彻底完了，再加上他接电话里刚发完火，就给了隋大虎一撇子。后来每当说起这事的时候，大吵吵就说要不是给书记的面子，她早都和别人过上了。而隋大虎却和我爸说，是他那一撇子救了这个家，话里透着感激之意。再后来，就没听他们再怎么打过，可能是我爸当时真是下手太重了。其实农村的村官在处理家庭矛盾的时候，尤其是处理两口子闹离婚的时候，先对他家男人下手，往往当时离婚的事就烟消云散，下手越狠越管用。

我当时有点害怕，我怕隋大虎那虎劲上来打我爸，我就没辙。当我看他们离开了大队，我才去了学校。

还是王校长为我们上课，我同桌三胖子没来，这是很少见的。别看他学习不怎么样，但上课很守时，经常是"不迟到、不早退"的典型，老师经常拿他在学校当榜样来表扬，这小子有他爹那性格，你越表扬，他就来得越早，只是方老师来了以后我的早劲儿才超过了他。为此，他还不服气，有几次比我早来学校，他妈问上学为什么那么早上学，他说在哪都是待着，在学校更好，没人催着干活。

上课的时候，我明显地感觉到小蒙古的精神头不足，主要是体现在她的坐姿上，以往她上课的时候都板板正正的，今天她好像是明显地动着。我想可能是她有病的缘故吧。

王校长讲课好像也没有往日那样有劲了，以往他讲课的时候总是眼睛瞪得大大的看着我们，不管讲得怎么样，说话都是那么干脆。可是今天他总是重复自己所说的话，好像他说话的时候在想着别的什么事情。

还没有半节课，小蒙古的纸条就扔过来了，今天的纸条没有用拼音，直接用汉字写的，因为我同桌三胖子没来。

纸条大致的意思是："你妈叫方老师吃饭，她没去，你妈把饭给送来了，还给方老师送来一件新衬衫，方老师和我说的都是鼓励我学习的事，只是我觉得她说话的时候和平时不一样。”

看完纸条我松了一口气。

来而不往非礼也，我给她写点什么呢？想写要她注意身体了，但觉得这样的纸条写过，还有什么新词呢？我知道小蒙古是个急性格的人，况且她那身体紧紧向后靠了靠，还向后面略微挪了下凳子，这动作我熟悉，现在她一定是等着我的纸条呢，还是快点给她吧，要不该影响她听课了。我可以不听王校长的课，因为王校长讲的是物理中的什么“并联”和“串联”，她学理科她得听。

我急急忙忙写了几个字：“你别担心了，没事。”我在上面画个小孩的图形。

我左右看看，用格尺轻轻地捅了下她的后背，我把手伸了过去，几乎在同时，王校长说话了：“焦大楼。”

我身子一激灵，马上站了起来，把纸条紧紧地攥在了手里。都说做贼心虚，但此时我感觉我比做贼还心虚。

王校长：“隋满堂怎么缺课了？”他没看见我手中的纸条，谢天谢地，我松了口气。

我马上回答他：“我……我不知道。”

王校长：“看看下节课他能不能来，如果不来，上间操的时候，你去他家问问是怎么回事。不管学习怎么样，纪律是纪律，得遵守。当一天和尚……当一天学生就得上一天课。你坐下吧。”

那纸条是下课我借故出去的时候丢在小蒙古的桌子上的。我不知道她当时看了是什么反应。但在上第二节课的时候，我感觉她稳当多了……

下课后，三胖子还是没来，我只好去他家完成王校长布置给我的任务，顺便在回来的路上，把方老师的信送到大队去。

到了三胖子家，看他正在“杈墙头”，他拿的那个杈子正是方老师来的那天他爹要“灭”我的那个，我马上就想起了方老师救我的情景，她现在怎么样了呢？我很惦记……

看我来了，他直起了腰：“干啥去？找小蒙古去啊？”

“找你。”我说。

“学我是不念了，那个老……我爸不让了。”三胖子说。

隋大虎从院子走了出来：“你就是挨累的命，学几个字也得就饭吃了，念不念啥用?”隋大虎气哄哄地说，他用手摸了下我爸打他的那侧脸。

“是校长让我来叫他的，去不去我不管，反正我是告诉你了。”我说。

“谁叫都没用，在我家我就是皇上，别耽误你了，回去告诉一声，以后不去了。”隋大虎和我说。

三胖子不愿意了，把杈子往泥上一插，瞪着眼睛看着他爹。

隋大虎本来早上挨了一撇子就不痛快，加上三胖子这么一捧他直接冲着三胖子就来了。

三胖子和我不一样，我也倔，但我知道躲，可他就是不躲，双手还叉上了腰，他挑战般的动作激怒了他爹。隋大虎上来就是一脚，我赶忙扑了上去。由于我的干扰使隋大虎也没用上多大力，三胖子只是轻微地晃了一下。

“你别拉着，让他踹，使劲踹，踹死我，让他绝户。”三胖子越是在有人拉架的时候越是这样。

三胖子的话和他那岿然不动的造型更加激怒了隋大虎，他又冲上来了。

“快跑，快跑啊!”我一面拖着隋大虎，一面喊着。这时大吵吵也跑了过来，我们俩拉着隋大虎，他和我们俩撕扯，三胖子就是不跑，他要是跑了我还能省很大劲，可他偏不跑。我们越拽着隋大虎，隋大虎就越用力挣脱，还不停地蹬着脚，我们三个扭在了一起，三胖子倒是成了看热闹的人。

大吵吵边拉着隋大虎边骂着三胖子：“你这个犟种，和你爹是一样的玩意，跑啊。”

三胖子不但不跑，还坐在地上了。

我喘着：“大叔啊，你给我留点力气让我上课吧，行不行?”

隋大虎就是这样的性格，不吃硬的吃软的，我说完这话后，他明显地收住了。

看隋大虎不冒虎劲了，大吵吵也停下喘起来了：“你……让人家孩子……评评理……早晨就是因为一个日记本的事，胖子要买，他不但不答应，还给胖子一通骂。我说他两句还给我一个嘴巴子，你说说，他这是啥揍呢?”

“大楼他爸揍我那一撇子，不是帮你还回来了吗？”隋大虎又摸了摸自己的脸。

“该，打得轻，咋没把你牙给削掉了呢？”大吵吵说。

隋大虎：“要是你不拽我走的话，就那架势，别说牙啊，就是舌头都难保。”

我看气氛有点缓和了，就开始说话了：“叔，日记本也是学习能用得着的。”

隋大虎看着三胖子：“他非要塑料皮的，说你们学习好的都是因为有塑料皮的日记本，哪有这说法，啊？你说说人家小蒙古学习好不好，她有吗？一张纸人家使完正面使背面，什么都写不了给她爹当抽烟纸，你看看人家。”

三胖子：“不给我买也行，你干啥还打我？把我打得眼珠子夺眶而出。”他揉了下自己的眼睛。

我看看三胖子眼睛也没怎么样啊，眼珠子好好的，在眼眶子里啊，也没夺眶而出啊，这小子真能邪乎，造词的功夫我是真佩服。

“行了，日记本我给你一个，我爸这次开会回来带回一个，给你，走，咱们上学去吧。”我说。

他们三个谁也没说话，感觉气都消了，我对三胖子说：“走吧。”

三胖子看了看他爸：“我书包还在家呢。”

“你先上学，我给你取书包去。”我怕三胖子进屋再和他爹有啥摩擦。

就这样，三胖子先走了，我跟着他爹他妈进了屋。

别看三胖子学习一般，学习的时候占的面积可不小，也不知道他是学什么，几样书都放在炕上，我帮着往书包里装。

“大婶，我渴了，早晨吃咸了。”其实我早上根本就没吃饭，就不好意思说是刚才拉架累着了。

我喝着水，大吵吵说：“以后你多帮助帮助我们家胖子，听说你现在学好了。”

尽管听着不怎么舒服，但我还是点了头。

背着三胖子的书包，我离开了他的家，直接奔大队走去，我想给方老师邮信。

大队的邮箱挂上了，我一摸兜，坏了，方老师让我邮寄的信没了。

我急忙沿着来的路寻找，都到了三胖子家了，还是没看见。

从三胖子家出来，刚到大门口，我看见二犴子和他爸出来了。

二犴子叫住了我："大楼，你看看这写的啥，我不认字儿。"

原来正是方老师要发的那封信，已经撕开了。原来这封信是在我与隋大虎撕扯的时候掉到地上了，我进屋的时候，犴子爹从这路过，以为是谁不要的，他撕开想当抽烟纸，被二犴子看见了，他不知道信是谁的，怕耽误事，就和他爹出来想找人看看，正好遇到我了。

我一看信，毛骨悚然！

"不……不好，是方老师写的，可能要出事！"我慌张地说。

二犴子和他爹当时就蒙了，方老师要有什么三长两短，他家一定是脱不了干系，二犴子："咋办?"

我说："马上找，快，二哥，你快去八队草甸子看看，路过八队的时候去她屋看看她在不在。"

二犴子一听说我说要他去方老师那屋，犹豫了。我赶紧说："快去呀，别出人命。"

二犴子飞一样地向东跑去……

我和犴子爹说："姨夫，你马上去大队让我徐大爷给广播一下，就说王校长叫方老师，让她马上回学校。"

犴子爹有点哆嗦了："好。"他跑向大队。

我把三胖子的书包扔到了他家的园子里，直接向麦田方向跑去，就是前些日子我们搞篝火晚会的地方，那离八家河很近，我想，如果她想跳河的话，一定是奔那，因为她不知道别的路，也没有别的路。

我拼命地跑，好像在与时间赛跑，与生命赛跑！

大队的大喇叭传来了广播声，可能是徐大爷着急了，还给念反了："王校长，方老师告诉你听到广播后请马上回学校……"

我这急啊，不管它了，大喇叭里一遍一遍的重复声在我耳畔渐弱……方老师信中的声音在我脑海里渐强："女儿不孝，如果有来生……我爱你们……我想你们……"

大喇叭的声音突然大了，那是二犴子他爹的哭声……

我跑得心都快蹦出了喉咙，我后悔没告诉更多的人一起找方老师，因为我断定她会来这里，我没有时间去告诉别人方老师的事。

我从来没跑这样快过，从小到大。

平时走着来这里，要四十多分钟，我那天好像都没用上二十分钟。

玉米地挡着麦田，玉米的高度已经超过了我的高度，我看不见麦田。

等跑出了玉米地麦田露出的时候，我看见了方老师就坐在那天我们开篝火晚会的地方！

我瘫坐在地上，喘啊喘……我现在才知道，三胖子说的眼珠子夺眶而出还真不是造词，要是我再跑快了，心都能出膛！

好在方老师就坐在那儿，她就在我的视线里，我的心里好像一块石头落了地。我躺在了道边的麦田旁，天，很蓝很蓝。

我在地上躺着、喘着两三分钟，等坐起的时候，我大吃一惊，原来方老师不见了！

我看着四周，一个人都没有，我跑向通向河边的河堤缺口……

在河堤上，河，尽收眼底，我看见方老师正慢慢地向河的中央走去，水大约到了她膝盖的位置。

我喊着："方老师！"我边喊边跑边甩掉我的上衣。

她听见了我的声音，她回了下头，然后又转过头向河里走去……

"方格！方格！"我的大喊声在河水中震颤，但没有阻止她走向河水深处的身影……

水已经到了她的胸口，我拼命地跑进水里，溅起的水花使我的视线模糊。

等我接近她的时候，她的长发飘在水中……

我好像从来没有过这样的力气，我向她的头发抓去，我的手落空了，黑发已经不见了……

我平时的水性很一般，就是会个"狗刨"。我从来没救过落水的人，也没看见过谁救过落水的人。

可是现在我什么都不想了，必须救出方老师！哪怕是……

我照着头发飘去的方向冲了一步，双手一抱，这时候我突然发现方老师从水中穿出，双手在拍打，好像在抓什么。

这就是最后救起她的机会了，我坚信。

我扑了过去，想一下拽着她。当我手触及她身体的时候，她先用手乱抓我，最后死死就拽住我，往水深处拉我……

不知道她是哪来的劲！我像被网缠住的一条鱼。

我等于被方老师死死地控制了，这种控制没有任何理智，并且非常强制。

感觉有抗拒不了的外力在把我向深水处猛拉猛拽，好像是满世界的声音都在告诉我，必须挺住，我不能完！我不能死！我想活！我想要我的老师！

人到这个时候，要不就是完全失去了力量，要不就力量大无边。我一面用双手顺应她，一面用两个大脚趾挖进河底。

水没着我的脖子！

……

我大喊："啊！"猛地用尽全身的力气，好像是这十七年积攒的力气在这一刻爆发，猛向后退！

感谢苍天！我赢了！任凭我拖着的她，在我怀里的她怎么抓我、挠我，我就是撤！

水到我胸部的时候，方老师的口中突然喷出了"水柱"，她"啊"了一声！

牵制我的力量没有那么大了，我感觉她的身体在我的胸前动了，动得不像刚才那么"粗暴"了。

我拖着她继续后撤，在水到我膝盖处的时候，我还怕被水拉走，我还怕她离开我，我抱起了她，走向岸边，走向我们重生的第一天！

我把她放在岸边的沙滩上，在她下意识地趴到地上的时候，我激动地用力打了她一下后背，她又"啊"的一声，水从她的口中再次吐出，她的身体猛动了一下！

她开始能呼吸了！我深深地松了一口气……

瘫坐在了地上，望着平时那么平静的河水，我却打起了寒战，我怕水再吞噬她，我把她的头放在我的怀里……

这是我一生中某种担心的起点，甚至在以后我和她并行坐在一起的时候，我都感觉我的一侧是她，另一侧是一片汪洋，我挡着她、呵护着她……

就这样，我们喘息着，呼入上天赐予我们的空气……

她睁开了眼睛！

她惊奇地看着我，感觉她的眼睛逐渐变大，感觉她的眼睛要吃掉我，她发出了哭声！她用力搂住我的腰，那力量好像比刚才我救她的时候还要大。

我看不见她的泪水，她的脸湿漉漉……

我扶她站起，我扶着她走了两步，她能自己走了，像第一次行走的婴儿。

慢慢地，她走向水草茂盛的方向，我转过了头……

她好像拧她的衣服，一件她第一次来到班级穿的那件白色带有暗红方格的衣服。

我还沉浸在刚才的状态中，我担心，但我不能看……

突然，“啊”的一声传来……

刚才我为这样的声音兴奋，现在这样的声音让我战栗！

我循着声音跑了过去，在水草中，我看见一个白白的后背！

我也必须跑向她，我实在是担心得不能再承受一点担心了，害怕得不能再多一点害怕了。

不算很长的乌黑的秀发散开在她的后背上，黑白之间是那样的美。

我担心她转过身来！

她没有转身，她侧身蹲下，她的手放在浅浅的水中。

跑到她的跟前，她的衣服掉在浅水中，我拿起她的衣服拧干，看着近在咫尺的她，看见那好像能看透的后背，我把衣服递了过去……

她站起，她一摇晃，我轻轻地用双手把住她的腰间……

不知是她自己穿上的衣服，还是我帮她穿上的，反正她穿上了衣服，嘴里不时发出难以忍受的声音。

我发现她的右腿好像没有了支撑力，她的身体好像在倾斜，我知道她的右脚一定是被扎伤了。在河边，被菱角、蛤喇甚至是碎玻璃扎脚是经常的事。

我想架起她，但我没有那样，而是把她托起抱在怀里。

我们走向堤坝，堪比电影里面震撼的镜头，因为这是我的亲历……

我从来没有这样的从容，我没有了异常的心跳，我不怕任何人看见我在托起她，她需要这样，她应该得到这样！

托着她，我看着她的脸：“脚疼吗?”我问她。这是她逃离死神后听到的第一句话，带个疼字。

她什么都没说，把头埋在我的胸前，她像个孩子，比我大不多少的女孩子……

河堤上，我托着我的方老师，我是个胜利者！

我看见人们跑来了，向我们跑来了，尽管人数不多，但我感觉漫山遍野……

他们有的拿着绳子，有的拿着杆子，有的拿着锄头，有的拿着扁担，只是隋大虎拿的东西与大家有区别。他，那个要扎死我、要和方老师拼命、那个赶着马车跑得满身热气腾腾送我们去公社要方老师的大叔，他手中拿着一个渔网。他，可敬、可爱！

我感觉我们瓦房村能用于救生的所有工具，都在乡亲们的手中集合……

那时的我们，是一座高高耸立的雕塑，我的手中擎起的是与亿万农民融合在一起的千百万知青！对他们的感恩是我最强大的支点！

大家围起了我们，我不想放下方老师。

我爸走向前：“方老师，乡亲们……来接你了，你为我们的孩子受这么大的苦，我们都记着，我们农村啥都缺，但我们农民就是不缺良心，你是我们瓦房全村人的亲戚和恩人，你是我的亲妹妹！”

大家眼含热泪……

二牤子和他爹跑来了，王校长和同学们也跑来了，后面是三三两两走得不快的老人，但我感觉他们的挪动都是奔跑……

同学们把方老师从我的手上接下，小蒙古她们搂住了方老师……

二牤子和他爹跪在方老师的面前，不停地磕着头，方老师扶起了他们，这爷俩满脸汗水和泪水……

隋大虎上来就要踢二牤子，他的身体停在方老师伸出的手臂一边：“二牤子，我……我一脚把你踢到……我一脚把你踢到……我一脚把你踢到辽宁省大石桥去得了！”他把渔网向地上一摔：“就我那杈子……啊?要是不借出去了，就你……”他那大大的眼珠子看着呆呆的二牤子。

｛第十七章｝

方老师跳河的消息不胫而走，自然惊动了公社。这次是周主任亲自出马，来到了我们大队。

在大队部，周主任和另外一个人与我爸“谈话”。

周主任：“就这样的人还能当老师？真是往死了教学生啊。”

我爸：“虽说她是老师，但比孩子也大不多少，又受了那么多的委屈。”

周主任不高兴了：“这是没出什么大事，要是出了大事，你也要受牵连，我也得挨处分。”

我爸：“人家图个啥，不都是为了咱们孩子吗?”

周主任：“你就袒护她吧，啊?!”

我爸：“这怎么叫袒护呢？我说的是实话。”

周主任：“好了，我不和你说了，反正她不适合当老师，这不是我的意思，是公社的意见，你必须执行!”

我爸：“你这是往死路逼人吧？要不把学校搬出瓦房去，要不就撤了我，要是我在瓦房这地方说了算，就不能撤掉方老师!”

周主任气得直哆嗦：“我说这个女老师怎么这么横呢，走!”

周主任气哄哄地走了。徐大爷走了进来，递给我爸一张票子：“这是刚招待周主任买的茶叶票子，两毛五，你签下字。”他把笔递给了我爸，我爸拽过来笔，把笔撇出了窗外！徐大爷愣了一下，低着头走出了屋。

我爸摇起了电话："交换台，给我接公社张青书记……"

转眼快到了收割小麦的时候，这段时间依旧时常下雨。

今天晴天。学校的钟声依旧响起。

课间操的时候，王校长站在土堆的操场讲台上，全学校的老师和同学都站在操场上。

他的声音很洪亮："今天我讲的主要有四件事。第一，就是要保持好个人卫生，我要是再看谁的脖子黑，总不洗，那我就用那江石墨子当着全学校的学生给他搓；第二，下午我给大家剪头，谁头发长了，就找我；第三，没有交学费的同学，马上和家长说，得交学费，这次主动交的，以前的可以不算；第四……第四……第四和第三一样，还是交学费。"他显然是把事先想好的事忘记了。

王校长十几年如一日，坚持给头发长的男同学剪头，他的剪头方式明显地区别天下任何的剃头匠和理发师，他用农村妇女做活使用的大剪子给学生直接理发，谁家的剪子都行，也不像现在的理发师，还拉弓射箭地摆造型，还得用进口的剪子，还得用尺子，他什么都不用，就是用两个手指夹着一缕头发，咔咔开剪，剪头的时候他习惯地叼支旱烟，并死死咬住，还歪个脖子。那头剪得刷刷齐。用隋大虎的话就是王校长说不上哪辈子是给皇上当剃头匠的托生的。

提起了交学费的事情，我发现小蒙古当时就低下了头，我知道她不仅没交这学期的学费，而且还拖欠着以前的。情况相近的也有，可是不多，其中三胖子就是其中之一。其实学生们不是不想交学费，只是……

上课的时候，方老师拿着一张纸，我想那一定是学校的催款单子。可是她没念，我看着小蒙古在低着头，以往老师念拖欠学费同学名单的时候，她的身子都哆嗦。不像三胖子，不交学费还理直气壮，老师要是再催的话，他就会说"我那虎爹说了，你们要是催急眼了，就不让我念书了。"对这样富有经验的拖欠户，老师一点办法都没有。就这样，他越欠越多，越欠越有理，幸好他后来没成为大的企业家。

可是这次三胖子似乎改变了态度，他要在方老师面前表现出他没拖班级的后腿。回到家，他就直接问他妈：“学校催交学费了，咱给方老师点面子，交了吧？”

大吵吵：“没钱。”

三胖子：“总不交钱在班级都抬不起头啊。”

大吵吵：“那也没钱。”

三胖子：“我爹呢？”

大吵吵：“在河边脱坯呢。”

三胖子：“那我找他要去。”

大吵吵：“你就是找你爷要也没有。”

三胖子：“妈，你说啥呢？我爷都死两年了，我还能追到坟里要去啊？”三胖子走出了屋。

河边，隋大虎在脱坯。

脱坯是农村常见的累活，在农村流传的“四大累”中就有脱坯“一累”。土坯和红砖用途差不多，农村有些房子就是用土坯垒成的，那就算是好房子了，大多都是用打墙的方式建成的普通房子，俗称“干打垒”。当年在大庆发现油田的时候，建设者们便住着这样的房子，冬天屋里透着风，雨天房顶滴着雨。

正在脱坯的隋大虎已是汗流浃背。

三胖子来了。

隋大虎边干着活边说着：“你咋来了？”

三胖子：“听说你在这脱坯呢，你歇会，今天老师讲新课了，我，我很受感动。”

隋大虎：“啥？”

三胖子：“老师讲的课文，《友谊和帮助比什么都重要》。”

隋大虎看着三胖子：“早咋不讲呢？你找我是不是有啥事？”

三胖子没说什么，他拿起了叉子运着泥。一叉子泥也不轻，他把泥送到隋大虎的身边，叨咕着：“这脱坯的活可不是人干的啊，累。”这小子本意是想讨好他爸，说他爸做这样的累活不容易，可是没想到他却说出了这样的话。

隋大虎噌地站起，瞪着眼睛看着三胖子：“你这是说啥话呢？我不是人，那你不是人揍的啊？真虎，虎透气了。”

三胖子才意识到自己说走嘴了：“你歇会，喝点水。”

三胖子蹲下，用手团着泥。

隋大虎看着：“看你笨手笨脚的，起来，我脱，你学着点。”

三胖子让开了地方。

隋大虎熟练地团着泥，他快速地把泥放在坯模子里，用双手捧着水向模子里洒着，然后快速地操作：“看着，这左手向右推，右手向左推，再揣固揣固，来回磨平了，这一块坯就拖成了，一、二、三……”他急忙抽出了坯模子。他为了在三胖子面前展示手快的一面，在抽模子的时候，用力过猛，自己来个后仰，倒在地上。

三胖子急忙去扶隋大虎，隋大虎喘着：“最后倒下这一块儿，你别学啊，就学前面的。”

“哈哈。”三胖子大笑起来。

隋大虎边站起来边说着：“在农村啥活都得会，不会脱坯就没房子住。”

三胖子：“用砖啊。”

隋大虎：“砖是好，得花钱，坯，不用花钱。”

隋大虎提到了钱字，三胖子心里“咯噔”一下。但三胖子还得提钱的事：“爹，你和方老师不错吧？”

隋大虎：“啊，怎么的？”

三胖子：“方老师要大家交学费。”他没说学校要学费。

隋大虎没说话。

三胖子：“以前的可以不交，只交这次的，别人不给方老师面子，你得给啊，是不是？”

隋大虎：“多少？”

三胖子：“一块八。”

隋大虎想了想：“交，和你妈要。”

三胖子："她没钱啊！"

隋大虎："她没钱还没蛋啊？"

三胖子："蛋？"

隋大虎："鸡蛋，你还指望着她下蛋啊？真虎。你回去和你妈说，就说我说的，用鸡蛋交学费。"

三胖子："真费劲，我妈要是早答应，我何必跑这一趟，挨这份累呢。"说完他就走了。

隋大虎："你不帮我干活了？"

三胖子："我帮你要蛋去。"

小蒙古她爹很为小蒙古的学费犯愁，这几年家里因为他有病欠下的"饥荒"还没有还清。加上以前二犴子游手好闲，家里一直很拮据。犴子爹对小蒙古上学是不怎么支持的，但看她学习不错，在学校是绝对的第一名，更主要的是她什么活计都干，现在反对她上学的劲儿也就小了不少，但学费怎么弄呢？他还真犯愁了。

"丫头，要不把你喂的猪卖了吧？除去还焦书记家的猪底子钱也能剩不少。"原来这猪是我妈看他家困难出钱给买的。我妈自己有点"闲"钱，别看我爸是书记，但他挣那点钱还真赶不上我妈，我妈有个孵小鸡的手艺，每年把孵出的鸡雏卖给各家各户还能对付个三头二百的。

犴子爹想卖猪，小蒙古坚决不同意，可能她对这猪有了感情，猪在饿的时候她走到哪猪就跟到哪，有几次猪实在没有吃的时候，都跟她来过学校。再就是小蒙古认为猪还没长成，不到二百斤，还没隔年呢。

正在犯愁的时候，二犴子和三驴子进屋了。

二犴子知道这事后马上问三驴子："学校的学费可以用鸡蛋、破铁、麻绳头儿顶，我家是什么都没有，你家不是有小鸡吗？你先帮帮哥。"

三驴子还是很听二犴子话的："得几个鸡蛋？"

"几个？算算，一共是一元八角钱，鸡蛋一个七分。"二犴子说。

"好，我这就去取鸡蛋，走道的工夫我就能算出来。"三驴子说完就走了。临出门的时候三驴子还说："这要是我表哥教他们，还交什么学费啊？

都能倒找。那个破货……”

过了一会，三驴子还真来了，他拿来了十五个鸡蛋。他对二犴子说：“就这些了，家一共有十三个鸡蛋，我等着鸡再下一个，最后那个我还是在鸡屁股里硬抠出来的呢，要不我早回来了。”

二犴子很感激三驴子。

三驴子来劲了：“好像还差个几毛钱，跟那个破……老师讲讲价，直接告诉她这对一个原来是富农、现在比贫农还穷的人家来说就不错了。要我说，这都不该给，和公家能打赖就打赖，谁还能吃了谁咋地……”

小蒙古很有底气地坐在自己的位置上，因为她刚交完鸡蛋。

就在这时，大吵吵来到了学校，她的嗓门很大，说她家丢了十五个鸡蛋，来学校认赃来了……

三胖子回家和他妈反复宣传了学校的“政策”和他爸给他妈下达的“指示”，只交这一次学费以前的就不交了，大吵吵感觉很划算，就答应了用鸡蛋顶三胖子学费的事，可是她到仓房的时候，发现鸡蛋丢了，她当时蒙了。

还是因为学校的“政策”好，所以学生们“交钱”都很踊跃，农村相对来说，还就是鸡蛋多点。突然来了这么多蛋还把王校长弄蒙了，为此，他特意安排刘全能老师专门接收。

刘全能老师很认真，他和大吵吵说你丢东西应该找大队民兵连长，和学校说不了。其实他也怕出麻烦，因为他不怎么熟悉学生，所以不知道哪个学生交了哪些蛋。

大吵吵说，她认识她家的蛋。因为她家的鸡蛋都用铅笔画上了圈，她想把画圈鸡蛋送给我妈，让我妈帮着她孵小鸡。

刘老师一听说画圈的，当时就松了一口气，因为只有小蒙古交的鸡蛋画了圈。他熟悉小蒙古，所以在收鸡蛋的时候他一面看是不是有坏蛋，一面和小蒙古问学习情况，当时还问了鸡蛋画圈是什么意思。小蒙古说是在三驴子家借的，自己也不知道是怎么回事。刘老师一看记录，小蒙古交的鸡蛋还正好是十五个。

这三驴子正是自己的表弟啊，要是把实情和大吵吵说出来，那一定有麻烦，因为他相当了解自己的表弟。

这下把刘老师给难住了，他想：到底怎么办呢？

大吵吵似乎看出了刘老师的为难，她说："刘老师，你要不就把谁交了带圈的鸡蛋告诉我，要不我就自己找。"说着她直接奔装蛋的筐而去。

这还了得，要是让她真的找出来带圈的鸡蛋，那一定得牵出帮了自己不少忙还进过局子的表弟，于是刘老师直接就拽住了大吵吵。大吵吵看着刘老师的手，这刘老师不管咋地也是老师啊，他当时就把手放下了："谁、谁能赠明你家的鸡蛋画、画、画圈了？"

大吵吵："我。"大吵吵看着刘老师。

刘老师："你制已赠、赠名不好死。"

这话一下子给大吵吵整迷糊了，她根本就没听明白。她先是一愣，因为自己着急找蛋，大嗓门的毛病就又犯了："啥？我赠命？我咋赠命了？啊？我不得好死，我怎么不得好死了？你给我痛快地说清楚？你要是不说清楚，我就找你们校长掰扯掰扯。"本来自己丢的东西就可能在他这，不但不让认，还挨了一顿"咒"，你说就她那大嗓门能饶了刘老师吗？

这刘老师还较真："我没嗦你、你不得好使，我是说你制已赠、赠名不好死。"大吵吵彻底迷糊，她瞪起了眼睛。

"啊？就你这样，舌头都伸不直溜，话都说不明白，还教什么学？你打我家三胖子我还没和你算账呢！"大吵吵和刘老师喊上了。

这好像是点到了刘老师的软肋，要是领导和老师们这样说他，他还能接受，因为这些人本身就有文化，眼前这个一点文化都没有的家庭妇女这样说了，他怎么能接受。别说，这刘老师心里还是非常有数，我就是分散你的注意力，只要你不和我扯淡，那扯啥都中。

可大吵吵偏要扯淡！

大吵吵："刘老师，这鸡蛋的事，我今天和你够客气的了，我一点都没和你喊，对吧？"

刘老师心想，我耳朵差点都震聋了，还想怎样喊："那似、那似。"

大吵吵："不管咋地，你还教过我家孩子几天，我也不想和你整掰了。”

刘老师一听这话，感觉有转机，他马上说：“你嗦的对，一日为思终身为父嘛，你、你回去吧，消消气。”说着他推着大吵吵就往外走，以为送走了这事也就算了，他边推着边说：“我还真像当爹一样对待你儿子呢，对别的孩子也、也一样。”

正在推着之时，隋大虎进来了，他看得清清楚楚，他听得清清楚楚……

“啊？这是干啥呢？拉拉扯扯地，还给我孩子整出来一个野爹？”其实隋大虎本来就看不上刘老师，所以和他说话就很来气。

刘老师挺尴尬，毕竟是男女有别，况且刚才还就是他和大吵吵单独在一起。

“大……大哥，我俩啥四可都没、没有啊，真的，我就是想送送少、少子。”刘老师说着。

隋大虎瞪着个大眼睛：“你推推搡搡地，有你这么送人的吗？”

刘老师：“我这是推着送、推着送。”

隋大虎：“我老婆我知道，听她说话这么大动静，你们也不能有啥事。”

大吵吵：“你个虎玩意，我啥时候声不大了？”

隋大虎看着大吵吵：“是我虎，还是你虎，你这个败家的娘们，话都听不出来里外拐。”

这时候正赶上下课，不少同学还趴在窗上看热闹，我也站在同学们的后面凑热闹。

大吵吵有个特点，要是隋大虎和她吵架的时候，那她嗓门就嗷嗷地，要是隋大虎和别人争吵的时候，她自然就“灭火”，有的时候她还劝阻。

隋大虎的突然到来，刘老师的确心里有点紧张，倒不是怕他猜疑什么，主要是怕隋大虎上来虎劲，就难收场了，于是他主动把话拉了回来：“你们孩子不是没交学、学费吗？那就算他交了十五个鸡蛋，行、行了吧？”

大吵吵：“那不行，我们家的鸡蛋个大，顶学费十二个足够，得找回仨。”

隋大虎拽着大吵吵就走：“找什么找，你傻啊，以前咱欠学校多少呢？走得了。”

正在这时，小蒙古走了进来：“刘老师，那十五个画圈的鸡蛋是我交的。”

小蒙古的这句话，把他们三个大人全部彻底统统搞蒙了！

小蒙古到班级收拾着书包，什么都没说，随即就离开了教室。

方老师马上去了办公室。不一会，她返回教室，把我叫了出去。

“你快去乌日娜家看看，交学费出点事，去了别提学费的事，告诉她，我让她回来上课。”方老师知道这事是伤了小蒙古的自尊心了，她不放心。

到了小蒙古家，院子没人。我悄悄地走进屋，大屋也没人，我犹豫了一下，走向了小屋。

小蒙古在炕上趴着，头朝里。我没敢直接进她的屋，但又不能不让她知道我来，于是我“咳嗽”了一声。

她动了动，显然是听见了我的声音，但她依然趴在那里……

正在我犹豫之中，二犴子和三驴子走进屋内。

二犴子：“来了？”

“嗯。”我回答。

二犴子看看小屋，回头疑惑地看了看我。

“咋地了？这是。”他问我。

三驴子看完直接就冲我来了：“你一个学生，不好好学习，你把人家咋地了？”

还没等我说话，三驴子又说话了：“快说！”这三驴子拿出来了他在局子里学会的那点东西，还审问我了。

小蒙古走了出来，原本就肿的眼睛现在更加明显。

她不是好眼地看着二犴子：“那十五个鸡蛋是怎么回事？画圈的，哪来的？”

二犴子：“你三哥在家拿的啊。”二犴子看了看三驴子。

“骗人，是老隋大叔家的。”小蒙古说。

二犴子和三驴子一愣。

二犴子看着三驴子：“咋回事？”

三驴子有点耷拉脑袋了。

二犴子拽起三驴子：“走，跟我说清楚去。”

三驴子开始挣脱，但二犴子一点都没犹豫。

我们一起跟了出去。

三驴子：“我这是图个啥啊？还不是为了小妹能上学吗？”

“那也不能偷人家的啊！”二犴子说。

三驴子挣脱：“你现在是学好了，要去你去，我可丢不起那磕碜。”三驴子这样的家伙还知道丢人现眼了。

二犴子继续拽起他：“好汉做事好汉当，走。”二犴子眼睛一横。

三驴子：“行，啥也别说，我坦白去，我真他妈粗心，当时咋就没找块橡皮，擦了不就没事了吗？”

二犴子继续走，我们跟着。

二犴子：“你是好心帮助我，这我知道，可没有你这么整的，我以为你家有小鸡，也有鸡蛋，就先借几个应应急，没承想这样！”

三驴子又站住了：“我家有小鸡不假，那是你住院以前，你住院的时候，我给你的钱是哪来的？我把下蛋的鸡连窝端了，卖给大庆来钻井队的人了。”

三驴子的话使我们目瞪口呆……

我明显地感觉到二犴子迈步没劲了，但已经到了隋大虎家的门口。

二犴子：“进屋你们谁也别说话，我说。”

隋大虎和大吵吵正从屋内走出。二犴子看了看他们：“大叔……”

隋大虎知道二犴子是干什么来了，他看了看我们，开始说话了。

“二犴子啊二犴子，你穿开裆裤的时候我就认识你，你妈死以前，你不这样。你上回有病半夜去县里，谁赶的车？啊，你和方老师的事我是想揍你了，我揍了吗？这回你挨家挨户走，我觉得你像小时候了，可是……”

二犵子叹了一声气："大叔，咱爷们就啥也别说了，真对不住你，我也老大不小了，鸡蛋的事，赖我，我给你赔礼道歉，鸡蛋的钱，我十天以内给你还上。"

大吵吵："行了，东西两院住着，谁不用谁啊，以后求个啥的，先吱一声，偷偷摸摸地，没啥意思，真没啥意思。"

这话把二犵子说得无地自容。

我走上前："隋大叔，是这么回事……"

二犵子拽了我一下："别说了，都赖我。"

我们走出了隋大虎的家门。感觉二犵子走得很有底气，三驴子有些蔫吧。

我走在他们的后面，小蒙古在我身后。大家都没说话，当我回头的时候，我看见小蒙古在抹眼泪，我很心酸、心疼……

回到家我就把这事和我妈说了。我妈先是叹息："本来是很好的人家，就是她妈死得早，唉……"

我妈在屋里走了走，去了下屋。

我一直回想着小蒙古承认蛋是她交的那一刻，我很佩服她，人穷志不穷。当我想到从隋大虎家回来她哭的那一幕，我愈发心酸。

妈进屋了："你去一趟小蒙古家，把这盆黄米送去，小蒙古喜欢吃粘豆包，你再告诉二犵子来一趟，就说我找他有点事。"

去小蒙古家我是很情愿的，尤其是有更合理的理由的时候，我健步如飞，竟然把米粒得瑟到地上……

小蒙古在喂猪，见我来了，她把我让进屋。

看见我手中拿着的黄米，她说："又送米了，这次你拿回去吧。"她头都不抬，说话很坚决。

我："我妈让我送的，就收下吧。你也会淘米，做点粘豆包，我妈说你喜欢吃。"

小蒙古："那也不要，不能总……"

"那就等我妈做现成的豆包，再让她给你送来。"我看着她说。

她没有说话。

我看她不说话，就“刺激”了她一下：“我妈还说了，我都和你那样了，不收不行。”

这话果然奏效，她脸瞬间变红：“啊?！你咋那么傻，这事你咋还和别人说?”

感觉她相当震惊和害怕。

“我妈也不是别人。”我继续观察她。

她低下头，感觉又要哭。

我走进她：“我没和我妈说，和你闹着玩呢。”

她一愣，上来照我的肩膀就是一拳，不过很轻，还向我一矜鼻子，来了个怪脸……

那小模样真的好可爱，还没等我赞美她呢，也就是她的拳头还没撤下的时候，方老师走了进来……

我是对着门站着的，所以我第一眼就看见了方老师。

小蒙古转过身，当她看见方老师的时候，我发现她的肩膀突然一动。

方老师没看我们，向她家四周看了看，她第一次来小蒙古家。

小蒙古很紧张。

方老师笑着看小蒙古：“屋子收拾得真干净。”

我直摸脑袋，还不知道说啥：“你坐，方老师。”

这话好像提醒了小蒙古：“坐下吧，方老师，我给你拿水去。”

她转身出了屋，屋里就剩下我和方老师了。她看看我，我看看她，倒是她先把眼睛挪开了，她指了指门外：“没啥事吧?”

我还把方老师的话理解错了，以为她听见我逗小蒙古了呢：“没事，我怕她不收我妈给的米，才糊弄她的。”

方老师看了一下米，这时我才知道，原来方老师问的不是这个，她是担心小蒙古，我真粗心，还忘记去学校向方老师汇报了。

“没事了，鸡蛋的事别提了，妥了。”我说。

方老师点头，小蒙古端着葫芦瓢就进来了，她把水递给了方老师。

方老师迟疑了一下，但她还是接了过去，并且喝了一口，把水瓢交给了小蒙古。

方老师："以后不能喝生水，要喝开水，喝生水不卫生，别因为小毛病影响你们的学习。习惯在养，习惯喝开水就好了。"

正在我们说话的时候，二犊子进屋了。他对方老师的到来很吃惊，有点不会动步了，他照着自己的脸就是一巴掌。

我们都很吃惊。二犊子说话了："方老师，我这一撇子你帮着我记着，我要是不学好，我这辈子是犊子，下辈子还托生犊子，当牛做马。"

方老师立即站了起来："事都过去了，别想那么多了，好好给你妹妹创造点条件，她现在学习很累。"

二犊子点头。

这小子还要起誓发愿，我感觉我应该撤了，就和二犊子说："我妈让我找你去一趟。"

二犊子一扬脖："你爸没让我去吧？"

"让你去，你就去吧。"我走出了屋……

在我家，二犊子这个曾经不可一"村"的主，像个闯了大祸的孩子，我妈和他说话的时候，怎么让他坐下，他都不坐，就是站着。

我妈给他倒了一碗水，他不喝，但端着。

我妈开始说话了："你知道你为什么管我叫姨吗？就是我和你妈是好姐妹。有一年闹灾荒，你妈从很远的地方嫁到了你家，听说是你爷用半盆小米换来的。大家都说你爸有福，娶个漂亮能干的姑娘。刚来的时候，她就和你们蒙古人能说话，但话不多，她不会说汉话。我们一起在生产队干活，你妈很能干，有的是力气，只是不怎么会干农活，我就帮着她，你妈为了感谢我，就给我唱蒙古歌，你妈嗓子好，县里的宣传队都找大队好几回，让她去县里唱歌，你奶奶就是不让。你爸对她很好，可是你奶奶看不上她，因为你妈总想老家，总想回去。时常听你奶奶骂你妈，要是急了还打她。你妈受委屈的时候，就经常跑到我家，我给她藏起来，你家人来找的时候，我就说没看见，等你奶奶消气了，我再送她回去。有了你哥哥大犊子以后，你奶奶对她的态度变了不少，一个是生了孩子，能拴住她，再就是你奶奶抱了一个大孙子。那年月大家都挨饿，生你大哥的时候，你妈一点奶水都没有，因为你家没有粮食了，就是吃苞米芯、树皮，你爸费不少劲给她挖点灰菜，她吃了脸就肿，眼睛都睁不开。你妈命苦，你大哥不到一岁的时候就得病死了，你妈几天不吃不喝，眼泪都哭干了。你妈好像没回过一回娘家，十多年前，她娘家来过人找她，可能是你舅舅，你妈看见他抱着那个哭，我们看着都跟着哭，这是你妈出来多少年以后头一回见到亲人。你奶奶当时也跟着哭了，就答应在第二年夏天的时候带着你们回趟你姥家，那时你妹也就是四、五岁。你妈准备了半年，我能感觉她很高兴，只是要带你们俩走以前，她犯病了，天天咳嗽，后来吐血，到死的时候也没回去过……”

我妈讲这话的时候，二犴子眼泪在眼圈，我的心都不是滋味。

“你妈要是活着就好了，有个妈就是总管着你、总打你……”我妈说不下去了。

二犴子哭了。

我妈也擦了下眼泪。

“孩子，人要有志气，今天不就是几个鸡蛋的事吗？以后我教你捂小鸡，有了小鸡还愁没有鸡蛋吗？你多捂小鸡，多卖钱，多养小鸡多下蛋，我就不信日子好不起来？等你日子过好了，还愁找不到媳妇吗？”我妈的一番话，把二犴子感动得稀里哗啦，当时要跪下，被我妈给挡住了。

就这样，我妈收了第一个徒弟，瓦房村有了第二个会捂小鸡的人。

我妈答应她这个大徒弟天天跟着学，以前别人“看”怎么孵小鸡，我妈都是以各种理由搪塞，比如说外人进屋了，那就惊着鸡蛋了，小鸡在蛋里面当时“嘎”地一声就死了，把人家说得直迷糊。所以很多人想在我妈这学这门技术，都没成。我妈还答应二犴子等他学完了再借给他一百个鸡蛋，用于孵小鸡，这一百个鸡蛋也不用着急还，就是等他亲手孵出的小鸡下蛋的时候再说。

那段日子，二犴子准时到我家报到，认真听讲，在我家啥活都干，回到家里也是忙前忙后，小蒙古的确少挨了不少累。

第十八章

有件事我爸我妈始终放在心上，那就是那天我救方老师的时候，我爸当着大家面认方老师是自己的妹妹，我妈说得搞个“仪式”，让村子人都知道，方老师和咱家有“亲戚”了，别人就不敢再怎么样她了。我爸觉得我妈说的话有道理，应该感谢方老师，应该让她挺起腰板做老师。

本来就是想在家摆一桌两桌的，可是我们班的不少家长知道了不同意。隋大虎和我爸说，赶上方老师是你家孩子的亲老师了，我们的孩子都是叔伯的呗？所以要集体参与，我爸说人多我还招待不起，后来家长们说，各家凑菜，在你们家摆酒席，一起感谢方老师。我爸就同意了大家的建议，但他说各家只出人，不出菜。

这事很快就让全村的人知道了。

小蒙古也知道了。“仪式”的前一天晚上，她特意嘱咐她爹别喂猪，她爹还很纳闷。

这天是星期天，一大早我家就来了不少家长“落忙”，隋大虎和大吵吵更是首当其冲，我记得在外面临时搭个灶台，闷的是一大锅高粱米饭。

方老师也早来了，她特别高兴，还穿了一件新衣服，我妈给她的那件衣服，就是爸出去学习买回的那件唯一值钱的“的确凉”。

正忙着的时候，大家惊奇地发现，小蒙古就站在我家的大门外，她身后跟着她养的那头猪。

她走进院子，猪也跟了进来。

正好隋大虎在忙活："丫头，这人来吃饭就行了，这猪就免了吧。"

小蒙古当着大家面，说了一句话，让大家一辈子都难忘。

"大叔，帮我把这猪杀了，给方老师吃。"小蒙古说。

"啥？"正蹲着烧火的隋大虎仰着脸，瞪着个眼睛愣愣地看着小蒙古。

"你就帮我一下吧。"小蒙古的目光几乎是哀求。

隋大虎在灶台旁站起："二犊子！"

二犊子端着个盆走过来，看了看小蒙古，看了看猪，又看了看隋大虎。

隋大虎用手指了指猪："丫头说的，把它给杀了。"

二犊子也愣住了。

"你们现在就杀吧，要不我走了，这猪就得跟我走。"小蒙古说。

隋大虎："这……你个孩子，回去吧。等吃饭的时候你再来。"

小蒙古就是不动："我能说了算，叔，你就杀吧。"

二犊子："这猪是我妹养大的，行，她要来那拧劲谁说话也不行，就杀吧，正好缺油星。"

隋大虎还真犯难了。

我妈和方老师过来了，小蒙古很有礼貌地向她们点点头。

"这不过年不过节的，杀什么猪？再说这猪还没长成，回去吧。"我妈说。

"今天是好日子。"小蒙古看了看方老师："是过节。让方老师好好吃顿饭。"

方老师听了小蒙古的话有点冲动："乌日娜，你的心思老师领了，等过年杀猪的时候我再吃。"

看大家都不同意，小蒙古把脸侧到一面。

大家看着小蒙古要哭，都犯难了。

我妈说话了："也中。"说着她转身走了。大家很疑惑地看着我妈。

我妈捧来一些玉米粒，直接撒到了地上，猪吃了起来。

我妈说："行，你先回去学习吧，猪死之前不能当饿死鬼，我喂喂。"

小蒙古的脸上有了笑容。

小蒙古走的时候回过了头，她没有看人，看了看正在地上猛吃的猪。

望着离开的小蒙古，方老师看了好久……

隋大虎："这丫头好，实在，他们家那两口绑起来加到一块都不如她一个。"

二犴子在一边只是笑，啥也没说。

大家散去了，隋大虎把小蒙古家的猪赶出了院子外面："免你一死，你可要记住啊，东西两院的，以后看见我你要是不搭理我……那我也不能怎么样你。"他叨咕着，照猪的屁股上踢了一脚，猪跑了。

隋大虎回了院子把大吵吵喊了过来。

"啥事?"大吵吵说。

隋大虎："你能不能小点动静，我和你商量个事……"

大吵吵不解地看着隋大虎："我忙着呢，你整什么事，快说。"

隋大虎："你帮我想想磕，喝酒的时候不得整几句吗?"

"你喝你的得了，谁愿意听你白话?"大吵吵说。

隋大虎："你就给我想得了，准了，指定得请我讲话，家长不得派个代表啊?这些家长你说谁行吧，有出去见过世面的吗?我，侦察兵，麻溜地你给我淘换点嗑儿，到时候，我一个屁都放不出来，你脸上有光啊?"

大吵吵还着急干活，对隋大虎也没办法，就帮他想词："你就这样说，今天是方老师大喜的日子，方老师为孩子费了不少心思，我代表孩子的家长敬方老师一杯。说完你就喝了。"

隋大虎愣愣地看着摘菜的大吵吵。

"就这些?"隋大虎问。

大吵吵："啊。"

隋大虎："不少啊，好不容易赶上一次这样的机会，你再给我琢磨琢磨。"

"这些你说全了就不错了，你说多了，还耽误别人喝酒，人家也不是冲你来的。"大吵吵说。

隋大虎："那你再教教我，整得滚瓜烂熟，人家才能佩服我的本事。"

就这样，大吵吵一句一句地教了隋大虎很多遍。

小蒙古的猪自己回家了，小蒙古看见这猪也不知道是啥心情，反正在我家吃饭的时候，她没来。

中午的时候，"仪式"正式开始，大家都坐在院子里临时支起的棚子下，被请的学校老师有王校长和方老师。

开场的时候，我爸坚持要王校长讲话，王校长一个劲推辞，最后还是他先说的话，他首先肯定了方老师的工作成绩和对待学生负责态度，最后他提议大家举杯。

大家在欢笑中喝了第一杯，于是就开始吃着喝着说着。

隋大虎看着也没人请他说话，于是自己站了起来。他端着一碗酒："这个……这个……下面请我代表各位家长说几句，大家呱唧呱唧。"

大家都鼓着掌，注视着他，他还有点慌了："啊，今天呢，是我……和方老师的大喜日子……"

大家一愣，都笑了。

隋大虎："这……这没我事，是方老师大喜的日子，啊，孩子们为方老师费了不少心思，我代表方老师敬大家一杯。"

大家这个笑啊，大吵吵站了起来："你说说你，啊，就那几句话，都说不明白，全整反了，你还能干啥？这虎玩意。"

隋大虎："这桌上，哪能轮到你冒出来说话，你个娘们家家，你等着回去的，我可好几天没杀人了。"

大家在说笑着举起了酒碗……

尽管方老师来自大城市，见过很多世面，但还是被眼前的一切镇住了，她很高兴、很激动，当王校长提议让她讲话的时候，她只是举着碗，半天说不出话来，满脸的激动，满眼的泪花，平时在课堂上滔滔不绝的她只说了几句话，并且断断续续："谢谢大家！……孩子是我的兄弟姐妹……你们都是我的亲人！"说完，她一饮而尽。大家喊着："好，干了。"他们纷纷喝掉了碗中的酒。

这些人可真能喝，喝到了快天黑还有没离桌的。

隋大虎和二犊子喝得更是一塌糊涂，他俩的手相互搭在对方的肩上，略猫着腰，边说边打着酒嗝。

隋大虎："犊子，你给大叔……好好干，把那个鸡的事……整好，焦书记这一家子……人好，方老师——也好，这事呢，我就不说了。什么拿我家十五个鸡蛋啊，以后你就是拿十六个也没事，就去偷着拿，看我家那个虎娘们能给你咋地，实在不行，你就找大哥我……我不惯女人的毛病。"

他一拍自己的胸脯："我——侦察兵，知道吗？"

二犴子："你喝多了，叔，咱哥俩还有啥说地，我是看着你长大的。"

隋大虎："你这话说得对。"说着，隋大虎的腿一软，就要倒下，二犴子想扶他，可他还没伸出手，自己先摊坐到了地上："今天……这地上发飘。"

正在说着，刘全能老师晃晃荡荡从院外走了进来，显然他是在别人家喝了，并且喝多了。

隋大虎站了起来："你，是不是走错了地方了？"刘老师用手指点着他俩："我告诉你，犴只，就……我那表弟……"还没说完，他就要吐了，晃晃荡荡地走向了墙头。

隋大虎和二犴子吹："就他，别看是会几个字，就我都……背手尿尿——不服他。"

我从外面回到屋里，看王校长正躺我家的炕上，正赶上他睡醒，他揉着眼睛看着我："你小子不好好学习，上我家来干啥？"

王校长的一句话，还给我整蒙了，心想：这是我家啊。我妈还有方老师都笑了……

天黑了，大吵吵架着隋大虎回了家，二犴子一步三晃地跟在他们的后面，我跟在他后面，我爸让我去送二犴子，再给小蒙古送点好吃的。

我听他唱着，嗓门很大："鸠山设宴和我交朋友……"

他突然停住了："焦书记……不是鸠山……"尽管他喝多了，但还是能分出个里外来。他继续晃荡继续唱："临行喝妈一碗酒，浑身是胆……"他突然停住了，大喊着："我哪有妈呀!!"他那粗犷的大喊声在夜空中回荡，很大很大……

我家今天比过年还热闹，我觉得比过年还兴奋。

方老师今天是最高兴的了，整个一天笑意都写在她的脸上，我看她多次，她都是那样笑，笑得是那样灿烂……

大家都走得差不多了，我妈把我爸从炕上叫醒。

我妈和我爸说："你看看每家一人还留下一元钱，除了二犴子家以外，整整是三十元。"我妈把钱放在了面前的炕沿上，最大的票是一元的，有不少是一角、两角和五角的，还有些是很褶皱的。

“你收这个干啥，家家都不宽绰，我都说了，咱家自己招待，也没花钱买什么。”我爸说。

“大家是串通好的，喝酒前隋大虎一起交给我的，我不收，他硬是揣到了我兜里。要不退回去吧？”

“退什么退，怎么退？大家也是真心真意。”我爸说。

大家都没说话。

我爸：“给方老师经管，小蒙古上学不是要买什么学习的东西吗？就花这钱。”

“这办法挺好。”我妈说着就把钱递给了方老师，方老师接过以后对我爸我妈说：“好，我经管，我再添两块钱，给乌日娜平时买学习用品。”

别人都走了，方老师也要回去。临走的时候我妈对她说：“以后就把这当成自己的家，把我当成嫂子。”

“嗯、嗯，那就谢谢大哥大嫂了。”方老师不住地点头。

我感觉方老师有些不自然。

我爸把我和小弟叫过来，当场让我俩认方老师为“姑姑”。方老师很激动，好像是不知道说什么了。

晚上是我送方老师回去的。

一轮明月挂在天上，村里的土路和房子好像是一幅模糊的照片，浸在灰蓝色的水中。微风吹来，爽遍全身……

我们并排走着，走得很慢，什么都没说。

方老师没有直接回学校，而是绕道沿着高粱地地头的一条毛道走着，她怎么走，我就怎么随着，因为我是护送她的……

到了学校，她打开了门锁，慢慢地打开门。

“我回去了。”我没叫她老师没叫她姑，她还是不说话。

我转身走了，没有回头，也没有听见她关门的声响……

这几天上课的时候，我感觉方老师特别来劲，很有精神，连讲课说话的声调都高了。班级调皮捣蛋也少了，一是我不带头胡闹了，更主要的是“喝酒会”以后，家长们回去后一定是叮嘱同学们了。

我们这些同学，别看在方老师面前规矩了，但不等于在别的老师面前就老实了。

早晨上学的时候，三胖子在学校的小门碰见了刘全能老师，按理说，你见到老师了是不是得说句话，他就是不说。不说也可以，他还看着刘老师，好像等着人家说话似的，刘老师当时就有点不满意了。一般都是学生给老师让路，让老师先走，可他偏不，在门那一堵，还不动了。学校大门没开，小门还很窄，三胖子就在那里。就在刘老师要到三胖子身边的时候，他还把腿伸了出来，顶在了门框上。

这把刘老师气的，没好眼地看着三胖子，好像还有点喘。

老师毕竟是老师，人家也不能推开你，更不能跳墙。僵持的时候，方老师过来了，三胖子马上收起了腿，刘老师还以为这挡道的学生觉悟了，刚要“表扬”他，三胖子说话了：“你等一会。”

刘老师循着三胖子的眼神望过去，看是方老师过来了，你说说这是不是太欺负人了。

刘老师很失落，教的班级一落千丈，教过的学生对他又是这样。

在自习课的时候，三胖子正给我白话这事的时候，刘老师路过还听见了，听到教室里面的嘲笑声，他真是气都不打一处来，他推门就进来了。

大家一愣。

三胖子站了起来：“老师，走错门了吧，一年级在那面，似不似?”

大家一顿笑。

刘老师气得脸都青了：“我坠瞧不起的就四见到老思不嗦、嗦、嗦话、不让道，没、没礼貌的学僧。”说着他摔门而去……

这几天总是下着小雨，马上就收小麦了，收麦子的时候很忌讳下雨，一是麦收就那么几天，晚了麦粒就掉了，再就是割下的小麦需要晾晒，不及时晾晒就容易发霉，磨成面的时候就有霉味，更主要的是影响各大队在指定的时间把麦子交到公社的粮库。

我爸这几天就很着急，他把我的收音机“没收”了，他天天听天气预报。

这天大队看门的徐大爷还有病了，大队不能没个跑腿学舌的人，我爸就临时把二犺子叫来，让他帮忙。

在我爸和二牤子正闲聊孵小鸡的事的时候，有两个公社干部推门而入。

他们刚脱下雨衣，二牤子就把开水递给了他们。我爸和他们边喝水边说话，因为公社的人，我爸都熟悉。那时候的干部讲究下基层，有不少公社的干部连哪个村子谁家在什么位置都说得清清楚楚。

话回了正题，来人的意思很明确，就是让我爸说清楚三个问题：

第一、就是搞封建的那一套，拉帮结伙，认“干亲”；

第二、就是带头大吃大喝；

第三、就是作为大队领导收群众礼钱。

我爸当时就明白了，这是有人反映了。

我爸重点说了为什么认亲的问题，一个人还在记录。

工作组的头说：“作为书记，党的干部，你必须听取群众的呼声，那个小方老师需要什么保护啊，现在谁还敢动知青？去年新站那面有个村，一个社员要和知青搞对象，人家不干，他就和人家动手动脚，让人家告了，判了好几年。”

说到这，二牤子当时就傻眼了，把热水直接倒在了工作组人的手上，把人家烫的，当时就把碗给撇了。

我爸说了：“瓦房这地方，是个兔子都不拉屎的地方，能来个好老师真是全村人的造化，人家对孩子们还好，教的课也好，我们全村人都很拥戴她，也是想把她当成自己亲人，没有别的意思。”

组长：“也不知道你们图个啥，有现成的公办老师你们不用，非用一个代课的知青？还三番五次地欺负人家。”

“学校的事我们大队管不了，我们只管给老师工分钱，刘老师教的怎么样，你问王校长和学生去。”我爸有点不高兴了。

“你这是啥话？”组长不满意了。

“前几天我和公社的领导也说了，要不把学校搬走，要不就把我撤了。”我爸毫不客气。

“你这是目无上级，本来是调查你的问题，你还有理了！我是整不了你了，我们走！”组长看着同来的做记录的人。

记录的人：“这句话记不记？”

“哪句话？”组长问他。

“我们走这三个字。”记录人。

“走你的得了。”说着他们推门而去。

我爸没送他们。

二犊子呆呆地站在那里，半天才说出了一句话：“姨夫，你和方老师对我真是有大恩大德，要不现在我……”

我爸：“别说了，以后好好做人就是了，你看着屋，我去三队看看。”说完，他走出了屋：“天天说抓生产，总是整没用的。”

看着离去的我爸，二犊子的脑袋里回荡着刚才组长说的“判了好几年”的那句话……

从大队回来，二犊子就把今天他在大队看见的事和隋大虎说了，隋大虎很吃惊。

“公社的领导到底是啥意思呢？能把书记换了？”他问二犊子。

二犊子：“看那架势不好说啊，哎，都赖我。”

隋大虎：“别说了，人和人就是不能比，你看看我，同样的对方老师，我拿杈子去都啥事没有，你空手去的，还有事了。记着，以后再想找对象你就拎个家什去，保证没事。”

二犊子：“爷们，就别埋汰我了。”

隋大虎：“一会我去焦书记那，问问是咋回事。”

两人就这样分开了，二犊子首先去了三驴子家，他要对质一下是不是三驴子搞的鬼。

三驴子家，刘全能正在和三驴子喝酒。二犊子进来了。

三驴子马上打招呼：“犊子哥，来整点，我哥买的鱼。”

二犊子看了看刘全能。

刘全能：“呲点，呲点。”

看刘全能在，二犊子也不好当面质问，就借故离开了三驴子家。

三驴子喊他：“你这是抽的什么风啊，来了就走，真是的，不管他，咱们喝。”

我和小蒙古都在方老师那做题呢，隋大虎来了。

一进屋，他没马上说话，而是四处看看，可能是有我和小蒙古在，他不方便和方老师说什么。

我看他站在那，就主动和他说话："来了？"

"啊，来了。"隋大虎说。

"今天咋空手来了呢？"我问他。

隋大虎："那还带点啥呀？不过年不过节的。"

我："你那杈子又借出去了？"

隋大虎脸红了："我大人不和你小孩牙子一样的，现在我惯着你，等你长我这么大的，我再和你一起算账。不和你们逗壳子了。方老师，你出来下，找你有点事。"

方老师回来的时候，我明显地感觉她的脸沉了。

"这人，指定是和方老师说什么不好听的了？"我小声地和小蒙古说。

"你们先回去吧，晚上把我给你们的题再好好看看，我想歇会。"方老师和我们说。

这几天方老师是很有精神头，但觉得她脸好像有变化，偶尔看见她锁着眉头，好像是哪疼，我还不好意思问。

方老师这样说了，我们只好离开。

在路上，小蒙古："方老师说了，以后学习的费用就不用我拿了，她都给准备好了，你说她是哪来的钱呢？"

哪来的钱，我是知道，但我说了小蒙古一定会多想，因为我知道她的性格。

"可能是等你以后能挣钱了再向你要。"我说。

"以后挣钱给方老师花，她对我多好啊。"她说。

"不给我花点啊？"我看着她。

小蒙古脸红了："全给你，你经管。"说着拐进了自己家的院子。

我刚到家，还没坐下，就听着一个很大的声音传进屋来……

我爸正在听收音机，现在是播报天气预报的时间，因为收音机电不足了，声音很小，所以他把耳朵紧贴在收音机的喇叭旁边。

隋大虎进来了："啊，焦书记在家吗？在哪屋子呢？"

隋大虎说话的时候，正是我爸听明天是阴是晴的关键时刻，收音机的声音本来就不大，隋大虎还有个特点，大吵吵不在场的时候，他发出的动静比大吵吵还大。

我爸叹了一口气："来了大虎，正是我听到关键的时候，你这一嗓子，给收音机彻底吓没声了，明天是阴是晴一点都没听出来。"

隋大虎："戏匣子那玩意说的也没准，以前没天气预报，不也照样种庄稼、收庄稼吗？祖祖辈辈能活到现在，都没饿死，就说明你听的那玩意没用，别听那没用的了，咱们说点正事。"

"啥事，大虎？"我爸问他。

"咋地？公社来人了？"他问我爸。

我爸看了看他："你咋知道的？"

隋大虎一拍胸脯："我，侦察兵。啥事啊，来多大的官啊？来干啥了？"

我爸："没啥事，就是一般的工作检查。"

隋大虎："我侦察到的信儿可不是这样，不行，你就撂挑子，别以为别人干不了。"

这是说的啥话呢？我听着迷糊。

"这个破官也算官？以为什么大领导呢？争着抢着干，我正不愿意干呢。就是眼前有两件事我没做完，一个是盖学校，那房子都要倒了，现在还总下雨；再就是收麦子的事，等我把这两件事处理完。"我爸说。

"这屯子，你要是不干，除了我，还能有谁干，谁能干好，这官是人干的吗？"隋大虎显然有接班的架势。

"行，你干就你干，我支持你。"我爸说。

隋大虎："有你这句话我心就有底了。我有点急事，去生产队了。"他转身离开。到门口的时候他停住了，和我爸说："公社那帮玩意，别怕他们，他们要是整你、整方老师，你就吱声，毛主席说了，群众是真正的英雄，有我们，你别怕！"

回到家，隋大虎一顿和大吵吵显摆。

隋大虎："焦书记可能要撂挑子，他说让我接他，你说我当不当这个书记？"

大吵吵："呸！你当书记，你是党员吗？"

隋大虎这才醒过神来……

第十九章

今天是个大晴天，万里无云。各生产队开镰收割……

收麦子那几天，在白天村里几乎见不到男人，都是妇女老人和孩子。但她们也都不闲着，起早贪黑在家做饭，往麦田里送中午饭。

白天上课的时候，我爸来学校了，在我们班级前还转了转，以往在麦收的季节，学校的学生总是下田帮助农民收割。

我们男生对干农活并不陌生，从翻地、刨坑种地、踩格子、压滚子到小苗出来耪地、铲地、封垄再到割地、打场什么的都会，但就是不精通，和正宗的农民相比，连“半拉子”都赶不上，但应急的时候靠人多，也能起到一定的作用。

方老师看我爸在外面，就出去了：“哥，有事吧？”

我爸：“没事，找你们王校长，他不在。”

方老师：“去公社了，还是学校盖房子的事。”

我爸：“那算了，我走了，你上课去吧。”

说完我爸就走了。

这要是以往，我们学习不紧，那我爸一定直接走进教室，马上给学生派活，那样的时候，学生们还都兴奋，因为有相当多的学生只要是不让自己学习，干啥都行。

方老师总是感觉我爸找王校长是有什么事，但她又不知道是怎么回事，下课的时候就问我，我告诉她，可能是大队来向学校借学生。

中午的时候，王校长还是没回来，方老师就直接去了大队，我爸没在那，她大致问了下别人，就匆匆回来了，到了教室，她做出了个决定……

方老师问我们，每年这时候大家都怎么帮助生产队收麦子？还没等她说完，三胖子就站了起来，把我吓了一跳。这小子，对老师提出的学习以外的问题总是第一个进行抢答，以弥补老师正常提问时他总也不能回答的尴尬。

他很熟练说出了我们以往怎么帮助生产队收小麦的细节，好像一个生产队的领工员都说不了他那么全面。

方老师最后说："一年就这么一次麦收，麦收的时间还很紧张，社员们平时辛辛苦苦种着庄稼，往往就是为了这几天，我们作为社员的子女，应该在关键的时候为生产队分担些力所能及的困难。"她告诉我们做好参加麦收的准备，耽误的课程她晚上给大家补。

我们对方老师的提议都很赞同，人家一个外来的人都关心我们大队的事情，我们更责无旁贷，况且这样的活我们年年都干。

三胖子又站了起来："老师，现在就去麦地吧，要是去晚了黄花菜都凉了。"

方老师："不得准备准备工具吗？"

三胖子："有啥准备的，镰刀我前几天就磨好了，就等着这一天了。"

还有很多同学说，镰刀是现成的，干活马上就能去。

方老师为难了，一面是大队在麦收的时候需要帮手，一面是王校长不在学校，她自己不好擅自决定。

三胖子再次站起："方老师，我们的心都飞到麦地里去了，现在就是学习，也学不进去了。"好像他平时能学进去似的。

就这样，在大家的催促下，方老师决定下午就参加麦收，大家还高兴地喊了起来……

在向麦田进发的路上，我们一路高歌……

麦地里，社员们看我们来了，好像在电影中看见的战斗中的两支部队会合一样，兴奋着彼此的兴奋……

就这样，我们开镰了！

方老师戴着草帽，也带了把镰刀，是来之前在供销社买的，还没有开印，加上她的熟练程度不够，所以很笨拙，但她干活很认真，一点都不像第一次割麦子。

麦收的时候，往往干活的人们都带着磨刀石，刀钝了的时候就磨几下，我借了块磨刀石，把方老师的刀拿过来，坐在麦地里就磨了起来……

方老师站着看着，我刷刷地磨着，不时地用手指试着刀印，感觉镰刀越来越锋利了。

“大楼，你怎么干什么都很熟练呢？”方老师问我。

“农村长大的，都会点农活，我算是很一般的了。”我边磨边回答她。

“看你那磨刀的样就很内行、很带劲。”方老师赞扬我。

我不知道说什么好了，随便说了一句：“我看你好像也会干农活，刚才你割麦子的时候我看见了。”

“在兵团的时候也割麦子，只是都用收割机，机器照顾不到的地方才用人工收割，我也干过一些。”她说。

我：“收割机收割快吧……啊……”

还没等我问完，我试着刀印的手被割了个口子，血流了出来。

方老师也“啊”了一声，随即蹲在我面前，拉过我的手：“怎么样？我看看。”

我用另一只手捏着出血的手：“没事、没事。”

她用双手包围着我的双手：“疼不疼？”我感觉她很心疼……

麦田的气息和方老师的气息包围着我，这都是我熟悉的气息，我喜欢的气息……

割麦子的季节，是一年当中差不多是最热的时候。麦地里更热，跟现在澡堂的桑拿差不多。燥热往往使人透不过气来，加上我刚干活还没适应过来，方老师就在我的眼前，还紧握着的双手，我感觉温度提升……

她从兜里拿出来了一个很干净的手帕，用牙咬着一角，一下撕开一块，马上给我包扎，我们距离很近，她脸上的汗珠在我的眼里放大，白净的脸上那平时几乎看不见的毛孔都看得清清楚楚，我几乎要窒息，手随她摆弄，猛地，她的脸贴在了我的脸上，仅仅是一瞬，我全身都打了一个激灵……

她很熟练地在我受伤的指头上缠了两圈，然后使劲系个扣。做这些的时候，她真是很可爱，双唇紧闭着，是那样的专注和认真，看见她当时的那个样，我觉得就是我的手指割断了也不能知道疼。

“咋地了?”一个熟悉声音传来，我一哆嗦，原来来到我们俩身边的是我爸……

方老师也给我包完了，她站了起来：“大楼帮我磨刀，把手割了个口子。”

我也站了起来，一只手还是捏着那只手。

“没事，方老师，让学生们干活，你看着点他们就行了，你不用动什么手。”我爸说。

“我也想学学。”方老师说。

“你们在农村都长不了，到城市里也不干这活计。”我爸说：“大楼，送水的来了，你快去给方老师取点水去。”

“他受伤了，我去。”说完，方老师快步走了。

“快去啊，怎么能让老师干活，一个口子还叫伤啊?”我爸照我屁股就是一脚。

二犊子学徒正式“毕业”，我妈按事前说的，借给看他一百个鸡蛋。当时他眼泪在眼圈，决心一定要按照师傅的要求，孵好小鸡。千恩万谢之后，他特意向我妈保证，这门绝技绝不外泄。

孵小鸡是需要相对封闭的环境的，那就是必须保持孵化室内有一定温度，小蒙古住的屋子小，好封闭，正适合孵小鸡的要求。

小蒙古知道哥哥做正事需要她的屋子的时候，二话没说就马上倒了出来，还给打扫得干干净净。

二犊子真是一点都不敢怠慢，严格按照师傅的要求一步一步地做，丝毫不敢马虎，不管遇到大事小事，都去我家问我妈。刚开始的时候，我妈还特意去他家进行了“技术检查”，二牤子对我妈提出的问题对答如流。我妈说：“这第一个徒弟是保成了。”二牤子也是沾沾自喜，对师傅那是毕恭毕敬、点头哈腰。他和我妈说，等他这个马粪蛋要是发烧的时候，一辈子都忘不了师傅。我妈听着也很是欣慰。所以，当我们在家不听话惹她生气的时候，她就说，以后不指着你们养老了，我找我大徒弟去。

二牤子在孵化的一百个鸡蛋里挑出了八个石蛋，石蛋就是不能孵化出小鸡的鸡蛋，这比预想的结果要好。石蛋和正常鸡蛋也没多大区别，就等于把鸡蛋放在温度相对较高的地方十天八天的，一点都不影响食用。在向供销社卖的时候，只要营业员不认真辨别还是看不出来的。

但二牤子没想卖掉，他第一时间就想到了请我爸喝酒，他准备用四个鸡蛋换酒，然后再炒四个鸡蛋，再凑点大葱蘸大酱什么的，那时在农村请客大体也就是这些。

二牤子去大队找我爸。

“大姨父，我想请你喝酒！”他说。

我爸很吃惊，多少年来在瓦房大队谁家的饭差不多都吃过，就是没端过二牤子家的饭碗，更说不上喝他家的酒了。

二牤子赶忙说：“这不是吗，挑出来八个石蛋，我想请你。”

我爸：“就挑出八个，不错啊。别喝了，你把鸡蛋卖了，换个青酱咸盐什么的，你的心意我领了。”

二牤子：“你就给我个脸儿吧，没有你家的帮助，我还请不起你呢，我是诚心诚意的。”

我爸：“以后你好好干，干好了就等于请我了，再说这几天收麦子也忙，以后的，你回去吧，我现在还有事。”

二牤子看我爸实在是忙，就走了。

这八个鸡蛋怎么办呢？突然有了可以自己支配的东西，二牤子还有点不会了。

他想着，但不管怎么想，他就是不想把石蛋卖掉，卖了，怕我妈知道了不好，因为那一百个鸡蛋是赊给他的，他再把赊的东西换成钱自己花，让别人怎么想？

他继续想着。要是还隋大虎家吧，还不够，因为他欠人家十五个鸡蛋，他想再和隋大虎家解释下，等小鸡卖出钱的时候用钱顶那十五个鸡蛋，可以多给点。

那这八个鸡蛋怎么处理了呢？

他突然想到了三驴子，他想通过请他喝酒感化他，使他说出实话，必要的时候，把他灌醉了，用酒套出实话。

二[illegible]子到三驴子家说明来意的时候，三驴子很意外：“犴子哥，你还真算是有良心，没忘了我，我为你治病卖鸡，你现在拿鸡蛋请我，讲究。”两个人就喝了起来。

二犴子心急，他想早点知道他想知道的事，于是他开始就问上了，三驴子酒劲一点都没上来，给他的答复和以前差不多。

二犴子：“这酒喝得不痛快。”

三驴子哪里知道二犴子是因为问的事没得到满意的答复而不痛快呀，以为是喝得慢了呢。于是他开始提杯了。他一口喝了半杯，二犴子则是把一杯酒都喝了。

三驴子：“犴子，你喝酒讲究，我不能让你落下，我也把这剩下的干了。”说着他一饮而尽。

等再倒酒的时候，瓶子里的酒没了，可是，二犴子希望等到的话三驴子还是没说出半句。

于是，二犴子着急了，好不容易喝一回酒，不能半途而废啊，二犴子说：“你等着，我去供销社打酒去。”

三驴子拦住了二犴子：“别去了，喝酒哪有歇气的，我这有，我表哥为了感谢我，给我送的，满满一桶60度高粱烧。”

说着三驴子在炕上的柜里就提出了一个塑料酒桶，崭新的。他把酒桶往炕桌上一放：“喝，喝透了。”

二犴子正对多喝酒求之不得呢。

这俩人，你一杯我一杯，不知不觉就有点多了，这时已经是晚上八九点钟了。

俩人还开始划上拳了：“一挂马车俩马拉啊，车上坐着姐妹仨啊，金花银花和红花啊，哥俩好啊要金花啊，五匹马啊要银花啊，全来了啊要红花啊……”

说来这二犴子也点正，赢多输少，三驴子坐着已经是晃晃荡荡了，话匣子开始打开了……

三驴子说：“哥，我苦，弟苦啊，不管咋地，你还有个爹，有个妹，我是啥也没有啊。”

二犴子一愣：“你喝多了，大叔大婶都在，只是出门了，你咋就没爹没妈呢?”

三驴子：“你不知道……”三驴子停了停，端起来酒杯一扬脖，又干了一杯。他说出了让二犴子非常震惊的话：“听别人扯犊子说，他们不是我的亲爹亲妈。”三驴子眼泪都下来了。

二犴子彻底傻了。

三驴子家是后搬到瓦房村的，只是听说他老家在哈尔滨附近。

三驴子：“亲哥，你是我亲哥，我刚才说的，你谁也不要说。要是外人知道了，我爸我妈就没个活了。”

二犴子彻底不会了，他愣了愣：“都是闹笑话吧，说自己家的孩子是要来的那不是经常的事吗，啥也别说了，都在酒里，我……喝了。”

俩人又喝了一口，三驴子接着交代出了他的表哥刘全能……

三驴子：“其实，我那表哥也不是我的亲表哥，他老丈人和我爸是部队的战友，当年我们家从哈尔滨来这，也是奔着人家来的，帮我们不少忙。”

二犴子听着。

三驴子继续说着：“来咱们学校后，就到我家认亲，他很会来事。你也知道，方老师挤了他，要不现在他不能教一年级，学生们都看不上他，笑话他，整他，大虎家的那个犊子就是那样，骑在人家的脖颈子上了，这都是那个方老师指使的，我看着气不匀，不整掉那个狐狸精，我表哥就不能在这消停。”

二犴子：“方老师不是那样的人。”

三驴子说：“不是那样的人，怎么能出那样的事？必须整她，整掉了她，把她整得啥也不是，不如咱们了，你才能和她那样。”

二犴子：“你别胡说，不能胡来！现在要是对知青动手动脚的，就得判刑。”

三驴子：“你整她都没事，我整她咋就能判刑呢？你比我多长个脑袋咋地？”

二犴子：“我和你说的都是实话，你不能再那样了！”二犴子拿起了酒杯：“听哥话。”

二犴子喝了一口，三驴子没喝：“实话和你说吧，这次公社来人就是照那个方格下茬子的，只是捎带了焦书记，也是没办法的事，我表哥门子硬实，以后我还指着人家呢，都答应我了，帮我在县里安排个临时工。”

听到这，二犴子什么都明白了。他猛地把酒杯往桌子上一放，杯子碎了：“我告诉你，你再那样整就是不行！”

三驴子有点蒙了：“不行能咋地！我就整了，整灭她，我表哥就能稳当在学校，我就能走出瓦房，就能去县里！”

“你个犊子！”二犴子照着三驴子就是一撇子，当时就把三驴子打倒在炕上……

三驴子想还手，但他已经起不来了，二犴子本想再打他，把火彻底发出去，怎奈手不听了使唤，他也倒在了炕上，他刚想爬起来，这时吃的东西却喷了出来。

晚上五点多钟，我们还在割麦子，隋大虎来找方老师，想要三个学生一起跟他车回去，晚上看场院。方老师就安排了我、小蒙古和三胖子。看场院就是在社员们挑灯打场的时候，我们在场院的四周巡查，不让外人从墙上跳入，以免偷麦子和放火。本来两个人就够了，但隋大虎觉得如果要两个学生的话，那一定没他家的三胖子，所以就特意要了三个，还请方老师照顾下三胖子。

我们坐在高高的车上，车走得不是很快，感觉忽忽悠悠的，隋大虎双腿叉开站在车辕子上赶着车。

“你们三个有福啊。”隋大虎说。

三胖子："啥福，爹?"

"没你事，你是兔子跟着月亮走……借好人光了。我告诉你们个秘密……今天晚上，在场院里吃粉条炖猪肉，我都没敢告诉旁人，你们到那就能吃上。"后面的一句他特意地大声说。

我一下爬起："大叔，真的假的?"

"糊弄你们干啥，我要是糊弄你们，你们还不得把我当猪肉吃了啊?"他说。

我当时口水就要流出来，感觉车走得太慢了。

"爹，你能不能赶得再快点呀，要不我替你喊'驾'?"三胖子说。

"你们也不能白吃好的，晚上得看好场院，驾!"隋大虎一鞭子下去，车猛地一窜，速度快了起来。

隋大虎唱了起来："长鞭那个一甩哎……"

"嘎嘎地响哎……"我们三个迎合。

隋大虎："我赶着马车回了庄哎嗨呀……"

"大叔，你唱错了，应该是'我赶着马车出了庄'。"我说。

隋大虎瞪起了眼睛："是你赶车还是我赶车? 要是出了庄，你还上哪去吃猪肉炖着粉条子啊。真是的，驾!"

大家都笑了……

还没有到场院的门口，就飘来了肉香。我恨不能直接从高高的车上跳下。

车在场院还没有站稳，我和三胖子就从车上跳到了麦垛上，麦垛一忽闪。

我们是下来了，可小蒙古没下来。三胖子直接就奔香味去了："你把她接下来。"这小子，他还给我派上活了。

小蒙古小心翼翼，感觉很害怕。我在车下仰着脸看着她，她就是不敢下，其实我也着急吃猪肉，那面已经喊着"真香"了。

我伸开双臂："一、二、三下!"小蒙古就是听我话，只见她一闭眼睛，从车上滑了下来，就像投篮得了两分一样，直接落进我的双臂。由于惯性很大，我必须用力才能使她不掉在地上摔着，我一闭眼睛，把她紧紧地抱住……

她平安着落，脸红红的，连个谢字都没说就走开了……

真是好吃极了，这是过年以后第一次吃上猪肉，差不多半年了。

小蒙古吃着的时候偷偷地看我一眼，被我发现了。

说是吃猪肉炖粉条，倒不如说是粉条炖猪肉，我们每人也仅仅是分了半勺，我算得到了特殊的照顾，那也就是多给些肉汤。

几口我就吃没了，那个香啊！小蒙古走了过来，趁别人正闷头吃饭的时候，她把两大块肉迅速地拨进了我的碗里，马上就走了……

平时喜欢说话的隋大虎，在吃饭的时候一声不吭。

主食是小米饭，泡上肉汤格外香。另外，还有大渣子水饭，很凉很爽，里面的芸豆很多，开花的大芸豆……

社员在挑灯打场，机声隆隆，热火朝天……

我们三个沿着场院的墙巡视，一人一边……

三胖子能显摆，说他自己巡查两面的墙，因为今天借我们的光吃着荤腥了，这小子还算讲究。

我让小蒙古回家，她说看场院就当看热闹了，回家也热，在这一面溜达一面背题，更主要的是想体验一下看场院保卫社员果实的感觉，准备写篇作文。

“你也别光背题，要是发现什么情况就喊我们。”我说。

“能发生什么情况？”她问。

“比如从墙上跳下黑影什么的。”我说。

“啊?！你别吓唬我好不好，我现在就哆嗦了。”她说。

“没事，去吧，要是有黑影也不一定是鬼……”还没等我说完，她差点喊出声来。

我的本意是想把她吓唬回家，我和三胖子一人两面，可小蒙古就是不同意。

远处，机声轰鸣……清爽的夜风袭来，让人感觉很是惬意……微弱的星光下我们并肩走着，她出题，要我回答，我们走得很近……

走一个来回大约是六百米，几个来回下来，我们就感觉累了，因为白天已经很疲劳了……

我们坐在麦垛底下，她继续问着我问题，我答得越来越没精神了，她问得也越来越没开始有劲了，就这样，我们靠着麦垛渐渐地睡着了……

可能是突然发生了一声什么声响，她一紧张，朦胧中，倒在了我的怀里，我睡得很死，好像什么都不知道了……

场院里突然传来了喊叫声："失火了！""救火啊！"

小蒙古一下子就拽起了我："失火、失火了！"

我噌地一下站起，拉着小蒙古的手就向喊声跑去……

救火的喊声越来越大，在打场的地方，已见火光和烟雾……

"哎呀妈呀，这是咋地了，呜……"小蒙古跑着哭着。

这时，一个熟悉的声音从远方传来，那是我们学校的钟声，钟声急促。平时，我们学校的钟声只有在上下课的时候才能响起，晚上就更听不见钟声了，除非是应急的时候。

那一定是方老师敲的钟，晚上只有她在学校住。

刘全能老师也是最早时间知道场院失火这件事的，他慌忙跑到大队报火警。他拿起了电话就喊："喂……喂……喂……"

被惊醒的老徐头爬了起来："你得先摇电话再'喂'啊。"

刘全能马上摇起了话机的摇把，一圈一圈地摇个不停。

徐大爷："够了，不是给钟上劲呢，快说吧。"

刘全能把话筒放在嘴前："喂……喂……喂。"

接线员："喂一下就行了，你要哪里？"

刘全能："交、交、交、交换台、台吗？凿、凿、凿、凿、凿火了，马、马丧给我接、接、接、接……"

还没等他说完，话筒里就传来了接线员的声音："给你接过去了，县消防队，快说吧。"

对方："哪报火警！？"

刘全能："县、县、县消防队、队、队吗?"

对方："哪里火警?"

刘全能："凿、凿、凿、凿、凿火了，赶紧、紧、紧让消防车那个消防车来来、来、来、来救、救火。"

对方："我问你是什么地方?"

刘全能："就、就、就、就是我们大、大、大、队啊，赶赶赶紧来!"

这时，隋大虎跑了进来。

对方："你旁边还有人吗?"

刘全能："有、有、有人，凿火了，你们一、一、一来就能看、看、看见。"

对方："我问你身边现在还有别人吗?"

刘全能："有、有、有、有人。"

对方："让别人接个电话。"

隋大虎抢过了电话："快来吧，大火冲天了，噌噌地，瓦房大队，你知道了吗?"

等我来到着火的近处，我看见七八个人看着电线杆子喊叫，他们束手无策……

眼看着电线杆上形成的火线溅落在麦垛上，他们不敢往着火的地方浇水。人们只是紧张地喊着，跺着脚，不敢上前……

这是电火。电线与麦垛接触的部分继续着着火……

我冲了上去，小蒙古拽住我："电、电失的火，找杆子，木头的，把电闸捅掉。"

她的的话提醒了我，我喊着："哪有杆子！杆子!"

火在加大，烟雾在升起，已经能听到了麦秸燃烧时发出的“啪啪”声了……

三胖子把一个木杆子递给了我，他喊着，声音颤抖："桶，使劲捅!"

我向着火光最耀眼的地方冲去……

电弧刺眼，我照着刺眼的地方猛捅，一下，一下……

大家屏住了呼吸。在杆子接触电线杆的位置发出了响声，火球落下，人们冲了上去。

隋大虎他们拿着水桶向着火的麦垛泼去。

闻声赶来的乡亲们几乎都没空手，有提着水桶的，有端着盆子的……

方老师也跑来了，她穿着的是个线裤……

火势不是很大，火点也很集中，人们往火堆上浇水，火光下，我能看见方老师和乡亲们在着火的麦垛上拽出一捆捆麦子……

一声闷响，一个火球冲了过来，正烧在隋大虎的头上，隋大虎的头上在着火……

油味刺鼻……隋大虎的喊声震天响！他一头扎进了一个水桶，随即他抓起水桶，水落全身……

人们向他冲了过去……

消防车的汽笛声划破了夜空，只是到来的时候火被扑灭了。

场院一片狼藉，弥漫着糊味……

东方红——75 型拖拉机的灯光照着麦场……

人们继续清理着火场……很多人木讷地站在麦场上喘息……方老师的新衣服上烧了一个洞……

隋大虎无疑是个焦点，我爸急切地喊着："大虎，你咋样?"

隋大虎站在那里不说话。我爸更着急了："你查个数啊，大虎!"他还是不说话。

"一、二、三、四、五。"看着隋大虎，我爸先数起数来了，等我爸数到五的时候，隋大虎"哇"地一声哭了起来……

人们把他扶回家，在扶着的时候，他喊着不让人碰他。

大吵吵看着面目皆黑的隋大虎一声都不吵吵了，三胖子紧站在他爸的身边，扶着他，人们让大虎坐下，他龇牙咧嘴，就是不坐，原来火烧到了他的臀部……

灯光下，他的头发烧得粘在了一起，眉毛都不见了，黑黑的脸像刚从战场下来的战士。

大家要帮他脱下裤子，女人们出去了。

这时我才惊奇地发现，他穿着一个旁开口的裤子，后来才知道，早晨由于起得早、走得急，他竟把大吵吵的裤子穿了出去。

刘大夫来了，隋大虎趴在炕上，屁股露了出来。他的臀部轻度烧伤，其他地方没什么大事，刘大夫告诉大家。

全新的一天到来了。

昨天晚上社员们的喊声没有惊醒二犊子和三驴子，等二犊子爬起的时候，太阳已经照在了屁股上，他一愣，紧揉着眼睛。

“不好。”他跑出三驴子的家门……

小蒙古的屋子紧闭着，二犊子一下子就推开门，热浪扑来。

他一把掀开把鸡蛋围紧裹着的棉被，热流传来，他全身好像在燃烧……

他恐惧地把手伸向鸡蛋……突然，他一把拿起一个鸡蛋，贴在脸上，他的脸一动……

他傻傻地站在那里，呆若木鸡。他把被子全部打开，祈求老天保佑，他想等待他的二十一天……

他天天等着，他没敢把这事告诉我妈。

刘大夫给隋大虎换了药，隋大虎也吃了药，他的头发很乱，直接影响着他的形象。

王校长来了，他要给隋大虎理发。

隋大虎一直趴着，那样是不能理发的，他的头皮碰着都疼。

王校长让别人扶起隋大虎，隋大虎站在地上，王校长拿起了做活用的大剪子……

王校长只能用一只拿着剪子的手给隋大虎剪着头发，那只手不能碰他的头发，没有了以往给学生们剪头传来的密集的刷刷声。

王校长很细致，嘴依旧是紧闭着。他小心翼翼地动着他手中的大剪子。很久，头剪完了，几乎是贴着头皮，头发很齐。

大吵吵惊奇地看着呆呆的隋大虎，她喊着："平头真精神，就是你当侦察兵那时候，我第一次见你的那个平头。"她眼含着激动的泪花，隋大虎看着她笑了笑。

在全世界的农村里，这发，也唯有王校长才能理好，这里有他几十年来靠他那些数不清的花不起钱剪发的农村孩子的头练就的超级功夫。

在教室的时候，大家议论着昨天晚上场院失火的事。

三胖子："就昨天那火，亏了我爸和我了，要不全屯子都得完。"昨天没去火场的同学盯着三胖子，我没看他。

"听说三胖子他爸屁股烧着了？"一个男生问。

大家笑了，三胖子却不吱声了。

"救火怎么能点着屁股呢？是不是逃跑的时候火烧的啊？"这男生穷追不舍。

三胖子站了起来："救火的时候你们不去，现在说起风凉话了，真是的。"

方老师走了进来，她没有穿那件新衣服。

方老师站在讲台上："同学们，昨天救火，社员们为了保护集体财产都很勇敢，我们班的焦大楼、隋满堂、乌日娜等几个同学也参加了灭火战斗，他们表现得很好，特此表扬，大家要向他们学习。"

大家鼓掌。

三胖子站了起来，伸出右手，向侧前方举着，手随着他的身体转动，他向大家致意。

他没有坐下的意思。方老师看着他："你可以坐下了。"这时，三胖子才放下手坐下来。

方老师继续说着："通过这件事，我们大家要增强安全防火意识，回去后要多向家里的人和社员群众做宣传……"

上午，由于王校长去隋大虎家给他理发了，所以，四节课全由方老师讲，只是感觉她有些虚弱，最后一节她就告诉大家自己做题了。

以往，在农村着个火也是常事，春天刮风的时候，经常有谁家的烟囱着火了，冬天的时候也有柴垛着火的时候，按理说，场院着的火也不是什么大火，所以大队也没向上级汇报，都觉得这事就算过去了。可是，由于刘全能老师的介入，使这事掀起了层层波澜……

失火的事，令刘老师很兴奋，他觉得这是他难得的机会。他本意是想给县广播站写篇报道，因为他的同学在那当站长，播个稿子一点问题都没有。他这样做一是向学校的老师们证实一下他的能力，再就是能缓解一下与三胖子的关系，使这个“刺头”以后不再找他麻烦。

于是，他带着一瓶罐头来到了隋大虎家进行“采访”。

刘老师进屋的时候，正赶上隋大虎要出去上厕所，他趴着的身体动了动。刘老师疾步上前，一把就按在了他的屁股上，隋大虎“嗷”地一声叫起来。

刘老师：“你别、别动，我也不四外、外人。”

隋大虎龇牙咧嘴，还不能说屁股疼和憋着尿。

刘老师：“大哥，你和你家满堂救、救火的四迹很、很感人，我想写、写个广、广播稿，寨全、全、全县大力进行宣传你们爷俩的先进四、四迹。”

隋大虎看了看刘老师：“广播稿？”

“四、四啊，就、就、就四大喇叭念的那个。”刘老师回答。

‘你念啊？”隋大虎瞪着眼睛看着刘老师。

刘老师脸一红：“我哪能干、干那活？”

刘老师反复动员和开导隋大虎，当他说到宣传以后可以出名的时候，这才使隋大虎兴奋起来。于是他滔滔不绝，从侦察兵开始讲起，连自己被尿憋着的事都忘记了。

刘老师：“你当时四、四怎么想的？”

隋大虎：“我就想火烧头发受不了啊。”

刘老师撇了撇嘴：“大哥，你这样想就、就不对了！”

隋大虎一愣，反问道：“那烧你头发你能好受啊？”

刘老师："我的意思你可以那样想，你不能那、那样嗦，你得嗦当时我就四想怎么保护集体财产了，才奋不顾森跑进火、火堆了。"

隋大虎还较上真了："我不是跑进去的，我是跑出来的啊，不跑不得烧死我啊，我烧死了，你还采访啥啊？"隋大虎理直气壮。

刘老师感觉很无奈："你家大嫂寨不寨？"

"干啥？"隋大虎看着刘老师。

"她比你开、开窍。"刘老师说。

别说，刘老师写的稿子很快就在县广播站播了，只是电台的编辑把他写的稿子改得面目皆非，除了人名地名没改之外。比如刘老师写的标题是"烈火中永生"，人家给改了"大火中的父子兵"。隋大虎听了很是满意，他对刘老师说，你还说我白话侦察兵那段没用，大喇叭里面怎么还说"兵"呢，还是两个。

这篇稿子播出后引起了很大的反响，一是采访和搜集隋大虎先进事迹的人很多；二是公社知道了我们大队发生了火灾，并且是我爸隐瞒不报；三是刘老师挺起了胸膛！

于是全公社的防火安全现场会在我们大队发生火灾的场院隆重召开。

会上，公社副主任对由于"官僚主义"造成的大火深恶痛绝，对有关"领导"不重防火而重认干亲、搞大吃大喝、收取钱财更是批评得慷慨激昂，要求与会人员举一反三，深查官僚主义作风，彻底清理裙带关系。

最后，书记讲话，大致的内容是根据上级的决定，我爸停职检查！给予党内严重警告处分！在新书记没确定之前，暂时代理瓦房村的工作，不能耽误农业生产。

后来才知道，这样处理我爸是县里个别"领导"的意思。公社书记撤掉了我爸对上面有了交代，留着继续临时代理还没算彻底失去位置。这领导真有水平。

我爸被撸掉以后，村里发生了很多变化……

方老师知道上级对我爸的处理后，心情很不好，晚上她锁上门。灯下，她自己喝着酒、抽着烟、看着信、流着泪，思前想后，她做出了个决定——离开瓦房，只有这样，才能减轻我爸的“罪责”。

第二天，方老师提着行李来到了班级，她很从容，很坚强，站在讲台上：“同学们，你们要好好学习，唯有知识是自己的，唯有知识能改变命运，我走了，但不管我在哪里，我都忘不了你们，希望你们都能有个美好的未来……”

听着方老师这突如其来的讲话，我们都震惊了。

我站了起来：“方老师，你不能走。”

大家也都跟着站了起来：“方老师，你不能走。”

尽管我们的声音很大，但没有阻止住方老师，她走下讲台，提起行李，我们呆呆地看着她，到门口的时候，她回过头来看着我们，随后，她果断地推开了门。

我们都追了出去。

在公路的边，聚集了很多乡亲，大家看着方老师，挽留着方老师。

一辆客车驶来，方老师上了汽车，她头都没回！

方老师走了，我们学习的心也飞了，教室里一团糟。

三胖子：“还学啥啊？在这大眼瞪小眼的。”他提起书包，走出了教室。

我们都走了，教室空荡荡……

这个晚上，我没睡着……

不知道方老师在哪里，她怎么样……

第二天上午，大队的大喇叭里传来了徐大爷很激动的声音：“八年级的同学们注意一下子，马上回到学校上课，马上回到学校上课。”

当大家都回到教室的时候，方老师走了进来，我们惊喜、我们激动，我们全体起立，鼓起掌来……

第二十章

学校这面，王校长带着沉重的压力找到了正在上课的方老师，当时方老师很疲劳，脑门上浸着汗珠。

王校长劝方老师别有什么压力，他先给顶着，走一步算一步。

刘全能老师经常在我们班级窗前走来走去，但很难走进门。

三胖子成了学校的焦点，他是我们学校第一个从广播里“出来”的同学，这些天，他特别“欢实”。为此，很多同学都看不惯他这“一出儿”，尤其是小蒙古，因为在麦场失火现场，她亲眼见到我是怎么断电、三胖子怎么吓得躲到远处的。

从前三胖子就以邻居为名，常去小蒙古家“学习”，怎奈小蒙古以怕给他教错了为由而多次拒绝当他的“老师”。

放学以后，三胖子又去了小蒙古家，并且是大摇大摆。

刚进小蒙古家门，三胖子的声音就先传到了屋子里面，并且声音还特别洪亮：“你们家这是什么味啊?”

小蒙古白了他一眼：“火烧的。”

“火烧的也不能有臭味啊?”三胖子问。

“烧屁股上了。”小蒙古回答得十分干脆。

见三胖子还没反应过来，小蒙古还加了一句：“你爸烧的那地方好了吧?”这时三胖子才明白过来。

接下来三胖子想学习，小蒙古自然是“不会”，他只好悻悻离开。

临走的时候三胖子还说："学习好是为了出名，咱学习一般不也出名了吗？你等再着火。"

小蒙古："轻点得瑟，别把你烧成灰。"

三胖子离开小蒙古家，想接着去别人家炫耀，可是他刚走出大门，就发现了一个人——小辣椒。

小辣椒拎着大包小包走了过来。

三胖子："你咋回来了？"

小辣椒："县里的学校不是咱们待的，老师讲啥我听不明白啥，还看不起咱农村人，不在那学了。"

三胖子欲接过小辣椒手中的东西，小辣椒躲着："不换手了，我快到家了。"

三胖子："那你接着回班级学呗，屯子人上县里学习本来就是裤衩改成背心，硬往上提。"

小辣椒白了三胖子一眼，走开了。

三胖子在后面喊着："你在县里听没听见广播？"

小辣椒停住了脚步："听见了。"

三胖子："听着我那段了吗？我上广播了。"

小辣椒："你？"

三胖子一拍胸脯："啊。"

小辣椒："广播说你什么了？"

三胖子："救火啊！着电火了。"

小辣椒一愣，快步向家走去。

小辣椒回来可是不一般了。穿得更加时髦，还带了一个好像能值几毛钱的眼镜，那神气的，脸都快仰到天上去了。

回到班里她就是喋喋不休地讲肇源县里什么饭店菜多了，什么商店货多了，什么路上车多了，当说到学校学生的时候，她也说了一多，就是不安好心的玩意多。

回来的第一天，她就开始向方老师发难。

本来因为我爸的事我心情就不好，不知道怎样面对同学，感觉大家私下说什么都和我有关。

三胖子不管别人的情绪怎么样，想怎么张扬就怎么张扬。

在上课前，他问我："你爸现在这样了，你是怎么想的呢？"他还学会了刘老师"采访"他爸的那一套了，声音还不小。这小子这时候说这样的话，于是我的火气当时就上来了，举手要打他，好像三胖子早有防备，一下子跑了。

这时，小辣椒说话："城里城外就是不一样啊，人家城里的男生急眼了动嘴，咱农村的男生急眼了动手，还以为有根呢。"想必她回来就知道了我爸被撤职的事了，也许是她爸或者是她舅已经研究了书记这个位置了。

本来我就在气头上，小辣椒这么一说我就更生气了，我用手指着她的脸："你给我憋回去！要不我一块儿收拾你们。"

别看小辣椒平时很厉害，这时候她还算能看出个好歹，她把头一扭，坐了下来。

方老师拿着教案走进了教室。她看着站在地上的三胖子，三胖子仰着脖子走了回来，在要坐下的时候，特意看看我，感觉他很戒备我。

方老师看见了小辣椒，先是一愣。

小辣椒站了起来："方老师，我回来上课了。"

方老师点头，略带微笑："坐下吧。"

小辣椒没有坐下的意思："方老师，以前我是咱班的班长，那次选班长的时候我也没在意，因为我那时即将远离故乡。现在我回来了，以前选班长我和乌日娜票数一样，但你让她当了，没让我当，所以我希望老师能给我官复原职。"她说话干净利落，毫不拖泥带水，并且好像还没有余地。

我听着她说这些就别扭，尤其她说到"官复原职"的时候。

方老师可能出于学习紧张的原因，原来就不想要我和小蒙古当班长，我上次被方老师拿下就是这个因素。现在，没想到小辣椒又主动送上门来了。

小辣椒说完话以后，方老师看了看小蒙古。以前小蒙古和小辣椒的关系还真不错，小蒙古好像也没有什么当"官"的愿望。

小蒙古站了起来："我同意肖妮当班长。"

小辣椒对小蒙古投以了感激的目光。

方老师：“好，那就请肖妮同学出任班长。”

在大家没鼓掌之前，我站了起来：“我不同意，这个班长我当！”

大家都愣愣地向我看来……

我的举动使大家很吃惊，包括方老师。

我来到小辣椒的桌前，看着她，我们俩对峙着：“我当班长行不行？”

她不回答。

“你不当班长行不行？”我又问她，她还是不说，她的表情没什么太大的变化。

其实我真不想当那个破玩意，只是觉得她主动“篡权”我气不公！

教室里顿时肃静起来，大家的目光都注视着我和小辣椒。

我：“同意我当班长的鼓掌。”

大家还真鼓起掌来了，只有小辣椒无动于衷。

我看了看她：“肖妮，你咋那么各路呢？大家都鼓掌，你不同我当啊？”

她很无奈地鼓起掌来。

“其实你鼓不鼓掌都没用。”说着，我回到了座位上。

放学的时候，我妈把我叫到了里屋，关上门。

我妈：“大楼，和你说个事。”

我妈很少用这样的方式和我说事，这使我很意外。

“说吧，啥事？妈。”我问我妈。

我妈：“今天有人来咱家，要给你提亲。”

我一愣：“别说这事，我去年都说了。”我说。去年就有来提亲的，就是小辣椒家托的媒人。

“人家姑娘很好的，也俊，她家咱知根知底，正经儿过日子人家，我看很好的，我可是相中了。”我妈说。

“行。”我说。

我妈很高兴。

“你要是相中了，那你要，我现在不想那事。”我说。

“你看看你，三句话不来你就酸脸，你知道是谁家提亲吗?”妈问我。

我看着我妈：“小蒙古家?”

我妈：“嗯。”我妈看着我。

“真的假的?”我有点不那么消极了。

我妈：“不是，是老肖家。”我妈看着我：“人家以前也提过，现在人家又打发人来了，行不行给人家回个信儿。现在呢，你爸还遇到坎儿了，定个亲还能冲一冲。”

我什么都没说，就走出了屋子。我打算去学校，真是“冤家”路窄，在路上我遇到了小辣椒。

她像没看见我似的，我低个头，想过去。

“干啥去?”我问。

她对我的问话感觉很突然，站住了。

“上乌日娜家。”她回答我，说完就想走。

“今天那事你对我没什么意见吧?”我问。

“我能有什么意见?你那么霸道。”她白了我一眼：“我那样做也是为了乌日娜好，让她专心学习，反正我和你也差不多，能学个啥啊?”她说。

她的话我有点吃惊，原来还以为她就是想在班级要尖呢。

“以后要是对我有什么意见，就直接和我说，别看我厉害，别当着别人的面给我下不来台，我还不想和你一样的呢。”她还教导上我了。

“好，现在我就对你有意见。”我说。

她问我：“啥意见?”

“有啥事你也直接和我说，别找别人。”我说。

她显然是感觉到了我话里有话，很不好意思。

“那你对我还有什么意见吗?”她继续问我。

“有。”我回答她。

小辣椒：“你说。”

“你太漂亮了。”我就是没说她太张扬了。

小辣椒：“漂亮还是毛病?真是的。”说完她就走开了。

看着她快步走去的背影，我还真好奇她找小蒙古干什么，于是我就跟了上去。

我做贼一样坐在小蒙古的后园子里，紧贴着窗子。说实在话，这样见不得人的事我还真很少做过。

屋里的人正常说话，外面的我心里怦怦跳，还不时左右看看。

小辣椒的话和她的性格差不多，很直，连点弯都不拐。

“咱俩打小一起长大，我啥样人你最知道，直性。我想反正我怎么学习也是白搭，就这么混吧，和你不一样。”小辣椒说。

“我学习也不是太好。”小蒙古回答她。

小辣椒：“咱们班也就是你行，焦大楼不行，和我学的差不了哪去，就是作文还凑合点，那也白搭，他要是能学出个什么名堂，我肖字都倒着写。”我在想，这肖字倒着写该念啥呢？

小蒙古：“他现在学习成绩进步得很快。”

小辣椒：“晚了，黄花菜都凉了，也就是地垄沟里找豆包，下辈子吧。”

小蒙古笑了笑。

小辣椒：“你看他今天那死出儿，还和我劲儿劲儿的，我一想他那样就看不上他，看他以后还靠啥晃荡，他爸也下去了。”

小蒙古没吱声。

小辣椒：“就这样个人，我爸我妈还天天和我磨叽他怎么好怎么好。还要……”

“还要啥？”小蒙古问得很快。

小辣椒没说话。

“要……要啥啊？”小蒙古问。

“丢人，都是大人的意思，还欠吧欠吧找人去他家了。”小辣椒显然对她爸她妈的做法“不满”。

小蒙古：“其实……他人不错，就是横点。”

小辣椒：“跟谁横啊，谁也不欠谁的，反正我就是孝心，要不我早就和家人急眼了。”

“我得喂猪了，你和我一起干活啊？”小蒙古说。

“得得得，我在家可没干过那活，我有妈。”小辣椒马上住嘴了。

“我走了，哎，我说的话你别和他说，也别和别人说啊。”小辣椒说。

小蒙古：“嗯。”

小辣椒马上离开小蒙古的家。

我在外面松了一口气，想着小辣椒刚才说的话是啥意思……

晚上方老师到了我家，没了笑容。她和爸说：“焦书记，都是我给你添麻烦了，看你现在……”

我爸：“没事，什么官不官的，你别想多了。”

我妈：“你哥心大。”

“我来瓦房以后，出了这么多事，多亏你了。”方老师说话有点哽咽。

我爸：“老百姓心里都有一杆秤，你给孩子费了多少心，大家都知道，没有你这些孩子早都‘放羊’了。我还想呢，怎么想办法让你返城呢，现在不少知青都回去了。”

我妈：“是啊，你哥昨天还和我叨咕这事了呢。”

我爸：“回去归回去，但在这一天就不能让人熊着，不管我当不当这个书记，我都管到底。以后你别管我叫哥了。”

方老师一愣。

我爸继续说：“如果你不嫌弃，那就叫爹！”

方老师更是惊呆了！随即她点下头，我们全家人都愣在那里。

“我看谁还敢在你面前刮旋风。”我爸说。

方老师当时眼泪就落了下来。我妈扶着她。

“以后谁说不让教学生你别听，你就只管上你的课，要是把你撤了，那我就把学校整黄了，还真没人了呢！”我爸有点激动。

我听得直发愣。

我爸说：“你们都过来，都管方老师叫姐。”

我和小弟都不敢说话。

“叫啊！”我爸的话像命令一样，我们还在那看着擦着眼泪的方老师。

“行了，以后在家叫姐，到学校不行，听见了吗？”我爸问我们。

“嗯。”“听见了。”我们回答着。

“你们出去吧。”我们离开了屋，我心里好像轻松很多……

刚出门，碰到隋大虎来了，一瘸一拐，一只手捂着屁股……

我扶着他往屋里走，他用手指指着我：“你这小子，啊，行啊，知道尊敬英雄了，你指定能有出息，比我家那玩意强。”

进屋的时候，方老师正好出来，和隋大虎打个照面。

隋大虎看了看：“方老师，你咋地了？”

方老师点了下头：“没什么，大哥，你过来了？”

隋大虎：“我看看焦书记，人不能因为下台了，咱就不那啥了，是不是？”

“那你们说话吧，我回去了。”方老师说完就向屋外走。我妈把她送到院外，又把她拉了回来，我妈去了仓房，不知道给方老师拿了什么。

我给隋大虎倒杯水，就站到了一边，想看看这个从大喇叭里面“出来”的人成了“英雄”以后是啥样。

隋大虎站在地上喝着水：“就这点事就把你拿下去了？头年羊营子整个场院都烧没了，人家书记不照当吗，再说，也没多大事，不是我把火救了吗？”

我爸：“领导怎么定就怎么定吧，不当官也清闲，你不是还惦记那个位置吗？”

隋大虎：“哎呀我……我还惦记那位置？那是人干的活吗，也就是你干吧。”

我感觉我爸听着他说的话很别扭：“你那意思，我不是人呗？”

隋大虎：“你人好谁不知道，没花花肠子，谁说过你不好？”

我爸：“你这说的还是人话。这几天我也没过去看你，你怎么样了？”

隋大虎：“别提了，这一天天的，丁把儿来人，苍蝇一样，我够够地了，问这问那，烦死了。”

“出名还不好吗？也是全村、全公社的光荣。”我爸说。

“啥?！还光荣？对，是光荣，我得瑟上去了，把你给整掉了，真光荣，这个刘全能真能耐，我后悔死了。你别上火，在瓦房屯子，除了你，谁也干不了，我还是那话，不信你看着。”隋大虎忿忿地说。

“离了谁地球都转，看以后咋安排吧。”我爸说。

隋大虎：“你的事我都知道，那天二犴子都和我说了，公社根本就是冲着方老师来的，只是借着着火当由子收拾你，也是为了要拿下她，就这点事，我睁着眼睛一想，都能想得透透的，话说回来，方老师也是值得大家佩服的。”

他正慷慨陈词的时候，我家突然来了三个人……其中一个徐大爷，另两个我从来都没见过……

几人进屋，我妈就去倒水。我家平时客人就不少，所以，多少年来我妈早就对端茶倒水习以为常了。

徐大爷马上介绍：“这两位是县委派来的同志，这位是我们焦书记。”我爸和他们握手。徐大爷接着说：“这位就是隋……哎，大虎，你叫隋啥了？”

隋大虎白了徐大爷一眼，也真难为徐大爷了，隋大虎打小全村人就管他叫大虎，很少有人知道他的大名。

隋大虎：“我叫隋根，骂人讲话了，你隋根啊，那就是说我呢。”

来人递上了介绍信，我爸看了看：“欢迎你们。”

“这么晚了来打扰，就是因为事儿急，我们刚从新站过来，路上车坏了，到这就晚了。”一个领导模样的人和我爸解释。

“还没吃饭吧？”我爸问。

领导：“吃了吃了，我们谈正事吧，这次来，主要是想了解你们场院失火的事……”

还没等来人说完，隋大虎说话了：“我说你们县里的领导，别动不动因为个芝麻点的事就撤我们书记，我们瓦房大队的男女老少没有不拥护焦书记的，上哪找这样的好官……”隋大虎以为这俩人又是来调查我爸问题的，所以还来个先发制人。

他的话把来人说得直发蒙。

刚才说话的领导拦住了隋大虎：“隋根同志。”说话的人站起，将两只手压在隋大虎的肩上，一下子就把他按在炕沿上，隋大虎“啊”的一声，又迅速站起，把这人吓了一大跳。

“隋根同志，焦书记的事咱先不说，咱先说失火的事。”领导说着。

“这不是一码事吗，就是你们上面借着失火的事打击报复！我们贫下中农坚决不……不理解。上哪淘换这么好的领导啊。”隋大虎很激动。

来人更蒙了："隋根同志，我们主要是来了解你这个救火英雄的事迹的，向你学习啊。"

隋大虎当时就傻眼了……

其实隋大虎的心里很矛盾，要不是刘老师写关于他的广播稿，那失火的事就压下了，我爸这次也就不能受处分、被撤职了。这几天采访的人越多，他心里就感觉越不是滋味，刚开始的兴奋变成了后来的闹心，甚至是抵触。

隋大虎说："没啥可说的，都是应该做的，事都过去了，我也上大喇叭了，全县的人民也认识我了，焦书记也撤了，也就得了吧，杀人不过头点地，好人架不住一群狼。"

显然他是不往正路上说了。

我爸看隋大虎这样，也觉得很对不起上级领导，不管什么时候，我爸还是很有组织原则的："大虎，领导来一趟不容易，再说宣传你对咱村来说也是好事，也是全公社的光荣，你就一五一十地和两位领导汇报吧。"

领导："对，这样的认识很正确，有深度。"

"对全村是好事，对全公社是光荣，我也知道八百辈子也出不来几个救火英雄，可是，我好了，大家光荣了，书记下台了，这不是踩着别人肩膀爬高高吗？这些天我就想这事，我觉得我这个英雄当的是王八进灶坑——憋气又窝火。我是不说了，你们爱去哪采访就去哪采访，反正以后我再也不说救火的事了！"说着隋大虎转身就走。

隋大虎突然的举动把领导弄蒙了，徐大爷一把抓住了隋大虎，隋大虎横着眼睛看着："别跟我撕吧，我，侦察兵。"

领导："隋根同志！你必须配合我们做好这项县委领导交办的事，这件事不是小事。"

隋大虎："你要能把我们焦书记的情况反映了，那才是大事，他要是官复原职，你让我怎么说都行，让我瞎编都中。"

领导："焦书记的问题，我们回去一定反映，那你好好说你的事迹吧。"

隋大虎的眼睛亮了，在他心中，只要能帮助我爸解决被撤职的问题，他怎么说都行！这就是一个老老实实但又耀眼无比的普通社员！

于是他滔滔不绝地讲了起来，因为在刘老师的教导下，他说这些话已经是轻车熟路了。

来人认真地记着。

他绘声绘色地讲着，我感觉他说的明显不符合事实，什么火光冲天了，电闸是他蹬到电线杆上拉掉的了，救火的过程全是他指挥的了，什么为了挡住熊熊大火他把屁股献出去了……我听着都直皱鼻子。

来的人突然打住了隋大虎的说话，他俩议论上了："这火越大就显得他的事迹越突出，他说得够劲。"他们的点头告诉我，他对隋大虎的瞎编很满意。

隋大虎一听这话当时汗就下来了，心想自己这是上当了！自己说得火越大，那对焦书记不就越不利吗?！他后悔他刚才说的那一切，甚至想抽自己的嘴巴。

这时候领导又说话了："多好的社员兄弟，我们都上了一堂生动的提高思想觉悟的、净化心灵深处的教育课，好！天很晚了，最后再问你个问题。"

隋大虎有点发呆了。

"请问你跳入火海的那一瞬间是怎么想的?"领导问。

这个问题几乎是所有来人都问的问题，他应该回答得最精彩，因为刘老师辅导过他，但他不能那样说，他要抓住这最后的机会，使他刚才说的话都作废，以挽回因火太大给我爸造成的影响……

隋大虎看着来人："领导，你们可要记好啊，我说完就不改了。"

记录的人拿好了笔，大家都等着他说。

隋大虎："我告诉你们，这话我跟谁都没说过，你们是头一回。"他很神秘地说。

来人很认真地点头："那快说吧，你跳入大火里面是怎么想的?"他又强调了一遍。

隋大虎："要是不看见我儿子在火里，我他妈的还不救火了呢！你以为我真虎啊。"

隋大虎的一句话使大家都惊呆了！他的这句话，使他以往说的一切、做的一切统统作废，屁股都等于白白挨烧。

我爸在一面着急了，想打打圆场："当时火是很大，他头发都烧焦了，这是前几天刚剪的。"我爸想用事实证明隋大虎的确在救火中冒了很大的危险。

隋大虎说话："我头发哪烧啊？这不是好好的吗？什么我剪头了，我原来是秃脑亮，这头发不是才长出来的吗？你真能说瞎话。"我真服了他这个侦察兵的应急、应变能力。

这时来人说话了："我们很失望，领导准备让隋根同志代表绥化地区出席全省劳模大会，也有可能成为全国劳模，多少年才一次，我们县才轮到一个名额。"

说着领导们走了……

是啊，多少年来，我们大队就我爸得过一次最高级的奖励，那是在1973年，但他也仅仅是获得"肇源县农业学大寨先进个人"的称号，距离全省、全国的劳模不知要差多少级呢。

我爸送县里领导出去了，隋大虎没送，当我爸回到屋子里的时候，他当着我爸爸的面哈哈大笑起来，声音是那么高亢和自豪……

和以往一样，我依然起得很早，背题大约两个小时，才到中央人民广播电台播送的《新闻和报纸摘要》时间，我边吃饭边听新闻。

我妈走了过来："那事怎么样了，行不行给人回个话，今天都三天了。我觉得那孩子不错。"

我们那好像有个惯例，就是上门求亲的，三天不给答复那就是不同意。

我关掉收音机："我的事你别管。"我把书装进书包就走了。

"你这孩子，你看看你。"我妈唠叨着。

我没有去学校，而是向小辣椒家的方向走去。

小辣椒家的房子是新盖的四间"一面青"，"一面青"就是房子前面是红砖其他三面是土坯或者是用土打起的墙的那种房子，别看就是门面一面是砖，当时在我们那地方也是相当牛了，能盖得起那样房子的人家少之又少。

我在她家门口对面的树下坐着看书，想等着小辣椒出来，和她单独说说。已经七点多了，差不多到了她出门上学的时间了，但还是没等到她，却等到了她爸肖电工。他穿着一身劳动布衣服，当时在农村能穿得起这身衣服的人不多，纯农民就是买得起也不敢穿，怕别人笑话是“工人”。

我站了起来：“大叔。”

肖电工：“你这孩子，咋上这来学习了呢?”

“早晨上甸子看书去了，走到这想起个题，就坐下看看。”我没说我在等他姑娘。

“好好学吧，会点就比不会强，我要是不会点啥，能干这个吗?”他拍了拍屁股后面的电工包。

“走吧，我也去学校，学校的房子也不行了，电线也得收拾收拾，不能再跑火了，场院失火的事，我都对不起你爸。”他说。

我只好和他走了。

肖电工：“我们家那个死丫头，从县里回来以后还知道学习了，天天上学也早了，都走一个钟头了。”

我才知道我堵错了。同时，我也知道，他爸说的她用功了纯是瞎扯，她在班级咋样他爸哪有我知道得多。

到了学校，已经是上课的时间了，进了教室，我看见小辣椒正在点名，我看看她，她把花名册放在讲台上就下去了……

我感觉她没点完名。

点名一般是班长做的事，小辣椒从一年级就当班长，可能是习惯了。

我抬头看了看，没看见谁缺课。班级就那么几个人，缺谁少谁一目了然，小辣椒点名真是没有必要。

方老师走进了教室，走上讲台，看了看大家。

方老师：“大楼，你和一个同学去大队一趟，印些卷子，学校的油印机坏了，题在王校长那，都刻好了。”那时候都使油印机，用蜡纸刻板。

“好。”我回答方老师。

我正想着和谁去，三胖子捅了下我，我知道他是什么意思，我点头。因为我知道这小子对什么事兴奋。

这时小辣椒站了起来："老师，我去。"其实我还真想和小辣椒去，我要和她说说话，一直也没找到机会。

三胖子也站了起来，大有不去不行的架势。

我看看他们俩："那你俩去吧。"我坐下。

他俩僵僵地站在那里，感觉谁都没有争下去的意思了。

方老师："还是你去吧，焦大楼。"方老师所以让我去，可能是我到大队办事能痛快的缘故吧。

方老师又看了看小辣椒和三胖子。

小辣椒没好眼地"挖"了三胖子一眼，三胖子马上就坐下了。小辣椒在我们班"要尖"谁都知道，以前都领教过她的厉害，包括我，她的外号在一年级的时候就有了，她要是"训"起谁来比老师都厉害。另外，要是有人怀疑谁向老师打小报告了，那首先想到的没别人。

"还是你去吧，我对付不过她。"三胖子小声和我说。

"你去吧，就是印个卷子，也不是打仗。"我和三胖子说。

三胖子没吱声，我看见小辣椒走出了教室，我也站了起来。

到门口的时候，方老师说："快去快回，这节课不讲新课，先做题。"

我在校门口等她，小辣椒从老师办公室走了出来，看见我的时候啥都没说，直接就过去了。

她走在前面，走得很"城里"，一直到大队，头都没回过。

印卷子对我来说应该是轻车熟路，以前我经常给同学们印题，主要是我在蜡纸上写字写得不错，在不少同学用钢笔、铅笔写字歪歪扭扭的时候，我就能在蜡纸上刻出很漂亮的空心字了。为此，老师经常让我刻"钢板"。在学校还没有油印机的时候，我经常去大队印些东西，每次徐大爷都很热情，这次也不例外，好像更加热情，可能是他怕我想多了，因为我爸不是书记了。

油印机在仓库里，仓库相对大点，摆些杂物什么的，油印机在靠着窗户的一角，很明亮。

我印着题，小辣椒给我打着下手，我推下油滚，掀开一次油网，她就拿出一张印完的纸。

我几次想和她说话，但不知道怎么开口，尽管说什么我早打过腹稿，可到了想说的时候却都忘了。她也一样，照例是我印好一张，她就拿走一张，一句话也不说，这和平时的她很不一样。

印到一半的时候，我终于开口了：“听说……你家派人去我家了？”

我看了她一下，她脸红了。她看了我一眼，接着就看油印机了：“派什么人？我……不知道。”

“噢，你不知道就算了。”我继续推着油滚。

她停住了手：“啥事啊？你和我说说呗。”

我想了想：“我也不知道。”

“那你怎么说我家找人去你家了？”她问我。

“可能是我记串了。”我说。

“啥？”她很意外。

“快印吧，方老师让咱们早点回去呢。”我催促着。

“是不是……乌日娜家打发人去你家了？”她问我。

“去我家干啥啊？”我问她。

“提亲呗。”她几乎不假思索，那一贯的劲儿上来了。

“黄嘴丫子都没退呢，怎么能想那事？”我说。

她深深地吸了口气：“乌日娜学习那么好，以后能有出息。”

“那我没出息呗？”我问她。

“那也没准儿。”她回答我。

“你不说我白搭吗，我要是能行，你肖字倒着写吗？”我问她。

她一愣，当时就停住了手。

“谁说的？”她问我。

“你啊，你不还说我就是地垄沟里找豆包的手吗？”我把我听到的话都说了出来。

她脸红红的：“我没说，你听谁说是我说的？啊？”她有点急了。

“你说没说吧？”我问。

“我没说，谁说你找谁去。”她的辣劲儿上来了。

我也没客气："你不还说我是靠我爸在村里晃荡吗？"我把她说的话一股脑都说了出来。

她一咬牙："你等着！"还没说完，她拔腿就走……

我已经意识到了我刚才说的话的严重性，因为我知道她的性格，我对我的冒失和冲动有些后悔，于是我抓紧印着剩下的部分。

等我回到班级的时候，我发现大家都看着我，谁都不说话。

我走向自己座位的时候，我发现小蒙古不在了，小辣椒那位置也没了人。

我刚坐下，三胖子就小声说："你是回来晚了，没看着热闹，刚才干起来了，那家伙，真吓人，拉都拉不住。小辣椒骂小蒙古扯老婆舌，都给挠了。"

我脑袋当时就"嗡"了一下，我知道我和小辣椒说的话已经酿成了后果，在小蒙古学习正吃紧的时候。

我恨我不应该和小辣椒说那些！

上午还剩下一节课，我就和方老师请了假。方老师还特意把我叫到了门外。

方老师："肖妮和乌日娜打架的时候，我没在班里。后来，我把肖妮批评了，她还哭了，直接回家了。现在都什么时候了，还有闲心打架，并且还是和乌日娜打架。"我感觉她很生气。她继续说："你去乌日娜家看看，能劝就劝几句，告诉她我已经批评肖妮了，狠狠地批了。"她说。

"嗯。"我机械地回答着。

"告诉她，别和学习不好的同学一般见识，耽误自己的学习是大事，让她快点回学校上课来。"方老师嘱咐我。

"好。"说完我就走了。

我很生自己的气，也很生小辣椒的气，心想我就一辈子不找媳妇也不找小辣椒这样的。

我快步走着，想知道小蒙古被打到什么程度，要是严重了，我饶不了小辣椒！

刚走进小蒙古的家，我就听见了号啕大哭声，我仔细一听，这哭声不是小蒙古的……

我走进小蒙古家，小蒙古站着她住的小屋的门前，表情很难过，她的脸上有明显的抓痕，我心里一激灵！

哭声是从那小屋里传来的，是二犺子的哭声……

我寻着小门看去，看见二犺子一个手里拿着两个鸡蛋，紧紧地贴在脸上，那哭声时断时续……

“老天爷，为什么我的点总是这么背！”二犺子哭中带喊。

我很少看见男人哭！很少听见男人的哭声有这么大！并且眼前的这个男人曾经在我们大队及周边也是个“手儿”。

二犺子感觉到了屋外有人，他停止了哭声。

我推开小屋的门，只见二犺子用棉絮往脸上一擦，再把棉絮用力一摔，他端起了筐，直接走了出来，走出了门，走得是那么迅速……

小蒙古家的后园子里传来砰砰的响声……

今天是二犺子孵小鸡的第二十二天，小鸡孵化只需要二十一天，是他满怀希望期待扬眉吐气的那一天，这一天，他希望破灭……

二犺子没有回来……

我和小蒙古呆呆地站在屋内，很久很久……我看着那个我“听声”的窗户，她看什么我不知道，只知道她距离我不远……

我的身后传来了小蒙古的抽泣声，我回头看着她，感觉她很难过，她张开手，双手就搭在了我的肩上，她的头埋在我的胸前，“哇”的一声，抽泣声变成了哭声，她的头一动一动，就贴在我心的那个位置……

印象中，这是她第一次主动……

我就那样挺着，尽管我的心狂跳不止。我真希望我的胸膛是一面墙，给她一个不倒的支点，给她遮挡风寒。吞噬她所有的委屈，撕碎她所有的忧伤……

我的手没有任何动作表示，因为我几乎都感觉不到它的存在。

外面传来一声咳嗽，小蒙古猛地拿出了手，她挪动了几步，猛地用手划拉着脸。

我走出屋，给她打了盆洗脸水……

三胖子进来了。他看看我，又看看小蒙古，又看看我，我估计当时我的表情不会太理直气壮。

小蒙古背对着门外，她没看三胖子，三胖子看着我的脸，眼睛快速眨了几下，倒退着出了门，无声无息，那动作很像皮影里面的人……

小蒙古洗着脸，用我打给她的水洗着脸。

“小辣椒打你的事，我都知道了，一点都不怨你，你等着，我收拾她去！”后面的一句我近乎咬牙切齿。

说着我转身离开，她一把就拽住了我的手：“你别去，我没传她说你的任何坏话，她本来就没和我说过你的坏话。”

“行了，我什么都知道了，没你的事，昨天她和你说话的时候，我就在窗下。”我指了下她的后窗子：“是我自己听到的，你别管我的事，我自己处理，我饶不了她！”

说着我迈开了脚步。

“焦大楼，你站住！”小蒙古的声音很大。

小蒙古瞪着眼睛看着我，那眼神，我第一次看见过：“她和我说那话是什么意思我都明白，她的人也很好，你就别……现在是什么时候了，你现在也不是以前的你了。”

她的话让我很意外，是多少大人、老师都说不出来的话。

如果她当时不阻拦我，或者即使是阻拦了我也不说那样的话，我想在我的记忆里，我一定有砸小辣椒她家的一幕。

小蒙古不是一般的女孩子，在那样委屈的时候，她还说使她受委屈的人好，她的骨子里写着善良！

晚上回家的时候，我第一句话就和我妈说，以后谁提亲你都别和我说，说了也没用，我的事我自己办！我妈听着直发愣。

刚吃完饭，王校长就来了我家，他找我爸，在他们的谈话中，我隐约听见王校长说他挺不住了。

也是我爸喝了些酒，我听他们说话的时候，他摔了水杯，那动静不小：“挺不了你就别挺了，把方老师打发走，大队要她。”

我没听见王校长说话。

“以后学校的事我什么都不管了，跑完盖校舍的事，就是不给我恢复原职我自己都下来。盖学校是我这么多年一直惦记的事，我得把这件积德的事做完。”我爸说。

王校长：“焦书记，这些年你为学校没少费心，我都记在心里。你为了方老师的事受了这么大的过，我和张老师心里都不是滋味，方老师就更不用说了。”

我能觉得王校长说这话充满着真情，因为我知道，在我们瓦房大队的所有人眼里，对我爸真心关心学校那是有目共睹的。

“方老师才多大？她不也是个孩子吗？我就纳闷，一个外来的知青，一个人在这里，一心一意为着我们农村的孩子，有什么不对！等有一天我把这账算了！”我爸的话很坚决，他说完了，屋里又是沉默。

等了一会，王校长说：“孩子们要上学不易，想出人头地就更不易，我们农村想不落后都难！真是没办法。”

“王校长，你知道我，我办事，要不就不办，办就要办利索。从明天开始，我天天跑公社，把学校盖房子的钱跑下来，就是让我当一般老百姓了，那我也跑。”我爸说这话的时候更加坚决。

王校长走了，临走的时候还在感谢着我爸。

这一天发生的事，使我心里很不安。晚上，我的心像长了草，我没拿起书，而是打开了收音机，收音机传来了播音员激昂的声音，我听到了一个重要的消息，那就是恢复邓小平的领导职务，这一天是 1977 年的 7 月 21 日。后来这次会议被载入了中国的史册，那就是党的十届三中全会……

这几天二犴子一直情绪不好，他看见了小蒙古的伤痕，便问是怎么弄的，小蒙古告诉他是打猪菜不小心划破的。二犴子不信，但他几乎天天在家里“闭门思过”，所以他没敢出去求证他妹妹脸上的划伤，只是和小蒙古说：“别看我现在不行了，但别人熊你，也不行！遇到麻烦你就说。”

小蒙古当然不能和他说了，她知道自己哥哥的脾气。

我妈知道这事后，来看二犴子。二犴子当着我妈的面还哭上了，说对不住师傅。

我妈告诉他，她本没师傅，就是感觉孵小鸡能改变自己的穷日子，她就天天想怎么做成这件事，背着家人偷偷地看母鸡怎么孵小鸡，不管是白天还是晚上，还让母鸡叨过不少回，这样一看就是两年。开始是用几个鸡蛋实验，然后是十几个，也不知道实验了多少次。自己还没文化，鸡蛋上标的符号只有她自己才能看得懂，就这样，又等了两年，不知道失败了多少次，也不知道借了多少鸡蛋，突然有一天，小鸡终于出壳了，她那高兴劲真是一辈子都忘不了。她告诉二犴子，什么事都不能很容易就成，要是那样，人还能穷了吗？

我妈越是开导二犴子，二犴子越是掉眼泪，像犯错的孩子一样不住地点头，一边看着的小蒙古都非常感动。

我妈还告诉他，什么事只有做了才可能成，不做那就总也不能成。最后还告诉他，今年就这样了，不能孵小鸡了，因为季节的原因，孵出的小鸡过不了冬天。

二犴子当着在场的人向我妈保证，他一定会干出个样来："大姨，我今年还想试一次，我就不信我不能成。"

我妈犹豫了一下："好，一会我给你挑几个鸡蛋送来。"

二犴子很感动："姨，你就是我的亲妈！"二犴子的这句话打动了所有的人，小蒙古的眼泪也流了出来。

我妈劝了二犴子后，他的情绪还没有完全转过来，晚上睡觉的时候，经常是唉声叹气，在梦中还抽泣过，并且在半夜的时候还去小屋，以为那些蛋还在……

二犴子的一切，小蒙古都看在眼里，记在心里，疼在心上。她也跟着着急，但不知道该怎么做。

关心二犴子的人不仅仅是我妈，还有隋大虎、大吵吵和三驴子。

看见二犴子那样，大吵吵反倒不吵吵了。倒是隋大虎说话"语重心长"："这算啥啊，除了整小鸡就没别的营生了，实在不行，再到南北二屯晃，老天爷还能饿死瞎家雀咋地？"

大吵吵开腔了："哪有你这么开导人的，人家都说让人怎么怎么学好，哪有你这么劝的?"

隋大虎："你个娘们家家的，哪有你的事，这是男人的事。"

他俩走以后，三驴子开始"劝"起了二犻子。他劝二犻子重新竖起"杆子"，这段时间他憋屈得都要喘不出气来了，自己感觉大有孤掌难鸣、虎落平阳之意。他的想法被二犻子当场否定。但三驴子不死心，他想来个迂回，他要请二犻子出去散散心，去喝酒，二犻子不干，任凭三驴子怎么拉扯怎么拽，他就是不去，想自己在家好好待着，喝酒的事以后再说。

三驴子只好自己走了。

我家三天没给肖电工家回信，这可使他家炸开了锅。

肖电工的老妈，也就是小辣椒的奶奶感觉面子上过不去，因为老肖家在瓦房大队也是说得出的人家，并且是"上等人家"，自己的孙女又是出奇的俊儿，尤其看着心爱的孙女突然没了笑脸并且问啥都不搭理，这老太太可是"毛了脚"。她就和儿子说，大孙女就是她的命，在她临入土前就挂念这一个事，其他统统不管。

这肖电工也感觉自己憋屈，本来是看我爸下台了想用实际行动给我爸点面子才趁机提亲的，没想到还落得个这样，这要是让别人知道，这老肖家的脸还往哪放。他架不住自己老妈的催促，他想再想想办法，因为全村人都知道，肖电工是有名的孝子，他妈一连气给他生了九个姐，在妈都四十多的时候最后"一搏"才有了他。他家的事就不说了，就说肖电工怎么完成他老妈一个八十岁的老人交办的事吧。

他曾想自己找我爸说说，一个村里住了多少年，老辈也有交情，本身他和我爸的关系又相当不错，但觉得怕被一个"下台"的人给卷了，那更没面子。再说自己的姑娘那么好，多少家来提亲包括外村的人来提亲都被拒绝，因为在他心中，必须给自己的宝贝女儿找个吃供应粮的。他妈和他老婆多次提过和我家结亲，他都没怎么搭理，只是他觉得现在是机会了，趁我爸有难的时候一说，这事准成，可没想到就是没得到回音。

他想来想去，终于想出一个人来，找她准行。

他想找的人是方老师，因为他亲耳听过大家救方老师的时候我爸说的那番话，也目睹了几十个家长请方老师的时候我爸的态度，他觉得方老师一定和我家的关系不错，并且还是我和他姑娘的老师，是再合适不过的人选了。好，那把这面子给方老师，肖电工想着。

肖电工去学校的时候，正赶上方老师在给我们上课。他一面“检修”线路，一面等着下课。钟声响起，肖电工也干完了活。他找到方老师，拐弯抹角说了不少话，马上又要上课了，肖电工才谈到正题。

肖电工：“方老师，你在我们家长里的威望超过所有的老师。”

肖电工突然说出的这话，让方老师感到很吃惊。

方老师：“谢谢大家的支持。我马上要上课去了，回头再聊。对了，有时间的时候你和肖妮说说，多在学习上下下工夫，她很聪明的。”方老师就是没好意思说肖妮总做与学习无关的事。

“好，回去就说。”肖电工回着话。

“那我上课去了。”方老师说。

肖电工：“你再等下，我有个事想求求你……”

“好，说吧，只要我能做到的，我一定帮忙。”方老师回答着。

学校的钟声响起，肖电工正式步入正题：“想求你跟焦书记说说，把我家肖妮介绍给他家大楼。”

“啊?!”方老师很吃惊。

“还都是学生啊，现在还要学习，等毕业再说吧。”说完，方老师夹着课本就走了。

肖电工呆呆地站在那里。后来，他很后悔，觉得自己失策了，他只考虑方老师和我家的关系了，没想到哪有老师给正在上学的学生说媒的。

他没有完成他妈交给的“任务”，老太太自然不高兴：“我年龄大了，脚还小，迈不动步了，要不我非得自己去给我孙女问个明白。”老人家叨叨咕咕，可见对自己的孙女是多么疼爱。

晚上，肖电工和他老婆说方老师不给面子，自己很丢人。他们说的话被小辣椒听见了，小辣椒和她父母想的不一样，她认为这一切和方老师无关，都是小蒙古传话造成的。

村子里往往是亲连亲，要是论论的话，差不多谁家都在亲戚这个链条上，所以人人见面的时候都有点叫头，什么三姨夫、二舅、姑姥等等，那称呼是五花八门，没有叫不出来的，还经常能论差辈，闹出笑话来，所以农村人经常说各论各叫就是这意思。各论各叫这四个字能把乱套的辈分一统了之。其实，真没几家是有血缘关系的，就是多少年来形成的习俗而已，这也是农村人为什么乡里乡亲总感觉亲近，轻易不争吵的一个重要因素。啰嗦了这么多，就是想说一下肖电工和民兵连长是亲戚，并且是实在亲戚，肖电工是民兵连长的亲姐夫，也就是说民兵连长是小辣椒的亲娘舅。

民兵连长来姐夫家喝酒，肖电工在喝多的时候就把他求方老师的事说了。

肖电工："你说这方老师，好像和咱家有仇似的，她刚来的时候，选班长，肖妮都选上了，就是她不让干，害得咱孩子去肇源念了好几个月，这回……"

民兵连长："姐夫，啥也别说了，等有机会我好好敲打敲打她，给你出出气。"

肖电工："丢人，你听说过吗，哪有女方家上赶子求人找婆家的。"他很无奈地端起了酒杯……

小辣椒显然对小蒙古耿耿于怀，上课的时候就能感觉到，老师在的时候还好点，老师不在的时候，她就瞎吵吵："有的人，是谁现在我就不说了，为了达到不可告诉人的目的胡扯老婆舌。"

大家都感觉纳闷，也不知道她说的"不可告诉人的目的"是什么目的。

这显然是针对小蒙古的。小蒙古只是低头看书，根本没理她。越是这样，小辣椒越来劲，还到小蒙古面前示威了。

小辣椒："是不是你觉得我从县里回来我落魄了？"

小蒙古看了一眼她，又看起了书。

小辣椒："就是我啥也不是，也轮不到你整我啊？你有啥资本？"

我就在她们俩的身边，我这个来气，但一时又不知道怎么说好。三胖子瞪着眼睛看着小辣椒。

我也看了下小辣椒，用手一指教室的门，她以为是老师来了，突然转身就走，没走两步，又回来了。

小辣椒："以前看你不错，没想到你出卖我，你能得到什么好处?"

小蒙古一下把书合上，直接站起："我出卖你什么了?"

"你把我说的话告诉别人了。"小辣椒说。

小蒙古："我告诉谁了?"

小辣椒"告诉谁你自己知道。"

小蒙古："你根本就什么都没和我说，我告诉别人啥了?"

小蒙古本想让小辣椒就此打住，可小辣椒还是没理解小蒙古的用心。

小辣椒："我怎么没和你说，就和你一个人说的，要是你不告诉他，他怎么知道的?"

小蒙古知道我是怎么知道的，但她就是没把我交出来。

小辣椒不依不饶："你说，他是咋知道的?"小辣椒还看了我一眼。

我不站起来是不行了："我自己听见的，你们说话的时候我就在她家的后窗户外面。你家是到我家说媒了，我不要你这玩意!"我用手指指着小辣椒。

"你家就是找毛主席保媒都没用!"我又加了一句。

还是这话管用，小辣椒在极度吃惊中瞬间"灭火"，快步走向教室的门，正赶上方老师进门，挡都没挡住她。

她是哭着跑出去的，连书包都没拿。

方老师看着我："怎么回事?"

我没看她，也没说话。

三胖子站了起来："方老师，是这么回事，肖妮她家要给肖妮找婆家，就去找他。"三胖子指了指我。三胖子接着："他不干，说了两句，不是，好像是三句，肖妮就不干了，跑了。回答完毕。"

方老师："说的是什么啊，都好好看书，明天考试。"

教室鸦雀无声……

这一下午，我真是没学习的心思了，反反复复想着今天发生的事，也觉得对不起小辣椒，但真的没办法，我脾气上来的时候总不管不顾。正在我想事的时候，小蒙古的纸条传了过来。这次三胖子在，但小蒙古没用拼音。

纸条上写着："人家提亲，也是觉得你好，你那样对人家有点太重了!"

这小蒙古，本来是为她解围我才如此对小辣椒出重拳，反过来她还替人家说话。我不知道说她什么好了。

三胖子看着纸条，指着小蒙古的背："对，人家说的对。"

我看了看三胖子："那我不对了?"

三胖子想了想："你也对。"

我："这都对，那谁错了呢?"

三胖子："我错了。"

放学了，同学们还没出教室，我就和三胖子说，要和他一起出去溜达溜达，三胖子能显摆，说话的动静当时就大了："你找我出去玩啊? 那好啊。"

几个同学围了上来，我一看都是那些一听学习就挠头，一说干别的就都来劲的。

"随便出去溜达溜达，别再告诉别人了，就咱们几个。"我说。

大家跟着点头。我们出了村，三胖子问我上哪玩。我把大家叫在一起，很严肃地说："我们今天去干的事，你们谁都不要和别人说，说了别怪我不客气。"

这几个人以前都知道和我玩的规矩，我说话管用，于是都答应绝对保密。

三胖子："怎么玩，你快说吧。"

我看了看四周："我们去……偷瓜。"

第二十一章

麦收以后往往是我们一年最开心的开始，接着就是香瓜开园，自己家园子和自留地里种的小白菜、香菜、臭菜、小葱、豆角、茄子、柿子、倭瓜等等陆续走上餐桌，再晚些时候就是西瓜、青玉米、土豆、胡萝卜、沙果、烧黄豆等，最后就是家家扒炕的时候煮着甜菜吃，还能熬糖稀什么的，蘸着玉米饼子吃感觉很甜很香，到了冬天吃炒玉米花、瓜子，吃黄米饭、豆包等等，再说就要过年了……

还是下午我在教室里心情难平的时候，就隐约感到飘来了香瓜的清香。每年这时候，种瓜的生产队在香瓜“开园”后，零星卖些，然后按着各家各户的人口每人平均分个三斤五斤的，要是谁家再想买的话，那就赊账，在年终的时候从工分折算的收入中扣除，但也分谁家来买瓜和买多少，一般劳动力少想赊账的，那生产队就得考虑考虑了。往年，种瓜的生产队都给我家送点瓜，不是一筐就是一编织袋，上面还盖着蒿草，那香味特别。这几天，我知道香瓜快开园了，但考虑到我爸最近心情不好，也就没提香瓜的事，但我总是感觉特殊的香味在召唤我，我决定“自力更生”，下午我就开始想着这事了。

在打算偷八队的瓜还是偷一队的瓜的问题上，我和三胖子产生了分歧。我想偷八队的，因为他爸看着瓜地，就是被抓了也能“宽大处理”，但他不同意。

“不能偷八队的。”三胖子说。

“为什么不能?”我问他。

三胖子又反问了我:“那为什么不能偷一队的?”

我知道为什么不能偷,但我不能告诉他,因为我家叔叔大爷全在一队,我们家差不多占了半个生产队,偷一队的就等于偷我自己家的,再说一队的老安大舅是队长,和我家那么好,我绝对不能下手。

于是我问三胖子:“你想不想吃瓜吧?”

“谁不想吃,但就是不能偷八队的,我爸要是知道了,能把我腿打折了,就我爸那虎样你们也不是不知道。”三胖子说出了他的顾虑。

“没事,出事就说我带头的,硬拽你来的,你来就是给他通风报信保护国家财产的,行不行?”我说。

“真的?”三胖子有点松口了。

“要是抓住了,你还能被表扬,还能上广播,你知道不?”我说。

三胖子有点兴奋:“好,我要是再遭到表扬就赖你,走,偷去,不偷白不偷,我管那看瓜的是不是我爸呢?”

我:“那你也不能故意暴露,你要是故意的,我们都说是你张罗偷的。”

三胖子:“放心,我绝对不故意立功,走。”

就这样,我们决定悄悄地向八队瓜园进发……

我们每个人都做了一个草圈,戴在自己的头上。瓜地紧挨着玉米地,偷瓜必须经过玉米地,玉米地里没有小道。

进到玉米地里就表明我们偷瓜正式开始了,心就开始跳了,那种跳的紧张度,差不多能赶上以前方老师还有小蒙古给我的那种……

明知道玉米地里没人,明知道玉米杆已经高出了我们很多,但我们还是低着头,猫着腰,屏住呼吸,不时地还停停,相互看看,我给他们打着手势。

我们是相当默契了,因为我们有默契的基础。再多啰唆几句。还是早几年的时候,我们在村里几乎天天晚上打仗,以村中间的水库为界,水库西面和东面各为进攻的两方,其实那打仗更刺激,是真打。每个人的手里都握有土块,兜里还揣着土块,还有阵地,阵地就是各家的园子墙,上面摆满了土块。还有着统一的口令,回答不对当时就“开火”,一点都不客气。记得一次隋大虎喝酒喝多了，从村子西头回来，被我们发现了，我们看不清是谁，按照惯例就问起了口令，他不回答，我们立即“开火”，差点给这个侦察兵打倒，三胖子下手是最狠的了，他回家才知道，是自己揍了亲爹，他还不敢说出实情。隋大虎哪吃过这亏啊，第二天早晨起来就开始“侦察”，知道是三胖子下的手以后，就骂起了三胖子：“你他妈的，揍我你还不主动交代!”三胖子的回答使隋大虎瞠目结舌：“我能说你是我揍的吗?”隋大虎：“我是你揍的你为啥不敢承认，啊?!”上来就要打三胖子的耳光，三胖子边躲边喊：“亲爹，你整反了，我是你揍的，你不是我揍的，你是我爷揍的。”隋大虎这才醒过腔来：“你这个不是人揍的玩意，以后再不能下死手，知道了吗?”三胖子：“爹，以后我再知道是你，我保准轻点。”回想那时候，还是很开心的。记得我那时就相当牛了，借助我有个手电筒，给大家发联络信号，我还当个副小队长，还能管比我大点的呢。有一次大队长要“撤”我职，我不给他们手电筒了，他还专门找我赔了三次不是，我才出山。

不一会，瓜地就露了出来，我们都趴在垄台上，看着瓜地里面，心跳的声响我们自己都能听到。

隋大虎正在地里走着，我看他摘了个瓜，闻了半天，还用衣服袖子擦了擦，但他就是没吃。那时候的农民，对公家的东西真比自己家的都上心，都不随便动，后来晚上我才知道，那个瓜是被老鼠咬了，他把它挑了出来，用刀削掉了被咬的部分，把这瓜拿到了生产队，给五保户吃了。平时他几乎不吃瓜，除了瓜碎了，他才吃。要说他看瓜地没吃过整个的瓜，可能有的人都不信，但确实，那时候的人就是那样自觉。

我们的点不是很正，隋大虎站在那就是不动，还四处看着，他不动，我们就不能下手，好不容易他动了，还是向我们的方向走来，我们当时吓得谁都不敢动弹，好像身子都不听了使唤，三胖子更是把头往地上一扎，有股愿意咋地就咋地的劲儿。

隋大虎是奔我们来的，但他却没看见我们，在距离我们十步左右的地方他站住了，真是谢天谢地。

三胖子还在那趴着，感觉他浑身在“突突”，他趴着的那块地都能热。

站了一会，隋大虎四下看了看，唱着歌就走了。

“手握一杆钢枪，
身披万道霞光。
我守卫在瓜地上面，
为我们瓦房八队站岗。
啊……啊……”

当隋大虎唱“手握一杆钢枪”的时候，还把提着的那个破棍子握在双手中，来了一个弓箭步，做了一个刺杀的姿势，我真是想笑，但不敢。别看他平时嗓门不小，可是唱到后面的“啊”字他硬是没唱上去，自己还说“歌头又起高了”。

三胖子小声说：“真丢人，瞎……嚎。”

多少年后我和隋大虎提到了这件事，我问他这个侦察兵，为什么那么近没侦查到我们。他告诉我侦察兵只侦察敌情，你们也不是敌人，当时他只顾侦查瓜地里的耗子了，他没往玉米地里看，因为玉米地和瓜地一点关系都没有，再说玉米地是一队的，他懒得管，一队也不给他记工分。

他走了，并且是背对着我们走的。按我以往的经验判断，看瓜的人走了以后在很短的时间内是不能再回来的，于是，我一打手势，大家跟我匍匐前进。三胖子一直在那趴着，他没看见我的手势，我也不能喊他。

接下来就是我望风，他们专挑大个的摘，不一会，每人就摘了不少。我看也差不多了，就吹了下口哨，大家迅速安全撤离。

到了玉米地，大家不容分说，躺在地里就“咔咔”地吃上了，连瓜籽都没舍得吐。从去年秋天到现在，我们都没吃过什么瓜果。吃完了还剩下不少瓜，怎么拿走大家犯愁了。

“都放在一起。”我说。

我脱下裤子，把草帽圈拆掉，用拆下的草把裤角系上，大家把瓜装进了裤腿里。这时我突然想起了三胖子。我走到我们刚才进瓜地的地方，看见他还在那趴着，身边放着他的书包，我照他屁股就是一脚，他猛地翻身，叫了一声：“爸呀。”他一看是我，才一摸胸口。

“人家紧张的时候都叫妈呀，你怎么叫爸呢?”我问三胖子。

三胖子：“我以为我家那虎爹踹的呢。”

当我给三胖子拿出瓜的时候，他差点跳了起来，都没擦，直接就吃上了，他吃得是那么的香，我们都快流出了口水，我们再想吃都吃不动了。

三胖子边狼吞虎咽边说：“从裤兜子里拿出来的瓜可真甜。”也就是三五分钟，三胖子就吃了四个瓜，撑得他直打嗝。

我拽起装瓜的裤子，往三胖子的脖子上一放：“走。”

临到村子的时候，我们六人一人又分了四个瓜，各回各家。

我没直接回去，而是去了学校。把四个瓜全给了方老师，方老师开始不要，我扔下就走。

走到门口的时候，我发现一个人走进了学校……这个人是民兵连长。

后来我知道，他是为了他姐夫家的事去找方老师的。

可能是喝点小酒，见到方老师就开门见山，直接说起了外甥女的事，自然也提起了我。

开始方老师没说什么，急忙把我刚送给她的 4 个瓜洗好，放在他的面前。他毫不客气，拿起一个，在鼻子前面闻了闻：“真甜、解渴，白糖罐。”说着他“咔咔”地几口就吃掉了一个。

方老师：“还都是学生，说这事还早，要耽误他们学习的。”

民兵连长：“方老师，你要是感觉行就帮下忙，你要是不想帮忙呢，那你就别说不行，农村的事，你不懂。”

方老师：“我看不行。”

民兵连长：“要是人家老焦家说行，那你也反对？”

方老师：“我看人家根本就不能说行。”

民兵连长：“你这是说的啥话，你还能做人家主咋地？!”

说着他气哄哄地站起身。

这时隋大虎急急忙忙地走了进来。

隋大虎擦着汗水：“不好了，出大事了！”

正生气的民兵连长没好气地说：“你喊什么喊，出啥大事了？”

隋大虎：“盗窃！严重盗窃！”

民兵连长：“这一天天的没消停的时候，走，破案去！”

隋大虎："慢，慢、慢、慢。"说着他盯住了桌子上的三个"白糖罐"。

隋大虎抬起头，看看方老师，看看民兵连长，又看着方老师，眼珠子瞪得大大的，把他俩看得直迷糊。

"这瓜……哪来的？"隋大虎问。

民兵连长："方老师的，好瓜，甜，我才吃了一个。"

隋大虎："那不用破案了，四里八村，没别的地方种这好瓜的，就咱这独一份。"

民兵连长看了下方老师："原来老师还整这事？走，去大队部。"

民兵连长带着隋大虎就往门外走，方老师看得直愣眼。

走在路上，民兵连长详细地向隋大虎询问了丢瓜的经过。

民兵连长："你能敲死她桌子上的瓜就是你们丢的瓜吗？"

隋大虎："你家养的孩子你不认识啊？"

民兵连长："好！老师偷瓜，罪加一等！还她妈教别人呢。"

在大队部，我爸就盖学校的事和公社通电话，民兵连长和隋大虎走了进来。

民兵连长："老焦。"

我爸很惊奇地看着民兵连长，可能是民兵连长第一次这样称呼他。

民兵连长一点都没在乎我爸的感受："老焦，破了一个大案，盗窃生产队财产的大案。"

我爸站了起来："什么大案？"

隋大虎抢先说："偷瓜。"

我爸看了看民兵连长："这丢个瓜的也算是常事，怎么能成为大案呢？"

民兵连长："老焦，按理说呢，这丢个瓜丢个果的不算什么大事，可是偷瓜的人不一般。"

我爸："谁？"

隋大虎："是个老师，方老师！你说说，这人心隔肚皮，上哪场看去。"

我爸："你怎么就知道是她偷的？"

隋大虎："我是看瓜的，我认识我看的瓜，白糖罐，要是错了，把我脑袋揪下来。”

我爸：“得了，你那猪脑袋都揪多少回了。要是方老师的瓜是我送的呢?!”

隋大虎有点傻了。

民兵连长：“我说老焦，你这不对啊?”

总叫我爸“老焦”把他叫烦了：“老焦不是你叫的，回去问问你那瞎妈去。别看人下菜碟，我这个书记就是撸掉蛋了，也轮不到你这样叫我！都给我走，我今天没少喝。”

隋大虎：“这还没解决完呢。”

我爸一指门，隋大虎向门处看去，我爸照着他的屁股就是一脚：“别没黄瓜你找茄子提了，你就不怕事大?!”

隋大虎边摸着屁股边说：“这……这……没个整，我图个啥?”

民兵连长：“大虎，有说理的地方，咱们去公社。”

隋大虎：“好。去就去，我隋大虎怕谁?”

可是没走几步，隋大虎停了下来，可能是他的脑海里回想起了他曾经跑着赶着马车拉着学生去公社的情景，他停住了脚步：“那什么……你自己去吧，我有点急事。”

民兵连长：“啊？你不去？咋地，挨一脚就没有原则了啊，怕了啊?到公社你告他个打击报复罪，我给你作证！现在全村谁还怕他啊，没几天得瑟的了，走。”

隋大虎：“我怕了？你到南北二屯打听打听，谁，怕过我?！我，侦察兵！笑话。”

民兵连长：“得得得，都抓住现行了，你还顾虑个六啊？走。”

隋大虎：“我要是跟你去了，那谁看瓜地，再丢了呢？咋办？你说说！全村的人，看瓜护园的，谁能赶上我?”隋大虎理直气壮，入情入理。

民兵连长：“是赶不上你，你能把瓜在眼皮底下看丢了。好，你不去，那我也得反映，你失职我不能跟着失职，到时候你别忘记作证。”

隋大虎：“行。”说着他快步向家走去。

大吵吵正大口大口吃着“白糖罐”，三胖子在一边说：“我那虎爹回来，你别给他，天天看瓜，自己都不吃，真虎。”

“你他妈说谁虎呢？小瘪犊子。”隋大虎走进门来，冲着三胖子就过去了。

三胖子见势不好：“爹，你先别动手，和你说个事，问完你、你再打。”

隋大虎瞪着眼睛止住了手。

三胖子：“焦大楼给我出个俏皮嗑，我没猜出来。”

隋大虎：“说！”

三胖子：“说，你还能会啊？”

隋大虎：“我……”

三胖子：“我知道，你，侦察兵。”

大吵吵：“你们俩啊，也没个正型。”

隋大虎白了大吵吵一眼：“那养出的孩子是干啥用的呢？不就是为了玩吗？说，啥俏皮嗑？我就不信，还能难住我？”

三胖子：“三胖子他爸进门……”

趁隋大虎想的时候，三胖子跑了出去。

隋大虎想了半天：“这是什么呢，就我这脑袋，还能被难住？”

大吵吵在一边说：“虎到家了。呸！”

隋大虎：“这帮小犊子，天天琢磨我！”说着，隋大虎一眼看见了大吵吵身后剩下的没来得及吃完的半个瓜。

隋大虎瞪着眼睛看着大吵吵：“哪来的？”

大吵吵：“你跟我喊啥？”

隋大虎：“我是问你这是哪来的？”

大吵吵：“你管那么多干啥，也不是去你们瓜地偷的。”说着她拿起了那半个瓜。

隋大虎：“你给我，这是证据！”

大吵吵丝毫没有在意隋大虎的话，一口就把剩下的瓜塞进了嘴里。

隋大虎上前一步，朝着大吵吵就是一个嘴巴，很响！

大吵吵嘴里吃着的瓜被打了出来，下意识地捂着自己的脸，哇的一声，她哭了出来，随即一头向隋大虎撞去！

隋大虎一个趔趄，他又举起了手，突然一只手拦住了他！

“瓜是我给我妈的，有能耐你打我。”三胖子从门外冲了进来。

三胖子的叫板，提醒了隋大虎，他上去就踢了三胖子一脚。

看见三胖子进来助阵并且挨踢，大吵吵疯了一样，闭着眼睛向隋大虎就是乱抓：“我是瞎了眼了，嫁给你这个王八犊子！”

三胖子明显地和大吵吵一伙，隋大虎举起了拳头，瞪起了愤怒的大眼睛。

大吵吵拉着三胖子就跑：“走，胖子，咱不和这犊子过了。”

隋大虎愣愣地看着他们：“还反了天了呢，竟敢和公家对抗！”他一动不动地站在地上喘着粗气，慢慢地放下了拳头……

从方老师那出来，我就想起来了一个事，小蒙古还没吃到瓜。

当时给方老师的时候，真想留下一个了，但我又不能那样做。怎么办呢？我想起了三胖子，想去他那“借”一个。可是刚走到三胖子家的时候，正赶上三胖子往屋里跑。

我不想掺和他家的事，更担心三胖子“叛变”把我递出去，隋大虎一定去我爸告我的状。当时我心想，他家吵架是家常便饭，趁隋大虎在家吵架的时候，我再去趟瓜地，弄回几个瓜给小蒙古吃。

于是我回家取了自行车，飞快地向瓜地奔去。

我很惬意地哼着小曲，心想，你隋大虎在家打得越激烈越好，你不在，我入瓜地犹如进无人之地。想着那透着香气的香瓜，想着小蒙古吃着我给她的瓜。想着想着，我的老毛病又犯了，撒开了车把……

这乡间小路，毕竟不像以前我在草原上用自行车驮着方老师的路平坦，噗通一声，我掉进了沟里……

尽管我知道隋大虎现在不在瓜地，可是，当我走进那片玉米地里的时候，心还是一阵狂跳……

就在我沿着刚才的路线爬向瓜地的时候，突然听见了一个声音：“焦大楼！”

我的心几乎蹦了出来，身子当时就软得不行，一动不敢动，头趴在了地上。

喊我的是小蒙古，她正在玉米地里挖猪菜。

“哈哈！”小蒙古不大不小的笑声让我松了一口气。

我尴尬地爬起来，看了她一眼。眼前的小蒙古，满脸是汗水！她的身边是装得满满的、补丁摞补丁的破麻袋。真让人心疼，我真想过去给她擦擦汗，但……

“你不好好在家复习，干什么来了？”小蒙古。

我出来干什么只有我自己知道，但我不能告诉她。

小蒙古：“是不是闻着瓜味了？”她看着我，她对我能干出偷瓜的事一点都不怀疑。

“你等会，我去去就回。”我猫着腰，向前走去。

可是没等我走几步，一双手从后面搂着了我的腰……

“你不能去，你不能惹事！”她说的话非常坚定，只是她搂着我的腰的双手慢慢地松开了：“走，回去。”

她说话的声音并不大，却渗到我的心！

夕阳西下，田野里弥漫着沁人的……

我推着自行车，车座上高高的麻袋挡着扶着麻袋的她，一路走着，我们没说什么……

我在想着，要是不碰到她多好，我能摘几个瓜给她。不过碰到她也好……

正在我想着、走着的时候，隋大虎气呼呼地迎面走了过来。

隋大虎看我那眼神真是很不好形容，尽管我也知道一些形容人的面目表情的成语，但我真的找不出来再好的词语来形容他，一句话，那时的他，不仅仅是眼珠子大的问题。

今天他破例没先开口，只是眼睛紧盯着麻袋，并向麻袋走来，我回头看着走在麻袋旁边的他，小蒙古松开了手，我看她低着头，好像身体在哆嗦。

隋大虎用手按着麻袋……

“大叔，这不是我的麻袋，她的。”我说。

听我这样说，隋大虎把手移开了：“早说不就得了吗？快走吧。这孩子，命真苦。”说着，他快步走开了。

我没说什么。小蒙古和隋大虎说了声再见，语气是那么特别。

到了小蒙古家，迎接我们的就是她家那头嗷嗷叫的猪。这猪明显地长大了，它的叫声更欢实了。

我把麻袋搬在了地上，解开系在袋口的麻绳，刚要向地上倒，小蒙古按住了我的手，她看了看四周：“把麻袋拽屋里去。”

看我迟疑。她催促着我：“快点。”说着，她拽起了麻袋。

我拎起了麻袋走向了屋。

在屋子里，她用手拽着麻袋里的野菜：“这里有个好东西，刚才在地里，我正想怎么送给你呢，你就去了。”

我看着被她抓出的野菜，想着她在找什么……

小蒙古一手抓着野菜，一手不停地擦汗，当半麻袋野菜散落在地上的时候，她拿出了一个“白糖罐”！只是被挤成了几瓣。当时，我就闻到了诱人的清香。

她拿着那个瓜，快步向外屋走去。等她走回屋子的时候，瓜被洗得干干净净。

她把那分开几瓣的瓜递给了我：“给，吃吧。”

我怎么能接这个瓜！看我不要，她接着说：“放心，这可不是偷的，是我在玉米地里捡的。”当时我心想，是谁这么粗心，还把偷得不易的瓜掉在玉米地里了呢？以后一定注意！

“你吃吧，我今天吃了……这瓜，甜。”我说着。

她的手一直举在我面前，当我看着她的时候，她把眼睛移开了：“这瓜不好，碎了，里面还有，你吃这个碎的，我吃里面好的。快点。”

看来，我是不能不听她的话了，我只好接了过来：“好，我就吃这一个。”说着，我狼吞虎咽。

在我吃瓜的时候，她并没有再抓麻袋里的野菜。我明显地感觉到，她愣在那里看着我。我很不好意思。

我抹了抹嘴，指了指那个麻袋。

她依旧没有动那个麻袋，我着急了，我把手伸进麻袋里，那一瞬间，我的手被野菜刺得好痛。她平时总抓野菜，得疼成什么样呢？

等我翻遍麻袋的时候，一个瓜都没有找到！我愣在地上，看着眼前的她，我的心……

三胖子在河边溜了很长时间，没摸到鱼。

这些天总是下雨，水面很旷，鱼也不知道去了什么地方。在他一筹莫展的时候，他发现了河面上漂着的鱼漂，那鱼漂告诉他，底下就是挂鱼的挂子。真是天无绝人之路，他想着：管他是谁的呢，先溜溜，看看有没有鱼。他看了看四周，在齐腰的河水中，他沿着挂子上面鱼漂的方向，一点一点地向前，不停地拉起、放下，已经快到尽头了，连个鱼的影子都没看见。

“真是点背！”就在三胖子要将手中拽着的鱼漂扔掉的时候，他似乎觉得鱼漂在手中猛地动了动。他一阵惊喜，小心翼翼地拽着鱼漂，一下一下……手中的线绳绷得越来越紧，感觉很重，他的心几乎提到了嗓子眼……

三胖子的确是溜着了一条大鱼，一条黑黑的，身上长着爪的大鱼——乌龟，当地人称作是“王八”！

以前打鱼摸虾的人偶尔也能遇到“王八”，但都觉得晦气，每到这样的时候就将它放生。

三胖子好像不怎么懂这些，他觉得只要是来自河里的活物都能吃，于是他用草绳捆上了“王八”，回了家。

方老师感觉瓜的事很蹊跷，于是来到我家找我，想问个究竟。我当时正和小蒙古在一起，大吵吵在我家向我妈诉苦呢。

我妈劝她：“大虎这人心好，你别和他一样的，谁家两口子没有个磕磕碰碰，我家也一样，别走了，在我家吃，我做饭去。”

方老师的到来，使我妈很高兴。方老师见我不在家，就没问我妈什么，只是说了些家常。

就这样，这三个女人在我家的灶台旁忙了起来。

她们三个还喝起了酒。方老师没怎么喝，我妈和大吵吵喝得是昏天黑地……

农村的妇女往往是不喝酒的，只是今天特殊，大吵吵想喝，其实她根本就没喝过酒，我妈也不喝酒，大吵吵主动提出喝酒，我妈只好陪着她。

喝酒的时候，大吵吵发了很多的牢骚，不知不觉一瓶酒喝光了，她的话越来越多，成了个泪人。

看她没少喝，我妈和方老师就劝她不要再喝了，可是每次劝她的时候，都成了提醒她干杯。

大吵吵喝多了，我妈也喝多了，尽管方老师喝得少，但她也感觉有些头晕，只是不像她俩那么严重。

大吵吵是被方老师搀回家的，一路上，大吵吵还在历数这么多年她嫁到隋家后隋大虎的种种“罪行”。

隋大虎在家，看见晃晃荡荡回来的大吵吵，他简直不敢相信自己的眼睛。他本想发作，但看方老师在，也就收了自己的火气。可是大吵吵不管那些，她晃着身子，面带醉意，用一个手指着隋大虎：“你……你……”

她除了“你”字，什么话都说不出来。

隋大虎发愣地站在那，好像是在看着热闹。

还是方老师说话了：“隋大哥，搭把手。”瘦弱的方老师显然是没了多少力气了。

隋大虎刚要扶大吵吵，大吵吵突然瞪起了眼睛，死死地盯着他，“咣当”一下倒在炕上……

方老师简单和隋大虎说了两句，马上走了。

隋大虎看着倒在炕上的大吵吵，转身出了屋子。

隋大虎端来了一瓢凉水，走到了大吵吵身边：“这是在哪喝的啊？来，接着喝。”

大吵吵没搭理他。

隋大虎举着水瓢看着大吵吵：“这小脸造的，红扑扑的。”水在递过来的水瓢边沿上晃着并溢出：“和哪个老爷们喝的啊？喝酒精了咋地？”大吵吵突然坐起，猛地一把将水瓢打翻，一瓢凉水全部溅在隋大虎的脸上……

隋大虎一愣，随即他将水瓢向地上一摔，一手摸着自己的脸："你还反了天了呢!"他举起了手!

大吵吵来了个主动出击，用手一拍炕沿，随即用手指指着隋大虎："你!"她喘着粗气，怒目圆睁。

隋大虎也不示弱，他挽着袖子，好像全身在颤抖，他用手指指着大吵吵："你这个败家娘们，我要是不修理你，你得上天……入地。"

大吵吵"噌"地一下站在地上："你修理，你现在就修理，你要是不修理，你就不是人揍的!"说着她用手抓向了隋大虎的脸……

隋大虎猛地一躲，大吵吵扑了空，一个趔趄，隋大虎用手挡住了她，她才没有倒下。

隋大虎喘着粗气："和我来这套，我，侦察兵……你连民兵都没当过，还敢和我动手?"

大吵吵根本就没在乎隋大虎说什么，她晃晃荡荡一头撞向了隋大虎，同时伴着哭声。

这下把隋大虎镇住了："你这是疯了……你真是个爷们！你喝多了，我不和你一样的。我知道喝多的人是啥滋味，我走!"

说着他转身欲离开："好像八百辈子没喝过酒似的，喝人肚子里还喝到狗肚子里去了？等你醒酒……"说着，他推开门。

"隋大虎！你给我站住!"大吵吵喊了一声。"你这个没良心的玩意!我……几千里地跟你来到这穷地方，家里人横八竖挡地不让我跟你，你还对我这样，我算是瞎了眼了。"

隋大虎："你上来那劲，眼睛不照我的眼睛小。"

大吵吵："我跟你过过一天好日子吗?你今天还打上我了。今天……我是……喝了，可是我没像你喝多了那时候的犊子样，我脸红扑的?我……嫁到你们家，算这次，我的脸就他妈红过两回……一回是结婚那天我抹的胭红，那还是借大楼他妈的。这是第二回，快二十年了……"她一脚将地上的水瓢踢起，水瓢撞在墙上，碎成了两半……

大吵吵的哭声越来越大。

隋大虎两眼瞪得更大，他直直地站在地上，他想离开屋子，但好像不知道该迈哪条腿了……

三胖子拎着王八走进村子的时候，天快黑了，他隐约感觉后面有人跟着，他以为是挂子的主人在追呢。

三胖子头也不敢回，一路快走，但不管怎么快，他的后面总有脚步声。后面的人喊着叫三胖子停下，可是三胖子却跑了起来，直奔自己的家门。

当隋大虎正要走出屋子的时候，三胖子喘着粗气拎着王八迎面跑来。

三胖子不知道自己手里拎着的东西在大人的眼里意味着什么，尤其是在他爹隋大虎这么有骨气的真男人眼里意味着什么，正在气头上的隋大虎看见三胖子手里拎着的王八，先是一愣："谁让你把这玩意拿回家的！"随即他一脚把系着王八的草绳子踢断，王八也被踢得很远，爪子朝天……

三胖子愣愣地看着隋大虎。隋大虎："你看什么，快把这倒霉的玩意撇了，撇得越远越好，等完事我再收拾你，你个啥都不懂的王八羔子。"

三胖子把蹬着腿的王八装进筐里，拎着筐就径直向院外走，刚出大门，发现有个人站在大门口。

三胖子有点傻了："这……我是在河里整的，没……"

那人走到跟前，看着王八，说话南腔北调："这我知道，除了河里，别的地方也不能有。"

三胖子："你想咋的？"

那人："我买了。"

三胖子一愣："啥？"他心想，能把这东西扔得远远的就行了，免得他爹一会再收拾他，所以当听见能卖钱的时候，他简直不敢相信自己的耳朵。

那人："五元行不行？"

三胖子："啥？！"从来都没有见过这么多钱的三胖子听说要给五元钱的时候，他简直惊呆了。

那人以为三胖子不想卖给他："再给你加两元，你愿不愿意都这样了。"

三胖子的身子当时一晃荡，筐从他的手中落下。

那人一面拿着钱给三胖子一面说着："我是大庆物探队的，我要这东西有用，我老妈身体不好，用甲鱼给补补身子。甲鱼大补，我们老家有这习惯。”

三胖子一面接着钱，手一面在颤抖，准确地说是全身在颤抖，他想掩饰自己，于是不知所措地接着大庆人的话茬：“你……你可别逗了，鱼还有假的？”三胖子根本就不知道王八还有个文雅的名字，叫甲鱼。他说话的时候，激动得脸上的肉都在微微颤抖，他的笑是那样的难以形容。

那人转身快速走开，三胖子拿着那七元钱，手还在哆嗦，感觉很重很重，他呆呆地站在那，看着远去的大庆人。

大吵吵还在抽泣，隋大虎坐在墙角抽着烟。

三胖子跑进屋里，把手上的钱往炕上一摔：“妈，咱有钱了！明天就出去买瓜，你使劲吃。”说着，他瞟了一眼已经站起的隋大虎。

大吵吵停止了哭泣，眼睛盯着钱，又看着三胖子。

隋大虎用手指着三胖子：“哪来这么多钱？”

三胖子看都不看他一眼。

隋大虎：“你给我老实交代！”

三胖子：“我就不交代，你能给我咋地？”有了钱的三胖子第一次在他爸面前说话这么有底气。

大吵吵：“胖子，这是哪来的钱啊？你可别不学好啊？咱家就指着你了。”

三胖子：“妈，你放心，这钱是好道来的。明天我就给你买瓜去。”

隋大虎：“你要是不交代钱是哪来的，我让你没明天。”

三胖子：“你别吓唬我，我和我妈今天都差不多死一回了，你这套不好使。”

隋大虎：“你翅膀子还没硬呢，就给我来这套。”说着他又在挽袖子。

大吵吵：“你能咋地?！还想在家耍威风啊？胖子，是怎么回事？”

三胖子说的时候绘声绘色，隋大虎听得眼睛都直了。

隋大虎的手要伸向炕上的钱的时候，三胖子一把把他的手挡开……

隋大虎：“今天我没白打你们吧，要是我不打你们，你能去河沿吗？不去河沿，你能……”

三胖子："行，你接着打，我现在就跳河去。"

隋大虎："今天不打你了，明天你不想用这钱孝敬你妈吗？"

大吵吵："别听他的，你哪天去县里，买条好裤子穿，买绿色的，葱心绿的。"

三胖子一下子在地上蹦了起来。

隋大虎晃动着脑袋："这王八还值钱了？怪事了？以前撇了多少啊？这一个就是七块五！"

晚上，方老师捎话让我去她那里。等我到她住的地方，她正坐在凳子上，一只手托着自己的左腮。

看我来了，她坐直了，只是动了动身子，但没有站起来。

没有她发话，我一直站着，她这次和以往不一样，没有让我坐下。

我就站在那里，看着她的脸。

灯光下，方老师泛红的脸比平时白皙的脸更好看。她也在看着我。

她把脸也转向了一边，停了会："今天的瓜，是怎么回事？"她又把脸转向我。

她问得很突然，我一点心理准备都没有，但我又不能不回答："啊，那个什么……"

我当时真不知道该怎么说。

"是不是偷生产队的？"方老师说话很严厉。

"谁也没看见。"我回答着。

方老师："别人看没看见和你是不是偷了，是两回事，男人要敢于担当！我再问你，送给我的瓜是不是偷生产队的？"

我无语。

"是不是你带的头？"方老师追问道。

我不想回答，但刚才方老师的那句男人要敢于担当使我很受触动，于是我点头。

"都有谁参与了？"我抬头的时候发现她看我。

"我自己。"可能还是她的那句男人要敢于担当起了作用。

方老师：“什么？你不说实话，放学的时候，我看见你和隋满堂、马青林、李志刚几个人鬼鬼祟祟的，你说谎！”

我很冷静地看着她：“真是我自己，没别人。”我摸了摸头发，后悔不该给方老师送瓜，偷瓜没惹祸，送瓜还送出了毛病。

她看着我，我看着别处，屋子里一片寂静。

过了会，方老师说话了：“你想着老师，我很感激你，但你不能那样做。不管什么时候，都不能偷公家的东西。”

我回答她：“个人家也没有种瓜的啊！”

“不管是公家和个人的，只要不是你自己的，就不能伸手！这是做人起码的原则！”方老师脸板得让我有些害怕。

屋子里静了好久……方老师站了起来：“别忘了你现在应该把心思用在什么地方，有什么不会的找我，你回去吧。”

我不知道是怎么从方老师的住处走出来的。

本以为偷点瓜摘个果什么的，不算什么大事，但这次方老师跟我说的话，对我的触动很大。

后来发生的事情我才知道，方老师在第二天早上就去找了民兵连长，主动担当了责任，说她作为班主任，没教育好学生是自己的失职，要求大队在自己的工分中扣除八队丢瓜而造成的损失。

当时民兵连长要处理学生，方老师说现在是学生学习的关键时刻，不能影响大家的学习，要是非要处理学生的话，那偷瓜的事是她要学生做的，和学生无关，所有的账都算在她的名下。方老师的回答让民兵连长很不痛快，他当时让方老师履行“手续”，承认这事是她指使的。

民兵连长在纸上写了一些字，递给了方老师，方老师看完后给他改了几个错别字。

民兵连长：“字怎么样不要紧，要紧的是得把事情处理清楚。”他看了看方老师：“签字画押吧。”

方老师：“那你必须做到这件事不再找我的学生算后账。”

民兵连长：“我说话算话。”

听民兵连长这样说，方老师毫不犹豫地在“笔录”上签了自己的名字。